Título original: *Honey Moon*
Traducción: Jordi Vidal
1.ª edición: febrero, 2014

© Susan Elizabeth Phillips, 1993
© Ediciones B, S. A., 2014
 para el sello B de Bolsillo
 Consell de Cent, 425-427 - 08009 Barcelona (España)
 www.edicionesb.com

Printed in Spain
ISBN: 978-84-9872-907-8
Depósito legal: B. 27.475-2013

Impreso por NOVOPRINT
 Energía, 53
 08740 Sant Andreu de la Barca - Barcelona

Todos los derechos reservados. Bajo las sanciones establecidas en el ordenamiento jurídico, queda rigurosamente prohibida, sin autorización escrita de los titulares del *copyright*, la reproducción total o parcial de esta obra por cualquier medio o procedimiento, comprendidos la reprografía y el tratamiento informático, así como la distribución de ejemplares mediante alquiler o préstamo públicos.

Como en una montaña rusa

SUSAN ELIZABETH PHILLIPS

En recuerdo de mi padre

Una gran montaña rusa te hace encontrar a Dios cuando te montas en ella.

Anónimo

La colina de elevación

1980-1982

1

Toda aquella primavera Honey rezó a Walt Disney. Desde su dormitorio en la parte posterior de la vieja y oxidada caravana, que estaba situada en un pinar detrás de la tercera colina de la montaña rusa Black Thunder, rezó a Dios, a Walt y a veces hasta a Jesús con la esperanza de que alguna de estas influyentes figuras celestiales le echara una mano. Con los brazos apoyados en el riel curvo que sostenía la única ventana de su cuarto, miró a través de la mosquitera combada el retazo de cielo nocturno que era visible sobre las copas de los pinos.

—Señor Disney, soy Honey otra vez. Ya sé que ahora el Parque de Atracciones de Silver Lake no está muy bien, con el nivel de agua tan bajo que se pueden ver todos los tocones y con el *Bobby Lee* varado en el fondo del lago al final del muelle. Quizá no pasaron más de cien personas por el parque la semana pasada, pero eso no significa que las cosas tengan que seguir así.

Desde que el *Democrat* de Paxawatchie County había publicado el rumor de que la gente de Walt Disney se planteaba comprar el Parque de Atracciones de Silver Lake para ubicar en él una versión de Disney World en Carolina del Sur, Honey no podía pensar en otra cosa. Tenía dieciséis años y sabía que rezar al señor Disney era infantil (por no decir una teología cuestionable para una bautista del Sur), pero las circunstancias la habían hecho desesperar.

Pasó a enumerar las ventajas que quería poner en conocimiento del señor Disney.

—Estamos a solo una hora de la autopista interestatal. Y, con algunos buenos indicadores, todos los que vayan de camino a Myrtle Beach se detendrán aquí con sus hijos. Dejando de lado los mosquitos y la humedad, el clima es bueno. El lago podría ser muy bonito si sus empleados lograran que la Purlex Paint Company dejara de verter en él sus residuos tóxicos. Y la gente que maneja sus negocios ahora que está muerto podría comprarlo muy barato. ¿Podría usar su influencia con ellos? ¿Podría hacerles entender que el Parque de Atracciones de Silver Lake es precisamente lo que andan buscando?

La voz aflautada y lánguida de su tía interrumpió la mezcla de oración y promoción de ventas de Honey.

—¿Con quién estás hablando, Honey? No habrá un chico en tu habitación, ¿verdad?

—Sí, Sophie —respondió Honey, sonriendo—. Hay una docena aquí dentro. Y uno de ellos está a punto de enseñarme su morcilla.

—¡Dios mío, Honey! No creo que debas hablar de ese modo. No está bien.

—Lo siento.

Honey sabía que no debía atormentar a Sophie, pero le gustaba hacer que se escandalizara. No sucedía muy a menudo y nunca servía de nada, pero cuando Sophie se escandalizaba, Honey casi podía llegar a creer que era su verdadera madre en vez de su tía.

Un estallido de risas se oyó en la habitación contigua cuando el público del *Tonight Show* reaccionó a uno de los chistes de Johnny sobre cacahuetes y el presidente Carter. Sophie siempre tenía la televisión encendida. Decía que le impedía echar de menos la voz del tío Earl.

Earl Booker había muerto un año y medio atrás, dejando a Sophie como propietaria del Parque de Atracciones de Silver Lake. No es que fuera muy dinámica cuando él vivía, pero ahora que él estaba muerto era aún peor, y Honey se ocupaba de la mayor parte de las cosas. Cuando se retiró de la ventana, sabía que no pasaría mucho más tiempo hasta que Sophie se durmiera.

Nunca aguantaba mucho después de la medianoche, aun cuando rara vez se levantaba de la cama antes del mediodía.

Honey se acomodó sobre las almohadas. La caravana era calurosa y sin ventilación. Pese a llevar solo una camiseta naranja de Budweiser y unas braguitas, no estaba a gusto. Antes disponían de un aparato de aire acondicionado, pero se había estropeado dos veranos antes, como todo lo demás, y no habían podido permitirse reemplazarlo.

Honey echó una mirada al despertador situado junto a la cama que compartía con la hija de Sophie, Chantal, y se alarmó. A esa hora su prima ya debería estar en casa. Era un lunes por la noche, el parque estaba cerrado y no había nada que hacer. Chantal era una pieza fundamental en el plan B de Honey si los empleados del señor Disney no compraban el parque, y Honey no podía permitirse ignorar el paradero de Chantal, ni siquiera por una noche.

Tras bajar los pies de la cama al agrietado suelo de linóleo, cogió el pantalón corto de color rojo descolorido que se había puesto ese día. Era de constitución menuda, apenas medía un metro cincuenta, y el pantaloncito se lo había cedido Chantal. Le venía demasiado grande sobre las caderas y colgaba formando bolsas, que hacían que sus piernas como palillos parecieran todavía más delgadas. Pero la vanidad era uno de los pocos defectos que Honey no poseía, así que no hizo caso.

Aunque Honey no podía verlo por sí misma, en realidad tenía algún motivo para ser vanidosa. Era dueña de unos ojos azul claro de largas pestañas y coronados por unas cejas oscuras. Su cara en forma de corazón presentaba unos pómulos pequeños, salpicados de pecas, y una naricilla respingona. La boca era grande, enmarcada por unos labios gruesos que le recordaban siempre los de una enorme y vieja rémora. Desde que tenía uso de razón detestaba su aspecto, y no solo porque la gente la había confundido con un chico hasta que habían empezado a salirle pechos, sino también porque nadie quería tomarse demasiado en serio a una persona con una apariencia tan infantil. Desde que Honey necesitaba imperiosamente que la tomaran en serio, había hecho todo lo posible para disimular cada uno de sus rasgos físicos con un ceño perpetuamente fruncido y una actitud generalmente beligerante.

Después de ponerse un par de chancletas de goma azules, tan gastadas que habían adoptado ya la forma de las plantas de sus pies, se hundió las manos en el pelo corto y revuelto. Lo hizo no para alisárselo, sino para rascarse una picadura de mosquito en el cuero cabelludo. Tenía el pelo castaño claro, exactamente del mismo color que su nombre.* Tendía a rizarse, pero ella rara vez le daba la oportunidad de hacerlo. En cambio, se lo cortaba tan pronto como se interponía en su camino, utilizando cualquier objeto lo suficientemente afilado que tuviera a mano: una navaja, unas tijeras dentadas y, en una desafortunada ocasión, hasta un descamador de pescado.

Cerró la puerta a su espalda y salió a un corto y estrecho pasillo revestido con una tela exterior-interior estampada con rombos marrones y dorados que también recubría el desigual suelo de la sala-comedor. Tal como había previsto, Sophie se había dormido en un viejo sofá tapizado con una gastada tela color café estampada con rótulos de bar descoloridos, águilas americanas y banderas de trece estrellas. La permanente que Chantal le había hecho a su madre no había salido demasiado bien, y el pelo ralo y entrecano de Sophie presentaba un aspecto seco y como electrizado. Tenía sobrepeso, y su top de punto perfilaba unos pechos que habían caído como globos llenos de agua en lados opuestos de su cuerpo.

Honey contempló a su tía con una conocida mezcla de exasperación y afecto. Era Sophie Moon Booker quien debería estar preocupada por la ausencia de su hija, no Honey. Era ella quien debería pensar en el modo de pagar todas aquellas facturas que iban amontonándose y en cómo iban a mantener a la familia sin acogerse al sistema de asistencia social. Pero Honey sabía que enfadarse con Sophie era como enfadarse con su hija Chantal: no servía de nada.

* *Honey* significa «miel», en inglés. *(N. del T.)*

—Salgo un rato.

Sophie roncó en su sueño.

El aire nocturno estaba impregnado de humedad cuando Honey saltó del desgastado escalón de hormigón. El exterior de la caravana era de un tono particularmente discordante de azul turquesa, solo mejorado por la opacidad de la pátina del tiempo. Sus chancletas se hundían en la arena y los granos se le introducían entre los dedos de los pies. Cuando se apartó de la caravana, aspiró. La noche de junio olía a pino, creosota y el desinfectante que usaban en los retretes. A todos estos olores se superponía la lejana fragancia húmeda del Silver Lake.

Cuando pasaba por debajo de una serie de pilares de soporte de pino amarillo del sur desgastados por el tiempo, se metió las manos en los bolsillos del pantalón y se dijo que esta vez seguiría adelante. Esta vez no se detendría a mirar. Mirar la hacía pensar, y pensar la hacía sentirse como dentro de un cubo de cebo de una semana. Avanzó resueltamente durante un minuto más, pero terminó por detenerse. Desanduvo el camino, estiró el cuello y dejó que su mirada recorriera la extensa longitud de la Black Thunder.

La enorme estructura de madera de la montaña rusa se recortaba sobre el cielo nocturno como el esqueleto de un dinosaurio. Sus ojos ascendieron por la empinada inclinación de la gigantesca colina de elevación de la Black Thunder y bajaron por la aterradora caída de sesenta grados. Siguió las laderas de las dos colinas siguientes con sus escalofriantes pendientes hasta la última espiral, que descendía en un remolino de pesadilla sobre el propio Silver Lake. Le pesaba el corazón con una espantosa mezcla de añoranza y amargura mientras contemplaba las tres colinas y la vertiginosa espiral de la muerte. Todo había empezado a torcerse para ellos el verano que la Black Thunder había dejado de funcionar.

Si bien el Parque de Atracciones de Silver Lake era pequeño y anticuado en comparación con sitios como Busch Gardens y Six Flags, en Georgia, tenía algo de lo que ninguno de los demás podía presumir. Albergaba la última gran montaña rusa de madera del Sur, una atracción que algunos entusiastas consideraban más emocionante que el legendario Cyclone de Coney Island. Desde que fuera construida a finales de la década de 1920, había acudido gente de todo el país para montar en la Black Thunder. Para legiones de aficionados a las montañas rusas, el viaje a Silver Lake había sido una peregrinación religiosa.

Después de una docena de viajes en la legendaria montaña rusa de madera, visitaban las otras atracciones más mundanas del parque, incluso gastándose dos dólares por persona para recorrer el Silver Lake a bordo del vapor *Robert E. Lee*. Pero el *Bobby Lee* había sido víctima del desastre al igual que la Black Thunder.

Casi dos años atrás, el Día del Trabajo de 1978, se había roto el ensamblaje de una rueda del vagón trasero de la Black Thunder, lo que provocó que se separara de los demás y volcara de costado. Por suerte no hubo heridos, pero el estado de Carolina del Sur había cerrado la montaña rusa ese mismo día y ningún banco quiso financiar la costosa renovación que el estado exigía para poder volver a abrir la atracción. Sin ella, el Parque de Silver Lake se había visto abocado a una muerte lenta y agónica.

Honey se adentró más en el parque. A su derecha, una bombilla con insectos incrustados iluminaba el desierto interior de la pista de coches de choque, donde los desvencijados cochecitos de fibra de vidrio dormían apiñados esperando que el parque abriera a las diez de la mañana siguiente. Pasó por Kiddieland, con sus motos y camiones de bombero en miniatura inmóviles sobre sus raíles circulares sin fin. Más adelante, el Scrambler y el remolino chino descansaban de sus esfuerzos. Se detuvo frente a la Casa del Horror, donde un mural de un cuerpo decapitado de cuyo cuello cortado manaba sangre fosforescente se extendía sobre la puerta de entrada.

—¿Chantal?

No hubo respuesta.

Tras descolgar la linterna del gancho situado detrás de la taquilla, subió resueltamente la rampa de acceso a la Casa del Horror. Durante el día la rampa vibraba y un altavoz emitía gruñidos cavernosos y gritos agudos, pero ahora todo estaba tranquilo. Entró en el Pasillo de la Muerte y enfocó su linterna sobre el verdugo encapuchado de más de dos metros de estatura con su hacha ensangrentada.

—Chantal, ¿estás aquí dentro?

Solo oyó silencio. Abriéndose paso a través de las telarañas artificiales, pasó junto a la tabla de cortar cabezas de camino hacia la madriguera de las ratas. Una vez dentro, recorrió la salita con el haz de su linterna. Decenas de ojos rojos relucientes le devolvieron la mirada desde las ciento seis ratas gruñonas que acechaban en el techo y colgando de alambres invisibles sobre su cabeza.

Honey las observó satisfecha. La madriguera de las ratas era la mejor parte de la Casa del Horror, porque los animales eran reales. Habían sido disecados por un taxidermista de Nueva Jersey en 1952 para la casa del terror del Palisades Park, en Fort Lee. A finales de los sesenta su tío Earl los había comprado de tercera mano a un hombre de Carolina del Norte cuyo parque cercano a Forest City se había ido a pique.

—¿Chantal?

Gritó el nombre de su prima una vez más, y al no obtener respuesta abandonó la Casa del Horror por la salida de incendios. Esquivando los cables eléctricos, atajó por detrás del Roundup y se dirigió hacia el paseo central.

Solo algunas de las bombillas de colores colgadas entre los caídos banderines que zigzagueaban sobre el paseo central funcionaban todavía. Las casetas estaban cerradas durante la noche: el lanzamiento a la botella de leche y la pecera, el juego de la Bola Loca y la Zarpa de Hierro con su vitrina llena de peines, dados y llaveros de *Los Duques de Hazzard*. El olor rancio a palomitas, pizza y aceite de hacer buñuelos lo impregnaba todo.

Era el olor de la infancia de Honey, que se esfumaba con rapidez, y lo inhaló profundamente. Si la gente de Disney se quedaba con el parque, aquel olor desaparecería para siempre, junto con las casetas, Kiddieland y la Casa del Horror. Cruzó los brazos sobre su incipiente pecho y se abrazó, un hábito que había adquirido con los años porque nadie más lo hacía.

Desde que su madre había muerto cuando tenía seis años,

aquel era el único hogar que había conocido, y lo quería con toda su alma. Escribir a la gente de Disney había sido lo peor que había tenido que hacer jamás. Se había visto obligada a contener todas sus emociones más tiernas en un intento desesperado de encontrar el dinero que necesitaba para mantener a su familia, el dinero que los dejaría fuera del sistema de asistencia social y le permitiría comprar una casita en un barrio limpio donde quizá podrían tener muebles bonitos y un jardín. Pero mientras permanecía de pie en medio del desierto paseo central, deseó ser lo bastante mayor y lo bastante lista para hacer que las cosas fuesen diferentes. Porque, por encima de todo, no podía soportar la idea de que estaba perdiendo la Black Thunder, y si la montaña rusa aún estuviera en funcionamiento, nada del mundo la habría hecho renunciar a aquel parque.

El inquietante silencio de la noche y el olor a palomitas rancias le trajeron el recuerdo de una niña acurrucada en el rincón de la caravana, con la barbilla apoyada sobre las rodillas llenas de costras y los ojos azul claro abiertos como platos. Una voz irritada del pasado resonó dentro de su cabeza.

—¡Sácala de aquí, Sophie! Maldita sea, me está sacando de quicio. Apenas se ha movido desde que la trajiste anoche. No hace más que estar sentada en ese rincón, mirando.

Oyó el estruendo del rollizo puño de su tío Earl sobre la mesa de la cocina y el gemido monótono de Sophie.

—¿Dónde voy a ponerla, Earl?

—Me importa un cuerno dónde la pones. No es culpa mía que tu hermana se ahogara. Esos asistentes sociales de Alabama no tenían ningún derecho a pedirte que fueras a buscarla. ¡Quiero comer tranquilo sin que ella me asuste!

Sophie se acercó al rincón de la salita de la caravana y tocó la suela de la zapatilla de lona de Honey con la punta de su alpargata roja.

—Deja de actuar así, Honey. Sal a buscar a Chantal. Todavía no has visto el parque. Ella te lo enseñará.

—Quiero a mi mamá —murmuró Honey.

—¡Maldita sea! ¡Sácala de aquí, Sophie!

—Mira lo que has hecho —suspiró Sophie—. Has hecho enfurecer al tío Earl. —Cogió a Honey por un brazo y estiró—. Vamos. Compraremos algodón de azúcar.

Sacó a Honey de la caravana y la llevó por entre los pinos hasta sacarla al abrasador sol de una tarde en Carolina. Honey se movía como un pequeño robot. No quería algodón de azúcar. Aquella mañana Sophie le había hecho comer un poco de Captain Crunch y ella había vomitado.

Sophie bajó el brazo. Honey ya se había percatado de que a su tía no le gustaba tocar a la gente, a diferencia de la madre de Honey, Carolann. Carolann estaba siempre cogiendo a Honey, haciéndole carantoñas y llamándola su dulce pastelito, aun cuando estaba agotada después de pasarse todo el día trabajando en las lavanderías de Montgomery.

—Quiero a mi mamá —murmuró Honey mientras atravesaban la hierba hacia una columnata de grandes postes de madera.

—Tu mamá está muerta. Ya no...

El resto de la respuesta de Sophie enmudeció cuando un monstruo atronó por encima de la cabeza de Honey.

Entonces también Honey gritó. Todo el dolor y el miedo que habían estado acumulándose en su interior desde que su madre había muerto y la habían arrancado de todo cuanto conocía fueron liberados por el terror de aquel ruido inesperado. Chilló una y otra vez.

Tenía una vaga idea de lo que era una montaña rusa, pero no había montado nunca en una, ni había visto una tan grande, y no se le ocurrió relacionar aquel sonido con la atracción. Solo oía un monstruo, el monstruo que se oculta dentro del armario, se mete debajo de la cama y se lleva a las madres de las niñas entre sus fauces feroces y terribles.

Los estridentes gritos salían sin cesar de su boca. Después de haber estado casi catatónica durante los seis días siguientes a la muerte de su madre, no podía parar, ni siquiera cuando Sophie empezó a sacudirla cogiéndola por el brazo.

—¡Basta! Deja de chillar, ¿me oyes?

Pero Honey no podía parar. En lugar de eso, se debatió hasta que Sophie la soltó. Entonces echó a correr bajo las vías, braceando, con los pulmoncitos palpitándole mientras sacaba a gritos su pena y su miedo. Cuando alcanzó una hondonada de la vía demasiado baja para poder pasar por debajo, se agarró a uno de los postes de madera. Las astillas se le clavaban en los brazos mientras se agarraba a lo que más temía creyendo, confundida, que no podría devorarla si la aferraba lo bastante fuerte.

No era consciente del paso del tiempo, tan solo del sonido de sus gritos, del estruendo esporádico del monstruo mientras se precipitaba por encima de su cabeza, las ásperas astillas del poste hundiéndose en la piel, blanda como la de un bebé, de sus brazos y la certeza de que no volvería a ver a su madre nunca más.

—¡Maldita sea, deja de hacer ruido!

Mientras Sophie la observaba impotente, el tío Earl apareció detrás de ellas y la apartó del poste con un bramido.

—¿Qué le pasa? ¿Qué diablos le pasa ahora?

—No lo sé —gimió Sophie—. Se ha puesto a chillar cuando ha oído la Black Thunder. Creo que le da miedo.

—Pues era lo único que nos faltaba. No vamos a consentirla, maldita sea.

Cogió a Honey por la cintura y la alejó de debajo de la montaña rusa. Andando a grandes zancadas, la arrastró a través de los grupos de gente que visitaba el parque ese día y subió la rampa que conducía a la estación donde la Black Thunder cargaba sus viajeros.

Había un tren vacío, listo para embarcar el siguiente grupo de pasajeros. Haciendo caso omiso de las protestas de la gente que hacía cola, el tío Earl la empujó por debajo de la barra de seguridad del primer vagón. Sus estridentes gritos resonaban huecos bajo el techo de madera. Honey luchó desesperadamente por salir, pero su tío la inmovilizó con un brazo velludo.

—Earl, ¿qué estás haciendo?

Chester, el viejo que hacía funcionar la Black Thunder, corrió hacia él.

—Va a hacer un viaje.

—Es demasiado pequeña, Earl. Ya sabes que no es lo bastante alta para esta montaña rusa.

—Mala suerte. Sujétala ahí dentro. Y sin los jodidos frenos.

—Pero, Earl...

—Haz lo que te digo si no quieres que te despida.

Honey apenas oía las ruidosas quejas de algunos de los adultos que hacían cola, pero entonces el tren empezó a moverse y se dio cuenta de que la arrojaban al estómago de la bestia que se había llevado a su madre.

—¡No! —chilló—. ¡No! ¡Mamá!

Las puntas de sus dedos apenas se tocaban mientras aferraba con fuerza la barra de seguridad. Los sollozos le sacudían todo el cuerpo.

—Mamá... Mamá...

La estructura crujió y rechinó mientras el tren trepaba por la gran colina de elevación que había contribuido a crear la leyenda de la Black Thunder. Se movía con sádica lentitud, dando tiempo a su mente infantil a evocar imágenes de un horror aterrador. Tenía seis años y estaba sola en el universo con la bestia de la muerte. Completamente indefensa, no era lo bastante grande, lo bastante fuerte ni lo bastante mayor para protegerse, y no había en el mundo ningún adulto que lo hiciera por ella.

El miedo le obstruía la garganta y su corazoncito le latía en el pecho mientras el vagón subía inexorablemente hacia la cima de la gran colina de elevación. Era más alta que el pico más alto del mundo. Más allá de la capa de nubes. Por encima del caluroso cielo hacia un sitio oscuro en el que solo acechaban demonios.

Su último grito le salió de la garganta cuando el vagón coronó la cima y vislumbró el terrorífico descenso antes de ser arrojada al vientre de la bestia, donde sería engullida y despedazada a través de la noche más oscura de su alma de niña, antes de...

Subir de nuevo.

Y luego precipitarse otra vez al infierno.

Y volver a subir.

Fue arrojada al infierno y resucitada tres veces antes de verse lanzada sobre el lago y bajar por la espiral del demonio. Se golpeó contra el lateral del vagón mientras era catapultada en un remolino mortífero que bajaba hacia el agua, hasta nivelarse en el último segundo, apenas a medio metro de la superficie, y volver a subir disparada. La montaña rusa aminoró la marcha y la dejó suavemente en la estación.

Ya no lloraba.

Los vagones se detuvieron. Su tío Earl había desaparecido, pero Chester, el operario de la atracción, se acercó corriendo para sacarla. Honey sacudió la cabeza, todavía con ojos trágicos y la carita del color de la cera.

—Otra vez —murmuró.

Era demasiado pequeña para expresar las sensaciones que la montaña rusa le había proporcionado. Solo sabía que tenía que volver a experimentarlas: la sensación de que existía una fuerza mayor que ella, una fuerza que podía castigar pero también rescatar. La sensación de que, por alguna razón, aquella fuerza le había permitido contactar con su madre.

Aquel día montó en la Black Thunder una docena de veces y, durante el resto de su infancia, cada vez que necesitaba experimentar esperanza en la protección de un poder superior. La montaña rusa la enfrentaba a todos los terrores de la existencia humana, pero luego la llevaba sin peligro hasta el otro lado.

La vida con la familia Booker fue asentándose poco a poco en la rutina. Nunca le cayó simpática a su tío Earl, pero la aguantaba porque se convirtió en una ayuda mucho mejor para él que su esposa o su hija. Sophie era tan amable como le era posible a una persona tan sumamente ensimismada como ella. Exigía pocas cosas aparte de que Honey y Chantal asistieran a la escuela dominical por lo menos una vez al mes.

Pero la gran montaña rusa de madera había enseñado a Honey más cosas sobre Dios que la Iglesia Bautista, y la teología de la atracción era más fácil de entender. Siendo una personita menuda para su edad, huérfana y además mujer, cobró ánimo del conocimiento de que existía una fuerza superior, algo poderoso y eterno que cuidaría de ella.

Un sonido procedente del interior del salón de juegos devolvió bruscamente a Honey al presente. Se reprendió por haberse distraído de su objetivo. No tardaría en volverse tan mala como su prima. Echó a andar y asomó la cabeza al interior del salón de juegos.

—Eh, Buck, ¿has visto a Chantal?

Buck Ochs levantó la mirada de la máquina del millón que estaba tratando de reparar porque ella le había dicho que si no conseguía hacer funcionar por lo menos algunas máquinas le daría una patada en su feo trasero y lo devolvería a Georgia. Su prominente barriga cervecera presionó los botones de la sucia camisa a cuadros cuando cambió de posición y le dirigió una sonrisa estúpida.

—¿Qué Chantal?

Se rio estruendosamente de su ocurrencia. Honey deseó poder despedirlo en el acto, pero ya había perdido a demasiados hombres porque no siempre podía pagarles a tiempo, y sabía que no podía permitirse perder a otro. Además, Buck no era malicioso, sino solo estúpido. También tenía la fea costumbre de rascarse donde no debería en presencia de mujeres.

—Eres muy chistoso, ¿eh, Buck? ¿Ha estado aquí Chantal?

—No, Honey. Solo he estado yo, yo mismo y yo.

—Bueno, pues a ver si alguno de vosotros consigue hacer funcionar un par de estas malditas máquinas antes de mañana.

Con una mirada represiva, Honey salió del salón de juegos y siguió andando hasta el final del paseo central. El Toril, un ruinoso edificio de madera donde dormían los empleados solteros, se levantaba entre los árboles detrás del merendero. Ahora solo vivían allí Buck y dos hombres más. Podía ver una luz amarilla filtrándose a través de las ventanas, pero no se acercó más porque no podía imaginarse a Chantal haciendo una visita a Cliff o Rusty. Chantal no era de las que disfrutaban sentándose a charlar con la gente.

La inquietud que había estado aumentando en su interior desde que se había percatado de lo tarde que era se instaló más profundamente en su estómago. No era el momento de que

Chantal desapareciera. Sin lugar a dudas, algo malo ocurría. Y Honey temía saber exactamente qué era.

Giró en círculo y observó las desvencijadas caravanas, el paseo central y las atracciones. Dominaban todo el lugar las imponentes colinas de la Black Thunder, desprovistas ahora de todo su poder para arrojar una chica asustada a un sitio en el que podía volver a encontrar esperanza en algo eterno que la protegiera. Tras solo un instante de vacilación, empezó a bajar por el sendero de hormigón infestado de hierbajos que conducía al Silver Lake.

La noche era oscura y serena. A medida que los viejos pinos se cerraban por encima de su cabeza, obstruyendo la luz de la luna, los sonidos de *Dixie* comenzaron a introducirse en su memoria.

«*Damas y caballeros. Niños de todas las edades. Den un paso atrás en el tiempo hacia los maravillosos días en los que el algodón era el rey. Acompáñennos en una travesía a bordo del Robert E. Lee y vean el hermoso Silver Lake, el lago más extenso de Paxawatchie County, Carolina del Sur...*»

Los pinos terminaban en un muelle desmoronado. Dejó de andar y se estremeció. Al final del muelle se erguía el espectral casco del *Bobby Lee*.

El *Robert E. Lee* permanecía varado en el mismo lugar donde se había hundido en medio de una tormenta invernal unos meses después del desastre de la Black Thunder. Ahora su quilla descansaba sobre el contaminado fondo lodoso del Silver Lake, a cuatro metros y medio de profundidad. Toda la cubierta inferior estaba sumergida bajo el agua, junto con la soberbia rueda de paletas que antaño giraba en su popa. Solo la cubierta superior y la timonera emergían sobre la superficie del lago. El *Bobby Lee* se encontraba al final del muelle, inservible y medio sumergido, un buque fantasma en la sobrecogedora luz de luna.

Honey volvió a estremecerse y cruzó los brazos sobre el pecho. La pálida luz de la luna proyectaba unos dedos espectrales sobre el moribundo lago, y le picó la nariz al percibir el olor húmedo de vegetación en descomposición, peces muertos y madera podrida. No era una gallina, pero no le gustaba andar cerca del *Bobby Lee* por la noche. Encorvó los dedos de los pies en las chancletas para no hacer ruido mientras daba primero un paso y después otro sobre el muelle. Algunas tablas estaban rotas y podía ver el agua estancada del lago debajo. Avanzó un paso más y se detuvo, abriendo la boca para llamar a Chantal. Pero el miedo le atenazaba la garganta y no pudo emitir sonido alguno. Deseó haber pasado por el Toril y haber pedido a Cliff o Rusty que la acompañasen.

Su cobardía la irritó. Le estaba costando bastante trabajo lograr que obedecieran sus órdenes. Aquella clase de hombres no respetaban a sus jefas, sobre todo si tenían dieciséis años. Si alguno de ellos llegaba a descubrir que tenía miedo a algo tan absurdo como un viejo barco hundido, ya no le harían caso nunca más.

Un batir de alas estalló a su espalda cuando una lechuza sobrevoló el lago desde los árboles. Honey contuvo la respiración. Justo entonces, oyó el sonido lejano de un gemido.

No soportaba las supersticiones, pero la amenazadora sombra del barco hundido que se cernía al final del muelle la había asustado, y durante una fracción de segundo pensó que aquel sonido podía provenir de un vampiro, un súcubo o alguna clase de zombi. Entonces la luna emergió de un jirón de nube y Honey recobró el sentido común. Sabía exactamente qué había oído, y no tenía nada que ver con los zombis.

Echó a correr por el muelle, con las chancletas golpeándole los talones mientras rodeaba las tablas podridas y esquivaba una pila de cuerda. El barco se había hundido a un metro y medio del final del muelle, y la barandilla de la cubierta superior, rota como una sonrisa desdentada, se cernía frente a ella sobre el nivel del agua. Corrió hacia el trozo de madera contrachapada que servía de improvisada rampa y subió la pendiente a la carrera. La tabla se combó bajo sus cuarenta kilos de peso como un trampolín.

Las plantas de los pies le dolieron cuando aterrizó pesadamente sobre la cubierta superior. Se sujetó a un tramo de barandilla para equilibrarse y luego corrió hacia la escalera. Bajaba hasta desaparecer en las lodosas aguas. Aun en la oscuridad, pudo ver el vientre blanco de un pez muerto flotando junto a los peldaños sumergidos. Tras pasar las piernas por encima de la desconchada barandilla de madera, subió corriendo el tramo de escalera que se elevaba sobre la superficie del agua hacia la timonera.

Un hombre y una mujer estaban tendidos junto a la puerta, con sus cuerpos entrelazados. Estaban demasiado embelesados uno con el otro para oír el ruido de Honey al acercarse.

—¡Suéltala, gilipollas! —gritó Honey cuando llegó arriba.

Las figuras se separaron bruscamente. Un murciélago levantó el vuelo desde la ventana rota de la timonera.

—¡Honey! —exclamó Chantal.

Tenía la blusa abierta, y sus pezones parecían dólares de plata a la luz de la luna.

El joven con el que estaba se levantó de un brinco, subiéndose la cremallera de los vaqueros recortados que combinaba con una camiseta de la Universidad de Carolina del Sur con la palabra «Gamecocks» escrita sobre el pecho. Por un momento se mostró aturdido y desorientado, y luego se fijó en el pelo corto de Honey, en su baja estatura y en el ceño fruncido que la hacía parecer más un niño de diez años con mal genio que una chica.

—¿Has dicho que siga? —preguntó en un tono beligerante—. Esto no es asunto tuyo.

Chantal se incorporó y levantó la mano para cerrarse la pechera de la blusa. Sus movimientos fueron lentos y perezosos, como todos los suyos. El muchacho le pasó un brazo sobre los hombros.

La familiaridad con que abrazó a Chantal, como si le perteneciera a él en vez de a Honey, encendió su genio ya en ebullición. ¡Chantal era suya, junto con la tía Sophie y las ruinas del Parque de Atracciones de Silver Lake! Usando el índice a modo de arma, señaló la cubierta junto a ella.

—Ven aquí, Chantal Booker. Hablo en serio. Ven aquí ahora mismo.

Chantal se quedó mirando sus sandalias durante un momento antes de dar un paso vacilante.

El universitario la sujetó por el brazo.

—Espera un momento. ¿Quién es? ¿Qué está haciendo aquí, Chantal?

—Mi prima Honey —respondió Chantal—. Maneja este sitio, supongo.

Honey volvió a señalar la cubierta con el dedo.

—Desde luego que manejo este sitio. Ahora ven aquí enseguida.

Chantal trató de avanzar, pero el chico no la soltó. Cerró la otra mano sobre su brazo.

—Bah, no es más que una niña. No debes hacerle caso. —Hizo un ademán hacia la orilla—. Vuélvete por donde has venido, niña.

Honey entrecerró los ojos.

—Escúchame, universitario. Si sabes lo que te conviene, vuelve a guardar esa pollita minúscula que tienes en tus sucios calzoncillos y baja de este barco antes de que me enfade.

El muchacho sacudió la cabeza, incrédulo.

—Creo que te arrojaré por la borda de este barco, carita de niña, y dejaré que los peces te coman.

—Yo de ti no lo intentaría. —Honey dio un paso amenazador, con la barbilla erguida. Detestaba que se burlaran de su aspecto—. Quizá debería advertirte que la semana pasada salí del reformatorio por acuchillar a un hombre que era mucho más grande que tú. Me habrían condenado a la silla eléctrica, pero era menor de edad.

—¿De veras? Bueno, pues resulta que no te creo.

Chantal suspiró.

—Honey, ¿vas a decírselo a mamá?

Honey no le hizo caso y se concentró en el chico.

—¿Cuántos años te ha dicho Chantal que tiene?

—No es de tu incumbencia.

—¿Te ha dicho que tiene dieciocho?

El muchacho miró a Chantal, y por primera vez pareció no estar seguro.

—Ya me lo imagino —dijo Honey indignada—. Esta chica solo

tiene quince años. ¿No te han enseñado nada sobre relaciones sexuales con una menor en la Universidad de Carolina del Sur?

El chico soltó a Chantal como si fuese radiactiva.

—¿Es cierto eso, Chantal? Aparentas más de quince.

Honey habló antes de que su prima tuviera la oportunidad de hacerlo.

—Ha madurado pronto.

—Vamos, Honey... —protestó Chantal.

El muchacho empezó a alejarse.

—Será mejor que lo dejemos por esta noche, Chantal. —Se acercó a la escalera—. Me lo he pasado muy bien. Quizá volvamos a vernos, ¿de acuerdo?

—Claro, Chris. Me encantaría.

El chico bajó la escalera corriendo. Pudieron oír la vibración de la plancha de madera contrachapada y luego un ruido sordo cuando aterrizó en el muelle. Las dos chicas lo vieron desaparecer entre los pinos.

Chantal suspiró, se dejó caer sobre la cubierta y se recostó contra la timonera.

—¿Llevas tabaco?

Honey sacó una cajetilla arrugada de Salem y se la pasó al mismo tiempo que se sentaba junto a su prima. Chantal extrajo las cerillas de debajo del papel de celofán y encendió el cigarrillo. Le dio una calada profunda.

—¿Por qué le has dicho que solo tengo quince años?

—No quería pelear con él.

—Honey, tú no ibas a pelear con él. Ni siquiera le llegas a la barbilla. Y sabes que tengo dieciocho..., dos años más que tú.

—Podría haber peleado con él.

Honey recuperó los cigarrillos, pero, tras un momento de vacilación, decidió no encender uno. Llevaba meses tratando de aprender a fumar, pero no le cogía el tranquillo.

—Y todo ese rollo sobre el reformatorio y acuchillar un hombre. Nadie te cree.

—Algunos sí.

—No me parece que sea bueno decir tantas mentiras.

—Está de acuerdo con ser mujer en el mundo empresarial. De lo contrario, la gente se aprovecha de ti.

Las piernas de Chantal se extendieron desnudas y torneadas bajo su pantalón corto de color blanco cuando cruzó los tobillos. Honey examinó los pies calzados con sandalias de su prima y sus uñas esmaltadas. Consideraba a Chantal la mujer más bonita que había visto nunca. Costaba trabajo creer que fuese la hija de Earl y Sophie Booker, ninguno de los cuales había ganado jamás ningún premio por su aspecto físico. Chantal tenía una mata de pelo oscuro y rizado, unos ojos exóticos con las comisuras ligeramente inclinadas hacia arriba, una boquita encarnada y una figura femenina y delicada. Con el cabello oscuro y la piel olivácea, parecía una mujer latina y fogosa, una impresión engañosa por cuanto Chantal no tenía mucho más brío que un viejo lebrel un tórrido día de agosto. De todas formas, Honey la quería.

El humo del cigarrillo subió en espiral desde el labio superior de Chantal hasta sus fosas nasales mientras inhalaba.

—Daría cualquier cosa por casarme con una estrella del cine. Lo digo en serio. Daría lo que fuera por ser la señora Reynolds.

En opinión de Honey, Burt Reynolds era unos veinte años demasiado viejo para Chantal, pero sabía que nunca podría convencer a su prima de ello, de modo que jugó su mejor carta directamente.

—El señor Burt Reynolds es sureño. A los sureños les gusta casarse con vírgenes.

—Todavía soy virgen.

—Gracias a mí.

—No iba a dejar que Chris llegara hasta el final.

—Chantal, es posible que no fueras capaz de detenerlo una vez que estuviera excitado. Sabes que no se te da muy bien decir que no a la gente.

—¿Se lo contarás a mamá?

—No serviría de mucho. Se limitaría a cambiar de canal y seguiría durmiendo. Es la tercera vez que te pillo con uno de esos universitarios. Vienen husmeando, como si emitieras una señal de radio o algo así. ¿Y qué me dices de ese chico con el que estuviste en la Casa del Horror el mes pasado? Cuando te encontré, te había metido la mano en el pantalón.

—Es agradable cuando los chicos hacen eso. Además, era muy simpático.

Honey bufó irritada. No servía de nada hablar con Chantal. Era dulce, pero no muy lista. Claro que Honey no tenía derecho a criticarla. Por lo menos Chantal había terminado el instituto, que era más de lo que Honey había podido hacer.

Honey no había dejado la escuela porque fuera tonta: era una lectora voraz y siempre había sido lista como un zorro. La había dejado porque tenía cosas mejores que hacer que malgastar su tiempo con un hatajo de chicas ignorantes, las cuales decían a todo el mundo que era lesbiana solo porque le tenían miedo.

Ese recuerdo aún la hacía sentirse como si se escabullera para esconderse en alguna parte. Honey no era bonita como las demás chicas. No vestía ropa atractiva ni tenía una personalidad dicharachera, pero eso no significaba que fuese lesbiana, ¿verdad? Esta pregunta la importunaba porque no estaba del todo segura de la respuesta. Desde luego, no podía concebir dejarse tocar por un chico por debajo del pantalón como hacía Chantal.

La voz de Chantal rompió el silencio que se había instalado entre ellas.

—¿Piensas alguna vez en tu madre?

—Ya no tanto. —Honey tiró de un trozo de madera astillada de la cubierta—. Pero, ya que has sacado el tema, no estaría mal pensar en lo que le ocurrió a mi madre cuando era aún más joven que tú. Se dejó toquetear por un universitario, y eso le arruinó la vida.

—No te sigo. Si tu mamá no se hubiese acostado con ese universitario, tú no habrías nacido. ¿Dónde estarías entonces?

—Eso no viene al caso. La cuestión es que... los universitarios solo quieren una cosa de las chicas como tú y mi madre. Solo quieren sexo. Y después de conseguirlo, desaparecen. ¿Quieres acabar sola con un bebé al que cuidar y sin más ayuda que la de la asistencia social?

—Chris dijo que soy más bonita que cualquiera de las chicas de la universidad que conoce.

Era inútil. Chantal siempre se las arreglaba para despistarse cuando Honey trataba de hacerle entender algo. En ocasiones así, Honey perdía la esperanza. ¿Cómo podría su prima manejar su vida si Honey no estuviera con ella para cuidarla? Aunque Chantal era mayor, Honey llevaba años cuidando de ella, intentando enseñarle a distinguir lo bueno de lo malo y a desenvolverse en el mundo. Saber acerca de tales cosas parecía algo natural para Honey, pero Chantal era muy semejante a Sophie. No sentía demasiado interés por nada que exigiera esfuerzo.

—Honey, ¿por qué no te arreglas un poco para poder tener también algún novio?

Honey se levantó de un salto.

—¡No soy una maldita lesbiana, si te refieres a eso!

—No es eso lo que digo. —Chantal contempló pensativamente el humo que se enroscaba desde la punta de su cigarrillo—. Supongo que si fueras lesbiana, yo sería la primera en saberlo. Hemos dormido en la misma cama desde que viniste a vivir con nosotros, y nunca has intentado nada conmigo.

Algo apaciguada, Honey volvió a sentarse.

—¿Has practicado hoy con el bastón?

—Quizá..., no me acuerdo.

—Lo has hecho, ¿verdad?

—Hacer girar el bastón es difícil, Honey.

—No es difícil. Solo requiere práctica, nada más. ¿Sabes?, la semana que viene tengo intención de ponerle llamas.

—¿Por qué tenías que elegir algo tan difícil como hacer girar un bastón?

—No sabes cantar. No tocas ningún instrumento musical ni bailas claqué. Fue lo único que se me ocurrió.

—No sé por qué es tan importante para mí ganar el concurso de Miss Paxawatchie County. Y todavía menos cuando la gente de Disney va a comprar el parque.

—Eso no lo sabemos, Chantal. No es más que un rumor. Les

escribí otra carta, pero no hemos recibido noticias, y no podemos quedarnos de brazos cruzados.

—El año pasado no me hiciste participar en el concurso. ¿Por qué tengo que hacerlo este año?

—Porque el premio del año pasado era cien dólares y una sesión de maquillaje en los grandes almacenes Dundee's. El de este año es un viaje con todos los gastos pagados a Charleston y una prueba para *The Dash Coogan Show*.

—Esa es otra, Honey —se quejó Chantal—. Creo que te has hecho unas expectativas poco realistas sobre todo eso. Yo no sé nada de salir en televisión. He estado pensando en hacerme peluquera. Me gustan los peinados.

—No tienes que saber nada de salir en televisión. Quieren una cara nueva. Te lo he explicado cien veces.

Honey rebuscó en su bolsillo y sacó el arrugado folleto que daba toda la información sobre el concurso de Miss Paxawatchie County de ese año. Lo abrió por la última página. La luna no iluminaba lo suficiente para poder leer la letra pequeña, pero la había estudiado tantas veces que se la sabía de memoria.

La ganadora del concurso de Miss Paxawatchie County recibirá un viaje con todos los gastos pagados a Charleston, por gentileza del patrocinador del concurso, los grandes almacenes Dundee's. Una vez en Charleston, hará una prueba para *The Dash Coogan Show,* un nuevo programa de televisión muy esperado que se rodará en California.

Los productores de *The Dash Coogan Show* están haciendo pruebas a bellezas sureñas en siete ciudades en busca de una actriz que interprete el papel de Celeste, la hija del señor Coogan. Debe tener entre dieciocho y veintiún años, ser guapa y hablar con un fuerte acento regional. Además de visitar Charleston, los productores también harán pruebas para actrices en Atlanta, Nueva Orleáns, Birmingham, Dallas, Houston y San Antonio.

Honey frunció el ceño. Esa parte le molestaba. Aquella gente de la televisión visitaba tres ciudades en Texas, pero solo una en los estados sureños. No se requería mucha materia gris para entender que preferirían una texana, lo cual no le extrañaba por cuanto Dash Coogan era el rey de las estrellas del western, pero aun así no le gustaba. Cuando volvió a mirar el folleto, se consoló con la certeza de que no podía haber una sola mujer en todo Texas que fuese más bonita que Chantal Booker.

Las finalistas de la búsqueda de talentos de las siete ciudades viajarán a Los Ángeles para hacer una prueba cinematográfica personal con el señor Coogan. Los cinéfilos recordarán a Dash Coogan por su multitud de papeles protagonistas en más de veinte películas, entre ellas *Lariat* y *Alamo Sunset*, las más famosas. Este será su primer programa de televisión. Todos esperamos que nuestra Miss Paxawatchie County interprete a su hija.

Chantal interrumpió sus pensamientos.
—Verás, la cuestión es que... quiero casarme con una estrella del cine. No ser una.
Honey no le hizo caso.
—Ahora mismo lo que tú quieres no tiene la menor importancia. Estamos al borde de una situación desesperada, y eso significa que tenemos que buscarnos la vida. La holgazanería es el inicio de una larga caída en el sistema de asistencia social, y ahí es donde acabaremos si no hacemos que pasen cosas. —Se abrazó las rodillas y redujo su voz a un susurro—. Tengo esta sensación en el fondo del estómago, Chantal. Apenas sé explicarlo, pero tengo la profunda sensación de que esa gente de la televisión te echará una ojeada y te convertirá en una estrella.
El suspiro de Chantal fue tan prolongado que pareció provenir de los dedos de sus pies.
—A veces me mareas, Honey. Debes de haber salido a aquel universitario que fue tu padre, porque no te pareces a ninguna de nosotras.

—Debemos mantener nuestra familia —dijo Honey con vehemencia—. Sophie no sirve para nada, y yo soy demasiado joven para tener un trabajo decente. Tú eres nuestra única esperanza, Chantal. Desde que empezaste a hacer de modelo en los grandes almacenes Dundee's, ha quedado claro que eres la mejor oportunidad que tiene esta familia. Si la gente de Disney no compra este parque, debemos tener preparado otro plan. Nosotras tres somos una familia. No podemos dejar que le ocurra nada a nuestra familia.

Pero Chantal se había distraído con el cielo nocturno y los sueños de casarse con una estrella del cine, y ya no la escuchaba.

2

—Y nuestra nueva Miss Paxawatchie County, 1980, es... ¡Chantal Booker!

Honey se levantó de un salto con un grito espeluznante que se elevó por encima de los aplausos del público. El altavoz atronó: «Saludos a Broadway» y Laura Liskey, Miss Paxawatchie County del año anterior, posó la corona sobre la cabeza de Chantal. La ganadora esbozó una sonrisa. La corona se ladeó, pero ella no se dio cuenta.

Honey saltaba de un lado a otro, dando palmas y aullando. Al fin y al cabo aquella semana terrible tenía un final feliz. Chantal había ganado el concurso, pese al hecho de que su ejercicio con el bastón era la peor rutina de talentos que se había visto desde hacía tres años, cuando Mary Ellen Ballinger había bailado claqué al son de «Jesucristo Superstar». A Chantal se le había caído el bastón en cada doble reverso y había omitido la mitad de su gran final, pero estaba tan guapa que no le había importado a nadie. Y había estado mejor de lo que Honey se esperaba durante la sesión de preguntas y respuestas. Cuando le habían preguntado por sus proyectos de futuro, había anunciado obedientemente que quería ser terapeuta de la palabra y de oído o misionera, tal como Honey le había indicado. Honey no se arrepentía para nada de haber insistido en aquella mentira. Era mucho mejor que dejar que Chantal proclamara al mundo que lo que en realidad esperaba de la vida era casarse con Burt Reynolds.

Mientras aplaudía, Honey dio gracias a Dios en silencio por haber sido lo bastante inteligente para renunciar al número del bastón en llamas. Chantal habría hecho más daño a Paxawatchie County con esas llamas que el ejército entero de William Tecumseh Sherman.

Diez minutos después, mientras se abría camino entre la multitud hacia el espacio entre bastidores del auditorio del instituto, hizo caso omiso de los corros de familiares reunidos por todas partes sonriendo a las chicas ataviadas con sus vaporosos vestidos: madres orondas y padres parcialmente calvos, tías y tíos, abuelas y abuelos. Nunca miraba a las familias si podía evitarlo. *Nunca.* Había cosas que dolían demasiado para soportarlas.

Vio a Shep Watley, el alguacil del condado, con su hija Amelia. El mero hecho de verlo ensombreció su entusiasmo por el triunfo de Chantal. La víspera Shep había clavado en la entrada un cartel notificando la apertura de un juicio hipotecario, el cual cerraba el parque para siempre, y la había puesto tan nerviosa que no había podido dormir en toda la noche. Ahora que Chantal había ganado el concurso, Honey se dijo que no importaba la apertura del juicio hipotecario ni el hecho de que la gente de Disney no hubiese contestado sus cartas. En cuanto los agentes del casting de televisión vieran a Chantal, se enamorarían de ella tal como habían hecho los miembros del jurado. Chantal empezaría a ganar mucho dinero y podrían recomprar el parque.

Llegada a este punto, su imaginación vaciló. Si Chantal iba a ser una estrella de cine en California, ¿cómo podrían volver a estar juntas en el parque?

Últimamente la preocupación comenzaba a ser una mala costumbre suya, e hizo todo lo posible por sacudírsela de encima. Se sintió el pecho henchido de orgullo cuando vio a Chantal hablando con la señorita Monica Waring, la directora del concurso. Chantal estaba preciosa allí de pie, con el vestido blanco que había llevado en el baile de gala del último año y la corona de diamantes de imitación sobre sus rizos negros como la tinta, asintiendo y sonriendo a todo cuanto la señorita Waring le decía. La gente de la televisión no podría resistirse a ella.

—De acuerdo, señorita Waring —estaba diciendo Chantal cuando Honey se acercó—. No me importa el cambio.

—Eres una chica encantadora por ser tan comprensiva.

Monica Waring, la esbelta y elegante mujer que era tanto la directora del concurso como la ejecutiva de relaciones públicas de los grandes almacenes Dundee's, parecía tan aliviada por la respuesta de Chantal que Honey receló en el acto.

—¿De qué se trata?

Honey dio un paso adelante, con su instinto crispado como el hocico de un conejo oliendo el peligro.

Chantal miró nerviosa a ambas mujeres mientras las presentaba de mala gana.

—Señorita Waring, le presento a mi prima, Honey Moon.

Monica Waring se mostró sorprendida, como solía hacer la gente cuando oía su nombre por primera vez.

—Qué nombre tan poco común.

Según Sophie, cuando Honey nació, la enfermera había dicho a Carolann que tenía una niña dulce como la miel, y Carolann decidió enseguida que le gustaba ese nombre. No fue hasta que llegó la partida de nacimiento y la madre de Honey vio el nombre entero impreso por primera vez que se dio cuenta de que tal vez había cometido un error.*

Puesto que Honey no quería que nadie pensara que su madre era estúpida, dio su respuesta habitual.

—Es tradición familiar. Pasa de hija mayor a hija mayor. Una Honey Moon detrás de otra hasta los tiempos de la Revolución.

—Comprendo. —Si Monica Waring pensó que era insólito que tantas generaciones de mujeres fecundas no hubiesen cambiado nunca de apellido, no lo demostró. Se volvió hacia Chantal y le acarició el brazo—. Felicidades otra vez, querida. Y me ocuparé de los cambios el lunes.

—¿De qué cambios se trata? —preguntó Honey antes de que la señorita Waring pudiera alejarse.

---

* *Honey Moon* significa en inglés, literalmente, «luna de miel». (*N. del T.*)

—Esto... Jimmy McCully y sus amigos me están haciendo señas —dijo Chantal, nerviosa—. Es mejor que vaya a saludarlos.

Y se escabulló antes de que Honey pudiera detenerla.

La señorita Waring miró a la espalda de Honey.

—He explicado nuestro pequeño lío a Chantal, pero quería hablar con la señora Booker personalmente.

—Mi tía Sophie no está aquí. Padece de... esto... la vesícula biliar, y con el dolor y todo eso tiene que quedarse en casa. Yo estoy *in loco parentis,* si sabe a qué me refiero.

La señorita Waring levantó sus cejas cuidadosamente pintadas.

—¿No eres un poco joven para estar *in loco parentis*?

—He cumplido diecinueve años —respondió Honey.

La señorita Waring pareció escéptica, pero no insistió en el tema.

—Estaba explicando a Chantal que hemos tenido que hacer un pequeño cambio en el premio para la ganadora. Seguimos regalando el viaje de dos días a Charleston, pero en lugar de la prueba para el programa de televisión alquilaremos una limusina para llevar a la ganadora y a un invitado de su elección en una visita guiada por la ciudad seguida de una maravillosa cena en un restaurante de cuatro estrellas. Y, por supuesto, Chantal tendrá la habitual sesión de maquillaje en los grandes almacenes Dundee's.

En el espacio entre bastidores hacía calor por la acumulación de gente, pero Honey experimentó escalofríos por todo el cuerpo.

—¡No! ¡El primer premio es una prueba para *The Dash Coogan Show*!

—Me temo que eso ya no es posible. Pero no es culpa de Dundee's, debo añadir. Al parecer el equipo de casting ha tenido que modificar su calendario... aunque creo que podrían habérmelo notificado antes de ayer por la tarde. En lugar de venir a Charleston el próximo miércoles, como estaba previsto, estarán en Los Ángeles haciendo las últimas pruebas a las chicas que ya han seleccionado.

—¿Que no vendrán a Charleston? ¡No pueden hacer eso! ¿Cómo verán a Chantal?

—Lo siento, pero no verán a Chantal. Han encontrado suficientes chicas en Texas para suspender la selección.

—Pero usted no lo entiende, señorita Waring. Sé que elegirían a Chantal para el papel si tuvieran ocasión de verla.

—Me temo que no estoy tan segura como tú. Chantal es muy guapa, pero la competencia por el papel ha sido enorme.

Honey acudió enseguida en defensa de su prima.

—¿La culpa solo porque se le ha caído el bastón? Eso fue idea mía. Es una actriz nata. Debería haberle dejado hacer ese monólogo de *El mercader de Venecia* como ella quería, pero no, tuve que pedirle que hiciera girar el maldito bastón. Chantal tiene mucho talento. Katharine y Audrey Hepburn son sus ídolos.

Sabía que se estaba mostrando desesperada, pero no podía evitarlo. Su miedo aumentaba a cada segundo. Aquel concurso era la última esperanza que abrigaban de un futuro decente, y no iba a permitir que se lo arrebataran.

—He hablado con el director del casting varias veces. Han visto a cientos de chicas hasta seleccionar el grupo de finalistas que harán la prueba en Los Ángeles, y las posibilidades de que Chantal fuese la elegida son muy remotas.

Honey apretó los dientes y se irguió de puntillas hasta situarse casi a la altura de los ojos de la directora del concurso.

—Escúcheme, señorita Waring, y escúcheme con atención. Tengo el folleto aquí, en el bolsillo. Dice bien claro que la ganadora del concurso de Miss Paxawatchie County hará una prueba para *The Dash Coogan Show,* y estoy dispuesta a hacer que lo cumpla. Le concedo hasta el lunes por la tarde para conseguir que Chantal haga esa prueba. De lo contrario, contrataré a un abogado, y ese abogado la demandará. Y luego demandará a los grandes almacenes Dundee's. Y luego demandará a todos los funcionarios de Paxawatchie County que hayan tenido algo que ver con este concurso.

—Honey...

—Estaré en el almacén el lunes a las cuatro de la tarde. —Apuntó con el dedo el pecho de Monica Waring—. A menos que tenga alguna noticia positiva que darme, esta será la última vez que me ve sin el peor hijo de puta que los juzgados de Carolina del Sur hayan visto jamás andando a mi lado.

La bravata de Honey se desinfló en el trayecto de vuelta a casa. No tenía dinero para contratar a un abogado. ¿Cómo iban a tomarse en serio su amenaza en los grandes almacenes?

Pero en su vida no había lugar para los pensamientos negativos, de modo que se pasó todo el domingo y la mayor parte del lunes tratando de convencerse de que su farol daría resultado. Nada ponía más nerviosa a la gente que la amenaza de un pleito, y los grandes almacenes Dundee's no iban a querer una publicidad negativa. Pero, por más que intentaba animarse, se sentía como si sus sueños de futuro se estuvieran hundiendo junto con el *Bobby Lee*.

Llegó la tarde del lunes. Pese a su bravata mental, Honey estaba casi mareada por los nervios cuando localizó el despacho de Monica Waring en la tercera planta de Dundee's. Cuando se detuvo en la puerta y asomó la cabeza, vio una pequeña estancia presidida por una mesa de acero cubierta de pilas ordenadas de papeles. Había carteles de promoción y anuncios de los grandes almacenes alineados en un tablón de corcho que colgaba delante de la única ventana del despacho.

Honey carraspeó y la directora del concurso levantó la vista de su mesa, orientada hacia la puerta.

—Vaya, mira quién ha venido —dijo, quitándose unas gafas de montura de plástico negra y levantándose de la silla.

Había en su voz una suficiencia que no le gustó nada a Honey. La directora del concurso rodeó la mesa. Tras apoyar una cadera contra el borde, se cruzó de brazos.

—Tú no tienes diecinueve años, Honey —dijo, demostrando a las claras que no veía ninguna necesidad de andarse por las ramas—. Eres una chica de dieciséis años que dejó el instituto con fama de agitadora. Siendo menor, no tienes ninguna autoridad legal sobre tu prima.

Honey se dijo que amilanar a la señorita Waring no sería más difícil que amilanar al tío Earl cuando llevaba encima unos cuantos vasos de whisky. Se encaminó hacia la única ventana de la habitación y, actuando como si el mundo la trajera sin cuidado, miró al otro lado de la calle hacia el carril de acceso al First Carolina Bank.

—No hay duda de que se ha dedicado a hurgar en mi vida personal, señorita Waring —dijo alargando las palabras—. Mientras hacía sus pesquisas, ¿ha llegado a descubrir que la madre de Chantal, mi tía, la señora Booker, padece una profunda locura inducida por el dolor por la muerte de su marido, Earl T. Booker? —Se volvió despacio hacia la directora del concurso—. ¿Y ha llegado a descubrir también que yo he estado manteniendo a la familia desde que él murió? ¿Y que la señora Booker, que no es menor de edad desde hace por lo menos veinticinco años, hace todo aquello que yo le digo, incluyendo azotar este establecimiento cobarde con el mayor juicio que se haya visto nunca?

Para asombro y deleite de Honey, su discurso cortó las alas a Monica Waring. Puso algunos reparos más, pero Honey se dio cuenta de que básicamente eran fanfarronadas. Era evidente que sus superiores le habían ordenado que preservara el buen nombre de Dundee's a toda costa. Pidió a una secretaria que trajera a Honey una Coca-Cola, luego se disculpó y se alejó precipitadamente por el pasillo. Media hora después, regresó con varias hojas grapadas.

—Los productores de *The Dash Coogan Show* han accedido muy amablemente a hacer una breve prueba a Chantal en Los Ángeles con las otras chicas el jueves —anunció con frialdad—. He anotado la dirección del estudio y también he incluido la información que me enviaron hace unos meses sobre el programa. Chantal y su acompañante deberán estar en Los Ángeles el jueves a las ocho de la mañana.

—¿Cómo vamos a llegar allí?

—Me temo que eso es cosa vuestra —respondió la mujer fríamente mientras entregaba a Honey el material que tenía en las manos—. El concurso no se hace responsable del traslado. Creo que estarás de acuerdo en que hemos sido más que razonables con respecto a esta situación. Por favor, desea a Chantal buena suerte de parte de todos nosotros.

Honey cogió los papeles como si estuviera haciendo un favor a la señorita Waring y salió sin prisa del despacho. Pero en cuanto alcanzó el pasillo, su bravuconería se desinfló. Apenas tenía dinero para los billetes de avión. ¿Cómo iba a llevar a Chantal hasta Los Ángeles?

Cuando entró en el ascensor, trató de cobrar ánimos de la lección de la Black Thunder. Siempre había esperanza.

—Creo que finalmente has perdido lo que te quedaba de juicio, Honey Jane Moon —dijo Chantal—. Esa camioneta no llegaría ni al límite del estado, y todavía menos hasta California.

La vieja y desvencijada camioneta que se hallaba junto a la caravana de Sophie era el único vehículo que quedaba en el parque. La carrocería había sido roja, pero se había remendado con masilla gris tantas veces que poco quedaba de su pintura original. Puesto que a Honey le preocupaba exactamente lo mismo, la tomó con Chantal.

—No llegarás a ninguna parte en la vida si sigues pensando tan negativamente. Debes tener una actitud positiva hacia los retos que te plantee la vida. Además, Buck le ha puesto un alternador nuevo. Ahora carga esa maleta en la parte trasera mientras intento una vez más hablar con Sophie.

—Pero, Honey, yo no quiero ir a California.

Honey no hizo caso del tono quejumbroso de su prima.

—Pues es una lástima, porque vas a ir. Sube a esa camioneta y espérame.

Sophie estaba tendida en el sofá viendo sus programas de televisión vespertinos del lunes. Honey se arrodilló en el suelo y tocó la mano de su tía, pasándole con delicadeza un dedo sobre los hinchados nudillos. Sabía que a Sophie no le gustaba que la tocasen, pero a veces no podía evitarlo.

—Sophie, tienes que cambiar de opinión y venir con nosotras. No quiero dejarte aquí sola. Además, cuando la gente de la televisión ofrezca a Chantal ese papel en *The Dash Coogan Show*, querrán hablar con su madre.

Los ojos de Sophie siguieron fijos en la parpadeante pantalla.

—Me temo que estoy demasiado cansada para ir a ninguna parte, Honey. Además, Cinnamon y Shade van a casarse esta semana.

Honey apenas pudo contener su frustración.

—Esto es la vida real, Sophie, no un serial. Debemos hacer planes para el futuro. Ahora el banco es el dueño del parque, y no podremos seguir viviendo aquí mucho más tiempo.

Los párpados de Sophie formaron unos toldos hundidos sobre sus ojillos cuando miró a Honey por primera vez. Honey escrutó enseguida su cara en busca de algún pequeño indicio de afecto, pero, como de costumbre, no vio en ella más que desinterés y cansancio.

—El banco no ha dicho nada de que vaya a echarme, así que creo que me quedaré donde estoy.

Intentó una última súplica.

—Te necesitamos, Sophie. Ya sabes cómo es Chantal. ¿Y si algún chico trata de aprovecharse de ella?

—Tú te encargarás de él —repuso Sophie con voz cansada—. Te ocuparás de todo. Siempre lo haces.

A primera hora de la tarde del miércoles, Honey estaba muerta de cansancio. Tenía los ojos tan secos como la pradera de Oklahoma que se extendía infinitamente a ambos lados de la carretera, y había empezado a cabecear sin previo aviso. Sonó un claxon y abrió los ojos de golpe. Dio un volantazo justo antes de que el vehículo rebasara la doble línea amarilla.

Llevaban en la carretera desde la noche del lunes, pero ni siquiera habían llegado a Oklahoma City. Habían perdido el silenciador cerca de Birmingham, sufrido una fuga en un manguito justo después de Shreveport y hecho remendar dos veces el mismo neumático. Honey no creía en la mentalidad negativa, pero su reserva para gastos de emergencia iba menguando más deprisa de lo que se había imaginado, y sabía que no podría conducir mucho más tiempo sin dormir.

En el otro lado de la camioneta, Chantal dormía como un bebé, con las mejillas sonrosadas por el calor y los mechones de pelo negro agitados por el viento que entraba a través de la ventana abierta.

—Chantal, despierta.

Chantal frunció la boca como un bebé buscando el pezón. Sus pechos se aplanaron bajo la camiseta blanca sin mangas cuando se desperezó.

—¿Qué pasa?

—Vas a tener que conducir un rato. Necesito dormir un poco.

—Conducir me pone nerviosa, Honey. Párate en un área de descanso de la autopista y echa una cabezada.

—Tenemos que seguir o no llegaremos a Los Ángeles a las ocho mañana por la mañana. Ya llevamos mucho retraso.

—No quiero conducir, Honey. Me pone demasiado nerviosa.

Honey se planteó insistir y optó por no hacerlo. La última vez que había hecho conducir a Chantal, su prima se había quejado tanto que al fin y al cabo Honey no había podido dormir. La camioneta volvió a acercarse a la línea amarilla. Honey sacudió la cabeza, tratando de aclarársela, y entonces pisó el freno nada más avistar al autoestopista.

—Honey, ¿qué haces?

—Nada que te incumba.

Se arrimó a la cuneta y bajó de la camioneta, dejando el motor en marcha para no tener que molestarse en volver a arrancarlo. Pisó una bota de goma rota mientras bajaba por el arcén de la autopista. El autoestopista caminaba hacia ella cargado con un viejo saco gris de arpillera.

Honey no tenía intención de poner en peligro a Chantal recogiendo a un pervertido, de modo que lo examinó detenidamente. Tenía poco más de veinte años, un rostro agradable, el pelo castaño y revuelto, un bigote escuálido y ojos soñolientos. Su barbilla parecía algo endeble, pero Honey decidió que no podía culparlo de algo que debía de ser más un reflejo de sus antepasados que de su carácter.

Se fijó en los pantalones de color caqui que llevaba con una camiseta y preguntó esperanzada:

—¿Eres militar?

—No. Yo no.

Honey entrecerró los ojos.

—¿Universitario?

—Pasé un semestre en la Iowa State, pero me escapé.

Honey hizo un leve asentimiento de aprobación.

—¿Adónde vas?

—A Albuquerque, supongo.

Parecía inofensivo, pero también lo parecían todos aquellos asesinos en serie sobre los cuales leía en el *National Enquirer* de Chantal.

—¿Has conducido alguna vez una camioneta?

—Sí. Y también tractores. Mis padres son agricultores. Tienen una granja no muy lejos de Dubuque.

—Me llamo Honey Jane Moon.

El muchacho parpadeó.

—Un nombre curioso.

—¿Sí? Bueno, pues no lo elegí yo, así que te agradeceré que te reserves tus opiniones.

—Ningún problema. Yo me llamo Gordon Delaweese.

Honey sabía que tenía que decidirse, y no podía permitirse cometer un error.

—¿Vas a la iglesia, Gordon?

—No. Ya no. Pero antes era metodista.

Metodista no estaba tan bien como bautista, pero tendría que servir. Honey hundió el pulgar en el bolsillo de sus tejanos y lo miró con hostilidad, dejándole bien claro quién mandaba.

—M prima Chantal y yo vamos de camino hacia California para que Chantal consiga un papel en un programa de televisión.

Viajamos sin parar y tenemos que estar allí mañana por la mañana a las ocho o perderemos lo que parece nuestra última oportunidad de conservar la dignidad. Intenta algo raro y te echaré a patadas de esa camioneta. ¿Entendido?

Gordon asintió con vacilación, lo que la indujo a pensar que quizá no era más inteligente que Chantal. Lo condujo a la camioneta y, cuando llegaron a ella, le dijo que condujera él.

El muchacho la miró y se rascó el pecho.

—¿Cuántos años tienes, por cierto?

—Casi veinte. Y salí de la cárcel la semana pasada por disparar a un hombre en la cabeza, así que, si sabes lo que te conviene, no me causes problemas.

El chico no respondió; arrojó su saco de arpillera detrás del asiento y parpadeó varias veces al ver a Chantal. Honey se sentó en el lado del pasajero y puso a Chantal en el medio. Gordon metió la marcha y salió a la autopista. Honey se durmió en unos segundos.

Varias horas después algo la despertó y, cuando vio el modo en que Gordon Delaweese y Chantal Booker se miraban de soslayo, se dio cuenta de que había cometido un tremendo error.

—Eres muy guapa —dijo Gordon, y su piel bronceada se sonrojó al mirar a Chantal.

Ella tenía el codo recostado sobre el respaldo del asiento y se inclinaba hacia él como un álamo mecido por el viento.

—Admiro a los hombres con bigote.

—¿De veras? Estaba pensando en afeitármelo.

—Oh, no, no lo hagas. Hace que te parezcas al señor Burt Reynolds.

Los párpados de Honey se abrieron del todo.

La voz de Chantal estaba preñada de admiración.

—Creo que es emocionante que viajes por todo el país en autoestop solo para experimentar la vida.

—Supongo que tienes que verlo todo si quieres ser artista —respondió Gordon.

Se situó en el carril izquierdo para adelantar un viejo cacharro que hacía casi tanto ruido como su camioneta.

—No he conocido nunca un pintor.

A Honey no le gustó el tono dulce y sentimental de la voz de Chantal. No necesitaban más complicaciones. ¿Por qué su prima tenía que enamorarse de cada chico que conocía? Decidió que había llegado el momento de interrumpir.

—Eso no es cierto, Chantal. ¿Qué me dices de aquel hombre que vino al parque para pintar el mural de la Casa del Horror?

—Eso no es verdadero arte —se burló Chantal—. Gordon es un artista de verdad.

A Honey le gustaba el mural de la Casa del Horror, pero sus gustos en arte tendían a ser más católicos que los de la mayoría de la gente. Gordon lanzó otra mirada lasciva a Chantal, y Honey optó por bajarle los humos.

—¿Cuántos cuadros has pintado, Gordon?

—No lo sé.

—¿Más de cien?

—No tantos.

—¿Más de cincuenta?

—Seguramente no.

Honey soltó un bufido.

—No entiendo cómo puedes decir que eres pintor si ni siquiera has pintado cincuenta cuadros.

—Lo que importa es la calidad —intervino Chantal—. No la cantidad.

—¿Desde cuándo te has convertido en una gran entendida en arte, Chantal Booker? Sé con certeza que los únicos cuadros en los que te fijas son de gente desnuda.

—No dejes que Honey hiera tus sentimientos, Gordon. Tiene sus momentos.

Honey quiso ordenarle que se parara en el arcén de la autopista de inmediato y sacara su endeble barbilla de la camioneta, pero sabía que lo necesitaba si quería llegar a Los Ángeles a tiempo para esa prueba, así que se mordió la lengua.

Aún no tenía ganas de volver a conducir, pero como no podía

soportar ver a aquel par mirándose embobados sacó los papeles que Monica Waring le había entregado. Contenían señas manuscritas para llegar al estudio, así como un breve resumen de *The Dash Coogan Show*. Lo examinó.

Se produce una serie de situaciones de un humor hilarante cuando el ex jinete de rodeo Dash Jones (Dash Coogan) se casa con la hermosa dama de la alta sociedad de la Costa Este Eleanor Chadwick (Liz Castleberry) y descubren que el amor es más divertido la segunda vez. Él anhela la vida en el campo, mientras que ella prefiere los cócteles elegantes. Para complicar más las cosas, la hermosa hija adolescente de Dash, Celeste (papel por asignar), y el hijo casi adulto de Eleanor, Blake (Eric Dillon), sienten una atracción mutua. Todos ellos descubren que el amor es más divertido la segunda vez.

Honey se sorprendió preguntándose quién escribía cosas como «situaciones de un humor hilarante». *The Dash Coogan Show* no le parecía tan divertido, pero como no podía permitirse ser crítica, se dijo que el señor Coogan no participaría en algo que fuese basura.

Siempre había estado enamorada de las estrellas del cine, no como Chantal, pero siempre había alimentado una admiración secreta por Dash Coogan. Desde que era niña, había visto sus películas. Sin embargo, ahora que lo pensaba, se percató de que había pasado tanto tiempo sin hacer una nueva película de cowboys que no parecía ser tan conocido.

Se estremeció de emoción. No era de las que se dejaban impresionar por las estrellas del cine, pero ¿no estaría bien llegar a tener la ocasión de conocer al viejo Dash Coogan cuando llegara a Hollywood? Eso sí estaría bien.

3

Honey tendió el mejor vestido de los domingos de Chantal a través de la puerta parcialmente abierta de los servicios de la estación de Shell.

—Date prisa, Chantal. Son casi las once. Hace tres horas que ha empezado la prueba.

Honey tenía su vieja camiseta de Myrtle Beach Fun in the Sun pegada al pecho por un sudor nervioso. Se frotó las palmas húmedas en su pantalón corto y observó inquieta el tráfico que pasaba.

—¡Chantal, date prisa!

Su estómago bombeaba bilis. ¿Y si las pruebas ya habían terminado? La camioneta se había averiado en la autopista de San Bernardino, y entonces Chantal y Gordon habían tenido una riña de enamorados en la cuneta. Honey había empezado a sentirse como si estuviera atrapada en una de esas pesadillas en las que trataba de llegar a alguna parte pero no lo conseguía.

—Si no te das prisa, Chantal, nos perderemos la prueba.

—Creo que empieza a venirme la regla —gimió Chantal desde el otro lado de la puerta.

—Seguro que hay lavabos allí donde vamos.

—¿Y si no tienen una de esas máquinas que venden Tampax? ¿Qué haré entonces?

—¡Iré a comprarte los malditos Tampax! Chantal, si no sales ahora mismo...

La puerta se abrió y Chantal salió, con un aspecto tan fresco y atractivo con su vestido blanco de los domingos que parecía salida de un anuncio de detergente Tide.

—No tienes por qué gritar.

—Lo siento. Solo estoy nerviosa.

Honey la cogió por el brazo y la arrastró hacia la camioneta. Gordon había obedecido las órdenes de Honey y había dejado el vehículo en marcha. Honey lo sacó de un empujón y se puso al volante. Salió del aparcamiento y se adentró en el tráfico, haciendo caso omiso de un semáforo que estaba más rojo que ámbar. No había estado nunca en una ciudad más grande que Charleston, y el ruido y el bullicio de Los Ángeles eran aterradores, pero no tenía tiempo de ceder a sus miedos. Transcurrieron treinta minutos más hasta que dio con el estudio a la altura de una travesía de Burbank. Se había esperado algo más elegante, pero los altos muros de hormigón hacían que aquel sitio pareciera una prisión. Pasó más tiempo hasta que finalmente el vigilante les franqueó la entrada.

Siguiendo las instrucciones del vigilante, Honey enfiló una calle estrecha, giró a la izquierda hacia otro edificio de paredes de hormigón y unas ventanitas junto a la entrada. Cuando se apeó de la camioneta, sudaba tanto que parecía recién salida de la ducha. Había confiado en librarse de Gordon en la estación de servicio de Shell, pero él no había querido abandonar a Chantal. No daba precisamente una buena imagen, con la cara sin afeitar y la ropa sucia, y Honey le dijo que tendría que aguardar en la camioneta. Al igual que su prima, el muchacho empezaba a acostumbrarse a obedecer sus órdenes, y accedió a quedarse.

La mujer apostada a la entrada les dijo que las pruebas aún continuaban, pero que ya habían llamado a la última chica. Durante unos momentos aterradores, Honey temió que la mujer les dijera que llegaban demasiado tarde, pero en lugar de eso las mandó a una vieja sala de espera de paredes grises, muebles mal aparejados y un montón de revistas tiradas y latas de refrescos dietéticos dejadas por sus antiguas ocupantes.

Cuando entraron en la sala desierta, Chantal empezó a emitir un gemido junto a Honey.

—Tengo miedo, Honey. Vámonos. No quiero hacer esto.

Honey, presa de la desesperación, volvió a Chantal hacia un manchado espejo colgado en la pared.

—Mírate, Chantal Booker. La mitad de las estrellas de Hollywood no tienen tan buen aspecto como tú. Ahora endereza la espalda y levanta la barbilla. ¿Quién sabe? Burt Reynolds podría entrar por esa puerta en cualquier momento.

—Pero no puedo hacer esto, Honey. Estoy demasiado asustada. Además, desde que he conocido a Gordon Delaweese, ya no pienso tanto en Burt Reynolds.

—No hace ni veinticuatro horas que conoces a Gordon, y has estado enamorada de Burt Reynolds durante dos años. No creo que debas abandonarlo tan pronto. Y ahora no quiero oír ni una palabra más, Chantal. Nuestro maldito futuro depende de lo que ocurra hoy aquí.

La puerta se abrió a su espalda y una voz masculina se entrometió en su intimidad.

—Dile que tengo que ver a Ross, ¿quieres?

Honey se preparó en el acto para luchar con cualquier nuevo enemigo que pudiera aparecer para cuestionar su derecho a estar allí. Apretó los dientes y se volvió.

Y su corazón se precipitó a través de un agujero abierto en el fondo de su estómago.

Cuando el desconocido entró en la habitación, Honey se sintió como si hubiera sido arrollada por un tráiler sin frenos bajando por una curva. Era el joven más apuesto que había visto nunca: de veintipocos años, alto y delgado, con el pelo castaño cayéndole desordenado sobre la frente. Tenía la nariz y la mandíbula fuertes y bronceadas, como correspondían a un hombre. Bajo unas cejas muy pobladas, sus ojos eran del mismo turquesa intenso que las sillas pintadas de los caballitos del tiovivo del parque, y se posaron sobre sus formas más femeninas. En ese momento, mientras sondeaba las profundidades de aquellos ojos turquesa que parecían horadarle la piel, su feminidad le hizo una inoportuna visita.

Sus deficiencias físicas se abrieron en su mente como heridas supurantes: su cara pecosa de chico, su pelo mutilado y la boca de rémora. Llevaba el pantalón corto manchado de grasa de carburador, se había derramado Orange Crush sobre la camiseta y a sus viejas chancletas de goma azules les faltaba la tira del talón. La atormentó su corta estatura, su ausencia de pechos, la falta de cualquier atributo femenino que compensara sus defectos.

El muchacho observó a Honey y a Chantal con serenidad, sin mostrarse nada sorprendido de encontrarse delante de dos mujeres sin habla. Honey trató de articular las sencillas sílabas de «hola», sin éxito. Esperó que interviniera Chantal —siempre tan lanzada con los chicos—, pero su prima se había parapetado detrás de ella. Cuando Chantal habló por fin, dirigió su comentario a Honey y no al encantador desconocido.

—Es Jared Fairhaven —susurró, quedándose aún más atrás de Honey.

¿Cómo sabía Chantal quién era?

—Ho... hola, señor Fairhaven —logró decir finalmente Honey con la voz temblorosa de una chiquilla, que nada tenía que ver con los gritos profanos que usaba para llamar al orden a los empleados del parque.

Los ojos del joven se fijaron en todas las partes de Chantal que no estaban escondidas detrás del cuerpo más pequeño de Honey. No sonrió —por alguna razón su boca, firme y estrecha, no parecía estar hecha para eso—, pero aun así a Honey se le encogieron las entrañas como una prenda lavada a mano.

—Me llamo Eric Dillon. Jared Fairhaven es el papel que hacía en *Destiny*.

Honey recordó vagamente que *Destiny* era uno de los seriales que veía Sophie. Sintió una punzada al ver cómo miraba a su prima. Pero, entonces, ¿qué esperaba? ¿De veras creía que se fijaría en ella estando Chantal presente?

Los hombres eran lo único que Chantal sabía manejar, y Honey no lograba entender por qué seguía escondiéndose detrás de ella en vez de avanzar y entablar conversación, como solía hacer. Incapaz de resistir la indignidad de parecer no solo fea sino también estúpida, tragó saliva.

—Me llamo Honey Jane Moon. Esta es mi prima, Chantal

Booker. Somos de Paxawatchie County, Carolina del Sur, y estamos aquí para que Chantal consiga un papel en *The Dash Coogan Show*.

—¿Es eso cierto? —Tenía una voz grave y sonora. Dio un paso adelante, sin hacer caso de Honey mientras miraba a Chantal de arriba abajo—. Hola, Chantal Booker.

Habló en un tono suave y aterciopelado que hizo que Honey sintiera un escalofrío de los pies a la cabeza.

Para su absoluto asombro, Chantal empezó a estirarla hacia la puerta.

—Vamos, Honey. Salgamos de aquí ahora mismo.

Honey trató de resistirse, pero Chantal estaba resuelta. La dulce y perezosa Chantal, que tenía el juicio de un mosquito, ¡la estaba arrastrando a través de la moqueta!

Honey se agarró a la máquina expendedora de refrescos.

—¿Qué te pasa? No vamos a ninguna parte.

—Sí, nos vamos. No voy a hacer esto. Nos vamos ahora mismo.

La puerta de la sala de espera se abrió y apareció una joven de aspecto andrajoso con un sujetapapeles. Cuando vio a Eric Dillon, se mostró momentáneamente desconcertada, y luego se dirigió a Chantal.

—Estamos listos para verla, señorita Booker.

La recién llegada constituía un obstáculo más para que Chantal pudiera hacerles frente a todos, y su momentánea rebelión se extinguió. Soltó el brazo de Honey y empezó a temblarle el labio inferior.

—Por favor, no me obligues a hacer esto.

Honey sintió una punzada de culpabilidad, pero se armó de valor para afrontar la angustia de Chantal.

—Tienes que hacerlo. No nos queda nada más.

—Pero...

Eric Dillon dio un paso adelante y cogió a Chantal por el brazo.

—Vamos, yo entraré contigo.

A Honey le pareció ver que Chantal se retraía, pero decidió que debía de ser cosa de su imaginación porque Chantal no había retrocedido jamás ante un hombre. Su prima dejó caer los hombros en un gesto de resignación mientras dejaba que Eric Dillon la sacara de la sala de espera.

La puerta se cerró. Honey se llevó la palma de la mano al corazón para impedir que se le saliera del pecho. Todo su futuro dependía de lo que sucediera ahora, pero se sentía completamente desorientada por su encuentro con Eric Dillon. De haber sido bonita se habría fijado en ella. Pero ¿quién podía reprocharle que no hiciera caso a una chica de campo fea y menuda que de todos modos parecía un chico?

Se encaminó inquieta hacia la única ventana de la estancia, que daba al aparcamiento. Oyó la sirena de una ambulancia a lo lejos. Tenía las palmas húmedas. Se contó las respiraciones durante unos momentos para calmarse y luego miró afuera. No había mucho que ver: algunos arbustos y unas cuantas furgonetas de reparto que pasaban.

Se abrió la puerta y Chantal volvió a aparecer, esta vez sola.

—Han dicho que no tengo el tipo adecuado.

Honey parpadeó.

No habían transcurrido ni cinco minutos.

Habían cruzado todos los Estados Unidos de América y aquella gente ni siquiera había pasado cinco minutos con Chantal.

Todos sus sueños se arrugaron como papel viejo y amarillento. Pensó en el dinero cuidadosamente reunido que se había gastado para llegar hasta allí. Pensó en sus esperanzas, en sus planes. El mundo giró a su alrededor, peligroso y fuera de su control. Estaba perdiendo su casa; no disponía de recursos para mantener a su familia. Y no habían concedido a Chantal ni cinco minutos.

—¡No!

Se precipitó a través de la puerta por la que Chantal acababa de entrar y salió corriendo al pasillo. ¡Nadie iba a torearla de ese modo! No después de todo lo que había pasado. ¡Alguien tendría que pagar!

Chantal gritó su nombre, pero Honey había visto una serie de puertas metálicas con una bombilla roja encendida sobre ellas al final del pasillo, y la voz de su prima parecía venir desde miles de kilómetros. Con el corazón latiéndole, Honey corrió hacia las puertas. Las empujó con todas sus fuerzas e irrumpió en el estudio.

—¡Hijos de puta!

Media docena de cabezas se volvieron hacia ella. Estaban reunidas en el fondo del estudio detrás de utensilios de equipo, una confusión de rostros de hombres y mujeres. Algunos estaban de pie, otros sentados en sillas plegables alrededor de una mesa cubierta de tazas de café y envases de comida rápida. Eric Dillon estaba recostado contra la pared fumando un cigarrillo, pero ni siquiera su magnetismo era una fuerza suficiente para hacerle olvidar la abominable injusticia que acababan de cometer.

Una mujer, alta y delgada, se levantó de un salto de la silla.

—Un momento, jovencita —dijo, avanzando hacia Honey—. No tienes ningún derecho a estar aquí.

—¡Mi prima y yo hemos recorrido todo el trayecto desde Carolina del Sur, malditos hijos de puta! —gritó Honey, apartando de un empujón una silla plegable que se interponía en su camino—. Hemos pinchado tres neumáticos, hemos gastado la mayor parte de nuestro dinero, ¡y no habéis pasado ni cinco minutos con ella!

—Llamad a seguridad.

La mujer lanzó el mando por encima del hombro.

Honey dirigió su ira contra la mujer.

—Chantal es guapa y dulce, y la habéis tratado como si fuese un montón de mierda de perro maloliente...

La mujer chasqueó los dedos.

—¡Richard, sácala de aquí!

—Crees que solo por ser una gran ejecutiva de Hollywood puedes tratarla como una mierda. Pues bien, la mierda eres tú, ¿me oyes? Tú y todos esos gilipollas que están ahí sentados.

Algunas personas más se habían puesto en pie. Honey se volvió hacia ellas, con los ojos encendidos y coléricos y la garganta obstruida.

—Os quemaréis todos en el infierno. Arderéis en el fuego del infierno eterno, y...

—¡Richard! —bramó la voz de la mujer con autoridad.

Un hombre pelirrojo, obeso y con gafas se había adelantado, y ahora sujetaba a Honey por el brazo.

—Vete.

—Y un cuerno.

Honey echó el pie hacia atrás y le propinó un fuerte puntapié en la espinilla. Se aguantó la respiración cuando el dolor le recorrió todo el pie desde los dedos desprotegidos.

El hombre aprovechó su distracción para empujarla hacia la puerta.

—Esto es una reunión privada. No puedes entrar aullando de ese modo.

Honey se debatió, tratando inútilmente de zafarse de los dedos que la atenazaban.

—¡Suéltame, gilipollas ignorante! ¡He matado a un hombre! ¡He matado a tres!

—¿Habéis llamado a seguridad?

Era una voz nueva, y pertenecía a un hombre con camisa y corbata, el pelo plateado y un aire de autoridad.

—Les he llamado, Ross —respondió alguien más—. Ya vienen.

La arrastraron por el lado de Eric Dillon. Él la miró con ojos inexpresivos. El hombre llamado Richard casi la había llevado hasta la puerta. Era blando y débil, y no habría ofrecido mucha resistencia a alguien con una fuerza razonable. Pero ella era demasiado pequeña. ¡Ojalá fuese más grande, más fuerte, más parecida a un hombre! Entonces le enseñaría. ¡Les enseñaría a todos!

Lo golpeó con los puños y los insultó a todos con cada improperio que conocía. Eran pretenciosos e hipócritas, esa gente rica con familias que los esperaban en casa y camas en las que dormir por la noche.

—Suéltala.

La voz provino de su espalda. Era áspera y cansina, con una pronunciación larga y afectada.

La mujer de rostro severo dio un respingo indignado.

—No hasta que salga de aquí.

La voz cansina volvió a hablar.

—He dicho que la soltéis.

El hombre del pelo plateado llamado Ross intervino.

—No me parece prudente.

—No me importa si es prudente o no. Richard, quítale las manos de encima.

Milagrosamente, Honey se vio liberada.

—Ven aquí, bonita —dijo aquella voz áspera y cansina.

Unas arrugas semejantes a agallas enmarcaban la boca de su salvador, y la marca de sol de una cinta de sombrero le dividía la frente: piel pálida sobre la línea, piel bronceada debajo. Era delgado y chupado, y Honey no tuvo que verle andar para saber que era estevado. Lo primero en que pensó fue que debería estar en un anuncio con un Stetson en la cabeza y un Marlboro en la boca, solo que tenía la cara demasiado arrugada para salir en anuncios. Su pelo corto y tieso era una combinación de rubio grisáceo, castaño y rojizo. Aparentaba cuarenta y pocos años, pero sus ojos de color avellana debían de tener un millón.

—¿Cómo te llamas, pequeña?

—Honey.

—¿Nada más?

Sus ojos afables le inspiraron la suficiente confianza para responder.

—Honey Jane Moon.

Esperó que el desconocido hiciera algún chascarrillo sobre su nombre, pero guardó silencio, sin preguntarle nada más, limitándose a dejar que lo observara. A Honey le gustaba su ropa: una vieja camisa de algodón, pantalones mediocres, botas, todo ello cómodo y gastado.

—¿Te apetece acercarte y hablarme un poco? —dijo el hombre al cabo de un rato—. Te permitirá recobrar el aliento.

Honey empezaba a sentirse mareada de tanto gritar. Tenía el estómago revuelto, y le dolían los dedos de los pies.

—Supongo que sí.

Mientras él la conducía hacia un par de sillas instaladas delante de una especie de papel azul claro, Honey hizo caso omiso de la conversación en voz baja de fondo.

—Siéntate aquí, Honey —dijo el hombre—. Si no te importa, voy a pedir a estos chicos que enciendan las cámaras mientras tú y yo hablamos.

El hombre llamado Ross dio un paso al frente.

—No veo ninguna necesidad de esto.

El rescatador de Honey lo miró con ojos fríos e inexpresivos.

—Durante semanas hemos hecho esto a tu manera, Ross —dijo con aspereza—. Se me ha agotado la paciencia.

Honey miró las cámaras con recelo.

—¿Por qué quiere encender esas cámaras? ¿Trata de meterme en apuros con la policía?

Él rio entre dientes.

—Hay más probabilidades de que la policía me persiga a mí que a ti, pequeña.

—¿De veras? ¿Por qué?

—¿Y si me dejas preguntar a mí un rato?

Inclinó la cabeza hacia la silla, sin obligarla a sentarse, sino dejándole elegir. Honey lo miró fijamente a los ojos, pero no pudo ver nada que la intimidara, de modo que se sentó.

Fue una decisión sabia, porque sus piernas no la habrían sostenido mucho más tiempo.

—¿Te importa decirme qué edad tienes?

La había atacado con una pregunta directa. Lo examinó, tratando de situarse leyendo su intención, pero su semblante era más cerrado que una bolsa Ziploc.

—Dieciséis —contestó finalmente Honey, para su sorpresa.

—Parece que tengas doce o trece.

—También parezco un chico, pero no lo soy.

—No creo que parezcas un chico.

—¿No lo cree?

—No. De hecho, creo que eres una monada.

Antes de que ella pudiera preguntarle si era un cerdo machista y paternalista, la golpeó con otra pregunta.

—¿De dónde eres?

—De Paxawatchie County, Carolina del Sur. El Parque de

Atracciones de Silver Lake. Es el lugar de la montaña rusa Black Thunder. Quizá haya oído hablar de ella. Es la montaña rusa más famosa del Sur. Hay quien dice que de todo el país.

—No creo que lo supiera.

—Hablando en sentido estricto, supongo que quizá ya no soy del parque. El alguacil lo cerró la semana pasada.

—Lamento oír eso.

Su compasión parecía tan sincera que Honey empezó a contarle lo que había ocurrido. Como se mostraba tan poco exigente y parecía concederle siempre la opción de no contestar sus amables preguntas, Honey comenzó a olvidarse de las demás personas presentes en la habitación, de las luces y las cámaras. Se cruzó de piernas, se frotó los doloridos dedos de los pies y se lo explicó todo. Le habló de la muerte del tío Earl, del *Bobby Lee* y de la traición del señor Disney. Lo único que se calló fue el trastorno mental de Sophie, porque no quería que supiera que había una persona loca en su familia.

Al cabo de un rato los dedos de los pies dejaron de dolerle tanto, pero cuando empezó a describir su viaje a través del país volvió a experimentar retortijones.

—¿Ha visto a mi prima? —le preguntó.

El hombre asintió con la cabeza.

—¿Cómo ha podido pasar solo cinco minutos con ella? ¿Cómo puede alguien tratarla así? ¿No le parece guapa?

—Sí, es preciosa, de acuerdo. Comprendo por qué estás tan orgullosa de ella.

—Desde luego que lo estoy. Es guapa y dulce, y ha entrado aquí aun estando medio muerta de miedo.

—Parecía algo más que medio muerta de miedo, Honey. Ni siquiera ha querido ponerse delante de la cámara. No todo el mundo está hecho para hacer carrera en televisión.

—Ella podría —insistió Honey con obstinación—. La gente puede hacer cualquier cosa que se proponga.

—Llevas mucho tiempo viviendo con los puños cerrados, ¿verdad?

—Hago lo que debo.

—No parece que se hayan ocupado de ti.

—Cuido de mí misma. Y cuido de mi familia. Encontraré una casa donde vivir en alguna parte. Una casa en la que podamos estar juntas. Y no dependeremos de la asistencia social.

—Eso es bueno. A nadie le gusta aceptar limosnas.

—Creo que mantener a tu familia es lo más importante del mundo.

Se instaló el silencio entre ambos. Entre las sombras detrás de las luces, Honey atisbó algún que otro movimiento. La intimidaba que la observaran de ese modo, sin decir nada, allí sentados como una bandada de buitres.

—¿Lloras alguna vez, Honey?

—¿Yo? Claro que no.

—¿Por qué no?

—¿De qué sirve llorar?

—Apuesto que lloraste cuando eras una niña.

—Solo justo después de morir mi madre. Desde entonces, cada vez que las cosas se ponían feas, montaba en la Black Thunder. Supongo que es una de las mejores cosas que tiene una montaña rusa.

—¿Cómo?

No iba a decir que se sentía próxima a Dios en la montaña rusa, así que se limitó a responder:

—Una montaña rusa te da esperanza. Puedes montar en una y disfrutar del viaje durante la peor tragedia que te presente la vida. Incluso puedes montar en ella durante la muerte de alguien, supongo.

La distrajo un ruido. Detrás de las cámaras, vio a Eric Dillon empujar las puertas metálicas con la palma de la mano y salir.

El hombre sentado a su lado cambió de posición.

—Voy a pedirte una cosa, Honey, y no creo que sea demasiado difícil. En mi opinión, esta gente te debe un favor. Has hecho un largo viaje para verlos, y lo menos que pueden hacer es instalaros a ti y a tu prima en un buen hotel durante unas noches. Tendréis comida abundante, personal a vuestro servicio y ellos lo pagarán todo.

Honey lo miró con recelo.

—Esta gente no me considera mejor que un gusano en carne podrida. ¿Por qué pagarían la estancia de Chantal y yo en un hotel elegante?

—Porque yo les diré que deben hacerlo.

Su absoluta certeza la llenó de una combinación de envidia y adoración. Algún día quería ser poderosa como él, conseguir que la gente hiciera exactamente lo que ella decía. Pensó en su oferta y no pudo ver ningún impedimento evidente. Además, no creía que pudiera soportar el regreso hasta Carolina del Sur sin algo de comida y una noche de descanso. Por no hablar del hecho de que casi se le había acabado el dinero.

—De acuerdo, me quedaré. Pero solo hasta que decida que estoy preparada para irme.

El hombre asintió y todo el mundo empezó a moverse a la vez. Hubo una conferencia de susurros en el fondo del estudio, y luego la ayudanta de aspecto andrajoso que se había llevado a Chantal a su prueba se adelantó. Después de presentarse como Maria, dijo a Honey que la ayudaría a acomodarse en un hotel. Maria señaló a algunas de las demás personas presentes en el estudio. La mujer de rostro severo era la directora del casting y la jefa de Maria. El hombre de traje y corbata con el pelo plateado era Ross Bachardy, uno de los productores.

Maria la condujo hacia las puertas del estudio. En el último momento Honey se volvió para dirigirse al hombre que la había rescatado.

—No soy una ignorante, ¿sabe? Lo he reconocido nada más verlo. Sé exactamente quién es usted.

Dash Coogan asintió con la cabeza.

—Ya me lo imaginaba.

Cuando las puertas se cerraron detrás de Maria y Honey, Ross Bachardy golpeó su sujetapapeles y se levantó de un salto de la silla.

—Tenemos que hablar, Dash. Vamos a mi despacho.

Dash se palpó los bolsillos hasta que sacó un paquete sin abrir de LifeSavers de menta. Tiró del precinto rojo y luego arrancó el envoltorio de papel de plata mientras seguía a Ross fuera del estudio a través de una puerta lateral. Cruzaron un aparcamiento y entraron en un edificio bajo y estucado que albergaba los despachos de producción y las salas de edición. Situado al final de un estrecho pasillo, el desordenado despacho de Ross Bachardy estaba decorado con citas enmarcadas además de fotos autografiadas de los actores con los que había trabajado durante sus veinte años como productor de televisión. Sobre su mesa descansaba una cubitera medio llena de gominolas.

—Te has pasado de la raya, Dash.

Dash se metió un LifeSaver en la boca.

—Me parece que, ya que este programa se va directamente al carajo, no deberías preocuparte tanto por las formalidades.

—No se va al carajo.

—Puede que no sea un genio, Ross, pero sé leer, y ese guión piloto que me dijiste que iba a ser tan maravilloso es el trozo de estiércol más penoso que he visto jamás. La relación entre mi personaje y Eleanor es una estupidez. ¿Por qué se casan? Y ese no es el único problema. Un papel higiénico mojado es más interesante que esa hija, Celeste. Es asombroso que una gente que se hace llamar guionistas pueda llegar a producir algo así.

—Estamos trabajando con un borrador preliminar —repuso Ross a la defensiva—. Las cosas son siempre un poco ásperas al principio. La nueva versión será una gran mejora.

Las excusas de Ross sonaban huecas incluso a sus propios oídos. Se encaminó hacia un pequeño mueble-bar y sacó una botella de Canadian Club. No solía beber, y todavía menos a una hora tan temprana, pero la tensión de emitir su tempestuosa serie de televisión le había crispado los nervios hasta el límite. Ya había vertido un poco dentro de un vaso cuando recordó con quién estaba y se apresuró a dejar el vaso.

—Oh, Dios mío. Lo siento, Dash. No pensaba.

Dash observó la botella de whisky durante unos segundos, y luego se guardó los LifeSavers en el bolsillo de la camisa.

—Puedes beber en mi presencia. Llevo casi seis años sobrio; no te lo quitaré.

Ross tomó un sorbo, pero era evidente que se sentía incómodo. Las antiguas cuitas de Dash Coogan con el alcohol eran casi tan conocidas como sus tres matrimonios y su más reciente batalla con Hacienda.

Uno de los técnicos asomó la cabeza dentro del despacho.

—¿Qué quieres que haga con esta cinta de vídeo? La del señor Coogan y la chica.

Dash se encontraba más cerca de la puerta y cogió el casete.

—Puedes dármela a mí.

El técnico desapareció. Dash miró la cinta.

—Aquí es donde reside tu historia —dijo en voz baja—. Justo aquí. En ella y yo.

—Eso es ridículo. Sería un programa completamente distinto si utilizáramos a esa chica.

—De eso no hay duda. Tal vez no sería la porquería que es ahora. —Tiró el casete sobre la mesa de Ross—. Esa muchacha es lo que hemos estado esperando, el elemento que nos ha faltado desde el principio. Ella es el catalizador que hará funcionar este programa.

—Por el amor de Dios, Celeste tiene dieciocho años, y tiene que ser guapa. No me importa la edad que tu chica afirma tener, no aparenta más de doce, y desde luego no es nada guapa.

—Puede que no sea guapa, pero no me negarás que tiene personalidad.

—Su relación amorosa con el personaje de Eric Dillon constituye uno de los ejes principales del guión. No puede decirse que esté a la altura de Dillon.

Coogan frunció los labios al oír mencionar el nombre del joven actor. No había ocultado su antipatía por Dillon, y Ross lamentó haber sacado el tema.

—Hay otro punto en el que tú y yo diferimos —dijo Dash—. En vez de contratar a alguien de confianza, tuviste que buscar un chico guapo con el don de tener rabietas y causar problemas.

Por primera vez desde que habían entrado en su despacho, Ross se sintió como si tuviese conocimiento de causa.

—Ese chico guapo es el mejor actor joven que esta ciudad ha visto en muchos años. *Destiny* era el serial menos valorado de la cadena hasta que entró él en el reparto, y en menos de seis meses subió hasta el número uno.

—Sí, lo vi un par de veces. Lo único que hacía era pasearse sin camisa.

—Y también se quitará la camisa en este programa. Seríamos tontos si no explotáramos su atractivo sexual. Pero no mezcles eso con su talento. Es apasionado, tiene empuje, y apenas ha demostrado aún lo que es capaz de hacer.

—Si tanto talento tiene, debería poder dominar una línea argumental más estimulante que una relación amorosa con una de esas modelos de ropa interior texanas que tratas de contratar para que interprete a mi hija.

—El concepto del programa...

—El concepto no funciona. Esa trama de paleto sobre un segundo matrimonio no da la talla porque, para empezar, la audiencia no va a entender nunca por qué la pretenciosa dama de ciudad y el vaquero se han casado. Y nadie en el mundo creerá que cualquiera de esas reinas de la belleza a las que has traído a las pruebas es en realidad hija mía. Sabes tan bien como yo que no soy Lawrence Olivier. Yo me interpreto a mí mismo en la pantalla. Es lo que espera la gente. Esas chicas y yo no encajamos.

—Dash, ni siquiera hemos hecho leer unas frases a esa chica. Mira, si lo dices de veras, la haré volver mañana y los dos podréis hacer la escena inicial entre Dash y Celeste. Entonces verás lo ridícula que resulta esta idea.

—Aún no lo entiendes, ¿verdad, Ross? No vamos a leer juntos esa escena inicial. Es una porquería. Esa chiquilla no va a interpretar a Celeste. Se interpretará a sí misma. Interpretará a Honey.

—¡Esto altera todo el concepto del programa!

—Ese concepto apesta.

—Ha aparecido de la nada, y no sabemos nada de ella.

—Sabemos que es mitad niña y mitad mariscal de campo.

Sabemos que es unos años más joven que su verdadera edad y unas décadas mayor, las dos cosas a la vez.

—No es actriz, por el amor de Dios.

—Es posible, pero mírame a los ojos y dime que no has sentido alguna emoción cuando la has visto hablar conmigo.

Ross extendió una mano, con la palma abierta, en un gesto de apaciguamiento.

—Muy bien, es todo un personaje, te lo reconozco. Y admitiré incluso que los dos juntos habéis tenido algunos momentos interesantes. Pero *The Dash Coogan Show* no consiste en eso. En teoría tú y Liz sois recién casados con hijos casi adultos. Mira, Dash, los dos sabemos que el guión piloto no es como esperábamos que fuera, pero mejorará. Y hasta sin un buen guión inicial, el programa funcionará porque la gente lo pondrá para verte. América te quiere. Eres el mejor, Dash. Siempre lo has sido, y nada va a cambiar eso.

—Sí. Eso es cierto. Nadie interpreta a Dash Coogan como yo lo hago. Ahora, ¿qué te parece si dejas de adular a este viejo y dejas ver a tus sobrevalorados guionistas esta cinta? A juzgar por su trayectoria, no son ni la mitad de estúpidos de lo que parecen. Dales cuarenta y ocho horas para inventarse un concepto nuevo.

—¡No podemos cambiar el concepto del programa a estas alturas!

—¿Por qué no? No empezaremos a rodar hasta dentro de seis semanas. Los platós y los exteriores no tienen por qué cambiar. Inténtalo. Y diles que se olviden de la línea humorística mientras trabajan.

—¡El programa es una comedia, por el amor de Dios!

—Entonces hagamos que sea divertida.

—Ya es divertida —repuso Ross a la defensiva—. Mucha gente considera que es divertidísima.

Dash habló con voz triste:

—No es divertida, y no es sincera. ¿Qué te parece si pides a los guionistas que por lo menos traten de que sea un poco más sincera esta vez?

Ross siguió a Dash con la mirada cuando salía de su despacho.

El actor tenía fama de hacer su trabajo sin prestar atención a los detalles. No había oído decir nunca que Dash Coogan se preocupase por un guión.

Ross cogió el vaso y tomó un trago largo y pensativo. Quizá no fuera tan extraño que Dash demostrase más interés en este proyecto que en otros. Los estragos de una vida difícil se habían reflejado en la cara del actor, disimulando el hecho de que apenas tenía cuarenta años. También era el último de una orgullosa estirpe de vaqueros de la gran pantalla que había cobrado vida a principios del siglo XX con William S. Hart y Tom Mix. Una estirpe que había conocido la gloria con Cooper y Wayne en los años cincuenta y luego se había vuelto cínica con el tiempo en los spaghetti westerns de Eastwood de los setenta. Ahora Dash Coogan era un anacronismo. El último héroe americano del cine del Oeste estaba atrapado en los ochenta tratando de encajarse en una pantalla demasiado pequeña para contener una leyenda.

No era de extrañar que empezara a asustarse.

4

Eric Dillon era objeto de fantasías femeninas. Moreno, huraño y guapísimo, era Heathcliff vuelto supersónico y lanzado a través del tiempo a la era nuclear. La gente lo miraba mientras seguía a los dos dobles a través de la multitud que abarrotaba el Auto Plant, el nuevo local nocturno de moda en Los Ángeles. Los dobles eran rubios, exhibían sonrisas y conductas de animales de fiestas, mientras que Eric se mostraba serio y distante. Llevaba una chaqueta sport sobre una camiseta negra rasgada y unos vaqueros descoloridos. Se había peinado el pelo hacia atrás, y sus ojos turquesa observaban atentamente el mundo con un cinismo demasiado auténtico para alguien tan joven.

Una azafata tocada con una gorra de montar y vestida con un delantal que dejaba visibles tanto los pechos como las piernas los condujo a una mesa. Eric sabía por el modo en que lo miraba que lo había reconocido, pero la chica no dijo nada hasta que se hubo sentado.

—*Destiny* es mi serie favorita, y pienso que eres el mejor, Eric.
—Gracias.

Se preguntó por qué había dejado convencerse por Scotty y Tom para acompañarlos esa noche. Detestaba los mercados de carne como ese, y tampoco sentía demasiado afecto por ninguno de los dobles.

—Voy a la Universidad de California durante el día —prosiguió la azafata— y programo todas mis clases para no perdérmela.

—No me digas.

Desvió los ojos hacia los bailarines que ocupaban la pista. Ya había oído aquello una docena de veces. En ocasiones se preguntaba por qué la Universidad de California se molestaba en impartir clases entre la una y las dos de la tarde.

—No me puedo creer que dejes *Destiny* —se lamentó la muchacha con un mohín. Tenía una cara de niña sorprendentemente inocente debajo de la capa de maquillaje aplicada con profesional esmero—. Lo va a estropear todo.

—El programa tiene un reparto estupendo. Ni siquiera me echarás de menos.

El reparto era, en el mejor de los casos, mediocre, formado por un hatajo de viejas glorias y aspirantes la mayoría de los cuales no tenían ni el suficiente respeto por su profesión para aprenderse el papel.

La azafata buscaba un pretexto para quedarse allí. Él se volvió e hizo un comentario sin sentido a Tom. Pese al revelador atuendo de la chica, irradiaba una frescura como de rocío que lo atraía, pero cuando encendió un cigarrillo supo que no haría nada al respecto. Jamás se liaba con muchachas inocentes. Aunque solo tenía veintitrés años, había aprendido tiempo atrás que hacía daño a criaturas indefensas de ojos ilusionados y corazón blando, y por eso se mantenía alejado de ellas.

Cuando la azafata se marchó, una camarera apareció a su lado.

—Hola, señor Dillon. No me puedo creer que esté en mi mesa. La semana pasada tuve a Sylvester Stallone.

—¿Qué te parece?

—¿Y cómo era? —preguntó Scotty.

Los dobles recopilaban cotilleos sobre las estrellas de cine como quien colecciona sellos. Llevaban meses tratando de conseguir trabajo en una película de Stallone.

—Oh, estuvo muy simpático. Y me dejó cincuenta dólares de propina.

Scotty se echó a reír y sacudió su rubia cabezota en un gesto de admiración.

—Supongo que puede permitírselo. Ese Sly es todo un tipo.

Eric pidió una cerveza. Se preocupaba demasiado por su cuerpo para maltratarlo, y nunca tomaba más de dos copas cuando salía. Tampoco consumía drogas. Se negaba a convertirse en un zombi quemado como tantos otros del oficio. El tabaco era su único vicio, y dejaría ese hábito tan pronto como las cosas se calmaran.

Durante las dos horas siguientes trató de divertirse. La mayoría de las chicas del lugar querían conocerlo, pero se puso su cartel invisible de «Prohibida la entrada», de modo que solo las más agresivas lo molestaban. Un chico con el pelo moldeado con el secador le ofreció coca que, según él, era pura, pero Eric lo mandó a tomar viento.

Él y Tom jugaban una partida de billar americano en una salita revestida de casilleros metálicos y relojes cuando una tetuda rubia en un reluciente vestido azul se le acercó. Eric comprendió enseguida que era su tipo de mujer: bien formada y guapísima, cuatro o cinco años mayor que él, bien maquillada y con ojos expertos. Una indestructible. Mientras se aproximaba a la mesa de billar, Eric recordó por qué se había dejado convencer por Scotty y Tom para que los acompañara esa noche. Quería echar un polvo.

—Hola. —La mujer desplazó su mirada desde un mechón de pelo oscuro que le había caído sobre la frente hasta la entrepierna de sus vaqueros—. Me llamo Cindy. Soy una gran admiradora tuya.

Él se puso el cigarrillo en la comisura de la boca y la miró a través del humo.

—¿De veras?

—Una gran admiradora. Mis amigas me han retado a conseguir tu autógrafo.

Eric frotó el taco con la tiza.

—Y tú no eres la clase de chica que rechaza un reto, ¿verdad?

—Ni hablar.

Dejó el taco y cogió el grueso rotulador negro que ella le ofrecía; luego esperó a que le pasara un papel para el autógrafo. Sin embargo, la mujer se le arrimó más y se bajó el tirante de su vestido azul, dejando al descubierto el hombro para que lo firmara.

Eric rozó ligeramente la carne que le había expuesto con la punta del rotulador.

—Si tengo que dejar mi autógrafo sobre la piel, ¿por qué no firmar sobre algo más interesante que un hombro?

—Tal vez soy tímida.

—¿Por qué será que no me lo creo?

Sin molestarse en volver a subirse el tirante del vestido, la muchacha apoyó la cadera en el borde de la mesa de billar y cogió el vaso de 7-Up de Eric. Tomó un sorbo e hizo una mueca al comprobar que no llevaba alcohol.

—Una chica que conozco me ha dicho que se acostó contigo.

—Es posible.

Eric tiró el cigarrillo al suelo y lo pisoteó.

—¿Te acuestas con muchas chicas?

—Es mejor que ver la tele. —Bajó los ojos hasta su pecho—. Bueno, ¿quieres ese autógrafo o no?

El hielo tintineó en el vaso cuando la mujer lo dejó.

—Claro. ¿Por qué no? —Sonriendo, se dobló por la cintura y le ofreció las nalgas—. ¿Es esto merecedor de tu tiempo?

Scotty y Tom rieron con disimulo.

Eric vaciló solo un momento antes de pasar por encima de su taco. Diablos, si a ella no le importaba, a él tampoco.

—Desde luego que sí.

Al subirle la falda dejó al descubierto unas braguitas transparentes de color azul pálido. Con una mano se las bajó hasta la parte superior de los muslos y destapó el rotulador. Los que jugaban a billar en la mesa vecina se dieron cuenta de lo que ocurría y se pararon a mirar. En letras bien grandes, le estampó su firma en las nalgas: «Eric» en la derecha y «Dillon» en la izquierda.

—Es una lástima que no tengas un segundo nombre de pila —dijo Scotty con una mirada lasciva.

Eric cogió su vaso y tomó un trago. Ella no se movió mientras él seguía mirándola. Unas gotas de condensación cayeron del vaso sobre su piel, bajaron por la ladera redondeada y desembocaron en el valle. El repentino frío le puso la carne de gallina, y Eric notó que estaba excitado.

Le dio una palmada en el trasero y le enganchó las braguitas con el índice para subírselas.

—¿Qué te parece si salimos de aquí, Cindy?

Después de pasar su vaso a Tom, tiró a Scotty un par de billetes de veinte y se dirigió hacia la salida. No se le ocurrió volverse para ver si ella lo seguía. Siempre lo hacían.

—*Déjame ir contigo, Eric. Por favor.*
—*Sé realista, enano.*
—*Pero, Eric, quiero ir contigo. Esto es aburrido.*
—*Echarás de menos* Barrio Sésamo.
—*No he visto* Barrio Sésamo *desde que era pequeño, tonto del culo.*
—*¿Cuándo fue eso, Jase? ¿Hace dos semanas?*
—*Te crees muy duro solo porque tienes quince años y yo tengo diez. Vamos, Eric. Por favor, Eric. Por favor.*

Eric abrió los ojos de golpe. Su almohada estaba empapada en sudor y el corazón le martilleaba contra las costillas. Abrió la boca buscando aire.

«Jason. Oh, Dios mío, Jase, lo siento.»

Notaba la sábana pegajosa sobre su pecho. Por lo menos había despertado antes de que el sueño empeorase, antes de que oyera aquel grito terrible.

Se incorporó en la cama, encendió la luz y buscó a tientas sus cigarrillos. La mujer acostada a su lado se movió.

—¿Eric?

Por un momento no pudo recordar quién era. Y entonces cayó en la cuenta. La chica del culo autografiado. Dejó caer los pies sobre el borde de la cama, encendió el cigarrillo con manos temblorosas e inhaló profundamente el humo en sus pulmones.

—Sal de ahí.
—¿Qué?
—He dicho que salgas.

—Son las tres de la madrugada.
—Tienes coche.
—Pero, Eric...
—¡Que te largues, joder!

La muchacha saltó de la cama y recogió su ropa. Después de vestirse apresuradamente, se encaminó hacia la puerta.

—Eres un perfecto capullo, ¿lo sabes? Y ni siquiera tienes un buen polvo.

Cuando la puerta se cerró de golpe tras ella, Eric volvió a recostarse en las almohadas. Dando otra calada al cigarrillo, miró al techo. Si Jase aún viviera, ahora tendría diecisiete años. Eric intentó imaginarse una versión adolescente de su hermanastro, con su cuerpo regordete y paticorto, su cara redonda y sus gafas de empollón. El torpe, timorato y bondadoso Jase, que había creído que el mundo giraba alrededor de su hermano mayor. Dios, cuánto había querido a ese niño. Más de lo que querría nunca a nadie.

Las voces volvieron hasta él. Las voces que nunca estaban lejos.

—*Vas a coger el coche de papá, ¿verdad?*
—*Métete en tus asuntos, carabobo.*
—*No deberías hacerlo, Eric. Si lo descubre, no te dejará sacarte el carnet.*
—*No lo descubrirá. A menos que se lo diga alguien.*
—*Llévame contigo y no diré nada. Te lo prometo.*
—*No se lo dirás de todos modos. Porque si lo haces, te hostiaré.*
—*Mentiroso. Siempre dices eso, pero nunca lo haces.*

Eric cerró los ojos con fuerza. Recordó haber sujetado la cabeza de Jase de forma amistosa y haberle frotado la parte superior con los nudillos, procurando no hacerle daño —siempre con cuidado de no hacerle daño—, solo para endurecerlo un poco. Su madrastra, Elaine, que era la madre de Jason, lo protegía en exceso. Hacía que Eric se preocupara por el pequeño roedor. Jason era la clase de niño con el que los demás chicos se metían en el acto y no sabían cuándo parar, no como lo hacía Eric. A veces Eric quería hostiarlos a todos por meterse con Jase, pero nunca lo hacía porque sabía que eso solo empeoraría las cosas para su hermanastro.

—*De acuerdo, zoquete. Pero si te llevo conmigo esta noche, tienes que prometerme que no me molestarás durante los dos próximos meses.*

—*Lo prometo. Te lo prometo, Eric.*

Y se lo había llevado. Había dejado que Jason se subiera al asiento del pasajero del Porsche 911 de su padre, el coche que le estaba prohibido porque solo tenía quince años. El coche que era demasiado potente para que un conductor inexperto supiera manejarlo.

Había salido del camino de acceso a su elegante casa en la zona residencial de Filadelfia, un quinceañero despreocupado del mundo dando una vuelta. Su padre se encontraba en Manhattan por negocios y no regresaría hasta el día siguiente, y su madrastra estaba jugando al bridge con sus amigas. No le había preocupado que alguno de ellos lo descubriera. No le había preocupado el aguanieve que empezaba a caer. No le había preocupado morir. A los quince años era inmortal.

Pero un hermano pequeño y molesto resultó ser mucho más frágil.

Eric perdió el control del coche en una curva de la carretera que bordeaba el río Schuylkill. El Porsche giró como una peonza mientras se precipitaba contra un contrafuerte de hormigón. Si bien Eric —demasiado pasota para ponerse el cinturón de seguridad— salió despedido en el momento del impacto, el obediente Jason había quedado atrapado. Había muerto rápido, pero no lo bastante. No antes de que Eric le hubiese oído gritar.

Las lágrimas se escapaban de las comisuras de los ojos de Eric y le resbalaban hacia las orejas. «Lo siento, Jase. Ojalá hubiera sido yo, Jase. Ojalá hubiera sido yo y no tú.»

Liz Castleberry había tardado más tiempo en vestirse del que había previsto. Como consecuencia, miraba su reloj mientras salía del camerino al pasillo en vez de mirar por dónde iba.

Tan pronto como franqueó la puerta, fue a chocar contra algo sólido.

Soltó una leve interjección.

—Oh, disculpe. Lo siento. Yo...

Su disculpa se desvaneció cuando levantó la mirada y vio al hombre plantado ante ella.

—¿Lizzie?

Su voz, cansina y grave, la envolvió y la trasladó al pasado. Hollywood no era una ciudad tan pequeña como los forasteros creían, y habían transcurrido más de diecisiete años desde que habían hablado por última vez. Cuando Liz levantó los ojos, experimentó la mareante sensación de ser proyectada a través del tiempo hasta 1962, cuando había llegado a Hollywood con una cara bonita y una flamante licenciatura en Vassar. Comoquiera que la había pillado desprevenida, las palabras que salieron de sus labios fueron inesperadas.

—Hola, Randy.

Él se rio entre dientes.

—Ha pasado mucho tiempo desde que alguien de Hollywood me llamara así. Ya no se acuerda nadie.

Cada uno se tomó un momento para observar al otro. Poco quedaba del Randolph Dashwell Coogan de aquellos tiempos, el joven y exaltado jinete de rodeo de Oklahoma que hacía de doble cuando se conocieron y había resultado tan peligrosamente atractivo para una joven de buena familia de Connecticut. Llevaba el pelo castaño y tieso más corto que entonces. Aunque su cuerpo seguía siendo alto y enjuto, el paso del tiempo había grabado unas arrugas implacables en los angulosos planos de su rostro.

Los ojos de él no eran tan críticos como los de ella y chispearon con admiración.

—Estás preciosa, Liz. Esos ojos verdes son tan bonitos como siempre. Me alegré mucho cuando Ross me dijo que ibas a interpretar a Eleanor. Será estupendo trabajar juntos después de tantos años.

Liz levantó una ceja espectacularmente curva.

—¿Has leído el mismo guión que yo?

—Una porquería, ¿verdad? Pero ayer ocurrió algo interesante. Puede que veamos algunos cambios.

—Yo lo esperaría sentada.

—¿Por qué has aceptado el trabajo?

—Una pregunta indiscreta, querido. Ya tengo una edad, como se dice. El trabajo no es tan fácil de encontrar como antes, y mis gustos son tan caros como siempre.

—Que yo recuerde, tienes más o menos mi misma edad.

—Y también más o menos la misma que Jimmy Caan y Nick Nolte. Pero mientras que todos vosotros, los cuarentones, todavía podéis encontrar buenos papeles con chicas bonitas e ingenuas, yo me veo obligada a hacer de madre.

Pronunció esta última palabra con tanta repugnancia que Dash se echó a reír.

—No te pareces a ninguna madre que haya visto nunca.

Liz sonrió. Pese a quejarse de su edad y de los problemas laborales que acarreaba, no estaba del todo insatisfecha de tener cuarenta años. Su larga melena conservaba el mismo tono caoba intenso de siempre, y los ojos verdes que le habían dado fama al principio seguían siendo luminosos. No había ganado peso, y su piel tan solo empezaba a arrugarse poco a poco en las comisuras de sus ojos. Ser cuarentona tenía sus ventajas. Era lo bastante mayor para saber exactamente qué quería de la vida: suficiente dinero para mantener su casa en la playa de Malibu, comprarse la ropa que le gustaba y contribuir generosamente a su organización benéfica preferida, la Humane Society. Su perro cobrador dorado, *Mitzi*, le hacía compañía durante el día y un surtido de hombres discretos y atractivos le prodigaba emociones nocturnas. Disfrutaba mucho de su vida, lo cual era más de lo que muchas de sus amigas podían decir.

—¿Cómo está tu familia? —preguntó.

—¿Cuál de ellas?

Liz volvió a sonreír. Dash siempre había exhibido una modestia fascinante.

—Elige tú.

—Bueno, quizá habrás leído que mi última esposa, Barbara,

y yo nos separamos hace un par de años. Sin embargo, le va muy bien. Se casó con un banquero de Denver. Todavía nos encontramos de vez en cuando. Y Marietta puso una cadena de talleres de aerobic en San Diego. Siempre ha tenido buena mano para los negocios.

—Me parece recordar que leí algo al respecto. Te hizo entrar y salir del juzgado durante años, ¿verdad?

—No me importó tanto el juzgado como el modo en que me echó encima a los de Hacienda. Esos malnacidos no tienen ningún sentido del humor.

Habían pasado diecisiete años desde que ella se había enamorado de él, y ya no se dejaba engañar por su natural encanto de vaquero. Dash Coogan era un hombre complicado. Lo recordaba como un amante amable y complaciente, excesivamente generoso con su dinero pero incapaz de compartir nada de su persona. Como los protagonistas del Oeste que interpretaba, era un solitario, un hombre que erigía tantas barreras sutiles para preservar su intimidad que resultaba imposible llegar a conocerlo bien.

—A mis hijos les va muy bien —continuó Dash—. Josh es estudiante de penúltimo año en la Universidad de Oklahoma y Meredith empezará primero en la Oral Roberts.

—¿Y Wanda?

Al cabo de todos aquellos años su voz aún conservaba un ligero tono irónico. Ella y Dash se habían acostado juntos durante varias semanas antes de que a él se le ocurriera mencionar el hecho de que tenía una esposa y dos hijos escondidos en Tulsa. Liz tenía demasiado amor propio para liarse con el marido de otra mujer, y allí había terminado su aventura. Pero Dash Coogan no era el hombre más fácil de olvidar, y le había llevado meses volver a ordenar su vida, algo por lo cual no lo había perdonado nunca.

—A Wanda le va bien. Ella nunca cambia.

Liz se preguntó si una cuarta esposa acechaba en el horizonte. También se preguntó qué haría él si el programa no tenía éxito. Todo el mundo sabía que Dash solo había accedido a hacer el programa porque había llegado a un acuerdo con Hacienda para saldar su deuda. Si hubiese podido elegir, Liz no dudaba que se habría quedado en su rancho con sus caballos.

Una versión más joven de sí misma habría podido formular algunas de esas preguntas, pero la Liz más madura había aprendido a apreciar una vida sin espinosos enredos personales, y por lo tanto insistió en mirar su reloj.

—Oh, querido, llego tarde a mi cita con la masajista, y mi celulitis *detesta* que eso ocurra.

Él soltó una risita.

—Tú y la segunda señora Coogan os entenderíais bien. A las dos os gusta todo ese rollo del fitness, y las dos sois mucho más listas de lo que querríais aparentar. Claro que Marietta se licenció en la escuela de la vida, mientras que tú lo hiciste en Harvard o un lugar por el estilo, ¿no?

—Vassar, querido.

Riendo, se despidió con un breve ademán.

Dash sonrió y desapareció en el interior del camerino.

Horas después, cuando Liz llevaba un vaso de té de hierbas con hielo y una ensalada pequeña de endivias a la terraza de su casa en la playa, constató que seguía pensando en Dash. *Mitzi*, su perro, la siguió y se tendió a sus pies. Mientras Liz tomaba un sorbo de su té, pensó en lo mucho que era digno de admiración en Dash.

Había librado una feroz batalla con el alcoholismo y había salido vencedor. Pero no parecía haber dado por hecha su recuperación, y durante años Liz había oído historias de cómo había ayudado a otros alcohólicos. Decidió que el sombrero blanco de héroe le habría sentado perfectamente de no haber sido por su talante mujeriego.

En muchos aspectos era un seductor incorregible y, si daba crédito a los rumores, no había cambiado demasiado con los años. Su comportamiento no había tenido nunca nada de lascivo. Todo lo contrario. Recordó que siempre se había mostrado tímido con las mujeres, sin pedirles nunca directamente que salieran con él ni tratando de llamar su atención. Por más que quisiera reescribir su historia personal, Liz sabía que había sido ella la agresora, al poner los ojos en aquel joven doble tan pronto como los habían presentado en el plató de su primera película. Se había sentido atraída, como tantas otras mujeres en los años sucesivos, por su abrumadora masculinidad, que una cortesía serena y anticuada y un profundo sentido de la reserva hacían todavía más irresistible.

No, el defecto de Dash no había sido la lascivia; había sido la debilidad. Parecía incapaz de decir no a una mujer atractiva, ni siquiera cuando llevaba una alianza en el dedo.

La tarde era calurosa y ventosa, y el tenue sonido de la música provenía de la casa vecina. Liz echó una mirada y vio a Lilly Isabella sentada bajo un parasol en su terraza con unos amigos.

Lilly la miró y la saludó, con su pelo rubio platino reluciendo al sol.

—Hola, Liz. ¿Está demasiado alta la música?

—En absoluto —le respondió Liz—. Divertíos.

Lilly era la hija veinteañera de Guy Isabella, uno de los actores favoritos de Liz en los setenta. Había comprado la casa hacía unos años, pero su hermosa hija pasaba allí más tiempo que él. De vez en cuando Liz invitaba a la chica a su casa, pero se había vuelto celosa de su soledad y no le gustaba demasiado estar con gente joven. Todo aquel egocentrismo desesperado resultaba excesivamente cansino.

Mientras sorbía el té, se recordó que durante los meses siguientes pasaría mucho tiempo con gente joven: la desconocida actriz que Ross eligiera para hacer el estúpido papel de Celeste y, por supuesto, Eric Dillon. Hería su orgullo el hecho de interpretar a la madre de un chico de veintitrés años, aun cuando en teoría el personaje de Dillon solo tenía dieciocho en el programa. Pero, más que eso, le preocupaba trabajar con alguien que tenía fama de difícil. Su peluquera había estado algún tiempo en el plató de *Destiny,* y Liz le había oído contar anécdotas que conferían a Dillon fama de hosco y exigente.

Poseía también mucho talento. Su intuición para esas cosas rara vez fallaba, y Liz no albergaba ninguna duda de que algún día Dillon sería una gran estrella. Aquel atractivo físico cruel, combinado con una vehemencia ardiente que no podía enseñarse en ninguna clase de interpretación, catapultaría a Eric Dillon hasta la cima. Quedaba un interrogante: ¿sería capaz de gestionar su fama o se quemaría como tantos otros habían hecho antes que él?

Eric había dormido mal, y no se levantó hasta la una de la tarde. Le dolía la cabeza y se sentía fatal. Bajó las piernas desnudas sobre el borde de la cama y buscó el paquete de tabaco. Un cigarrillo, un vaso de bebida rica en proteínas y saldría a hacer ejercicio durante un par de horas.

Su ropa estaba esparcida por el suelo desde la noche anterior y pensó en lo mucho que le gustaba el sexo. Cuando estaba en la cama con una chica, no tenía que pensar en nada: ni con quién estaba ni nada. La vida se reducía a la simple misión de follar. Una vez había oído decir a un tipo que se había tirado a una tía hasta reventarla. Eric no pensaba igual. Pensaba en follar hasta reventar él.

Cuando se levantó, vio unas manchas negras que ensuciaban la sábana de abajo. Atónito, las examinó con más detenimiento. Parecía un escrito, unas letras estampadas: ƆIЯE. Hizo una mueca al recordar a Cindy y su culo autografiado. Era como un sello de goma.

Se puso un suspensorio y un pantalón corto de deporte, y luego accedió a la salita. La casa era un ranchito de Benedict Canyon, una residencia ideal para solteros con sus pocas habitaciones confortablemente amuebladas y un televisor de pantalla grande. Entró en la cocina y cogió del estante un envase de bebida rica en proteínas. Después de verter un par de cucharadas en la licuadora, añadió leche y pulsó el botón. Pero los sueños nocturnos estaban aún demasiado próximos, y el sonido impregnó la pequeña cocina como el pitido de una sirena. Le perforó el cerebro, volviendo a traer el escalofriante recuerdo de la sirena de la ambulancia que se había llevado el cuerpo destrozado de Jason. Golpeó la licuadora para apagarla y se quedó mirando el espumoso contenido.

—*Tu madrastra cree... Debes entender, Eric, que ahora que Jason se ha ido... Tienes que entender lo difícil que resulta para Elaine que estés aquí.*

Dos semanas después del funeral de Jason, Eric había mirado el atractivo y ojeroso rostro de su padre y había sabido que Lawrence Dillon tampoco soportaba su presencia allí. Comoquiera que su madre había muerto cuando él era un bebé, no le costó demasiado trabajo adivinar cuál sería su suerte.

Había acabado en una escuela privada exclusiva cerca de Princeton, donde había infringido todas las reglas hasta que lo expulsaron a los seis meses. Su padre lo mandó a otras dos escuelas hasta que consiguió graduarse, pero solo porque había descubierto el departamento de arte dramático del centro y constatado que podía olvidar quién era cuando encarnaba a otra persona. Llegó incluso a pasar un par de años en la universidad, pero se había saltado tantas clases yendo a la ciudad para pasar pruebas de selección que finalmente lo dejó.

Dos años atrás uno de los agentes de casting de *Destiny* se había fijado en él en una representación de teatro vanguardista y lo había contratado para interpretar a un personaje que debería morir a las seis semanas. Pero la acogida del público había sido tan calurosa que su personaje se había convertido en un fijo. Recientemente había captado el interés de los productores del programa de Coogan.

Su agente quería hacer de él una estrella, pero Eric quería ser actor. Le gustaba actuar. Meterse en la piel de otra persona eliminaba el dolor. Y a veces, por unos momentos, una mirada o un par de frases de diálogo, era bueno, muy bueno.

Se bebió la mezcla proteínica directamente de la licuadora y se encendió un cigarrillo mientras regresaba a la salita. Al pasar junto al sofá, vio su cara reflejada en el espejo oval de pared. Por un momento contempló su propio reflejo, deseando que fuera vulgar, deseando ser un tipo normal con una nariz rara y los dientes torcidos.

Se apartó del rostro que detestaba, pero no podía apartarse de lo que había en su interior. Y aquello lo detestaba todavía más.

5

Para Honey, el Hotel Beverly Hills era un trozo de paraíso terrenal con estuco rosa. Tan pronto como entró en el pequeño vestíbulo atestado de flores, decidió que aquel era el sitio al que toda la gente buena debería ir nada más morir.

La mujer iraní de la recepción explicó cómo funcionaban todos los servicios del hotel sin mostrarse para nada condescendiente, aunque debía de resultarle evidente que ni Honey ni Chantal se habían alojado nunca en un establecimiento más lujoso que un motel de diez habitaciones.

A Honey le encantaron el papel pintado con gruesas frondas de platanero, las puertas de láminas y el patio privado al que daba su espaciosa y acogedora habitación. A excepción de un par de camareros presuntuosos y gilipollas que trabajaban en el Salón Polo, se convenció de que la gente que regentaba aquel lugar era la más amable del mundo, nada engreída. Las camareras y los botones la saludaban aun cuando debían de sospechar que Gordon Delaweese se colaba en su habitación y dormía en el sofá.

Gordon levantó la vista cuando Honey salió del vestidor la tarde del sábado. Era su segundo día en el hotel y acababa de ponerse un bañador de color rojo vivo que le había proporcionado una camarera para que pudiera ir a darse un baño. Gordon y Chantal estaban acurrucados en el sofá viendo *La Rueda de la Fortuna* y tratando de adivinar el rompecabezas.

—Oye, Honey, ¿por qué no pides más comida al servicio de

habitaciones? —sugirió Gordon, con la boca llena de patatas fritas—. Esas hamburguesas estaban muy buenas.

—Hemos comido hace solo una hora. —Honey no pudo ocultar el fastidio que sentía—. ¿Cuándo dijiste que te irías, Gordon? Sé que ahí fuera hay mucha vida auténtica que aún tienes que observar si quieres ser pintor.

—No se me ocurre un sitio mejor para que Gordon observe la vida auténtica que aquí, en el Hotel Beverly Hills —comentó Chantal, tomando un trago de Pepsi Diet—. Es una oportunidad única en la vida para él.

Honey vaciló sobre si debía iniciar una discusión, pero cada vez que mencionaba la idea de que Gordon se marchara, Chantal se echaba a llorar.

—Ya he terminado en el vestidor, Chantal. Puedes ir a ponerte el bañador.

—Me temo que estoy demasiado cansada para bañarme. Creo que me quedaré aquí viendo la tele.

—¡Has dicho que vendrías a bañarte conmigo! Vamos, Chantal. Será divertido.

—Tengo un poco de jaqueca. Ve tú.

—¿Y dejaros solos en esta habitación de hotel? ¿Me tomas por loca?

—¡La tentación vive arriba! —exclamó Gordon, señalando la pantalla del televisor.

Chantal lo contempló con admiración.

—Gordon, eres *muy* listo. Ha adivinado todos los rompecabezas, Honey. Del primero al último.

Honey los miró a los dos, acurrucados en el sofá en mitad de la tarde como un par de ejemplares de la clase blanca humilde. Aquel sería seguramente su último día en el Hotel Beverly Hills, y había estado deseando bañarse en su espléndida piscina desde que había llegado allí.

Le vino una inspiración. Se dirigió hacia la mesilla de noche contigua a la cama y empezó a abrir cajones. Cuando encontró aquello que buscaba, lo cogió y lo llevó hasta donde estaba Chantal.

—Pon tu mano sobre esta Sagrada Biblia y jura que no harás con Gordon Delaweese nada que no debas hacer.

Chantal se mostró culpable en el acto, lo cual dijo a Honey todo lo que necesitaba saber.

—Quiero que lo jures, Chantal Booker.

Chantal juró de mala gana. Para más seguridad, Honey hizo jurar también a Gordon Delaweese, aunque no sabía exactamente en qué residían sus creencias. Cuando salió de la habitación, se sintió aliviada al ver que ambos parecían abatidos.

La piscina del Hotel Beverly Hills era un sitio estupendo, más grande que las casas de la mayoría de la gente y poblado por el grupo de seres humanos más interesante que Honey había visto nunca. Cuando franqueó la entrada, observó a las mujeres de cuerpos delgados, morenos y aceitados, y relucientes joyas de oro tendidas en las tumbonas blancas. Algunos hombres llevaban bañadores exiguos y tenían el aspecto de Tarzán. Uno tenía una melena rubia platino que le llegaba más abajo de los hombros: parecía un luchador de la WWF o un noruego. Algunos de los bañistas apostados en el borde de la piscina parecían ricos corrientes: vientre prominente, pelo peinado hacia atrás y zapatillas de lona estrafalarias.

Con todo, Honey sintió lástima por ellos. Ninguno sabía divertirse de veras en una piscina. De vez en cuando, un hombre saltaba desde el trampolín bajo o nadaba unas pocas brazadas. Y un par de mujeres con diamantes en las orejas estaban acuclilladas en el agua mientras conversaban, pero ni siquiera se mojaban los hombros y todavía menos el pelo.

¿Qué tenía de divertido ser rico si uno no sabía disfrutar de una piscina? Honey se quitó las chancletas de un puntapié, corrió hacia el agua y, soltando su mejor grito de rebeldía, saltó en bomba a la parte profunda. La salpicadura que levantó fue una de sus mejores. Cuando salió a la superficie, vio que todo el mundo se había vuelto para mirarla. Llamó a las personas que se encontraban más cerca, un hombre y una mujer muy bronceados que tenían sendos teléfonos pegados al oído.

—Deberían entrar. El agua está buenísima.

Ellos desviaron la mirada y retomaron su conversación telefónica.

Honey se sumergió en el agua y buceó por el fondo. El bañador le venía demasiado grande y el nilón formaba bolsas alrededor de su trasero. Salió a la superficie para tomar aliento y volvió a sumergirse. Mientras se dejaba engullir por el tranquilo mundo subacuático, intentó explicarse otra vez qué estaba ocurriendo. ¿Por qué Dash Coogan había querido grabarla en vídeo? Había dicho que no quería meterla en apuros con la policía, pero ¿y si le había mentido?

Emergió a la superficie y se tendió panza arriba. El agua le llenaba los oídos y su pelo corto flotaba de forma desigual en torno a su cabeza. Pensó en Eric Dillon y se preguntó si volvería a verlo. Era el hombre más guapo que había conocido nunca. Pero resultaba curioso. Cuando había mencionado su nombre de pasada, Chantal había puesto una cara extraña y había dicho a Honey que Eric Dillon daba miedo. Honey no había oído nunca a Chantal decir nada parecido de una persona, y se imaginó que su prima había confundido al verdadero Eric Dillon con el personaje que interpretaba en la serie.

Media hora después salía de la piscina para lanzarse en bomba desde el trampolín cuando vio a Ross Bachardy encaminándose hacia ella. Saludó cortésmente con la cabeza al productor, aunque por dentro sentía deseos de llorar. Había sabido que su estancia en el paraíso terminaría, pero se esperaba disfrutar de un día más. Se dirigió hacia su tumbona, recogió la toalla y se la sujetó bajo las axilas.

—Hola, Honey. Tu prima me ha dicho que estabas aquí. ¿Estás disfrutando de tu estancia?

—Es el mejor sitio en el que he estado en mi vida.

—Eso es bueno. Me alegro de que te guste. ¿Podemos sentarnos allí para hablar?

Señaló una mesa medio escondida entre la vegetación.

Honey pensó que era muy amable por su parte acudir personalmente a echarlas, pero deseó que acabara de una vez.

—Usted manda.

Lo siguió hasta la mesa y retiró una silla con el pie para no perder la toalla que sujetaba con los brazos. El hombre parecía acalorado con su chaqueta sport de color melcocha, y ella no pudo evitar compadecerlo un poco.

—Es una lástima que no se haya traído el bañador para darse un baño. El agua está estupenda.

El hombre sonrió.

—Quizás en otra ocasión.

Apareció un camarero. El productor pidió una cerveza extranjera para él y una Orange Crush para ella. A continuación le soltó la bomba.

—Honey, queremos que hagas el papel de la hija en *The Dash Coogan Show*.

La muchacha creyó que el agua de la piscina le había taponado los oídos.

—¿Cómo dice?

—Queremos que interpretes a la hija de Dash Coogan.

Ella lo miró boquiabierta.

—¿Quieren que yo haga de Celeste?

—No exactamente. Estamos introduciendo algunos cambios en el programa y nos hemos deshecho de ese personaje. A todos nos ha gustado la cinta de vídeo que tú y Dash hicisteis juntos, y nos ha dado algunas ideas que nos tienen entusiasmados. Todavía no se han definido los detalles, pero creemos tener algo especial.

—¿Me quieren a mí?

—Desde luego. Interpretarás a Janie, la hija de trece años de Dash. Él y Eleanor ya no serán recién casados.

Empezó a esbozarle un argumento, pero ella no parecía entenderlo y finalmente lo interrumpió con una voz algo chillona.

—No se ofenda, señor Bachardy, pero es la idea más disparatada que he oído nunca. Yo no puedo ser actriz. No soy nada guapa. ¿Se ha fijado bien en mi boca, parecida a la de una rémora grande y vieja? Es Chantal a quien deberían elegir para ese papel, no a mí.

—¿Por qué no dejas que sea yo quien lo juzgue?

Honey recordó de pronto algo que el hombre había dicho anteriormente.

—¿Trece años? Pero yo tengo dieciséis.

—Eres pequeña, Honey. Puedes pasar fácilmente por una chica de trece.

En condiciones normales no se habría tragado semejante insulto, pero estaba demasiado atónita para sentirse ofendida.

Ross continuó, suministrándole más detalles sobre el programa y después hablando de contratos y agentes. Honey se sentía como si le girara la cabeza hasta despegarse del cuello, como aquella pobre niña de *El exorcista*. La brisa le puso la carne de gallina al mismo tiempo que se percataba de lo mucho que deseaba que todo aquello fuese verdad. Era lista y ambiciosa. Esa era su oportunidad de ser algo en la vida en vez de gastar todas sus energías tratando de empujar a Chantal. Pero ¿una estrella televisiva? Ni en su imaginación más desbordada podría haber soñado algo así.

Ross se puso a hablar del salario, y las cifras que mencionó eran tan astronómicas que Honey apenas podía concebirlas. Los pensamientos le invadían la mente. Aquello lo cambiaría todo para ellas.

El productor sacó una libretita del bolsillo de su chaqueta.

—Eres menor de edad, así que, antes de llevar esto más adelante, tendré que reunirme con tu tutor legal.

Honey jugueteó con su vaso de Orange Crush.

—¿Tienes tutor?

—Claro que sí. Mi tía Sophie, viuda de Earl T. Booker.

—Necesitaré su número de teléfono para poder llamarla y concertar una cita. El jueves, a más tardar. Le pagaremos el avión, por supuesto.

Honey trató de imaginarse a Sophie subiendo a un avión, pero ni siquiera podía imaginársela levantándose del sofá.

—Últimamente ha estado enferma. Esto... trastornos de mujeres. No creo que venga a California. Le da miedo volar. Además de los trastornos femeninos.

El hombre se mostró preocupado.

—Eso va a ser un problema, pero de todos modos deberás tener un agente que te represente y él puede ocuparse de ello. Te daré una lista de los mejores. Empezamos a rodar dentro de seis semanas, así que tendrás que hacer que alguien se ocupe enseguida. —Las arrugas alrededor de su boca se intensificaron—. Debo decirte, Honey, que me parece una temeridad por tu parte haber hecho todo el viaje hasta California sin un adulto.

—He venido con un adulto —le recordó Honey—. Chantal tiene dieciocho años.

Él no pareció impresionado.

De regreso a la habitación, Honey explicó sin dejar de atrancarse lo que había ocurrido, y Chantal y Gordon empezaron a exclamar y gritar tanto que los tres no tardaron en revolcarse por el suelo chillando como locos. Cuando Honey se calmó, recordó lo que el señor Bachardy había dicho sobre conseguir un agente y sacó la lista de nombres que él le había dado. Hizo ademán de coger el teléfono y entonces entrecerró los ojos. Puede que fuera una chica campesina de Carolina del Sur, y desde luego no sabía nada de agentes ni de Hollywood, pero tampoco había nacido ayer. ¿Por qué debería confiar en el señor Bachardy para que le propusiera un nombre? ¿No venía a ser como dejar un zorro al cuidado de las gallinas?

Meditó el problema mientras se quitaba el bañador y volvía a ponerse el pantalón corto. No conocía a nadie de Hollywood. ¿A quién podía recurrir para que la aconsejara? Entonces sonrió y descolgó el teléfono.

El Hotel Beverly Hills se preciaba de ocuparse de cualquier emergencia, incluido ayudar a uno de sus clientes a encontrar un agente, y al mediodía del día siguiente el conserje había ayudado a Honey a contratar a Arthur Lockwood, un joven abogado agresivo que trabajaba para una de las agencias de talentos más conocidas, y prometió volar hasta California del Sur para entrevistarse con la tía Sophie.

Aquella noche, mientras Honey se quedaba dormida, pudo oír el fragor lejano de la Black Thunder en sus oídos. Sonrió sobre la almohada. «Siempre hay esperanza.»

6

THE DASH COOGAN SHOW
Episodio 1

EXTERIOR. CARRETERA DE TIERRA DE TEXAS.
MEDIA TARDE. MIENTRAS SUENA LA SINTONÍA
Y PASAN LOS TÍTULOS DE CRÉDITO...

Una desvencijada camioneta se detiene a sacudidas, con una humareda saliendo del capó. PRIMER PLANO de un par de botas viejas de vaquero bajando del vehículo. Una bota da un puntapié al neumático, luego su dueño rodea la camioneta hasta la parte trasera y saca una silla de montar. Del vehículo baja otro par de botas, estas más pequeñas. Los dos pares juntos empiezan a andar por la llana carretera de Texas, levantando nubes de polvo con los tacones.
De vez en cuando el par más pequeño da dos pasos para llegar a la altura del primero. Cuando termina la sintonía, se oyen voces:

VOZ DE JANIE
Prométeme que esta vez lo intentarás, papá. Prométeme que no lo dejarás a los dos días como la última vez. Necesitamos un hogar, un sitio donde vivir.

Los dos pares de botas se detienen frente a la puerta de una cerca,
con la pintura blanca desconchada.

VOZ DE DASH

Las mujeres gruñonas no le gustan a nadie, Janie. ¿Cuándo lo aprenderás?

VOZ DE JANIE

Yo no soy una mujer. Tengo trece años.

VOZ DE DASH

Eres una espina clavada en mi pie, eso es lo que eres.

VOZ DE JANIE

¿Lo dices en serio?

VOZ DE DASH
(ablandándose)

No.

TOMA HACIA DASH. PRIMER PLANO
de la hebilla de su cinturón de campeón de rodeo.

TOMA MÁS AMPLIA
hacia Dash y Janie. Parecen acalorados, sedientos y cansados.

EXTERIOR. PATIO DELANTERO DEL RANCHO PDQ.
Dash abre la puerta. Empiezan a avanzar uno junto al otro
hacia la ruinosa casa del rancho.

DASH

Soy un jinete de rodeo, Janie. No un capataz de rancho. Y esta finca ni siquiera es respetable. Es un rancho para turistas. Aún tengo intención de despellejarte por haber puesto mi nombre en esa solicitud de empleo.

JANIE
Antes eras un jinete de rodeo, papá, pero ya no lo eres. Ya has oído al doctor. Basta de montar a menos que quieras pasarte el resto de tu vida en una silla de ruedas.

DASH
Por lo menos tendría debajo algo que se moviera.

JANIE
¿Qué me dices de aquella camarera de El Paso?

DASH
Janie.

JANIE
¿Sí, papá?

DASH
Recuérdame que te despelleje.

EXTERIOR.
PORCHE DELANTERO DE LA CASA DEL RANCHO PDQ

ELEANOR CHADWICK
Sale con aspecto preocupado. Es hermosa, va perfectamente peinada y demasiado elegantemente vestida para su entorno. Habla con alguien que aún está dentro de la casa.

ELEANOR
No me importa que una yegua se haya puesto de parto. Dusty puede llamar a un tocólogo. Me voy a Goose Creek para ver si hay alguien en ese pueblo olvidado de Dios que sepa aplicar un tratamiento facial de pepino y Grand Marnier.

Ve a Dash y Janie.

Oh, Dios mío, ¿y ahora qué?

Dash y Janie se detienen al pie de la escalera. Dash deja la silla de montar. Él y Eleanor se miran. Es un hombre apuesto, y ella no puede menos que admirarlo. Por otra parte, detesta todo lo relacionado con el Oeste, cowboys incluidos.

ELEANOR
Vaya, vaya. Pero si son Wyatt Earp y Billy la Niña.

Dash no se toma nada bien el sarcasmo de Eleanor. Aunque siente debilidad por las mujeres hermosas, su actitud condescendiente le da dentera. Janie conoce a su padre demasiado bien y se apresura a interceder.

JANIE
Hola, señora. Me llamo Janie Jones. Este es mi padre, el señor Dash Jones. Es su nuevo capataz de rancho.

DASH
Seré yo quien hable, Jane Marie.

ELEANOR
(fijándose en Dash)
Desde luego, aquí en el Oeste la gente está muy desarrollada. Debe de ser de fumar tanta artemisa. Por cierto, llega tarde. Tenía que estar aquí ayer. Si va a trabajar para mí, deberá ser más formal.

DASH
(apoyando una bota en el peldaño)
Pues verá, señora, de eso quería hablarle. No voy a trabajar para usted. Acabo de recordar que recibí una oferta mejor de aquel tipo que tiene un rancho de serpientes de cascabel junto a la carretera interestatal. Lo único que me pide que haga es que dé de comer de la mano a esos monstruos. Tal como lo veo, será una compañía más amable.

ELEANOR
(indignada)
Pero qué descaro. Está despedido, ¿me oye? No le daría trabajo ni aunque fuera el último capataz de rancho de Texas.

DASH
Por mí de acuerdo, señora, porque a juzgar por el aspecto de este sitio, no durará mucho tiempo.

La mirada de Janie pasa de su padre a Eleanor y viceversa. Percatándose de que tiene que hacer algo, se lleva las manos al estómago y se deja caer sobre el porche, entre fuertes gemidos. Eleanor parece alarmada y corre a su lado, haciendo aspavientos.

ELEANOR
¿Qué ocurre? ¿Qué le pasa?

DASH
(inmune a los dramáticos gemidos de Janie)
Yo de usted no me acercaría, señora. Cuando se pone así, tiene tendencia a echar los hígados por la boca, y no creo que el color combine con su bonito vestido.

Los gemidos de Janie se intensifican. Eleanor se alarma todavía más. Sigue haciendo aspavientos alrededor de Janie.

ELEANOR
Haga algo, ¿no? ¿Qué clase de padre es usted para dejar que su hija sufra de esta manera?

DASH
Seguramente no es más que otro ataque de apendicitis. Tiene uno detrás de otro. Yo no me preocuparía.

Dicho esto, Dash levanta a Janie y se la carga al hombro.

TOMA HACIA LA PARTE LATERAL DE LA CASA, CON LA CUADRA AL FONDO

BLAKE CHADWICK viene corriendo hacia la casa. Es un joven apuesto y encantador, vestido con vaqueros y camisa de trabajo, ambos visiblemente nuevos. Pero, aun siendo un capitalino, a Blake le gusta el Rancho PDQ y quiere hacerlo funcionar.

Janie deja de gritar cuando ve a Blake. Lo mira boquiabierta. Es el hombre más guapo que ha visto nunca y, a sus trece años, se enamora por primera vez.

BLAKE
Mamá, Dusty dice que el potro no viene bien. Perderemos tanto el potro como la yegua si el veterinario no llega pronto. Y el grupo que ha salido esta mañana debería haber vuelto hace horas. Tendré que ir a buscarlos.

ELEANOR
¡Eso es imposible! No conoces los caminos y te perderás. ¿Dónde está el veterinario? ¿Cómo ha podido hacer algo así? Si tu padre no estuviera muerto ya, lo mataría por dejarme este espantoso rancho en su testamento. Juro que lo venderé al primero que me haga una oferta razonable. Si no fuera por este lugar horrible, ahora mismo estaría almorzando en el Salón de Té Ruso con Cissy, Pat y Caroline.

Subiéndose las mangas de su caro vestido, Eleanor se encamina resueltamente hacia la cuadra, con la cabeza erguida y sus tacones de aguja hundiéndose profundamente en la tierra.

Dash la sigue con la mirada. Janie, todavía cabeza abajo sobre el hombro de su padre, mira fijamente a Blake. Este repara en ellos y se dirige hacia Dash, tendiéndole la mano.

                        BLAKE
Hola. Me llamo Blake Chadwick. Bienvenidos al PDQ.

                        DASH
Dash Jones.

                        BLAKE
¡El nuevo capataz del rancho! Me alegro de verle.

                        DASH
Ex capataz. Me temo que tu madre y yo no hemos congeniado demasiado.

                        JANIE
                  (todavía cabeza abajo)
¿Puedo decir algo?

                        DASH
No.

            Dash mira pensativamente hacia la cuadra.

No parece que tu madre entienda mucho de caballos.

                        BLAKE
                    (afectuosamente)
No le entusiasma demasiado ningún animal que no pueda convertirse en un abrigo. Se esfuerza, pero le ha costado mucho.

Una hermosa mujer con mucho pecho aparece al fondo junto a la cuadra. Viste vaqueros y una blusa de guingán ceñida. Llama a Blake a gritos.

                        BLAKE
Voy enseguida, Dusty.

Blake se vuelve hacia Dash, que ha cogido la silla de montar
con su brazo libre.

¿Seguro que no cambiará de opinión, señor Jones? Nos vendría bien un poco de ayuda.

DASH
Me temo que no, hijo.

BLAKE
(con resignación)
Sí, parece usted un hombre sensato.

Blake se dirige hacia la cuadra sin haber advertido la presencia de Janie.
Dash sigue a Blake con la mirada y baja a Janie despacio hasta el suelo.
De mala gana, deja también la silla de montar.

DASH
Janie.

JANIE
¿Sí, papá?

DASH
Recuérdame que te despelleje.

Muy serio, echa a andar hacia la cuadra.

—¡Corten! —gritó el director—. Editad. Buen trabajo, chicos. Haremos una pausa para comer.

Era la última semana de julio y el último día de rodaje del episodio piloto. No habían estado rodando el programa en orden y tan solo estaban haciendo las escenas iniciales. Para Honey era una forma desconcertante de hacer las cosas, pero nadie le había pedido su opinión. De hecho, no le preguntaban acerca de nada. Solo le decían lo que tenía que hacer.

Miró a su alrededor el plató del rancho PDQ. Rodaban todos los exteriores en una antigua granja de gallinas junto al Tajunga Wash, una zona de las montañas San Gabriel al norte de Pasadena. Las escarpadas laderas de las San Gabriel estaban cubiertas de chaparral en las estribaciones inferiores, que daba paso a pinos y abetos a medida que aumentaba la altitud. Aquella misma mañana había avistado cabras del desierto de grandes cuernos además de un águila real siguiendo las corrientes ascendentes térmicas. Había comprobado que la mayoría de los programas de televisión de media hora se grababan en vídeo, pero como una buena parte de *The Dash Coogan Show* se desarrollaba en el exterior, se rodaba como si fuese una película.

—Buen trabajo, Honey.

Jack Swackhammer, el director, le acarició la parte superior de la cabeza como si fuese un perrillo faldero. Era joven, flaco y muy inquieto. Durante toda la semana había parecido al borde de una crisis nerviosa.

Cuando se fue a hablar con su ayudante, Honey lo siguió con la mirada, enojada. Todo el mundo la trataba como si realmente tuviera trece años. Suponía que no debería extrañarse, teniendo en cuenta que aquellos guionistas estúpidos no dejaban de llamarla a su sala de conferencias y de lavarle el cerebro.

La primera vez que los guionistas la habían convocado habían sido muy amables, explicando el nuevo concepto del programa y recabando su opinión sobre todo aquello que exponían. Puesto que no había nada que le gustara más que hablar, había caído como una mosca. Se había quedado allí sentada, bebiendo de la lata de Orange Crush que le habían ofrecido y hablando sin parar, demasiado estúpida para comprender que todas sus opiniones se convertirían en las opiniones de Janie, que sus sentimientos serían los de Janie.

Habían incorporado al guión su deseo de tener un hogar, junto con todos sus sentimientos secretos hacia Eric Dillon, aunque no tenía ni idea de cómo lo habían averiguado, porque desde luego no se los había revelado. Quizá no habría sido tan humillante si hubiesen convertido a Janie en una chica de dieciséis años madura y autosuficiente como ella, pero en lugar de eso la habían transformado en una atrasada mental de trece años. Aún se sentía indignada solo de pensarlo.

Cuando el director terminó de conversar con su ayudante, se le acercó.

—Señor Swackhammer...

—Por favor, Honey, llámame Jack. Aquí todos somos una familia.

Pero no eran su familia. La que hubiera sido la época más emocionante de su vida se había estropeado porque Sophie se negaba a dejar el parque para ir a California y Gordon Delaweese se pasaba todo el tiempo en el piso nuevo en el que ella y Chantal se habían instalado. Con Chantal haciendo tanto caso a Gordon y con Sophie todavía en Carolina del Sur, Honey se sentía fuera de lugar, como si no encajara en ningún sitio.

Trabajar en el programa de televisión tampoco era como se había imaginado. Después de haber sido tan amable con ella el día que se habían conocido, Dash Coogan había ido cambiando. Al principio le había sido de mucha ayuda, pero luego pareció que cuanto más simpática se mostraba ella, más se retraía él. Ahora apenas le hablaba fuera de cámara. Y la única vez que Eric Dillon la había abordado fue para preguntarle si Chantal iba a venir.

El director consultó su carpeta sujetapapeles. Honey recordó su motivo de queja más acuciante.

—Tengo que hablar contigo sobre este corte de pelo.

—Dispara.

—Me avergüenza.

—¿A qué te refieres?

—Es como si me hubiesen puesto un cuenco para perros sobre la cabeza y hubiesen cortado alrededor.

Le habían cortado los lados muy por encima de las orejas y la parte de atrás dibujaba una línea recta cinco centímetros sobre la nuca. El flequillo le caía largo y fino más abajo de las cejas, formando un conjunto desequilibrado.

—Es estupendo, Honey. Perfecto para el papel.

—Cumpliré diecisiete años en diciembre. ¿Qué clase de corte de pelo es este para una chica de casi diecisiete años?

—Janie tiene trece. Tienes que acostumbrarte a pensar como si fueras más joven.

—Esa es otra. He visto el dossier de prensa que has mandado, y dice que mi verdadera edad es trece años.

—Eso fue idea de Ross. A las audiencias no les gusta descubrir que los niños actores son mucho mayores que el personaje que interpretan. Eres pequeña, y eres una desconocida. Ross quiere protegerte de la prensa durante algún tiempo hasta que te orientes, de modo que ahora eso no importa mucho, ¿verdad?

Quizá no le importaba mucho a él. Pero a ella sí.

—¡Jacko! ¡Honey! Lo estás haciendo muy bien, cariño. Estupendamente.

Uno de los ejecutivos más viejos de la cadena, un hombre de aspecto nervioso y próximo a los sesenta años, se metió una píldora blanca en la boca mientras se acercaba a ellos. Honey retrocedió antes de que pudiera darle una palmada cariñosa debajo de la barbilla como había hecho aquella mañana.

—Creo que aquí tenemos un éxito en ciernes —dijo con excesivo entusiasmo.

Aunque no le temblase el párpado, Honey habría sabido que no creía ni una palabra de lo que decía. La cadena estaba inquieta porque afirmaban que el nuevo concepto de *The Dash Coogan Show* no era exactamente comedia de situación pero tampoco drama, y les preocupaba confundir a la audiencia.

Honey no sabía cuál era el problema. El programa tenía partes divertidas, partes tristes, y era bastante sensiblero la mayor parte del tiempo. ¿Qué era tan difícil de entender? Puede que el pueblo americano estuviera dispuesto a elegir a otro republicano para ocupar la Casa Blanca, pero eso no significaba que fuese estúpido para todo lo demás.

El hombre le sonrió, exhibiendo unos dientes demasiado grandes y blancos para ser de verdad.

—Tienes el halo de una estrella, cariño. Es auténtica, ¿verdad, Jacko?

—Esto... Gracias, señor Evans.

—Llámame Jeffrey, cariño. Y hablo en serio. De veras. Vas a ser otro Gary Coleman.

Se puso a elogiar todo su talento natural y continuó como si ella fuese el segundo Advenimiento. Honey empezó a sentir el estómago revuelto. Se dijo que era consecuencia de haber estado tanto tiempo cabeza abajo sobre el hombro del señor Coogan, pero en realidad era porque no le creía. Todos ellos sabían que no entendía nada de actuar. No era más que una chica campesina de Carolina del Sur que había saltado a unas aguas que la cubrían.

El ejecutivo se excusó para abordar a Ross. Honey se disponía a discutir un poco más con Jack sobre su corte de pelo cuando Eric Dillon apareció a su espalda.

—Jack, tengo que hablar contigo.

Honey no le había oído llegar y, al percibir el sonido de su voz, se sintió invadida por una dolorosa sensación de anhelo. Era plenamente consciente de sus vaqueros desaliñados y su pelo ridículo. Deseó ser hermosa y sofisticada como Liz Castleberry.

Cuando Eric miró al director, sus ojos se ensombrecieron con una intensidad que hizo estremecer a Honey.

—No estoy contento con el ritmo, Jack. Me haces pronunciar frases apresuradamente cuando necesito tomarme tiempo. Aquí no compito en una carrera de coches.

Honey lo miró con admiración. Eric era un verdadero actor, no uno fingido como ella. Estudiaba con un profesor de interpretación, y hablaba de cosas como percepción sensorial. Ella, en cambio, se limitaba a hacer lo que le decían.

Jack echó una mirada incómoda a Honey.

—¿Por qué no hablamos de esto en privado, Eric? Te propongo una cosa. Concédeme cinco minutos y después reúnete conmigo en la caravana de producción.

Eric asintió con brusquedad. Jack se alejó, y Honey pensó en algo inteligente que decir antes de que Eric se apartase también de su lado, pero tenía la lengua paralizada. Lo peor del modo en que los guionistas le habían lavado el cerebro era que tenía que actuar como una boba enamorada en todas las escenas que hacían juntos. Como consecuencia, no sabía cómo actuar cuando estaban fuera de cámara.

El muchacho sacó un cigarrillo del bolsillo de su camisa y lo encendió con la mirada perdida.

También ella dejó la mirada perdida.

—Tú... esto... Te tomas muy en serio la interpretación, ¿verdad, Eric?

—Sí —murmuró él, sin molestarse en mirarla—. Me la tomo muy en serio.

—Me he enterado de que has hablado de eso de la percepción sensorial con Liz. Quizá alguna vez podrías explicármelo.

—Sí, quizá.

Y se encaminó hacia la caravana de producción.

Sintiéndose desalentada, Honey lo siguió con la mirada. A medida que su ánimo se hundía, se dijo que se estaba comportando como una niña mimada. En menos de un mes habría ganado más dinero del que había recaudado el Parque de Atracciones de Silver Lake en taquilla durante todo el invierno. No tenía ningún motivo para ser infeliz. Aun así, no conseguía sacudirse la incómoda sensación de que las cosas no marchaban bien.

Eran las ocho de la tarde cuando terminó el rodaje y Honey se había despojado de los vaqueros de vestuario para ponerse los suyos. Para cuando llegó al piso que compartía con Chantal y aparcó el pequeño Trans Am de color rojo coche de bomberos que la secretaria de su agente la había ayudado a comprarse, estaba tan cansada que apenas podía mantener los ojos abiertos.

El edificio era el lugar más bonito en el que Honey había vivido nunca: un cuadrángulo de estuco blanco recubierto de hiedra con el tejado de tejas rojas y un pequeño patio en el medio. El piso en sí disponía de muebles confortables, una terracita interior y pósters de museos en las paredes. Contenía todo aquello que podía desear excepto a Sophie. Y algo que no quería: a Gordon Delaweese.

Tan pronto como abrió la puerta y entró en el vestíbulo, supo que algo iba mal. Generalmente, cuando llegaba a casa, Gordon y Chantal estaban recostados en el sofá delante del televisor con comida preparada Hungry Man, pero ahora todo estaba a oscuras.

Sintió una punzada de alarma. Encendió la luz del techo y cruzó apresuradamente la cocina hacia la salita. La mesita estaba cubierta de envoltorios de tentempiés y ceniceros. Corrió al piso de arriba. Con el corazón en vilo, abrió la puerta del dormitorio de Chantal.

Los dos estaban desnudos, profundamente dormidos en los brazos del otro. A Honey se le heló la sangre en las venas. Le temblaba la mano cuando accionó el interruptor de la lámpara del techo. Chantal se movió y parpadeó. Después se incorporó bruscamente, tapándose los pechos con la sábana.

—¡Honey!

—Eres una judas —murmuró ella.

Gordon despertó. Tenía una maraña de mechones oscuros en el centro del pecho. Miró incomodado a ambas mujeres.

Honey forzó las palabras a través del estrecho espacio en su garganta.

—Lo jurasteis sobre la Biblia. ¿Cómo habéis podido hacer esto?

—No es lo que tú crees.

—No soy ciega, Chantal. Sé qué es lo que veo.

Chantal se apartó los oscuros cabellos del rostro. Su boquita encarnada hizo un mohín.

—Nos lo pusiste muy difícil, Honey. Quizá si no nos hubieras obligado a jurar sobre la Biblia, Gordon y yo habríamos podido hacer lo que saliera y esperar lo demás. Pero después de que nos hicieras jurar...

—¿De qué estás hablando? ¿A qué te refieres con «esperar lo demás»?

Chantal se mordió el labio con nerviosismo.

—Gordon y yo. Nos hemos casado esta tarde.

—¿Que habéis hecho qué?

—Ahora ya no es pecado. Estamos casados, así que podemos hacer lo que queramos.

Honey miró a los dos acurrucados en la cama y se sintió como si toda su vida se hubiese desmoronado a su alrededor. Estaban estrechamente abrazados, excluyéndola. Chantal, la persona a la que más quería en el mundo, ahora quería más a otro.

Chantal se mordió el labio inferior.

—Que Gordon y yo nos hayamos casado no cambia nada, ¿no lo entiendes? Desde que conseguiste el papel en el programa de televisión ya no tenemos que depender de mí. Ahora eres tú la que puede hacer grandes cosas, Honey. Yo puedo ser una persona normal. Quizá aprenda a ser peluquera. No tengo que ser nadie especial.

Honey apretó los dientes.

—¡Eres una judas! ¡Esto no te lo perdonaré nunca!

Salió corriendo de la habitación y bajó la escalera. Cuando llegó a la puerta del piso, la abrió y se precipitó afuera en medio de la noche. Sintió un estruendo en sus oídos, el sonido de la Black Thunder llegándole a través del espacio y el tiempo. Pero la montaña rusa quedaba demasiado lejos para tranquilizarla asegurándole que todo se arreglaría.

Permaneció en el patio, junto a la fuente, hasta que empezó a temblar, por efecto tanto de la emoción como del aire frío. Luego volvió a entrar y, tras encerrarse en su dormitorio, llamó a Sophie.

—Sophie, soy yo.

—¿Quién?

Honey quiso gritar a su tía, pero sabía que no serviría de nada.

—Sophie, no puedes negarte a venir a California por más tiempo. Te necesito. Chantal se ha casado con Gordon Delaweese, ese chico del que te hablé. Tienes que venir a ayudarme.

—¿Que Chantal se ha casado?

—Esta tarde.

—¿Me he perdido la boda de mi niña?

—No creo que haya sido una gran boda. Ahora anótate esto. Te mandaré unos billetes de avión para la semana que viene a través de Federal Express. Vas a volar a Los Ángeles.

—No lo creo, Honey. El banco ha dicho que puedo vivir en la caravana durante algún tiempo.

—Sophie, no puedes quedarte ahí. No es seguro.

—Es seguro. Han contratado a Buck para que se quede como vigilante y esté pendiente de todo.

—Buck apenas sabe cuidar de sí mismo, y todavía menos de ti.

—No sé por qué siempre eres tan desagradable con Buck. Me trae la compra, ve las series conmigo y demás.

Honey se negó a dejarse distraer por cuestiones insignificantes.

—Escúchame, Sophie. Chantal acaba de casarse con un chico al que apenas conoce. Necesito tu ayuda.

Siguió un largo silencio, y luego el sonido de la voz cansada de Sophie, no más fuerte que un suspiro:

—No me necesitas, Honey. Tú te ocuparás de todo. Como siempre.

7

Honey se acurrucó en el regazo de Dash. Notaba su hombro caliente y firme contra su mejilla. Podía sentir la presión de la hebilla de su cinturón contra su cintura e inhaló su especial aroma. Olía a pino fresco, revestido de un ligerísimo olor a Life-Savers de menta.

—Soy demasiado mayor para acurrucarme —susurró, arrimándose todavía más.

El brazo de Dash la estrechó más fuerte, y su voz sonó enronquecida por la ternura.

—No eres demasiado mayor hasta que yo diga que eres demasiado mayor. Te quiero, Janie.

El silencio se instaló entre ellos, tierno y placentero. Dash tenía la barbilla apoyada sobre su coronilla, protegiéndola. Sus brazos y su pecho eran un refugio cálido y acogedor en un mundo que se había vuelto demasiado peligroso. La cámara retrocedió para hacer una toma más general. Honey cerró los ojos, saboreando cada momento. Ojalá fuese su padre en lugar del padre de Janie. Acababa de celebrar su decimoséptimo cumpleaños, y sabía que era demasiado mayor para deleitarse en algo tan infantil, pero no podía evitarlo. Nunca había tenido un padre, pese a que lo había soñado, y anheló permanecer entre los brazos de Dash Coogan durante los mil años siguientes.

Él le cogió la mano y la envolvió con la suya, mucho más grande.

—Mi pequeña y dulce Jane Marie.
—¡Corten! Editad. Parece buena.

Dash dejó caer su mano. Se movió debajo de ella, y Honey se levantó de mala gana. Cuando lo hizo, la gran mecedora del porche delantero en el que estaban sentados golpeó contra la pared de la casa del rancho. Se había notado el cuerpo muy caliente hacía solo unos segundos, pero ahora su piel sentía frío. Él empezó a alejarse, como hacía siempre cuando habían terminado, como si estar en su presencia durante más de cinco minutos pudiera contaminarlo.

Honey corrió hacia el final del porche y habló a la espalda de Dash mientras bajaba los escalones.

—Creo que ha sido una escena excelente. ¿Y tú, Dash?
—Parece que ha ido bien.
—Mejor que bien. —Se apresuró tras él, saltando un embrollo de cables eléctricos por el camino—. Has estado estupendo. De veras. Creo que eres un actor estupendo. Quizá el mejor del mundo. Creo que...
—Lo siento, Honey. Ahora no puedo hablar. Tengo cosas que hacer.
—Pero, Dash...

El hombre apretó el paso, y antes de que ella pudiera darse cuenta la había dejado atrás. Con la cabeza gacha, Honey arrastró los talones mientras se encaminaba hacia la autocaravana que le habían asignado durante el rodaje en exteriores. Quizá la engañaba su mente. Quizá el recuerdo que conservaba de aquel primer día, cuando él la había tratado con tanta amabilidad, era una falsa ilusión. Ojalá supiera qué había hecho para dejar de caerle bien.

Desde el principio se había mostrado lo más simpática posible. Se había escapado continuamente para traerle café y rosquillas. Le había cedido su silla. Le había dicho cuánto lo admiraba y dado palmaditas en la espalda. Lo entretenía con conversaciones ingeniosas durante los descansos y le traía periódicos. Un día incluso le había suplicado que le dejara lavarle la camisa después de derramarle café encima. ¿Por qué se había vuelto contra ella?

Cuando actuaban juntos en una escena, parecía como si realmente ella fuera su hija y él la quisiera de veras. A veces la miraba con tanta ternura que sentía como si una jarra entera de vino caliente corriera por sus venas. Pero entonces la cámara se paraba y el vino se convertía en agua helada porque Honey sabía que él haría todo lo posible por alejarse de ella.

Se detuvo un momento a la sombra de un gran sicómoro, sin hacer caso del hecho de que tenía que terminar los deberes de historia antes de que llegara su tutor. Le habían pedido que volviera a la escuela, lo cual no le importaba demasiado pese a que el tutor que le habían asignado era viejo y aburrido. Se sentó en el columpio de cuerda que colgaba de las ramas, un accesorio que utilizaban de vez en cuando, y se meció suavemente adelante y atrás.

Ahora era diciembre, y *The Dash Coogan Show* se había convertido en el mayor éxito de la temporada de otoño. Hurgó en el bolsillo de su camisa de franela y sacó una fotocopia de un artículo que acababa de publicarse en una de las revistas más importantes del país. Aquella mañana todos habían recibido una copia, pero esta era la primera oportunidad que tenía de echarle un vistazo. Lo leyó, pero aflojó el ritmo cuando se acercaba al final.

The Dash Coogan Show ha cautivado la imaginación de América en buena parte gracias a su interpretación de primera categoría. La inteligencia de Liz Castleberry resplandece a través del estereotipo de Eleanor, confiriendo a esta dama mimada de la alta sociedad un ribete deliciosamente irónico. Eric Dillon, un actor al que muchos críticos pensaban desechar tomándolo por un producto más de Hollywood, interpreta a su hijo Blake con la intensidad y la melancolía siniestra de un joven que aún trata de encontrar su lugar en el mundo, superponiendo capas de matices a un personaje que no habría sido más que un trozo de carne en manos de alguien menos talentoso.

Pero, sobre todo, América se ha enamorado de los dos protagonistas. Dash Coogan ha estado buscando este papel toda su vida, y se mete en el personaje del arruinado jinete de rodeo sin un solo desliz. Y Honey Jane Moon, de trece años, en el papel de la vivaracha niña que desea instalarse en un verdadero hogar, es la actriz infantil más encantadora en muchos años. Es atractiva sin ser bonita, y tan auténtica que cuesta creer que esté interpretando. La relación entre padre e hija que escenifican Coogan y Moon responde cómo debería ser el amor entre un padre y un hijo: lleno de aristas cortantes, erizado de conflictos, pero profundo y perdurable.

Honey se quedó mirando la hoja, asimilando la dolorosa ironía de la última frase. Ni una sola vez desde que tenía seis años había conocido un amor profundo y perdurable.

Suspiró y se guardó resueltamente el artículo en el bolsillo para que Chantal lo metiera en su caja de zapatos con los demás. Algún día, cuando tuviera tiempo, su prima tenía intención de pegarlos todos en un álbum de recortes. Había muchos artículos en la caja de zapatos de Chantal, pese al hecho de que Ross no permitía acercarse a ninguno de los reporteros que pedían a voces entrevistarla. Decía que quería protegerla de la mirada del público hasta que estuviera más acostumbrada al oficio, pero Honey sospechaba que su verdadero motivo para mantenerla alejada de los periodistas era el temor a que incurriera en uno de sus ataques de incontinencia verbal y dijera cosas que él no quería hacer públicas, como su verdadera edad.

Se bajó de un salto del columpio y el corazón empezó a latir con fuerza en su pecho al ver a Eric Dillon andando hacia su caravana. Llevaba unos vaqueros lavados a la piedra y tan ceñidos que el bulto de su cartera era visible en el bolsillo de atrás, junto con una camiseta negra con las mangas recortadas.

El muchacho se volvió un poco, y a Honey se le secó la boca como el algodón al fijarse en las líneas bien marcadas de su silueta. Recorrió con la mirada la altura de su frente, la nariz recta, la boca de labios delgados y firmes de perfil bien cincelado. Le gustaba su boca y dedicaba gran parte de su tiempo libre a soñar despierta cómo sería besarla. Pero el único modo de que esto ocurriera sería que los guionistas lo hicieran ocurrir, y ahora mismo no parecía demasiado probable.

A veces sentía escalofríos cuando los guionistas insistían en convocarla en aquella sala de reuniones para hacerle hablar. En su antigua vida, Dios se había ocupado de todo, pero ahora que había conocido a los cinco guionistas del programa, entendía el verdadero poder.

—¡Eric!

El nombre se escapó de sus labios con embarazoso entusiasmo.

Él se volvió hacia ella y Honey vislumbró algo espeluznante en su rostro, pero decidió que no era más que fastidio. La gente no dejaba de seguirlo. Algunos miembros del equipo se quejaban porque Eric era bastante temperamental, pero ella no podía reprochárselo. No cuando estaba sometido a toda la presión que conllevaba ser una estrella. Echó a correr hacia él al mismo tiempo que se ordenaba a sí misma actuar con naturalidad, pero el muchacho empezó a alejarse, así que tuvo que acelerar el paso.

—¿Te gustaría ensayar unas frases, Eric? He estado trabajando en esos ejercicios de percepción sensorial de los que te oí hablar con Liz. Esta tarde rodaremos la escena junto al corral. Es una escena importante, y tenemos que estar preparados.

Eric reanudó su marcha.

—Lo siento, nena. Ahora no.

Tenía que ser el corte de pelo. ¿Cómo podía considerarla una mujer de diecisiete años cuando parecía el hermano pequeño de alguien? Se sorprendió a sí misma avanzando más deprisa, dando dos pasos de vez en cuando para no quedarse atrás.

—¿Qué tal media hora? ¿Te parecería bien media hora?

—Me temo que no. Tengo algunos asuntos que atender.

Subió los peldaños de su autocaravana y abrió la puerta.

—Pero, Eric...

—Lo siento, Honey. No tengo tiempo.

La puerta se cerró. Mientras observaba su inflexible superficie, se percató de que había vuelto a hacerlo. Por más que se dijera que debía actuar de una forma madura y sofisticada, siempre acababa actuando como lo hacía Janie.

Miró alrededor, esperando que nadie hubiese visto el ridículo que había hecho, pero la única persona que había cerca era Liz Castleberry, y no parecía que prestara atención. Honey hundió las manos en los bolsillos de sus vaqueros para aparentar que solo estaba dando un paseo sin ningún objetivo concreto.

En exteriores, cada uno de los cuatro actores principales disponía de una autocaravana. La de Liz estaba aparcada junto a la de Eric. La actriz estaba sentada en una silla de jardín con *Mitzi*, su perra, tendida a su lado. Se había echado un suéter sobre los hombros y estudiaba su guión a través de unas grandes gafas de sol con montura de color rosa pálido.

Desde el principio la perra de Liz le había caído mucho mejor a Honey que su dueña. Liz era demasiado sofisticada para que se sintiera a gusto en su presencia. Más que nadie del programa, actuaba como una verdadera estrella de cine, y desde los primeros días del rodaje. Honey había procurado evitarla. No le había resultado difícil. Todas las estrellas de cine tenían tendencia a guardar las distancias.

Mitzi se levantó y se le acercó meneando la cola. Honey se sentía herida después de su encuentro con Eric y quería estar sola un rato, pero no era fácil hacer caso omiso de una perrita con ganas de jugar, sobre todo una del tamaño de *Mitzi*. Extendió una mano y acarició la hermosa cabeza de la perra.

—Hola, chica.

Mitzi empezó a dar vueltas a su alrededor y a acariciarle las rodillas con el hocico, moviendo la cola a ritmo de adagio y después de allegro. Honey se arrodilló y hundió los dedos en el suave pelaje del animal. Se inclinó hacia delante y recostó su mejilla contra el cuello de *Mitzi*, sin importarle el hedor del aliento canino. *Mitzi* le pasó la lengua por la mejilla. Aunque no era más que una perra, Honey agradeció aquella demostración de afecto.

Le costaba cada vez más trabajo censurar a los demás por no querer estar con ella. Reunía demasiados defectos. Era fea y mandona. Aparte de saber cocinar y ser buena conductora, no poseía ningún talento especial. Cuando pensó en ello, comprendió que no era una de esas personas que caen bien a la gente, y todavía menos de las que se hacen querer.

—¿Un mal día?

Honey levantó bruscamente la cabeza al oír la voz queda de Liz.

—Pues no. Estoy teniendo un día estupendo. *Genial.*

Soltó a *Mitzi* y volvió a sentarse sobre los talones. Se fijó en la ondulante cabellera castaña y en la piel sin defectos de la actriz y deseó poder parecérsele. Honey empezaba a creer que ella era la única persona fea en todo el sur de California.

Liz se subió las gafas de sol sobre la cabeza. Sus ojos eran tan verdes como el Silver Lake antes de que el agua se hubiese contaminado. Indicó la caravana de Eric con un gesto con la cabeza.

—Estás muy lejos de su nivel, pequeña. Ten cuidado con él.

Honey se levantó de un salto.

—No tengo ni la menor idea de qué me estás hablando. Y no me gusta que los demás se metan en mis asuntos.

Liz se encogió de hombros y volvió a colocarse las gafas sobre los ojos.

Honey se dio la vuelta y empezó a alejarse con paso airado. Entonces se tropezó con Lisa Harper, la actriz que interpretaba a Dusty. Cuando se dio cuenta de que Lisa se dirigía hacia la caravana de Eric, la interceptó.

—Yo de ti no lo molestaría, Lisa. Eric tiene asuntos que atender y no quiere que lo interrumpan.

Trató de ocultar su rencor por el modo en que los senos de Lisa extendían la pechera de su blusa morada.

—Eres la monda, Honey. —Lisa se echó a reír—. El asunto de Eric *soy yo.*

Subió los peldaños de la caravana del muchacho y desapareció en su interior.

Una hora después volvió a salir. Su blusa morada había sido sustituida por una de las camisetas recortadas de Eric.

La sala de conferencias estaba tenuemente iluminada, con solo unos finos haces de luz vespertina filtrándose a través de las cortinas echadas. Honey estaba sentada delante de ellos como un pecador el día del juicio final llamado en presencia del Todopoderoso. Salvo que solo existía un Todopoderoso, y allí había cinco.

Una mujer con las uñas pintadas de color vino indicó con un gesto la lata de Orange Crush que habían dejado sobre la mesa.

—Sírvete tú misma, Honey —dijo en voz baja.

El hombre que ocupaba el centro de la mesa encendió un cigarrillo y se reclinó en su silla.

—Puedes empezar cuando quieras.

Honey mantuvo los ojos fijos en el suelo.

—No tengo nada que decir.

—Míranos cuando hables, por favor.

—No voy a decir nada. Esta vez va en serio. No tengo absolutamente nada en la cabeza.

Alguien encendió un mechero. Una silla crujió levemente.

Un hombre golpeteó su libreta con un lápiz.

—¿Por qué no nos hablas de Eric?

—No hay nada que decir.

—Nos enteramos de cosas.

Honey se enderezó en su silla.

—Ya no hablaré más de él.

—No te nos resistas, Honey. No es una buena idea.

La mano de Honey sujetó la lata de refresco con más fuerza.

—¿Por qué debería contaros nada? Ni siquiera sé por qué estoy aquí. ¡No me caéis bien!

Impasibles a su rebeldía, cogieron sus libretas.

—Cuando quieras.

Y, como no tenía nadie más con quien hablar, se lo contó todo a los guionistas...

EXTERIOR. EL RELLANO FRENTE AL PISO DE BLAKE
SOBRE EL GARAJE.
NOCHE.

Janie está en el rellano mirando la puerta del piso de Blake. Con nerviosismo, se remete la camiseta en los pantalones y trata de arreglarse el pelo con los dedos, pero se da cuenta de que es inútil y vuelve a desordenárselo. Por último pierde el valor y empieza a bajar la escalera, después cambia de opinión y regresa. Armándose de valor, llama a la puerta. Al no recibir respuesta, vuelve a llamar.

JANIE
¿Blake? Blake, ¿estás ahí?

VOZ DE BLAKE
¿Qué quieres, Janie?

JANIE
Pues... esto... Dijiste que una noche de estas me ayudarías con los deberes de aritmética. Con las... fracciones. Esas fracciones son muy difíciles.

Blake abre la puerta despacio. Lleva puestos unos vaqueros y tiene el torso desnudo. Janie lo mira y traga saliva.

BLAKE
Lo siento, Janie, pero esta noche no me va muy bien.

JANIE
(decepcionada)
Oh... Bueno, tal vez... ¿Te apetece jugar a las cartas?

BLAKE
Esta noche no, nena.

JANIE
¿Y ver la tele? Esta noche juegan los Cowboys.

VOZ DE DUSTY
(procedente del interior del piso)
¿Blake? ¿Pasa algo?

BLAKE
(dirige a Janie una sonrisa compasiva)
Quizás en otra ocasión.

Cuando se gira para volver a entrar, la congoja de Janie se convierte en ira.

JANIE
¡Eres un traidor! Dusty está ahí dentro. He oído su voz. ¡Tienes a Dusty en tu piso!

BLAKE
Vamos, Janie...

JANIE
(furiosa)
¿Sabe esto tu madre? Porque si tu madre lo supiera, ¡te mataría! ¡Voy a decírselo! ¡Voy a ir allí, aporrearé su puerta y le diré que su único hijo es un vulgar y sucio donjuán!

Dusty aparece detrás del hombro de Blake. Lleva puesta la bata de Blake y tiene el pelo revuelto.

DUSTY
(sin aspereza)
Hola, Janie. ¿Qué haces aquí?

JANIE
¡Y tú...! ¡Deberías avergonzarte! ¡Hasta ahora creía que eras

buena persona! ¡Y ahora resulta que no eres más que una... una... *puta*!

BLAKE
(con frialdad)
Creo que será mejor que te tranquilices, Janie.

JANIE
(histéricamente)
Estoy tranquila. Estoy absolutamente tranquila.

BLAKE
(sale al rellano y cierra la puerta)
Janie, no puedes hablar a Dusty de ese modo. Hay cosas que no entiendes. Todavía eres una niña, y...

JANIE
¡No soy ninguna niña! ¡No vuelvas a decir que soy una niña! Tengo casi catorce años y soy...

Janie rompe a llorar...

El silencio cayó sobre el plató mientras todos aguardaban. Con los ojos secos, Honey se volvió furiosa hacia las cámaras.

—¡Esto es ridículo! ¡No lo haré!
—¡Corten!

Eric descargó su mano sobre la barandilla.

—¡Por el amor de Dios! Esta es la novena toma.

El director avanzó. Aunque en teoría el rellano del piso de Blake se encontraba sobre el garaje, el plató se levantaba solo unos palmos del suelo del estudio. Mientras una de las ayudantes de vestuario pasaba una camisa a Eric, el director levantó los ojos hacia Honey.

—¿Necesitas maquillaje para ponerte los cristales?

Honey llevaba seis meses trabajando en el programa, tiempo

suficiente para saber que se refería a cristales de mentol que podían aplicarse a los ojos para hacerlos llorar. Sacudió la cabeza, imaginándose la repugnancia de Eric. Los actores de verdad no necesitaban cristales de mentol. No si se habían preparado correctamente. No si habían hecho sus ejercicios de percepción sensorial. Pero hacer esa escena era como tirar de una herida abierta, y lo único que quería era salir de allí.

Eric apretó los dientes.

—Por el amor de Dios, usa los cristales. No tenemos tiempo para esperar que lo hagas bien.

Su crueldad destruyó el último vestigio de dominio de sí misma.

—¡Janie no es una maldita llorona! ¡Y desde luego no desperdiciaría su tiempo llorando por un maldito gilipollas como Blake!

Lisa asomó la cabeza fuera de la puerta.

—¿Vamos a hacer una pausa? Porque tengo que orinar.

—¡No! —gritó Eric—. Ninguna jodida pausa. Si Honey no lo consigue esta vez, me iré. Tengo cosas que hacer.

—¡Y aquí todos saben exactamente qué clase de cosas! —gritó Honey.

—Se acabó. Me marcho. No tengo por qué soportar esta mierda.

Eric saltó sobre la barandilla al suelo del estudio. Hacía ejercicio a diario y no había ningún motivo para que respirase tan fuerte, pero el pánico que lo atenazaba no podía curarse con preparación física. Desde el comienzo había detestado trabajar con ella. No podía soportar cómo lo miraba, el modo en que lo seguía por todas partes. Si hubiera sabido de ella al principio, jamás habría firmado el contrato para hacer el programa. Ni siquiera su creciente fama merecía la pena viéndose obligado a mirar aquellos ojos grandes y necesitados, aquella cara que le suplicaba atención.

—¡Esperad todos! —exclamó el director—. La situación se está desmadrando un poco. Una toma más, Eric. Si Honey no lo consigue esta vez, volveremos a empezar mañana. Vamos, Eric, no seas así. Es tarde y todo el mundo tiene los nervios deshechos. Maquillaje, traed los cristales de mentol.

Eric apretó los dientes. Quería decirles a todos que se fueran al infierno, pero si se marchaba ahora, tendría que trabajar con la pequeña latosa a primera hora de la mañana del día siguiente, y ya había tenido suficientes problemas para dormir. A veces, en sus sueños, la voz de Honey empezaba a mezclarse con la de Jason.

A regañadientes, se despojó de la camisa y subió los tres peldaños. Ella lo miró, con sus ojos azul claro desorbitados por el dolor y la adoración. Querían succionarlo, devorarlo. Eric trató de distanciarse de ella examinando su rostro objetivamente. Un día sería una chica alucinante, cuando dejara de parecer una niña.

Su breve destello de objetividad se desvaneció, y lo único que pudo ver fue a alguien que le recordaba demasiado al pesado de su hermano pequeño.

Frunció el ceño y habló con un gruñido, confiando en hacer que lo odiara.

—La próxima vez haz antes los deberes. Te pagan para que seas una profesional. Empieza a actuar como tal.

Honey dio un respingo como si la hubiese golpeado. Sus ojos chispearon con tristeza, y su labio inferior se estremeció con vulnerabilidad. Eric sintió el impacto de su dolor en sus propias entrañas.

Habló el director:

—Empecemos desde el primer plano de Janie. Todo el mundo en sus puestos.

El maquillador sopló los cristales en los ojos de Honey, que se pusieron a llorar.

—Silencio, por favor. Rodamos. Claqueta. Acción.

La cámara se acercó para tomar un primer plano. Una gruesa gota se desbordó sobre sus pestañas inferiores y le resbaló por la mejilla, pero su expresión se mantuvo rebelde.

Eric se dijo que era Blake quien tenía que tocarla. Blake. No él.

Avanzó, la envolvió en sus brazos y la atrajo hacia su pecho. La cabeza de Honey ni siquiera le llegaba a la barbilla. Debía de tener la misma estatura que Jason y, como su hermanastro, solo quería su atención.

El chirrido de los frenos resonó en su mente, el sonido de un grito.

—Corten. Editad. Es buena. Podemos irnos a casa.

—¡Gilipollas!

Honey le propinó un fuerte empujón en el pecho y salió corriendo del plató.

Eric se quedó en el rellano siguiéndola con la mirada. Tenía los ojos sombríos y atormentados.

Llévame contigo, Eric. Por favor.

8

Pese a su determinación de mantener la cabeza erguida, a la hora del almuerzo del día siguiente Honey necesitaba desesperadamente un sitio tranquilo al que poder ir a lamerse las heridas. Todos los que no habían estado en el plató la víspera se habían enterado de su pelea con Eric, y sabía que todos ellos cuchicheaban a sus espaldas. Ese día rodaban en exteriores, pero rechazó su autocaravana como escapatoria porque su tutor la esperaba allí con una clase de trigonometría. En su lugar se escurrió detrás de la camioneta del catering a un afloramiento de roca artificial. Pero en cuanto llegó a la fresca sombra, cayó en la cuenta de que ni siquiera allí podría estar sola.

A unos diez metros, Dash Coogan estaba apoyado contra una roca con el sombrero bajado sobre los ojos y una rodilla levantada. Honey sabía que debía marcharse, pero a pesar de la frialdad de Dash hacia ella se sentía envuelta por la sensación de haber dado con un lugar seguro y protector. Ojalá pudiera sentarse en su regazo como hacía Janie. Consciente de lo imposible que era eso, se instaló en un sitio sombreado a unos cuatro metros del actor, levantó las rodillas y hundió los tacones de sus botas de vaquero en la tierra. Quizá si se quedaba allí un ratito sin hablar, a él no le importaría.

Transcurrió un minuto, y cada segundo le pareció una eternidad. Trató de contenerse, pero aun así las palabras le salieron a borbotones.

—Detesto a la gente que no tiene nada mejor que hacer que cotillear sobre otras personas.

Dash no respondió, aunque tenía que haberse enterado de lo sucedido.

Honey se mandó callar. Ya sabía que a Dash no le gustaban las mujeres habladoras, pero iba a estallar si no podía confiar en alguien que no fuese aquella jauría de guionistas chacales que recibían sus secretos más íntimos y los divulgaban por toda América. ¿Y quién mejor en quien confiar que aquel hombre, que era lo más parecido a un padre que había conocido?

—Para mí que Eric es un perfecto gilipollas. Todo el mundo cree que estoy enamorada de él, pero ¿qué clase de idiota sería si me enamorase de un imbécil engreído como él?

Coogan inclinó su sombrero con el pulgar y miró fijamente hacia el horizonte.

Honey esperaba que le diera algún consejo, como debían hacer los adultos con los adolescentes. Como un padre haría con su hija.

Lo instó a hablar.

—Supongo que no soy lo bastante estúpida para creer que alguien como él se fijaría en una chica con mi aspecto.

Tensó los músculos, aguardando una respuesta. Ojalá le dijera que no había nada de malo en su aspecto. Ojalá le dijera que era una flor tardía, como siempre le decía a Janie.

Pero, cuando el silencio se prolongó entre ellos, decidió que no debía esperar que le leyera los pensamientos.

—Ya sé que no soy lo que se dice guapa, pero ¿crees que...? —Tiró de un agujerito que tenía en la rodilla de sus vaqueros—. ¿Crees que podría ser... ya sabes, quizás una flor tardía?

Dash se volvió hacia ella con ojos fríos y apagados.

—He venido aquí para estar solo. Te agradecería que te marcharas.

Honey se incorporó de un salto. ¿Por qué había creído por un momento que la entendería? ¿Que se preocupaba lo bastante por ella para intentar hacer que se sintiera mejor? ¿Cuándo iba a admitir que no le importaba un carajo? Envuelta en su desdicha, buscó una forma de contraatacar, de herirlo como él acababa de herirla a ella.

Cogió aire, lo fulminó con la mirada y le habló con voz quebrada por la hostilidad.

—De todos modos, ¿quién quiere estar contigo, viejo borracho?

Él ni siquiera pestañeó. Se quedó allí, mirando hacia las San Gabriel. El ala del sombrero le ocultaba los ojos de tal modo que ella no podía ver su expresión, pero su voz era tan monótona como la pradera de Oklahoma.

—Entonces deja a este viejo borracho en paz.

Todo su dolor se convirtió en veneno. Nunca más confesaría sus verdaderos sentimientos a ninguno de ellos. Bajo un sombrío ceño que camuflaba su corazón roto, Honey se apartó de él y se encaminó con paso airado hacia su autocaravana.

Detrás del afloramiento de rocas artificiales, Dash Coogan había sudado tinta. Cerró los ojos con fuerza, tratando de apartar de la mente el anhelo que lo había golpeado con tanta violencia que le parecía que le saltaba la piel. Aquella niña jamás sabría hasta qué punto su mofa se había acercado a la verdad. Necesitaba un trago.

Con una mano temblorosa, cogió el paquete de LifeSavers que guardaba en el bolsillo de su camisa. Durante los últimos años había empezado a dar por hecha su rehabilitación, pero últimamente había constatado que su autosuficiencia era un craso error. Mientras se introducía en la boca un par de caramelitos de menta, se recordó que ya hacía mucho tiempo que había dejado de atribuir su alcoholismo a los demás, y no lo haría ahora. Pero era un hecho innegable que cada vez que aquella niña acudía a él esperando que fuese su padre en la vida real, el deseo de beber lo golpeaba como una bofetada. Ni siquiera había sido un buen padre con sus verdaderos hijos, y desde luego no podía hacer las veces de padre de aquella chiquilla.

Los primeros días, cuando había empezado a leer los guiones y a hablar del programa, se había mostrado amable, pero no había tardado mucho en comprender que cometía un gran error. Ella lo seguía a todas partes, sin dejarle espacio para respirar. Justo entonces se había dado cuenta de que debía mantener la distancia. Tenía demasiados vacíos en su interior para poder llenar los de la muchacha.

Sabía cuánto daño le hacía, pero se dijo que era una chica fuerte, como lo había sido él de niño, y que sobreviviría a su rechazo como él había sobrevivido a pasar de una casa de acogida a otra durante toda su infancia. Quizá se volvería aún más fuerte por ello. Era mejor que aprendiera ahora que no debía esperar demasiado de los demás, que debía dejar de sacar todos y cada uno de sus sentimientos al aire libre, donde cualquiera podía tropezar con ellos.

Pero, maldita fuera, aquella mocosa tenía algo que le removía las entrañas, y esa, más que nada, era la razón por la que debía mantenerse alejado de ella. Porque cuando se sentía vulnerable deseaba beber, y nada del mundo, ni siquiera aquella pequeña pendenciera, iba a echar a perder seis años de sobriedad ganados a pulso.

Honey vio la casa a primeros de marzo, justo antes de que el programa entrara en su descanso de cuatro meses. Se mudó allí unas semanas después, y la primera tarde se paseó por fuera poco antes de ponerse el sol para contemplar el exterior de ladrillos encalados. Una red de enredaderas de buganvilla trepaba por las paredes y se enroscaba alrededor de los postigos grises que enmarcaban las ventanas con parteluz. El tejadillo de cobre sobre la entrada se había revestido hacía ya tiempo de la pátina de respetabilidad de color verde cretáceo. Los arbustos estaban crecidos y un pequeño jardín de rosas formaba una media luna en un lado. Jamás se había imaginado que viviría en una casa tan bonita. Era todo lo que había soñado siempre.

—Desde luego, se encuentra demasiado cerca de Wilshire para estar muy de moda —le había dicho el corredor de la inmobiliaria—. Pero Beverly Hills es Beverly Hills.

A Honey la traía sin cuidado lo que estaba de moda. Ni siquiera le importaba vivir en Beverly Hills. La casa era hermosa y acogedora, el lugar perfecto en el que vivir una familia. Quizá las cosas empezarían a mejorar ahora. Se abrazó, tratando de consolarse con la casa y olvidar todo lo demás que marchaba mal en su vida: los conflictos en el plató, los rumores de la gente a su espalda. Uno de los directores se había quejado a Ross porque Honey se había presentado tarde unas cuantas veces y había hecho esperar a los actores. Pero no había sido a todos. Solo a Dash Coogan. Y le había hecho esperar dos veces porque estaba harta de cómo la ignoraba, sobre todo desde que la prensa había empezado a tratarlo como el Padre del Año.

El ruido de un coche entrando en el camino de acceso la distrajo. Se volvió y vio a su agente bajar de su BMW. Arthur Lockwood se dirigió hacia ella, con el pelo tieso y la barba rojiza más oscuros de lo normal a la tenue luz. Lo respetaba, pero el hecho de que tuviese dos títulos universitarios la intimidaba.

—¿Ya os habéis instalado? —preguntó el hombre.

—Estamos en ello. Una de las dependientas de aquella lujosa tienda de muebles está disponiendo el mobiliario.

—Es una casa bonita.

—Te mostraré el pomelo.

Lo condujo hacia un lado, donde Arthur admiró el árbol, y después accedieron al porche cerrado por la puerta de atrás. La mujer de los muebles aún no había llegado hasta allí, de modo que solo había una vieja silla plegable, que Arthur rehusó. Honey paseó la mirada por el pequeño patio trasero. Tendería una hamaca entre dos árboles y compraría una barbacoa como las que salían en los anuncios de televisión.

Arthur hizo tintinear las monedas que llevaba en el bolsillo de sus chinos.

—Honey, el descanso empieza dentro de un par de semanas y no tendrás que presentarte al trabajo hasta finales de julio. Aún no es demasiado tarde para que aceptes la oferta de TriStar.

De repente, el aire del anochecer la hizo estremecerse.

—No quiero hacer ninguna película, Arthur. Ya te lo dije.

Quiero terminar las clases del instituto durante el descanso para poder graduarme antes de que volvamos a rodar.

—Estás estudiando con un tutor. Unos meses más no te afectarán lo más mínimo.

—Sí lo harán.

—Cometes un error. Aunque el programa de Coogan está teniendo mucho éxito, no durará siempre, y debes empezar a planificar el futuro. Tienes mucho talento, Honey. El papel de TriStar será un gran escaparate para ti.

—Una chica de catorce años que se está muriendo de cáncer. Lo más apropiado para alegrar los corazones de América.

—El guion es estupendo.

—Es una chica rica, Arthur. No podría convencer a nadie en el mundo de que soy una chica rica.

Interpretar un papel distinto al de Janie Jones la asustaba. Dijera lo que dijese la crítica, sabía que no era una verdadera actriz. Lo único que hacía era interpretarse a sí misma.

—Te infravaloras, Honey. Tienes mucho talento, y estarías maravillosa en ese papel.

—Olvídalo.

Podía imaginarse la desdeñosa reacción de Eric si la viera tratar de interpretar a una chica rica de catorce años muriéndose de cáncer.

Solo de pensar en Eric sentía dolor. A menos que hicieran una escena juntos, él actuaba como si ella no existiera. Y Dash no le había dirigido la palabra fuera de cámara desde aquel día, tres semanas atrás, en el que intentó hablar con él detrás de la roca. La única persona que nunca parecía evitarla era Liz Castleberry, y Honey sospechaba que solo se debía a *Mitzi*. La perra de Liz se había convertido para Honey en lo más parecido a una mejor amiga. Miró su patio trasero al mismo tiempo que se sentía invadida por una profunda sensación de soledad.

—Necesitas una oportunidad para esforzarte —comentó su agente.

—Creía que trabajabas para mí, Arthur. Te dije que no quiero hacer ninguna película, y hablaba en serio.

El rostro del hombre se crispó y Honey supo que estaba enfadado con ella, pero no le importaba. La mangoneaba demasiado, y a veces debía recordarle quién mandaba allí.

Cuando finalmente Arthur se fue, Honey entró en la casa. Encontró a Chantal en la salita, tendida en su nuevo sofá desmontable de brocado dorado y blanco leyendo una revista. Gordon estaba sentado frente a ella jugueteando con su navaja.

—Esta habitación ha quedado preciosa, Chantal. Esa mujer ha hecho un buen trabajo.

Una gruesa alfombra blanca se extendía de una pared a otra. Además del sofá, la estancia contenía unas elegantes butacas y unas mesitas de vidrio en forma de ameba apoyadas sobre unas delgadas patas metálicas. Sobre una de aquellas mesas estaban las sobras de una comida para llevar Hungry Man.

—Las plantas llegarán mañana.

—Las plantas serán bonitas. —Chantal se desperezó y dejó la revista—. Honey, Gordon y yo hemos estado hablando. Creemos que nos marcharemos en un par de días.

Honey se quedó helada.

—¿A qué te refieres?

Chantal se mostró nerviosa.

—Díselo tú, Gordon.

Gordon se guardó la navaja en el bolsillo.

—Estamos pensando en recorrer el país, Honey. Ver un poco de América. Comenzar nuestra propia vida.

A Honey le dio un vuelco el corazón.

—Gordon tiene que pensar en su carrera —prosiguió Chantal—. Necesita inspiración si quiere ser pintor.

Honey trató de contener el pánico.

—¿Os habéis vuelto locos? Acabo de comprar esta casa. La he comprado para todos nosotros. No podéis marcharos ahora.

Chantal no quiso mirarla.

—Gordon dice que Beverly Hills lo agobia.

—¡Pero si acabamos de llegar! —gritó Honey—. ¿Cómo puede agobiarlo?

—Sabía que no lo entenderías. Siempre estás gritando a la gente. Nunca tratas de entender.

Con un sollozo ahogado, Chantal salió precipitadamente de la habitación.

Honey la tomó con Gordon.

—¿Qué diablos crees que estás haciendo, loco estúpido?

Gordon levantó su endeble barbilla.

—¡No me hables así! Supongo que Chantal y yo podemos irnos si queremos.

—¿Y cómo vais a manteneros?

—Encontraremos trabajo. Ya lo hemos hablado. Recorreremos el país trabajando.

—Quizá tú puedas trabajar, pero no te engañes sobre Chantal. Vender billetes para el vapor es lo más difícil que ha hecho en su vida, y desordenó la caja del dinero tantas veces que la habría despedido de no haber sido mi prima.

—Podría hacer de peluquera. Ha hablado de eso.

—También habló de casarse con Burt Reynolds, pero tampoco lo ha conseguido.

Gordon se metió las manos en los bolsillos con visible frustración.

—Yo no puedo seguir así. Tengo que empezar a pintar.

—¡Entonces empieza! —exclamó Honey, exasperada.

—No creo que pueda pintar aquí. Esta casa. Este barrio. Todo es demasiado...

—Inténtalo —pidió ella—. Si no resulta, siempre podremos mudarnos.

La idea de mudarse la ponía enferma. Ni siquiera había deshecho las maletas, y le gustaba esa casa, pero no iba a permitirle que se llevara a Chantal.

—No sé. Yo...

—¿Qué necesitas? Te compraré todo lo que necesites.

—No me gusta aceptar tu dinero continuamente. Soy un hombre. Debería...

—Te pagaré dos mil dólares al mes para que os quedéis aquí.

Gordon la miró fijamente.

—Dos mil dólares al mes durante vuestra estancia aquí. Ya me hago cargo yo de la casa y toda la comida. Son dos mil dólares solo para gastos personales.

Gordon contuvo el aliento con un leve sonido sibilante. Su cara tenía un aspecto demacrado y, cuando habló, lo hizo con voz queda y ronca.

—¿Qué te da derecho a intentar dirigir nuestras vidas de ese modo?

—Me preocupo por Chantal, nada más. Quiero cuidar de ella.

—Soy su marido. Yo cuidaré de ella.

Pero ya no había demasiada convicción en su voz, y Honey supo que había ganado.

Empezó el descanso. Mientras Gordon y Chantal estaban por la casa tomando las comidas que Honey preparaba y viendo la tele, Honey terminó sus clases de instituto con sobresalientes excepto en física, que detestaba. En junio, los tres volaron a Carolina del Sur para ir a ver a Sophie. El parque era todavía más deprimente de como lo recordaba. Las atracciones habían sido vendidas, y finalmente el *Bobby Lee* se había desamarrado durante una tormenta y se había hundido en el fondo del Silver Lake. Una vez más, Honey intentó convencer a su tía de que fuese a Los Ángeles, pero Sophie se negó.

—Esta es mi casa, Honey. No quiero vivir en ningún otro sitio.

—No es seguro, Sophie.

—Claro que lo es. Buck está aquí.

Al día siguiente Honey fue a la ciudad para reunirse con el abogado que había contratado el pasado diciembre para negociar la compra del parque. A media tarde, había firmado los últimos documentos. La adquisición la dejaría en la ruina durante algún tiempo y no podría reabrir el parque, pero al menos lo había recuperado.

—Honey, te he pedido que pasaras junto a Dash y te dirigieras hacia la ventana en la última frase.

Janice Stein, la única directora del programa, indicó la posición correcta.

Había terminado el descanso. Era agosto, y estaban en el estudio trabajando en su segundo programa para la temporada 81-82. Honey había estado de mal humor desde que se había reanudado el rodaje. Dash no había actuado como si se alegrara lo más mínimo de volver a verla, y Eric apenas le había devuelto el saludo. Solo Liz Castleberry, la reina de las zorras, se había detenido a charlar, y era la última persona con la que Honey había querido hablar.

Se llevó una mano a la cadera y miró irritada a Janice, que estaba de pie en el centro del plató que reproducía la salita de la casa del rancho.

—No quiero moverme hasta que diga: «Cálmate, papá.» Funcionará mejor así.

—Eso es demasiado tarde —repuso Janice—. Para entonces ya deberías estar en la ventana.

—No quiero hacerlo así.

—Yo soy la directora, Honey.

Honey entrecerró los ojos y habló con su voz más presuntuosa.

—Y yo soy una actriz que trata de hacer bien su trabajo. Si no te gusta cómo trabajo, quizá deberías encontrar otro programa que dirigir.

Pasó haciendo aspavientos junto a Dash, que estaba de pie junto a la ventana con su guión en una mano y un vaso de café en la otra, y abandonó el plató. El año anterior se había sentido intimidada por todos ellos, pero ese año sería distinto. Estaba harta de que la gente le diera órdenes, harta de oír las interminables quejas de Gordon sobre la vida en Beverly Hills, harta de los pucheros de Chantal. De todos modos no caía bien a nadie, así pues, ¿qué importaba cómo se comportase?

Enfiló el pasillo que conducía a los camerinos y vio a Eric al final. Solo de verlo sintió que le flaqueaban las piernas. El muchacho se había pasado el verano rodando su primera película como protagonista, y estaba tan guapo que Honey no podía evitar mirarlo.

Melanie Osborne, una atractiva pelirroja que era una de las nuevas ayudantes de dirección, hablaba con él. Estaban lo bastante juntos para que Honey tuviera la certeza de que la conversación no era de negocios. Melanie se inclinaba hacia él de una forma sexy y llena de confianza que hizo que Honey se erizara de envidia.

Eric levantó la mirada y la vio acercarse. Acarició a Melanie en la mejilla y desapareció por el pasillo hacia su camerino.

El negro humor de Honey empeoró todavía más.

Melanie se dirigió hacia ella, con una sonrisa amable en el rostro.

—Hola, Honey. Acabo de oír decir a Ross que quiere verte tan pronto como estés libre.

—Entonces que venga a buscarme.

—Sí, señora —murmuró Melanie cuando Honey pasaba por su lado como una exhalación.

Honey se detuvo y se volvió.

—¿Qué has dicho?

—No he dicho nada.

Honey se fijó en los largos y ondulados cabellos de Melanie y en su generoso pecho. La semana anterior le habían vuelto a cortar el pelo como con un cuenco para perros.

—Será mejor que tengas cuidado. No me gustan los sabihondos.

—Lo siento —dijo Melanie con frialdad—. No pretendía ofenderte.

—Pues lo has hecho.

—Haré todo lo que pueda para no repetir el error.

—Haz todo lo que puedas para no acercarte a mí.

Melanie apretó los dientes y empezó a alejarse, pero algo maligno se había apoderado de Honey. Quería castigar a Melanie por ser bonita y femenina y por saber cómo hablar con Eric. Quería castigar a Melanie por intercambiar bromas con Dash, por gozar de la simpatía de los actores y por haberse cortado las uñas encarnadas en forma de almendra.

—Antes tráeme un café —le espetó—. Llévalo a mi camerino. Y date prisa.

Melanie se quedó mirándola un momento.

—¿Qué?

—Ya me has oído.

Viendo que la pelirroja no se movía, Honey se llevó una mano a la cadera.

—¿Y bien?

—Vete al infierno.

Ross apareció por una esquina justo a tiempo de oír las palabras de la ayudante de dirección. Se paró en seco. Melanie se volvió, vio quién se había acercado y palideció.

Honey dio un paso adelante.

—¿Has oído lo que ha dicho?

—¿Cómo te llamas? —bramó Ross.

La ayudante de dirección pareció aturdida.

—Esto... Melanie Osborne.

—Bien, Melanie Osborne, acabas de alistarte en las filas del paro. Recoge tus cosas y vete.

—Pero...

—Honey es una estrella —dijo Ross en voz baja—. Nadie le habla de ese modo.

Melanie se volvió hacia Honey, esperando que dijera algo, pero era como si un grupo de demonios le hubiera sellado los labios con sus horcas. Pese a que su conciencia le pedía a gritos que aclarara las cosas, su orgullo era demasiado fuerte.

Cuando se hizo evidente que Honey no iba a hablar, los ojos de Melanie adoptaron una expresión amarga.

—Gracias por nada.

Enderezó la espalda, se volvió y se alejó.

—Siento lo ocurrido, Honey —dijo Ross, mesándose el pelo, largo y plateado—. Me aseguraré de que no vuelva a trabajar aquí.

Un escalofrío recorrió la espalda de Honey cuando asimiló el increíble poder de la celebridad. Ross ni siquiera iba a preguntarle qué había ocurrido. Ella era importante; Melanie no lo era. No importaba nada más.

Ross empezó a hablar de una rueda de prensa para la nueva temporada y del publicista que la acompañaría en una de las pocas entrevistas que autorizaba. Honey apenas escuchaba. Había hecho algo terrible, pero el reconocimiento de su error se le atascaba en la garganta como un gran trozo de pan sin masticar. Inició el lento proceso de justificar sus acciones. Se dijo que casi nunca se equivocaba en nada. Quizá tampoco lo había hecho esta vez. Quizá Melanie era una pendenciera. Seguramente habrían acabado por despedirla de todos modos. Pero, por más que lo racionalizara, no conseguía disipar la sensación de náusea en su interior.

Ross se marchó y ella se precipitó a su camerino con el propósito de estar sola unos minutos para reflexionar. Pero antes de que pudiera entrar, vio a Liz Castleberry apoyada en la puerta abierta de su camerino, al otro lado del pasillo. Era evidente, por la expresión de desaprobación en su cara, que la actriz lo había oído todo.

—Solo un consejo, nena —dijo en voz baja—. No vayas jodiendo a la gente. Se volverán contra ti.

Honey se sintió como si la atacaran desde todos los flancos y se erizó.

—Qué curioso. No puedo recordar que te haya pedido consejo.

—Quizá deberías.

—Supongo que vas a ir a contárselo a Ross.

—Eres tú quien debería hacerlo.

—Puedes esperar sentada.

—Estás cometiendo un error —replicó Liz—. Espero que lo entiendas antes de que sea demasiado tarde.

—Ve a contárselo a Ross —dijo Honey con malicia—. Pero si Melanie aparece en este plató, ¡me marcho!

Entró en su camerino y cerró dando un portazo.

Melanie tenía muchos amigos en el plató, y la noticia de su despido no tardó en difundirse. Al término de aquella semana,

Honey se había convertido en una paria. Los miembros del equipo solo se dirigían a ella cuando no tenían más remedio que hacerlo, y como represalia Honey se volvió más exigente. Se quejaba de sus frases, de su pelo. No le gustaba la iluminación o la puesta en escena.

Se le fue metiendo en la cabeza la idea de que, si se portaba lo suficientemente mal, tendrían que hacerle caso, pero Dash dejó de hablarle por completo, y Eric la miraba como si fuera una babosa dejando un rastro de baba en la acera de su vida. El odio se unió a los demás sentimientos complejos que albergaba hacia él.

La siguiente semana, Arthur la llevó a cenar fuera. Se había enterado de lo sucedido con Melanie, y empezó a largarle un extenso sermón sobre ganarse fama de conflictiva en el oficio.

En lugar de pedirle que la ayudase a arreglar las cosas, como sabía que debería hacer, Honey lo interrumpió con una larga enumeración de todos los desaires que había sufrido desde el primer día en el plató. Después le advirtió que podía ponerse de su parte o se buscaría otro agente. Él dio marcha atrás en el acto.

Cuando Honey salió del restaurante, tuvo la espantosa sensación de que un demonio se había adueñado de su cuerpo. Una voz interior susurró que se estaba convirtiendo en una mocosa mimada de Hollywood, como tantos niños prodigio sobre los que había leído. Trató de reprimirla. Nadie la comprendía, y ese era un problema de los demás, no suyo. Se dijo que debería estar orgullosa de haber puesto a su agente en su sitio, pero cuando se subió al coche estaba temblando y supo que no era orgullo lo que sentía, sino miedo. ¿No iba a detenerla nadie?

Al día siguiente pasó a ver a los guionistas. No para hablar con ellos. Desde luego que no hablaría con ellos. Solo para saludarlos.

9

La casa se erguía solitaria al final de una de las carreteras estrechas y terriblemente tortuosas que serpenteaban a través de Topanga Canyon. La vía no tenía pretil, y la oscuridad, combinada con una llovizna de finales de noviembre, ponía nerviosa incluso a una conductora tan valiente como Honey. Trató de entusiasmarse con su nueva casa cuando se hizo visible detrás de la última revuelta, pero detestaba su amplio tejado y sus líneas austeras y contemporáneas tanto como detestaba su ubicación.

Topanga Canyon tenía poco que ver con Beverly Hills y la hermosa casita que tanto le había gustado. Todos los hippies que quedaban en el sur de California vivían allí, junto con jaurías de perros salvajes que se cruzaban con los coyotes. Pero, al cabo de siete meses en Beverly Hills, Gordon aún no había sido capaz de pintar, y por eso se habían mudado.

Honey estaba muerta de cansancio cuando enfiló el camino de acceso. Cuando vivían en Beverly Hills, solo tardaba media hora en ir y volver del estudio. Ahora tenía que levantarse a las cinco para llegar a tiempo al trabajo, que empezaba a las siete, y por la noche rara vez llegaba a casa antes de las ocho.

Le gruñía el estómago cuando entró en la casa. Deseó que Chantal y Gordon hubiesen preparado la cena, pero ninguno de ellos se desenvolvía bien en la cocina, y por lo general esperaban a que ella llegara a casa para cocinar. Había contratado a cuatro amas de llaves distintas para que se ocuparan de cocinar y limpiar, pero todas se habían ido.

Entró arrastrando los pies en la gran sala que se extendía por toda la parte trasera de la casa, y cuando sus ojos repararon en Sophie y su nuevo marido, le vino a la mente el viejo refrán de «Ten cuidado con lo que deseas, porque podría hacerse realidad».

—Mamá no se encuentra bien —dijo Chantal, levantando la vista del número de *Cosmo* que estaba hojeando.

—Otra de mis jaquecas —suspiró Sophie desde el sofá—. Y tengo la garganta muy irritada. Buck, querido, ¿puedes apagar el televisor?

Buck Ochs, el antiguo carpintero del parque de atracciones y nuevo esposo de Sophie, estaba despatarrado en el sillón reclinable que Honey les había regalado por su boda, donde estaba comiendo Cheez Doodles y viendo un desfile de modelos en traje de baño en la ESPN. Cogió obedientemente el mando a distancia y lo apuntó hacia el televisor de gran pantalla que Honey les había comprado.

—Fíjate en los pechos de esa, Gordon. ¡Vaya, vaya!

A diferencia de Sophie, Buck había estado más que dispuesto a abandonar el ruinoso parque de atracciones a cambio de las riquezas de Los Ángeles, y los dos se habían presentado a la puerta de Honey a principios de otoño, justo después de su enlace.

—Querido, ¿te importaría salir a comprarme unas pastillas de esas? —La voz de Sophie sonó débil desde el sofá—. Tengo la garganta tan reseca que apenas puedo tragar.

Buck volvió a subir el volumen.

—Ay, Sophie, Honey puede traerte esas pastillas más tarde. Ahora mismo lo que me apetece es cenar un buen bistec. ¿Qué te parece, Honey?

El caro mobiliario de color blanco estaba salpicado de manchas. Sobre la alfombra había una lata de cerveza volcada. Honey estaba agotada y descorazonada, así que estalló.

—¡Sois todos unos cerdos! Miraos, repantigados como blancos pobretones, sin aportar nada a la sociedad. Estoy harta de esto. ¡Estoy harta de todos vosotros!

Buck desvió la atención del televisor y echó una mirada a los demás, con una expresión perpleja.

—¿Qué mosca le ha picado?

Chantal tiró la revista al suelo y se levantó ofendida.

—No me gusta que me hablen así, Honey. Gracias a ti, he perdido el apetito para cenar.

Gordon se desovilló del suelo, donde había estado sentado con los ojos cerrados haciendo lo que él llamaba su «pintura mental».

—Yo no he perdido el apetito. ¿Qué hay para comer, Honey?

Ella abrió la boca para dar una respuesta mordaz, pero se contuvo. A fin de cuentas, ellos eran la única familia que tenía. Con un suspiro de cansancio, entró en la cocina y se puso a preparar la cena.

En los tres meses desde que había hecho despedir a Melanie, la relación de Honey con el equipo y sus colegas se había ido deteriorando. En parte no podía reprocharles que la odiaran. ¿Cómo podía caer bien a nadie una persona que era tan horrible? Pero la otra parte de ella —la parte asustada— no podía echarse atrás.

El lunes siguiente al desagradable fin de semana con su familia, empezaron a rodar un episodio en el que Janie, celosa de la relación de Dusty con Blake, trataba de conseguir que la despidieran. En el clímax Dash iba a rescatar a Janie del tejado de la cuadra ante la mirada de Dusty y Blake.

Dash la ignoró toda la semana como siempre. Honey esperó la hora propicia hasta la tarde en que iban a rodar la última escena. Observó desde su posición en lo alto del tejado cómo Dash ejecutaba los movimientos de la ardua ascensión desde el suelo hasta el henal y después sobre dos niveles de tejado. Al cabo de casi una hora, finalmente estaban listos para hacer la escena de verdad.

Las cámaras se pusieron en marcha. Honey esperó hasta que Dash hubo terminado la ascensión. Cuando el hombre se izó al nivel superior del tejado de la cuadra, ella se levantó y miró a la cámara.

—He olvidado mi frase.

—¡Corten! Decid a Janie su frase.

Jack Swackhammer estaba a cargo de este episodio. Siendo el director que había pasado más tiempo con ellos, también había sufrido bastantes altercados con ella. Honey lo odiaba.

—Honey, esta es una escena difícil para Dash —dijo—. Trata de hacerlo bien la próxima vez.

—Claro, Jack —repuso ella con dulzura.

Dash le dirigió una mirada de advertencia.

Durante la siguiente toma, Honey consiguió resbalar mientras se ponía de pie. En la siguiente, se equivocó de frase. Después no alcanzó su objetivo. Dash tenía la camisa empapada en sudor por el esfuerzo y tuvieron que parar mientras iba a cambiarse. Empezaron de nuevo, pero una vez más Honey no alcanzó su objetivo.

Una hora más tarde, después de que Honey volviera a resbalar y estropeara la toma por quinta vez, Dash estalló y abandonó el plató hecho una furia.

Jack acudió inmediatamente a Ross para quejarse de la conducta cada vez más perjudicial de Honey, pero *The Dash Coogan Show* era un éxito de audiencia, y Ross no quería arriesgarse a contrariar a la actriz que los periódicos calificaban de la «niña prodigio» más célebre de la televisión. Antes de que se hubiera terminado el episodio, Honey había logrado que despidieran a Jack Swackhammer.

Cuando se enteró de la noticia, sintió náuseas. ¿Por qué nadie se preocupaba lo bastante de ella para frenarla?

Los guionistas permanecieron sentados alrededor de la mesa de reuniones mirando fijamente la puerta que Honey acababa de franquear y cerrar de un portazo. Durante unos momentos reinó el silencio, y luego una mujer dejó su bloc amarillo sobre la mesa.

—No podemos permitir que esto siga así.

El hombre sentado a su izquierda carraspeó.

—Dijimos que no nos entrometeríamos.

—Eso es cierto —admitió otro—. Prometimos actuar como observadores imparciales.

—Como guionistas reflejamos la realidad; no la alteramos.

La mujer sacudió la cabeza.

—Me trae sin cuidado lo que prometimos. Es autodestructiva, y tenemos que hacer algo.

EXTERIOR. PORCHE DELANTERO DE LA CASA
DEL RANCHO. DÍA.

Eleanor, ataviada con un vestido blanco de diseño con manchas de barro, está sucia y furiosa. Dash está serio. Janie está de pie junto a la mecedora del porche con expresión culpable.

DASH
¿Es eso cierto, Janie? ¿Has puesto intencionadamente esa trampa?

JANIE
(con desesperación)
Ha sido un error, papá. La señorita Chadwick no debía caer en la trampa, sino el viejo Winters. ¡Tenía que hacer algo! Estaba a punto de venderle el rancho.

ELEANOR
(frotándose un grumo de sustancia orgánica de la mejilla)
¡Eso es! Por fin encuentro a un comprador para este deprimente sitio, ¿y qué hace el demonio de su hija? ¡Intenta matarlo!

JANIE
En realidad no pretendía matarlo, señorita Chadwick. Solo entretenerlo hasta que papá regresara del pueblo. Siento mucho que haya caído usted en la trampa.

ELEANOR

Me temo que esta vez no basta con una disculpa. He pasado muchas cosas por alto a su hija, señor Jones, pero no pasaré por alto esta. Ya sé que cree que soy una mujer consentida, frívola y poseedora de media docena de otras cualidades que los vaqueros rudos como usted no aprueban. Pero voy a decirle algo. Ni una sola vez he dejado de cumplir como madre con mi hijo.

JANIE
(dando un paso adelante)
¡Su hijo es un apestoso donjuán de baja estofa que debería desaparecer de la faz de la tierra!

DASH
Ya basta, Janie. Si ha terminado, señorita Chadwick...

ELEANOR
No he terminado. Ni mucho menos. Ni una sola vez he dejado que mi hijo hiciera daño a los demás. Ni una sola vez he dejado de enseñarle la diferencia entre el bien y el mal. Quizá las mínimas normas de educación no están de moda aquí, en Texas, pero puedo asegurarle que se respetan en el resto del país.

DASH
(con frialdad)
Cuando necesite consejo sobre cómo educar mi hija, lo pediré.

ELEANOR
Para entonces, quizá sea ya demasiado tarde.

Eleanor agarra su bolso y entra en la casa del rancho.

JANIE

(con suficiencia)

La has puesto en su sitio, papá.

DASH

Sí, la he puesto en su sitio. Y ahora haré lo mismo contigo. Señorita Jane Marie Jones, tus días de niña despreocupada y no tocada por la mano del hombre están a punto de terminar abruptamente.

Levanta a Janie por la cintura y se la lleva resueltamente a través del porche y por la escalera hacia la cuadra.

—Corten. Editad. —El director consultó su carpeta sujetapapeles—. Janie y Dash, necesito que volváis dentro de quince minutos. Liz, tú estás libre hasta después de comer.

Antes de que Dash pudiera bajarla, Honey empezó a forcejear.

—¡No tienes por qué ahogarme, torpe hijo de puta!

Dash la soltó como si fuese un perro rabioso.

Liz volvió a salir al porche a través de la puerta, limpiándose la cara con un pañuelo de papel.

—Honey, has vuelto a pisarme la frase. Déjame un poco de espacio para trabajar, ¿quieres?

Liz había formulado su petición con suavidad, pero Honey estalló.

—¿Por qué no os vais los dos de cabeza al infierno?

Y se alejó de ellos con paso airado. Cuando pasaba junto a una de las cámaras, la golpeó con la mano con toda su fuerza y disparó su último cohete verbal.

—¡Cabrones!

—Encantadora —dijo Liz enfáticamente.

Los miembros del equipo apartaron la mirada. Dash sacudió la cabeza despacio y subió los peldaños del porche hacia Liz.

—Lo que más lamento es que esos malditos guionistas se acoquinaron y no me han dejado azotarla en el culo esta tarde.

—Hazlo de todos modos.

—Sí, claro.

Liz habló pausadamente.

—Lo digo en serio, Dash.

Él frunció el ceño y sacó un paquete de LifeSavers del bolsillo de su camisa. Liz evitaba escrupulosamente las relaciones personales en el plató, pero la situación con Honey se había vuelto tan imposible que entendía que ya no podía seguir ignorándola.

Se encaminó hacia la otra punta del porche, fuera del alcance del oído del equipo, y vaciló un momento antes de hablar.

—Honey está completamente descontrolada.

—Eso no es nuevo. Esta mañana nos ha hecho esperar casi una hora.

—Ross no sirve para nada, y la cadena es aún peor. Tienen tanto miedo de que se marche del programa que le consienten todo. Estoy muy preocupada por ella. Por algún perverso motivo, resulta que siento afecto por ese monstruito.

—Bueno, créeme si te digo que ese sentimiento no es recíproco. No se esfuerza mucho por ocultar que no puede verte ni en pintura. —Dash se dejó caer sobre la roca junto a Liz, que estaba de pie—. Cada vez que hago una escena con esa niña, tengo la sensación de que me clavará un cuchillo en la espalda en cuanto me vuelva. Uno diría que debería mostrar cierta gratitud. De no haber sido por mí, ahora ni siquiera tendría una carrera.

—A juzgar por el tono de este nuevo guión, parece que los guionistas te mandan un mensaje para que hagas algo por ella. —Liz renunció a seguir limpiándose y sostuvo lánguidamente el pañuelo en la mano—. Tú sabes qué es lo que Honey quiere de ti. Todos los que están en el plató lo saben. ¿Te morirías si se lo dieras?

Dash respondió con voz monótona:

—No sé de qué estás hablando.

—Desde el principio, ella te ha mirado como si fueras Dios Todopoderoso. Quiere un poco de atención, Dash. Quiere que te ocupes de ella.

—Soy un actor, no una canguro.

—Pero ella sufre. Dios sabe cuánto tiempo ha pasado sola. Ya has conocido a su familia de parásitos. Es evidente que se ha educado a sí misma.

—Yo estaba solo cuando era un niño, y me las arreglé.

—Oh, ya lo creo —dijo Liz con sarcasmo.

Alguien con tres ex esposas, dos hijos a los que apenas veía y un largo historial de lucha contra el alcohol difícilmente podía presumir de lo bien que se había adaptado.

Dash se levantó de su asiento.

—Si tanto te preocupa, ¿por qué no haces tú de mamá gallina?

—Porque me escupiría en la cara. Respondo más al perfil de suegra malvada que al de hada madrina. Este es un oficio peligroso para una chica que no tiene a nadie que cuide de ella. Está buscando un padre, Dash. Necesita a alguien que la controle. —Trató de aliviar la tensión entre ellos con una leve sonrisa—. ¿Quién mejor para hacer eso que un viejo vaquero?

—Estás loca —dijo él, volviéndole la espalda—. Yo no sé nada de niños.

—Tienes dos. Algo sabrás.

—Los ha criado su madre. Yo me limito a extender los cheques.

—Y es así como quieres que siga siendo, ¿no? Solo extender los cheques.

Se le habían escapado las palabras por voluntad propia, y quiso morderse la lengua.

Dash se volvió hacia ella con los ojos entrecerrados.

—¿Por qué no sueltas lo que sea que tengas en la cabeza?

Liz aspiró hondo.

—Está bien. Creo que la identidad de Honey se ha mezclado demasiado con la de Janie. Quizá sea culpa de los guionistas. No lo sé, pero por el motivo que sea, cuanto más te distancias de ella, más le molesta y peor se comporta. Creo que eres la única persona que puede ayudarla.

—No tengo ni la más mínima intención de ayudarla. No es asunto mío.

Su frialdad desenterró un fragmento de antiguo dolor que Liz ni siquiera había sabido que aún existía. De repente volvía a tener veintidós años y estaba enamorada de un fornido jinete de Oklahoma que, acababa de enterarse, era un hombre casado.

—Honey está demasiado necesitada para ti, ¿verdad? El primer mes de rodaje corría detrás de ti como un perrito prácticamente rogando un poco de atención, y cuanto más rogaba, más frío te volvías. Estaba demasiado necesitada, y a ti no te gustan las mujeres necesitadas, ¿eh, Dash?

Él la miró con dureza.

—Tú no sabes nada de mí. Así pues, ¿por qué no te metes en tus malditos asuntos?

Liz se regañaba en silencio por haber iniciado aquella conversación. El programa ya tenía suficientes problemas como para sumarle un conflicto entre Dash y ella. Se encogió de hombros y esbozó una sonrisa.

—Tienes razón, cariño. ¿Por qué no me limito a eso?

Sin decir más, bajó del porche y se encaminó hacia su autocaravana.

Dash se dirigió a grandes zancadas a la caravana del catering y se sirvió un café. Le abrasó la lengua al tragar, pero siguió bebiendo de todos modos. Estaba furioso con Liz. ¿Cómo tenía el descaro de pretender que aquel monstruito del infierno era responsabilidad suya? Él solo tenía una responsabilidad, y consistía en mantenerse sobrio, algo que no le había requerido demasiado esfuerzo hasta que Honey había irrumpido en su vida.

Engulló el último trago de café y tiró el vaso. Ross era la persona que debería mantener a Honey a raya, no él. Y a partir de ahora la señorita Liz Castleberry podía ocuparse solo de sus malditos asuntos.

Lo llamaron para la siguiente escena, una sencilla en la que tenía que llevar a Honey a través del patio hasta la cuadra. La escena que seguiría dentro de la cuadra sería más complicada: lo que la gente de televisión llamaba la MDP, cuando se impartía la moraleja del episodio. MDP era la sigla de «Moraleja del Programa», pero todos ellos se referían a ella como el «Momento de Pifiarla».

—¿Dónde está Honey? —preguntó la ayudante de dirección.

—He oído decir que Jack Swackhammer se ha desquitado con ella —dijo uno de los cámaras—. Quizás el sicario ha hecho por fin su trabajo.

—No caerá esa breva —murmuró la ayudante de dirección.

Durante diez minutos más, Dash estuvo de plantón mientras hervía por dentro. Alguien localizó a Honey con los caballos, y uno de los cámaras insinuó que pasaba tanto tiempo con aquellos animales porque eran los únicos que soportaban estar con ella, ya que no tenían por qué temer que los despidieran.

Bruce Rand dirigía el episodio de aquella semana. Había sido responsable de algunos de los mejores episodios de *M.A.S.H.*, y Ross lo había traído porque tenía fama de ser diplomático. Pero, después de trabajar con Honey toda la semana, hasta él empezaba a parecer crispado.

Cuando por fin entró en el plató, Bruce se mostró aliviado y empezó a esbozar la puesta en escena.

—Dash, lleva a Janie desde el pie de las escaleras del porche a través del patio hacia la cuadra. Janie, di la frase de oponerse a la violencia cuando lleguéis a la esquina del porche, y luego empieza a debatirte al ver que no te hace caso.

Terminó de dar las instrucciones y pidió un ensayo. Dash y Honey subieron los peldaños del porche hasta la puerta de delante abierta. La ayudante de dirección, cuya misión consistía en mantener la continuidad de una toma a la siguiente, consultó sus notas.

—La llevabas bajo el brazo izquierdo, Dash. Y Honey, necesitas tu gorra.

Transcurrieron varios minutos más mientras un miembro del equipo de vestuario iba corriendo hasta el corral para recuperar la gorra azul marino que Honey había llevado. Cuando la tuvo sobre la cabeza con la visera levantada, Dash se la colocó bajo el brazo izquierdo y se puso a andar.

Regresaron al porche, pero cuando Dash se volvió para levantarla, vio algo que no le gustó en aquellos ojos azul claro, un repentino aire calculador. Recordó el episodio de noviembre en que la chica había estado inmovilizada en el tejado de la cuadra y se había equivocado de frase intencionadamente para obligarlo a subir una y otra vez en su busca. Después de aquello, la espalda lo había fastidiado durante una semana.

—Sin trucos, Honey —le advirtió—. Esta escena es fácil. Acabemos con ella.

—Tú preocúpate de ti, viejo —replicó ella—. Yo me ocuparé de mí misma.

No le gustó que lo llamara de ese modo, y su ira se acrecentó. Dijera lo que dijese el espejo, solo tenía cuarenta y un años. No era tan viejo.

—¡Silencio, por favor! —gritó Bruce.

Dash se dirigió hacia el pie de la escalera del porche y cogió a Honey bajo su brazo izquierdo.

—Preparados. Rodando. Claqueta. ¡Acción!

—¡No, papá! —gritó Janie mientras él echaba a andar—. ¿Qué estás haciendo? Te he dicho que lo siento.

Dash alcanzó la esquina del porche.

—¡No olvides que te opones a la violencia innecesaria! —chilló ella—. No puedes renunciar a tus principios.

Honey daba el cien por cien, como siempre, y él tuvo que sujetarla con más fuerza mientras se debatía.

—¡No, papá! ¡No lo hagas! Soy demasiado mayor para eso...

Empezó a patalear, y una rodilla lo alcanzó en la región lumbar. Dash emitió un gruñido y le estrechó la cintura con más fuerza mientras seguía avanzando resueltamente hacia la cuadra. Sin previo aviso, ella le golpeó las costillas con el codo. La sujetó aún más fuerte, advirtiéndole sin palabras que se estaba excediendo.

Honey le hundió los dientes en la carne del brazo.

—¡Maldita sea!

Con una brusca exclamación de dolor, Dash la dejó caer al suelo.

—Ay... —Su gorra salió volando y levantó los ojos hacia él, con el oprobio reflejado en toda su carita furiosa—. ¡Me has dejado caer, so cabrón!

Dentro del cerebro de Dash estallaron fuegos de artificio. Le estaba destrozando la vida, y ya estaba harto. Bajó los brazos y la agarró por el culo de los vaqueros y el cuello de la blusa.

—¡Eh! —exclamó Honey con una mezcla de sorpresa e indignación al verse izada del suelo.

—Te has metido conmigo demasiadas veces, niña —dijo él, llevándola hacia la cuadra, esta vez en serio.

Sus esfuerzos anteriores no habían sido más que un ensayo de lo que Honey hacía ahora. Dash la sujetó contra su costado, sin importarle lo más mínimo si le hacía daño o no.

Honey sintió la dolorosa presión de unos músculos duros atenazándole las costillas y cortándole la respiración. El temor devoró su ira al tomar conciencia del hecho de que Dash iba muy en serio. Había estado buscando sus límites, y finalmente los había encontrado.

Las caras de los miembros del equipo pasaron por su lado. Les gritó.

—¡Auxilio! ¡Bruce, ayúdame! ¡Ross! ¡Que alguien llame a Ross!

Nadie se movió.

Y entonces vio a Eric de pie a un lado, fumando un cigarrillo.

—¡Eric, detenlo!

El muchacho dio una calada y apartó la vista.

—¡No! ¡Déjame!

La llevaba al interior de la cuadra. Para su alivio, Honey vio a media docena de miembros del equipo allí atareados, ajustando las luces para la siguiente escena. Dash no podría hacerle nada horrible delante de tanta gente.

—¡Salid de aquí! —bramó Dash—. ¡Fuera!

—¡No! —gritó ella—. No, no os vayáis.

Salieron huyendo como ratas de un edificio en llamas. El último cerró la puerta de la cuadra.

Con una fea palabrota, Dash se dejó caer sobre una pila de balas de heno que habían dispuesto para la siguiente escena y la tendió sobre sus rodillas.

Honey había leído el guión y sabía qué sucedería a continuación. Él levantaría la mano para azotarla, pero entonces descubriría que no tenía valor para hacerlo. Entonces le contaría una historia sobre su madre, ella rompería a llorar y todo volvería a la normalidad.

La palma de la mano de Dash impactó con fuerza contra su nalga.

Honey gritó sorprendida.

Volvió a pegarle, y su grito se transformó en un gañido de dolor.

El siguiente azote dolió todavía más.

Entonces se detuvo. La palma de su mano se posó sobre el trasero de la muchacha.

—Así será a partir de ahora. En adelante deberás responder ante una persona, y voy a ser yo. Si estoy contento, no tendrás nada que temer. Pero, si no estoy contento, entonces más te vale ponerte a rezar. —Levantó la mano y la descargó rápidamente sobre su trasero—. Y, créeme, ahora mismo no estoy contento.

—No puedes hacer esto —farfulló ella.

Le pegó otra vez.

—¿Quién lo dice?

Las lágrimas le escocían los ojos.

—¡Soy una estrella! ¡Dejaré el programa!

Azote.

—Muy bien.

—¡Te demandaré! —Azote—. ¡Ay!

—Tendrás que ponerte en la cola.

Azote.

Honey tenía la cara encendida de dolor y humillación, y había empezado a moquearle la nariz. Una lágrima se precipitó al suelo de la cuadra y dejó una manchita oscura en la madera. Sus músculos gritaron de tensión mientras aguardaba el siguiente golpe, pero la mano de él se había inmovilizado. La voz de Dash se convirtió en un murmullo.

—Te diré qué voy a hacer. Empezaré a llamar a gente a la que has ofendido para que entren aquí. Uno tras otro, los dejaré entrar, te sujetaré y dejaré que cada uno de ellos te dé un azote.

Un sollozo se escapó de la garganta de Honey.

—¡No tiene que ser así! No es eso lo que dice el guión.

—La vida no es un guión, niña. Debes asumir tu propia responsabilidad.

—Por favor. —Estas palabras salieron de sus labios, pequeñas y solitarias—. Por favor, no lo hagas.

—¿Por qué no debería hacerlo?

Honey trató de inspirar, pero le hacía daño.

—Porque no.

—Me temo que tendrás que hacerlo mejor que eso.

Le ardía el trasero, y la manaza de Dash que lo cubría parecía contener el calor y empeorarlo. Pero peor que el dolor en su cuerpo era el dolor en su corazón.

—Porque... —farfulló Honey—. Porque no quiero ser así.

Él guardó silencio durante un momento.

—¿Estás llorando?

—¿Yo? Claro que no. Yo... nunca lloro.

Se le quebró la voz.

El hombre retiró la mano de su trasero. Ella se incorporó, levantándose de su regazo y tratando de ponerse de pie. Pero el heno esparcido por el suelo de la cuadra era resbaladizo y perdió el equilibrio, con lo que cayó torpemente sobre la bala situada junto a Dash. Inmediatamente le volvió la espalda para que no pudiera ver sus mejillas surcadas de lágrimas.

Todo estuvo en silencio por un momento. Le escocía el culo, y se sujetó las manos con fuerza para evitar frotárselo.

—Yo... no quería hacer daño a nadie —dijo en voz baja—. Solo quería caer bien a la gente.

—Pues tienes una forma muy extraña de hacerlo.

—Todos me odian.

—Eres una zorrita con muy mal carácter. ¿Por qué no deberían hacerlo?

—¡Yo no soy una zorra! Soy una persona decente. Soy una buena bautista con una moralidad sólida.

—Ajá —replicó él, escéptico.

Honey encogió un hombro a fin de poder utilizar la manga

de su camiseta para contener las lágrimas antes de que él las viera gotear desde su barbilla.

—No vas a... En realidad no harás entrar a toda esa gente y... y dejar que me den un azote, ¿verdad?

—Ya que eres una bautista tan buena, no te importará un pequeño arrepentimiento público.

Honey trató de enderezar la espalda, pero el sufrimiento le atenazaba las entrañas y la mantenía encorvada hacia delante. ¿Cómo había llegado su vida hasta ese punto? Lo único que había querido era caerles bien, sobre todo a aquel hombre que tanto la despreciaba. Había demasiadas lágrimas para contenerlas, y algunas le goteaban sobre los vaqueros.

—Yo... no puedo disculparme. No puedo avergonzarme de ese modo.

—Te has avergonzado de todas las demás formas. No veo qué diferencia habría.

Honey pensó en Eric viéndola así.

—Por favor. Por favor, no lo hagas.

Las botas del hombre se movieron en la paja. Siguió un largo silencio. Ella emitió un sollozo.

—Supongo que podría aplazarlo algún tiempo. Hasta que compruebe si has decidido enmendarte.

El dolor de Honey no remitió.

—Tú... no deberías haberme pegado. ¿Sabes la edad que tengo?

—Bueno, Janie tiene trece años, pero sé que eres algo mayor.

—Ella debe..., debería cumplir los catorce esta temporada, pero los guionistas no lo han cambiado.

—El tiempo pasa despacio en televisión.

Las lágrimas seguían cayendo como de un grifo con una arandela vieja, y su voz sonó con un tono lastimero.

—Excepto en las telenovelas. Mi tía Sophie veía una serie en la que nacía un bebé. Tres..., tres años después ese bebé era una adolescente embarazada.

—Si mal no recuerdo, tienes unos dieciséis años.

Otro sollozo se abrió paso a través del estrecho conducto de su garganta.

—Tengo dieciocho. Dieciocho años, un... un mes y dos semanas.

—Supongo que no me había dado cuenta. En cierto modo, eso es aún peor, ¿no? Una chica de dieciocho años debería actuar más como una mujer que como una niña a la que tienen que darle azotes.

A Honey se le quebró la voz.

—No... creo que llegue a ser nunca una mujer. Me... me quedaré atrapada para siempre en este cuerpo de niña.

—A tu cuerpo no le pasa nada. Es tu mente la que debe madurar.

Honey se dejó caer hacia delante, con los brazos aprisionados entre el pecho y las piernas y el cuerpo temblando. El desprecio de sí misma la consumía. Ya no podía soportar ser ella.

El roce de los dedos de Dash contra su columna vertebral fue tan leve que al principio no se dio cuenta de que la tocaba. Entonces él abrió la mano y la plantó en el centro de su espalda. El aluvión de emociones que Honey había contenido durante tantos años se desató. Los sentimientos de abandono, la soledad, la necesidad de amor que era como un cono de hielo sin derretir en el centro de su corazón.

Se volvió y se abalanzó contra su pecho. Le echó los brazos al cuello y refugió el rostro en el cuello de su camisa. Notó que él se contraía y supo que no había pretendido que lo abrazara —nadie quería que ella lo abrazara—, pero no pudo contenerse. Se apoderó de él.

—Soy todo lo que has dicho —susurró contra el cuello de su camisa—. Soy detestable y egoísta y una zorra con mal carácter.

—Las personas cambian continuamente.

—Crees... crees de verdad que debería disculparme, ¿no?

Él la sujetó con torpeza, sin apartarla ni abrazarla.

—Digamos que creo que has llegado a una encrucijada. Puede que ahora no te des cuenta, pero más adelante recordarás este momento y sabrás que te viste obligada a tomar una decisión que afectó cómo ibas a vivir el resto de tu vida.

Honey guardó silencio, apretando la mejilla contra su hombro y pensando en lo que él había dicho. Había hecho despedir a dos personas y había insultado a casi todos los participantes en el programa. Eran demasiados agravios para compensarlos.

Un pequeño hipo le cortó la respiración.

—Este es el verdadero MDP, ¿no es cierto, Dash?

Hubo un momento de silencio.

—Supongo que sí —respondió él.

10

Cuando Honey salió de la cuadra, comprobó que el programa de rodaje se había modificado misteriosamente mientras estaba dentro, y en lugar de filmar sus escenas con Dash estaban rodando una escena con Blake y Eleanor. Todo el mundo estaba extrañamente atareado y nadie la miraba a los ojos, pero comprendió por sus expresiones engreídas que todos sabían exactamente qué había ocurrido allí dentro. Seguramente aquellos hijos de puta habían pegado el oído a la puerta de la cuadra.

Entrecerró los ojos y frunció los labios. No iba a dejar que nadie se riera de ella. Se ocuparía de todos ellos. Les...

—Yo no lo aconsejaría —dijo Dash en voz baja a su lado.

Honey lo miró; tenía los ojos oscurecidos por el ala de su sombrero y la boca cerrada con firmeza. Esperó que el habitual rencor hirviera en su interior, pero en lugar de eso experimentó una peculiar sensación de paz. Finalmente alguien había trazado una línea en la arena y le había dicho que no podía cruzarla.

—Te sugiero que conciertes una cita con Ross antes de que te marches. Debes hacer que readmitan a ciertas personas.

Honey no creía realmente que él la sujetaría y dejaría que todos le dieran un azote, pero no quería arriesgarse, de modo que asintió con la cabeza.

—Y ni se te ocurra quejarte a nadie de la cadena de lo sucedido hoy. Quedará entre tú y yo.

Una chispita de energía volvió a ella.

—Para tu información, no tenía ninguna intención de quejarme a nadie.

Dash contrajo la comisura de los labios.

—Bien. Tal vez tienes más cerebro del que he estado atribuyéndote.

Se tocó el ala del sombrero con el pulgar y empezó a alejarse.

Ella lo observó durante unos segundos. Bajó los hombros. Al día siguiente, ya ni siquiera le dirigiría la palabra. Volvería a ser como siempre.

El hombre aminoró el paso hasta detenerse. Se volvió hacia ella y la miró un momento antes de hablar.

—Sé que te gustan los caballos. Si quieres venir a mi rancho un fin de semana, te enseñaré algunos que tengo.

A Honey se le hinchó el corazón en el pecho hasta que pareció ocupar todo el espacio.

—¿De veras?

Dash asintió y reemprendió la marcha hacia su autocaravana.

—¿Cuándo?

Dio algunos pasos rápidos tras él.

—Bueno...

—¿Este fin de semana? ¿Qué te parece el sábado? Quiero decir que el sábado me va bien, y si te va bien a ti...

Él hundió el pulgar en el bolsillo de sus vaqueros y pareció arrepentirse de su invitación.

«Por favor —rezó ella—. Por favor, no lo retires.»

—Bueno... Este fin de semana no me va muy bien, pero supongo que el otro sábado no habrá problema.

—¡Estupendo! —Honey notó cómo se extendía una sonrisa por su rostro—. El otro sábado sería genial.

—Entonces de acuerdo. Podríamos quedar a eso de las doce.

—Las doce. Oh, es genial. A las doce estará bien.

Su corazón flotaba como el patito de goma de un bebé. Y siguió flotando durante el resto del día, permitiéndole hacer caso omiso de las sonrisas socarronas de los miembros del equipo y de la satisfacción en los ojos de Liz. A pesar del golpe para su orgullo, se sorprendió de lo bien que se sentía después de dejar de ser mala.

Aquella tarde arrinconó a Ross en su despacho y le pidió que readmitiera a Melanie y Jack. Él accedió con prontitud y, antes de dejar el estudio, Honey llamó a los dos y se disculpó. Ninguno de ellos la obligó a arrastrarse, lo cual la hizo sentirse aún peor que antes.

La siguiente semana parecía no acabar nunca mientras esperaba que llegara el sábado y su visita al rancho. Hizo lo imposible por mostrarse amable con todo el mundo, y aunque la mayoría del equipo siguió manteniéndola a distancia, algunos empezaron a encontrarla agradable.

El sábado siguió un estrecho camino de tierra en las escarpadas montañas al norte de Malibu y vislumbró por vez primera el rancho de Dash Coogan. Estaba remetido en los montes entre chaparrales, robles y sicómoros. Un par de halcones cola roja volaban en círculo por encima de su cabeza.

Se detuvo a un lado. El reloj del salpicadero del Trans Am marcaba las 10.38 y no la esperaban en el rancho hasta las doce. Bajó el retrovisor y examinó su reflejo, tratando de decidir si el carmín que se había puesto resultaba ridículo con su corte de pelo. Así era. Pero entonces todo parecía ridículo en combinación con su peinado; por lo tanto, ¿qué importaba?

El reloj marcaba las 10.40.

¿Y si él lo había olvidado? Le sudaban las palmas de las manos y se las frotó en los vaqueros. Trató de decirse que Dash no olvidaría algo tan importante. El día que iban a pasar juntos sería todo lo que ella había soñado. Él le mostraría el lugar. Hablarían de caballos, montarían, pararían y charlarían un poco más. Quizá su ama de llaves habría preparado un pícnic. Extenderían un mantel junto a un arroyo y compartirían algunos secretos. Él le sonreiría como siempre sonreía a Janie y...

Cerró los ojos con fuerza. Se estaba haciendo demasiado mayor para esa clase de fantasía infantil. En lugar de eso debería soñar despierta con sexo. Pero siempre que lo hacía, se imaginaba haciendo el amor con Eric Dillon y eso la excitaba y la enojaba al mismo tiempo. Con todo, soñar despierta que Dash Coogan la trataba como Dash Jones trataba a su hija Janie no era mejor.

El reloj marcaba las 10.43. Faltaban una hora y diecisiete minutos.

Al diablo. Giró la llave en el contacto y reanudó la marcha. Fingiría que se había confundido de hora.

La casa del rancho era una laberíntica estructura de una sola planta de piedra y madera de ciprés, con postigos verdes en las ventanas y una puerta principal pintada de gris carbón. Teniendo en cuenta que Dash era una estrella, el lugar era relativamente modesto, seguramente el motivo por el que Hacienda no le había obligado a venderlo. Se apeó del Trans Am y subió los peldaños que conducían a la puerta principal. Cuando pulsó el timbre, se echó un sermón sobre conducta madura. Si no quería que la gente la tratara como si tuviese catorce años, no debía actuar así. Tenía que cultivar el don del autodominio. Y tenía que dejar de llevar el corazón en la mano todo el tiempo.

Volvió a pulsar el timbre. No había señales de vida. Su nerviosismo dio un salto cuántico hacia la plena inquietud y se apoyó sobre el timbre. Dash no podía haberlo olvidado. Aquello era demasiado importante. Él...

La puerta se abrió.

Era evidente que acababa de levantarse de la cama. Llevaba solo unos pantalones de color caqui, y no se había afeitado. Los ásperos mechones de su pelo le caían lisos sobre un lado de la cabeza y se levantaban en el otro como si por ellos hubiese pasado una estampida de vacas. Y, sobre todo, no parecía contento.

—Llegas pronto.

Honey tragó saliva.

—¿De veras?

—Dije a las doce.

—Ah, ¿sí?

—Sí.

No supo qué hacer.

—¿Quieres que vaya a dar una vuelta?

—A decir verdad, lo agradecería.

—¿Dash?

Una voz de mujer lo llamó desde el interior de la casa.

Una expresión de desagrado ensombreció el rostro de Dash. Había algo familiar en el tono grave y ronco de aquella voz femenina. Honey se mordió el labio. No era asunto suyo.

—¿Dash? —repitió la mujer—. ¿Dónde tienes la cafetera?

La indignación dejó a Honey boquiabierta.

—¡Dusty!

La conocida cabeza rubia de Lisa Harper apareció detrás del hombro de Dash.

—Honey, ¿eres tú?

—Sí, soy yo —contestó ella apretando los dientes.

Lisa abrió unos ojos como platos.

—Ay.

—¿También se acuesta contigo? —exclamó Honey, fulminando a Dash con la mirada.

—¿Qué tal si vas a dar esa vuelta ahora? —replicó él.

Honey no le hizo caso y miró enfadada a Lisa.

—No hay duda de que prodigas tus favores.

—Me gusta comparar —respondió Lisa con dulzura—. Y, entre nosotras, Eric Dillon no le llega al viejo vaquero ni a la suela de los zapatos.

—Creo que ya es suficiente —intervino Dash—. Honey, si llega una palabra de esto a esos guionistas, tu culo se convertirá en propiedad pública. ¿Me oyes?

—Sí, te oigo —respondió Honey con hosquedad.

Lisa, que siempre andaba buscando formas de ampliar el papel de Dusty, sonrió a Honey detrás de la espalda de Dash, esperando visiblemente que se marchara.

—Iré a dar esa vuelta —dijo Honey, antes de que él pudiese ordenarle que se fuera.

Echó a correr por el camino, casi sin respirar, hasta que oyó que la puerta principal se cerraba a su espalda.

Más tarde, cuando se encontraba junto al potrero admirando tres de los caballos de Dash e inhalando el olor acre de eucalipto recubierto del ligero olor a estiércol, oyó el coche de Lisa alejándose. La royó la envidia al pensar en Lisa y Dash, en Lisa y Eric...

Lisa, que conocía todos los secretos de la feminidad que todavía eran misterios para ella.

No mucho después, Dash apareció vestido con una camisa a cuadros de manga larga, unos vaqueros y unas gastadas botas de cowboy. Bajo su Stetson, aún tenía los cabellos de los lados humedecidos por el agua de la ducha. Le tendió uno de los dos tazones de café que llevaba. Después de que Honey lo cogiera, apoyó un pie en la barandilla de la cerca y se quedó mirando los caballos.

Ella también apoyó un pie.

—Lo siento —dijo por fin. Empezaba a descubrir que costaba menos trabajo disculparse que defenderse cuando se equivocaba—. Sabía que no tenía que venir hasta las doce.

Dash sorbió el café de su tazón de cerámica blanca.

—Me lo imaginaba.

Eso fue todo. No le echó ningún sermón ni dijo nada más al respecto. En lugar de eso, señaló a los animales encerrados en el potrero.

—Esos dos son cuartos de milla, y el otro es árabe. Se los guardo a unos amigos.

—¿No son tuyos?

—Ojalá lo fuesen, pero me vi obligado a vender los míos.

—¿Hacienda?

—Sí.

—Menudos chupópteros.

—Tú lo has dicho.

—Nos auditaron una vez, justo antes de morir el tío Earl. A veces creo que fue eso lo que lo mató. Nadie debería tener que vérselas con Hacienda excepto los asesinos en serie. Al final tuve que ocuparme yo de casi todo.

—¿Qué edad tenías?

—Catorce años. Pero siempre se me han dado bien las mates.

—Cuando te enfrentas a Hacienda no solo intervienen las mates.

—Conozco bien a las personas. Eso ayuda.

Dash sacudió la cabeza y rio entre dientes.

—Debo decirte, Honey, que no puedo recordar haber conocido en toda mi vida a nadie, hombre o mujer, que juzgara peor el carácter que tú.

Ella se erizó.

—Eso que has dicho es muy feo. Y además no es verdad.

—Desde luego que es verdad. Las personas más competentes del equipo son a las que has dado más quebraderos de cabeza, y no solo al equipo. Da la impresión de que te unes a gente con defectos de carácter descomunales. Y vuelves la espalda a las mejores personas.

—¿Como quién? —inquirió Honey, indignada.

—Bueno, por ejemplo Liz. Es inteligente y honrada. Además le caíste bien desde el principio, aunque no se me ocurre por qué.

—Eso es absurdo. Liz Castleberry es la reina de las zorras. Y no me puede ni ver. Me parece que lo único que has demostrado es que sé juzgar el carácter de la gente mucho mejor que tú.

Dash soltó un bufido.

Honey expuso sus razones.

—Te daré un ejemplo perfecto de lo vengativa que es. La semana pasada regresé a mi caravana y encontré un paquete suyo. Había una nota que decía que lamentaba que se le hubiese pasado por alto mi cumpleaños y esperaba que me gustara su regalo aunque fuese tarde.

—A mí no me parece que eso sea una venganza.

—Eso pensé yo hasta que abrí el regalo. Nunca adivinarás qué había dentro.

—¿Una granada de mano?

—Un vestido.

—Figúrate. Deberías llevarla a los tribunales.

—No. Escucha. No era un vestido cualquiera, sino una de esas prendas amarillas con volantes. Y unos zapatos de aspecto ridículo. Y perlas.

—¿Perlas? Caray.

—¿No lo entiendes? Se burlaba de mí.

—Me está costando un poco seguirte, Honey.

—Parecía un vestido para una muñeca Barbie, no para alguien

como yo. Si me pusiera una ropa como esa, todo el mundo se revolcaría por el suelo de la risa. Era tan...

—¿Femenino?

—Sí. Exactamente. Ridículo. Ya sabes. Frívolo.

—En lugar de estar hecho de alambre de púas y hojas de afeitar.

—No tiene gracia.

—¿Y qué hiciste?

—Lo envolví y se lo devolví.

Por primera vez Dash se mostró irritado.

—¿Por qué tuviste que hacer eso? Creía que habíamos decidido que te enmendarías.

—No se lo tiré.

—Menos mal.

—Me limité a decir que agradecía el detalle, pero no me parecía correcto aceptar un regalo suyo porque yo no le había comprado ningún regalo de cumpleaños.

—Y después se lo tiraste.

Ella le sonrió.

—Soy un personaje reformado, Dash. Emily Post habría estado orgullosa de mí.*

Él sonrió y estiró el brazo, y por un momento Honey pensó que iba a revolverle el pelo, como hacía con el de Jane Marie. Pero bajó el brazo al costado y se acercó a hablar con el mozo de cuadra que trabajaba para él.

Eligió para ella uno de los cuartos de milla, una yegua dócil por cuanto Honey no era una amazona experta, mientras él cogía el fogoso árabe. Cuando se adentraban en las montañas, notó el calor del sol sobre su cabeza y no pudo recordar la última vez que se había sentido tan feliz. Dash montaba en la silla con la postura desenvuelta de un hombre que se sentía más a gusto sobre un caballo que en el suelo. Montaron en amigable silencio durante un rato hasta que el impulso de hablar se hizo irresistible para ella.

---

* Emily Post (1872-1960) fue una escritora estadounidense célebre por escribir sobre etiqueta. (*N. del T.*)

—Esto es precioso. ¿Cuánta tierra es tuya?

—Antes toda era mía, pero Hacienda se quedó mucha. Muy pronto formará parte del Área Recreativa Nacional de Santa Monica. —Señaló un cañón de paredes muy empinadas—. Eso era el límite septentrional de mi propiedad, y aquel arroyo de allí marcaba el confín oeste. Se seca en verano, pero ahora es muy bonito.

—Todavía te queda mucho.

—Supongo que todo es relativo. No creo que un hombre pueda llegar a poseer demasiadas tierras.

—¿Te criaste en un rancho?

—Me crié por todas partes.

—¿Viajaba mucho tu familia?

—No exactamente.

—¿Qué quieres decir?

—No quiero decir nada.

—¿Viajabas solo? —preguntó Honey.

—Eso es lo que he dicho.

—No has dicho nada.

—Es verdad.

Dash miró hacia la hilera de árboles que crecían junto al lecho del arroyo. Honey examinó su perfil, fijándose en los ojos hundidos y la nariz fuerte, los pómulos prominentes y la mandíbula cuadrada. Parecía un monumento nacional.

Sin dejar de mirar a lo lejos, Dash habló por fin.

—Soy un hombre muy reservado, Honey. No me agrada la idea de que mi vida privada se difunda al mundo.

Ella se miró las manos, que tenía apoyadas sobre el pomo de la silla.

—Crees que hablaré con los guionistas, ¿verdad?

—Es bien sabido que lo has hecho.

—No tengo que hablar con ellos. Es solo que las cosas quedan contenidas en mi interior y no tengo nadie más a quien decírselas.

—Lo que hagas es cosa tuya, pero mis asuntos son míos.

—Como lo de Lisa y tú.

—Como eso.

—Lisa está rezando para que cuente a los guionistas que os encontré a los dos en una situación comprometida.

—Lisa es ambiciosa.

Honey suspiró.

—No diré nada.

—Ya lo veremos.

Su falta de fe la irritó. El mero hecho de que hubiese contado a los guionistas ciertas cosas en el pasado no significaba que fuera una bocazas.

—¿La quieres? —preguntó.

—Ni hablar, no la quiero.

—Entonces, ¿por qué...?

—Por el amor de Dios, Honey, en este mundo existe algo llamado sexo por placer.

Apartó la mirada, y ella se preguntó si había logrado avergonzarlo.

—Eso lo entiendo. Solo creía...

—Creías que era demasiado viejo. ¿No es así? Pues debes saber que solo tengo cuarenta y un años.

—¿Tantos?

Dash giró la cabeza bruscamente y ella le sonrió. La irritación del hombre se desvaneció. Honey paseó la mirada por el accidentado paisaje. Su yegua relinchó y sacudió la cabeza.

—Te prometo ahora mismo, Dash, que todo aquello que me cuentes no saldrá de mis labios.

—Agradezco tu sinceridad, pero...

—Pero no crees que pueda mantener mi palabra. Supongo que me lo merezco. La cuestión es que... si de vez en cuando tuviese alguien con quien hablar, no tendría que contar mi vida y milagros a los guionistas continuamente.

—Esto empieza a parecerse mucho a un chantaje.

—Supongo que puedes tomártelo como quieras.

Dash soltó un prolongado suspiro.

—Verás, desde mi punto de vista, tú eres muy habladora, y yo soy un hombre con un fuerte apego al silencio.

—Debió de resultar difícil estar casado con todas esas mujeres.

—Eran mudas comparadas contigo.
—Seguro que a esos guionistas les interesará mucho oír hablar de ti y de Lisa.
—¿Honey?
—¿Sí?
—Recuérdame que te despelleje.
—Ya lo hiciste. Y no creas que lo he olvidado.

Eran casi las tres cuando regresaron a la cuadra. Tranquilizaron a los caballos y luego se los pasaron al mozo de cuadra. Dash la acompañó hasta su Trans Am, que estaba aparcado a un lado de la casa junto a un depósito de fuel parcialmente camuflado por un seto de hortensias. Honey no quería que terminara la tarde. Detestaba la idea de volver a casa, donde la esperaban las incesantes quejas de su familia. Le gruñó el estómago y tuvo una inspiración.

—¿Te apetece alguna vez comer galletas caseras, Dash? De esas que son tan gruesas y esponjosas que cuando las partes sale una gran humareda de vapor. Y la mantequilla se derrite en un charco de color amarillo dorado justo en el medio. Entonces le echas un poco de jarabe de arce caliente...

—Sabía que eras irascible, Honey, pero no creía que fueras sádica.

Se detuvo junto al maletero del coche.

—Supongo que no te he dicho nunca lo buena cocinera que soy. Es exactamente así como me salen las galletas.

Dash estaba visiblemente indeciso.

—No pareces exactamente una chica hogareña.

—¿Lo ves? Eso demuestra lo mal que sabes juzgar el carácter de la gente. He cocinado para mi familia durante años. Mi tía Sophie estaba siempre demasiado cansada para cocinar, y a los diez años comencé a contraer una alergia a las comidas preparadas, así que empecé a experimentar y no tardé en convertirme en una cocinera excelente. Nada sofisticado. Solo cocina casera sencilla.

Sacó las llaves del coche del bolsillo de sus vaqueros y las hizo tintinear despreocupadamente en la palma de su mano.

—Cielos, ahora que estoy pensando en galletas, creo que iré

a casa y prepararé una hornada. Muchas gracias por invitarme, Dash. Me lo he pasado muy bien.

El hombre metió el pulgar en el bolsillo de sus vaqueros y bajó la mirada al suelo. Honey hizo tintinear las llaves del coche. Dash golpeó una piedra con la punta de su bota. Ella se pasó las llaves del coche de la mano derecha a la izquierda.

—Supongo que si quieres mirar en la despensa de mi cocina para ver si encuentras lo que necesitas, no me opondré.

Honey abrió los ojos como platos.

—¿Estás seguro? No quiero abusar de tu hospitalidad.

Él gruñó y se encaminó hacia la casa del rancho.

Ella, sonriendo, se puso a andar detrás de él.

La cocina era anticuada y espaciosa, con armarios de roble y pintura de color almendra tostada. Honey canturreaba mientras reunía los ingredientes de las galletas y sacaba una libra de tocino del congelador. Cuando empezó a medir la harina en un cuenco grande de gres moteado, pudo oír un partido de baloncesto de los Sooners en el televisor del salón. Aunque le habría gustado disfrutar de la compañía de Dash mientras cocinaba, no dejaba de ser agradable estar sola en aquella cocina.

Cuarenta y cinco minutos después, le pidió que se sentara en una silla a la antigua mesa de roble situada junto a la pequeña ventana de la cocina. Al tío Earl no le gustaba hablar mientras comía, así que no le costó trabajo estar callada mientras retiraba un paño de cocina azul para dejar al descubierto un cuenco de galletas doradas y humeantes. Dash cogió dos de ellas y se sirvió media docena de lonchas de tocino en el plato.

Cuando partió la primera galleta, el vapor se elevó, tal como ella había descrito. Honey le pasó la mantequilla y un jarro de sirope que había calentado. No era de arce puro, pero era lo único que había podido encontrar. La porción de mantequilla empapó la galleta y el sirope se desbordó por los lados. Honey se sirvió.

—Bueno —murmuró él cuando hubo despachado la primera y atacaba la segunda.

Honey tomó un sorbo del café que acababa de preparar. Era

algo fuerte para ella, pero sabía que a él le gustaba así. Cuando Dash se terminó la segunda galleta, la muchacha le acercó subrepticiamente el cuenco para que pudiera coger otra.

No era una gran comedora y se sintió satisfecha con una galleta y el café. Dash se comió una cuarta.

—Bueno —murmuró por segunda vez.

El deleite que demostraba por su comida la llenó de orgullo. Tal vez no era guapa ni coqueta, ni sabía hablar con los hombres, pero sin lugar a dudas sabía darles de comer.

Dash engulló nueve lonchas de tocino y media docena de galletas hasta que por fin se paró. La miró y sonrió.

—Eres una buena cocinera, niña.

—Deberías probar mi pollo frito. Bien dorado y crujiente por fuera, pero por dentro está esponjoso y...

—¡Basta! ¿Has oído hablar del colesterol, Honey?

—Sí. Es lo que usa Lisa para aclararse el pelo.

—Creo que eso es Clairol.

—Me he equivocado.

Honey sonrió con aire inocente.

Mientras él comía, había estado pensando en algo que había dicho antes. Cuando Dash removía una cucharadita bien cargada de azúcar en el café, decidió preguntarle al respecto.

—Menciona una persona de carácter débil a la que me haya arrimado.

—¿Cómo?

—Antes has dicho que vuelvo la espalda a la gente que es más fuerte. Has dicho que solo me arrimo a las personas de carácter débil. Menciona una.

—¿Yo he dicho eso?

—Lo has dicho. ¿A quién te referías?

—Bueno... —Removió su café—. ¿Qué tal Eric Dillon para empezar?

—Yo no me he *arrimado* a Eric Dillon. De hecho, no lo puedo ni ver.

—Seguro.

—Es grosero y pagado de sí mismo.

—Tienes razón.

—Pero es muy talentoso.

Sintió una necesidad perversa de salir en su defensa.

—En eso también tienes razón.

—Debería estar loca para que me importara Eric Dillon. Por nada del mundo alguien como él se fijaría en alguien como yo, una chica canija de campo con una gran boca de rémora.

—¿Qué le pasa a tu boca?

—Mírala.

Hizo pucheros.

Un destello de diversión encendió los ojos de Dash mientras examinaba sus labios.

—Honey, muchos hombres considerarían sexy una boca como la tuya. Si no se moviera tanto, claro está.

Ella lo miró enfadada.

—Intenta mencionar a alguien que no sea Eric Dillon. Da la casualidad de que sé que no podrás porque calo a la gente. Admiro la fortaleza.

—¿De veras?

—Sí, de veras.

—Entonces, ¿por qué, señorita Jueza Suprema de la Naturaleza Humana, has estado tan resuelta a arrimarte a mí?

Honey se dio cuenta de que Dash había pretendido hacer un chiste, pero no le salió así. Tan pronto como lo dijo, se le contrajo el rostro y el calor que se había estado encendiendo entre ellos se disipó.

De repente, Dash apartó su taza de café y se puso en pie.

—Creo que ya es hora de que te vayas. Tengo cosas que hacer esta tarde.

Honey se levantó y lo siguió fuera de la cocina y a través del confortable salón que se extendía por la parte trasera de la casa del rancho. Estaba decorado con muebles de cuero y pósters enmarcados de sus películas. Dash la condujo hacia la puerta principal, con sus botas taconeando sobre las baldosas de terracota y el aire cargado de tensión.

Ella no podía tolerar que su día juntos terminara de ese modo.

Extendió una mano, le tocó el brazo y habló con una voz tan dulce que no parecía la suya.

—Eres la persona más fuerte que conozco, Dash. Lo digo en serio.

Él se volvió hacia ella, con ojos cansados y derrotados.

—Recuerdo un día que me llamaste viejo borracho.

Se sintió avergonzada.

—Me disculpo por eso. Es como si Satán se hubiera apoderado de mi boca durante este último año.

—No hiciste más que decir la verdad.

—No digas eso. Hace que me sienta aún peor.

Dash apoyó una mano en su cadera, bajó los ojos al suelo por un momento y volvió a mirarla.

—Honey, soy alcohólico. Cada día es para mí una lucha, y buena parte del tiempo no sé si merece la pena. Pero la botella no es mi único problema. Soy duro con las mujeres. Mis propios hijos no me pueden ni ver. Tengo mal genio y no me importa nadie excepto yo mismo.

—No lo creo.

—Más vale que lo creas —dijo con voz áspera—. Soy un hijo de puta egoísta, y no tengo intención de cambiar a estas alturas de mi vida.

Echó a andar desde la casa, y Honey no pudo hacer más que seguirlo hacia su coche. Su hermoso día juntos se había estropeado y, por alguna razón, era exclusivamente culpa suya.

11

El lunes por la mañana Honey llegó al plató con tres docenas de cajas de Rice Krispies y un pastel de chocolate glaseado. El equipo se mostró sorprendido, pero encantado.

—Muy inteligente, querida —comentó Liz Castleberry mientras se lamía una pizca de escarcha del labio inferior—. Soborno con chocolate.

—No intento sobornar a nadie —replicó Honey, nada contenta de que la reina de las zorras la hubiese calado con tanta facilidad.

Esperó dos días, y entonces llevó varias docenas de galletas de chocolate caseras. Añadir la cocina a su ya agotadora jornada laboral la dejó tan cansada que no paraba de quedarse dormida entre las escenas, pero los miembros del equipo empezaron a sonreírle, por lo que decidió que el sacrificio había valido la pena. Dash charló informalmente con ella durante ese día, pero no la invitó al rancho ni mencionó la posibilidad de volver a llevarla a montar. Honey se atribuyó la culpa.

Transcurrió febrero. Los guionistas empezaron a mandarle notas desesperadas para que se reuniera con ellos, pero las rompió. Tal vez si demostraba a Dash que era capaz de mantener la boca cerrada, volvería a invitarla. Pero, a medida que pasaban las semanas sin que él hiciera ninguna propuesta, comenzó a desesperarse. Pronto llegaría el descanso, y entonces no lo vería durante cuatro meses.

Después de pasar el fin de semana con su familia, escuchando los lamentos de Sophie y los eructos de cerveza de Buck, llegó al trabajo un lunes de mediados de marzo para empezar a rodar el último programa de la temporada.

Connie Evans, que era su maquilladora, la observó con ojo crítico en el espejo.

—Esas marcas debajo de los ojos están empeorando, Honey. Menos mal que la temporada se acaba, o tendría que empezar a usar un corrector muy resistente contigo.

Mientras Connie le retocaba las sombras, Honey cogió el sobre manila con su nombre que descansaba sobre la mesa de maquillaje. Debía recibir su guión para la semana por mensajero no más tarde del sábado, pero las más de las veces no lo veía hasta que llegaba al trabajo el lunes. Se preguntó qué le tenían reservado los guionistas para esa semana. Puesto que seguía haciendo caso omiso a sus cada vez más estridentes peticiones de que fuera a hablar con ellos, esperaba que no hubieran decidido vengarse de ella haciendo que Janie se cayera en una colmena o algo por el estilo.

Los últimos guiones habían destacado a Blake. En uno de ellos, tenía una tórrida aventura con una mujer mayor que era amiga de Eleanor. El guión había sacado el máximo partido de la misteriosa sexualidad de Eric, y Honey se había sentido tan molesta viéndolo que había apagado el televisor.

Mientras Connie le extendía el maquillaje, Honey sacó del sobre el guión para aquella semana y leyó el título. «El sueño despierto de Janie.» No sonaba del todo mal.

Diez minutos más tarde, se levantaba de un brinco de la silla y echaba a correr al encuentro de Ross.

Liz, envuelta en un albornoz de color rosa pálido, salía de su camerino cuando Honey llegó precipitadamente por el pasillo. Liz echó una mirada al rostro de Honey y se abalanzó sobre ella cuando pasaba por su lado. De un fuerte tirón, la hizo entrar en su camerino y cerró la puerta con la cadera.

—¿Qué crees que estás haciendo?

Honey se soltó el brazo de una sacudida.

—Concederte un minuto para que te calmes.

Honey cerró los puños a ambos lados.

—No necesito calmarme. Estoy muy tranquila. Ahora apártate de mi camino.

Liz se apoyó en el dintel.

—No me moveré. Sírvete una taza de café, siéntate en ese sofá y domínate.

—No quiero café. Quiero...

—¡Hazlo!

Aun en albornoz, la reina de las zorras resultaba intimidante, y Honey vaciló. Quizá sí necesitaba unos minutos para dominarse. Tras pasar por encima de *Mitzi*, que estaba echada en el suelo, llenó una de las tazas de porcelana floreadas que Liz tenía junto a su cafetera alemana de acero inoxidable.

Liz se apartó de la puerta e indicó su copia del guion abierta sobre el tocador.

—Puedes dar gracias a que sea un programa familiar y no tengas que hacer la escena desnuda.

A Honey se le revolvió el estómago.

—¿Cómo sabes qué es lo que me disgusta?

—No hace falta ser adivina, querida.

Honey posó la mirada en su taza de café.

—No voy a besarlo, lo digo en serio. No lo haré.

—La mitad de las mujeres de América se alegrarían de estar en tu lugar.

—Todo el mundo creerá que he estado hablando con los guionistas otra vez, y no lo he hecho. Hace semanas que no hablo con ellos.

—No es más que un beso, Honey. Es perfectamente creíble que Janie sueñe despierta con besar a Blake.

—Pero nadie creerá que es el sueño despierto de Janie. Todos creerán que es el mío.

—¿No lo es?

Honey pegó un brinco y derramó el café en el plato.

—¡No! No lo soporto. Es vanidoso, arrogante y malvado.

—Es mucho más que eso. —Liz se sentó en el taburete del

tocador y procedió a ponerse unos pantis de color gris perla—. Disculpa el teatro, querida, pero Eric Dillon es una zona de peligro andante. —Se estremeció con delicadeza—. Solo espero no encontrarme cerca cuando por fin estalle.

Honey dejó su café sin probar sobre la mesa.

—Tengo que ponerme un camisón y una peluca y bailar con él debajo de un árbol. Qué sueño despierto más estúpido. Es tan embarazoso que no puedo soportar ni pensar en ello.

—Es un vestido largo, no un camisón. Y seguramente la peluca será bonita. Estarías ridícula besando a Blake con esos vaqueros y ese pelo horrible. Para mí que tendrás un aspecto cien veces mejor que el que tienes habitualmente.

—Muchas gracias.

Liz se ajustó los pantis a la cintura. Debajo, Honey pudo entrever unas exiguas braguitas negras de encaje.

—Con todas esas maravillosas demostraciones de temperamento, nunca he podido entender por qué no te has puesto histérica por cosas importantes. Como ese espantoso corte de pelo, por ejemplo.

—No estoy hablando de mi pelo —replicó Honey—. Estoy hablando de besar a Eric Dillon. Iré a ver a Ross ahora mismo y...

—Si tienes uno de tus célebres ataques de histeria, anularás esos deliciosos sobornos altos en calorías que has estado preparando. Además, empezamos a rodar en media hora, así que es un poco tarde para conseguir que cambien el guion. Y, de todos modos, ¿qué dirías? No puede decirse que pasar una mañana bailando al aire libre y besando a Eric Dillon sea un trabajo peligroso.

—Pero...

—Nunca has besado a un hombre, ¿verdad, Honey?

Se irguió en toda su estatura de un metro cincuenta y tres.

—Tengo dieciocho años. Besé a mi primer hombre cuando tenía quince.

—¿Fue el que acuchillaste o al que disparaste en la cabeza? —se burló Liz.

—Puede que haya mentido sobre eso, pero no miento sobre lo de besar. He tenido algunas aventuras amorosas. —Se estrujó el cerebro en busca de algunos detalles que la convencieran—. Hubo un chico. Se llamaba Chris e iba a la Universidad de Carolina del Sur. Llevaba una camiseta en la que había escrito «Gamecocks».

—No te creo.

—Pues me da igual.

Liz se despojó del albornoz y cogió el vestido que iba a llevar en la primera escena. Honey se fijó en el sujetador. No era más que dos veneras de encaje negro.

—Eric hará todo el trabajo, Honey. Dios sabe que tiene suficiente experiencia. De todos modos, se supone que Janie no sabe nada de galanteo.

—¡No es galanteo! Es solo un beso.

—Exactamente. He consultado el programa de rodaje. Como es un exterior, no filmarán la escena hasta el viernes. Tendrás toda la semana para prepararte. Ahora cálmate y tómalo como cualquier otra parte del oficio.

Honey sostuvo la mirada de Liz durante unos momentos antes de bajar los ojos. Acarició distraídamente la cabeza de *Mitzi*.

—No entiendo por qué tratas de ayudarme. Lo haces continuamente, ¿verdad?

—Lo intento.

—Eso es lo que dijo Dash. Pero no entiendo por qué.

—Las mujeres deberíamos ayudarnos, Honey.

Honey miró a Liz y sonrió. Era agradable oír que la consideraban una mujer. Después de hacer una última caricia a *Mitzi*, se levantó y se encaminó hacia la puerta.

—Gracias —dijo, justo antes de salir.

Aquella tarde, Liz sorprendió a Dash solo.

—Más vale que vigiles a tu joven pupila, vaquero. Está un poco alterada por el programa de esta semana, y sabes tan bien como yo que cuando Honey se altera, puede ocurrir cualquier cosa.

—¡Honey no es responsabilidad mía!

—Una vez que la azotaste, la hiciste tuya para toda la vida.

—Maldita sea, Liz...

—Adiós, querido.

Liz movió los dedos y se alejó dejando tras de sí una nube de perfume caro.

Dash soltó un juramento en voz baja. No quería a Honey en su vida privada, pero cada vez le costaba más trabajo dejarla fuera. Ojalá no se le hubiese ablandado el cerebro aquel día que la había azotado en el culo. No debería haberla invitado nunca a su rancho. No es que se lo hubiera pasado mal. De hecho, lo había pasado estupendamente con ella, y ni una sola vez había pensado en tomar un trago.

Se sentía sorprendentemente a gusto con ella para ser una mujer. Desde luego, todavía no era una mujer, lo cual había sido el principal motivo de que disfrutara del día que pasaron juntos. No había aflorado ninguna intención sexual, y había experimentado cierta sensación relajante en compañía de alguien que no se callaba lo que le pasaba por la cabeza. Además, curiosamente, Honey veía muchas cosas igual que él. Hacienda, por ejemplo.

Cuando Honey se le acercó y ocuparon sus puestos para la siguiente escena, se dio cuenta de que aquella muchacha le caía mejor que su propia hija. No es que no quisiera a Meredith, porque la quería, pero ni siquiera cuando era una niña se había sentido unido a ella. Cuando cumplió quince años se volvió religiosa, y a partir de entonces ya no había podido pararla. La semana anterior Wanda le había llamado para anunciarle que Meredith había decidido dejar Oral Roberts porque aquel sitio se estaba volviendo demasiado liberal para ella. En lo que se refería a su hijo, Josh, las cosas no iban mucho mejor. Josh siempre había sido un niño de mamá, algo que un poco más de atención por parte de su padre habría podido evitar.

Un fotómetro se encendió delante de su cara. Honey bostezó a su lado. Aun llevando maquillaje, parecía cansada.

—¿Probaste alguna de las galletas que traje la semana pasada? —preguntó ella—. ¿Las que llevaban M&M?

—Me comí un par.

—No me parecieron tan buenas como aquellos pastelillos glaseados de chocolate y nueces. ¿Y a ti?

—Honey, ¿duermes algo cuando llegas a casa o te pasas toda la noche levantada haciendo galletas?

—Duermo.

—No lo suficiente. No hay más que verte. Pareces agotada. —Sabía que debería detenerse ahí, pero Honey tenía un aspecto tan menudo y demacrado que su corazón tomó posesión de su cerebro—. A partir de ahora se te acabó cocinar, niña.

Ella abrió los ojos como platos, ofendida.

—¿Qué?

—Ya me has oído. Tendrás que empezar a gustar a la gente por tu personalidad amable y no por tus galletas. La próxima vez que traigas algo de comer al plató, lo tiraré directamente a la basura.

—¡No lo harás! ¡Eso no es asunto tuyo!

—Lo es si quieres venir a montar el sábado al rancho.

Delante de sus propios ojos, pudo presenciar la guerra que se desataba dentro de ella, la batalla entre su deseo de estar con él y su talante independiente. Su boca adoptó aquel mohín de testarudez que tan bien conocía Dash.

—Me estás manipulando. Crees que puedes ser amable o frío conmigo siempre que te parezca, sin ninguna consideración por mis sentimientos.

—Ya te dije la clase de hombre que soy, Honey.

—Solo quiero ser tu amiga. ¿Tan terrible es eso?

—No si fuese lo único que quisieras. Pero me pones nervioso. —Miró detrás de las cámaras, hacia el fondo del estudio, y decidió soltar lo que tenía en la cabeza—. Quieres mucho de la gente, Honey. Tengo la sensación de que me chuparías hasta la última gota de sangre si te dejara. Y, francamente, no puedo permitírmelo.

—Ese comentario es muy hiriente. Haces que parezca una vampira.

Dash no respondió. Se limitó a darle tiempo para considerar sus opciones.

—Está bien —dijo ella malhumorada—. Si puedo ir al rancho, no cocinaré más.

Un extraño fulgor de placer calentó las entrañas de Dash al pensar que a ella le gustaba lo suficiente estar con él para tragarse su orgullo. Era una chica estupenda cuando no era un coñazo.

—Una cosa más —añadió—. También tienes que aguantar esta semana con un poco de dignidad. Me refiero concretamente al programa de rodaje del viernes.

Honey lanzó una mirada furiosa a Liz, que estaba coqueteando con un cámara nuevo.

—Alguien tiene una boca muy grande.

—Deberías alegrarte de que ese alguien se preocupe por ti.

Fueron interrumpidos antes de que ella pudiera replicar, lo cual seguramente fue una suerte.

El viernes se cernía sobre ella como el smog. Cuando por fin llegó, se negó a mirar al espejo mientras le aplicaban maquillaje y la envolvían en un vestido de encaje blanco que le resbalaba sobre los hombros y rozaba el suelo. Le ciñeron un cuello alto de encaje de color lila y luego le colocaron la peluca sobre la cabeza. Era larga y de color miel, como su verdadero pelo.

—Perfecto —dijo Evelyn, su nueva peluquera, echándose atrás para admirar a Honey.

Connie, que acababa de ponerle el maquillaje, se mostró de acuerdo.

—Vamos, Honey. Deja de hacer la gallina. Échate un vistazo.

Honey se armó de valor y se volvió hacia el espejo. Parecía...

—Mierda —susurró para sí.

—Exactamente lo que yo pienso —replicó Evelyn con un humor cargado de ironía.

Honey había temido parecer un chico travestido, pero en lugar de ello la delicada joven que le devolvía la mirada era una visión de feminidad. Sus rasgos eran como desdibujados y de ensueño, desde la luminosidad azul claro de sus ojos hasta su boca rosa pálido, que ya no parecía la de una rémora, sino la de una criatura hermosa. El pelo se ensortijaba suavemente en torno a su rostro y le caía en ondas sobre la parte superior de los hombros, como una princesa de cuento.

El ayudante de dirección asomó la cabeza en la caravana.

—Hora de rodar, Honey. Te necesitamos en... ¡Guau!

Evelyn y Connie se echaron a reír, y después acompañaron a Honey desde la caravana. Ella entrecerró un poco los ojos por el sol. Las mujeres caminaban a ambos lados, sujetando el borde del vestido para que no se arrastrara por la hierba y dándole las últimas instrucciones.

—No te sientes, Honey. Y no comas nada.

—Deja de lamerte los labios. Tendré que volver a pintártelos.

Eric ya estaba en el plató. Honey evitó mirarlo. Se sentía emocionada y asustada al mismo tiempo. Besar a Eric Dillon cuando parecía el culo de un caballo era una cosa, pero hacerlo con el aspecto de la Bella Durmiente era otra muy distinta. Puso la mano sobre el bolsillo que había en la costura lateral del vestido y se tranquilizó al palpar el tubito de espray para el aliento Binaca que había introducido en su interior.

Eric se ajustó la faja de color lila a la cintura. Iba vestido como el Príncipe Azul, con una camisa blanca de mangas con volantes, un pantalón morado muy ceñido y botas de cuero negro hasta las rodillas. El traje le venía estrecho, pero cuando se inclinó para quitarse una mancha en las botas comprobó que había llevado otros peores.

Al oír una risa femenina, levantó la vista. Honey se dirigía hacia él, pero transcurrieron unos segundos hasta que su cerebro registró lo que estaba viendo. Su boca adoptó una expresión adusta. Debería haberlo sabido. Había estado mirando aquellas facciones menudas y aquella boca increíble durante dos temporadas, pero aún no se había dado cuenta de lo bonita que podía ser.

Honey se acercó e irguió la cabeza. Sus ojos azul claro, húmedos y chispeantes, lo absorbían, rogándole que la encontrara hermosa. Eric sintió un nudo en el estómago. Si no tenía mucho cuidado ese día, entraría en otra espiral amorosa.

—¿Qué te parece, Eric? —preguntó ella en voz baja—. ¿Cómo estoy?

Él se encogió de hombros, con el rostro desprovisto de toda expresión.

—Bien, supongo. Pero la peluca es un poco extraña.

La burbuja de Honey se rompió.

Jack Swackhammer, que dirigía su primer episodio desde que Honey había hecho que lo despidieran, irrumpió en la sombra del roble.

—Honey, empezaremos contigo en el columpio.

Le indicó el columpio que había sido adornado con unas sensibleras cintas de satén morado y lazos de tul de color lila.

Honey hizo lo que él le pedía y empezaron a preparar la puesta en escena de la primera toma. Puesto que la escena no tenía diálogo, lo único que debía hacer era dejar que Eric la columpiara, pero estaba tan tensa que se sentía como si fuera a romperse si él la tocaba.

—Sobre el vídeo pondremos una pieza orquestal, con mucha cuerda y sentimentalismo —dijo Jack—. Ray os la pondrá mientras rodamos para que entréis en ambiente.

Honey quiso morirse de vergüenza cuando uno de los altavoces empezó a emitir una música orquestal romántica.

—¿Quieres relajarte? —gruñó Eric a su espalda cuando las cámaras se encendieron y empezaba a empujarla.

A Honey se le encogió el estómago al comprobar que sabía cómo ser Janie pero no tenía ni la menor idea de cómo ser la fantasía de Janie o ella misma.

—Estoy relajada —susurró, y le resultó más fácil hablar con él ahora que no lo tenía delante.

—Tienes la espalda como una tabla —se quejó Eric.

Honey no se había sentido nunca más torpe ni más desconcertada. Sabía exactamente quién era cuando iba vestida con vaqueros y su peinado de cuenco de perro, pero ¿quién era la criatura ataviada con aquel vestido de cuento de hadas?

—Tú ocúpate de ti y yo me ocuparé de mí —replicó, y se notó la piel bajo el vestido de encaje encendida de vergüenza.

Eric dio un fuerte empujón al columpio.

—Va a ser una tarde muy larga si no te lo tomas con calma.

—Va a ser larga de todos modos, porque tengo que trabajar contigo.

—¡Corten! No parece que nos estemos divirtiendo —dijo Jack desde su puesto junto a la primera cámara—. Y parece que hemos olvidado que algunos de nuestros espectadores saben leer los labios.

Comoquiera que Honey se sentía violenta e insegura, buscó refugio en la hostilidad. Levantó la cabeza y habló directamente a la cámara.

—Esto es una chorrada.

El columpio se detuvo de golpe.

Jack se pasó las manos por su menguante pelo.

—Tranquilicémonos e intentémoslo de nuevo.

Pero la siguiente toma no fue mejor, ni tampoco la siguiente. Honey no lograba relajarse, y Eric no le servía de ayuda. En lugar de ponerse romántico, se comportaba como si la odiara a muerte, lo cual debía ser cierto, pero no tenía que demostrarlo tanto. Honey trató de recordar si se había comido alguna de sus galletas.

Obedeciendo órdenes de Jack, Ray, el encargado de sonido, quitó la música. El director consultó su reloj. Ya iban con retraso, y era todo por culpa de ella. Esta vez no causaba problemas intencionadamente, pero nadie lo creería.

—¿Qué tal un descanso? —sugirió, bajando del columpio de un salto cuando Jack se acercaba a ambos.

El director sacudió la cabeza.

—Honey, entiendo que no has hecho nunca una cosa así y seguro que te sientes incómoda...

—No me siento incómoda para nada. Estoy muy a gusto.

Aparentemente, Jack decidió que era una pérdida de tiempo discutir con ella, porque la tomó con Eric.

—Hemos hecho al menos diez programas juntos, y esta es la primera vez que te veo trabajar como un incompetente. Te estás resistiendo. ¿Qué está pasando aquí?

Para sorpresa de Honey, Eric no trató de defenderse. Se quedó mirando un punto indeterminado en la hierba como si tratara de decidirse sobre algo. Seguramente si podía besarla o no sin vomitar.

Cuando levantó la vista, tenía en la boca una expresión adusta.

—Muy bien —dijo despacio—. Tienes razón. Danos la posibilidad de improvisar un poco... resolverlo a nuestra manera. Empieza a rodar y entonces déjanos solos durante un rato.

—Vamos muy mal de tiempo —replicó Jack. Luego se llevó las manos a la cabeza en un gesto de frustración—. Adelante. Ya no puede ser peor. ¿Te parece bien, Honey?

Ella asintió con rigidez. Cualquier cosa era mejor que lo que habían estado haciendo.

Eric mostraba una resolución repentina, como si hubiese tomado alguna decisión.

—Haz que suban un poco la música para que los dos podamos hablar sin que el equipo nos oiga.

Jack asintió y regresó a su puesto detrás de la cámara. Connie se acercó y les retocó el maquillaje. En unos momentos, el opulento sonido de cuerdas se adueñó del plató.

Honey sintió un nudo en el estómago. ¡El tubo de Binaca! Había olvidado rociarse la boca. ¿Y si tenía mal aliento?

—Rodamos —dijo Jack, hablando lo bastante fuerte para hacerse oír sobre la música—. Claqueta. Acción.

Honey se volvió hacia Eric en busca de alguna indicación y vio que la estaba observando. Parecía terriblemente infeliz. Y entonces, delante de sus propios ojos, pareció refugiarse en su interior. Le había visto hacer eso cuando se preparaba para una escena difícil, pero nunca había estado tan cerca de él. Era sobrecogedor. Cayó sobre él una quietud absoluta, una expresión vacua, como si estuviera vaciándose.

Entonces su pecho empezó a subir y bajar a un ritmo pausado. Se produjo en él una transformación, sutil al principio pero que fue haciéndose más visible. Pareció enfocarse delante de sus ojos en una forma nueva. Los trozos de hielo se derritieron en aquellos ojos turquesa y las arrugas de su frente se atenuaron. Los huesos de Honey se volvieron de gelatina cuando las duras líneas en torno a su boca se suavizaron. Delante de sus propios ojos, Eric se tornó joven y agradable. Le recordaba a alguien, pero por un momento no se le ocurrió quién era. Y entonces lo supo.

Se parecía a todos sus sueños despierta con él.

La tomó de la mano y la atrajo hacia el árbol.

—Deberías ponerte vestidos más a menudo.

—¿Sí?

La voz le salió como un pequeño graznido.

Él sonrió.

—Apuesto a que debajo llevas puestos los vaqueros.

—¡Claro que no! —exclamó Honey, indignada.

Eric le plantó una mano en la región lumbar, justo debajo de la cintura, y apretó con suavidad.

—Tienes razón. No noto ningún vaquero.

La sacudió un temblor. Él estaba tan cerca que el calor de su cuerpo le llegaba a través del encaje del vestido.

—¿No debería subirme al columpio? —preguntó, atrancándose un poco en las palabras.

—¿Quieres hacerlo?

—No, yo...

Honey empezó a bajar la cabeza, pero él le cogió la barbilla con la punta del dedo y la obligó a mirarlo.

—No tengas miedo.

—Yo... no tengo miedo.

—¿De verdad?

—Este no era mi sueño despierta —dijo ella con desconsuelo—. Fueron los guionistas. Ellos...

—¿A quién le importa? Es un sueño despierta muy bonito. ¿Por qué no lo disfrutamos?

Honey contuvo la respiración ante la ronca intimidad de su voz, como si fuesen las únicas personas que quedaban en el mundo. La luz del sol, filtrándose a través de las hojas del árbol, proyectaba sombras de color lila sobre sus rasgos. Jugaban al escondite con sus ojos y las comisuras de su boca. Ella no habría podido apartar la mirada de él aunque hubiese querido.

—¿Cómo lo disfrutamos? —preguntó sin aliento.

—¿Por qué no me tocas la cara, y después yo toco la tuya?

Le temblaba la mano. Le hormigueaba a su costado. Quería levantarla, pero no podía.

Eric le tomó la muñeca con delicadeza y la levantó entre sus cuerpos hasta llevársela al rostro. Cuando le rozaba el costado de la mandíbula, la soltó, dejando que actuara por su cuenta.

Con las yemas de los dedos, Honey palpó la ligera depresión de su mejilla, justo debajo del hueso del pómulo. Su mano pasó al borde de su mandíbula, a su barbilla. Lo tocaba como si fuera ciega, memorizando cada hendidura y prominencia. Incapaz de contenerse, deslizó las puntas de los dedos hasta su labio inferior y exploró su contorno.

Él sonrió debajo de sus dedos y levantó una mano hacia la boca de ella. Bajo el contacto de sus dedos, la boca de Honey se volvió hermosa. Los ojos de Eric la bañaban de admiración, y unos nudos prietos se desenmarañaron en su interior hasta que toda ella se tornó hermosa.

—Ahora voy a besarte —susurró él.

Los labios de Honey se abrieron y su corazón se aceleró. El aliento de Eric cayó suavemente sobre su piel cuando inclinó la cabeza. La atrajo contra su cuerpo con tanta ternura que el calor de la luz del sol habría podido derretirla allí mismo. Esperó sus labios una fracción de segundo antes de que rozaran los suyos. Y, entonces, sus sentidos cantaron cuando la besó.

Castillos, flores y corceles blancos danzaron dentro de su cabeza. La boca de Eric era suave, sus labios castamente cerrados. Se sintió envuelta por un embrujo de magia e inocencia. El beso fue puro, no corrompido por el embarazo ni la lujuria, un beso para despertar a una princesa dormida, un beso que se había gestado en la red dorada de los sueños despiertos.

Cuando sus labios se separaron por fin, Eric siguió sonriéndole.

—¿Tienes idea de lo bonita que estás?

Honey sacudió la cabeza en silencio. Su acostumbrada labia la abandonaba. Él la apartó del tronco del árbol hacia un retazo de sol y volvió a besarla. Luego levantó la mano, arrancó una hoja del árbol y le hizo cosquillas en la nariz con ella.

Honey soltó una risita.

—Apuesto a que no pesas nada.

Sin darle opción a responder, la levantó en brazos y empezó a hacerla girar lentamente en círculo. La falda de su vestido se enredó en los dedos de Eric y las mangas de su camisa ondearon. Miles de burbujitas surgieron en el interior de Honey. Echó la cabeza hacia atrás y su risa pareció mezclarse con la brisa y la luz del sol, que arrancaba destellos en el pelo oscuro de Eric.

—¿Aún no estás mareada? —le preguntó él, riendo a su vez.

—No... Sí...

Eric la dejó en el suelo, poniéndole un brazo detrás de la cintura para que no se cayera. Entonces volvió a hacerla girar, a revolotear dentro y fuera de las sombras. Honey se sentía ligera, elegante e intensamente viva, una princesa encantada en un bosque de cuento de hadas. Él la atrajo entre sus brazos y la besó otra vez.

Ella suspiró cuando finalmente Eric se apartó. La música giraba a su alrededor, bañándolos en su magia. Él le tocó la mejilla como si no tuviera bastante de ella. La hizo girar una y otra vez. Le ardían los labios, y la sangre cantaba en sus venas. Finalmente creía entender cómo era ser una mujer.

Dejaron de moverse. Eric la inmovilizó delante de él y miró a su espalda.

—¿Tienes lo que necesitas?

Su voz la asustó. Sonaba distinta, más dura.

—¡Corten y editen! —exclamó Jack—. ¡Fantástico! Un trabajo estupendo, los dos. Quizá necesitaré un par de primeros planos más, pero dejadme que antes visione la cinta.

Eric se alejó de ella. Honey sintió un escalofrío cuando lo vio transformarse. Todo el afecto desapareció. Ahora se mostraba crispado, inquieto y hostil.

Su nombre pareció atascarse en su garganta.

—¿Eric?

—¿Sí?

No hacía calor, pero unas gotitas de sudor le perlaban la frente. Se encaminó detrás de las cámaras hacia una de las sillas de dirección y cogió la cajetilla de tabaco que había dejado allí.

Ella lo siguió, incapaz de contenerse.

—Esto... ha salido muy bien, ¿no?

—Sí, supongo. —Eric encendió un cigarrillo y le dio una calada profunda y desigual—. Espero no tener que volver a hacer una mierda como esa. A partir de ahora haznos un favor a todos y guárdate tus fantasías sexuales de adolescente.

El sueño despierto de Honey se hizo añicos. Había estado actuando. Nada de aquello era real. Ni sus besos, ni sus susurros, ni su tacto delicado y afectuoso. Con una leve exclamación de dolor, Honey volvió a convertirse en un patito feo. Se recogió la falda y salió corriendo hacia la soledad de su caravana.

Dash se encontraba a menos de seis metros observándolo todo. Había visto la destreza con la que Dillon la había manejado para que las cámaras pudieran fotografiarlos desde distintos ángulos, y no podía recordar la última vez que había sentido un impulso tan fuerte de lastimar a alguien. Se dijo que no era asunto suyo. Diablos, él había hecho cosas peores a las mujeres a lo largo de su vida. Pero Honey todavía no era una mujer, y cuando Dillon se inclinó a recoger su guión, Dash se vio dirigiéndose hacia él.

—Eres un auténtico hijo de puta, ¿verdad, guapito?

Eric entrecerró los ojos.

—Estaba haciendo mi trabajo.

—Ah, ¿sí? ¿Y qué trabajo es ese?

—Soy actor.

Dash abrió y cerró el puño a su costado.

—Un cabrón es lo que eres.

Eric volvió a entrecerrar los ojos y tiró el cigarrillo al suelo.

—Adelante, viejo. Intenta pegarme.

Se preparó, y los músculos se tensaron debajo de su camisa.

Dash no se dejó intimidar. Dillon tenía músculos de Hollywood, forjados en máquinas de gimnasios caros en lugar de trabajo duro y peleas de taberna. Eran músculos cosméticos, no más reales que los besos que había dado a Honey.

Entonces Dash vio brillar el sudor en la frente de Eric. Ya había visto antes a hombres sudando de miedo, y siempre tenían ojos de loco. Dillon solo parecía desesperado.

Supo entonces que Eric quería que le pegara, y tan repentinamente como había venido, perdió su deseo de hacer sangre. Por un momento no hizo nada, y luego volvió a ponerse el sombrero y dirigió a Dillon una mirada fija y prolongada.

—Supongo que pasaré por esta vez. No quiero que un semental joven como tú me humille delante de todo el mundo.

—¡No! —Una vena empezó a palpitar en la sien de Eric—. ¡No! No puedes hacer eso. Tú...

—Hasta luego, guapito.

—No...

La súplica se atascó en la garganta de Eric mientras veía alejarse a Dash. Buscó a tientas otro cigarrillo, lo encendió e inhaló el humo envenenado en sus pulmones. Coogan ni siquiera lo respetaba lo suficiente para luchar con él. En ese momento admitió para sí lo que se había negado a reconocer antes. Cuánto admiraba a Dash Coogan... no como actor, sino como hombre. Ahora que era demasiado tarde, sabía que quería el respeto de Coogan, como siempre había querido el respeto de su padre. Dash era un hombre auténtico, no fingido.

El humo lo estaba ahogando. Tenía que salir de allí. Ir a algún sitio donde pudiera respirar. La imagen de unos ojos azul claro necesitados se cruzó delante de él. Se marchó airadamente del plató, abriéndose paso a través del material y el equipo, tratando de escapar de aquellos ojos. Pero lo seguían. Ella estaba tan desesperada de amor que no tenía ningún sentido de la autopreservación. Ni siquiera había opuesto resistencia, había dejado que él la arrojara al precipicio.

Le ardían los pulmones. Estúpida. Era rematadamente estúpida. No entendía la primera regla de los cuentos de hadas. No entendía que las niñas no debían enamorarse nunca del príncipe malvado.

Tiempo en antena

1983

12

La fiesta en la playa del Cuatro de Julio de Liz Castleberry estaba en su apogeo cuando llegó Honey. Aparcó el Mercedes Benz 380 SL plateado que había adquirido después de la tercera temporada del programa a un lado de la carretera entre un Jaguar y un Alfa Romeo. Cuando bajó al suelo de arena, oyó la detonación de un petardo explotando desde la playa al otro lado de la casa. Era la primera invitación a una fiesta de Liz que Honey había aceptado, y solo porque era informal y porque Dash estaría allí.

Tras colgarse al hombro la descolorida bolsa de tela vaquera que contenía su bañador, cerró el coche. El mes pasado se habían cumplido tres años desde que había llegado a Los Ángeles, pero se sentía unas décadas más vieja que aquella chica de dieciséis años. Al recordar, decidió que aquel día horrible hacia el final de la segunda temporada cuando Eric Dillon la había humillado en aquella falsa escena amorosa fue lo que finalmente la había obligado a madurar. Por lo menos la experiencia había puesto fin al enamoramiento infantil que había sentido por él. Nadie, ni siquiera Dash, sabía hasta qué punto la horrorizaba todavía el recuerdo de ese día.

Cuando se acercaba a la casa de la playa, se sorprendió preguntándose qué le tenía reservado la nueva temporada. Empezarían a rodar a finales de mes para el cuarto año del programa, y finalmente los productores iban a permitir que Janie cumpliera quince años. Ya era hora, dado que ella cumpliría veinte en diciembre.

Después de las penosas adaptaciones de las dos primeras temporadas, la última había sido relativamente tranquila. Se había llevado bien con el equipo, se había mantenido alejada de Eric y había ahondado su amistad con Liz Castleberry. Pero su relación con Dash había sido el cambio más importante en su vida.

Pasaba gran parte de su tiempo libre en el plató con él, y casi todos los sábados en el rancho, haciendo tareas domésticas y echando una mano con los caballos. No solo le encantaba estar con él, sino que el trabajo le proporcionaba una excusa conveniente para alejarse de la nueva casa en Pasadena que Chantal la había convencido de que comprara porque argumentó que ayudaría a Gordon a volver a pintar. No había servido de nada, lo que no sorprendió a Honey lo más mínimo. La casa le gustaba mucho más que aquel horrible lugar en Topanga Canyon, pero desde luego no la consideraba su hogar. Por un lado, Buck Ochs seguía viviendo con ellos, y por otro, su relación con Sophie no había mejorado en absoluto.

Quitándose de la cabeza los deprimentes pensamientos sobre su familia, se acercó a la entrada principal de la casa de la playa de Liz. El edificio era más alto que ancho, con un revestimiento gris atacado por el salitre y postigos de color salmón. Un pequeño jardín se extendía a un lado, a lo largo de un muro de contención bajo que marcaba el límite de la casa vecina, donde vivía la hija de Guy Isabella, Lilly. El camino de acceso estaba embaldosado con un diseño de escamas de pez y bordeado de macizos de miramelindos carmesíes y blancos.

Cuando se aproximaba a la puerta principal, vaciló. Después de tres años en Los Ángeles, aún no había asistido a demasiadas fiestas. No se sentía a gusto en las reuniones sociales porque siempre temía equivocarse de cubierto y porque todo el mundo parecía muy sofisticado. Además, la mentira de Ross acerca de su edad había arraigado, y las pocas veces que había intentado convencer a la gente de su verdadera edad no la habían creído.

Pulsó el timbre, y un hombre de mediana edad muy bronceado y en traje de baño le abrió. La mata de pelo en su pecho parecía un mapa de Indiana.

Se llevó las manos a la cabeza.

—¡Honey! Hola, soy Crandall. Me encanta tu programa. Es lo único que veo de la televisión. Deberías haber ganado el año pasado.

—Gracias.

Honey deseaba que la gente dejara de sacar a colación su nominación a los Emmy. No había ganado, un hecho que su agente atribuía a sus continuas negativas a aceptar ninguno de los otros papeles que le ofrecían. Eric había ganado dos años seguidos. Las películas que había rodado durante los últimos descansos lo estaban convirtiendo en una estrella muy taquillera, y no era ningún secreto que tenía intención de rescindir su contrato para poder hacer películas a tiempo completo.

—Lizzie está en la terraza —dijo Crandall, y la condujo a través de una entrada de baldosas blancas decorada con cuadros impresionistas neblinosos.

El salón estaba repleto de gente vestida con distintos tipos de atuendo informal, desde trajes de baño hasta pantalones, todo elegante y caro comparado con su pantalón corto de color caqui y su camiseta Nike. Liz había estado tratando de convencerla de que vistiera mejor, pero Honey no tenía talento para eso. Pasó junto a mullidos sofás y butacas tapizadas con telas azul marino y salmón pálido hacia unos ventanales que ofrecían una vista panorámica del mar. La estancia olía a barbacoa, bronceador y Chloè.

Liz entró a través de una puertaventana que daba a la terraza y se dirigió hacia Honey. Frunciendo los labios, mandó un beso al aire a alguien situado junto a su compañera de rodaje.

—Has venido. Feliz Cuatro de Julio, querida. Dash me dijo que te había ordenado que aparecieras, pero no creía que lo hicieras.

—¿Ya está aquí?

Honey miró esperanzadamente hacia la sofisticada congregación, de la cual solo reconoció a algunos miembros, pero no lo vio.

—Me imagino que vendrá. —Liz observó el pelo de Honey—. No me puedo creer que empiece a rizarse. Evelyn me dijo que le estás dejando trabajar con él. Empiezas a parecer una mujer en vez de una peleona de instituto.

Honey tenía demasiado orgullo para dejar que Liz viera cuánto le gustaba su nuevo pelo. El último día de rodaje el mes de marzo pasado, Liz había ordenado a Evelyn que le suavizara los bordes despuntados y le domara los mechones. Al principio, al llevar el pelo tan corto, Honey no había apreciado mucha mejora, pero a medida que había ido creciendo en los últimos cuatro meses y que Evelyn había seguido retocándolo, ahora se rizaba suavemente alrededor de su cara y le rozaba el perfil de la mandíbula.

—Pero sigues pareciendo muy joven —se quejó Liz—. Y vistes como una niña. Fíjate en ese pantalón. Te viene demasiado grande, y el color es horrible. No tienes nada de estilo.

Honey ya se había acostumbrado a los comentarios directos de Liz y, en lugar de enfadarse, solo se sintió molesta.

—¿Por qué no te rindes, Liz? Jamás me convertirás en un figurín de moda. No tengo talento para eso.

—Bueno, pues yo sí, y no puedo entender por qué no me dejas llevarte de compras.

—La ropa no me interesa.

—Debería interesarte.

Antes de que Honey pudiera protestar, Liz la condujo a través del gentío, por una estrecha escalera de caracol, y la llevó a un dormitorio rosa que recordó a Honey un jardín de flores caras. De las ventanas pendían cortinas de cretona atadas con cordones con borlas, y una moqueta de color verde mar cubría el suelo. Un rincón albergaba una tumbona de muaré; otro, un armario ornamentado hecho de madera de roble decolorada. Un vaporoso tejido color pastel que parecía que hubiera sido pintado por Cézanne recubría la cama de matrimonio. Honey vio un par de gemelos de hombre sobre la mesilla adyacente, pero por más que le hubiese gustado oír los detalles de la vida amorosa de Liz, siempre se abstenía de preguntar.

Liz abrió una de las puertas de láminas del armario y empezó a rebuscar en su interior.

—Tendrías más confianza en ti misma si vistieras de acuerdo con tu edad.

—Tengo mucha confianza. Soy la persona más independiente que conozco. Cuido de mi familia, y...

—Confianza en ti misma como mujer, querida. Qué coincidencia más asombrosa... —Sacó una bolsa de papel azul marino con letras carmesíes—. Me compré esto la semana pasada en una pequeña boutique próxima a Rodeo, pero cuando llegué a casa me di cuenta de que me había equivocado de talla. Apuesto que te quedará estupendamente.

—He traído un bañador —dijo Honey con obstinación.

—Y ya me imagino cómo será.

Honey aferró la parte superior de la bolsa vaquera que contenía el viejo traje de baño rojo que la camarera del Hotel Beverly Hills le había comprado la semana que había llegado a Los Ángeles.

Liz le lanzó la bolsa de papel y agitó la mano en dirección al cuarto de baño.

—Pruébatelo. Siempre puedes quitártelo si no te gusta.

Honey vaciló antes de decidir que, si se probaba el bañador, por lo menos no tendría que bajar al salón durante un rato. Quizá para entonces Dash habría llegado y no tendría que hacer frente a tantos desconocidos sola.

El baño parecía una gruta tropical con exuberantes plantas en flor, una bañera hundida de mármol rosado y grifos dorados en forma de delfines. Miró en el interior de la bolsa. Remetido entre los pliegues de papel de seda había un exiguo biquini con un discreto estampado hawaiano de color melocotón y blanco junto con una falda pareo del mismo tejido. Sacó las piezas separadas. Desde luego, eran más bonitas que su bañador rojo, pero no le gustaba la idea de dejar que Liz la manipulara. Empezó a guardar el conjunto en la bolsa, aunque vaciló. ¿Qué había de malo en probárselo? Se despojó de su ropa, se puso las piezas separadas del biquini y se volvió para mirarse en el espejo biselado que recubría la pared detrás de la bañera.

Detestaba admitirlo, pero Liz tenía razón. El conjunto le quedaba perfecto. El sujetador con aros sacaba el máximo partido de sus pequeños pechos juntándolos lo suficiente para proporcionarle un indicio de escote. La pieza inferior cubría todo lo importante y tenía un corte lo bastante alto en los lados para hacer que sus piernas parecieran más largas. Aun así, no estaba acostumbrada a enseñar tanto de su cuerpo. Desplegó el corto pareo de estilo sarong y buscó el cierre. Cuando lo encontró, se lo ajustó a la cintura y lo abrochó en el lado izquierda. Le caía bajo sobre las caderas, dejando al descubierto su ombligo.

Con el halo rizado de su pelo, el pecho realzado y el ombligo asomando sobre la parte superior de la falda, hasta ella tuvo que reconocer que estaba un poco sexy.

—Toc, toc. Espero que estés visible. —La puerta se abrió y, antes de que Honey pudiera responder, Liz había entrado y le prendía un par de aros de oro en los lóbulos—. Tienes que perforarte las orejas.

Honey tocó los oscilantes aros.

—No puedo ir a nadar con esto.

—¿Por qué diablos quieres ir a nadar? Yo no he estado en el océano en años. Por lo menos llevas un color de pintalabios decente, pero creo que una capa de rímel te quedaría estupenda.

Liz la hizo sentarse en un taburete, le extendió un poco de colorete melocotón pálido sobre las mejillas y luego le pintó las pestañas con rímel marrón claro.

—Ya está. Ahora aparentas la edad que tienes. Hagas lo que hagas, no te acerques al agua.

Honey contempló los aros de oro que relucían a través de los mechones color miel a la altura de las orejas y examinó el favorecedor maquillaje. Hasta su boca era sexy. Parecía más ella misma, y al mismo tiempo distinta. Mayor, más madura. Mucho más guapa. Su reflejo la desconcertaba. Le gustaba su aspecto, y sin embargo la joven del espejo no terminaba de ser una persona a la que pudiera respetar. Era un poco demasiado blanda, demasiado femenina, no lo bastante dura para enfrentarse a las luchas de la vida.

Liz debió de advertir su indecisión, porque habló en voz baja.

—Es hora de crecer, Honey. Tienes diecinueve años. Debes empezar a salir de tu concha y empezar a descubrir quién eres.

Entonces Honey cayó en la cuenta y se levantó de un salto del taburete.

—Me estás fabricando, ¿verdad? No compraste este biquini para ti. Lo compraste para mí. —Cogió el tubo de rímel marrón claro—. ¿Y cómo es posible que alguien con unas pestañas tan oscuras como las tuyas tenga esto en el baño?

Liz ni siquiera se mostró culpable.

—Últimamente he estado aburrida, y debo admitir que el reto de transformarte en un ejemplar aceptable de mujer joven tiene su aliciente. Desde luego, a Ross le dará un ataque cuando te vea, pero es su problema. Todo ese halo de misterio en torno a tu edad es ridículo.

Honey sacudió la cabeza.

—Eres una perfecta impostora.

—¿A qué te refieres?

—A todo ese número de zorra-diosa que representas.

—No es ningún número. Soy despiadada y sin escrúpulos. Pregunta a quien quieras.

Honey sonrió.

—Dash dice a todo el mundo que eres una gatita.

—Oh, eso dice, ¿eh? —Liz se echó a reír, pero luego su diversión fue remitiendo—. Has visto mucho a Dash este último año, ¿no es cierto?

—Me gusta el rancho. Voy allí los fines de semana. Montamos y charlamos, y ayudo en la cuadra. Esa ama de llaves que tiene no sabe preparar la comida que le gusta. A veces cocino para él.

—Honey, Dash es... Puede ser duro con las personas que se preocupan por él. No creo que lo haga adrede, pero al parecer no puede evitarlo. No te hagas demasiadas fantasías paternas sobre él. Solo deja que la gente se le acerque antes de apartarla de un empujón.

—Lo sé. Creo que es debido a su infancia.

—¿Su infancia?

—Pasó mucho tiempo en casas de acogida. Tan pronto como se sentía unido a alguien, lo trasladaban a otro sitio. Al cabo de un tiempo, supongo que decidió que era mejor no arrimarse a nadie.

Liz la miró con asombro.

—¿Te ha contado todo eso?

—No exactamente. Ya sabes cómo es. Pero ha dicho algunas cosillas aquí y allá, y he sacado mis propias conclusiones. Cuando eres huérfana, no te resulta demasiado difícil identificar los síntomas en los demás. Sin embargo, Dash y yo hemos manejado nuestras situaciones de forma distinta. Él no se apega a nadie, y yo me apego a casi todo el mundo.

Se miró las manos, avergonzada de haberse sincerado tanto.

—Mi boca vuelve a traicionarme. Es como una enfermedad.

Liz la observó un momento antes de cogerla del brazo.

—Más vale que volvamos a la fiesta. Tengo al joven más maravilloso y quiero presentártelo. Es hijo de una vieja amiga: guapo, listo y solo un poco arrogante. Y lo mejor: no forma parte del oficio.

—Oh, no creo que...

—No seas niña. Es hora de probar tus alas. Por no hablar del efecto de ese atuendo tan sexy.

Haciendo caso omiso de la reticencia de Honey, Liz la condujo al piso de abajo. Honey quedó decepcionada al comprobar que Dash aún no había llegado. Últimamente se había mostrado un poco demasiado mandón con ella, y se moría de impaciencia por ver cómo reaccionaba a su aspecto. Empezaba a ser hora de demostrarle que ya no era una niña.

Liz comenzó a presentarla a los demás invitados, que la recibieron con diversos grados de sorpresa.

—Pareces mucho más joven en televisión, Honey.

—Casi no te he reconocido.

—Por cierto, ¿cuántos años tienes?

Ross compareció junto a ella justo cuando le formulaban esta pregunta directa y se la llevó rápidamente. Había ganado algunos kilos durante el verano y su barriga, visible debajo de un chal de felpa abierto, estaba quemada por el sol.

—¿Qué crees que estás haciendo? —gruñó, bajando los ojos desde su pelo hasta su vientre, plano y desnudo—. No deberías aparecer en público de esa guisa.

Liz no se había separado del lado de Honey.

—Déjala en paz, Ross. Y no seas tan angustias. No hay nada en el mundo, ni siquiera su verdadera edad, que pueda hacer que la audiencia deje de quererla. Además, está aquí para divertirse.

Saludaron a varias personas más, y luego Liz la sacó a la terraza y la condujo hacia un joven que estaba de pie, solo, junto a una de las mesas con parasol. Tenía el pelo corto castaño claro, facciones cuadradas y constitución de atleta. Unas gafas de sol pendían de un cordel corto alrededor de su cuello, y en su muñeca relucía un reloj de oro. Pese al polo morado arrugado y descolorido que llevaba con el bañador, el desenvuelto aplomo de su postura hizo sospechar a Honey que era un chico adinerado. Mientras Liz la empujaba implacable, se sintió invadida por el pánico. No sabía nada sobre esa clase de hombres.

—No, Liz. Yo...

—Querida, quiero presentarte a Scott Carlton. Scott, ¿te asegurarás de que no le falte comida y bebida a Honey?

—Con mucho gusto.

Honey se topó con un par de ojos marrón claro que la contemplaban con visible admiración. Parte de su tensión remitió.

—¿Qué quieres beber? —preguntó él cuando Liz los dejó solos.

Ella empezó a pedir una Orange Crush, pero se contuvo justo a tiempo.

—Lo mismo que tú. No tengo preferencias.

—Es Coors.

Se acercó a una nevera y sacó una lata de cerveza. Tras regresar a su lado, tiró de la anilla y se la pasó. Honey, nerviosa, tomó un sorbo.

—Debo de ser la única persona de América que no ha visto tu programa. He estado tomando clases por las noches para un máster en Administración de Empresas. Por supuesto, he visto fotos tuyas, en revistas. —Bajó momentáneamente los ojos al atisbo de escote sobre las copas de su biquini y sonrió—. Pareces muy distinta en persona.

—La cámara añade peso —repuso ella a lo tonto.

¿Dónde estaba Dash? Esperaba que no trajera una cita. Verlo con otras mujeres la fastidiaba.

—No es algo que deba preocuparte. Así pues, ¿cuánto tiempo llevas en Los Ángeles?

Ella se lo dijo. Scott le hizo un par de preguntas más sobre su trabajo y luego empezó a hablarle de su empleo en una conocida empresa de estudios de mercado. Para su asombro, Honey se dio cuenta de que trataba de impresionarla. Figúrate: alguien como él intentando impresionar a alguien como ella. Poco a poco tomó conciencia del hecho de que varios jóvenes le lanzaban miradas de soslayo, y su autoconfianza dio un minúsculo paso adelante.

—Si me permites una pregunta personal, ¿cuántos años tienes, Honey?

Resistió el impulso de mirar por encima del hombro para ver si Ross se hallaba cerca.

—Diecinueve. Cumpliré veinte en diciembre.

—Vaya. Estoy sorprendido. Pareces mayor. Aunque eres menuda, hay algo en tus ojos. Una madurez.

Honey decidió que, definitivamente, Scott Carlton le caía bien.

Bromeaba con ella sobre uno de sus compañeros de trabajo cuando Dash salió a la terraza. A Honey le dio un vuelco el corazón. Todos los hombres que la rodeaban se difuminaron como fotos viejas. Era más alto que la mayoría de ellos, pero era algo más que su estatura física lo que hacía que los demás parecieran menguar. Él era una leyenda, mientras que ellos eran simples mortales.

Se le acercó una joven, y Honey se percató de que era Lilly Isabella, la vecina de Liz. La había conocido el otoño pasado en el transcurso de una visita a Liz. Lilly era alta y hermosa, con pechos generosos y caderas estrechas. Su pelo rubio platino le caía del rostro como seda líquida, exhibiendo un perfil clásico delicadamente cincelado.

La visión de Lilly minó parte de la confianza de Honey. Era muy sexy y sofisticada, visiblemente nacida para una vida de dinero y privilegios. Llevaba una camiseta sin mangas de seda cruda azul claro remetida en unos pantalones de un azul más oscuro que realzaban sus largas piernas. Un brazalete de plata le rodeaba la parte superior del brazo y un cinturón a juego le ceñía la cintura. Cuando Dash le sonrió, Honey sintió una punzada de celos. Nunca se mostraba así cuando hablaba con ella.

—¿Conoces a Lilly? —preguntó Scott, siguiendo la dirección de su mirada.

—No mucho. Nos hemos visto alguna vez, pero nada más. ¿Por qué? ¿La conoces tú?

—Salimos durante un tiempo. Pero Lilly es complicada. Para un chico corriente resulta difícil competir con su padre. Además, no pasa demasiado tiempo con un chico si no es actor.

Honey esperó, pero él no añadió nada más. Observó cómo Dash inclinaba la cabeza atentamente, tratando a Lilly como a una mujer madura y deseable, aun cuando no era mucho mayor que ella. Su resentimiento aumentó, y decidió que había llegado el momento de demostrarle que Lilly Isabella no era la única mujer deseable que había por allí. Miró a Scott a través de sus pestañas.

—Si Lilly se alejó de alguien tan atractivo como tú, entonces no hay duda de que no es tan inteligente como parece.

Él sonrió.

—¿Quieres que bajemos a la playa?

Honey miró hacia Dash y vio que aún no había advertido su presencia.

—Me encantaría.

Tenían que pasar al lado de Dash y Lilly para ganar la escalera. Cuando ella y Scott se acercaban, Dash la vio por primera vez. Para deleite de Honey, Scott le pasó un brazo por la cintura. Por un momento se atibó en el rostro de Dash una expresión de sorpresa, pero no pudo saber si se debía a su cambio de aspecto o al exceso de confianza de Scott.

—Hola, Dash.

Lo saludó como si acabara de verlo, luego le presentó a Scott y habló con Lilly.

—¡Honey! No te había reconocido. Estás guapísima.

Lilly le obsequió una sonrisa amistosa e intercambió los cumplidos de rigor con Scott.

Los ojos de Dash se fijaron en el vientre desnudo de Honey y a continuación subieron hasta sus pechos. Estaba visiblemente disgustado, y todavía frunció más el ceño al ver la lata de cerveza que la muchacha aún llevaba en la mano.

—¿Desde cuándo bebes?

—Desde absolutamente siempre —respondió ella en su mejor imitación de Liz Castleberry.

—Honey y yo íbamos a dar un paseo por la playa —explicó Scott, cogiéndola por el codo—. Ya hablaremos más tarde.

Se imaginó que podía sentir los ojos de Dash perforándole la espalda mientras se alejaba. La idea le agradó, y añadió una oscilación provocativa a sus caderas.

Eric lamentó haber aceptado la invitación a la fiesta de Liz antes de haber apagado el primer cigarrillo. Había estado rodando una película desde el comienzo del descanso, y aquel era su primer día libre en varias semanas. Debería haberlo pasado en la cama. Frotándose la barba incipiente, buscó un rincón en el que poder ocultarse sin que lo molestaran. Tomaría una copa y se marcharía.

Cuando cruzaba la terraza, una joven con un vestido playero rojo le lanzó una mirada de admiración. Él se preguntó el motivo. Iba desaliñado y sin afeitar, de acuerdo con su papel de poli renegado huyendo del patrón de una red de narcotráfico. El papel de la película tenía bien poco que ver con el de Blake Chadwick, y era precisamente lo que Eric necesitaba para extraer la sacarina de *The Dash Coogan Show* de sus venas.

Aunque le quedaban dos años más de contrato, había decidido que tenía que dejarlo ahora. Lo traía sin cuidado lo que costara o lo que sus abogados tuviesen que hacer. A partir de ahora se centraría en su carrera en el cine y dejaría la televisión.

Vio a Coogan al otro lado de la terraza y se volvió de espaldas mirando al océano. Evitaba a su compañero de rodaje todo lo posible, quizá porque tenía la incómoda sensación de que Dash lo calaba. Estar con Dash Coogan siempre le hacía sentirse inferior, igual que se sentía con su propio padre. A Eric no le gustaba pensar en cuánto ansiaba el respeto de Dash. Cada vez que Coogan lo llamaba «guapito», Eric se ponía malo.

La luz del sol hacía cabrillear las crestas de las olas y pensó en ir a tomar un baño, pero implicaba demasiadas molestias. Delante de él, una pareja estaba de pie hablando en la playa. Hizo caso omiso del hombre, pero su mirada se fijó un momento en la mujer. Entornando los ojos contra el resplandor de la arena, vio que era menuda pero bien proporcionada, con unos pechos pequeños y redondos y buenas piernas. Desde lejos, parecía un poco demasiado frágil para atraerlo, pero aun así era tentadora. Quizá la observaría más de cerca cuando regresara a la terraza. No se tomó la molestia de considerar qué haría si ella no le hacía caso. Eso no ocurriría nunca.

El hombre extendió una mano y le tocó el brazo. Ella sacudió sus rizos y le brillaron los pendientes. Volvió la cabeza y se echó a reír.

Estupefacto, Eric se dio cuenta de que se trataba de Honey. ¿Qué había sido del marimacho de pelo corto y ceño perpetuamente fruncido? La última temporada, de vez en cuando, había aparecido con los labios pintados y falda. Pero nunca había tenido un aspecto así.

La muchacha extendió el brazo e hizo un gesto amplio hacia el agua. El viento agitó su pareo y dejó al descubierto la V de sus muslos. La mirada de Eric se posó allí, y luego se indignó consigo mismo porque su reacción instintiva parecía ligeramente incestuosa. Por más que pudiera haber cambiado, Honey seguía recordándole a Jase.

—¿No he visto tu cara en la pared de una oficina de correos?

Una voz de mujer, sonora y musical, le llegó por la espalda. Se volvió hacia ella y se olvidó por completo de Honey.

—Un hombre inocente injustamente acusado —dijo.

Ella tomó un sorbo de vino de su vaso y lo miró con un par de ojos gris claro muy separados. Un largo mechón de pelo rubio platino osciló sobre su cara. Lo enganchó con el dedo meñique y se lo apartó.

Las comisuras de su boca se contrajeron.

—¿Por qué será que no me lo creo?

—Es la verdad. Lo juro.

—No me imagino a nadie que te considere inocente.

Él se fingió herido.

—Soy un angelito. De veras.

Ella se echó a reír.

Él le tendió la mano.

—Eric Dillon.

Ella la miró con indolencia.

—Ya lo sé.

Y entonces se alejó.

Eric la siguió con la mirada, intrigado tanto por su aplomo como por su belleza. La mujer se acercó a un grupo de hombres y no tardó en verse rodeada. Él oyó su risa musical. El corro se abrió y vio que uno de los hombres le ofrecía una gamba pinchada en un palillo. Ella la cogió, la rozó con los labios antes de probarla y luego la mordió despacio, como saboreando cada bocado.

Liz Castleberry apareció a su espalda.

—Me preguntaba cuánto tardaríais en encontraros Lilly y tú.

—¿Así se llama?

Liz asintió.

—Es hija de Guy Isabella.

—¿Ese fiasco?

Eric bufó indignado. Guy Isabella era una estrella de cine, no un actor.

—Procura que Lilly no te oiga decir eso. Piensa que es perfecto. Ni siquiera el hecho de que sea un borracho empaña el halo que le ha puesto.

Pero Eric no estaba interesado en el padre de Lilly Isabella. Mientras la observaba entre aquellos hombres, encendió un cigarrillo. Definitivamente lo intrigaba. Quizá fuera porque no parecía la clase de mujer a la que se pudiera herir fácilmente.

Ni siquiera él.

—No te creo —rio Honey—. Nadie podría romperse el brazo tres veces en un verano.

—Yo lo hice.

A medida que caía la tarde, Scott no daba muestras de perder interés por ella, y su autoconfianza había aumentado a pasos de gigante. Ahora se sorprendió extendiendo la pierna muy ligeramente a través de la raja de su pareo y pendiente de los labios de Scott como si cada una de sus palabras estuviera forjada de metal precioso. Una vez que le había cogido el tranquillo, coquetear no le había resultado nada difícil. Curiosamente la hacía sentirse fuerte, aunque era una clase de fuerza distinta a la que experimentaba cuando echaba pestes de alguien. Coquetear le proporcionaba otro tipo de poder, que no acababa de entender pero que sin lugar a dudas la hacía disfrutar. Deseó que Dash la estuviera observando.

—No puedo imaginarme que alguien tan atlético como tú pueda ser torpe.

Su voz contenía solo el grado justo de admiración.

—Deberías haberme visto cuando tenía catorce años.

Scott lanzó su lata de cerveza por encima del hombro de Honey hacia la papelera que había en la arena a su espalda. Rebotó en el borde. Era su segunda excursión a la playa juntos. Después de su anterior paseo, habían comido y charlado con algunos de los demás invitados. Ella había visto a Eric, guapísimo y a la vez indeseable con aquella barba de una semana, pero la fascinación que había sentido por él había perecido aquel día a la sombra del roble.

Dash, en cambio, la distraía sin parar. Cada vez que lo miraba tenía a una mujer colgada del brazo. Como represalia, ella se concentró en Scott. El adorable Scott, que la lamía con los ojos y la trataba como si fuese una mujer madura y deseable.

—Apuesto que eras guapo cuando tenías catorce años —dijo Honey mientras caminaban por la orilla del agua.

—Ni la mitad de como lo eres tú ahora.

Increíblemente, notó como su boca hacía un mohín de coquetería.

—Hablas como si fuera un perrito.

—Créeme, no te pareces en nada a un perrito.

Honey solo dispuso de unos segundos para disfrutar de su cumplido antes de que él deslizara los brazos alrededor de su cuerpo y la atrajera contra sí. Su vientre desnudo frotó el suave tejido de la camiseta de Scott. El muchacho levantó una mano y se la plantó en la nuca. Entonces bajó la cabeza y la besó.

El suyo no fue nada parecido a los besos mentirosos que Eric le había dado en una ocasión. Este fue de verdad. Scott abrió la boca para abarcar la suya. Una ola rompió contra sus pantorrillas y la desequilibró lo suficiente para apoyarse en él. Scott la estrechó con más fuerza, y Honey sintió el calor propagándose por todo su cuerpo.

—Dios, eres realmente estupenda —susurró él contra sus labios abiertos—. Quiero hacerte el amor.

—¿De verdad?

Honey reprimió el impulso de mirar hacia la terraza para comprobar si Dash la estaba observando.

—¿No notas lo excitado que estoy?

Apretó las caderas contra el estómago de ella. Un calor delicioso se difundió por todo su ser, junto con una nueva sensación de poder. Había sido ella quien le había provocado aquella reacción.

Scott bajó una mano desde la región lumbar hasta su nalga. Le dio un suave pellizco.

—Eres fantástica. ¿Te lo ha dicho alguien alguna vez?

—Todo el mundo. —Honey levantó los ojos para mirarlo—. ¿Te ha dicho alguien alguna vez que besas de maravilla?

—Tú tampoco lo haces mal.

Ella sonrió y él volvió a besarla. Esta vez separó los labios y deslizó la lengua dentro de su boca. Honey recibió aquella intrusión con curiosidad y decidió que besar era definitivamente algo sobre lo cual quería aprender más. Una imagen de quien deseaba que fuera su maestro le pasó por la cabeza tan fugazmente que no pudo capturarla.

Se apretó contra sus caderas para cerciorarse de que no había perdido su efecto sobre él y comprobó que no. Scott deslizó una mano entre sus cuerpos y la cerró alrededor de su pecho. Honey se tensó, no queriendo un contacto tan íntimo tan pronto. Él introdujo el pulgar en el sujetador del biquini y encontró el pezón. Ella empezó a apartarse.

—¿Qué coño crees que estás haciendo?

Honey dio un respingo al oír el sonido de una voz ronca y conocida a su espalda.

Scott la soltó despacio, retirando la mano de su pecho y mirando al intruso con el ceño fruncido por encima de la cabeza de ella.

—¿Tiene algún problema?

Honey se volvió lentamente y se encontró frente a un furioso Dash Coogan, con el rostro tan sombrío como un nubarrón y sendos revólveres invisibles en el cinto. No prestaba atención a Scott sino que la miraba a ella con ferocidad, y parecía como si estuviera dispuesto a enfrentarse a toda Dodge City.

—Estás borracha —la acusó.

Levantando la barbilla, ella le devolvió la feroz mirada.

—He tomado dos cervezas. No es asunto tuyo.

—¿Qué ocurre, señor Coogan?

La fórmula de respeto empleada por Scott pareció irritar todavía más a Dash, cuya boca se torció en una expresión desagradable.

—Yo te diré qué ocurre, hijito. Tienes las manos muy ligeras.

Scott se mostró atónito.

—Lo siento, pero no entiendo qué tiene esto que ver con usted. Honey es mayor de edad para consentir.

—Ni de lejos. —Dash levantó un brazo y señaló hacia la casa—. Entra ahí ahora mismo, niña. Si estás lo bastante sobria para caminar ese trecho.

Honey se irguió en toda su estatura.

—Vete al infierno.

—¿Qué me has dicho?

—Ya me has oído. No soy una niña, y no tengo intención de dejar que me des órdenes. Scott y yo nos vamos ahora mismo a su apartamento.

Dash se acercó un paso con los ojos entrecerrados.

—Yo no estaría tan seguro.

Honey tuvo que inclinar la cabeza hacia atrás para poder mirarlo. Una peligrosa excitación se había apoderado de ella, una necesidad de bailar al borde de un abismo.

—Nos vamos a su apartamento, y voy a pasar la noche allí.

—¿De veras?

Scott se sentía cada vez más incómodo.

—Honey, no sé qué tipo de relación tienes con el señor Coogan, pero...

—No tenemos ninguna relación —espetó ella, desafiando a Dash a contradecirla.

Él habló con voz baja y monótona dirigiéndose a Scott.

—No es más que una niña, y no voy a permitir que te aproveches de ella. La fiesta ha terminado por esta noche.

—Señor Coogan...

Sin hacerle caso, Dash agarró a Honey por un brazo y empezó a arrastrarla por la arena hacia la casa, como si fuese una chiquilla desobediente de cinco años.

—No me hagas esto —lo amenazó ella entre dientes—. No soy una niña, y lo estás estropeando todo.

—Es exactamente lo que pretendía.

—No tienes ningún derecho a entrometerte.

—Ni siquiera conoces a ese chico.

—Sé que besa muy bien. —Sacudió la cabeza para hacer oscilar sus rizos—. Y me imagino que será aún mejor amante. Seguramente será el mejor amante que he tenido.

Dash no aminoró el paso. A Honey le costaba trabajo seguirlo con sus piernas más cortas e iba dando traspiés en la arena. Él la sujetó por el brazo con más fuerza.

—Eso no sería demasiado difícil, ¿verdad?

—¿No crees que he tenido otros amantes? Esto viene a demostrar lo poco que sabes. He tenido tres amantes solo este verano. No, cuatro. Me olvidaba de Lance.

En lugar de llevarla a la terraza, la arrastró por la esquina de la casa.

—Oh, ya sé que has tenido amantes. Todos los hombres del equipo hablan de lo fácil que eres.

Ella se paró en seco.

—¡Eso no es verdad! No he hecho nunca nada con nadie del equipo.

Dash tiró de ella hacia delante.

—No es eso lo que he oído.

—Pues has oído mal.

—Me han dicho que te desnudas delante de cualquiera que lleve pantalones.

Honey se ofendió.

—¡No es cierto! No me he desnudado delante de ningún hombre en mi vida. Yo...

Cerró la boca de golpe, comprendiendo demasiado tarde que había caído en la trampa.

Dash le dirigió una mirada triunfal.

—Tienes toda la razón, no lo has hecho. Y dejaremos que siga así durante algún tiempo.

Habían llegado junto a su coche, un Cadillac Eldorado de cuatro años. Él abrió la puerta y la empujó al interior.

—Por si acaso me mientes sobre las cervezas que has tomado, te llevaré a casa.

—No miento. Y tú no eres mi padre, así que deja de actuar como si lo fueras.

—Soy lo más parecido que tienes a un padre.

Y cerró la puerta de golpe.

Mientras Dash rodeaba la parte delantera del coche, Honey recordó un tiempo en su vida, no muy lejano, en el que hubiese dado cualquier cosa por oírle decir esas palabras. Pero algo en su interior había cambiado. No sabía cuándo había sucedido ni por qué. Solo sabía que ya no quería que actuara como un padre.

Cuando él se sentó al volante, ella le hizo frente, girando la cabeza tan bruscamente que uno de los aros de oro osciló hacia delante y le dio en la mejilla.

—No puedes encerrarme, Dash. Ya no soy una niña. Scott me gusta, y he decidido acostarme con él. Si no esta noche, entonces otra noche.

Dash salió a la carretera, con las ruedas girando sobre la gravilla. No habló hasta que hubieron pasado por la garita de vigilancia del complejo privado y tomado la autopista. Cuando los faros de un coche que pasaba proyectaron sombras sobre su rostro, dijo en voz baja:

—No te vendas barata, Honey. Haz que signifique algo.
—¿Como tus aventuras?

Él giró la cabeza hacia la carretera. Ella esperó. Al ver que no decía nada para defenderse, su ira se acrecentó.

—Me pones enferma. Tú te acuestas con cualquier mujer que se te insinúa, pero aún tienes el valor de echarme sermones sobre moralidad.

Dash pulsó el botón de la radio. La voz de George Jones resonó en el interior del coche e imposibilitó toda conversación.

13

Una luz se encendió en el interior de la casa. Eric se había quedado dormido, pero ahora levantó la cabeza. De la casa vecina, todavía llegaba la música y conversaciones apagadas de la fiesta de Liz. Echó una mirada a la esfera iluminada de su reloj y vio que eran casi las dos. Tenía que estar en el plató dentro de cinco horas. Debería estar en su cama en vez de acechar entre las sombras de la terraza de Lilly Isabella, esperando que regresara de la fiesta.

Se encendió otra luz. Abrió la cremallera de la cazadora verde oscura que se había puesto anteriormente, se encaminó hacia las puertas correderas que comunicaban la terraza con el interior de la casa y encendió un cigarrillo. No había cortinas sobre las ventanas y podía ver la estancia de dentro. Contenía muebles bajos contemporáneos de tonos neutros que servían de fondo a la pared de fotos en color ampliadas que presidía la habitación. Algunas de ellas eran retratos de Guy Isabella en distintos papeles que había interpretado, y otras eran desnudos masculinos en poses artísticas. Golpeó el cristal con los nudillos.

Ella apareció casi de inmediato. En la parte superior del brazo tenía una leve marca roja del brazalete de plata que acababa de quitarse, e iba descalza. Cuando vio quién estaba de pie en su terraza, le dirigió una sonrisa maliciosa y sacudió la cabeza. Eric cogió el respaldo de una de las tumbonas de tubo, la orientó hacia las puertas y se dejó caer sobre ella.

Abrió la puerta y lo miró fijamente durante unos segundos.

—¿Qué quieres?

—Mala pregunta, cariño.

—Eres un tipo muy duro, ¿verdad?

—Yo no. Soy manso como un corderito.

—Seguro. Oye, estoy cansada y tú me molestas. Es una mala combinación. Así pues, ¿por qué no lo dejamos por esta noche?

Eric tiró el cigarrillo a la arena por encima de la barandilla.

—Parece una buena idea.

Pasó junto a ella y entró en la casa.

Lilly se llevó una mano a la cadera de sus pantalones azul oscuro. Él advirtió que llevaba las uñas sin pintar y se las había mordido hasta dejárselas como muñones. Este defecto lo intrigó.

—Es curioso. No recuerdo que te haya invitado a entrar.

Eric indicó algunas de las fotos de desnudos masculinos.

—¿Amigos tuyos?

—La exposición de mis antiguos amantes.

—Seguro.

—¿No me crees?

—Digamos que da la impresión de que la mayoría de ellos se sentirían más a gusto en una sauna que en la cama de una mujer.

Ella se sentó en el sofá y se estiró como un gato que hubiera pasado demasiado tiempo sin que nadie lo acariciara.

—Eso sí que es curioso. Es lo que he oído decir sobre ti.

—¿De veras?

—Ya sabes cómo se difunden los rumores sobre los actores guapos. Se supone que todos sois gays.

Eric se echó a reír. Luego se tomó su tiempo para disfrutar de las generosas curvas del cuerpo de Lilly.

Ella tenía la suficiente autoconfianza para tomarse su detenido examen con humor sin sentirse ofendida.

—¿Es ahora cuando debería rendirme a tu hipnótica sexualidad y quitarme la ropa?

—No sé si estoy preparado para renunciar a los placeres de esas saunas.

Lilly se rio a su vez, con una risa sonora y gutural.

—¿Por qué tengo la sensación de que mi ángel de la guarda hacía la vista gorda cuando te he dejado entrar por la puerta? —Se levantó y bostezó, esta vez levantándose el sedoso pelo rubio del cuello—. ¿Quieres beber algo antes de irte?

Él sacudió la cabeza.

—Tengo que levantarme pronto.

—Le diré qué voy a hacer, señor Dillon. Si quieres pasarte un día de la semana que viene, quizá me convencerás de que abra una botella de Château Latour y te ponga mis cintas de Charlie Parker.

Eric no tenía intención de ponérselo tan fácil.

—Lo siento, pero estaré rodando en exteriores.

—Ah, ¿sí?

Se subió el cuello de la cazadora y se encaminó hacia las puertas de la terraza.

—Quizá te llame cuando vuelva.

Ella levantó la cabeza de golpe.

—Y quizá yo no esté disponible.

—Supongo que tendré que arriesgarme.

Eric salió de la casa, sonrió y encendió un cigarrillo.

Dash se encontraba en el potrero inspeccionando el espolón de uno de los tres caballos árabes que ahora guardaba junto a cuatro más cuando Honey llegó al rancho. Bajó del coche y se encaminó hacia él, con su falda campesina larga azotándole las piernas y el adorno del dobladillo jugando al escondite con la cálida brisa de la tarde.

Combinaba la falda con un chaleco de punto blanco, unas sandalias azul pálido y unos minúsculos pendientes de oro en los lóbulos de las orejas, recién perforados. Durante la semana y media que había transcurrido desde la fiesta, Liz se la había llevado de compras en dos ocasiones, y ahora tenía un nuevo vestuario de vestiditos con volantes, pantalones y tops que habían costado una fortuna, vaqueros de diseño, camisetas de seda, cinturones, pulseras y zapatos de todos los estilos y colores. Se había pasado las últimas noches de pie delante de su armario limitándose a contemplar las hermosas telas. Era como si hubiera pasado años padeciendo un cuadro agudo de desnutrición antes de encontrarse delante de una mesa bufet repleta de comida irresistible. Por más que miraba, no acababa de saciarse.

Incluso parecía que algunas de aquellas prendas cobraban vida propia. Hacía unas horas había tocado un reluciente traje de noche de color azul hielo, una versión actualizada de un vestido de los años veinte, y había combatido un impulso casi irresistible de ponérselo, aun cuando tenía intención de ir a ver a Dash. No podía decirse que aquel traje hubiera sido diseñado para una visita vespertina informal a un rancho polvoriento, pero casi no había podido resistirse. «Ponme —parecía decir el reluciente vestido azul—. Si te ve conmigo puesto, no se te podrá resistir.»

Se notó la mano torpe cuando la levantó para saludarlo.

—¡Hola!

Él asintió, pero continuó con lo que estaba haciendo. Honey asió la barandilla de la valla y observó. El contacto del sol sobre su espalda y sus brazos era agradable, pero no alivió su tensión. No se habían hablado desde la noche de la fiesta.

Finalmente Dash terminó de examinar el caballo y se dirigió hacia ella, sudoroso y oliendo a cuadra. Se fijó en su atuendo femenino, pero no hizo ningún comentario sobre la ausencia de sus habituales vaqueros holgados y su camiseta descolorida. Honey deseó en parte haberse puesto el traje de noche azul.

—Es muy amable de tu parte anunciarme que pasarías —dijo él con sarcasmo.

—He llamado, pero no ha contestado nadie. —Retiró el pie de la barra inferior de la cerca—. ¿Quieres que entre y te prepare una limonada? Pareces acalorado.

—No te molestes. Hoy no tengo tiempo de ser sociable.

Honey lo miró fijamente.

—Estás muy enfadado conmigo, ¿verdad? Desde la fiesta de Liz has estado ignorándome.

—¿Hay algún motivo especial para que no lo hiciera?

—Dash, yo no soy Janie. No había ningún motivo para que te convirtieras en el Padre Vengador.

Lo había dicho sin mala intención, pero el genio de Dash se encendió enseguida.

—Me convertí en tu amigo, eso es lo que hice. Te estabas deshaciendo por ese chico como una perra en celo. Fue una de las cosas más repugnantes que he visto en mi vida. Y ni siquiera sé por qué me molesté en detenerte. Apuesto que te llamó esa misma noche, y que a la mañana siguiente estaba en la cama contigo.

—Fue algo más tarde.

Dash soltó una palabrota por lo bajo, y una emoción que casi parecía dolor le hizo fruncir el ceño.

—Bueno, conseguiste lo que querías, ¿no? Solo espero que seas capaz de convivir contigo misma sabiendo que te has entregado tan fácilmente.

—No me refería a eso. Me refería a que no me llamó esa noche. Lo hizo al día siguiente. Pero no he salido con él.

—¿Por qué no? Me extraña que alguien tan impaciente por explorar los misterios de la vida no se haya puesto a hacerlo.

—Por favor, no estés tan enfadado. —Trató de morderse la lengua, pero un demonio interior la instó a continuar—. Antes quería hablar de eso contigo.

Él se quitó el sombrero y lo golpeó contra el costado de sus vaqueros. Se levantó una nube de polvo.

—No. De eso nada. No pienso convertirme en tu jodido terapeuta sexual.

Como si hubiera salido de su propio cuerpo y estuviese observando a un lado, Honey se oyó decir:

—Liz me ha dicho que debería acostarme contigo.

Dash entrecerró los ojos y volvió a ponerse el sombrero.

—Ah, eso ha dicho, ¿eh? ¿Por qué será que no me sorprende? Si mal no recuerdo, ella también era amiga de prodigar favores.

—Qué comentario tan desagradable. ¿Y tú no?

—Eso no tiene nada que ver.

—Me pones enferma.

Y, girando sobre sus talones, se marchó con paso airado.

Él la sujetó por el brazo antes de que hubiese dado dos pasos.

—No te alejes de mí cuando te estoy hablando.

—Vaya, finalmente el Monte Rushmore* quiere hablar —se burló ella—. Pues ya me perdonarás, pero ahora no me apetece escuchar.

El mozo de cuadra los observaba con curiosidad, de modo que Dash la llevó hacia la casa. Tan pronto como desaparecieron de la vista del potrero, la atacó.

—Nunca creí que llegaría a ver el día en que perderías tu integridad, pero eso es lo que te propones hacer. Pareces estar perdiendo de vista quién eres. Está lo correcto y lo incorrecto, y tú no eres la clase de persona que debería meterse en la cama con alguien a quien no quieres.

Habló con tanta vehemencia que parte de la ira de Honey se disipó. A nadie excepto Dash Coogan le había importado un pito lo que ella hacía. Cuando vio las arrugas que la preocupación había trazado en su rostro, su genio se redujo a una llamita cálida. Sin pensar en lo que hacía, levantó una mano y le puso la palma sobre la camisa, donde pudo notar su corazón latiendo debajo del algodón húmedo.

—Lo siento, Dash.

Él se apartó de ella.

—Deberías sentirlo. Ponte a pensar antes de actuar. Piensa en las consecuencias.

El modo en que se alejó de ella la irritó de nuevo.

—¡Iré al médico a pedirle píldoras anticonceptivas! —le gritó.

—¿Qué? ¿Qué vas a hacer?

Antes de que Honey pudiera responder, le soltó una diatriba sobre los jóvenes y la promiscuidad sexual, y estaba tan visiblemente ofendido que ella casi se arrepintió de haberlo atormentado. Aun así, no pudo evitar seguir provocándolo.

* El Monumento Nacional Monte Rushmore es un monumental conjunto escultórico tallado en una montaña de granito situada en Keystone, Dakota del Sur. Representa a los presidentes norteamericanos Abraham Lincoln, Theodore Roosevelt, Thomas Jefferson y George Washington. (*N. del T.*)

—Estoy lista para tener sexo, Dash. Y no pienso descuidar mi propia protección.

—¡No estás lista, maldita sea!

—¿Cómo lo sabes? No puedo dejar de pensar en ello. Estoy... crispada.

—Crispada no es lo mismo que estar enamorada, y esa es la pregunta que debes hacerte. ¿Estás enamorada?

Honey miró aquellos ojos de color avellana que lo habían visto todo y la palabra «sí» afloró a sus labios, pero se la tragó antes de que pudiera escapar. La verdad que tanto se había esforzado por dejar fuera de su conciencia se negaba a seguir siendo reprimida. En algún momento, sin saber exactamente cuándo había ocurrido, su amor infantil por Dash Coogan se había convertido en un amor de mujer. Este conocimiento era nuevo y viejo, maravilloso y terrible. Como no podía soportar su mirada, fijó la vista en el ala de su Stetson, justo encima de la oreja.

—No estoy enamorada de Scott —dijo con cuidado, y su propia voz sonó débil en sus propios oídos.

—Entonces no hay más que hablar.

—¿Estabas tú enamorado de Lisa cuando te acostaste con ella? ¿Quieres a esas mujeres que dejan manchas de maquillaje en el lavabo de tu cuarto de baño?

—Eso es distinto.

Desconsolada, se apartó de él.

—Me vuelvo a casa.

—Honey, de verdad que es distinto.

Honey lo miró, pero esta vez fue él quien no pudo sostenerle la mirada. Carraspeó antes de decir:

—Yo estoy cansado de las mujeres. Pero tu caso es distinto. Eres joven. Todo es nuevo para ti.

Ella respondió con voz monótona:

—No he sido joven desde que tenía seis años y perdí a la única persona que me quiso de verdad.

—No vas a encontrar el amor en la cama de un desconocido.

—Ya que no he podido encontrarlo en ninguna otra parte, supongo que no estaría de más intentarlo.

Se metió la mano en el bolsillo y sacó las llaves del coche, enfadada consigo misma por mostrarse tan autocompasiva.

—Honey...

—Olvídalo.

Se encaminó hacia su coche.

—Si todavía quieres preparar un poco de limonada, no me opondré.

Honey miró las llaves que sostenía en la palma de la mano y sintió ganas de llorar.

—Más vale que me vaya. Tengo cosas que hacer.

Era la primera vez desde que se habían conocido que era ella quien se alejaba. Cuando volvió la cabeza, vio que lo había sorprendido.

—Te has comprado ropa nueva.

—Liz y yo hemos salido de compras un par de veces. Me está rehaciendo.

Por alguna razón, esto pareció avivar su ira, y sus ojos de color avellana se tornaron duros como el pedernal.

—Tal como eras antes no tenía nada de malo.

—Había llegado el momento, eso es todo.

Cuando Honey se sentó al volante, Dash sujetó la parte superior de la puerta para que no pudiera cerrarla.

—¿Quieres venir conmigo a Barstow el viernes? Un amigo mío quiere enseñarme unos cuartos de milla que está criando.

—Liz y yo estaremos en el Golden Door durante una semana.

Él la miró sin comprender.

—Es un spa.

Un músculo se crispó en su mandíbula, y soltó la puerta del coche.

—Entonces nada. No quisiera que te perdieras una experiencia intelectual como esa.

Honey arrancó el coche. Las ruedas levantaron gravilla cuando enfiló el camino a toda velocidad.

Dash se quedó plantado delante de la casa y se quedó mirando hasta que el rastro de polvo se volvió demasiado pequeño para verlo. Un spa. ¿Qué mosca había picado a Liz para llevarse a Honey a un sitio como ese? No era más que una niña. Más pequeña que un cacahuete. Ni siquiera tenía la edad de su hija.

Y solo de imaginársela en la cama con un joven semental guapo se sintió rabioso.

Volvió la espalda al camino y se encaminó hacia la cuadra. Se dijo que era natural que tratara de protegerla. Durante los tres últimos años, él había sido lo más parecido a un padre que ella había tenido, y no quería ver cómo se hacía daño.

Ese era el motivo de su turbación. Se preocupaba por ella. Era una chica fuerte, frágil y rara al mismo tiempo. Tenía una conciencia ilimitada, y era la persona más generosa que conocía. No había más que ver cómo trataba a ese hatajo de parásitos a los que llamaba su familia. También era lista. Muy lista. Bondadosa y optimista, de las que siempre veían el vaso medio lleno. Pero su carácter optimista la hacía vulnerable. No había olvidado la fascinación que había sentido por el hijo de puta de Eric Dillon, y era precisamente por eso que no quería verla acostarse con el primer semental joven que le llamara la atención.

Pero si el chico fuese una persona decente, alguien que la quisiera de verdad y no aspirara solo a marcar otra muesca en la cabecera de su cama, eso sería distinto. Si Honey se enamorase de un muchacho decente que fuera bueno con ella y no la hiriera, él...

Le rompería la cara.

Sintió el intenso anhelo de tomar un trago. Se quitó el sombrero y se secó el sudor de la frente con la manga de la camisa. Acababa de cumplir cuarenta y tres años. Tenía tres ex esposas y dos hijos. En su vida ya había perdido más dinero del que la mayoría de la gente soñaba ganar. La vida le había ofrecido una segunda oportunidad cuando había dejado la bebida, pero en lo que se refería a las mujeres había un vacío en su interior que se había gestado cuando siendo niño lo habían trasladado de una familia a otra. No podía amar del mismo modo que amaban otros hombres. Las mujeres esperaban de un hombre proximidad y fidelidad, unas cualidades que el tiempo había demostrado una y otra vez que él no podía ofrecer.

Asqueado, volvió a ponerse el sombrero. Honey era como una termita molesta, que se abría paso en su interior royendo sus distintas capas. Pero no podía negar que ella lo hacía sentirse joven otra vez. Le hacía creer que la vida aún presentaba posibilidades. Y él la quería. ¡Dios, cómo la quería! Pero se alojaría una bala en la cabeza antes de permitirse hacer daño a esa niña.

—Lilly, cariño.

Eric observó a Guy Isabella mientras serpenteaba a través de un bosque de largas serpentinas plateadas colgando de los enormes globos de helio carmesíes y negros que oscilaban en el techo abovedado de su residencia en Bel Air. Impecablemente vestido con ropa formal, sonrió a Lilly y después miró a Eric con disgusto. Era evidente que el esmoquin de Eric no compensaba su mandíbula sin afeitar.

Lilly pareció resplandecer de la cabeza a los pies al ver a su padre. Lo abrazó y le besó la mejilla.

—Hola, papá. Feliz cumpleaños.

—Gracias, ángel.

Aunque hablaba a su hija, todavía estaba pendiente de Eric.

—Papá, te presento a Eric Dillon. Eric, mi padre.

—Señor.

Eric tuvo buen cuidado de ocultar su desprecio mientras estrechaba la mano de Isabella. Rubios y dotados de un atractivo juvenil, Guy Isabella y Ryan O'Neal se habían pasado la mayor parte de la década de los setenta compitiendo por los mismos papeles. Pero O'Neal era mejor actor, y por lo que Eric había oído decir, Guy no lo podía ni ver desde *Love Story*.

Guy Isabella encarnaba todo aquello que Eric detestaba de los actores de cine. Era una cara bonita, nada más. Además decían que tenía un problema con el alcohol, aunque eso podía ser solo un rumor, ya que Eric también había oído decir que era un fanático de la salud. Para Eric, su peor defecto era la pereza profesional. Al parecer Isabella no consideraba importante esforzarse en su oficio, y ahora que rayaba en la cincuentena y ya no era capaz de interpretar a hombres ingenuos, cada vez le ofrecían menos papeles.

—He visto esa película de espías que hiciste —le dijo Isabella—. Era un poco demasiado cruda para mi gusto, pero hiciste un buen trabajo. Tengo entendido que estás rodando algo nuevo.

La condescendencia de Isabella lo sacó de quicio. ¿Qué derecho tenía un figurín envejecido a juzgar su actuación? Sin embargo, por Lilly, moderó su respuesta.

—Terminamos de rodar la semana que viene. También es cruda.

—Qué lástima.

Eric se apartó para examinar la casa. Había sido construida en el estilo de un chalet mediterráneo, pero con una marcada influencia morisca que indicaba que se había erigido en los años veinte. El interior era oscuro y opulento. Podía imaginarse a una de las antiguas vampiresas del cine mudo sintiéndose a gusto con las estrechas ventanas de vidrios de colores, las puertas abovedadas y las rejas de hierro forjado. La salita contenía alfombras persas de incalculable valor, butacas a medida con tapicería de piel de leopardo y un samovar antiguo sobre la repisa de la chimenea. Un lugar perfecto para un hombre con complejo de Valentino.

Isabella seguía mirando el rostro sin afeitar de Eric con desaprobación. Su colonia desprendía un fuerte olor a almizcle, que se mezclaba con el aroma del whisky contenido en el grueso vaso de cristal que sostenía.

—Te diré qué me gusta, Dillon. Tu programa de televisión. Mi gente está intentando montarme algo parecido, pero hay que tener una niña especial.

—Honey es difícil de repetir.

—Es muy maja. Te llega aquí, ya sabes a qué me refiero. Justo al corazón.

—Sé a qué se refiere.

Finalmente Isabella prestó atención a Lilly, que iba vestida de seda de color frambuesa pálido y lucía joyas asimétricas de plata.

—¿Cómo está tu madre, gatita?

Lilly lo puso al corriente de las últimas noticias desde Montevideo, donde su padrastro era embajador, mientras Eric se fijaba en la concurrencia. Era un viejo grupo de Hollywood integrado por grandes estrellas de los años cincuenta y sesenta, antiguos directores de estudio y agentes. Ni muerto ni vivo lo habrían visto allí de no haber sido por Lilly.

La de aquella noche era su tercera cita, y ni siquiera la había besado. No porque no la deseara o porque se aburriera con ella, sino porque le gustaba mucho estar con ella. Era una experiencia nueva para él sentirse atraído por una mujer tanto física como mentalmente.

Él y Lilly tenían muchas cosas en común. Ambos se habían criado en la opulencia. Ella sabía de arte y literatura, y comprendía su pasión por la interpretación. Era una irresistible combinación de belleza y cerebro, actitud distante y sensualidad. Más importante aún, tenía un aire de mundanería que le permitía relajarse cuando estaba con ella en lugar de preocuparse de que de alguna manera pudiera hacerle daño.

—¿No es maravilloso? —dijo Lilly cuando su padre se marchó para saludar a un invitado.

—Tiene algo, en efecto.

—La mayoría de los hombres divorciados habrían dejado a sus hijas a cargo de sus ex esposas, pero mi madre no ha sido nunca muy maternal y fue él quien me crio. Es muy curioso, pero hasta cierto punto me recuerdas a él.

Eric cogió sus cigarrillos sin hacer comentarios. La relación de Lilly con su padre era su único inconveniente, pero no tenía más remedio que admirar su lealtad filial.

—Claro que tú eres moreno y él es rubio —continuó ella—. Pero los dos pertenecéis a la categoría de dioses griegos. —Cogió una copa de champán de la bandeja que llevaba un camarero y le dirigió una sonrisa maliciosa—. No dejes que esto te hinche la cabeza, pero ambos tenéis una especie de... no sé... aura o algo así. —Metió la punta del índice en su copa, se lo llevó a los labios y lo chupó—. Oh, lo siento, pero no puedes fumar aquí dentro.

Eric miró irritado a su alrededor y vio que nadie más fumaba. Recordó que en teoría Isabella era un fanático de la salud.

—Entonces salgamos. Necesito un cigarrillo.

Ella empezó a conducirlo por el vestíbulo enlosado con piedra caliza hacia la parte trasera de la casa.

—Fumas demasiado.

—Lo dejaré en cuanto termine esta película.

—Y la pelota aún está en el tejado.

Lilly levantó una de sus expresivas cejas. Él sonrió. Nunca lo dejaba escapar con chorradas, otra cosa que le gustaba de estar con ella.

Levantó la vista hacia el techo artesonado.

—¿Cuánto tiempo ha vivido aquí tu padre?

—Compró la casa justo después de casarse con mi madre. Antes perteneció a Louis B. Mayer, o a King Vidor. Ninguno de ellos recuerda a quién.

—Es un sitio algo extraño donde crecer.

—Supongo.

Lo llevó a la cocina, donde saludó distraídamente al personal antes de hacerlo salir por una puerta de servicio. Los jardines, exuberantes de vegetación madura, bajaban en fuerte pendiente por la parte de atrás. El agua se desparramaba suavemente en una fuente de forma hexagonal cubierta de baldosas azules y amarillas. Eric captó el olor a eucalipto, rosas y cloro.

—Quiero enseñarte algo.

Lilly susurraba, si bien los jardines estaban desiertos. Él encendió el cigarrillo. Ella brincó delante de él por un sendero curvado que discurría más o menos paralelo a la casa, con su pelo rubio platino flotando en el aire y su falda arremolinándose en torno a sus largas piernas. Eric se excitó solo con mirarla. Era hermosa, pero no frágil. Y, desde luego, nada inocente.

Unas luces escondidas en el paisaje iluminaban tenuemente las frondosas ramas de las magnolias y los olivos junto a los que pasaban. Cuando la pendiente se volvió más empinada y el tejado rojo de la casa se perdió de vista, Lilly se volvió y lo cogió del brazo. Doblaron una esquina y apareció otra casa: una réplica en pequeño de la casita de Blancanieves.

Eric se echó a reír.

—No me lo creo. ¿Esto era tuyo?

—La casa de muñecas perfecta para una niña de Hollywood. Papá la hizo construir para mí cuando él y mi madre se divorciaron. Supongo que fue mi premio de consolación.

La casita de cuento era mitad de madera y estucada, con pedazos rústicos de piedra vista. Una pequeña chimenea se alzaba del extremo de un techo de paja de imitación. La fachada contenía una serie de ventanas con cristales romboidales enmarcadas por postigos de madera.

—Antes la jardinera de la ventana estaba llena de geranios —dijo Lilly, soltándole el brazo y dirigiéndose hacia la casita—. Papá y yo los plantábamos juntos todos los años. —Descorrió el pestillo de la doble puerta de madera y las bisagras rechinaron al abrirse—. La mayoría de los muebles originales han desaparecido, y el lugar se usa básicamente para guardar material de la piscina. Tendrás que agacharte.

Eric dio una última calada a su cigarrillo antes de tirarlo. Se encorvó y entró en la casita. El techo le rozaba la cabeza pese a que no estaba del todo erguido.

—Dame tus cerillas.

Se las pasó y la oyó moverse. Transcurrieron unos segundos hasta que el interior se llenó de una trémula luz ambarina cuando Lilly encendió un par de velas sobre la repisa de la chimenea de un diminuto hogar de piedra.

Eric sacudió la cabeza, asombrado, mientras miraba a su alrededor.

—Este sitio es increíble.

—¿A que es maravilloso?

El techo de la casita de muñecas tenía vigas y estaba inclinado. Era lo bastante alto para que él pudiera permanecer de pie en el centro, pero descendía a ambos lados. Un mural descolorido pero todavía pintoresco de elfos, hadas y criaturas del bosque se extendía sobre las paredes. El muralista había pintado grietas rústicas junto con varios pedazos de ladrillos, como si el yeso se hubiese desprendido en algunas partes. Ni siquiera los bidones de productos químicos de piscina y el montón de cojines de tumbonas apilados con esmero estropeaban el embrujo de aquella casita.

—Huele un poco a cerrado, pero papá se ocupa de mantener el lugar. Sabe que yo lo mataría si dejara que le pasara algo.

Eric no podía apartar los ojos de ella. Con su vestido de color frambuesa pálido, su pelo rubio platino y sus rasgos exquisitos, parecía tan hechizada como las figuras del mural.

Lilly cogió un cojín de lo alto de la pila y lo colocó en el suelo. Se dejó caer sobre él y se recostó sobre los demás.

—Eres demasiado grande para este sitio. Los chicos a los que traía aquí eran mucho más pequeños.

Él se agachó sobre el cojín situado junto a ella, se apoyó sobre una rodilla y se aflojó la corbata.

—¿Vinieron muchos?

—Solamente dos. Uno vivía en la casa de al lado, y era aburrido. Solo quería mover las sillas para construir fuertes.

Su voz tenía un matiz ronco y seductor que lo intrigaba. Eric le giró la mano sobre el regazo del vestido y trazó un círculo en la palma con la uña.

—¿Y el otro?

—Hum... Ese debía de ser Paulo. —Lilly reclinó la cabeza sobre los cojines y entrecerró los ojos—. Su padre era nuestro jardinero.

—Entiendo.

—Venía aquí cuando podía.

Se llevó una mano a la parte superior del vestido y posó las puntas de los dedos sobre su generoso pecho.

Eric se notó la boca seca, y supo que ya no podía seguir resistiéndose a ella.

—¿Qué hacíais los dos?

—Usa la imaginación.

—Creo —jugueteó con los dedos de ella— que hacíais travesuras.

—Hacíamos —Lilly contuvo la respiración cuando él le acarició el centro de la palma— juegos de simulación.

Eric se inclinó hacia delante y pasó los labios por la comisura de su boca.

—¿Qué clase de juegos?

Sacó la afilada punta de su lengua para lamer el sitio que había besado.

—Hum... De los que suelen hacer los niños.

—¿Por ejemplo?

Eric deslizó un dedo por su muñeca y le recorrió la parte interior del brazo.

—Tenía miedo de que me pusieran una inyección. Paulo dijo que podía arreglarlo para que no tuviera que ir al médico.

—Me gusta el estilo de ese chico.

—Yo sabía lo que estaba haciendo, claro, pero fingí que no lo sabía. —Lilly contuvo la respiración cuando la mano de él le bajó por la pierna y se coló debajo del dobladillo del vestido—. Fue todo muy cómico.

—Pero también excitante.

—Muy excitante.

Le frotó la pierna por encima de la reluciente media, subiendo poco a poco hasta que su pulgar se detuvo en la pequeña cueva de detrás de la rodilla.

—A mí también me gusta jugar.

—Sí, ya lo sé.

Le acarició la parte inferior del muslo y luego se tensó de excitación cuando encontró el final de la media y tocó piel desnuda. Debería haberse imaginado que no llevaría algo tan vulgar como unos pantis.

—¿Y todavía detestas ir al médico? —preguntó.

—No es mi actividad favorita.

Al notar la leve presión que él ejercía, separó las piernas. El interior de sus muslos era firme y estaba caliente allí donde los acariciaba.

—Pero ¿y si enfermas?

—Yo... casi nunca estoy enferma.

Lilly dio un respingo cuando sintió el contacto de un pulgar sobre sus braguitas.

—No sé yo —dijo Eric—. Estás caliente.

—¿De veras? —preguntó ella sin aliento.

—Podrías tener fiebre. Más vale que lo compruebe.

Deslizó un dedo en la abertura de las piernas. Lilly emitió un pequeño gemido.

—Lo que me temía.

—¿Qué?

—Estás caliente.

—Sí.

Se retorció bajo su contacto íntimo.

A la luz de las velas, Lilly tenía los labios abiertos y la cara sonrojada. La excitación de Eric ardía con mayor intensidad al ver cómo la dulce perversión de aquella fantasía la había excitado. Para él las mujeres nunca habían sido más que una medicina, un medicamento sin receta que tomaba por la noche con la esperanza de encontrarse mejor por la mañana. Nunca le había importado la satisfacción de su pareja, tan solo la suya, pero ahora quería ver cómo Lilly se derretía bajo su tacto, y sabía que su propia satisfacción no sería completa sin la de ella.

—Me temo que tendré que quitarte esto.

No encontró resistencia cuando le bajó las braguitas por las caderas. Cuando se las hubo quitado, subió una mano y le tocó el pecho por encima del vestido. Ella gimió y frunció el ceño, como si se sintiera molesta por algo, pero como apretó el pecho contra su mano él no se detuvo.

—Tu corazón late deprisa —observó.

Ella no respondió.

Eric encontró la cremallera en la parte de atrás del vestido. Después de abrirla, le bajó el canesú y luego le quitó el sujetador.

Lilly se quedó medio sentada, medio acostada delante de él, desnuda a excepción de las relucientes medias y el vestido de color frambuesa pálido arremangado en torno a su cintura, con las rodillas levantadas y las piernas abiertas, lasciva. Él le tocó el pecho y luego le pellizcó el pezón con suavidad. Ella emitió un sonido animal desde el fondo de su garganta, casi un sonido de angustia, al mismo tiempo que se arqueaba contra su caricia más íntima abajo, invitándolo a tocar más adentro.

La mezcla de emociones contrapuestas que Lilly exhibía lo

molestaba, pero al mismo tiempo lo excitaba con tanta intensidad que apenas podía contenerse. Sus gemidos se volvieron guturales en su garganta, y de debajo de sus párpados empezaron a brotar lágrimas.

Eric, alarmado, se echó atrás, pero ella le hundió los dedos en los músculos de los antebrazos y lo atrajo hacia sí. Él continuó sus caricias, con la camisa humedecida por el sudor. Cuando su cuerpo exigió su propia liberación, se contuvo para presenciar la desconcertante fusión de emociones que pasaban por el rostro de ella: placer y dolor, excitación febril y una angustia turbadora. La pasión de Lilly le empapaba la mano, y la respiración de Eric resonaba ásperamente en el interior encantado de la casita mientras ella se abría bajo su tacto.

Eric gimió y la sostuvo durante los temblores.

—Lilly, ¿qué ocurre? —Jamás había visto a una mujer reaccionar con tanta angustia al acto sexual. Al ver que no respondía, le susurró al oído—: No pasa nada. Todo va bien.

Entonces decidió que se había imaginado su angustia, ya que sus manos presurosas empezaron a tirar de la cremallera de sus pantalones. Cuando por fin lo hubo liberado, Lilly cogió los extremos desatados de su pajarita en sus puños y le atrajo la boca a la suya, recibiéndola con la lengua. Lo acarició hasta hacerle perder la razón.

Eric hurgó en el bolsillo de sus pantalones en busca del paquetito de papel de plata sin el que no iba a ninguna parte y se lo llevó a los dientes para rasgarlo con una mano temblorosa. Lilly lo apartó.

—No, quiero sentirte.

Desplazó su peso y bajó sobre él.

Eric estaba demasiado lejos para hacer caso de las alarmas que sonaban dentro de su cerebro, y solo después de haberse derramado dentro de ella tuvo un presentimiento. Se había sentido atraído por ella porque parecía muy fuerte, pero ahora no estaba seguro.

Lilly empezó a mordisquearle la oreja y luego insistió en regresar a la casa para robar algo de comida de la cocina para ellos.

Al poco rato se reían juntos mientras se deleitaban con langosta y pastelitos de repostería, y los presentimientos de Eric se habían esfumado.

Al día siguiente asistieron juntos a un concierto de Wynton Marsalis, y después él siguió viéndose con ella varias veces por semana. Su belleza lo fascinaba, y nunca agotaban la conversación. Discutían sobre arte, compartían una pasión mutua por el jazz y podían hablar durante horas sobre cine. Solo cuando se metían en la cama juntos ocurría algo muy raro. Si bien Lilly le exigía que la llevara hasta el orgasmo, casi parecía odiarlo por hacerlo. Eric sabía que era culpa suya. Era un mal amante. Había utilizado a las mujeres durante tanto tiempo que no tenía ni idea de cómo ser desinteresado.

Redobló sus esfuerzos para cerciorarse de que quedaba satisfecha, frotándole la espalda, besándola por todas partes, acariciándola hasta que le rogaba que parase, pero su angustia seguía sin amainar. Quería hacerle hablar del problema, pero no sabía cómo hacerlo, y se dio cuenta de que podía charlar con Lilly sobre cualquier tema excepto de las cuestiones íntimas que importaban de veras. Cuando el verano dio paso al otoño y todo seguía igual, supo que tenía que ponerle fin.

Mientras meditaba cómo hacerlo, ella se presentó inopinadamente en su casa una noche de primeros de octubre justo después de que él hubiese llegado del estudio. Sirvió dos copas de vino y le ofreció una. Ella tomó un sorbo. Él volvió a fijarse en sus uñas, mordidas hasta dejárselas como muñones.

—Eric, estoy embarazada.

Él la miró al mismo tiempo que un horror frío lo atravesaba de los pies a la cabeza.

—¿Es una broma?

—Ojalá lo fuera —repuso ella con amargura.

Eric recordó aquella primera noche en la casita de muñecas dos meses atrás, cuando no había utilizado nada, y se le encogió el estómago. Tonto. Tonto de capirote.

Lilly fijó la vista en el fondo de su copa.

—He... Mañana tengo cita para abortar.

Tan pronto como asimiló sus palabras, la rabia estalló en el interior de Eric.

—¡No!

—Eric...

—¡No, maldita sea!

El pie de su copa de vino se resquebrajó en su mano.

Ella lo miró afligida, con sus ojos gris claro anegados de lágrimas.

—No hay más remedio. No quiero un bebé.

—¡Pues tienes uno! —Eric arrojó la copa al rincón, donde se hizo añicos y desparramó su contenido por todas partes—. Tenemos uno, y no habrá aborto.

—Pero...

Se dio cuenta de que la estaba asustando, y trató de serenar su respiración. Le quitó la copa y le tomó las manos.

—Nos casaremos, Lilly. Ocurre continuamente.

—Yo... te quiero, Eric, pero no creo poder ser demasiado buena esposa.

Eric intentó emitir una risa temblorosa.

—Entonces esa es otra cosa que tenemos en común. Yo tampoco creo poder ser demasiado buen marido.

Ella sonrió sin convicción. Él la atrajo hacia sus brazos y cerró los ojos mientras empezaba a hacerle promesas, promesas de vino y rosas, de narcisos y claros de luna, todo aquello que se le ocurría. No lo decía en serio, pero eso no importaba. Ella tenía que casarse con él, porque fuera como fuese, no quería ser responsable de la muerte de otro inocente.

14

INTERIOR. SALITA DE LA CASA DEL RANCHO. DÍA.
Dash y Eleanor están de pie en el centro de la estancia, con expresiones combativas.

ELEANOR
No te tengo ningún respeto. Lo sabes, ¿no?

DASH
Creo habértelo oído decir alguna vez.

ELEANOR
Admiro a los hombres educados y refinados. Los auténticos caballeros.

DASH
No te olvides de la corbata.

ELEANOR
¿De qué estás hablando?

DASH
La última vez que mantuvimos esta conversación dijiste que no podías respetar a un hombre que no llevase traje y corbata en el momento exacto de su muerte.

ELEANOR
Seguro que no dije eso. Sencillamente señalé que no podría respetar nunca a un hombre que ni siquiera tiene una corbata que ponerse.

DASH
Yo tengo una.

ELEANOR
Lleva dibujada una bailarina de hula.

DASH
Solo si se mira de frente. Desde un lado, se parece más a un flamenco.

ELEANOR
Concluyo mi alegato.

DASH
Entonces lo que estás diciendo es que nuestra relación está condenada al fracaso, ¿no es eso?

ELEANOR
Desde luego.

DASH
Ninguna posibilidad.

ELEANOR
Ninguna.

DASH
Porque somos demasiado distintos.

ELEANOR
Polos opuestos.

DASH
(acercándose un paso)
Entonces, ¿cómo explicas que esté a punto de besarte?

ELEANOR
Porque eres un vaquero ordinario y sin principios.

DASH
¿De veras? Entonces, ¿por qué vas a besarme?

ELEANOR
Porque... Porque estoy loca por ti.

Se abrazan e intercambian un beso prolongado y satisfactorio. La puerta se abre de golpe y Janie irrumpe en la habitación.

JANIE
¡Lo sabía! Ya estáis haciéndolo otra vez. ¡Basta! ¡Parad!

DASH
(todavía con Eleanor entre sus brazos)
Creía que estabas limándote las uñas para ese Bobby.

JANIE
Se llama Robert y deberíais estar avergonzados.

DASH
No veo por qué.

JANIE
Te está utilizando. Desde que Blake se marchó para alistarse en la aviación, se te ha estado pegando como una lapa. Tiene miedo a envejecer y quedarse sola. Tiene miedo a...

DASH
(apartándose de Eleanor para hacer frente a Janie)
Ya basta, Jane Marie.

JANIE
Tan pronto como vuelves la espalda, se ríe de ti. La he oído, papá. Se ríe de ti cuando habla por teléfono con todas sus amigas de Nueva York.

ELEANOR
(cabal)
Janie, eso no es verdad.

DASH
(cabal)
Regresa a la casa.

Janie los mira con rebeldía y sale corriendo de la casa.
Dash y Eleanor se quedan mirando la puerta.

ELEANOR
(en voz baja)
Ahí va el principal motivo de que esta relación no tenga ninguna posibilidad.

Cuando terminó la escena, Honey fue detrás de las cámaras a recoger su guión, tirando de la goma que le sujetaba la coleta y pasándose los dedos por el cuero cabelludo. Se había negado a que le cortaran el pelo, y finalmente los productores habían accedido a dejar que Janie llevase coleta, pero pidieron a Evelyn que le recogiera el pelo tan atrás que a veces Honey tenía jaqueca. Aun así, merecía la pena. En los cinco meses que habían transcurrido desde la fiesta en la playa de Liz, le había crecido tanto el pelo que le rozaba los hombros.

Mientras se lo ahuecaba con las puntas de los dedos, observó a Liz y Dash, que todavía estaban en el plató hablando en voz baja entre sí. Experimentó una punzada de celos. Tenían la misma edad, y en cierta ocasión habían sido amantes. ¿Y si las dos personas a las que se sentía más próxima restablecían su antigua relación?

Un ayudante interrumpió su conversación íntima para anunciar a Dash que tenía una llamada. Liz se dirigió hacia ella, y Honey se fijó en que se le había corrido un poco el pintalabios en la comisura de la boca. Apartó la mirada.

—¿Has visto el catálogo de esa boutique que he dejado en tu camerino esta mañana? —preguntó Liz mientras cogía una botella de agua mineral—. Tienen unos cinturones maravillosos.

Liz era la mejor amiga que tenía, y Honey reprimió resueltamente sus celos.

—Ojalá dejaras de tentarme. Me estás convirtiendo en una adicta a las compras.

—Tonterías. Tan solo recuperamos el tiempo perdido.

Liz tomó un trago, sujetando el cuello de la botella con tanta elegancia que parecía que bebiera de una copa de cristal de Baccarat.

—La ropa empieza a ser una obsesión. —Honey suspiró—. Llevo meses leyendo todas las revistas de moda que caen en mis manos. Anoche me dormí soñando con ese vestido nuevo de seda de color coral que compré. —Sonrió con arrepentimiento—. Leo la revista *Ms.,* y sé que la feminidad es una trampa, pero parece que no puedo evitarlo.

—Solo tratas de encontrar un equilibrio.

—¿Equilibrio? Esto es lo más desequilibrado que he hecho nunca. Por primera vez en mi vida no puedo respetarme a mí misma.

—Honey, a pesar de la anatomía con la que naciste, te criaste más como un chico que como una chica. Ahora simplemente tratas de descubrirte como mujer. Tarde o temprano podrás unir las distintas partes de ti misma. Pero aún no estás preparada... Y hasta que lo estés... —Levantó la botella de agua mineral en un brindis—. Compra hasta caer muerta.

Y, sonriendo, se encaminó hacia su camerino.

Honey cogió su guion y lo metió en un bolso de mano serigrafiado con unas ostentosas amapolas rojas. Sabía que su obsesión con su aspecto físico era debido a Dash, pero sus intentos por hacer que se fijara en ella como mujer estaban fracasando estrepitosamente. Si acaso, se había vuelto más paternalista, resoplando y frunciendo el entrecejo por todo lo que ella hacía. Por más que lo intentaba, no parecía que pudiera agradarle. E interpretar a Janie Jones cinco días por semana no era de gran ayuda. El papel que antes le había venido tan bien le estaba quedando pequeño.

Se volvía para abandonar el plató cuando sintió el contacto de un par de dedos en las costillas desde atrás.

—¡Maldita sea, Todd!

—Hola, encanto. ¿Quieres ensayar algunas frases conmigo?

Honey miró irritada a Todd Myers, el actor de dieciséis años que interpretaba al nuevo novio de Janie, Robert. Lo habían elegido por su pulcra belleza panamericana: ojos y pelo castaños, mejillas redondas y constitución menuda para que no pudiera dominarla. Pero, debajo de toda aquella fachada, era un mocoso egotista. Aun así, recordando los problemas de conducta que había tenido en el pasado, Honey no tuvo valor de arremeter contra él.

—Hoy no tenía intención de almorzar. Tengo un trabajo de psicología pendiente, y me voy a mi camerino para terminarlo.

—No entiendo por qué alguien que gana tanto dinero como tú debería perder el tiempo en la universidad.

—Es solo un curso por correspondencia. Los he estado siguiendo y dejando desde que terminé el instituto. Me gusta aprender cosas. No te vendría mal pasar un poco más de tiempo con los libros.

—Te pareces a mi vieja —dijo él, asqueado.

—Deberías hacerle caso.

—Sí, claro. —Estiró los brazos y meneó las caderas—. ¿Qué, estás lista para nuestra gran escena de amor de esta tarde?

—No es una escena de amor. Es solo un beso. Y te juro por Dios, Todd, que si vuelves a intentar besarme con la lengua...

Dejó su amenaza flotando en el aire.

—No te besaré con la lengua si prometes salir conmigo este fin de semana. Un amigo mío va a dar una fiesta de Navidad. Habrá mucha hierba y quizás incluso algo de coca. ¿Has fumado coca alguna vez? Se coge un cigarrillo y se espolvorea con...

—Yo no tomo drogas, y no voy a salir contigo.

—Todavía estás colgada del gilipollas de Eric Dillon, ¿verdad? Me he enterado de cómo lo acosabas. Apuesto a que todas las noches te duermes llorando ahora que está casado y dejó preñada a su parienta.

Honey le sonrió.

—¿Te han dicho alguna vez que eres un argumento fantástico a favor de la eutanasia?

Todd se enfurruñó.

—Deberías ser amable conmigo, Honey. De lo contrario podría tener la tentación de contar a todo el mundo que mañana cumplirás dieciocho años, en lugar de los diecisiete que todos creen.

—Cumpliré veinte, Todd.

—Sí, ya —se burló él.

Honey se rindió. La mentira de Ross se había extendido tanto que poca gente creía la verdad, ni siquiera cuando mostraba su carnet de conducir. Durante los seis últimos meses, su cara había aparecido en la portada de la mitad de las revistas de adolescentes del país celebrando el hecho de que Janie había cumplido quince años. La efemérides estaba teniendo casi tanta repercusión como el nuevo álbum de Michael Jackson, *Thriller*.

Dejando atrás a Todd, se dirigió hacia su camerino para abordar su trabajo de psicología. Dos guionistas, mujeres las dos, entablaron una conversación en voz baja cuando la vieron aparecer y la miraron con malicia. En otros tiempos habría sospechado que conspiraban contra ella, pero ahora sabía que era más probable que participaran en la sorpresa de cumpleaños que los miembros del reparto y del equipo le estaban preparando. Charló con ellas unos minutos y, al marcharse, recordó aquellos primeros días en que los guionistas le habían parecido poco menos que dioses. Aquello se acabó cuando ella y Dash se hicieron amigos.

A diferencia de su familia, el reparto y el equipo no se olvidarían de su cumpleaños. El año pasado la habían sorprendido regalándole una recopilación encuadernada en cuero de todos los guiones de *The Dash Coogan Show*. Aquello le había llegado al alma, pero no podía evitar desear que su familia recordase la ocasión por una vez. Aunque solo le regalaran una tarjeta, agradecería ese gesto.

Dash dobló la esquina con paso airado y Honey comprendió que estaba alterado.

—¿Qué ocurre?

—Acaba de llamarme Wanda. Siempre se las arregla para cabrearme.

Honey se había imaginado que, cuando dos personas se divorciaban, salían de la vida de la otra, pero parecía que Dash hablaba constantemente con su primera ex esposa. Naturalmente, tenían hijos en común, y suponía que eso influía, pero ya que su hijo tenía veinticuatro años y su hija veintidós, no podía sospechar qué les quedaba por decirse. Por lo general trataba de no pensar en sus hijos, sobre todo porque ambos eran mayores que ella.

—¿No me dijiste que Wanda había vuelto a casarse?

—Hace mucho tiempo. Con un hombre llamado Edward Ridgeway. No Ed, sino Edward.

—¿Por qué te molesta tanto?

—Venganza, supongo. Aún cree que tiene cuentas pendientes conmigo. Ha llamado para decirme que Josh va a casarse el día después de Navidad.

—Solo faltan tres semanas.

—Qué amable por su parte hacerme saber que mi hijo se casa, ¿verdad? Ahora tengo que ir a Tulsa para asistir a la boda.

Tenía una expresión adusta.

—¿No quieres que se case?

—Tiene veinticuatro años. Supongo que es decisión suya, y cualquier cosa que lo separe de las faldas de Wanda seguramente es buena. Pero detesto la idea de permitirle que me maneje a su antojo durante dos días. Era una muchachita encantadora cuando me casé con ella, pero con los años se ha convertido en una barracuda. No puedo reprochárselo. Mis andanzas de mujeriego le hicieron mucho daño.

Empezó a alejarse, y entonces se volvió despacio. Honey se dio cuenta de que estaba pensando en algo, y lo miró socarronamente. Dash hundió una mano en el bolsillo.

—Honey, ¿tú no querrías...? No importa. Es una mala idea.
—¿Qué?
—Nada. Solo... —Cambió el peso a la otra pierna—. Estaba pensando en preguntarte si querrías acompañarme a Tulsa para la boda. Me servirías de parachoques. Pero no creo que quisieras dejar a tu familia tan cerca de Navidad.

Ella pensó en Chantal, que se estaba volviendo gorda y holgazana a base de comida basura y concursos televisivos junto con su estúpido padrastro, Buck. Y en Gordon, que seguía sin coger un pincel. Pensó en Sophie, que se pasaba más tiempo en la cama que levantada y se negaba a obedecer las órdenes del médico. La perspectiva de huir de todo aquello y estar con Dash sería el mejor regalo de Navidad que podía recibir.

—Me encantaría ir contigo, Dash. Me vendría bien ausentarme unos días.

Aquella noche enfiló la pendiente de acceso al garaje de su casa en Pasadena. Estaba oscuro cuando entró en el recibidor que daba al garaje. Accionó el interruptor, pero al parecer la bombilla se había fundido, y buscó a tientas la puerta que conducía a la cocina. Cuando la abrió, se sobresaltó al ver el resplandor de unas velas.

—¡Feliz cumpleaños!
—¡Feliz cumpleaños, Honey!

Atónita, vio a toda su familia de pie en un semicírculo alrededor de la mesa de la cocina. Sophie se había levantado de la cama, Buck se había puesto una camiseta de deporte sobre la camiseta imperio, Chantal había escondido los diez kilos que había aumentado en unos pantalones carmesíes y en las lentes de las gafas nuevas de montura metálica de Gordon se reflejaban las llamas de veinte velitas color pastel sobre una tarta de cumpleaños.

No se habían olvidado. Por fin se habían acordado de su cumpleaños. Las lágrimas afloraron a sus ojos y sintió cómo los años de resentimiento acumulado se derretían en su interior.

—Oh, vaya... Es... —Se le atascaban las palabras—. Es precioso.

Todos se rieron y hasta Sophie sonrió, porque la tarta no tenía nada de precioso. De tres pisos de altura, estaba torcida y recubierta desigualmente por la tonalidad de escarcha azul más fea que Honey había visto nunca. Pero que la hubiesen hecho para ella, que hubiesen preparado la tarta por sí mismos, constituía el regalo más valioso que había recibido en su vida.

—No puedo..., no me puedo creer que vosotros hayáis hecho esto.

Se esforzó por no llorar.

—Pues claro que lo hemos hecho nosotros —dijo Chantal—. Es tu cumpleaños, ¿no?

Se equivocaban de un día, pero eso no tenía importancia. Honey se sentía henchida de amor, alegría y una honda sensación de gratitud.

Gordon señaló la tarta.

—Le he hecho yo, Honey. Yo solito.

—Con mi ayuda —intervino Chantal.

—Todos hemos ayudado —dijo Buck, rascándose la barriga como un Papá Noel imberbe—. Excepto Sophie.

—Yo he elegido el color de la escarcha —dijo Sophie con expresión dolida.

Sus caras relucían delante de ella, dulces, hermosas y adorables a la luz dorada de las vacilantes velas. Les perdonó todas sus manías y supo que había hecho bien quedándose con ellos. Eran su familia. Ella formaba parte de ellos y ellos formaban parte de ella, y cada uno era valioso.

Gordon sonreía como un escolar en posesión de un secreto. Los hinchados mofletes de Sophie se hundían en una sonrisa distraída, y los ojos azules de Chantal brillaban a la luz de las velas. Avergonzada por la intensidad de sus emociones, Honey se limpió tímidamente las mejillas.

—Todos vosotros... Yo...

Trató de decirles lo que había en su corazón, pero el torrente de sentimientos la desbordó y se notó la garganta oprimida.

—Vamos, Honey. ¡Corta la tarta!

—Córtala, Honey. Estamos todos hambrientos.

—Seguro que estará buena.

Se echó a reír cuando Buck le puso un cuchillo grande en la mano y la empujó hacia la tarta.

—Sopla las velas.

—*Cumpleaños feliz, cumpleaños feliz...*

Honey sopló las velas, riendo a través de las lágrimas. Una vez más, intentó dar con las palabras que expresaran lo que aquello significaba para ella.

—Soy tan feliz... Yo...

—Córtala justo por el medio —dijo Gordon, dirigiendo su mano—. No quiero que estropees mi obra de arte.

Una lágrima le goteó de la barbilla cuando apuntaba el cuchillo hacia el centro.

—Esto es maravilloso. Estoy tan...

La tarta explotó.

Estallaron grandes risotadas al mismo tiempo que trozos de chocolate salían volando por todas partes. La cara de Honey quedó embadurnada de tarta, coágulos de escarcha azul se le pegaron a la piel y colgaron de su ropa. Migajas y pedazos salpicaron la pared y cayeron al suelo.

Todos se habían apartado de la mesa en un solo movimiento sincronizado justo cuando Honey cortaba por la mitad, y estaban intactos. Solo ella había sido alcanzada.

Buck se sujetaba el estómago. Sus risas se intensificaron. Hasta Sophie se había unido a los demás.

—¿Habéis visto su cara?

—¡Te hemos engañado! —gritó Chantal—. Todo ha sido idea de Gordon. ¡Gordon, qué listo eres!

—¡Os dije que funcionaría! —aulló Gordon—. ¡Os lo dije! ¡Mirad su pelo!

Chantal batió las palmas mientras describía la astucia de su marido.

—Gordon ha hecho un agujero en medio del pastel, y luego lo ha rellenado con un globo grande bien hinchado. Se nos han reventado tres cuando tratábamos de colocarlos. Después ha escarchado toda la tarta para disimularlo, y cuando tu cuchillo ha perforado el globo...

Honey tenía el pecho agitado y retrocedió dando traspiés. Los miró. Estaban reunidos alrededor del festín en ruinas como una manada de chacales que se hubieran saciado con un banquete de malicia. Su maldad la asfixiaba. Los abandonaría, haría la maleta y no volverían a verla nunca más.

—Oh-oh, está enfadada —se burló Gordon—. Se lo tomará mal, como siempre.

—No vas a tomártelo mal, ¿verdad, Honey? —Chantal frunció los labios—. Nos hemos divertido mucho. No vas a estropearlo.

—Caray —dijo Buck—. Ya nos lo podíamos esperar.

—No —respondió ella, en un murmullo tenso y dolorido—. No voy a tomármelo mal. Ha... ha sido una broma genial. De veras. Yo... más vale que vaya a lavarme.

Les volvió la espalda y enfiló a la carrera el pasillo que conducía a la parte de atrás de la casa, mientras coágulos de tarta y escarcha goteaban de su bonita blusa de seda y sus pantalones de lino. El dolor que sentía en su interior hacía que le costara trabajo respirar. Se mudaría. Los dejaría y no volvería jamás...

Se le escapó un sollozo ahogado. ¿Y luego qué? ¿Quién ocuparía su sitio? Dash no. Había estado construyendo castillos en el aire en lo que se refería a él. Podía tener a cualquier mujer que quisiera, así pues, ¿por qué había de elegirla a ella? Esa familia era lo único que tenía.

Empezó a oír un estruendo dentro de su cabeza. El triquitraque solitario de un vagón fantasma de montaña rusa trepando por una pendiente de madera. Cerró los ojos con fuerza tratando de ahuyentar una voz dolorosa e insistente que le decía que todos sus éxitos, todo su dinero, toda la ropa bonita del mundo no podían ocultar la antipatía que anidaba en su interior.

El vagón de la Black Thunder chirriaba cuesta arriba. Pero, por más que se esforzaba por imaginárselo, no lograba hacer que superara la cima.

15

Honey y Dash volaron a Tulsa al día siguiente de Navidad para asistir a la boda del hijo de él. Apenas hablaron en el avión, y ella sospechó que él se arrepentía de haberla invitado. Habría debido decirle que no podía ir, pero lo había seguido como hacía siempre, dispuesta a recibir cualquier migaja de afecto que le tirara.

Cuando bajó del avión, se dijo que cualquier cosa era mejor que pasar el resto de las fiestas con su familia. Ni siquiera la fiesta de cumpleaños que los miembros del reparto y el equipo le habían ofrecido tres semanas atrás había atenuado el recuerdo de lo sucedido. Desde entonces, se había pasado la mayor parte del tiempo en casa recluida en su habitación.

El aeropuerto de Tulsa estaba repleto de viajeros de vacaciones. Inevitablemente, algunos de ellos reconocieron a Dash, que era inconfundible por su estatura, su Stetson y su vieja chaqueta de cuero. Ella caminaba anónimamente a su lado. Con los ojos protegidos por unas grandes gafas de sol y el pelo cayéndole en una sexy cascada desordenada, nadie la identificó como el marimacho Janie Jones.

Había elegido su ropa con insolencia, no solo porque era muy distinta a los atuendos de Janie, sino también porque sabía cuánto le desagradaría a él. Un suéter marrón dorado de talla muy grande y caído sobre un hombro. Lo combinaba con un pantalón de cuero negro muy ceñido, un cinturón de eslabones dorados, unos pendientes de oro a juego y unos zapatitos negros sin tacón adornados con un rombo de bronce sobre el empeine. Llevaba colgada del brazo una chaqueta de piel, completando un conjunto que parecía sexy y caro a la vez.

Como era de esperar, Dash había fruncido el ceño cuando se encontró con ella en el aeropuerto internacional de Los Ángeles.

—No entiendo por qué tenías que ponerte algo así. Ese pantalón te viene demasiado estrecho.

—Lo siento, papá —se había burlado ella.

—¡Yo no soy tu padre!

—Entonces deja de actuar como si lo fueras.

Él la había mirado con irritación antes de apartar los ojos. Ahora los viajeros de vacaciones se congregaban a su alrededor.

—Nos encanta su programa, señor Coogan.

—¿Me firma un autógrafo para mi hija? Quiere ser actriz. Claro que solo tiene ocho años, pero...

—Nos gusta mucho Janie. ¿Es también un diablillo en la vida real?

Dash miró por encima de su hombro hacia Honey, quien se había hecho a un lado y atraía a su vez la atención de varios hombres, aunque no por su celebridad.

—Es un diablillo, en efecto.

Más tarde, cuando se subieron al coche de alquiler, empezó a regañarla de nuevo.

—No sé por qué no podías ponerte algo decente. Todo el mundo te miraba como si fueras... no sé qué.

—¿Como si fuera tu Playmate del Mes?

Dash puso en marcha el Lincoln y se negó a responder.

La boda estaba prevista para las siete de aquella tarde. Se alojaron en el mismo hotel donde se celebraría el banquete. Honey descubrió que Dash había reservado para ellos habitaciones separadas en plantas distintas, como si una mayor proximidad tuviera que contaminarlo. Después de dejar el equipaje, se dirigieron a la casa de Wanda Ridgeway.

Thoroughbred Acres era una de las últimas urbanizaciones

de lujo de Tulsa. Cuando franquearon las columnas de la entrada, Honey reparó en que todas las calles tenían el nombre de caballos de carreras famosos. La residencia de los Ridgeway, una gran casa de estilo colonial, se encontraba en Seattle Slew Way. Aunque solo era mediodía, las luces navideñas que rodeaban el porche estaban encendidas, y junto a la puerta principal había un grupo de lecheras decoradas con espigas verdes. Mientras Honey seguía a Dash por el camino de entrada, recordó lo que sabía sobre él y su primera esposa.

Él y Wanda se habían conocido cuando el rodeo en el que Dash montaba había llegado al pueblecito donde ella residía. Para cuando él se marchó, ella estaba embarazada, un hecho que Dash no descubrió hasta unos tres meses después, cuando Wanda le siguió la pista hasta Tulsa. Él tenía diecinueve años, y ella, dieciocho.

Según Dash, Wanda era la clase de mujer que quería quedarse en el mismo sitio toda su vida y organizar campañas benéficas para recaudar fondos. Desde el principio había detestado el estilo de vida nómada de su marido, y el matrimonio se acabó incluso antes de que naciera su segundo hijo. No había perdonado nunca a Dash, ni por sus tendencias mujeriegas ni por haber hecho descarrilar su vida.

Sin embargo, ocultó celosamente su enemistad cuando dejó pasar a Dash y Honey al vestíbulo de dos pisos y recibió a su ex marido con un abrazo.

—Randy, querido, me alegro tanto de verte...

Era rellenita y guapa, un poco demasiado arreglada con un vestido de seda con volantes. Llevaba el pelo recogido en el lacado peinado rubio que se estilaba entre las mujeres acomodadas del Suroeste, y diamantes relucientes en los dedos. El árbol de Navidad de los Ridgeway se alzaba justo a su espalda, decorado de arriba abajo con corazones de madera, lazos de arpillera y sacos de harina en miniatura.

—Josh dijo que no aparecerías, y ya sabes cómo es Meredith con todas esas oraciones, pero le dije que su padre no se perdería su boda por nada del mundo. Y su novia, Cynthia, es un encanto de chica. ¡Josh! ¡Meredith! Vuestro padre está aquí. ¡Yu-ju! Oh, cielos, Meredith aún está en su clase de Biblia y Josh ha tenido que marcharse un momento a la agencia de viajes.

Se volvió hacia Honey.

—¿Y esta quién es? No habrás vuelto a casarte, ¿eh?

Pero, a diferencia de los admiradores del aeropuerto, Wanda tenía una vista de lince, y antes de que Honey se hubiese quitado las gafas de sol reconoció a la compañera de viaje de su ex marido. Frunció los labios casi de un modo imperceptible.

—Vaya, si es tu dulce y joven coprotagonista. Qué sorpresa. Eres una cosita monísima. Edward, no adivinarás nunca quién está aquí. ¡Edward!

Un hombre de mediana edad de calva incipiente, ojos bondadosos y barriga prominente apareció en el vestíbulo desde la parte de atrás de la casa.

—Ah, hola, Dash. Tenía el ventilador encendido en el cuarto de baño y no te he oído llegar.

—Edward, mira a quién ha traído Randy. La pequeña Honey Jane Moon, uno de tus personajes favoritos de televisión junto con J. R. Ewing y *Three's Company*. ¿A que es tan mona como el culito de un bebé?

—Hola, señorita Moon, y bienvenida. Esto sí que es un honor. Ya lo creo que sí. Vaya, desde luego parece mayor en la vida real.

La miraba con admiración pero sin lascivia, y Honey decidió que Edward le caía bien, pese a llevar una corbata con unos cegadores reflejos verdes.

Después de guardar sus chaquetas y el Stetson de Dash en un armario repleto de colgadores y estantes, Wanda los condujo a una cavernosa salita decorada con todo tipo de ocas de madera pintada, guirnaldas de paja y cestos de mimbre. La estancia olía a flores secas aromáticas que rebosaban de unas vasijas de cerámica estampadas con grandes corazones rojos.

Wanda señaló una barra en un extremo, adornada con picheles de peltre y grabados de golf.

—Sirve una copa a Randy, Edward. Y en el frigorífico hay algún refresco para Honey.

—Si no le importa, preferiría tomar vino —dijo Honey, pensando que era mejor imponerse antes de que Wanda consiguiera arrollarla.

Dash la miró con el ceño fruncido.

—Yo tomaré un Seven-Up.

Se sentó en un sofá en el que había esparcidos unos cojines de guingán de cuadros rojos con volantes. Honey se acomodó a su lado y pensó en la personalidad de una mujer que era capaz de ofrecer una copa a un alcohólico en rehabilitación.

Sonó el teléfono. Wanda fue a contestar, y Edward hacía suficiente ruido con una cubitera para que Honey pudiera cuchichear con Dash sin que la oyeran.

—No sé cómo tuviste el valor de decir que hablo más que cualquiera de tus ex esposas. Wanda podría batir el récord mundial de velocidad.

Por primera vez ese día, él le sonrió.

—Wanda se relaja al cabo de un rato. Tú nunca lo haces.

Wanda apenas había regresado a la estancia cuando una joven apareció en el umbral. Era delgada y, a primera vista, poco agraciada, con el pelo cobrizo y la tez pálida. Sin embargo, una observación más detenida revelaba unos rasgos regulares que habrían sido atractivos si se hubiesen realzado con algún cosmético. Cuando vio a Dash sentado en el sofá, sus labios pálidos dibujaron una sonrisa y la volvieron casi hermosa.

—¿Papá?

Dash se había levantado de un salto nada más verla y se reunió con ella en el centro de la habitación, donde ella desapareció entre sus brazos como un conejo escondiéndose en una madriguera.

—Hola, calabacita. ¿Cómo está mi chica?

Mientras Honey los observaba juntos, una punzada de dolor conocida la atravesó de parte a parte. Pese a las separaciones y los divorcios, aquella gente seguía siendo una familia, y tenían vínculos que nadie podría romper jamás.

—Alabado sea el Señor —dijo la muchacha en voz baja—. Sabía que hoy te traería hasta aquí.

—Un 747 me ha traído hasta aquí, Merry.

—No, papá. Lo ha hecho Nuestro Señor.

Una expresión de absoluta certidumbre se instaló en su rostro, y Honey esperó curiosa a ver cómo reaccionaba Dash.

Optó por la retirada.

—Meredith, quiero presentarte a alguien especial. Te presento a Honey Jane Moon, mi coprotagonista en el programa.

Meredith se volvió. En cuanto vio a Honey, dio la impresión de que su padre hubiese propinado una patada dentro de su conejera. Sus pálidos labios se fruncieron hasta casi desaparecer, y sus ojos grises se tornaron opacos de hostilidad. Honey se sintió frita, como si Meredith acabara de administrarle una descarga eléctrica letal.

—Señorita Moon, que el Señor esté con usted.

—Gracias —repuso Honey—. Lo mismo digo.

Wanda engulló un Jack Daniels de un solo trago.

—Basta de beaterías, Meredith. Serías capaz de aguar la fiesta en una orgía.

—¡Madre!

Dash se rio entre dientes. Wanda lo miró y sonrió. Durante unos segundos las hostilidades se enfriaron y Honey vislumbró cómo debió de ser la vida para ellos cuando eran jóvenes.

Se alegró de ver cómo se desvanecía aquel instante cuando Wanda empezó a perfilar el programa de aquella tarde. Los familiares llegarían en cualquier momento, les dijo. Los responsables del catering habían montado una mesa de bufet en el comedor y esperaba que nadie fuera alérgico al marisco. Todo el mundo tenía que estar en la iglesia a las seis y media en punto. La cena en el hotel sería elegante y confiaba en que la pequeña Honey hubiese traído algo especial que ponerse.

La pequeña Honey pidió permiso para usar el tocador. En el lavabo había una concha llena de conchas de jabón color pastel junto con otro recipiente de hierbas aromáticas. El cuarto olía a pastel de calabaza servido con lilas. Cuando salió, Wanda había ido al comedor a atormentar a los responsables del catering y el novio había regresado.

Si bien Meredith Coogan se parecía más a su padre, su hermano de veinticuatro años, Josh, venía a ser una versión desenfocada y suavizada de Dash, en la que todos los rasgos angulosos y duros del padre habían sido limados y pulidos. Josh saludó a Honey y preguntaba amablemente cómo les había ido el viaje cuando Wanda regresó a la habitación y los interrumpió.

—¿Te habló Josh de su nuevo empleo en Fagan Can?

—No, no creo que lo hiciera —contestó Dash.

—Será el supervisor de la sección de contabilidad. Explícaselo a tu padre, Josh. Dile lo importante que vas a ser.

—No creo que sea tan importante. Pero es un trabajo fijo y Fagan es una empresa consolidada.

Wanda le dirigió un ademán con su vaso de bourbon.

—Cuenta a tu padre qué despacho tan bonito te asignarán.

—Es muy bonito.

—En la esquina de la tercera planta —precisó Wanda.

—¿La esquina? —Dash trató de mostrarse gratamente impresionado—. Qué bien.

—Con dos ventanas.

Wanda levantó los dedos por si Dash no sabía contar.

—Dos. Es estupendo.

Sonó el timbre, y Wanda se disculpó de nuevo. Dash y Josh se miraron incómodos, sin saber qué más decir.

Honey intervino para aliviar la tensión.

—Qué lástima que Josh no trabajara para ti en tus tiempos difíciles, Dash. Quizás habría podido mantener a raya a los chupópteros.

Dash sonrió.

Josh parecía perplejo.

—¿Chupópteros?

—Se refiere a mis célebres problemas con Hacienda —aclaró Dash.

Josh frunció el ceño con expresión adusta.

—No deberías bromear con Hacienda. Y menos después de todo por lo que has pasado. Los problemas fiscales no son cosa de risa.

Dash miró con anhelo hacia la barra.

Los parientes de Wanda y Edward comenzaron a llegar hasta que la casa se llenó de una docena más de personas. A Honey había empezado a dolerle la cabeza, y trató de encontrar refugio junto a un ficus de seda colocado en una lechera. En la habitación se hizo una breve pausa, que la vocecita sincera de Meredith se encargó de romper.

—A las seis celebraré una oración comunitaria en el comedor. Me gustaría que asistierais todos.

Wanda se llevó las manos a la cabeza.

—No digas tonterías, Meredith. Tenemos mil cosas que hacer, y desde luego no puedo perder el tiempo rezando.

Una de las tías soltó una risita nerviosa.

—Lo siento, Meredith, pero me llevará una eternidad arreglarme el pelo.

Otros contribuyeron con sus excusas; era evidente que ya habían pasado por alguna de las sesiones de oración de Meredith.

Dash dio unos pasos hacia la puerta.

—Honey y yo tenemos que ir al hotel a cambiarnos, así que será más fácil que nos encontremos con todos vosotros en la iglesia.

Meredith se mostró cariacontecida, y quizá porque Honey se había sentido tan desgraciada, se compadeció momentáneamente de ella.

—El hotel no queda lejos, Dash. Podemos pasar por aquí antes.

Dash le dirigió una mirada de acero.

También Meredith miró a Honey, y el resentimiento rezumó por todos los poros de su piel.

—Es una idea estupenda —dijo con frialdad.

Pero a Dash no le parecía una buena idea, y de camino hacia el hotel dijo a Honey que no tenía ninguna intención de tomar parte en la oración colectiva de Meredith.

—Quiero a mi hija, pero está loca en lo que se refiere a la religión.

—Entonces iré sola —replicó ella con obstinación.

—No digas que no te lo advertí.

Honey se puso para la boda el atuendo que en cierta ocasión había querido llevar al rancho, un vestido tubo delicadamente bordado de color azul plateado, exactamente como sus ojos. Se ahuecó el pelo y se puso unos pendientes de cristal en las orejas, pero aun cuando el espejo le decía que estaba casi hermosa, no se sentía tranquila. Cuando Dash la viera, encontraría algo que criticar. El escote sería demasiado bajo, la falda demasiado ceñida, las joyas demasiado llamativas.

Dash había convencido a uno de los acompañantes de Josh para que lo llevase a la iglesia, de modo que Honey regresó a la casa sola, esperando no tener que lamentar el impulso que la había llevado a aceptar la invitación de Meredith. Esta puso cara larga al percatarse de que Honey había ido sola.

—Lo siento —dijo Honey—. Supongo que tu padre no es muy amigo de las oraciones colectivas.

Casi pudo ver la lucha interior de Meredith mientras trataba de reconciliar su visible antipatía por ella con su necesidad de evangelizar. No le extrañó demasiado que ganara la evangelización.

Meredith la condujo a un comedor que parecía acabado de desembalar y le indicó el sofá de velvetón. Cuando se sentaron en extremos opuestos, Honey experimentó un impulso casi irresistible de hurgar en su bolso en busca de un lápiz de labios y rímel. La ausencia de cosméticos en el rostro de Meredith, combinada con su trasnochado vestido estampado de poliéster, la hacía parecer mucho más sencilla de lo debido. Honey empezó a entender lo que Liz Castleberry había hecho con ella.

Meredith habló con frialdad.

—¿Está usted salvada, señorita Moon?

A Honey siempre le habían gustado bastante las discusiones teológicas y pensó seriamente en aquella pregunta.

—No es fácil responder a eso. Y, por favor, llámame Honey.

—¿Te has entregado al Señor?

Recordó aquella lejana primavera en la que había rezado a Walt Disney.

—Supongo que depende. Me considero una persona espiritual, Meredith, pero mi teología no es tan ortodoxa. Supongo que ando buscando.

—Las dudas vienen del demonio —dijo Meredith con aspereza—. Si vives en la fe, no hay necesidad de dudar.

—Tengo que dudar. Es mi naturaleza.

—Entonces irás al infierno.

—No pretendo ofenderte, Meredith, pero no creo que nadie tenga derecho a emitir un juicio crítico sobre la salvación de otro.

Pero Meredith se negó a echarse atrás, y Honey renunció a toda esperanza de una discusión estimulante. Durante la media hora siguiente, Meredith citó la Sagrada Escritura y rezó por ella. La jaqueca de Honey volvió, pero al cabo de un rato Meredith se ablandó. Rezó con fervor y su cara se llenó de alegría, como una joven en la gloria con Jesús.

—Sonríe, Randy. Todo el mundo nos mira, maldita sea.

—Quieren ver si te mando al suelo de la pista de baile.

El empalagoso olor de la laca de Wanda estaba haciendo que a Dash se le removiera el estómago. Dio un paso a un lado para esquivar a otra pareja y se dijo que no necesitaba una copa.

Wanda hizo una mueca.

—Me has pisado el pie. Ve con cuidado, ¿quieres? Eres un bailarín espantoso.

—Eres tú quien ha querido montar el número. Tenías que hacer ver a todos tus amigos lo bien que has manejado a tu ex marido. Hacerle bailar contigo, que coma de tu mano como un perrito dócil.

Wanda no perdió en ningún momento su rígida sonrisa de cortesía.

—Detesto que te comportes así. En la boda de tu propio hijo. Eres tan mezquino, Randy Coogan... Siempre has sido un hijo de puta mezquino, insensible, tramposo y mentiroso.

—No vas a dejarlo nunca, ¿verdad? Llevamos divorciados

casi veinte años, pero todavía quieres hasta mi última gota de sangre.

—Eso es lo único además de tetas que todas tus ex esposas tienen en común.

Honey pasó por su lado con el padrino de Josh, y el fotógrafo de la boda le sacó una foto. Dash se imaginó que tarde o temprano aparecería en la prensa amarilla. En varias ocasiones durante el otoño los fotógrafos la habían sorprendido cuando parecía mucho mayor de diecisiete años. En lugar de poner en duda su edad, publicaban las fotos con leyendas como «La niña prodigio crece demasiado deprisa» o «Honey Jane Moon ya debería estar acostada».

Dash apretó los dientes. Para tratarse de alguien que no sabía bailar, Honey llevaba casi cuatro horas haciéndolo muy bien. Y eso no era todo. En varias ocasiones, la había visto coger una copa de champán.

Durante toda la noche había visto en ella algo que no le gustaba: el modo en que sacudía la cabeza, la risa gutural que parecía salir de la garganta de una mujer en vez de una niña. Intentó decirse que el modo en que todos los hombres la miraban no eran más que imaginaciones suyas. Al fin y al cabo, no era la mujer más hermosa de allí, ni siquiera con aquel vestido azul brillante que le quedaba demasiado ceñido sobre el trasero. Era mona, no cabía duda de eso, pero era demasiado menuda y tenía la cara demasiado aniñada para ser hermosa. A él le gustaban las mujeres que parecían mujeres. Demonios, había montones de mujeres que eran más bonitas que Honey.

Aun así, no podía negar que tenía algo que podía atraer a cierto tipo de hombres. A los que les podían gustar las chiquillas con cara de niña más de veinte años demasiado jóvenes para ellos.

Una voz que no lo había molestado desde la noche de la fiesta de Liz, cuando había pillado a Honey besando a ese chico, empezó a susurrarle. *Una copa te hará olvidarla. No la necesitas a ella cuando puedes tenerme a mí.* Era la voz de sirena, la voz seductora que todos los borrachos tienen en su interior. *Puedo hacer que te sientas mejor. Puedo aliviarte el dolor.*

Las palabras de Wanda lo golpearon como sus pestañas espolvoreadas con rímel.

—No sé cómo has podido traerla aquí y humillar a tu propia carne y sangre. Todo el mundo actúa como si Honey fuese tu verdadera hija. La pobre Meredith ha estado al borde del llanto toda la noche.

Wanda saludó alegremente a uno de los invitados y luego redujo la voz a un susurro vengativo.

—Supongo que debería dar gracias a que esta gente no te conozca tan bien como yo. Puedo ver lo que te pasa por la cabeza, y me repugna. ¿Cómo puedes mirarte en el espejo? Es más joven que tu propia hija.

Dash percibió el tentador aroma del bourbon que ella había estado bebiendo abriéndose paso entre su laca y se notó la boca seca.

—No me pasa nada por la cabeza, nada de lo que dices. Así pues, quítatelo de la cabeza.

Wanda le agarró la mano con la intención de hacerle daño.

—No me vengas con sandeces, Randy. Tal vez podrías engañar a todos los que están aquí, pero a mí no me la pegas. He visto cómo la miras cuando crees que no te están observando. Y te diré una cosa, majo. Me revuelve el estómago. Todos babean por lo mona que es y lo encantador que resulta que actuéis como padre e hija en la vida real. Pero no es eso en absoluto lo que hay entre vosotros dos.

—En eso te equivocas —dijo él con desdén—. Lo que hay entre nosotros es justamente eso. Prácticamente he estado criando a esa chica.

—Chorradas —espetó ella a través de su hierática sonrisa—. Me provocas sarpullidos en la piel.

Dash ya había tenido suficiente. Vio a Edward acercándose con la novia en sus brazos y se plantó frente a ellos.

—Edward, la velada casi ha terminado y aún no he tenido ocasión de bailar con mi nueva nuera.

Wanda lo fulminó con la mirada, pero había demasiada gente alrededor para atrincherarse en su postura. Las mujeres cambiaron de pareja. La nueva esposa de Josh, Cynthia, era una rubia bonita y vivaz de ojos azules y dientes grandes. Cuando Dash se la acercó, percibió el olor de otra marca de laca.

—¿Te ha hablado Josh de su empleo, Coogan padre? —preguntó ella mientras ejecutaban los primeros pasos.

Él hizo una mueca al oír el tratamiento que le dispensaba.

—Pues sí. Lo ha mencionado.

La malla de su tocado de novia sobresalía peligrosamente cerca del ojo de Dash, y apartó la cabeza. Se sentía como si hubiese estado toda la noche a merced de mujeres con pinchos y hojas de afeitar afiladas. Honey pasó por su lado en medio de una nube de burbujas de champán, riendo y bailando con toda el alma.

Olvídala —susurró la sirena—. *Déjame aliviarte. Soy suave y zalamera, y bajo fácilmente.*

—... Fagan Can es una empresa importante, pero ya conoces a Josh. A veces necesita un empujoncito, así que cuando fue a esa entrevista le dije: «Ahora, Josh, entra ahí, mira esos hombres a los ojos y hazles saber que hablas en serio.» —Guiñó un ojo—. La empresa le pondrá un despacho en la esquina.

—Eso me han dicho.

—Un despacho —bajó la voz a un aparte— con dos ventanas.

El baile se hizo interminable. La joven siguió hablando de despachos en la esquina, diseños de porcelana y clases de tenis. Cuando la balada tocó a su fin, se fue en busca de su nuevo marido. Josh apareció a su lado y la miró con fervor para asegurarse de que no había cometido ningún delito desconocido.

«Felicidades, hijo —pensó Dash con tristeza—. Al fin y al cabo has conseguido casarte con tu madre.»

Tenía que tomar una copa.

Una de las damas de honor de Cynthia pasó por allí y él la agarró. La muchacha recibió con una risita el honor de bailar con el legendario Dash Coogan, pero él apenas se percató porque la voz de sirena se había vuelto más insistente, y podía sentir cómo todos sus años de sobriedad se escapaban.

Ven a mí, amante. Yo soy la única mujer que necesitas. Susurraré, te arrullaré y haré que te olvides de Honey.

Honey pasó por su lado y le lanzó una mirada hostil. Una risa ronca y etílica se arremolinó en torno a él, y el tintineo de los cubitos de hielo se amplificó dentro de su cabeza hasta formar una percusión enloquecida al compás de la música.

Dash detestaba bailar, pero pasó de una dama de honor a la siguiente, temiendo que, si paraba, la sirena se apoderaría de él. La velada empezó a extinguirse, y los novios se marcharon. Los invitados no tardaron en comenzar a salir. El seductor aroma del alcohol le llenaba los pulmones: vino, scotch y whisky dominando los olores de comida y flores.

Tómate solo una —susurró la sirena—. *Una no te hará daño.*

Cuando la banda hubo tocado su última pieza, la voz de la sirena se había intensificado hasta el punto de hacerle desear taparse los oídos con las manos. Si abandonaba la pista de baile, sabía que estaría perdido.

—No hemos tenido ocasión de hablar, papá. Hablemos.

Pegó un brinco cuando Meredith apareció de la nada. Dash se notaba la lengua pastosa, y temía que su hija se diese cuenta de que sudaba.

—No..., no hemos bailado, Merry. La velada casi ha terminado y no he bailado con mi mejor chica.

Ella lo miró con extrañeza.

—Los músicos ya están recogiendo. Además, ya te lo he dicho, papá. No creo en el baile.

—Lo había olvidado.

No tuvo más remedio que seguirla hasta una de las mesas vacías junto a la pista de baile. Copas de vino abandonadas y vasos con residuos de color ambarino descansaban sobre los manteles de lino. Se multiplicaban ante sus ojos hasta que parecían formar un batallón desplegado frente a él, como soldados enemigos en marcha.

Meredith se alisó la falda sobre las rodillas mientras ocupaba el asiento contiguo.

—Quédate esta noche en la casa, papá. Puedes instalarte en mi habitación. Por favor. Apenas te veo.

Las yemas de sus dedos rozaron un vaso con dos centímetros de precioso alcohol aguado en el fondo.

—Yo... no creo que sea una buena idea. Tu madre y yo no nos llevamos demasiado bien cuando estamos encerrados juntos.

—Te mantendré alejado de ella. Te lo prometo.

—Esta vez no.

Tómame, amante. Solo un sorbito y la olvidarás por completo.

La voz de Meredith se endureció.

—Se trata de Honey, ¿verdad? Dispones de mucho tiempo para estar con ella, pero no conmigo. Crees que es perfecta: de tal palo tal astilla. Habla como tú. Incluso bebe como tú. Qué lástima que no sea tu hija en lugar de mí.

El vaso le quemaba los dedos.

—No seas niña. Esto no tiene nada que ver con Honey.

—Entonces pasa un rato conmigo mañana por la mañana.

El mundo se reducía al reluciente líquido en el vaso que tenía delante y a la angustiosa necesidad que palpitaba dentro de su cabeza.

—Me gustaría pasar un rato contigo, Merry. Pero no quiero hacerlo rezando.

A Meredith se le quebró la voz.

—Tienes que aceptar al Señor, papá, si quieres obtener la vida eterna. Rezo por ti continuamente. Sufro por ti, papá. No quiero que acabes en el infierno.

—El infierno es relativo —replicó él con aspereza.

¡Ya te tengo!

Sus dedos se cerraron alrededor del vaso. El contacto contra su palma le trajo mil recuerdos. El sudor le perlaba la frente mientras la sirena lo incitaba a beber. No podía dominarse y levantó la cabeza, dispuesto a llevarse el vaso a los labios, pero antes de que llegara a su destino, vio a Honey al otro lado de la estancia casi desierta.

Estaba de pie junto a la ventana con un joven semental pegado a ella como aceite de bebé. Su preciosa Honey, con su boca descarada y su gran corazón, no hacía nada por apartarse de él, sino que se le acercaba más y se restregaba contra él.

Meredith se puso a rezar.

Dash se levantó de un salto de la silla y tumbó el vaso.

—¡Papá!

Apenas la oyó mientras cruzaba la habitación a grandes zancadas. Las paredes giraban a su alrededor. La camisa se le adhería al pecho debajo de la chaqueta.

¡Vuelve! —gimió la sirena—. *¡No vayas con ella! ¡Yo soy la única que jamás te abandonará! ¡Solo yo!*

Cuando llegó junto a Honey, no pidió permiso ni se excusó con nadie. De un fuerte tirón, la apartó del sucio bastardo que trataba de practicar sexo seco con ella allí mismo, delante de todo el mundo, y la arrastró hacia la puerta.

Ella dio un respingo, pero le importaba un rábano hacerle daño. Le importaba un rábano todo excepto llevarse a Honey y poner fin a los celos que lo estaban devorando.

—Dash, ¿qué...?

—Cállate. Te estás comportando como una maldita furcia.

Ella pareció aturdida, y después entrecerró los ojos.

—Eres un hijo de puta.

Él quiso acallar su boquita presuntuosa pegándole con el dorso de la mano. La cadena de plata de su bolso se había caído de su hombro y el bolso golpeaba contra el costado de la pierna de Dash, pero no hizo caso. Wanda trataba de llamar su atención, y varios invitados que se marchaban le hablaron. Pasó junto a ellos sin responder.

La sacó al pasillo, dobló una esquina y la arrastró por una rampa enmoquetada mientras el delicado adorno de cuentas de su vestido protestaba haciendo frufrú. Cuando llegaron a un rellano con ascensores, vio que Honey llevaba en la mano una botella abierta de champán, y la sirena emitió una gutural carcajada de triunfo.

¡Te tengo otra vez!

El corazón le martilleaba contra las costillas cuando la empujó al interior de uno de los ascensores. Las puertas se cerraron y pulsó el botón.

Y entonces cerró la mano en un puño.

16

Honey miró a Dash.

El ascensor subía, y se apretó la botella contra el pecho. Había bebido mucho, pero no estaba lo bastante borracha para no darse cuenta de que Dash se había vuelto peligroso. Tenía la cara pálida y la mirada dura; el porte rígido. Y la mano al costado cerrada en un puño.

—No debí traerte aquí.

Dash escupió las palabras, todas ellas envenenadas.

El alcohol que corría por sus venas la volvió temeraria.

—Es evidente que no, ya que no me has hecho caso en toda la noche.

Las puertas se abrieron. Honey salió como una exhalación al pasillo, con la botella de champán colgando de sus dedos, pero no se movió lo bastante rápido para alejarse de él.

Dash extendió un brazo y le quitó el bolso del hombro.

—Estás borracha.

No estaba borracha, aunque tampoco sobria del todo.

—¿Acaso te importa?

Los ojos verdes de Dash chispearon con dureza.

—Sí, me importa.

Llegaron a la suite de Honey y él buscó la llave dentro del bolso. Abrió la puerta con una mano y la empujó al interior con la otra.

—¡Sal de aquí! —gritó ella.

La puerta se cerró a la espalda de Dash.

—Dame esa botella. No quiero que bebas.

Honey se había olvidado de la botella que había cogido de la mesa. No quería beber más, pero ahora que él le exigía que le entregara la botella, decidió que no se la daría. ¿Por qué debería hacerlo? Él no había rechistado cuando Wanda los había separado en la boda ni cuando los había sentado en mesas distintas para el banquete. Había bailado con todo el mundo excepto con ella. Estaba dolida y enfadada, y tenía suficiente alcohol en las venas para desafiarlo.

—¿Por qué debería hacer lo que me mandas?

—Porque si no lo haces te arrepentirás.

Dio un paso hacia ella. Honey se apartó al instante y retrocedió a través de la salita hasta que chocó contra el marco de una puerta. Lo esquivó y se refugió en el dormitorio.

—Dame esa botella.

Dash franqueó la puerta después de ella, con el rostro sombrío y amenazador.

Ella se percató de que finalmente le prestaba toda su atención. El corazón empezó a latirle como loco cuando decidió que su ira era mejor que su indiferencia.

Aferrando la botella contra el pecho, se quitó los zapatos y le hizo frente.

—Es la última vez que me das órdenes, Dash Coogan. Puedes irte al infierno.

—Dámela, Honey.

Se golpeó las pantorrillas contra la cama. Se subió gateando a ella, consciente de que jugaba a un juego peligroso pero incapaz de contenerse.

—Quítamela.

Sin previo aviso, Dash extendió un brazo y le arrebató la botella.

Honey había estado tan absorta en su propio dolor que se había olvidado de su alcoholismo. Ahora, cuando vio la botella abierta en sus manos, se quedó helada.

Trascurrieron unos segundos, hasta que una expresión de

asco atravesó el rostro de Dash. En dos zancadas alcanzó el pie de la cama y arrojó la botella a la papelera con tanta fuerza que esta se volcó. Una pequeña cantidad de champán se derramó sobre la alfombra.

Dash se volvió hacia ella, de pie en el centro del colchón. Tenía una expresión dura, imposible de leer. Honey empezó a alejarse torpemente de él hasta que llegó a la cabecera de la cama. Se apoyó en la pared para mantener el equilibrio, una posición que le sacó los pechos un poco hacia delante.

Él se quedó inmóvil. Ella observó cómo sus ojos la recorrían de arriba abajo. Pasaron los segundos, uno cediendo al siguiente. La afluencia de sangre en sus orejas se intensificó. Siguiendo la mirada de él, vio que el vestido se le había subido demasiado por encima de los muslos. Una excitación peligrosa, más fuerte que el miedo, se apoderó de ella. Colocó las palmas de las manos planas sobre la pared a su espalda e inclinó las caderas hacia adelante para subirse más el vestido.

—Basta —dijo Dash con voz ronca.

El desenfreno que la había estado rozando toda la noche se apoderó de Honey. Separó los muslos.

—¿Qué pasa, vaquero? —dijo seductoramente—. ¿No puedes soportar un poco de calentura?

—No tienes ni idea de lo que estás haciendo.

—Pobre papá —replicó ella, con voz melosa y burlona.

—No me llames así —dijo él con aspereza.

Honey separó la espalda de la pared y empezó a recorrer la cama hacia él, con los pies enfundados en las medias hundiéndose en el colchón. El champán la achispaba, confiriéndole valor y atrevimiento y encendiendo un instinto primitivo. Se puso a canturrearle burlonamente, a atormentarlo con una relación que no existía, a pincharlo para que se viera obligado a reconocer que se escondía detrás de una mentira.

—Oh, mi papá. Dulce papaíto...

—¡Yo no soy tu padre! —estalló él.

—¿Estás seguro?

—No...

—¿Estás seguro de que no eres mi papá?
—Yo no...
—Asegúrate, Dash. Por favor.

Se quedó plantado delante de ella, con la cabeza más baja que la suya por una vez. El cuerpo de Honey se movía con un ritmo torpe sobre la inestable superficie bajo sus pies. Dash no se movió cuando ella se inclinó hacia delante para ponerle los brazos alrededor del cuello.

—Yo estoy segura —dijo.

Al ver que no respondía, le tomó la boca y lo besó ansiosamente, utilizando la lengua y los dientes para absorberlo por completo. Le sujetó los labios entre los suyos, invadiéndolo como si ella fuese una mujer de experiencia, y él, un novato.

Dash parecía de hielo y acero. Paralizado. Inflexible.

Honey no paró. Si solo disponían de aquel momento de verdad entre ellos, lo disecaría y lo haría durar para siempre. Las únicas barreras que los separaban eran las que él había erigido dentro de su cabeza. Ella le sorbió la boca con avidez.

Un gemido surgió del fondo de la garganta de Dash y su mano se enredó en el pelo de ella. La bajó hasta hacerla caer con todo su peso sobre él. Abrió la boca y la dominó.

Su beso fue áspero y profundo, lleno de oscura necesidad. Honey quiso ahogarse en él. Quiso que todo su cuerpo se filtrara a través de su boca para poder esconderse dentro de él. Al mismo tiempo quiso aumentar de tamaño y fuerza hasta poder dominarlo y obligarle a amarla como ella lo amaba a él.

Y entonces notó cómo se estremecía. Con un bufido espantoso, Dash echó la cabeza hacia atrás.

—¿Qué crees que estás haciendo?

Honey se dejó caer de rodillas sobre la cama. Extendió los brazos, le rodeó las caderas y aplastó la mejilla contra los músculos fuertes y planos de su abdomen.

—Exactamente lo que quiero hacer.

Él la sujetó por los hombros y la apartó.

—¡Ya basta! Has ido demasiado lejos, niña.

Ella se recostó sobre sus talones. Hablando despacio, dijo:

—Yo no soy una niña.

—Tienes veinte años —repuso él con voz áspera—. Eres una niña.

—Mentiroso —susurró ella.

Una sombra de dolor pasó por sus ojos, pero Honey no se apiadó. Aquella era su noche. Seguramente la única que tendría. Sin plantearse lo que haría a continuación, se llevó las manos a la nuca y buscó debajo del pelo el diminuto gancho con ojal en la parte superior del vestido. Cuando lo hubo liberado, bajó la cremallera. Un leve susurro rompió el silencio de la noche, y el vestido cayó de sus hombros.

Bajó los pies por el costado de la cama y se puso de pie. El vestido se deslizó sobre sus caderas al suelo y la dejó en un sujetador de encaje, unas medias plateadas brillantes y unas braguitas de color azul hielo.

Dash habló con voz ronca.

—Estás borracha. Ni siquiera sabes lo que pides.

—Sí lo sé.

—Estás caliente y necesitas a un hombre. No te importa demasiado cuál.

—Eso no es cierto. Bésame otra vez.

—No más besos, Jane Marie.

—Eres patético —replicó ella, negándose a dejarle ocultarse detrás de una relación fingida.

—Yo no soy...

Honey cogió su fuerte muñeca y le llevó la mano hasta su pecho. La apretó contra su plenitud.

—¿Notas cómo me late el corazón, Dash? —Pasó la palma de un lado a otro hasta que se le endureció el pezón bajo el sedoso tejido—. ¿Lo notas?

—Honey...

Le tomó la manaza entre las suyas y la deslizó entre sus pechos y sobre las costillas.

—¿Me sientes?

—No...

Honey se detuvo solo un momento antes de deslizar la mano sobre el sedoso tejido de sus braguitas y luego entre sus piernas.

—¡Joder!

Dash la tocó, la estrechó y luego retrocedió como si lo hubiese quemado.

—Vamos a dejar esto ahora mismo, ¿me oyes? —bramó—. Estás borracha, te estás portando como una puta y esto se ha acabado.

—Tienes miedo, ¿verdad? —Honey bajó los ojos hacia la bragueta de sus pantalones—. Puedo ver cuánto me deseas, pero tienes demasiado miedo para admitirlo.

—Eso es decir obscenidades. No tienes más idea de lo que dices que de lo que es el sexo. Soy cien años más viejo que tú. Solo eres una niña.

—Tienes cuarenta y tres años. No puede decirse que eso sea ser viejo. Y no me has besado como si fuera una niña.

—Ni una palabra más. Hablo en serio, Honey.

Pero ella se sentía demasiado dolida para parar. Apretando los dientes, lo atacó.

—Eres un cobarde.

—Ya basta.

—No tienes agallas para admitir lo que sientes por mí.

—¡Basta!

—Si yo fuera tan cobarde como tú, no podría mirarme en el espejo.

—¡He dicho basta!

—Me suicidaría. De veras. Cogería un cuchillo y me lo clavaría...

—¡Te lo advierto por última vez!

—¡Cobarde!

Dash la agarró por el brazo y casi la desequilibró cuando la atrajo contra sí. Su rostro se crispó y, cuando acercó la boca a la suya, siseó:

—¿Es esto lo que quieres?

El beso fue tan intenso y arrollador que Honey debió asustarse, pero el fuego en su interior era demasiado ardiente.

La reacción de ella avivó su ira en vez de enfriarla. Dash se apartó de ella y se despojó de la chaqueta.

—Muy bien. Estoy harto de hacer jueguecitos contigo. Si esto es lo que quieres, lo tendrás.

Se quitó la corbata y tiró de la pechera de su camisa; los botones de ónice salieron volando. Respiraba con dificultad y tenía un aire de desesperación.

—No pienses ni por un momento que después podrás venir llorando.

Honey lo observó mientras se despojaba de la faja y la camisa.

—No lloraré.

—Eso es solo porque no sabes nada de lo que te va a ocurrir. —Lanzó un zapato a través de la habitación—. No sabes nada, ¿verdad?

—No... no por experiencia práctica.

Dash se quitó el otro zapato y lo tiró contra la mesilla de noche soltando un juramento.

—La experiencia práctica es lo único que cuenta. Y no creas que te lo pondré fácil. No es así como lo hago. Querías a un amante, niña. Y ahora lo vas a tener.

A Honey se le aflojaron todos los músculos, y su desenfreno fue reemplazado por el miedo. Pero ni siquiera el miedo podía hacerle huir de la habitación, pues necesitaba su amor con una desesperación desmedida.

—¿Dash?

—¿Qué quieres?

—¿Tú...? ¿Debería quitarme el resto de la ropa?

Las manos de Dash se inmovilizaron en la cintura de sus pantalones. Se dejó caer en la silla que tenía detrás. Por un momento no hizo nada. Honey contuvo la respiración, rezando para que reapareciera el hombre al que amaba en lugar de aquel desconocido peligroso que tanto se esforzaba por asustarla y lo conseguía. Pero cuando le vio fruncir los labios, supo que no iba a ablandarse.

—Esa es una idea excelente. —Dash estiró las piernas y las

cruzó a la altura de los tobillos mientras la observaba con detenimiento—. Quítatelo todo muy despacio mientras te miro.

—¿Por qué haces que sea tan terrible?

—¿Qué esperabas, niña? ¿Creías que todo sería poesía y besos? Si querías eso, deberías haber elegido a un escolar. Alguien tan nuevo en el juego como tú. Alguien con buenos modales que se tomara tiempo contigo y no te hiciera daño como te lo haré yo.

—Tú no me harás daño.

—En eso te equivocas. Claro que te haré daño. Fíjate en lo mucho más grande que soy ahora. Quítate la ropa interior. ¿O estás dispuesta a admitir que te has equivocado?

Honey quería huir de él, pero no podía. Nadie la había considerado nunca digna de amor, y si esa era la única forma en que él podía dárselo, aceptaría lo que le ofreciera. Le temblaban las manos cuando se las llevó a la espalda buscando el cierre del sujetador.

Dash se levantó de la silla de un salto, con la cara contraída de furia.

—Es tu última oportunidad. Tan pronto como ese sujetador desaparezca, me abalanzaré sobre ti.

Ella desabrochó el cierre con torpeza y dejó que los tirantes le cayeran de los hombros.

Un músculo se crispó junto al pómulo de Dash.

—Cuando ese sujetador desaparezca, será demasiado tarde. Lo digo en serio. Desearás no haber nacido. —La prenda cayó perezosamente al suelo—. Cuando ese sujetador desaparezca, desearás...

—¿Dash? —Su voz temblorosa era poco más que un susurro—. Me estás asustando de veras. ¿Podrías...? ¿Podrías abrazarme antes un momento?

Todas sus bravatas se esfumaron. Bajó los hombros y torció la boca de puro dolor. Gimiendo, extendió los brazos y la estrechó. Sus pechos anidaron en el calor de su torso desnudo como pajaritos.

Le susurró al oído con voz tierna y triste.

—Temo mucho por ti, Honey.

—No tengas miedo —repuso ella—. Ya sé que no puedes quererme.

—Cariño...

—No pasa nada. Yo te quiero lo suficiente por los dos. Te quiero muchísimo.

—Solo lo crees.

—Lo hago —dijo ella con vehemencia—. Más de lo que he querido a nadie en mi vida. Tú eres la única persona que se ha preocupado de verdad por mí. No te enfades conmigo.

—Cariño, no estoy enfadado contigo. ¿No lo entiendes? Estoy enfadado conmigo mismo.

—¿Por qué?

—Porque no soy lo bastante bueno para ti.

—Eso no es cierto.

Dash suspiró con un sonido entrecortado.

—Tú te mereces mucho más. Yo no quiero hacerte daño, pero antes de acabar te habré roto el corazón.

—No me importa. Por favor, Dash. Por favor, ámame, solo por esta noche.

Él le acarició el pelo durante un largo rato. Después le deslizó las manos por la espalda desnuda hasta las caderas.

—Está bien, cariño. Te amaré. Que Dios me perdone, pero no puedo remediarlo.

Le besó la frente y las mejillas. La acarició hasta que su propia respiración se alteró, y entonces se apoderó de su boca. Su beso fue exigente, y ella se extravió en su prodigiosa fuerza. La intensidad de su excitación le apretaba el vientre mientras le pasaba las manos por los costados. Bajando la cabeza, le besó los jóvenes pechos y se los succionó hasta hacerla tambalear de deseo.

—No lo sabía —dijo Honey con voz entrecortada.

—Yo te enseñaré, cariño —repuso él.

La acostó sobre la cama y le quitó las braguitas y las medias. Por un momento ella temió hacer algo mal y se tensó.

—Eres tan bonita...

Relajándose, Honey le dejó separarle las piernas y acariciar la piel blanda y firme del interior de sus muslos. No tardó en sentirse rendida, confiada por completo a él. Cuando Dash la abrió, ella se le rindió. No se resistió a sus dedos cuando facilitaron el paso. Lo recibió con gozo ardiente y desbocado cuando él estuvo desnudo y acostado entre sus muslos abiertos.

—Ahora despacio, cariño —dijo él con voz áspera mientras no dejaba de acariciarla—. No te pongas en tensión.

No lo hizo. Dejó los brazos bien extendidos sobre la cama, toda ella abierta y confiada. Él sabía dónde tocar, dónde acariciar. Llevaba haciendo el amor a mujeres más tiempo del que Honey tenía de vida, y entendía los misterios de su cuerpo mejor que ella misma.

Cuando la poseyó lentamente, Honey lo acogió con asombro y pasión, sin apenas sentir dolor porque la había preparado muy bien. Dash la acariciaba sin cesar, exhibiendo una paciencia infinita aun teniendo el cuerpo empapado en sudor. Una y otra vez la llevó hasta la cúspide, pero no le permitía volar.

Ella empezó a suplicarle con jadeos entrecortados.

—Por favor. Necesito...

—Ahora calla.

—Pero tengo que...

—Basta. Chissst.

La besó, la acarició y echó la cabeza hacia atrás para contemplarla mientras suplicaba el alivio.

—Voy a... morirme.

—Lo sé, cariño. Lo sé.

Los ojos de Dash se llenaron de humeante ternura, y Honey empezó a gritar.

Él sonrió y le permitió levantar el vuelo.

17

Honey se quedó entre sus brazos, con la cabeza recostada sobre su hombro. Dash jugueteaba distraídamente con su pelo, enroscando rizos sedosos en torno a sus gruesos dedos marrones mientras ella descubría las texturas de su pecho y exploraba viejas cicatrices que había visto pero nunca había tocado.

Él guardaba silencio.

Ella, no.

—Nunca creí que sería tan maravilloso, Dash. No me ha dolido nada, y quería que no se acabara nunca. Estaba preocupada... He leído sobre eso en libros, ¿sabes?, y te hace concebir grandes expectativas. Pero entonces debes preguntarte: ¿es realmente así? —Le tocó una cicatriz junto a la tetilla—. ¿Dónde te hiciste esta?

—No lo sé. En Montana, quizá. Trabajé en un rancho de allí.

—Humm. No puedo imaginarme nada más maravilloso que el sexo. Temía ser... Bueno, como no tenía nada de práctica, creía que sería un poco patosa. —Levantó la cabeza con el ceño fruncido—. No he sido patosa, ¿verdad?

Él le besó la punta de la nariz.

—No has sido patosa.

Tranquilizada, volvió a recostarse y siguió acariciándolo.

—Pero todavía no sé mucho, y la verdad, no entiendo por qué no podemos volver a hacerlo. No me duele. De veras que no. Y quiero asegurarme de satisfacerte..., sé que eso es importante. Y no he hecho... ya sabes... sexo oral ni nada de eso.

—Por el amor de Dios, Honey.

Se apoyó sobre el codo para mirarlo.

—Pues no, no lo he hecho.

Un leve sonrojo se extendió por los pómulos de Dash.

—Por todos los santos, ¿de dónde sacas esas ideas?

—Quizá no tengo mucha experiencia, pero leo mucho.

—Bueno, eso lo explica todo.

—Y otra cosa...

Dash soltó un gemido.

—Todo ha sucedido muy rápido. Bueno, rápido no. Muy despacio, y ha sido maravilloso. Pero me he vuelto un poco loca. Lo cual no era culpa mía, porque todo lo que me hacías me volvía loca. No exactamente loca, sino...

—Honey.

—¿Sí?

—¿Crees que podrás ir al grano antes de que los dos muramos de viejos?

Honey jugueteó con el borde de la sábana que cubría la cintura de Dash.

—El grano... —Vaciló—. Resulta un poco violento.

—Cuesta trabajo imaginarse que pueda haber algo que te resulte violento.

Ella le dirigió una mirada que pretendía que fuese fulminadora, pero estaba tan contenta que no lo consiguió.

—Lo que trato de decir es que... En el calor de la pasión, por así decirlo, no he tenido ocasión de... En realidad no... —Acarició el borde de la sábana—. La cuestión es que... —Respiró hondo—. Quiero mirar.

Dash levantó la cabeza en el acto.

—¿Quieres qué?

Ahora le tocó a ella sonrojarse.

—Quiero... mirarte.

—¿Como si fuera un experimento científico?

—¿Te importa?

Él se rio entre dientes y volvió a recostar la cabeza sobre la almohada.

—No, cariño, no me importa. Aparta la sábana.

Ella retiró la sábana, y al cabo de muy poco Dash parecía haber dejado a un lado todas sus reservas porque volvían a hacer el amor.

A la mañana siguiente Dash estaba en la ducha cuando el servicio de habitaciones llamó a la puerta. Él había pedido café y ella había pedido gofres, salchichas, tostadas, zumo y tarta de queso con arándanos. Quería comer de todo, probarlo todo, hacer de todo. Sonrió y se abrazó. Era toda una mujer. Cuarenta y seis kilos de dinamita femenina. Los hombres más duros y más malvados del Oeste no habían podido doblegar a Dash Coogan, pero ella había hecho hincarse de rodillas al rey de los vaqueros.

Contoneándose por la salita, toda sexy y satisfecha consigo misma, se ató el cinturón del albornoz que se había puesto al salir de la ducha y abrió la puerta.

—Déjelo...

Wanda Ridgeway la apartó de un empujón e irrumpió en la estancia.

—Está aquí, ¿verdad? No estaba en su habitación. Sé que está aquí.

—Madre, por favor.

Meredith la siguió a regañadientes.

Dash y Wanda llevaban años divorciados, pero Honey se sintió culpable al instante.

—¿Quién...? ¿A quién se refiere?

El sonido de la ducha se oía claramente, y Wanda la miró como las mujeres adultas miran a los niños sorprendidos cuando dicen una mentira.

—Mi madre cree que mi padre está aquí —dijo Meredith con frialdad.

—¿Dash? —Honey abrió los ojos como platos como hacía Janie cuando trataba de escapar de un aprieto—. ¿Creen que Dash está aquí? —Soltó una carcajada falsa y abrió aún más los ojos—.

Vaya, eso es ridículo. —Otra carcajada fingida—. ¿Por qué habría de usar Dash mi ducha?

—Entonces, ¿quién es? —preguntó Wanda.

—Un hombre... Yo... conocí a un hombre en la fiesta... Meredith, sonrojándose, se dirigió a su madre.

—Te he dicho que no estaba aquí. Siempre piensas lo peor de él. Te he dicho...

—Está mintiendo, Meredith. Toda tu vida me has culpado a mí del divorcio. Pese a toda tu verborrea sobre el infierno, todavía crees que tu padre camina sobre las aguas. Crees que está iluminado por una gran aureola como Jesús. Pues bien, tu padre no podría andar sobre el agua ni aunque fuese de hormigón. Lo que rompió nuestro matrimonio fue su bragueta, no yo.

La ducha se detuvo.

Honey lanzó una mirada nerviosa hacia la puerta.

—No quisiera ser maleducada, pero si no hay nada más que...

—Eh, Honey. Entra y sécame la espalda.

Meredith dio un respingo al oír la voz de su padre. Wanda irguió la cabeza en señal de triunfo.

—Su ducha no funciona —balbuceó Honey—. Yo estaba con otro hombre, pero se ha marchado. Entonces Dash ha llamado y ha dicho que su ducha no funcionaba, y me ha preguntado si podía utilizar la mía.

Dash apareció por la puerta, secándose el pelo con una toalla y otra anudada a la cintura.

—Honey...

No terminó la frase.

Wanda cruzó los brazos sobre el pecho, con expresión engreída. Meredith soltó un bufido de indignación.

Dash se detuvo solo un momento antes de continuar secándose el pelo.

—¿Qué hacéis aquí las dos tan temprano?

—¿Cómo has podido? —masculló Meredith.

—No es lo que piensas, Meredith. —Honey corrió a situarse a su lado—. Dash, estaba diciendo a Wanda y Meredith que la ducha de tu habitación no funciona. Y que has llamado para preguntarme si podías utilizar la mía. Y como mi... esto... compañero de esta noche se había ido, he dicho que de acuerdo, y...

Dash la miró como si hubiese perdido el juicio.

—¿De qué diablos estás hablando?

—De tu ducha averiada —insistió Honey sin convicción.

Él se puso la toalla sobre los hombros y sujetó los extremos con las manos mientras se volvía hacia Meredith.

—No había ninguna ducha averiada, Merry. Honey y yo hemos pasado la noche juntos, y puesto que ambos somos personas de edad para consentir, es solo asunto nuestro.

Los ojos de Wanda brillaron con maliciosa satisfacción.

—Por fin tu hija puede ver por sí misma exactamente la clase de hombre que es su padre.

Los labios de Meredith temblaron y después se contrajeron en una mueca.

—Voy a rezar por ti, papá. Voy a pasarme el resto del día de rodillas rezando por tu alma eterna.

Dash se quitó la toalla del cuello.

—¡No te molestes! No necesito que nadie rece por mí.

—Sí lo necesitas. Necesitas todas las oraciones que puedas conseguir. —Meredith fulminó a Honey con la mirada—. Y en cuanto a ti... Eres una afrenta para todas las mujeres que valoran la santidad de su propio cuerpo. Lo has tentado como las rameras de Babilonia.

Meredith se había acercado mucho a la verdad, y Honey hizo una mueca. Sin embargo, Dash dio un paso adelante.

—Cállate ahora mismo —dijo en voz baja y en un tono de advertencia—. No digas nada más.

—Eso es lo que es. Ella...

—¡Basta! —bramó Dash.

Antes de que Honey pudiera darse cuenta de lo que ocurría, él la había atraído a su lado. Se sintió debilitada por el torrente de sentimientos que su actitud protectora desencadenó en su interior.

—Si quieres formar parte de mi vida, Meredith, tendrás que aceptar a Honey, porque también formará parte de ella.

Honey levantó la cabeza para mirarlo.

—Jamás la aceptaré —dijo Meredith con rencor.

—Quizá deberías pensar lo que dices antes de que cierres demasiadas puertas.

—No tengo que pensarlo —replicó ella—. Si aceptara esta relación sórdida, sería también mi pecado.

—Eso tendrás que resolverlo tú misma —sentenció él.

Wanda dio un paso adelante.

—Ve a llamar el ascensor, Meredith. Iré en un segundo.

Era evidente que Meredith tenía más cosas en la cabeza que quería decir, pero le faltó valor para desafiar a su madre. Negándose a mirar a su padre, dirigió a Honey una mirada preñada de odio y abandonó la habitación.

—Tenías que traerla aquí, ¿verdad? —dijo Dash cuando Meredith se hubo marchado.

Wanda se puso tiesa.

—Tú no has tenido que vivir con ella. Eres el chico bueno que se presenta cada equis años cargado de regalos. Yo he sido la mala puta que despachó a su padre. Tiene veintiún años, y estoy harta de convivir con su culpa.

Dash torció el gesto.

—Sal de aquí.

—Ya me voy.

Se ajustó la correa del bolso sobre el hombro y entonces parte de su rencor pareció esfumarse. Miró de Dash a Honey y de esta a Dash. Sacudió la cabeza.

—Estás dispuesto a volver a estropearlo todo, ¿eh, Randy?

—No sé a qué te refieres.

—Cada vez que empiezas a salir a flote, haces algo para estropearlo. Desde que te conozco, siempre has hecho lo mismo. Justo cuando las cosas empiezan a irte bien, siempre consigues echarlas a perder.

—Estás loca.

—No lo hagas, Randy —dijo ella en voz baja—. Esta vez no lo hagas.

Se instaló el silencio entre ambos. Dash tenía la cara rígida; la de Wanda estaba pensativa. Le dio un torpe golpecito amistoso en el brazo y los dejó solos.

Los ojos de Honey pasaron de la puerta cerrada a Dash.

—¿Qué ha querido decir? ¿De qué hablaba?

—No tiene importancia.

—¿Dash?

Él suspiró y miró por la ventana.

—Sabe que me casaré contigo, supongo.

Honey tragó saliva.

—¿Casarte conmigo?

—Vamos, vístete —dijo él con brusquedad—. Tenemos que tomar un avión.

Dash no quiso hablar de su inesperado anuncio durante el vuelo, ni tampoco una vez que hubieron llegado a Los Ángeles. Finalmente, Honey desistió de intentarlo. En la autopista desde el aeropuerto, Dash insultó a otros conductores y les cerró el paso. Pero ni siquiera su mal humor consiguió desalentar al coro de ángeles que cantaba dentro de ella.

Había dicho que se casaría con ella. Su mundo se había abierto como un huevo, y en su centro había aparecido una joya.

Dash soltó un taco y cambió bruscamente de carril entre dos furgonetas. Honey comprendió que se dirigían a Pasadena en lugar del rancho y empezó a notarse un nudo en el estómago. La llevaba a casa. ¿Y si no tenía ninguna intención de hacer lo que había dicho? ¿Y si no iban a casarse y él trataba de encontrar un modo de decirle que había cambiado de opinión?

—Apuesto a que no metiste ni unos vaqueros en esa maleta.

Lo dijo en un tono tan acusador que ella optó por defenderse.

—Íbamos a una boda.

—Siempre tienes a punto una respuesta aguda, ¿eh?

Honey abrió la boca para responder, pero antes de que pudiera hablar, él siguió diciendo:

—Esto es lo que vamos a hacer. Creo que lo mejor será ir a la Baja California. Nos casaremos allí y acamparemos unos días.

Disponemos de una semana más antes de regresar al plató, y podríamos aprovecharla.

Los ángeles entonaron un coro de aleluyas.

—¿Lo dices en serio? —preguntó bajito—. ¿Vamos a casarnos de verdad?

—¿Qué sugieres como alternativa? ¿Querías tener una aventura? —Escupió esta palabra como si fuese una obscenidad especialmente detestable—. ¿Querías que viviéramos juntos?

—Todo el mundo lo hace —dijo ella tímidamente, tratando de entender su estado de ánimo.

Dash se mostró completamente indignado con ella.

—¿Es ese todo el valor que te concedes? Te diré una cosa, niña. En mi vida he sido malo, pero nunca he sido tan malo como para no casarme con una mujer a la que quería.

¡La quería! El conocimiento irradió en su interior como un rayo de sol. Ya no le importaba su mal humor ni nada más. Había dicho que la quería, y ella iba a ser su esposa. Quiso arrojarse a sus brazos, pero había algo tan intimidante en su actitud que no tuvo el valor de hacerlo.

Dash no volvió a hablar hasta que llegaron a casa de Honey.

—Te daré diez minutos para deshacerte de toda esa ropa elegante y recoger algunos vaqueros y botas. Pasaremos la noche en el rancho y mañana saldremos a primera hora de la mañana. Hará frío por la noche; así pues, tráete un juego de ropa interior larga. Y necesitarás tu certificado de nacimiento.

¡Certificado de nacimiento! Iban a casarse de verdad. Con un grito de felicidad, Honey se inclinó hacia el asiento del conductor para abrazarlo y luego salió corriendo hacia la casa para hacer lo que le había ordenado.

Ningún miembro de su familia parecía haberse percatado de su ausencia. Preparó el equipaje con diligencia y anunció a Chantal que no estaría en casa durante unos días. Su prima no mostró suficiente curiosidad para pedir una explicación, y Honey no se la dio. Una parte de ella todavía no se podía creer que Dash Coogan iba a casarse con ella, y hasta que hubiera sucedido, no quería echarse mal de ojo diciéndoselo a alguien.

Dash tamborileaba con los dedos con impaciencia sobre el volante cuando ella volvió al coche.

—No tenías que esperar aquí fuera —dijo Honey cuando subió—. Podías haber entrado.

—¿Con ese hatajo de caníbales? Ni hablar.

Ella decidió que ya tendría tiempo suficiente para aclarar la opinión de Dash sobre su familia después de que se hubieran casado, pero no pudo rechazar tan fácilmente algo que le había oído decir anteriormente. Cuando el coche accedía a la Ventura Highway, un leve escalofrío enturbió su felicidad.

—Dash, sobre lo que has dicho antes de casarte con las mujeres a las que querías... Yo no espero que me quieras como has querido a tus otras esposas. Quiero..., quiero que sea para siempre.

Él miró fijamente la autopista que se extendía delante.

—Eso demuestra lo que sabes.

18

Se casaron la tarde siguiente en Mexicali, justo al otro lado de la frontera. La ceremonia tuvo lugar en una especie de oficina del gobierno. Honey no estaba segura de qué era, ya que no entendía los rótulos en español y Dash seguía sin mostrarse comunicativo. Los dos vestían vaqueros. Ella sostenía un ramo de flores que él había comprado a un vendedor de la calle, y su alianza era un sencillo anillo de oro adquirido en una joyería cercana.

Las paredes eran delgadas y se oían canciones de rock en español atronando desde una radio en el despacho contiguo. El funcionario que los casó tenía un diente de oro y apestaba a ajo. Cuando concluyó la ceremonia, Dash cogió la copia de su certificado de matrimonio y llevó a su esposa afuera, sin besarla.

El cálido aire de la tarde estaba impregnado del hedor de los canales de regadío y de fertilizante, pero ella lo inhaló con deleite. Era la señora de Dash Coogan. Honey Jane Moon Coogan. Por fin formaba parte de alguien.

Él la llevó hacia su jeep, que estaba aparcado junto a la acera y lleno de material de acampada. Honey sabía por conversaciones anteriores que el vehículo había sido especialmente modificado para adaptarse al accidentado terreno del lugar en el desierto en el que a él le gustaba acampar. Cuando entraron en una de las gasolineras Pentex, de titularidad gubernamental, para llenar el depósito con capacidad para 140 litros, Honey se acordó de todas las ocasiones en que él había salido en una de esas excursiones de acampada sin ella y cómo había soñado con acompañarlo. Ahora lo hacía de un modo que no se había imaginado nunca.

Desde Mexicali, se dirigieron hacia el oeste por la autopista 2. Del asfalto se levantaban olas de calor, y el viento arrastraba desperdicios a través de la calzada. Rodaduras de neumático abandonadas yacían al lado de la carretera como caimanes muertos, y unos carteles viejos y cansados marcaban el desolado paisaje. Un camión cargado de jornaleros pasó por su lado a toda velocidad, tocando el claxon. Honey sacó la mano por la ventanilla abierta y los saludó alegremente.

—¿Quieres que te arranquen el brazo? —la regañó Dash—. Ni se te ocurra sacar las manos.

Era evidente que haber dejado atrás la ceremonia de matrimonio no había mejorado su humor. Honey se dijo que tarde o temprano le haría saber qué mosca le había picado, pero hasta entonces mantendría la boca cerrada.

Había visitado Tijuana varias veces con Gordon y Chantal, pero esa parte de la Baja California era nueva para ella. El terreno aparecía reseco e inhóspito, un dedo nudoso entrando en el mar. Varios kilómetros al oeste de Mexicali, la autopista cruzaba la parte superior de la Laguna Salada, un lago vasto y seco que se extendía hasta donde alcanzaba la vista. Su superficie estaba marcada por rodadas de jeeps y todoterrenos.

Mientras contemplaba el árido paisaje lunar del lecho del lago, empezó a notarse los párpados pesados. Habían llegado al rancho justo después de anochecer y cenado en silencio. Después, Dash la había conducido con brusquedad a una de las habitaciones de invitados, donde ella se había agitado toda la noche, incapaz de dormir porque temía que él cambiara de opinión a la mañana siguiente. Bajó los ojos al anillo de oro en su dedo y trató de asimilar el hecho de que estaban casados de verdad.

Su hombro golpeó el de Dash cuando dejaron la autopista y comenzaron a atravesar el lecho seco del lago.

—Acamparemos para pasar la noche en uno de los cañones de palmeras —dijo él bruscamente—. No es muy accesible, de modo que los promotores inmobiliarios aún no le han hincado el diente.

«No muy accesible» resultó ser un eufemismo. Las marchas del jeep funcionaban con dificultad cuando el pequeño vehículo finalmente abandonó el lecho del lago y abordó las empinadas laderas rocosas que se levantaban en su orilla occidental. Durante una hora siguieron una carretera que era poco más que una pista llena de baches, dando botes y sacudidas hasta que Honey se sintió magullada. Por último, pasaron por una estrecha hendidura entre las rocas y salieron a un minúsculo cañón a la sombra de unas palmeras.

Unas paredes de granito agrestes y escarpadas se alzaban a gran altura a ambos lados. Honey vio las retorcidas ramas plateadas de cuajiotes entremezcladas con palmeras y tamarindos. Cuando Dash detuvo el jeep, oyó el sonido de un curso de agua. Él se apeó y desapareció entre los árboles. Ella bajó a su vez, estiró los miembros y miró a su alrededor en busca del origen del sonido. A su espalda, una pequeña cascada se precipitaba a través de un velo plateado como de encaje desde la áspera cara del risco.

Dash salió de los árboles subiéndose la cremallera de los pantalones. Honey se apresuró a apartar la vista, violenta y fascinada a la vez por aquella intimidad, que era exactamente el tipo de cosas que siempre se había imaginado que un hombre hacía delante de su esposa.

Él indicó la cascada con un movimiento de la cabeza mientras empezaba a descargar el jeep.

—Estos cañones son uno de los pocos sitios con agua dulce en toda la Baja. Incluso hay aguas termales. La mayor parte de la península es seca como el polvo, y el agua es mucho más valiosa que el oro. Coge esos palos.

Honey hizo lo que le pedía, pero cuando sacaba los palos de atrás, el extremo del más largo se atascó en el armazón del jeep y todos se desparramaron estrepitosamente por el suelo

—Maldita sea, Honey, ten cuidado.

—Lo siento.

—No quiero tener que pasarme todo el viaje arreglando tus desaguisados.

Ella se inclinó para recoger los palos.

—¿Y te importa decirme por qué llevas puestas esas sandalias? Recuerdo perfectamente haberte dicho que trajeras botas.

—Lo he hecho —repuso ella—. Están con mi ropa.

—¿Y de qué servirán con tu ropa si estamos en medio del desierto y te tropiezas con una serpiente de cascabel?

—No estamos en medio del desierto —señaló Honey mientras se enderezaba con los diez palos sujetos entre los brazos.

—Has estado con ganas de pelea desde ayer, ¿verdad?

Ella lo miró, incapaz de dar crédito a su descaro. Era él quien había estado actuando como si estuviera sentado sobre un puerco espín.

Dash se echó hacia atrás el ala delantera de su Stetson con el pulgar. Tenía en el rostro una expresión beligerante.

—Ya podríamos establecer unas cuantas normas. Eso es, si no estás demasiado ocupada tirando cosas para escuchar.

—Nunca he ido de acampada —replicó Honey con frialdad—. No sé nada de esto.

—No me refiero a acampar. Me refiero a nosotros dos. —Avanzó hacia ella hasta que solo los separaban unos centímetros—. Primera. Yo soy el jefe. Estoy anclado en mis hábitos y no tengo intención de cambiar ni uno solo de ellos. Tendrás que adaptarte mucho más que yo, y no quiero oír ninguna queja al respecto. ¿Entendido?

No aguardó su respuesta, lo cual fue mejor.

—No me preocupo de las tareas domésticas. Expresiones como «compartir la carga de trabajo» no forman parte de mi vocabulario. No pongo lavadoras, me trae sin cuidado si hay café en el armario. O contratamos a alguien que lo haga o te ocupas tú. Elige. —Entrecerró los ojos—. Y en cuanto a tu familia de parásitos, si quieres seguir soportándolos, es asunto tuyo, pero yo no les daré ni un céntimo, y no se acercarán a menos de quince kilómetros del rancho. ¿Queda claro?

Hablaba como si le estuviera detallando las condiciones para su libertad condicional.

—Y otra cosa. —Frunció más el ceño—. Esas píldoras anticonceptivas que he visto en tu maleta. De ahora en adelante formarán parte de tu dieta, niña. Ya estropeé una colección de hijos, y no tengo intención de estropear otra.

—¿Dash?

—¿Qué?

Honey dejó los diez palos en el suelo y luego lo miró, tratando de no pestañear.

—He estado haciendo todo lo posible por no perder la paciencia contigo, pero me has llevado hasta el límite. Lo sabes, ¿verdad?

—Apenas he empezado.

—En eso te equivocas. Ya has terminado.

Dash apretó los dientes.

—Ah, ¿sí?

—Sí. Yo no había sido nunca una llorona, Dash Coogan, pero desde que me enamoré de ti, he llorado más de lo debido. Y te advierto ahora mismo que me estás disgustando, lo que significa que seguramente me pondré a llorar muy pronto. No me enorgullezco de ello, en realidad me avergüenza, pero eso no cambiará el desenlace. Así pues, si no quieres pasarte el resto de este lamentable simulacro de luna de miel soportando a una esposa llorona, te sugiero que empieces a actuar como el caballero que sé que puedes ser.

Él bajó la cabeza. Golpeó el suelo con la punta de la bota. Cuando habló, lo hizo con voz queda y algo ronca.

—Honey, no he sido fiel a una mujer en mi vida.

La atravesó una punzada de dolor.

Dash la miró con ojos tristes.

—Cuando pienso en mi historial y en todos los años que nos separan, por no hablar del hecho de que tendremos que poner fin a dos carreras, no me puedo creer que esté haciendo esto. No importa tanto en lo que a mí respecta, pero no soporto la idea de hacerte daño. Sé que debo de estar loco, Honey, pero no parece que pueda evitarlo en lo que se refiere a ti.

Todo su resentimiento se esfumó y se sintió llena de ternura.

—Creo que yo también estoy un poco loca. Te quiero tanto que apenas puedo soportarlo.

Él la atrajo contra su pecho.

—Sé que sí. Y yo te quiero todavía más. Es por eso que lo que hemos hecho no admite disculpa.

—Por favor, Dash, no hables así.

Él le acarició el pelo.

—Te introdujiste bajo mi piel cuando no miraba, como una nigua. No habría pasado nada si no te hubieras hecho mayor, pero de repente ya no eras una niña, y por más que lo intenté no pude volver a convertirte en eso.

Durante largo rato el único sonido que se oyó fue el rumor de la cascada detrás de ellos.

Para cuando hubieron acampado, el cielo se había encapotado y una gélida llovizna había hecho caer la temperatura por debajo de los diez grados. Honey tenía frío, estaba mojada y era más feliz de cuanto podía recordar.

—¿Te importa ir a buscar la comida que falta?

Dash abrió la cremallera de la pequeña tienda que había montado.

Honey se inclinó hacia el interior del jeep, pero antes de que pudiera sacar la voluminosa lata de comida él había llegado a su lado y se la quitaba de las manos.

—No pesa —protestó ella—. Puedo hacerlo yo.

—Espero que puedas.

Dash se inclinó y le rozó los labios con los suyos.

Honey se sonrió al recordar todas las fanfarronadas que había estado haciendo. Dash Coogan era el hombre más fanfarrón que había conocido nunca.

Una ráfaga de viento helada atravesó el campamento, sacudiendo las frondas húmedas de las palmeras, y la hizo tiritar.

—Creía que esto debía ser un clima tropical.

—¿Tienes frío?

Ella asintió.

—Eso es bueno.

Lo miró interrogativamente.

—Aquí el tiempo puede cambiar rápidamente, sobre todo en invierno. —Dash parecía complacido—. Esta es la única época del año en que se necesita una tienda. Normalmente solo habría traído una mosquitera para proporcionarnos sombra, protegernos de los insectos y dejar pasar la brisa. Coge ropa seca para los dos y tu ropa interior larga mientras me llevo esto.

Honey hizo lo que le pedía, pero cuando se dirigía hacia la tienda para cambiarse, él se interpuso en su camino.

—Por aquí no.

La cogió de la mano, envolvió la ropa seca con un poncho y empezó a conducirla hacia las palmeras.

La temperatura descendía por momentos, y habían empezado a castañetearle los dientes.

—Me temo que tengo demasiado frío para hacer una excursión, Dash.

—Oh, vamos. Eres más fuerte que eso. Un poco de aire fresco no hace daño a nadie.

—Es mucho más que aire fresco. Puedo ver mi aliento.

Él sonrió.

—¿Es mi imaginación o estás empezando a quejarte?

Honey pensó en la tienda y en los sacos de dormir de mullido plumón donde podrían estar acurrucados en aquel mismo momento y donde podría recibir más lecciones de relaciones sexuales.

—Creo que tendré que fortalecerte.

La llevó a través de un claro entre los árboles y ella se quedó sin respiración. Delante de ellos, en un nido de helechos y rocas musgosas, se extendía una pequeña charca de cuya superficie emanaba vapor hacia el aire gélido.

—Te he dicho que aquí había aguas termales —le recordó Dash—. Ahora, ¿qué te parece si nos despojamos de esta ropa y nos ponemos a jugar en serio?

Honey ya se desabrochaba la blusa, pero tenía los dedos anquilosados por el frío y él fue el primero en desvestirse. Una vez desnudo, la ayudó a quitarse los húmedos vaqueros y después la metió en la charca hasta que el agua le llegaba solo hasta la cintura, pero a ella le dejaba solo los pechos y los hombros al descubierto. La maravillosa sensación del agua caliente contra su piel fría la reconfortó. Por encima de la superficie, sus pechos se cubrieron de carne de gallina y los pezones se encogieron en forma de guijarros pequeños y duros. Dash bajó la cabeza y capturó uno en el calor de su boca. Ella arqueó el cuello al notar la delicada succión. La boca de él pasó al otro pezón.

Al cabo de un rato la soltó y empezó a echarle agua caliente sobre los helados hombros, sin dejarle sumergirse bajo la superficie, pero calentándola con el agua y las palmas de sus grandes manos morenas.

Honey procedió a acariciarle las caderas y la parte anterior de los muslos debajo del agua. Sus pezones se ablandaron y dilataron como capullos de verano al contacto con los dedos de Dash. Sus manos se volvieron más atrevidas y lo acariciaron hasta hacerle gemir.

Ahora se encontraban hacia el centro de la charca, donde el agua era lo bastante profunda para cubrir los hombros de Honey.

—Pasa las piernas alrededor de mi cintura —propuso Dash con voz enronquecida.

Ella le lamió las gotitas de humedad que se habían formado sobre sus pómulos e hizo lo que él le pedía.

Dash jugó con ella bajo el agua, con los dedos desmandados, cortándole la respiración mientras exploraban todas las partes de su anatomía.

—Dash...

Apretó sus muslos, jóvenes y fuertes, contra él.

Él pronunció su nombre con un gemido y la penetró.

Permanecieron dos días en el cañón de las palmeras, y durante ese tiempo Dash pareció rejuvenecer delante de sus propios ojos. Las marcadas líneas en las comisuras de su boca se borraron y la crudeza de sus ojos verdes desapareció. Reían, peleaban y hacían el amor hasta el punto de que a veces Honey se preguntaba quién de ellos era el veinteañero. Ella freía bacón y huevos en el hornillo Coleman, y tenía los ojos anegados de lágrimas la mañana del tercer día cuando dejaron atrás su cañón. Dash quería hacerle ver todo, y puesto que volvía a hacer calor, iban a pasar las noches siguientes acampando a lo largo del golfo de California, o el Mar de Cortés, como lo llamaban también.

—Han sido los mejores días que he pasado en mi vida —dijo Honey con un suspiro cuando habían vuelto a la autopista en dirección hacia el sur.

—Volveremos otra vez. —La voz de Dash se tornó sorprendentemente adusta—. Me temo que en el futuro tendremos mucho tiempo para ir de acampada.

—¿Qué tiene eso de malo? A ti te encanta ir de acampada.

—Me gusta cuando estoy de vacaciones. No porque los dos estemos en el paro.

Ella apretó los dientes.

—No quiero hablar de eso.

—Honey...

—Lo digo en serio, Dash. Ahora no.

Él le dejó salirse con la suya y empezó a identificar algunas especies de la vegetación y a señalar las formaciones de roca volcánica. Mientras se adentraban más al sur con la brisa caliente soplando a través de las ventanillas abiertas del jeep, Honey vio carrocerías de automóvil abandonadas por doquier y comenzó a inquietarse. Aquel paisaje tenía algo de apocalíptico: desolado, vistas resecas moteadas de coches oxidados patas arriba como escarabajos muertos, vegetación esquelética desprovista de humedad, carreteras destrozadas y salpicadas de cadáveres de animales. Ni siquiera los caminos más peligrosos tenían pretiles, sino solo grupos de cruces conmemorativas que marcaban el lugar donde se habían perdido seres queridos.

Se sintió invadida por un miedo irracional, no por ella, sino por Dash.

—Déjame conducir —pidió de repente.

Él la miró interrogativamente. Honey sabía que era un buen conductor, pero quería estar al volante. Solo si dominaba cada uno de los movimientos del vehículo, cada matiz de la carretera, podría protegerlo de todo mal.

—Cerca de aquí hay un restaurante en una choza en la playa donde podemos comer —propuso Dash—. La comida es muy buena. Podrás conducir desde allí.

Honey se obligó a respirar hondo y, poco a poco, empezó a relajarse.

«Choza» era una descripción generosa de aquel restaurante. Estaba hecho de adobe que en otros tiempos se había pintado con una tonalidad biliosa de verde, y las desiguales mesas se distribuían en una desmoronada terraza exterior que daba al mar. La terraza estaba resguardada por un tejado ruinoso recubierto de cartón alquitranado y sostenido por postes de madera astillada.

—Ya sé que Hacienda todavía se lleva la mayor parte de tu sueldo, Dash, pero creía que podías permitirte algo mejor que esto.

—Tú espera —dijo él sonriendo mientras la conducía a una mesa de madera con un cuadrado de linóleo muy gastado sujetado con clavos.

—¡Señor Coogan!

—¡Hola! ¿Cómo estás, Emilio?

Dash se levantó cuando un anciano se les acercó. Intercambiaron saludos en un español trepidante antes de que Dash la presentara, pero como ella no conocía el idioma no estaba del todo segura de cómo la había identificado. Finalmente Emilio desapareció por una puerta con mosquitera al interior de la cocina.

—Espero que tengas hambre.

Dash se quitó el sombrero y lo dejó sobre una silla vacía.

Durante la media hora siguiente, se deleitaron con una de las mejores comidas que Honey había probado nunca: quesadillas hechas con tortitas de harina tiernas con queso de cabra rebosando por los lados, suculentos trozos de oreja marina sazonados con lima, aguacates rellenos de gambas rollizas que sabían a agua salada y cilantro. De vez en cuando, uno de ellos pinchaba un pedazo especialmente tierno y se lo daba al otro. A veces se besaban entre bocado y bocado. Honey se sentía como si hubiese sabido cómo hacer de amante toda su vida.

Estaba demasiado llena para tomar más que unos pocos mordisquitos de la gruesa tarta que constituía el postre. Dash también había dejado el tenedor y contemplaba el mar. Ella vio una cresta en su pelo allí donde se había quitado el sombrero y extendió una mano para alisársela, casi sin poder creer que ahora tuviera derecho a hacer esa clase de cosas.

Dash le cogió la mano y se la llevó a los labios. Cuando la soltó, lo hizo con una expresión solemne.

—En cuanto hayamos regresado...

Honey retiró la mano.

—No quiero hablar de eso.

—Tenemos que hablar. Esto es serio, Honey. Lo primero que quiero que hagas es ir a ver un buen abogado.

—¿Un abogado? ¿Ya pretendes divorciarte de mí?

Él sonrió.

—No se trata de divorciarse. Tienes que blindar hasta el último céntimo de tu dinero para que Hacienda no pueda quitártelo por mi culpa. No voy a permitir que pagues mis errores fiscales. Fue una estupidez por mi parte no haber pensado en eso enseguida para poder ocuparnos de ello antes de casarnos precipitadamente. No lo sé... no se me da bien manejar dinero.

Honey se percató de su angustia y le sonrió.

—Ya me ocuparé yo, ¿de acuerdo? No te preocupes.

Su promesa pareció tranquilizarlo, y se reclinó en su silla. Pero ahora que había invocado el espectro de su futuro, flotaba entre los dos. Ella sabía que debía dejar de ser tan cobarde y hacer frente al tema que quería evitar. Jugueteó con la etiqueta de la botella de agua mineral que había estado bebiendo.

—Quizá no ocurrirá nada, Dash. No tiene por qué saberlo nadie. Podemos mantener nuestro matrimonio en secreto.

—¡Qué va! Seguramente la prensa amarilla ya lo ha averiguado. ¿Crees que ese tipo que nos casó va a mantener la boca cerrada?

—Podría.

—¿Y qué me dices del funcionario que hizo el papeleo? ¿O del joyero que nos vendió tu alianza?

Honey se reclinó en su silla.

—¿Y qué crees que ocurrirá?

—Nuestra gente de relaciones públicas se pegará por intentar minimizar los daños. Eso no servirá absolutamente de nada, pero lo harán de todos modos para justificar su sueldo. La prensa amarilla enviará helicópteros sobrevolando el rancho para intentar conseguir fotos de nosotros dos desnudos. Los articulistas escribirán sobre nosotros en los periódicos. Los cómicos sacarán el máximo provecho. Seremos carnaza para todos los monólogos del programa de Carson. No podremos aparecer en el plató sin que algún sabelotodo nos lance una pulla.

—No será...

—La productora y los genios de la cadena se convencerán unos a otros de que pueden adaptar el guión y revisar el concepto. Pero, sea lo que sea lo que intenten hacer, la audiencia se sentirá asqueada y *The Dash Coogan Show* dejará de existir.

Honey se enfureció con él.

—¡Te equivocas! Tú siempre ves el lado malo. Eso es algo que no soporto de ti. Cuando ocurre la cosa más insignificante, tienes que actuar como si se acabara el mundo. Las audiencias no son estúpidas. Conocen la diferencia entre la vida real y un programa de televisión. La cadena no renunciaría al programa por nada del mundo. Están ganando millones. Es uno de los programas de mayor éxito de la historia. Gustamos a todo el mundo.

—¿A quién tratas de convencer? ¿A mí o a ti misma?

La dulzura de Dash era la perdición de Honey. Ella miró hacia el océano, donde las olas cabrilleaban bajo el sol de la tarde, y sacudió los hombros.

—No hemos hecho nada malo. Nos queremos. No voy a poder soportar que la gente trate de hacer un escándalo de nuestra relación. Esto es la vida real. No un programa televisivo.

—Pero nuestra audiencia no nos conoce, Honey; solo conoce los personajes que interpretamos. Y la idea de que Janie Jones y su papá se escapen para casarse es de lo más repulsiva.

—Es muy injusto —dijo ella en voz baja—. No hemos hecho nada malo.

Él le dirigió una mirada fija y penetrante.

—¿Te arrepientes?

—Claro que no. Pero parece que tú sí.

—Yo no me arrepiento. Quizá debería hacerlo, pero no lo hago.

Su tensión remitió cuando ambos se miraron a los ojos y solo vieron amor.

Aquella tarde acamparon en una playa de arena blanca en forma de media luna resguardada en una cala escondida. Dash le enseñó a arrancar ostras del tamaño de un puño de las rocas con un martillo y un cincel. Les echaron zumo de lima por encima y se las comieron crudas.

Hacía demasiado frío para bañarse, pero Honey insistió en caminar por el agua, y después Dash le calentó los pies entre sus muslos. Hicieron el amor con el sonido de las olas de fondo.

La noche siguiente alquilaron una habitación en un hotelito para poder bañarse en agua caliente. Después de descubrir los placeres de ducharse juntos, Honey se irguió de puntillas para susurrarle qué quería hacerle.

—¿Estás segura? —preguntó Dash con voz ronca.

—Oh, sí. Estoy muy segura.

Esta vez fue ella quien lo condujo a la cama.

Al día siguiente se adentraron en el desierto y acamparon. Honey vio los retorcidos troncos de los cuajiotes y rocas de granito esculpidas por el viento en formas que daban miedo. Retazos de cactus cardones con buitres posados sobre sus brazos levantados se recortaban nítidamente contra el cielo. Al anochecer, mientras estaban sentados junto a la pequeña hoguera que Dash había encendido, ella miró con recelo cómo se extinguía la luz del sol.

—No sé si me gustará esto.

—No has visto las estrellas hasta que las hayas visto desde el desierto.

El sol se ocultó detrás del horizonte y una gran bandada de pájaros levantó el vuelo. Honey contuvo la respiración.

—Qué bonito. No he visto nunca tantos pájaros.

Dash se rio entre dientes.

—Eso son murciélagos, cariño.

Ella se estremeció y se acostó a su lado sobre el saco de dormir que él había extendido.

—Aquí la naturaleza no ha sido engalanada. Por eso me gusta. Esto es la vida reducida a su esencia. No le tengas miedo nunca.

Poco a poco, Honey se relajó mientras estaba tendida sobre el hombro de Dash y él le cubría el pecho con la palma de la mano. El desierto era animado por sonidos nocturnos. El tiempo transcurría mientras una estrella tras otra asomaba en el cielo. Sin las luces de ninguna ciudad que empañaran su fulgor, Honey tuvo la sensación de ver estrellas por primera vez.

Empezó a entender lo que él quería decir. Todo era tan elemental que parecía que los habían despojado de todo hasta el punto de no quedar nada que los separase. Ni subterfugios, ni secretos.

—Cuando regresemos, Honey, no resultará fácil. Espero que seas lo bastante fuerte para aguantarlo.

Ella se apoyó sobre el codo y contempló aquel rostro conocido que tanto quería.

—Los dos sabemos que soy lo bastante fuerte —dijo en voz baja—. Pero ¿lo eres tú?

Casi le pareció ver que él se apartaba de ella, y la proximidad entre ellos se esfumó.

—Eso es ridículo.

Dash se irguió hasta sentarse sobre el saco de dormir, de espaldas a ella.

Tal vez se debía al embrujo del desierto, pero Honey tuvo la sensación de que le habían quitado una venda de los ojos. Por fin podía verlo con claridad, no solo aquello que él quería hacerle ver, sino todo lo que había. Aquella visión la asustó, pero el amor de Dash le había infundido valor, de modo que se incorporó y le tocó la espalda con suavidad.

—Dash, ya empieza a ser hora de que termines de hacerte mayor.

Los músculos de él se tensaron bajo su mano.

—¿De qué estás hablando?

Ahora que Honey había empezado, no quería acabar. ¿Y si se equivocaba? ¿Por qué creía saber cosas acerca de él que las mujeres mayores con las que había estado casado ignoraban? Entonces se recordó que todas aquellas mujeres mayores lo habían perdido.

Se puso de rodillas y dio la vuelta para poder verle la cara.

—Tienes que aceptar el hecho de que este matrimonio es el fin del trayecto para ti. Y no vas a escaparte dejándote caer oportunamente en la cama de otra mujer para que me divorcie de ti.

Dash entrecerró los ojos y se levantó del saco de dormir.

—Lo que dices no tiene ningún sentido.

—Tonterías. Has estado usando tu bragueta como escotilla de salvamento desde que te casaste por primera vez. Tus demás esposas te dejaron salirte con la tuya, pero yo no. —Aunque empezó a acelerársele el corazón, había llegado demasiado lejos para echarse atrás, y se levantó para situarse a su lado—. Te advierto en este momento que si te encuentro en la cama con otra mujer, tal vez te apunte con una pistola a ti o le apunte a ella, pero no me divorciaré de ti.

—¡Eso es lo más estúpido que te he oído decir nunca! Prácticamente me estás dando permiso para que te sea infiel.

—Solo te estoy diciendo lo que hay.

—Esto es exactamente lo que me daba miedo, ¿sabes? —Su discurso se volvió deslavazado, señal evidente de que estaba alterado—. Eres demasiado joven. No sabes nada acerca de estar casada. Ninguna mujer con algo de cerebro en la cabeza dice a su marido una cosa así.

—Pues yo lo he hecho. —Se mordió el labio inferior para impedir que temblara—. No me divorciaré de ti, Dash. Por más mujeres con las que te acuestes.

A la luz del fuego, Honey pudo ver que se le había encendido el rostro de ira.

—Eres una estúpida, ¿lo sabes?

Parte de su miedo empezó a disiparse, y lo miró con asombro.

—Te doy miedo, ¿verdad?

Él soltó un bufido.

—No me asustas. Desde luego que no. Solo que cuesta trabajo creer lo estúpida que eres.

Ella siguió insistiendo.

—No puedo hacer nada respecto a cómo te criaste. Fue la gente de asistencia social la que te llevó de una familia a otra, no yo.

—Eso no tiene nada que ver.

—Yo no desapareceré de tu vida como hicieron esas familias. Puedes quererme todo lo que quieras y no sucederá nada malo. Soy tu esposa para el resto de tu vida, y por más que lo intentes, no podrás hacer nada para ahuyentarme.

Honey pudo ver como Dash buscaba una salida. Incluso abrió la boca para replicar, pero entonces lo invadió una gran calma. Ella extendió una mano y la cerró sobre la suya.

Los cactus crepitaban mecidos por el viento nocturno. Dash habló en voz baja, todavía sin mirarla.

—Hablas en serio, ¿verdad?

—Hablo muy en serio.

Él la miró y, aunque carraspeó, tenía la voz enronquecida por la emoción.

—Eres la mujer más jodidamente molesta que he conocido nunca.

Al principio Honey creyó que era un efecto óptico producido por la luz del fuego, pero luego supo que no. Dash Coogan tenía lágrimas en los ojos.

La caída

1989-1990

19

—¿Aún estás resentido con Dash y Honey?

La reportera de *Beau Monde* cruzó las piernas al formular la pregunta y miró a Eric a través de la montura metálica roja de sus gafas. Laurel Kreuger le recordaba un anuncio de Gap. Tenía un aire intelectual neoyorquino: delgada y atractiva, con el pelo corto y liso y un mínimo maquillaje. Vestía ropa informal y de talla muy grande: jersey de cuello alto, pantalones holgados de color caqui, botas y un reloj del ejército soviético.

Un tema de portada en *Beau Monde* bien merecía alguna molestia, pero ya llevaba varios días entrevistando a Eric; era domingo, su único día libre, y comenzaba a estar harto. Tratando de encauzar su inquietud, se levantó de uno de los dos sofás situados frente a frente en la azotea del hotel y se dirigió hacia la ventana, donde encendió un cigarrillo y echó una mirada a Central Park. Los árboles aún estaban desprovistos de hojas, y sus ramas se agitaban empujadas por el viento de marzo. Experimentó una momentánea nostalgia de California, aun cuando solo se había ausentado un mes.

Finalmente respondió a su pregunta.

—Dash y Honey se casaron a finales del 83, hace más de cinco años. Desde entonces he estado demasiado ocupado para pensar en ello. Además, ya prácticamente había dejado el programa cuando ocurrió.

Al exhalar, el humo extendió unos dedos esqueléticos contra

el cristal, que empañaron su reflejo sin llegar a ocultarlo. Su rostro parecía más enjuto y más duro de como había sido durante los años en los que participó en el programa de Coogan, si bien no había perdido ni un ápice de su belleza masculina. Si acaso, el carácter hosco y amenazador que había exhibido como veinteañero había madurado, a los treinta, en una sexualidad siniestra que hacía que los alienados antihéroes a los que solía interpretar en la gran pantalla resultaran tan peligrosamente fascinantes.

El tráfico dominical de Manhattan circulaba mucho más abajo mientras la periodista proseguía su investigación.

—Obviando el hecho de que ya no eras un actor habitual en el programa de Coogan, no cabe duda de que fuiste muy franco en aquella época.

Eric regresó al sofá en el que había estado sentado frente a ella.

—Muchos lo fuimos. Si te acuerdas, tuvimos cuatro temporadas del programa en el bote, y los productores estaban dispuestos a su redifusión. Todos esperábamos ganar mucho dinero con esa operación. Cuando se conoció la noticia del matrimonio de Dash y Honey, todo se fue al carajo. Ross Bachardy tuvo que regalar el programa.

—Eso me suena a resentimiento.

—El dinero es dinero. —Se reclinó sobre los cojines a rayas—. Si hubiera sabido lo que iba a ocurrir con mi carrera, no me habría preocupado.

—Parece que estar nominado para el Oscar al Mejor Actor de este año cambia la perspectiva de uno.

—Por no hablar de su cuenta en el banco.

—Así que ¿decidiste perdonar a los pichoncitos por sus pecados?

—Algo así.

—¿Todavía hablas con alguno de ellos?

—Nunca me sentí unido a Dash o Honey. En cambio, hablo con Liz Castleberry de vez en cuando.

—Coogan aún aparece en anuncios y como invitado en algunos programas, pero Honey se ha convertido en una mujer misteriosa —dijo Laurel—. De tarde en tarde alguien la ve en la universidad de Pepperdine asistiendo a una clase, pero aparte de eso no parece que salga mucho de su rancho.

—Una lamentable pérdida de talento. Jamás tuvo la menor idea de lo buena que era. Sin embargo, no me extraña que se haya esfumado. La prensa la trató muy mal.

—Mintió sobre su edad durante tanto tiempo que nadie la creyó cuando por fin dijo la verdad. El hecho de que la gente creyera que tenía diecisiete años en lugar de veinte cuando ella y Coogan se escaparon lo empeoró aún más.

Eric apagó el cigarrillo en el cenicero que tenía al lado.

—Fue Ross Bachardy quien ocultó su edad, no Honey.

—Parece que la defiendas.

—En algunos aspectos, fue víctima de una acusación falsa. En otros, ella y Coogan fastidiaron el futuro de mucha gente.

—Pero no el tuyo.

—No el mío.

Laurel consultó la libreta que sostenía en su regazo.

—Últimamente has sido objeto de muy buena prensa. Gene Siskel dijo que confía en que seas el principal actor de los años noventa.

—Agradezco el voto de confianza, pero ese tipo de predicciones son un tanto prematuras.

—Solo tienes treinta y un años. Dispones de mucho tiempo para demostrar que los críticos llevan razón.

—O se equivocan.

—Tú no crees eso, ¿verdad?

—No, no lo creo.

—No cabe duda de que tienes mucha confianza en ti mismo. ¿Es por eso por lo que decidiste venir a Nueva York para hacer *Macbeth*?

La reportera miró su grabadora para cerciorarse de que la cinta no se acababa.

Eric se llevó el índice a los labios.

—La obra escocesa.

Ella lo miró interrogativamente.

—Los actores consideran que trae mal fario referirse a esta obra por su título. Es una vieja superstición del mundo del teatro.

La periodista torció el gesto.

—Por alguna razón, no creo que seas un tipo supersticioso.

—Faltan dos semanas más para terminar la temporada y no quiero correr riesgos innecesarios, sobre todo tratándose de una producción tan arriesgada.

—Estoy de acuerdo en que es arriesgada. No puede decirse que elegiros a ti y a Nadia Evans, dos de los sex symbols que reinan en el cine, para interpretar a Lord y Lady Macbeth fuese una decisión convencional. Los críticos entraron en el teatro con los colmillos afilados. Ambos habríais podido caer de bruces.

—Pero no lo hicimos.

—Es la producción de *Mac...* esto... de la obra escocesa más sexy que he visto nunca.

—Sexy es sencillo. Lo que resulta complicado son las escenas sangrientas.

Ella se echó a reír, y una descarga de química sexual saltó entre ellos. No era la primera ocasión en que ocurría, pero una vez más Eric descartó la idea de llevársela a la cama. Era algo más que la crisis del sida lo que lo había vuelto selectivo con sus compañeras de lecho. Su primer año con Lilly, cuando se había esforzado tanto por mantener relaciones sexuales de verdad con ella, lo había desposeído de su capacidad para disfrutar del sexo por sí mismo. Ya no se acostaba con mujeres que no le gustaban, y desde luego no lo hacía con periodistas.

—No te mojas mucho, ¿eh, Eric?

Él cogió sus cigarrillos para ganar tiempo.

—¿A qué te refieres?

—Llevo varios días entrevistándote, y todavía no tengo ni la menor idea de cómo eres. Seguramente eres la persona más reservada que he conocido nunca. Y no me refiero solo a cómo eludes las preguntas personales sobre tu divorcio o tu pasado. No sueltas prenda, ¿verdad?

—Si pudiera ser cualquier árbol del mundo, sería un roble.

Laurel se rio de nuevo.

—Debo admitir que me has sorprendido. Dime por qué...

Pero antes de que pudiera emprender otra línea de interrogatorio, la puerta de la azotea se abrió de golpe y Rachel Dillon irrumpió en la estancia. Su pelo oscuro y alborotado le caía hacia atrás desde una carita delicada cuyas facciones solo eran estropeadas por una mancha de chocolate junto a la boca y una tirita redonda adherida en medio de la frente. Junto con unos vaqueros morados y unas zapatillas de deporte altas de color rosa, llevaba una sudadera de Roger Rabbit complementada con un collar de diamantes de imitación que había pertenecido a su madre. Le faltaban seis semanas para cumplir cinco años.

—¡Papá!

Chilló con deleite como si no lo hubiese visto en varias semanas, cuando en realidad solo habían estado separados unas horas. Extendiendo los brazos, con lo que estuvo a punto de tirar al suelo un jarrón de flores de seda, echó a correr hacia él.

—Papá, ¿a que no sabes qué hemos visto?

No se fijó en el ejemplar del dominical del *Times* que había en el suelo justo en medio de su camino. Rachel nunca reparaba en los obstáculos que se interponían entre ella y lo que quería.

—¿Qué habéis visto?

Con un gesto ensayado, Eric la levantó justo cuando pisaba los papeles, antes de que pudiera golpearse la cabeza contra la mesita contigua. La niña le echó las manos al cuello, no como un gesto de gratitud por haber sido rescatada de un posible desastre, sino porque siempre le prodigaba fuertes abrazos incluso después de las separaciones más breves.

—Adivina, papá.

Él se puso su cuerpecito agitado y cargado de energía sobre el regazo y aspiró el peculiar aroma a fresa de su pelo ligeramente recubierto de sudor, ya que Rachel jamás andaba cuando podía correr. Un pasador en forma de oso panda le colgaba de la punta de un mechón castaño oscuro. Mientras meditaba seriamente su pregunta, Eric se lo quitó y lo dejó sobre la mesita. Los pasadores de Rachel estaban por todas partes. Incluso se había sacado uno del bolsillo en mitad de una rueda de prensa creyendo que era su mechero.

—Habéis visto una jirafa o a Madonna.

Ella soltó una risita.

—No, tonto. Papá, hemos visto a un hombre haciendo pipí en la acera.

—Eso es lo que nos gusta de la Gran Manzana —replicó él con un humor cargado de ironía.

Rachel asintió enérgicamente.

—Papá, lo ha hecho. Justo en la acera.

—Es tu día de suerte. —Eric tocó con delicadeza la tirita que tenía en la frente—. ¿Cómo está tu pupa?

Pero Rachel se negó a dejarse distraer.

—Papá, hasta Becca la rebuena miraba.

—Ah, ¿sí?

Los ojos de Eric se enternecieron, y miró al otro lado de la habitación hacia la hermana gemela de Rachel, Rebecca, que acababa de entrar por la puerta de la mano de Carmen, la niñera. Ella le ofreció su dulce sonrisa. Él le guiñó el ojo por encima de la cabeza de su hermana para transmitirle el mensaje secreto que habían inventado. *Rachel ha llegado primero como siempre, pero pronto se aburrirá, y entonces podré hacerte mimitos un buen rato.*

—Papá, ¿te ha llamado mamá por teléfono? —Rachel le golpeó la barbilla con la parte superior de su cabeza al girarse de repente—. Papá, dijo que hoy me llamaría.

—Esta noche, tesoro. Ya sabes que siempre llama los viernes a la hora de acostarse.

Aburrida como estaba previsto, Rachel saltó de su regazo y fue corriendo hacia su niñera para cogerle la mano que asía Becca.

—Vamos, Carmen. Has dicho que podríamos pintar con los dedos. —Antes de marcharse hacia el dormitorio, se volvió hacia su hermana—. Becca, no estés todo el día haciendo mimos con papá. Cuando Carmen y yo acabemos, te enseñaré a atarte el zapato. —Puso cara seria—. Y esta vez procura hacerlo bien.

Eric resistió el impulso de acudir a proteger a su hija frágil y dañada de su dominante hermana. Rachel era impaciente con la lentitud de Becca, pero también tenía un gran corazón y la protegía ferozmente. Aunque Eric había hablado con ella del síndrome de Down de su hermana tan pronto como tuvo la edad suficiente para entenderlo, se negaba a aceptar la torpeza de Becca y se mostraba despiadada en su insistencia de que siguiera el ritmo. Quizás en parte debido a sus implacables exigencias, Becca mejoraba más aprisa de lo que los médicos habían previsto.

Eric sabía que, pese a la impresión que tenía la gente, los niños nacidos con síndrome de Down no eran todos iguales. Iban de ser levemente a moderadamente retrasados, con un amplio abanico de capacidades mentales y físicas. El cromosoma extra número 47 que causaba el síndrome de Down de Rebecca la había dejado levemente retrasada, pero no había ningún motivo para creer que no pudiera tener una vida plena y útil.

Cuando Rachel desapareció, Becca se le acercó con el pulgar en la boca. Las niñas eran gemelas en lugar de mellizas, pero a pesar de los ojos ligeramente rasgados de Becca y el puente un poco hundido de su nariz, guardaban un marcado parecido entre sí y con él. Tras quitarle suavemente el pulgar, la cogió en brazos y la besó en la frente.

—Hola, cariño. ¿Cómo está la chica de papá?

—Becca es bo-ni-ta.

Eric sonrió y la abrazó.

—Desde luego que lo eres.

—Papá bo-ni-ta también.

El habla de Becca era más lenta que la de Rachel, llena de palabras omitidas y sustituciones de sonidos. Aunque a los desconocidos les costaba trabajo entenderla, Eric no tenía ninguna dificultad.

—Gracias, campeona.

Cuando la acomodó contra su pecho, una profunda sensación de calma se apoderó de él, como le ocurría siempre que la tenía en brazos. Aunque no habría podido nunca explicárselo a nadie, tenía la sensación de que Becca era el regalo especial que le había hecho el universo, la única cosa absolutamente perfecta de su vida. Siempre se había temido con relación a los indefensos, pero la protección de aquella niña frágil había empezado a levantar aquella carga obsesiva. De un modo que no acababa de entender, el regalo de Rebecca le había permitido expiar lo que le había hecho a Jason.

Tan embelesado había estado con sus hijas que casi se había olvidado de Laurel Kreuger, que asistía con avidez a aquella escena familiar. Aunque Eric no había intentado nunca ocultar el estado de Becca, detestaba exponer sus hijas a la prensa, y les prohibía terminantemente que las fotografiasen. Si bien no era culpa de Laurel que las niñas hubieran regresado pronto de su paseo, se sintió molesto por aquella intrusión en su intimidad.

—Es todo por hoy, Laurel —dijo bruscamente—. Esta tarde tengo cosas que hacer.

—Habíamos concertado media hora más —protestó la mujer.

—No sabía que las niñas regresarían tan pronto.

—¿Siempre lo dejas todo por ellas?

Su pregunta contenía el matiz ligeramente crítico de alguien que no ha tenido nunca hijos.

—Siempre. Nada en mi vida, ni *Beau Monde*, ni siquiera mi carrera, es tan importante como mis hijas.

Era la declaración más reveladora que le había hecho desde que habían comenzado las entrevistas, pero Eric se percató de que no le creía. Pese a que acababan de despacharla, Laurel no hizo ningún ademán de recoger su grabadora o la libreta.

—Tú y tu esposa tenéis la custodia compartida, ¿no? Me extraña que no hayas dejado las niñas con ella durante los últimos meses en vez de desarraigarlas trayéndolas a la otra punta del país.

—¿Te extraña?

Ella esperó que se explicara, pero Eric guardó silencio. No tenía intención de hacerle saber que Lilly era incapaz de ocuparse de las niñas demasiado tiempo. En teoría, las niñas deberían dividir su estancia a partes iguales entre sus padres, pero en la práctica estaban con él el noventa por ciento del tiempo.

Lilly quería a sus dos hijas, pero, por alguna razón que él no acertaba a comprender, se culpaba de la afección de Becca y su culpabilidad la hacía inútil a la hora de atender a las necesidades especiales de su hija. En ciertos aspectos la situación era aún peor con Rachel. Pese a toda su inteligencia, Lilly parecía adolecer de los recursos para lidiar con su obstinada hija, y Rachel le pasaba por encima.

Laurel siguió observándolo mientras abrazaba a Becca.

—Vas a echar a perder tu reputación como el último de los tipos duros. Aunque tal vez no sería una mala idea. Algunos críticos lo llaman tu defecto fatídico. Dicen que, sea cual sea el papel que interpretas, siempre pareces alienado.

—Eso es una chorrada.

—No según un reciente análisis crítico de tu trabajo. —Laurel hojeó algunas páginas de su libreta—. Cito: «Las interpretaciones solitarias de Eric Dillon lo definen como uno de los solitarios de la sociedad. Es un actor que vive al límite: sexualmente peligroso, permanentemente alienado, un desecho voluntario. Percibimos su dolor, pero solo en la medida en que nos lo permite. Nos ofrece una genialidad un tanto retorcida, dura y difícil de abrir. En el fondo, Dillon es encantador, hostil y echado a perder.»

Eric se levantó del sofá, sujetando a su hija con firmeza entre los brazos.

—He dicho que ya basta por hoy.

Becca lo miró alarmada, con los ojos muy abiertos. Él obligó a sus músculos a relajarse y le acarició el brazo. Luego miró furioso a la reportera.

Aparentemente Laurel decidió que ya lo había atosigado bastante, porque enseguida recogió sus cosas y las metió en su bolso. Pero, cuando se encaminaba hacia la puerta, vaciló.

—Tengo una misión que cumplir, Eric. Quizá cuando todo esto haya terminado, podríamos... Ya sabes. Tomar una copa o algo así.

—O algo así —repitió él con frialdad.

Después de que Laurel se hubiera marchado, tranquilizó a Becca y luego la mandó a jugar con su hermana mientras él efectuaba unas cuantas llamadas. Cuando hubo terminado, entró en la espaciosa habitación que las niñas compartían e hizo una seña con la cabeza a Carmen para que se tomara un merecido descanso. Cruzó la estancia y observó a Becca, que estaba sentada a una mesa baja pintando pacientemente con el dedo círculos rojos sobre un pliego de papel blanco.

Trasladar las niñas a través del país durante tres meses no había resultado sencillo. La habitación del hotel estaba provista de su material de juego, junto con multicolores cajones de plástico llenos de juguetes y libros. Había concertado una escuela especial y una logopeda para Rebecca y había inscrito a Rachel en un parvulario privado. Con todo, creía que las ventajas de tener a las niñas consigo superaban las desventajas de desarraigarlas.

Rachel, aburrida de pintar con los dedos, se puso a practicar sus volteretas laterales. Había demasiados muebles en la habitación para hacer gimnasia, y Eric esperó lo inevitable, que no tardó en llegar. Cuando se lanzaba, la pequeña se atrapó el tobillo en el ángulo de uno de los cajones y soltó un aullido de indignación.

Él se puso en cuclillas.

—Vamos, déjame frotártelo.

Ella lo miró, descargando la responsabilidad exclusiva de su fracaso gimnástico sobre él.

—¡Papá, lo has estropeado! ¡Lo estaba haciendo bien hasta que has entrado! Es todo culpa tuya.

Eric arqueó una ceja, dándole a entender que la tenía calada. Rachel era una de las pocas personas en el mundo que no tenían ningún escrúpulo para amilanarlo y le devolvió la expresión.

—Las volteretas laterales son estúpidas.

—Ajá —respondió él sin comprometerse—. Hacerlas aquí tampoco es muy inteligente.

Se enderezó y fue a situarse detrás de Becca, que se limpiaba la mano en el costado del cuello.

—Buen trabajo, campeona. Dámelo cuando esté seco y lo colgaré en mi camerino en el teatro. —Regresó con Rachel—. Déjame ver tu cuadro.

Ella lo miró con hosquedad.

—Es estúpido. Lo he roto.

—Creo que alguien necesita un sueñecito.

—Papá, no tengo mal genio. Siempre dices que necesito un sueñecito cuando crees que tengo mal genio.

—La culpa es mía.

—Papá, solo los bebés hacen sueñecitos.

—Y, desde luego, tú no eres un bebé.

Becca se levantó bruscamente de la mesa.

—Quiero enseñar a Parches cuadro de Becca, papá. Quiero enseñar a Parches.

El mal humor de Rachel se esfumó al instante. Se levantó de un salto y corrió a sujetar la pierna de Eric.

—¡Sí, papá! Deja que Parches juegue con nosotras. Por favor.

Ambas niñas lo miraron con unos ojos tan suplicantes que se echó a reír.

—Menudo par de embaucadoras. Está bien. Pero Parches no podrá quedarse mucho tiempo. Me ha dicho que tiene que hacer una gran carnicería esta tarde. Y no solo eso, sino que además tiene una reunión con su agente.

Rachel soltó una risita y corrió hacia su cómoda, de la que rápidamente abrió un cajón y sacó unos leotardos azul marino. Volvió con su padre, con los leotardos desplegados, y a continuación fue a buscar la caja de las tiritas.

—Otra tirita no —protestó Eric mientras se sentaba en una de las sillitas, se ajustaba los leotardos alrededor de la cabeza y anudaba las perneras a un lado a guisa de pañuelo pirata—. Acabaréis teniendo un padre con la mitad de la ceja derecha arrancada. Imaginémoslo.

—Papá, tienes que ponerte la tirita —insistió Rachel, como hacía siempre que él protestaba—. No puedes ser Parches sin un parche, ¿verdad, Becca?

—Becca quiere ver Parches.

Eric gruñó mientras retiraba el plástico de la cinta adhesiva y se la pegaba en diagonal sobre el ojo derecho, desde el extremo interior de la ceja hasta el borde exterior del pómulo. Becca se llevó el pulgar a la boca. Rachel se inclinó hacia delante con ilusión. Observaban con fascinación silenciosa, esperando aquella transformación mágica en la que su papá se convertía en el pirata Parches. Él se tomó su tiempo. Por más humilde que fuera su público, aquel momento especial de transformación era sagrado para él, el tiempo en que el límite entre la ilusión y la realidad se desdibujaba.

Inhaló una, dos veces.

Rachel chilló con deleite al verle taparse el ojo con la tirita, contraer la comisura de la boca y completar la mutación.

—Vaya, vaya, ¿qué tenemos aquí? Dos mocitas sanguinarias, si no me engaña la vista.

Les dirigió su mirada más feroz y fue recompensado con unos chillidos estridentes. Rachel empezó a huir de él, como hacía siempre. Eric se levantó de un salto de la sillita y la levantó en brazos.

—No tan deprisa, preciosa. He estado buscando marineros fuertes para llevarlos en mi barco pirata. —Pasó la mirada de Rachel, que chillaba complacida y se retorcía entre sus brazos, a Becca, que lo observaba alegremente sentada a la mesa. Sacudió la cabeza—. No. Pensándolo mejor, no os quiero. Las dos parecéis enclenques.

Dejó a Rachel en el suelo y, con los brazos en jarras, la miró con ferocidad.

Rachel se indignó en el acto.

—No somos enclenques, Parches. Toca esto. —Levantó el brazo y tensó los bíceps—. Becca, enseña a Parches tus músculos.

Becca hizo lo que le decían. Obedientemente, Eric se inclinó y examinó ambos bracitos. Como siempre, la frágil delicadeza de sus huesos le infundió temor, pero lo ocultó y soltó un silbido de admiración.

—Las dos sois más fuertes de lo que parecía. Pero... —Miró a Becca con el ceño fruncido—. ¿Eres buena con el acero, muchacha?

—Quiere decir una espada —susurró Rachel a su hermana.

Becca asintió con la cabeza.

—Muy, muy buena.

—¡Parches, yo también! —gritó Rachel—. Soy buenísima

con un acero. —Los llevó a la parte del juego que a ella más le gustaba—. Y puedo cortarle la cabeza a un malo de una sola tajada.

—¿De veras?

—Hasta puedo abrirle la panza y dejar salir la sangre, las tripas y el cerebro sin pestañear.

Eric era conocido por su impecable concentración, pero estuvo a punto de perderla cuando Rachel intentó, por vez primera, imitar su acento. Sin embargo, él había inventado las reglas de aquel juego concreto, y frenaba cualquier muestra de diversión. Así pues, las observó sin mucho convencimiento.

—No sé. Abordar y saquear es un trabajo muy serio. Necesito a alguien con agallas que luche a mi lado. La verdad es que... —Se dejó caer en la silla junto a Becca y susurró con complicidad—: No me gusta mucho ver sangre.

Becca extendió un brazo y le dio unos golpecitos en el hombro.

—Pobre Parches.

Un fulgor pícaro iluminó los ojos de Rachel.

—Parches, ¿qué clase de pirata no soporta ver sangre?

—Hay muchos. Es un gaje del oficio.

—Parches, a mí y a Becca nos gusta la sangre, ¿verdad, Becca? Si nos dejas ir contigo, te protegeremos.

—Yo protege Parches —se ofreció Becca, echándole los brazos al cuello.

Eric sacudió la cabeza, sin convicción.

—Es muy peligroso. Abordaremos barcos llenos de leones con unas fauces lo bastante grandes para devorar niñas.

Ellas lo escucharon con los ojos como platos mientras describía los peligros de su misión. Había aprendido por experiencia que les gustaban especialmente los cargamentos de animales exóticos, pero cualquier alusión a ladrones o perros grandes las asustaba.

Finalmente Rachel pronunció las palabras que decía siempre.

—Parches, ¿puede venir con nosotros mi mamá?

Él guardó silencio solo un instante.

—¿Es fuerte?
—Oh, sí. Muy fuerte.
—No le da miedo la sangre, ¿eh?
Rachel negó con la cabeza.
—Le encanta la sangre.
—Entonces nos la llevaremos.

Las niñas manifestaron su deleite con risas y a él se le hinchó el corazón. Por lo menos en la fantasía, podía darles la madre que con tanta frecuencia estaba ausente de sus vidas cotidianas y era tan inútil cuando estaba presente.

Entonces el pirata Parches se puso a contar historias mágicas de viajes por mar, cuentos protagonizados por niñas valientes que surcaban los siete mares y derrotaban a todos sus enemigos. Eran cuentos acerca del valor y la determinación, cuentos en los que las niñas debían mantenerse firmes junto a los hombres y luchar hasta el final.

Las pequeñas escuchaban embelesadas. Mientras lo hacían, solo oían la munificencia de la imaginación de su padre. Eran demasiado jóvenes para entender que estaban viendo al hombre que era tal vez el mejor actor de su generación interpretar el único papel de su carrera en el que no estaba alienado absolutamente de nadie.

20

—¿Ha ganado papá?

Rachel entró corriendo en la salita, con su camisón rojo ondeando a su espalda y los pies descalzos aporreando el suelo de mármol blanco y negro.

Lilly desvió de mala gana su atención del televisor empotrado en un armario gris. Acababa de decorar la casa de Coldwater Canyon que ella y Eric habían compartido. Ahora las puertas estaban enmarcadas por columnas jónicas coronadas por frontones rotos, y había tapizado el mobiliario neorromano con lona blanca. Las paredes gris claro servían de fondo a unas esculturas de mármol del siglo primero, lámparas de pie francesas y un lienzo surrealista de pared a pared que representaba un avión supersónico volando a través del corazón de una enorme manzana roja. Al principio le había encantado la nueva decoración, pero ahora empezaba a pensar que tanto neoclasicismo resultaba demasiado frío.

—No corras, Rachel —advirtió a su hija—. ¿Por qué no duermes? Son más de las nueve. Espero que no hayas despertado a Becca.

—Quiero ver si papá ha ganado el Oscar. Y tengo miedo de la tormenta.

Lilly miró a través de las ventanas y vio que los árboles se agitaban al viento. El sur de California sufría una terrible sequía, y sospechaba que aquella tormenta pasaría sin dejar caer una sola gota como todas las demás, pero sabía que le costaría trabajo convencer a su obstinada hija.

—No lloverá, Rachel. No es más que un poco de viento.

Rachel le dirigió la mirada rebelde que parecía permanentemente estampada en su cara.

—No me gustan las tormentas.

En la pantalla, la ceremonia de proclamación de los Oscar fue interrumpida por un anuncio.

—No habrá ninguna tormenta.

—Sí la habrá.

—No la habrá. Tenemos sequía, por el amor de Dios.

—Sí la habrá.

—Maldita sea, Rachel, ¡ya basta!

Rachel la fulminó con la mirada y pataleó.

—¡Te odio!

Lilly cerró los ojos con fuerza y deseó que Rachel desapareciera. No sabía manejarla como hacía Eric. La víspera, cuando había recogido las niñas en casa de su padre, Rachel había empezado a salir sin zapatos. Cuando Eric le ordenó que se los pusiera, ella le gritó que lo odiaba, pero él no pareció inmutarse. Le devolvió su mirada feroz y dijo: «Mala suerte, chiquilla. Aun así, tendrás que ponerte los zapatos.»

Lilly sabía que ella habría cedido. No era que no quisiera a su hija. Por la noche, cuando Rachel dormía, Lilly podía quedarse horas junto a su cama mirándola. Pero, durante el día, se sentía muy inepta. Era como su madre, una mujer que simplemente no era maternal. Su madre había dejado la educación de Lilly al cuidado de su padre, y ella estaba haciendo lo mismo con sus hijas. A veces era mejor así.

Pese a todo, le molestaba la relación de Eric con las niñas. Sabía que lo querían más que a ella, pero ser padre era más fácil para él. Nunca perdía los estribos con Rachel, y la condición de Becca no lo aterraba como la aterraba a ella.

—¡Mira, ahí está papá! —chilló Rachel olvidando temporalmente la trifulca con su madre—. Y Nadia. Es muy simpática, mamá. No como cuando papá y ella estaban en *Macbeth* y no paraba de gritar. Nos dio ositos de goma a Becca y a mí.

La cámara recorría las primeras filas del público estelar que se apiñaba en el auditorio del Pabellón Dorothy Chandler. La pareja de Eric para la ceremonia de los Oscar era Nadia Evans, su coprotagonista en *Macbeth*. Lilly estaba celosa, aunque sabía que no tenía ningún derecho a estarlo. Eric había sido un marido fiel; habían sido sus propias infidelidades lo que había puesto fin a su matrimonio.

Ni siquiera después de que Eric hubiese descubierto que tenía una aventura con Aaron Blake, uno de los jóvenes actores más fascinantes de Hollywood, había planteado el divorcio. Pero Lilly detestaba las frustraciones de tratar de ser esposa y madre, detestaba la implacable intimidad del lecho conyugal y no había visto ningún motivo para aplazar lo inevitable. Eric nunca la había querido —sabía que no se habría casado con ella si no se hubiese quedado embarazada—, pero la había tratado bien y, siendo la hija de un divorcio hostil, quería mantener cuando menos la apariencia de una relación amistosa con él.

Lilly observó a Nadia Evans cuando la cámara se detuvo en ella y trató de obtener cierta satisfacción del hecho de que ella era tan hermosa como la actriz. Ahora estaba aún más delgada que antes de su embarazo, y le gustaban las hendiduras más marcadas que tenía en las mejillas. Últimamente llevaba el pelo rubio platino recogido en un moño en la parte inferior del cuello para realzar sus huesos faciales.

Leyeron los nominados al Oscar al Mejor Actor, y el resentimiento de Lilly se acrecentó. Era hija de Hollywood, y todo su ser anhelaba estar ahora a su lado, compartiendo aquel momento.

—Mamá, ¿tú crees que papá ganará?

—Ya lo veremos.

Rachel, inmóvil por una vez, estaba de pie en el centro del suelo de mármol blanco y negro mirando el televisor.

—Y el Oscar es para...

Lilly cogió el mando a distancia y subió el volumen.

—¡Eric Dillon, por *Small Cruelties*!

Rachel se echó a reír y batió las palmas.

—¡Mamá, ha ganado! ¡Papá ha ganado!

Lilly se reclinó en el sofá. Se lo tenía merecido por haberse divorciado de él. Habría tenido que ser ella quien estuviera sentada a su lado cuando ganaba, no Nadia Evans. Si aún hubiesen estado casados, esa habría sido también su noche triunfal.

Pero ya era demasiado tarde para lamentarse. Recordó su furia glacial cuando había descubierto que ella tenía una aventura y se preguntó qué habría hecho de haber sabido que Aaron Blake no era el único amante que había tenido mientras estaban casados. Se notó un nudo en el estómago, asqueada de sí misma. Cada vez que aceptaba a un amante, creía que sería el que podría llenar los huecos de su vida. Pero no había sido nunca así. El único hombre que le había proporcionado felicidad duradera era su padre.

Nadia besó a Eric. Él se levantó del asiento y enfiló el pasillo de un brinco, deteniéndose mientras la gente se ponía en pie para darle palmaditas en la espalda. Cuando llegó al escenario y recibió el Oscar, se volvió hacia el público y sonrió, sosteniendo la estatuilla de oro sobre su cabeza.

Finalmente el público guardó silencio y Eric empezó a hablar.

—Esto no debería significar tanto, pero lo hace...

Lilly no pudo seguir mirando, cogió el mando y pulsó el botón de apagado.

—¡Quiero ver a papá! —protestó Rachel.

—Ya lo verás mañana. Es hora de acostarte.

—Pero quiero mirar. ¿Por qué has apagado la tele?

—Me duele la cabeza.

Un trueno retumbó al otro lado de la ventana, trayendo ruido pero no lluvia. Rachel se metió un dedo en la boca, señal inequívoca de que estaba asustada.

—Arrópame, mamá.

Cuando Lilly bajó los ojos hacia Rachel, se le llenó el corazón de amor por aquella niña que tan pocas veces le pedía afecto. Recorrieron el pasillo juntas, temporalmente en paz. Lilly se detuvo un momento frente a la puerta de la habitación de Becca y asomó la cabeza para ver el bultito inmóvil que yacía debajo de las sábanas.

¿Y si aquella niña deficiente era un castigo por sus pecados? Trató de desviar el angustioso camino que sus pensamientos seguían siempre que miraba a Becca y se sorprendió preguntándose cómo sería su vida si no hubiera dejado que Eric la convenciera de no abortar. Pero cuando se alejó de la habitación, supo que por más inútil y resentida que aquellas niñas la hicieran sentirse, no se arrepentía de haberles dado la vida.

Pasaron junto a la colección de fotos ampliadas que había hecho antes de casarse con Eric y abandonar sus cámaras. Siempre había querido hacer retratos de las niñas, pero por alguna razón nunca había tenido tiempo para eso. Entraron en el dormitorio de Rachel, que estaba decorado con corazones de color rosa y lila, si bien el ambiente femenino estaba algo alterado por los pósters de Hulk Hogan de Rachel.

La pequeña se subió a la cama, y su culito redondo se levantó en el aire un momento antes de meterse bajo las sábanas. Lilly las disponía sobre ella cuando otro trueno hizo temblar las ventanas.

—¡Mamá!

—No pasa nada. No es más que un trueno.

—Mamá, ¿dormirás conmigo?

—Aún no estoy lista para acostarme.

Rachel se mostró testaruda.

—Papá me deja dormir con él. Papá duerme conmigo y me abraza toda la noche.

Lilly se quedó helada. Un ruido punzante y estridente empezó a pitar dentro de su cabeza, cada vez más agudo. Apenas tenía aliento para poder hablar.

—¿Qué... qué has dicho?

—Papá... Duerme conmigo cuando estoy asustada. Mamá, ¿qué pasa?

El ruido dentro de la cabeza de Lilly se convirtió en un gran remolino que la succionaba hacia su centro. El torbellino la hizo girar más deprisa, y el pitido le desgarraba el cerebro hasta que creyó que le iba a estallar. Se dejó caer sobre el costado de la cama y trató de no desmayarse.

La voz de Rachel la llamaba desde muy lejos.

—¿Mamá? ¿Mamá?

La habitación empezó a estabilizarse a su alrededor, e intentó decirse que no había nada en las inocentes palabras de Rachel para haberle suscitado un miedo tan atroz e irrazonable, pero se sentía como si la hubiesen amenazado al nivel más elemental de su existencia.

Sus dedos asieron el borde del cubrecama mientras articulaba despacio las palabras.

—¿Papá duerme contigo muy a menudo?

Otro trueno sacudió las ventanas. Rachel miró afuera con inquietud.

—Mamá, quiero que duermas conmigo.

Lilly procuró evitar que le temblara la voz, pero el frío que sentía en sus miembros lo hacía imposible.

—Háblame de papá.

Rachel no apartó los ojos de la ventana.

—Los truenos dan miedo. Papá dice que no debo tener miedo. Su pelo hace cosquillas.

A Lilly empezó a latirle el corazón tan aprisa que casi no podía respirar.

—¿Qué... qué quieres decir con que su pelo hace cosquillas?

—Me hace cosquillas en la nariz, mamá.

—¿El pelo... de su cabeza?

—No, tonta. De su barriga. —Se llevó una mano al centro del pecho—. Aquí.

Los nudillos de Lilly se habían puesto blancos de sujetar el borde del cubrecama.

—Pero ¿papá...? Bueno, claro que sí. —Intentó forzar una carcajada a través de sus labios rígidos, pero le salió un sollozo—. Desde luego que papá lleva... puesto su pijama cuando está en la cama contigo, ¿verdad?

Rachel volvió a mirar hacia la ventana.

—Me asustan los truenos, mamá.

—¡Escúchame, Rachel! —Su voz se elevó en un grito—. ¿Lleva papá puesto el pijama cuando te metes en la cama con él?

Rachel frunció el ceño.

—Papá no lleva pijama, mamá.

«¡Oh, Dios mío!» Quiso salir corriendo de la habitación, huir del espantoso remolino negro que la arrastraba hacia lo incalificable. Empezaron a castañetearle los dientes.

—¿Papá...? ¿Te ha... tocado alguna vez, Rachel?

Rachel se llevó el pulgar a la boca y asintió.

A Lilly ya no le corría sangre por las venas, sino astillas de hielo afiladas como cuchillos. Sujetó a su hija por los hombros.

—¿Dónde te toca?

—Becca está dormida.

Quiso desaparecer, salir de su propia piel y escapar del monstruoso remolino que amenazaba con llevársela, pero no podía abandonar a su hija.

—Piénsalo muy bien, Rachel. ¿Te ha tocado papá alguna vez...? —«¡No! No lo digas. No estás autorizada a decirlo»—. ¿Papá...?

Se le quebró la voz en un sollozo.

Rachel abrió los ojos de par en par, alarmada.

—Mamá, ¿qué pasa?

Las palabras se desbordaron en un torrente.

—¿Te ha... tocado alguna vez... entre las... piernas?

Rachel asintió de nuevo y se volvió hacia la ventana.

—Vete, mamá.

Lilly se echó a llorar.

—Oh, cariño. —Cogió a su hijita en brazos, sábanas incluidas—. Oh, mi pobrecita niña.

—¡Basta, mamá! ¡Me estás asustando!

Lilly tenía que hacer la última pregunta, la impronunciable. «Que no sea verdad. Por favor, que no sea verdad.» Se echó atrás lo suficiente para ver la cara de su hija, que ya no era rebelde, sino que estaba pálida de temor. Las lágrimas de Lilly caían sobre el ribete de satén del cubrecama.

—¿Papá...? Oh, Rachel, amor mío... ¿Te ha enseñado papá alguna vez... te ha enseñado el pene?

Asustada y con los ojos como platos, Rachel asintió con la cabeza.

—Mamá, tengo miedo.

—Claro que tienes miedo. Oh, mi pobre niña. No dejaré que te haga daño. No dejaré que vuelva a hacerte daño nunca más.

Lilly la arrulló y le canturreó, y mientras se apretaba el cuerpecito de su hija contra el pecho, juró que la protegería. Tal vez había fallado a Rachel en algunos aspectos, pero no le fallaría en este.

—Mamá, me estás asustando. Mamá, ¿por qué me llamas Lilly?

—¿Qué dices, cariño?

—Has dicho Lilly. Es como tú te llamas, pero no como me llamo yo. Has dicho «pobre Lilly».

—Oh, no lo creo.

—Lo has dicho, mamá. «Pobre Lilly.»

—Duérmete, cariño. Chissst... Mamá está aquí.

—Quiero a mi papá.

—No pasa nada, cariño. No dejaré que vuelva a hacerte daño nunca más.

Eric no llegó a casa hasta las siete de la mañana. Había tenido que atender a entrevistas, fotógrafos y tres fiestas distintas que terminaron con un desayuno bufet. Finalmente Nadia se había despedido a las cuatro, pero aquella era la gran noche en la vida de Eric, y no habría querido que terminara nunca.

Bajó de la limusina al camino adoquinado que conducía a su casa. Llevaba el cuello de la camisa abierto, la pajarita desanudada y la chaqueta de su esmoquin doblada sobre el brazo. En su mano, la estatuilla de oro del Oscar relucía a la temprana luz del sol. Tenía la sensación de que todo en su vida había encajado. Tenía su trabajo y a sus hijas, y por primera vez desde los quince años no se odiaba a sí mismo.

La limusina se alejó, y vio a Lilly de pie junto a su coche esperándolo. Su euforia se esfumó. ¿Por qué no había podido concederle ni un día para saborear su éxito? Pero cuando se encaminaba hacia él, su contrariedad fue reemplazada por la alarma. Lilly siempre era meticulosa con su aspecto, pero ahora llevaba la ropa arrugada y el moño deshecho.

Se apresuró a su encuentro, percatándose de que se había comido el pintalabios y se le había corrido el rímel debajo de los ojos.

—¿Qué ocurre? ¿Les ha pasado algo a las niñas?

Lilly contrajo el rostro, que adoptó un aspecto feo y demacrado.

—Tienes razón, pervertido hijo de puta. Ha pasado algo.

—Lilly...

Cuando extendió una mano para tocarle el brazo, ella se apartó bruscamente y le gruñó como un animal acorralado.

—¡No me toques! ¡Ni se te ocurra tocarme!

—Quizá será mejor que entremos —propuso Eric, obligando a su voz a aparentar tranquilidad.

Sin darle la oportunidad de negarse, se dirigió hacia la puerta principal y la abrió. Ella lo siguió al interior de la casa, cruzó el vestíbulo y accedió a la salita de la izquierda. Jadeaba y respiraba con dificultad.

La sala tenía pocos muebles, las paredes blancas, maderas pálidas y algunos confortables sofás tapizados con una tela rugosa de tono claro. Eric dejó la chaqueta y el Oscar sobre una silla situada junto a un armario toscamente labrado que contenía cestos, objetos de hojalata mexicanos y figuras de santos. El sol de primera hora de la mañana entraba a raudales por las ventanas y proyectaba rectángulos de luz sobre el suelo. Se colocó en uno de ellos.

—Acabemos con esto para que pueda irme a la cama. ¿Qué ocurre esta vez? ¿Necesitas más dinero?

Lilly se volvió hacia él, con la cara pálida de angustia y los labios temblorosos. La irritación de Eric dio paso a la culpabilidad, la que experimentaba siempre que estaba con ella porque

Lilly no era mala persona, aunque no había sido capaz de amarla como ella requería.

Se ablandó.

—Lilly, ¿qué ocurre?

A ella se le quebró la voz.

—Rachel me lo dijo. Anoche.

—¿Qué te dijo? —Frunció el ceño, alarmado—. ¿Pasa algo con Rachel?

—Tú deberías saberlo mejor que nadie. ¿Se lo has hecho también a Becca? —Los ojos se le anegaron de lágrimas. Se dejó caer sobre el sofá, cerró los puños y se los puso en el regazo—. Dios mío, no me atrevo a pensar que puedas haber tocado también a Becca. ¿Cómo has podido, Eric? ¿Cómo has podido ser tan morboso?

Un profundo miedo había empezado a atenazarlo.

—¿Qué ha ocurrido? ¡Habla de una vez!

—Tu sucio secretito se ha desvelado —respondió ella con acritud—. Rachel me lo ha contado todo. ¿La amenazaste, Eric? ¿La amenazaste con hacerle algo terrible si lo contaba?

—¿Si contaba qué? Por el amor de Dios, ¿de qué estás hablando?

—Lo que le has estado haciendo. Me ha contado... Me ha dicho que has estado abusando sexualmente de ella.

—¿Qué?

—Me lo ha contado todo.

Una rigidez cadavérica se apoderó de él. Su voz sonó como un tenue chirrido.

—Más vale que me expliques de qué estás hablando. Empieza desde el principio. Quiero oírlo todo.

Lilly entrecerró los ojos con odio. Habló con voz precipitada y estridente.

—Anoche estaba poniendo a Rachel en la cama. Había truenos, y me pidió que me acostara con ella. Cuando le dije que no, me contó que tú le dejas dormir contigo.

—Claro que le dejo dormir conmigo cuando está asustada. ¿Qué hay de malo en eso?

—Dijo que no llevas pijama.

—Nunca lo hago. Ya lo sabes. Cuando están las niñas, duermo en calzoncillos.

—Eso es morboso, Eric. Dejarle acostarse contigo.

Su alarma se estaba transformando en ira.

—No tiene nada de morboso. ¿Qué coño te pasa?

—Cuánta indignación justificada —se burló ella—. Pues no te molestes, porque me lo contó todo, hijo de puta. —Lilly contrajo el rostro en una mueca de odio—. Dijo que te había visto la polla.

—Seguramente. Joder, Lilly, a veces entran cuando me estoy vistiendo. No me exhibo delante de ellas, pero tampoco le he dado nunca demasiada importancia.

—Hijo de puta. Crees tener una respuesta para todo. Pues bien, no acaba aquí la cosa. Me dijo que la tocas entre las piernas.

—¡Eres una embustera! No pudo decir eso. Jamás la he tocado...

Pero lo había hecho. Desde luego que sí. Normalmente Carmen bañaba a las niñas, pero a veces lo hacía él.

—Escúchame, Lilly. Estás dando una interpretación morbosa a algo que es perfectamente normal. He estado bañando a esas niñas desde que eran bebés. A eso se refería Rachel. Pregúntaselo. No, se lo preguntaremos juntos.

Avanzó hacia ella, dispuesto a llevarla a rastras a su casa con sus hijas si era necesario, pero Lilly se levantó de un salto del sofá y el miedo reflejado en su cara lo detuvo.

Enseñaba los dientes y tenía una expresión feroz en su rostro demacrado.

—No te acercarás a menos de un kilómetro de ella. Te lo advierto ahora mismo, Eric. Mantente alejado de esas niñas o haré que te metan en prisión tan aprisa que la cabeza te dará vueltas. Puede que no sea una buena madre, pero haré lo que deba para protegerlas. Si creo que representas la más mínima amenaza para ellas, acudiré a las autoridades. Lo haré. Hablo en serio. Callaré mientras te mantengas alejado, pero si te acercas a esas niñas, verás tu sucia perversión publicada en todos los periódicos del país.

Y salió corriendo de la sala.

—¡Lilly!

Empezó a seguirla, pero entonces se ordenó detenerse. Tenía que serenarse y pensar.

Su paquete de tabaco estaba vacío. Lo aplastó en una bola dentro del puño y lo arrojó a la otra punta de la estancia, hacia la chimenea. La convicción que había visto en los ojos de Lilly lo había dejado helado. Creía realmente lo que decía. Pero ¿cómo podía creer que él fuese capaz de algo tan obsceno sabiendo cuánto quería a esas niñas? Empezó a pasearse por la habitación, tratando de recordar todo lo que había hecho alguna vez con sus hijas, pero era imposible, demasiado ridículo.

Fue calmándose poco a poco. Tenía que dejar de reaccionar emocionalmente y pensar con lógica. Esa era solo una más de las salidas de tono de Lilly, y él debería poder demostrarlo sin ninguna dificultad. Todo aquello resultaba evidentemente absurdo. Padres de todo el mundo bañaban a sus hijas y las metían en su cama cuando tenían miedo. Su abogado lo resolvería en un periquete.

—He estado asistiendo a un curso intensivo de abuso sexual de menores desde tu llamada, Eric, y me temo que esto quizá no resultará tan sencillo como crees.

Mike Longacre se inclinó sobre su mesa. Rayaba en la cuarentena, pero su pelo ralo y una tendencia a la obesidad lo hacían parecer mayor. Había sido el abogado de Eric durante el divorcio, y ambos habían forjado cierta amistad a distancia. Habían ido a practicar pesca submarina juntos y habían jugado al racketball, pero poco más tenían en común.

Eric se levantó de la silla y se pasó la mano por los cabellos. No había dormido nada; funcionaba a base de tabaco y adrenalina.

—¿Qué quieres decir con que no es tan sencillo? Todo este asunto es increíble. Antes de hacer daño a mis hijas me cortaría el brazo. El peligro para ellas es la paranoia de Lilly, no yo.

—El abuso sexual de menores es un terreno resbaladizo.

—¿Me estás diciendo que crees de verdad que Lilly puede

salirse con la suya? Ya te conté lo que dijo. Es evidente que ha tergiversado algunos comentarios inocentes que hizo Rachel. No hay nada más.

—Entiendo. Simplemente te estoy advirtiendo que debemos andarnos con pies de plomo. El abuso sexual de menores es el único ámbito de la ley en el que el acusado no tiene ningún derecho. Eres culpable hasta que se demuestre tu inocencia. Recuerda que un número mareante de esas acusaciones son ciertas, y lo que más preocupa al tribunal es proteger a los niños. Infinidad de padres abusan de sus hijas a diario.

—¡Pero yo no soy uno de ellos! Dios mío, mis hijas no necesitan protegerse de mí. Maldita sea, Mike, quiero parar esto antes de que llegue más lejos.

El abogado jugueteó con su bolígrafo de oro.

—Déjame decirte una cosa sobre lo que puede pasar aquí. Antes todo el mundo creía que los niños nunca mentían sobre el abuso sexual, pero hemos descubierto que se los puede coaccionar. Supongamos que la madre ha obtenido un acuerdo de divorcio pésimo. Su marido conduce un BMW y ella no puede pagar la cuenta de la tienda de comestibles. Quizás él no está conforme con la sentencia de custodia o no paga lo establecido para la manutención de sus hijos.

—Nada de esto es aplicable a Lilly. Le he dado todo lo que ha querido.

Mike levantó la mano.

—Por el motivo que sea, las mujeres a menudo se sienten impotentes en los casos de divorcio. Quizá la niña dice algo que la lleva a pensar. Empieza a hacer preguntas. «Papá te tocó aquí, ¿verdad?» Le pone un caramelo en la boca y, cuando la pequeña dice que no, le da otro caramelo. «¿Estás segura? Piénsalo bien.» La niña está recibiendo toda esta atención extra y comienza a inventarse cosas para contentar a mamá. Incluso se han dado casos de madres que han amenazado con suicidarse si los hijos no decían lo que ellas les pedían.

—Lilly no haría eso. No es un monstruo. Santo Dios, ella quiere a las niñas.

Por un momento se hizo el silencio en el despacho.

—Entonces, ¿qué pasa aquí, Eric?

Eric tragó saliva y miró al techo.

—No lo sé. Que Dios me ayude. No lo sé.

Se volvió hacia el abogado al ocurrírsele una nueva idea.

—Rachel es una niña testaruda. Aunque acaba de cumplir solo cinco años, no sé hasta qué punto se dejaría influenciar. Contrataremos a los mejores psiquiatras de la especialidad. Haremos que hablen con ella.

—En teoría, esa es una buena idea, pero en la práctica resulta siempre contraproducente.

—No veo por qué. Rachel está bien adaptada. Se expresa bien. Es...

—No deja de ser una niña. Escúchame, Eric. No estamos tratando con una ciencia exacta. La mayoría de los profesionales que se especializan en casos de abuso infantil están capacitados y son competentes, pero todavía es una disciplina relativamente nueva. Hasta los más competentes incurren en errores de juicio. Se han dado muchos casos espeluznantes. Por ejemplo, una niña recibe como regalo un muñeco varón anatómicamente correcto. Ella no ha visto nada parecido, y le tira del pene. Bingo. El experto que peca de exceso de celo lo interpreta como una señal de abuso. No exagero. Estas cosas ocurren continuamente, y no hay ninguna garantía. Lo siento. Me gustaría poder tranquilizarte diciendo que un examen psicológico de Rachel te exculparía, pero no puedo. La verdad es que, si insistes en este asunto, jugarás a la ruleta rusa.

Mike le dirigió una mirada pausada y penetrante.

—También debes recordar que interrogarán a Rebecca. Me imagino que podrían influenciarla muy fácilmente.

Eric cerró los ojos con fuerza, perdiendo la esperanza. Su pequeña y dulce Becca haría o diría cualquier cosa con tal de agradar.

La silla de Mike rechinó cuando el abogado desplazó su peso.

—Antes de que se te ocurra desafiar a Lilly, debes saber las consecuencias. Una vez que haga públicas sus acusaciones, todo sucederá muy deprisa y nada de esto es bueno. Te arrebatarán a tus hijas mientras la investigación está en marcha.

—¿Cómo puede ocurrir tal cosa? Esto es América. ¿No tengo ningún derecho?

—Ya te lo he dicho. En los casos de abuso de menores eres culpable hasta que se demuestre tu inocencia. El sistema debe funcionar así para velar por la protección, y lo mejor que puedes esperar mientras la investigación sigue su curso es visitas supervisadas. En teoría las indagaciones deberían mantenerse en secreto, pero interrogarán a las maestras de las niñas, a amigos y vecinos, a todo el servicio contratado. Cualquiera con un dedo de frente podrá figurarse qué ocurre, y puesto que estás implicado, puedo asegurarte que saldrá en los periódicos mucho antes de que llegue a los tribunales. No creo necesario que te explique cómo afectará tu carrera de primer actor el hecho de estar acusado de abuso sexual de menores. El público aguantará mucho, pero...

—¡Me importa una mierda mi carrera!

—No lo dices en serio. —Levantó la mano y prosiguió—: Las niñas tendrán que someterse a reconocimientos médicos. Unos cuantos, si esto se alarga.

Eric sintió náuseas. ¿Cómo podía dejar que sus hijas pasaran por algo así? ¿Cómo podía hacerles daño de ese modo? Eran inocentes. Cuando nacieron, creyó haber roto el ciclo, pero una vez más lo había atrapado. ¿Por qué siempre tenía que hacer daño a los inocentes?

—Los reconocimientos demostrarán que no han sido víctimas de abusos —dijo.

—Quizás en un mundo ideal. La verdad del asunto es que, en la mayoría de los casos, no existe ninguna prueba física. La mayor parte de los abusos sexuales implican tocamientos o sexo oral. Un himen intacto no constituye prueba alguna de que una niña no ha sido objeto de abusos.

Eric se sintió como si las paredes del despacho se estuvieran cerrando sobre él. No había creído... Ni siquiera se había permitido plantearse la posibilidad de perder a sus hijas. En cualquier momento despertaría y comprobaría que aquello no era más que una pesadilla.

El abogado sacudió la cabeza.

—Tan pronto como esas acusaciones se hacen públicas, un hombre tiene una pistola apuntada a la cabeza. Para alguien que es una celebridad, resulta todavía peor. En el mejor de los casos, he visto a padres arruinándose para defenderse, pero tú no tienes que preocuparte por eso.

La angustia y la frustración hicieron que la voz de Eric sonara áspera.

—¿Es eso lo mejor que puedes hacer para darme esperanza? ¿Decir que puedo defenderme? ¿Qué clase de consuelo es ese?

Longacre se puso tieso.

—Para empezar, seguramente no fue prudente que metieras a tus hijas en tu cama.

La rabia de Eric estalló. Rodeó la mesa y agarró al abogado por el cuello de la camisa.

—Hijo de...

—¡Eric!

Cuando echó atrás el puño, la alarma en los ojos de Longacre lo detuvo, y se obligó a soltarlo.

A Mike le costaba respirar.

—Estás loco.

Eric temblaba cuando se apartó.

—Lo siento. Yo...

Incapaz de decir nada más, salió corriendo del despacho y se dirigió frenéticamente a la casa de Lilly. Tenía que ver a sus hijas. Pero cuando llegó a la casa, la encontró cerrada y con las cortinas corridas.

Localizó al jardinero trabajando junto a la piscina de la parte de atrás. El hombre dijo que Lilly había dejado el país. Y se había llevado a las niñas.

Tres semanas después Eric voló a París, donde su equipo de investigadores privados había localizado a Lilly y las niñas. Mientras miraba obnubilado a través de la ventanilla del taxi que avanzaba entre el tráfico por el Quai de la Tournelle, supo que las últimas semanas habían sido las más largas de su vida. Había fumado demasiado, bebido en exceso y, tras su triunfo en los Oscar, había sido incapaz de concentrarse en su trabajo.

Cuando el taxi cruzaba el puente de la Tournelle hacia la pequeña Île Saint-Louis, que se hallaba en medio del Sena, el conductor sonreía a Eric en el retrovisor. Ya hacía tiempo que Eric había aceptado el hecho de que quedaban pocos sitios en el mundo en los que su cara no fuese reconocida. Miró a su izquierda hacia el famoso paisaje de la vecina Île de la Cité, pero apenas reparó en la esbelta aguja y los audaces contrafuertes de Notre-Dame.

La Île Saint-Louis estaba entre la orilla derecha e izquierda de París, donde formaba el punto del signo de interrogación de la Île de la Cité. La isla constituía uno de los barrios más exclusivos y caros de la ciudad y había alojado a una serie de famosos en el curso de los años, entre los cuales Chagall y James Jones, además de residentes presentes como el barón Guy de Rothschild y la viuda de Georges Pompidou.

El taxi dejó a Eric delante de la dirección que los investigadores le habían facilitado, una residencia urbana del siglo XVII situada en el elegante Quai d'Orléans. Al otro lado del Sena, la orilla izquierda resplandecía a la luz de media mañana. Cuando Eric hubo pagado el trayecto, levantó la vista hacia las ventanas del segundo piso y vio moverse las cortinas. Lilly lo había estado vigilando.

Por más desesperado que fuese su anhelo de ver a sus hijas, sabía que la situación era demasiado explosiva para llegar sin previo aviso, y por lo tanto había llamado a Lilly a primera hora de la mañana. Al principio ella se había negado a verlo, pero cuando se enteró de que acudiría tanto si estaba de acuerdo como si no, había accedido a encontrarse con él a las once, cuando las dos niñas estuvieran ausentes.

La residencia urbana era de piedra caliza, y la intricada puerta principal de madera estaba esmaltada con una viva tonalidad azul. Postigos blancos, con la mitad superior abierta para revelar macetas de geranios rosas, adornaban las largas y estrechas ventanas. Eric estaba a punto de levantar el picaporte cuando la puerta se abrió y Lilly salió.

Parecía cansada y demacrada, aún más delgada de lo que la recordaba, con unas ligeras manchas moradas en las depresiones debajo de los ojos.

—Te advertí que no te acercaras —dijo ella, recogiéndose los brazos bajo la blusa de seda, aunque la mañana era cálida.

—Tenemos que hablar.

Eric vio a un grupo de turistas acercándose a ellos y giró la cabeza. Lo último que necesitaba hacer mientras trataba de recuperar su vida era firmar autógrafos. Se sacó unas gafas de sol del bolsillo de la camisa blanca de algodón y se las puso.

—Aquí estamos demasiado expuestos. ¿No podemos entrar?

—No quiero que te acerques a sus cosas.

La crueldad de su comentario lo llenó de rabia y tuvo ganas de agredirla. En su lugar, la agarró por la parte superior del brazo con tanta fuerza que ella hizo una mueca y la llevó por el arbolado muelle hacia un banco que daba al río.

El escenario era idílico. Unos chopos altos proyectaban sombras moteadas sobre el paseo. Un pescador estaba de pie en la orilla junto a una elegante farola de hierro. Una pareja de enamorados pasó por allí, con sus cuerpos tan entrelazados que apenas podían distinguirse el uno del otro.

Lilly se sentó en el banco de hierro y empezó a abrir y cerrar las manos. Eric se quedó de pie mirando confundido hacia el agua. Detestaría aquel hermoso día durante el resto de su vida.

—No voy a ceder más a tus amenazas, Lilly. Lo haré público. He decidido probar suerte en el juzgado.

—¡No puedes hacer eso! —gritó ella.

—Ya lo verás.

La observó. Se había roído las uñas hasta hacerse sangrar las cutículas.

Lilly respiraba con dificultad como si hubiese estado corriendo.

—La publicidad echará a perder tu carrera.

—¡Ya no me importa! —exclamó él—. Mi carrera no significa nada sin mis hijas.

—¿Qué pasa? —le espetó ella—. ¿No puedes encontrar a nadie más que ceda a tus impulsos sexuales?

Eric la agarró. Lilly dio un respingo y trató de apartarse de él refugiándose en el banco. La rabia de Eric era una luz blanca y cegadora, y supo que, si no la soltaba, le haría daño.

Con una fea palabrota, le soltó el brazo y se quitó las gafas de sol. Se rompieron en sus manos y las arrojó al Sena.

—¡Dios te maldiga!

—¡No dejaré que te acerques a ellas! —gritó ella, levantándose del banco—. Haré lo que sea necesario. Si acudes al juzgado o haces lo que sea para recuperarlas, las esconderé bajo tierra.

Él la miró fijamente.

—¿Qué harás?

Una fina vena azul palpitó frenéticamente en la sien de Lilly.

—Hay un sistema clandestino que protege a los niños cuando no lo hace la justicia. Es ilegal, pero eficaz. —El rencor ensombreció sus ojos grises—. Sabía que intentarías quitármelas, así que he aprendido mucho al respecto en las últimas semanas. No tengo más que dar aviso, Eric, y las niñas desaparecerán. Entonces no las tendrá ninguno de los dos.

—No puedes hablar en serio. No las esconderías con unos desconocidos.

—Esos desconocidos no abusarán de ellas, y haré lo que tenga que hacer para protegerlas.

Su rostro se crispó. Eric vio lo exhausta que parecía, pero no sintió compasión por ella.

—Por favor —susurró Lilly—. No me obligues a entregarlas. Ya han perdido a su padre. No hagas que pierdan también a su madre.

Debajo de su agotamiento, Eric vio también determinación, y supo con exasperante certidumbre que no se estaba echando un farol. Lilly estaba absolutamente convencida de su culpa.

La bola de dolor giraba en su interior, aumentando de tamaño a cada revolución.

—¿Cómo puedes creer que haría daño a mis propias hijas? —preguntó con voz ronca—. ¿Qué he hecho para hacerte pensar que soy capaz de una cosa así? Por el amor de Dios, Lilly, tú sabes cuánto las quiero.

Las lágrimas corrían por las mejillas de Lilly.

—Ya no sé nada excepto que tengo que protegerlas. Y lo haré, aunque para ello tenga que confiarlas a unos desconocidos. Ninguna niña debería sufrir lo que han sufrido ellas.

Se volvió para marcharse.

Eric dio un paso presuroso detrás de ella, con la voz rota por la desesperación.

—Dime solo cómo están. Por favor, Lilly. Por lo menos haz eso por mí.

Ella sacudió la cabeza y se alejó, dejándolo más solo de lo que había estado en toda su vida.

21

EXTERIOR
CERCA DEL PRADO JUNTO A LA CASA DEL RANCHO. DÍA

Dash y Janie están de pie junto a la cerca.
Dash sujeta en el puño una carta arrugada.

JANIE
¿Te ha escrito Blake? ¿Cuándo viene a casa de permiso?

DASH
Esta carta no es de Blake. Es de tu abuela.

JANIE
(emocionada)
¿De mi abuela? ¡Ni siquiera sabía que tenía una!

DASH
¿Recuerdas todo lo que te conté sobre tu madre?

JANIE
(alegremente)
Me acuerdo. Dijiste que era la criatura más dulce que habías conocido nunca y que no podías entender cómo había dado a luz a un demonio como yo.

DASH

Era dulce, Janie. Pero también te dije que era huérfana, y eso era mentira.

JANIE

¿Mentira? ¿Por qué mentiste, papá?

DASH

Los padres de tu madre la echaron de casa cuando solo tenía diecisiete años. Eran muy estrictos. No se había casado. Y estaba embarazada de ti.

JANIE
(perpleja)

¿Quieres decir que tú y mamá tuvisteis que casaros?

DASH

Me casé con tu madre porque quise. Nadie me obligó a hacerlo.

Mira la carta.

DASH

Al parecer, tu abuelo murió el año pasado, y tu abuela está envejeciendo. Quiere verte, así que contrató a unos detectives privados para seguirnos la pista. Según esta carta, llegará pasado mañana.

JANIE

¡Vaya! No me lo puedo creer. ¿Crees que lleva un moño y hace pasteles?

DASH

Janie, debo decirte una cosa. Quizá debería habértela dicho hace mucho tiempo, pero... no sé, no me atreví a hacerlo. Ahora no tengo más remedio. Tu abuela sabe la verdad, y si no te lo digo yo, lo hará ella.

JANIE
Estás empezando a ponerme nerviosa, papá.

DASH
Lo siento, Janie. No sé cómo decirte esto si no es directamente. Tu mamá ya estaba embarazada de ti cuando yo la conocí.

JANIE
Pero eso no tiene sentido. ¿Cómo podía...? ¿Estás tratando de decirme...? ¿Quieres decir que en realidad no eres mi padre?

DASH
Me temo que es más o menos eso.

—¡Estúpido, estúpido, estúpido!
Honey golpeó la tapa del último guión de *The Dash Coogan Show*.
—Espero que no estés hablando de mí.
Dash franqueó la puerta de la autocaravana donde Honey estaba arrellanada en el sofá. Llevaba puestos unos vaqueros, botas de cowboy y una chaqueta sport de tweed. Del cuello de su camisa vaquera colgaba una corbata de bolo con un reluciente rayo de plata y turquesa.
Aunque llevaban cinco años casados, a Honey le dio un brinco el corazón como ocurría siempre que él se le acercaba inesperadamente. No creía que llegaría a cansarse nunca de mirar aquel rostro legendario, aquellos rasgos toscos y tan elementales que parecían haber sido esculpidos por el viento y después cocidos por el sol del desierto.
Dash se guardó en el bolsillo la llave que había utilizado para abrir la puerta, se inclinó y la besó.
—Sé que no he asistido a esas complicadas clases universitarias como alguien que yo conozco, pero no me tengo por estúpido.

Ella se echó a reír y le echó los brazos al cuello para atraerlo hacia sí.

—Eres astuto como un zorro, viejo cowboy.

Él volvió a besarla, deslizando las manos debajo del holgado suéter de punto azul pálido que llevaba Honey con una corta falda vaquera blanca.

—Creía que ibas a ocuparte de ese trabajo que tienes pendiente.

—Y lo hago. Solo que... —Ella lo soltó—. Ayer estaba ordenando esa leonera que llamas estudio y encontré los guiones de nuestra última temporada. Decidí traer el último para releerlo. Para ver si el episodio fatal era tan malo como recordaba.

Dash se quitó la chaqueta y la lanzó sobre una silla.

—Podrías habérmelo preguntado. Te habría dicho que era aún peor de lo que lo recordabas.

Honey se levantó del sofá y dio unos pasos hasta la cafetera que utilizaba siempre que estaba en exteriores con Dash. Se hallaban en un peligroso barrio del este de Los Ángeles donde él estaba rodando un telefilme de bajo presupuesto sobre un poli texano en una misión encargada por el Departamento de Policía de Los Ángeles. Le pasó un tazón y luego se sirvió otro para ella. Se recostó contra la pequeña barra y cruzó los tobillos, enfundados en los calcetines azul pálido que llevaba con sus Keds blancos. Cuando se había vestido aquella mañana, Dash le había dicho que aparentaba trece años y que le estaría muy agradecido si no lo hacía arrestar por algo tan repugnante como mantener relaciones sexuales con una menor.

Honey tomó un sorbo de café.

—No sé por qué los guionistas creyeron que ese estúpido pretexto de que Dash no era el verdadero padre de Janie haría olvidar a la audiencia que estaba viendo a una pareja casada interpretando a padre e hija.

Él se sentó en el sofá y se recostó. Cuando estiró las piernas, sus botas de cowboy llegaron hasta el centro de la autocaravana.

—Para cuando emitieron el episodio fatal, de todos modos ya no nos quedaban espectadores, así que supongo que no importaba.

—Me importaba a mí. Detestaba la idea de que trataran de salvar el programa decidiendo que Dash y Janie no eran en realidad padre e hija. Fue todavía más estúpido que el sueño de Bobby en *Dallas*.

—Era el sueño de Pam, no de Bobby. Y no podría existir nada tan estúpido.

Una sirena de policía procedente de la calle penetró la delgada estructura de la autocaravana. Dash frunció el ceño.

—Maldita sea, no sé por qué te dejé convencerme para traerte hoy aquí. Este barrio es demasiado peligroso.

Honey puso los ojos en blanco.

—Ya estamos otra vez. Papá Dash siendo excesivamente protector.

—¡Excesivamente protector! ¿Tienes idea de cuántos asesinatos por drogas y tiroteos entre bandas han acaecido por aquí solo en los últimos meses? Y esta productora del tres al cuarto no contrata personal de seguridad. Seguramente ni siquiera tienen permiso municipal para rodar.

—Dash, he mantenido la puerta cerrada y no salgo. Sabes que tengo que redactar mi trabajo de literatura inglesa, y este es un sitio ideal para hacerlo porque no hay distracciones. Si me hubiese quedado en casa, estaría fuera montando, cavando en el jardín o haciéndote un pastel de chocolate.

Él farfulló un poco más y ella le dedicó una sonrisa compasiva. Trataba de no burlarse demasiado de su excesiva protección porque entendía que no podía evitarlo. Por más seguro que estuviera de su amor, Dash no podía dejar nunca totalmente de lado el niño que llevaba dentro al que le daba miedo que le arrebataran a la persona que más quería.

—Es culpa mía —gruñó—. Me gusta tanto tenerte conmigo que pierdo el sentido común. ¿Me das un masaje en el cuello? Esa escena de lucha de ayer me dejó completamente agarrotado.

Se volvió de lado. Honey se acercó al sofá y se arrodilló a su espalda. Se recogió el pelo detrás de una oreja. Cuando inclinó la cabeza, sus cabellos se desparramaron por el lado contrario y cayeron en una cascada de color miel sobre el hombro de Dash.

Este se reclinó contra ella, que empezó a masajearle los músculos de los hombros, cerrando los ojos por un momento para asimilar su tacto firme y conocido. El matrimonio le había aportado más felicidad de la que había creído posible, y ni siquiera todas las dificultades profesionales y económicas que habían seguido la habían hecho arrepentirse de haberse casado con él.

—Soy demasiado viejo para esas películas de polis y ladrones —refunfuñó Dash.

—No cumplirás los cincuenta hasta el verano. No puede decirse que eso sea ser viejo.

—Ahora mismo me siento como si lo fuera. Quizá tratar de aguantar los excesos sexuales de mi esposa de veinticinco años tenga algo que ver con ello.

Ella hundió los labios en el costado de su cuello al mismo tiempo que bajaba las manos por la pechera de su camisa hacia la cintura de sus vaqueros.

—¿Quieres que echemos un polvito?

—¿No lo hemos hecho esta mañana temprano?

—Todo lo que ocurre antes de las seis cuenta como el día anterior.

—¿Y eso por qué?

—Todo es cuestión de relatividad. Aprendí sobre eso en el curso de filosofía que hice el año pasado. —Deslizó las puntas de los dedos dentro de la cintura del pantalón—. Es demasiado complejo para que se lo explique a un vaquero ignorante, así que me temo que tendrás que creerme.

—Ah, ¿sí?

Dash se inclinó hacia delante tan bruscamente que la hizo volcar sobre su hombro.

—¡Eh!

Él la recogió en su regazo antes de que pudiera caerse al suelo.

—Me parece que alguien se está poniendo un poco demasiado sabelotodo para llevar los pantalones.

Honey adoptó una posición más cómoda entre sus brazos y levantó los ojos hacia su maravilloso rostro.

—¿Te arrepientes alguna vez de haberte casado conmigo?

Dash le cogió un pecho y se lo masajeó con suavidad.

—Como unas cien al día. —Entonces el fulgor malicioso se extinguió en sus ojos verdes y la atrajo contra sí con un gruñido apagado—. Mi dulce niña. A veces creo que mi vida no empezó hasta el día que me casé contigo.

Honey se acurrucó complacida contra él. Quizá su matrimonio era todavía más valioso para ella porque no era perfecto. Habían tenido muchos problemas desde el principio: su culpabilidad por la desaparición de la serie televisiva, la humillación que les había prodigado la prensa, el hecho de que la hija de Dash no la podía ni ver.

La mayoría de sus problemas no habían desaparecido. Hacía muy poco que habían salido a flote de sus dificultades económicas. En lugar de proteger el dinero que había aportado a su matrimonio, Honey había empleado la mayor parte para reducir notablemente la deuda de Dash con Hacienda. Él se había enfurecido al enterarse, pero ella no se arrepentía ni de un solo céntimo. Finalmente la deuda había quedado saldada, y habían empezado a reservar dinero para el futuro.

Un problema peor era los estragos que su matrimonio había causado en la carrera profesional de Dash. A Honey la entristecía verlo obligado a aceptar papeles en telefilmes de segunda fila como el que estaba rodando ahora. Dash aligeraba su inquietud diciendo que de todos modos nunca había sido un gran actor, y que cualquier trabajo era bueno.

Tal vez no fuera un actor versátil, pero en opinión de Honey era algo aún mejor. Era una leyenda, el último de los individualistas solitarios que llevaban un sombrero blanco y defendían la decencia. Por más que necesitaran el dinero, ella no le permitiría aceptar ningún papel que manchara esa imagen.

Mientras rozaba la nariz contra el cuello de su camisa, pensó que el mayor conflicto entre ellos —el que nunca desaparecía— era la negativa de Dash a dejarle tener un hijo. Esta cuestión acechaba como un visitante indeseado en todos los rincones invisibles de su existencia juntos. Ella anhelaba un hijo suyo, soñaba con cunas, pañales y una cabecita recubierta de pelusa. Pero él decía que era demasiado viejo para tener un bebé y que ya había demostrado que no sabía ser padre.

Honey ya no se tragaba sus excusas. Sabía que él temía que le ocurriese algo en el parto, y que la necesitaba demasiado para correr ese riesgo. Lo que ignoraba era cómo combatir un miedo que estaba arraigado en el amor.

Dash pasó el dedo a través de uno de sus rizos.

—Casi me olvido de decírtelo. Al parecer, hace un par de horas han dado una noticia en televisión sobre Eric Dillon.

—Ese pequeño y arrogante bastardo.

—Dillon mide metro ochenta como mínimo. No sé por qué le llamas pequeño.

—Metro ochenta es diez centímetros más bajo que tú. Eso hace que sea pequeño a mis ojos.

—Esa es una definición muy restringida de «bajo», sobre todo en boca de alguien que ni siquiera alcanza los armarios superiores de su cocina.

—Veo que no discutes el hecho de que le haya llamado bastardo. Desde que ganó su Oscar el mes pasado, seguramente es aún más insufrible de como lo recuerdo.

—No era tan malo, Honey. No deberías culparlo de que te enamoraras de él y tuviera que pasarse todo el tiempo libre escondiéndose de ti.

—Yo no me enamoré de él, Dash Coogan. Solo fue un encaprichamiento. Fue de ti de quien me enamoré.

Él sonrió.

—He estado pensando. ¿Qué te parecería subir a Alaska este verano y hacer un poco de excursionismo de mochila por el Chilkoot Trail?

—Es una idea estupenda. Siempre he querido ir a Alaska.

—No tenemos por qué hacerlo. Puede que no sea multimillonario, pero puedo permitirme algo mejor para ti que una tienda de campaña. Si quieres ir a París o algún sitio así...

—Claro. Pero no contigo. Ya me imagino oírte quejándote del tráfico y de que todo el mundo habla francés. Quizá la próxima vez que Liz vaya a Europa iré con ella.

—Parece una buena idea.

Se sonrieron, a sabiendas de que ella no iría a ninguna parte sin él. Había vivido toda su infancia sin nadie que la quisiera, y ahora que tenía a Dash no deseaba estar con nadie más. Dependía de él de un modo en que no se había permitido depender de nadie, ni siquiera cuando era niña. Él era tanto su mayor fortaleza como su mayor debilidad.

Honey desplazó su peso para evitar que la esquina de la hebilla de su cinturón siguiera clavándosele en la cintura y recordó que lo había interrumpido.

—¿Qué has oído sobre Eric?

—Ah, sí. Parece ser que anoche se salió de una curva en Mulholland. Conducía borracho, el estúpido hijo de puta.

—Espero que esté bien.

—Supongo que fue bastante grave. Algunos huesos rotos; es lo único que sé. Afortunadamente, no se vio implicado nadie más.

—Cuesta trabajo compadecerse de él, ¿verdad? Acaba de ganar un Oscar. Es rico y tiene éxito, está en la cima de su carrera. Y tiene dos niñas. ¿Cómo pudo ser tan irresponsable?

—No olvides que creció rodeado de dinero. Dudo que haya tenido que esforzarse nunca por nada. Esa clase de gente no tiene mucho fondo.

—Pero no deja de ser curioso cómo alguien que es tan manifiestamente superficial puede actuar como lo hace él. A veces, cuando veo una de sus películas, me hace estremecer.

—Eso no tiene nada que ver con su actuación. Es lo que queda de tu atracción sexual hacia él.

Honey se echó a reír y se lanzó contra él. Lo derribó contra el sofá y le hizo golpearse la cabeza con la pared.

—Maldita harpía —murmuró Dash contra su boca.

Ella le soltó el faldón de la camisa de los vaqueros.

—¿De cuánto tiempo disponemos antes de que tengas que volver al plató?

—No mucho.

—No importa. —El cierre de sus vaqueros cedió bajo la presión de los dedos de Honey—. Últimamente eres tan rápido apretando el gatillo que estoy segura de que podremos arreglárnoslas.

Dash estiró un brazo para cerrar las persianas abiertas de la ventana de la autocaravana.

—¿Acaso me difamas por mi resistencia?
—Por supuesto.

Él deslizó las manos por debajo de su suéter y le desabrochó el sujetador. Le pasó los pulgares sobre los pezones.

—Si no te movieras tanto ni hicieras todos esos gemidos en mi oído, podría aguantar más tiempo.

—Yo no gimo. Yo... —Emitió un gemido—. Oh, eso no es justo. Sabes que soy muy sensible ahí.

—Y en cien sitios más.

En pocos minutos, Dash había encontrado media docena de ellos.

Su acto sexual estuvo lleno de risas y de pasión. Como ocurría a veces cuando habían terminado y se quedaba acostada sobre su pecho, Honey pudo notarse los ojos anegados de lágrimas.

«Gracias por habérmelo dado, Señor. Muchas gracias.»

Dash cerró la puerta de la autocaravana con llave cuando se marchó. Ella abrió las persianas para poder verle alejarse con aquel paso oscilante con las piernas arqueadas que tanto le gustaba. Su marido cowboy. Si lograra convencerlo de que le dejara tener un bebé, ya no le pediría nada más.

La vista desde la ventana era lúgubre y deprimente. Los vehículos de producción y las autocaravanas estaban agrupados en lo que había sido el aparcamiento de la fábrica de bombillas abandonada al otro lado de la calle, donde el equipo se había reunido para rodar las escenas de ese día. Las paredes de ladrillo de la fábrica contenían obscenidades pintadas con espray y mensajes de bandas. Como ocurría siempre en exteriores, se había congregado una pequeña multitud para ver a los actores: niños que hacían novillos, gente que había salido de los establecimientos de la zona y una colección de vagabundos. Un vendedor ambulante incluso vendía helados.

Sin embargo, no se dejó engañar por el ambiente festivo. Por una vez, Dash llevaba razón siendo cauto; aquel era un barrio peligroso. Cuando habían bajado de su coche aquella mañana, Honey había visto una aguja hipodérmica rota tirada en un agujero lleno de hierbajos en el asfalto.

Se apartó de la ventana y se dirigió hacia la mesa donde estaba preparando el trabajo para su clase de literatura. Revisó sin entusiasmo las notas que había tomado. Tenía veinticinco años, demasiados para ir a la escuela. Quizá fuera por eso por lo que le costaba tanto empezar ese trabajo. Dado que no se había propuesto hacer ninguna carrera concreta, asistía a las clases más para ocupar su tiempo que por cualquier otra razón. Lo único que quería de la vida era ser la esposa de Dash Coogan, la madre de su hijo e interpretar a Janie Jones el resto de sus días. Pero si decía a Dash que la escuela había empezado a parecerle inútil, sabía exactamente qué respondería él.

«Claro que lo es. Llama al vago de tu agente y ponte a trabajar delante de las cámaras, que es tu sitio.»

Dash seguía creyendo que era una gran actriz a pesar de que solo había hecho un papel. Deseaba que estuviera en lo cierto y que su talento fuese auténtico en lugar de un truco publicitario. Ni siquiera a él le confesaría cuánto echaba de menos actuar.

De tarde en tarde, cuando Dash se ausentaba del rancho, leía en voz alta escenas de obras: desde Shakespeare hasta Neil Simon y Beth Henley. Pero era siempre un desastre. Su voz sonaba postiza y forzada, como la de una actriz de instituto, y todas las fantasías que había albergado de volver a ponerse delante de las cámaras no tardaron en esfumarse. Durante los últimos cinco años había recibido una humillante cantidad de ofensas de la prensa y el público. Lo único que no habían podido arrebatarle eran sus actuaciones como Janie Jones, y no dejaría que nadie lo empañara.

Se sentó a la mesa para trabajar, pero no podía concentrarse. En lugar de eso, se sorprendió pensando en su última conversación telefónica con Chantal. Como siempre, su prima le había pedido dinero, esta vez para que ella y Gordon pudieran hacer un crucero.

—Sabes que no puedo permitírmelo —había dicho Honey—. Ahora no tengo ninguna fuente de ingresos, y durante este último año te he estado diciendo que no podré hacer frente a los pagos de vuestra casa mucho más tiempo. En vez de cruceros, tendríais que empezar a pensar en encontrar un sitio menos caro donde vivir.

—No empieces a darme la lata, Honey —había replicado Chantal—. Ahora no puedo soportar más presión. Gordon y yo hemos estado sometidos a mucho estrés estos últimos seis meses, desde que los médicos me dijeron lo de mis trompas de Falopio. Es duro afrontar el hecho de que no podré tener un bebé.

Chantal había mencionado la única cosa que podía ganarse la compasión de Honey, y esta se había ablandado en el acto.

—Chantal, lo lamento mucho. Ya lo sabes. Quizá debería mandarte a otro médico. Quizá...

—Basta de médicos —había respondido Chantal—. Todos me han dicho lo mismo, y ya no puedo soportar más reconocimientos. Además, Honey, si puedes reunir el dinero para pagar las facturas de los médicos, no entiendo por qué no puedes encontrar el suficiente para un crucero.

La noche anterior, cuando Honey había referido esa conversación a Dash mientras se disponían a acostarse, él había empezado a atormentarla otra vez.

—Chantal solo te utiliza. A decir verdad, creo que se siente más aliviada que preocupada por no poder tener hijos. Es demasiado holgazana para tener un bebé. ¿No te das cuenta de que haciendo a Gordon y Chantal tan dependientes de ti les has quitado la oportunidad de convertirse en personas productivas? Ya sé que siempre crees saber lo que es mejor para los demás, pero eso no es necesariamente cierto.

Ella había dejado el cepillo para el pelo y lo había mirado irritada.

—Tú no lo entiendes, Dash. Chantal no ha nacido para ser productiva.

—Cualquiera ha nacido para eso si pasa hambre. ¿Y qué me dices de Gordon? Tiene dos brazos y dos piernas. Es perfectamente capaz de soportar su propio peso.

—Pero tú no sabes cómo fue mi llegada a Los Ángeles. Gordon amenazó con quitarme a Chantal. Ella era lo único que tenía, y no podía permitir que eso ocurriera.

—Te estaba manipulando, eso es lo que hacía.

—Es posible, pero no puedo volver la espalda a Chantal ahora que Sophie se ha ido. Han pasado tres años desde que Sophie murió, y todavía no lo ha superado.

—En mi opinión, tú has llorado la muerte de tu tía Sophie mucho más tiempo que Chantal.

—Ese es un comentario muy cruel.

Dash había procedido a lavarse los dientes ruidosamente, con lo que logró cortar la discusión. Honey había entrado en el baño con paso airado y había cerrado la puerta, sin querer admitir ni para sí misma que en parte él tenía razón. La muerte de Sophie parecía haberla afectado más a ella que a Chantal. Y había sido una muerte falta de dignidad. Su tía se había asfixiado con el ala de un pollo frito comprado en una tienda que Gordon había calentado en el microondas.

Por lo menos Buck Ochs se había ido. Apenas había enterrado a Sophie cuando se llevó a casa una puta. Había que decir a favor de Gordon que había echado a Buck, y las últimas noticias que habían llegado a oídos de Honey eran que el ex marido de Sophie se había ido a trabajar en un parque cercano a Fresno.

Alejó los pensamientos en torno a su familia y se obligó a concentrarse en su trabajo. Dos horas después, una vez ordenadas las notas y redactadas las primeras páginas, se levantó para servirse un tazón de café. Cuando miró a través de la ventana trasera, vio a Dash andando por el sucio callejón hacia la autocaravana.

Una vez más, le dio un brinco el corazón. Consultó su reloj y vio que eran casi las cuatro. Quizás había terminado la jornada y podían regresar pronto a casa. Sonriendo, dejó el tazón, abrió la puerta y salió.

La tarde era calurosa y húmeda, más propia del mes de julio

en Carolina del Sur que del mes de mayo en el sur de California. Las furgonetas y camiones que la rodeaban estaban estacionados tan juntos que no dejaban circular el aire, y todo el lugar olía a gasolina y a gases de escape. Cuando Dash salió del callejón al aparcamiento, lo saludó con la mano.

Él levantó el brazo para devolverle el saludo, pero su mano se detuvo a mitad de camino. Estaba lo suficientemente cerca para que ella pudiera verle fruncir el ceño. En aquel momento, oyó el grito ahogado de una mujer y se volvió bruscamente.

A su derecha, dos autocaravanas estaban aparcadas en paralelo, formando un estrecho y oscuro túnel de menos de un metro y medio de anchura. Vio un movimiento fugaz hacia la parte de atrás de los vehículos y dio un paso presuroso hacia delante.

Un hombre delgado y de rostro moreno, vestido con una camiseta roja rasgada y unos pantalones negros relucientes, arrastraba a una joven hispana hacia el espacio estrecho. Horrorizada, Honey observó cómo el hombre empujaba a la mujer contra el costado del vehículo más grande y trataba de arrebatarle el bolso que sujetaba fuertemente entre los brazos. La mujer gritó, encorvando los hombros para protegerse el bolso al mismo tiempo que se debatía para soltarse de él.

La joven y su asaltante se encontraban a menos de treinta metros e, instintivamente, Honey echó a correr hacia ellos, pero no había recorrido mucho trecho cuando oyó el golpeteo de unos pies a la carrera detrás de ella. Dash pasó por su lado y le propinó un fuerte empujón en el centro de la espalda que la mandó al suelo.

Dio un grito ahogado cuando sus rodillas desnudas rasparon el asfalto y sus manos se deslizaron sobre la áspera superficie. El dolor fue intenso, pero no tanto como la sensación de terror que la invadió. Levantó la cabeza.

Desde el suelo podía verlo todo. Pudo ver el llamativo estampado de flores amarillas en la falda del vestido de la mujer, oír sus gritos pidiendo auxilio mientras aferraba su bolso como una tonta.

Dash no estaba muy lejos de donde se encontraba Honey, de espaldas a ella y con las piernas tensadas. Con el corazón palpitando, abrió la boca para gritarle que tuviera cuidado, que no se hiciera el héroe, que no...

—¡Suéltala! —bramó Dash.

El tiempo pareció detenerse, hasta el punto de que los detalles más insignificantes quedarían grabados para siempre en su cabeza con grotesca claridad. Las vetas de asfalto resquebrajado que conducían hasta las botas de su marido, la tela deshilachada colgando del dobladillo de sus vaqueros. Sintió el sol caliente cayendo sobre su espalda, olió el asfalto, vio la larga sombra proyectada por el alto cuerpo de Dash. Lo presidía todo la expresión de loco, aturdida por las drogas, en los ojos del asaltante de aquella joven mientras estaba de pie al final de aquel oscuro túnel formado por los vehículos de producción y se volvía para hacer frente a Dash.

Con un movimiento grotesco, el hombre sacó una pistola de cañón corto de la cintura de sus pantalones negros brillantes y la levantó. Un horrible chillido se escapó de la garganta de Honey cuando vio que el drogadicto de los ojos de loco disparaba dos tiros.

Dash se retorció y se derrumbó en el suelo con un movimiento lento y torpe. Una neblina gris la envolvió, haciendo que todo pareciera irreal. En el estrecho túnel la mujer también cayó, un contorno borroso de color amarillo vivo, cuando el drogadicto le dio un empujón y salió corriendo, con el bolso olvidado en el suelo junto a ella.

Dash tenía un brazo extendido sobre el agrietado pavimento. Honey vio su muñeca desnuda, el amplio dorso de su mano. Sollozando como un animal herido, empezó a arrastrarse hacia él sobre las manos y las rodillas ensangrentadas. A través de la neblina gris, se dijo que todo iría bien. Hacía solo unos segundos que lo había saludado. Nada de aquello era real porque nada tan espantoso podía suceder sin previo aviso. No tan deprisa, no sin un presagio.

Apenas reparó en los gritos de los miembros del equipo mientras acudían a la carrera desde el otro lado de la calle. Tan solo veía los dedos de su marido arañando el asfalto.

Se arrodilló como pudo a su lado, con todo su cuerpo sacudido por sollozos de angustia.

—¡Dash!

—Honey... Me...

Lo cogió por los brazos y lo volvió para apoyarle la cabeza y un hombro sobre su regazo. Una enorme mancha se extendía sobre su pecho como una quemadura del sol. Se acordó de que había tenido una herida parecida en una de sus películas, pero no acertaba a recordar cuál.

Le rodeó las mejillas con las manos y susurró sollozando:

—Ahora puedes levantarte. Por favor, Dash... Levántate, por favor...

Él parpadeó y empezó a mover la boca.

—Honey...

Pronunció su nombre con un horrible resuello.

—No hables. Por el amor de Dios, no hables...

Dash la miró fijamente. Sus ojos estaban llenos de amor y empañados por el dolor.

—Sabía... que te... rompería... el corazón —dijo con voz entrecortada.

Y entonces su mano extendida cayó sin fuerza.

Unos sonidos inhumanos y angustiosos se escaparon de la garganta de Honey. El asfalto era muy negro, la sangre era muy roja. Sus ojos la miraban, abiertos pero sin ver.

Uno de los miembros del equipo la tocó, pero ella se lo quitó de encima.

Acunó la cabeza de su marido en su regazo, le acarició la mejilla mientras lo mecía y le susurraba.

—Te pondrás... bien. No pasa nada... Mi amor... Mi... cowboy.

La sangre caliente le empapaba la falda y le impregnaba los muslos. Siguió acunándolo.

—Te quiero, mi vida, te... querré... siempre... —Le castañeteaban los dientes y su cuerpo se convulsionaba presa de temblores—. No puede pasar nada malo. Nada. Tú eres el héroe. El héroe nunca...

Le besó la frente, las puntas de sus cabellos se impregnaron de sangre, notó el sabor de la sangre en la boca, al mismo tiempo que murmuraba que no se moriría. Lo haría ella en su lugar, ocuparía su sitio. Dios lo entendería. Los guionistas lo arreglarían todo. Le acarició el pelo. Le besó los labios.

—Honey.

Uno de los hombres la tocó.

Ella levantó la cabeza y su rostro se crispó, furioso.

—¡Fuera! ¡Marchaos todos! No tiene nada.

El hombre sacudió la cabeza, con las mejillas surcadas de lágrimas.

—Honey, me temo que Dash está muerto.

Ella se llevó la amada cabeza de su esposo contra el pecho y apoyó la mejilla sobre su pelo. Habló en un incontenible torrente de palabras.

—Te equivocas. ¿No lo entiendes? ¡El héroe no puede morir! ¡No puede, estúpido Dios! No puedes infringir las normas. ¿No lo sabes? ¡El héroe nunca muere!

Se necesitaron tres médicos para apartarla del cuerpo sin vida de Dash Coogan.

22

En la habitación reinaba un calor sofocante, pero estaba acostada en la cama envuelta en la vieja chaqueta de piel de oveja de Dash. Debajo, las medias de nilón se le adherían a las piernas y el vestido negro que había llevado en el funeral estaba empapado en sudor. Tenía la cara cubierta por el cuello de la chaqueta. Conservaba el olor de Dash.

Unos mechones sudorosos se le pegaban a la nuca, pero no se daba cuenta de ello. Liz había venido y se había ido, después de traerle un plato de comida que Honey era incapaz de probar y de intentar convencerla de que se alojara en la casa de la playa durante unas semanas para no estar sola. Pero Honey quería estar sola para poder encontrar a Dash.

Se acurrucó todavía más en la chaqueta, con los ojos cerrados. «Háblame, Dash. Déjame sentirte. Por favor, déjame sentirte para saber que no te has ido.» Trató de dejar la mente en blanco para que Dash pudiera contactar con ella, pero un terror tan oscuro que le hizo querer gritar se apoderó de ella. Abrió la boca contra el suave cuello de la chaqueta.

No se percató de que alguien había entrado en la habitación hasta que notó que el colchón se hundía junto a ella. Quiso arremeter contra ellos para que la dejaran en paz. No tenían ningún derecho a invadir su intimidad de ese modo.

—¿Honey? —Meredith pronunció su nombre y acto seguido rompió a llorar—. Quiero... quiero pedirte que me perdones. He sido odiosa y rencorosa por culpa de los celos. Sabía que estaba mal, pero no podía evitarlo. Lo único... lo único que deseaba era que papá me quisiera también, pero solo te quería a ti.

Honey no quería las confidencias de Meredith ni podía ofrecerle consuelo. Se incorporó en la cama y se sentó en el borde de espaldas a ella. Aferró las solapas de la chaqueta de piel de oveja y se la ciñó alrededor del cuerpo.

—También te quería a ti. —Habló con voz monótona, sabiendo que tenía que decir aquellas palabras—. Eras su hija, y él nunca lo olvidó.

—Yo... fui tan odiosa contigo... Estaba tan celosa...

—No importa. Ya nada importa.

—Sé que papá está en paz y que deberíamos alabarlo en vez de llorarlo, pero no puedo evitarlo.

Honey no respondió. ¿Qué sabía Meredith de un amor tan intenso que era tan esencial como el oxígeno? Todas las emociones de Meredith se dirigían inequívocamente hacia el cielo. Honey deseó poder desaparecer dentro de la chaqueta de Dash hasta que Meredith se hubiese marchado.

—¿Podrás...? ¿Podrás perdonarme, Honey?

—Sí —contestó ella como un autómata—. Te perdono.

Se abrió la puerta y oyó la voz de Wanda.

—Meredith, tu hermano se va. Ven a despedirte.

El colchón se movió cuando Meredith se levantó.

—Adiós, Honey. Lo... lo siento.

—Adiós, Meredith.

La puerta se cerró. Honey se levantó del borde de la cama, pero cuando se volvió hacia la ventana vio que aún no estaba sola. Wanda la observaba de pie. Tenía los ojos enrojecidos por el llanto y el ahuecado pelo rubio aplastado en un costado. En el funeral se había comportado como si fuera ella la viuda en lugar de Honey.

Se frotó los ojos y se sorbió la nariz.

—Meredith ha tenido celos de ti desde la primera vez que te vio con Randy en la tele. No era muy buen padre con ella, supongo que ya lo sabes, y ver que los dos estabais tan unidos era como una herida abierta para ella.

—Ahora ya no importa.

El perfume de Wanda impregnaba el aire de un fuerte olor a claveles. O quizá no era su perfume. Tal vez Honey percibía el penetrante olor de todos los adornos florales del funeral.

—¿Puedo hacer algo por ti? —preguntó Wanda.

—Haz que se marchen todos —repuso Honey sin entusiasmo—. Es lo único que quiero.

Wanda asintió y se acercó a la puerta, donde se sonó la nariz antes de hablar con voz enérgica.

—Te deseo todo lo mejor, Honey. Confieso que no creía que Randy debía casarse contigo. Pero todas sus ex esposas estaban hoy en el funeral, y las tres juntas nunca le dimos tanta felicidad como tú en un solo día.

Honey tomó conciencia vagamente de que Wanda había requerido un espíritu generoso para hacer semejante declaración, pero solo deseaba librarse de ella para volver a acostarse en la cama, cerrar los ojos y tratar de ponerse en contacto con Dash. Tenía que encontrarlo. Si no lo conseguía, moriría a su vez.

Wanda se marchó, y en menos de una hora todos los demás invitados habían desaparecido también. Cuando caía la noche, Honey deambuló sin rumbo fijo por la casa con los pies enfundados en las medias. La chaqueta de Dash le quedaba tan larga que cuando metió las manos en los bolsillos sus dedos no llegaron hasta el fondo. Finalmente se acurrucó en el gran sillón de cuero verde donde él solía sentarse a ver la tele.

El hombre que había asesinado a Dash era un drogadicto en libertad condicional. Lo habían matado en un tiroteo con la policía varias horas después de la muerte de Dash. Todo el mundo parecía creer que debería sentirse mejor porque el asesino de su marido estaba muerto, pero la venganza no significaba nada para ella. No podía restituirle a Dash.

Debió de haberse dormido, porque cuando despertó eran más de las dos de la madrugada. Fue a la cocina y empezó a abrir puertas de armarios sin ningún propósito. El tazón favorito de Dash estaba sobre un estante; un paquete abierto de sus Life-Savers de menta se encontraba junto a la azucarera, esperándolo.

Honey entró en el cuarto de baño de su difunto esposo y vio su cepillo de dientes en un portacepillos de porcelana azul sobre el estante. Pasó el pulgar por las cerdas completamente secas y luego se lo guardó en el bolsillo. Cuando salía del dormitorio, sacó un par de calcetines suyos de la canasta de la ropa sucia y se los metió en el otro bolsillo.

No había luna cuando salió afuera, tan solo el tenue resplandor de la bombilla instalada sobre la puerta de la cuadra. Cuando cruzó el patio hacia el potrero, las piedras le agujerearon los pies de las medias, pero no hizo caso. Se encaminó hacia la cerca junto a la que habían estado juntos tantas veces.

Esperó y esperó.

Finalmente le fallaron las piernas y se dejó caer sobre la tierra. Sacó el cepillo de dientes de un bolsillo y los calcetines del otro. Formaron una bola húmeda y caliente en su mano. Las lágrimas le mojaban las mejillas y el silencio la asfixiaba.

Se llevó el cepillo de dientes de Dash a la boca y lo chupó.

A medida que transcurrían las semanas se volvió enjuta y frágil. De vez en cuando se acordaba de comer, pero las más de las veces, no. Dormía a horas intempestivas y a ratos, en ocasiones en el sillón de Dash y en otras en su cama con una de sus prendas apretada contra su mejilla. Se sentía como si la hubiesen volcado y vaciado de toda emoción excepto la desesperación.

Los periódicos habían publicado incesantes crónicas de la muerte de Dash, y helicópteros alquilados por paparazzi sobrevolaban el rancho en busca de una foto de la afligida viuda, de modo que Honey se pasaba la mayor parte del día dentro de la casa. Irónicamente, la muerte de Dash había conferido a su matrimonio una respetabilidad póstuma, y en lugar de ser el blanco de todas las bromas Dash era un héroe mártir, y su nombre se pronunciaba con respeto.

Los artículos de la prensa se referían a ella como a una mujer valiente y abnegada. Arthur Lockwood fue hasta el rancho para decirle que estaba recibiendo un alud de peticiones de entrevistas y que varias productoras importantes querían que actuara en sus próximas películas. Honey lo miró inexpresivamente, incapaz de comprender.

Liz empezó a atormentarla con guisos saludables, vitaminas y consejos no deseados. Chantal y Gordon se presentaron para pedir dinero. Empezaba a caérsele el pelo, pero apenas hizo caso.

Una tarde de primeros de agosto, tres meses después de la muerte de Dash, Honey conducía por la estrecha carretera del desfiladero procedente de una visita al abogado de Dash cuando se percató de lo fácil que resultaría tomar una de aquellas curvas demasiado abierta. De un rápido pisotón sobre el acelerador, podría saltar sobre el pretil y precipitarse al desfiladero. El coche daría algunas vueltas de campana antes de convertirse en una bola de fuego que incineraría todo su dolor.

Le temblaban las manos mientras aferraba el volante. El peso del dolor se había vuelto demasiado aplastante, y simplemente ya no podía soportarlo. A nadie le importaría mucho su muerte. Liz estaría trastornada, pero tenía una vida llena y ocupada y no tardaría en olvidarse. Chantal lloraría en su funeral, pero las lágrimas de su prima eran indignas; no lloraría mucho más de como lo hizo cuando uno de los personajes de su telenovela favorita murió. Cuando las personas no tenían una familia de verdad, podían irse sin ser lloradas.

Familia.

Era todo cuanto había deseado. Una persona que la quisiera sin condiciones. Una persona a la que ella pudiera querer con todo su corazón.

Un sollozo sacudió su cuerpo. Lo echaba tanto de menos... Había sido su amante, su padre, su hijo, el centro de todo lo bueno en su vida. Echaba de menos su tacto y su olor. Echaba de menos sus palabrotas, el sonido de sus pasos sobre el suelo, el roce de sus patillas contra su mejilla. Echaba de menos cómo revolvía el periódico hasta el punto de que ella no podía encontrar nunca la primera página, los sonidos de los partidos de los Sooners atronando desde el televisor. Echaba de menos sus rituales diarios de afeitarse y ducharse, las toallas y los calzoncillos abandonados que nunca llegaban al canasto de la ropa sucia. Echaba de menos todos los restos que habían formado parte de Dash Coogan.

A través de las lágrimas, vio cómo la aguja del velocímetro iba subiendo. Las ruedas chirriaron cuando hizo un viraje. Un pisotón al acelerador, un giro de sus manos, y todo el dolor se habría extinguido.

Espontáneamente, el recuerdo de una chica joven de pelo corto y mutilado y con unas chancletas gastadas le llegó desde otra vida. Mientras la velocidad aumentaba, se preguntó qué había sido de aquella animosa muchachita de dieciséis años que había creído que todo era posible. ¿Dónde estaba la chiquilla que había cruzado toda América en una camioneta destartalada con solo agallas para mantenerse? Ya no podía recordar cómo era sentir aquel valor. Ya no podía recordar a la niña que había sido.

«Encuéntrala —susurró una voz dentro de su cabeza—. Encuentra a esa niña.»

Poco a poco fue levantando el pie del acelerador, no por ningún deseo renovado de vivir, sino simplemente porque estaba demasiado cansada para mantener la presión.

«Encuéntrala», repitió la voz.

¿Por qué no?, pensó de forma confusa. Lo único mejor que tenía por hacer era morir.

Diez días más tarde el bochorno de Carolina del Sur la abofeteó cuando bajó de su Blazer con aire acondicionado al quebradizo asfalto del aparcamiento del Parque de Atracciones de Silver Lake. Unos hierbajos altos hasta la rodilla crecían a través de los agujeros abiertos en el pavimento y unos obeliscos de hormigón veteados de óxido marcaban el lugar que habían ocupado las farolas. Sentía las piernas como de goma. Llevaba varios días en la carretera, deteniéndose de vez en cuando para alojarse en un motel y dormir unas horas antes de proseguir viaje. Ahora estaba muerta de agotamiento.

Entrecerró con desánimo los ojos contra el sol cegador y miró la entrada entablada del parque. Hacía años que era la dueña del lugar, pero nunca había hecho nada con él. Al principio simplemente no disponía de suficiente tiempo para gestionar tanto su carrera como el parque. Después de casarse con Dash, había tenido tiempo, pero no dinero.

El techo de la taquilla se había hundido y la pintura de color rosa sobre los seis pilares del acceso estaba desconchada y sucia. Sobre la entrada, las letras del rótulo que colgaba torcido apenas eran visibles.

Par e de Atr cio es de S lver Lak
Sede de l lege dar a mont a r sa Bl ck Thu der
Emoc n y di ersi n par t da la fam l a

Levantó la cabeza y contempló la vista por la que había cruzado un continente entero: las ruinas de la Black Thunder. Sobre el desmoronamiento del parque, las imponentes colinas de madera todavía se alzaban hacia el tórrido cielo de Carolina. Ni el tiempo ni el abandono habían podido destruirla. Era indomable, la mayor montaña rusa del Sur, y nada podía dañar su majestuosidad: ni los edificios ruinosos, ni los carteles combados, ni la enmarañada maleza. No había funcionado en once años, pero todavía esperaba pacientemente.

Bajó los ojos para huir del torrente de dolorosa emoción. En los viejos tiempos habría podido ver la mitad superior de la noria y los brazos curvados del Pulpo elevándose sobre la taquilla, pero las atracciones habían desaparecido y el reseco cielo albergaba solo la bola de fuego del sol y la Black Thunder.

La humedad la envolvía, espesa y asfixiante, haciéndola sudar a través de la cintura de su pantalón corto de color caqui. El sol caía a plomo sobre sus hombros huesudos y sus piernas desnudas cuando empezó a recorrer el perímetro de la valla, pero los pinos y la maleza le impedían ver más que algún retazo fugaz del interior del recinto. Finalmente llegó a la antigua entrada de servicio. La puerta estaba cerrada con una cadena y un candado oxidado, ambos sin utilidad práctica, ya que la valla adyacente se había hendido hacía mucho tiempo. El parque debía de haber sido un sitio frecuentado por los que rebuscaban en las basuras cuando aún tenía la posibilidad de salvarse. Ahora, hasta los vándalos parecían haberlo abandonado.

Las púas de la tela metálica le arañaron las piernas cuando trepó a la valla. Se abrió paso a través de la maleza y después se coló por entre dos edificios de madera destrozados que en otros tiempos habían contenido material pesado. Siguió andando y pasó por debajo de la galería de pilares de madera de pino amarillo del sur desgastados por el tiempo, pero resistiéndose a levantar los ojos hacia la enorme vía curva por temor a los daños que descubriría. Avanzó hacia el centro del parque.

Sintió un escalofrío cuando vio los destrozos. La pista de autos de choque se había hundido y, más adelante, el merendero estaba infestado de hierbajos. Aceras rotas conducían a ninguna parte, círculos de tierra yerma marcaban los sitios que habían ocupado el Scrambler y el remolino chino. A través de los árboles pudo vislumbrar la turbia superficie del Silver Lake, pero el *Bobby Lee* se había ido a pique mucho tiempo atrás.

El polvo le entraba por el tejido abierto de las sandalias mientras se dirigía hacia el abandonado paseo central. Sus pasos golpeaban el suelo en medio del silencio. Un montón de maderos podridos yacía entre las malas hierbas, y un banderín de plástico azul, hecho jirones y descolorido por el polvo, estaba sujeto con un lazo a la cabeza de un clavo. Las casetas habían desaparecido, y el olor a palomitas y manzanas de caramelo había sido sustituido por el hedor de putrefacción.

Ella era la única persona que quedaba en la tierra.

Mientras estaba de pie en el corazón vacío del parque, finalmente volvió a levantar la vista hacia el cielo para poder captar todo el esqueleto de la Black Thunder abarcando su universo abandonado. Le escocían los ojos mientras seguía las invencibles líneas de la mítica montaña rusa: la gran colina de elevación seguida por la caída hacia la tierra en un ángulo lo bastante cerrado como para penetrar en las mismas entrañas del infierno, la escalofriante espiral que bajaba hacia el agua y el acceso rápido y liso a la estación. En algún lugar de aquella atracción frenética y vertiginosa, tiempo atrás había podido tocar la eternidad.

¿Era así? Se puso a temblar. ¿Acaso la certidumbre de que había logrado encontrar a su madre cuando había montado en esa montaña rusa no era más que la fantasía de una niña? ¿La había llevado realmente aquella atracción a la presencia de Dios? Sabía que su fe en Dios había nacido en aquella montaña rusa tan seguro como que esa misma fe le había sido arrebatada por la sangre de Dash.

Mientras contemplaba las gigantescas costillas de la Black Thunder perfiladas contra el cielo agostado, maldijo y rogó a Dios, ambas cosas a la vez. «¡Quiero que vuelva! No puedes quedártelo. ¡Es mío, no tuyo! Devuélvemelo. ¡Devuélvelo!»

El implacable sol le quemaba la piel del cráneo a través del pelo. Empezó a sollozar y se hincó de rodillas, no para rezar sino para injuriar. «Cabronazo. Maldito cabrón.»

Pero cuando cerró los ojos con fuerza, la silueta de las tres imponentes colinas de la Black Thunder quedó impresionada sobre sus párpados. Las horribles obscenidades siguieron derramándose de su boca hasta que poco a poco adoptaron la cadencia de un ritual.

Exhausta, se sintió invadida por una quietud. Abrió los ojos y los levantó hacia las cimas de las montañas como los sumidos en la desesperación habían hecho durante siglos. Esperanza. La Black Thunder siempre se la había dado. Y cuando miró aquellos tres picos de madera, se sintió llena de la absoluta certeza de que la montaña rusa podía transportarla a un lugar eterno donde podría encontrar a su marido, un lugar que existía fuera de lo temporal, un lugar donde el amor podía vivir para siempre.

Pero la Black Thunder no contenía más vida que el cuerpo de Dash Coogan, y era incapaz de transportarla a ninguna parte. El gigantesco esqueleto se erguía, paralizado e impotente, contra el cielo de agosto, sin portar ya promesas de esperanza y resurrección, sin prometer nada más que podredumbre y ruina.

Honey regresó a su coche dando traspiés, bajo el peso abrumador de su fatiga. Ojalá pudiera volver a hacer funcionar la Black Thunder. Ojalá...

Accedió al sofocante interior del coche, se reclinó sobre el asiento y cayó en un sueño exhausto.

23

Sheri Poltrain llevaba tres años trabajando de cajera en el Gas'n'Carry de Cumberland County, Carolina del Norte. Le habían robado dos veces y amenazado con daños físicos en media docena de ocasiones. Ahora, cuando aquel desconocido se acercaba a la caja del supermercado, se tensó. Estaba más familiarizada con los aprietos que la mayoría de las mujeres, y sabía cuándo se avecinaba uno.

Parecía un motero, salvo que las muñecas y las manos descubiertas debajo de las mangas de su chaqueta de cuero marrón sin cerrar estaban limpias y exentas de tatuajes. Y no tenía barriga de cerveza. Ni mucho menos. A través de la pechera abierta de la chaqueta vio un estómago tan plano como el tramo de carretera que discurría junto a la gasolinera de afuera. Medía por lo menos un metro ochenta, era ancho de espaldas, tenía un torso musculoso y llevaba unos vaqueros desteñidos que se ceñían a uno de aquellos culos estrechos y prietos que los hombres nunca tenían el suficiente sentido común para apreciar. No. Definitivamente su cuerpo no presentaba ningún defecto. En realidad era increíble. Lo único malo de él era su cara.

Venía a ser el hijo de puta más malo que había visto nunca. No malo por feo, sino malo por cruel. Como si fuese capaz de apagar cigarrillos sobre las partes sensibles del cuerpo de una mujer sin inmutarse lo más mínimo.

Su pelo, húmedo por la fría llovizna de finales de noviembre que caía fuera, era castaño oscuro, casi negro, y le llegaba hasta casi los hombros. Lo llevaba limpio pero revuelto. Tenía una nariz fuerte y bien formada y el tipo de facciones que en cierta ocasión había oído a alguien calificar de marcadas. Pero unos rasgos atractivos no podían compensar unos labios finos y una boca adusta que parecía no haber aprendido nunca a sonreír. Y unas facciones hermosas no podían compensar el ojo azul más frío que había visto en su vida.

Se ordenó no mirar el parche negro que le cubría el otro ojo, pero resultaba difícil pasarlo por alto. Con aquel parche negro y su expresión desprovista de toda emoción, parecía una especie de pirata moderno. No como el que aparecía en la cubierta de una de las novelas románticas que descansaban en el expositor junto a su caja registradora, sino uno de los malos que podían sacarse una pistola del bolsillo de atrás y vaciársela en el vientre.

Miró con inquietud el monitor digital de su caja registradora que le indicaba cuánta gasolina había cargado en la furgoneta GMC gris manchada de barro que estaba fuera.

—Serán veintidós justos.

No era de las que demostraban tener miedo en presencia de un hombre, pero aquel le daba escalofríos y su voz no sonó tan firme como de costumbre.

—Y un frasco de aspirinas —dijo él.

Sheri parpadeó, sorprendida por su leve acento. No era americano, sino extranjero. Parecía procedente de Oriente Medio o algún sitio por el estilo. Se le ocurrió de pronto que podía tratarse de un terrorista árabe, pero ignoraba si los terroristas árabes podían tener los ojos azules.

Cogió un frasco de aspirinas del expositor de cartón que tenía a su espalda y se lo pasó por encima del mostrador. Había algo apagado en aquel único ojo visible, una ausencia de toda fuerza vital que le ponía la carne de gallina, pero al ver que no se sacaba del bolsillo de atrás nada más amenazador que una simple cartera, su curiosidad asomó por detrás de una esquinita de su miedo.

—¿Se aloja por aquí cerca?

La mirada que él le dirigió fue tan amenazadora que inmediatamente devolvió su atención a la caja registradora. El hombre dejó treinta dólares sobre el mostrador, cogió el frasco de aspirinas y salió del establecimiento.

—¡Se olvida el cambio! —gritó Sheri a su espalda.

Él no se molestó en mirar atrás.

Eric quitó el precinto del frasco de aspirinas. Cuando rodeaba la parte trasera de la furgoneta, lo destapó y retiró el taco de algodón. Era una tarde fría y lloviznosa de un sábado de finales de noviembre, y la humedad hacía que le doliera la pierna que se había herido en el accidente de coche. Cuando se hubo sentado al volante, se tragó tres pastillas con los restos de café frío de su vaso de plástico.

Después de que su coche hubiese atravesado el pretil el pasado mes de mayo, había transcurrido un mes en el hospital y otros dos en fisioterapia como paciente externo. Luego, en septiembre, había empezado a trabajar en una nueva película. Habían considerado retrasar el rodaje debido a sus heridas, pero había mejorado mucho y finalmente habían decidido buscar una solución, que consistió en ponerle un doble para una serie de escenas que en condiciones normales habría hecho él mismo.

Hacía diez días que habían terminado la película. Después, tenía previsto volar a Nueva York para hablar de una obra de teatro, pero en el último momento había decidido ir por carretera, confiando que la soledad lo ayudara a calmarse. Al cabo de unos días, la soledad se había vuelto más importante que su destino, y lo máximo que se había acercado a Manhattan era hasta el peaje de Nueva Jersey.

Ahora se dirigía hacia el sur por las carreteras secundarias, viajando en una furgoneta GMC porque era menos vistosa que su Jaguar. Al principio había pensado vagamente en ir a ver a su padre y su madrastra en Hilton Head, donde se habían jubilado hacía unos años. Pero no había tardado mucho en entender que eran las últimas personas a las que le apetecía ver, aun cuando llevaban años instándolo a visitarlos, desde que se había hecho famoso. Sin embargo, tenía seis semanas más que matar antes de empezar a trabajar en otra película, y debía hacer algo para ocupar el tiempo, así que siguió conduciendo.

Cuando se alejaba de los surtidores, vio a la dependienta observándolo a través de la ventana de vidrio cilindrado. No lo había reconocido. Nadie lo había hecho desde que había salido de Los Ángeles. Dudaba incluso que sus amigos lo conocieran a menos que se fijaran con detenimiento. El falso acento que había utilizado en la última película, junto con el pelo, que se había dejado más largo, habían conseguido ocultar su identidad a lo largo de 4.500 kilómetros. Aún más importante que el anonimato, aquel disfraz le proporcionaba al menos una huida temporal de ser él mismo.

Salió a la mojada carretera comarcal y se palpó automáticamente el bolsillo de la chaqueta en busca de sus cigarrillos, pero entonces se acordó de que ya no fumaba. No le habían permitido fumar en el hospital, y para cuando le dieron el alta ya había perdido la costumbre. Había perdido la costumbre de disfrutar de todos los placeres sensoriales de la vida. La comida ya no tenía aliciente alguno, lo mismo que el alcohol y el sexo. Ya no podía recordar siquiera por qué en otros tiempos habían sido tan importantes. Desde que había perdido a sus hijas, se sentía como si perteneciera más al mundo de los muertos que al de los vivos.

En los siete meses desde que Lilly se había llevado a las niñas, había aprendido más de lo que la mayoría de los abogados sabían sobre el abuso sexual de menores. Mientras yacía en la cama del hospital, había leído casos de padres que violaban a bebés de formas incalificables, de hombres pervertidos y retorcidos que se aprovechaban de una hija tras otra, traicionando la confianza más sagrada que podía existir entre dos seres humanos.

Pero él no era uno de esos monstruos. Tampoco era ya el ingenuo exaltado que había asaltado el despacho de Mike Longacre exigiendo que su abogado pusiera fin a las falsas acusaciones de Lilly. Ahora sabía que la justicia también estaba llena de injusticia.

Por más sacrificios personales que tuviera que hacer, no dejaría que sus hijas acabaran ocultas, donde estarían privadas no solo de su padre sino también de su madre. De modo que se mantuvo alejado de ellas, confiando en el equipo internacional de detectives que había contratado para mantenerlas vigiladas. Con una sensación cada vez más profunda de desanimada resignación, siguió los traslados de Lilly con las niñas, primero a París y luego a Italia. Habían pasado el mes de agosto en Viena, el de septiembre, en Londres. Ahora se encontraban en Suiza.

Allí adonde iba, Lilly contrataba nuevas institutrices, nuevos tutores, nuevos especialistas, cuyas facturas pagaba él. Por las entrevistas que los detectives mantuvieron con el personal contratado, se enteró de que Becca estaba retrocediendo y que Rachel se había vuelto cada vez más difícil de dominar. La propia Lilly era la única estabilidad que tenían las niñas, y ocultarlas acabaría incluso con eso.

Aun así, suspiraba tan desesperadamente por sus hijas que a veces se sentía tentado de verlas. Durante los últimos siete meses su dolor había trascendido la tortura de una herida abierta hasta convertirse en algo más primario, un desolador vacío del alma que era peor que cualquier tormento físico porque era una muerte en vida. Durante algún tiempo había podido encauzar su desesperación hacia el papel que interpretaba, pero cuando el rodaje terminó había perdido su escondrijo.

También había ido perdiendo la capacidad de apreciar parte de la belleza del mundo, y ahora tan solo percibía su horror. Ya no podía leer periódicos ni ver la televisión porque era incapaz de soportar otro caso de un bebé abandonado en un contenedor de basura, con el cordón umbilical todavía colgando de su cuerpecito azulado. No podía leer el hallazgo de otra cabeza cortada dentro de una caja de cartón, ni la violación múltiple de una joven. Asesinatos, mutilaciones, mal. Había perdido la capacidad de disociar su propio dolor del sufrimiento ajeno. Ahora todo el dolor del mundo era suyo, una atrocidad tras otra, hasta que se le doblaban los hombros bajo el peso y sabía que se rompería si no encontraba un modo de protegerse.

Y por eso huía, ocultándose en el pellejo de alguien que se había inventado, un personaje tan amenazador que la gente corriente se apartaba de él. Ponía cintas de jazz en vez de escuchar la radio, dormía en su furgoneta en lugar de hacerlo en la habitación de un motel con su atrayente televisor, evitaba las grandes ciudades y los quioscos. Se refugiaba de la única forma que sabía porque se había vuelto tan frágil que tenía miedo de hacerse añicos.

Un camión con remolque salpicó agua sobre su furgoneta cuando dejaba la carretera comarcal para tomar la autopista estatal. Los limpiaparabrisas hicieron varias pasadas en forma de media luna sobre el cristal antes de que pudiera ver. A través de él distinguió el contorno borroso de una señal azul con la H blanca que indicaba un hospital próximo. Era lo que había estado buscando, el frágil hilo que le permitiría tanto protegerse como intentar salvar su alma al mismo tiempo.

Siguió las señales azules y blancas del hospital a través de un pueblo con dos semáforos hasta que llegó a una pequeña estructura de ladrillos sin pretensiones. Estacionó en la esquina más alejada del aparcamiento del hospital y subió a la parte posterior de la furgoneta. Había retirado los asientos, de modo que había suficiente espacio para extender su petate, que estaba pulcramente plegado junto a una cara maleta de piel que contenía su ropa. La apartó a un lado y sacó una maleta de vinilo barata.

Durante unos momentos no hizo nada. Y luego, mascullando algo que podía ser tanto una maldición como una oración, abrió la tapa.

—¿Qué hay que hacer para que aquí atiendan a uno?

La enfermera Grayson levantó la cabeza de la gráfica que había estado examinando. Normalmente no se escandalizaba por nada, pero se quedó boquiabierta al ver la estrafalaria figura que estaba de pie al otro lado del mostrador del control de enfermería, sonriéndole diabólicamente.

Llevaba una peluca roja ensortijada y cubierta por un pañuelo negro de pirata anudado a un costado. Una camisa de satén morada estaba remetida en los voluminosos pantalones negros salpicados de unos lunares rojos y morados grandes como platos.

Una sola y exagerada ceja se arqueaba en la pintura blanca de payaso que le embadurnaba el rostro. Tenía una boca de color rojo vivo, otro punto rojo en la punta de la nariz y un parche morado en forma de estrella tapándole el ojo izquierdo.

La enfermera Grayson no tardó en reponerse de la impresión.

—¿Quién es usted?

El hombre soltó una risotada que le hizo olvidar que tenía cincuenta y cinco años y ya había sobrepasado la edad de dejarse engañar por un sinvergüenza encantador.

El desconocido hizo una teatral reverencia delante de ella y se dio un golpecito en la frente, en el pecho y en la cintura.

—Me llamo Parches el Pirata, bonita, y soy el lobo de mar más lamentable que hayas visto nunca.

A su pesar, se sintió atraída por sus maliciosos modales.

—¿Y eso por qué?

—No soporto ver sangre. —Se estremeció cómicamente—. Es deprimente. No sé cómo tú lo aguantas.

La enfermera Grayson soltó una risita, y entonces se acordó tardíamente de sus responsabilidades profesionales. Levantando la mano despreocupadamente para domar algún rizo rebelde que pudiera habérsele escapado de la cofia, inquirió:

—¿Puedo ayudarle en algo?

—Es justo al contrario, ¿sabes? He venido a entretener a los niños. El tipo del Rotary Club me dijo que viniera a las tres. ¿He vuelto a equivocarme de hora? —Su mirada era diabólica e impenitente—. Además de tener miedo a la sangre, también soy informal.

El ojo que no estaba tapado por el parche era del color turquesa más vivo que ella había visto nunca, tan cristalino como un caramelo de menta.

—Nadie me ha avisado de que el Rotary había contratado un payaso para que visitara a los niños.

—Ah, ¿no? Y tengo que estar en Fayetteville a las seis para actuar en el bazar Altar Guild. Es una suerte para mí que tengas un corazón comprensivo, además de una cara bonita. De lo contrario, no podría ganarme los cincuenta pavos que me paga el Rotary.

Era un verdadero demonio, pero tan encantador que no pudo

resistirse. Además, la lluvia de aquella tarde hacía que hubiera muy pocas visitas, y los niños podrían disfrutar de un poco de entretenimiento.

—Supongo que no se pierde nada.
—En absoluto.

La enfermera salió de detrás del mostrador y empezó a conducirlo por el pasillo.

—Como puede ver, este hospital es pequeño. Solo tenemos doce camas en pediatría. Nueve de ellas están ocupadas.

—¿Hay alguno especial? —preguntó el payaso en voz baja, ya sin ningún rastro de malicia.

Si la enfermera Grayson albergaba alguna duda sobre si debía permitirle acceder a la planta sin autorización oficial, se despejó al instante.

—Un niño de seis años llamado Paul. Está en la ciento siete. —Señaló hacia el final del pasillo—. Ha estado muy enfermo de neumonía, y su madre ha estado demasiado ocupada con su novio para venir a verlo a menudo.

El payaso asintió con la cabeza y se encaminó hacia la habitación que le había indicado. Momentos después, la enfermera Grayson oyó la jocosa voz del hombre.

—¡Ah del barco! Me llamo Parches el Pirata, y soy el bucanero más roñoso que haya surcado los siete mares...

La enfermera Grayson sonrió mientras regresaba al control de enfermería y se felicitó por su buen criterio. Había ocasiones en la vida en las que merecía la pena infringir las reglas.

Eric pasó aquella noche aparcado junto a un camino de tierra en un pequeño claro justo pasado el límite de Carolina del Sur. Cuando salió de la furgoneta a la mañana siguiente, aún vestido con los vaqueros y la camiseta de la víspera, se notó la boca insensible como el metal de resultas de la mala comida y demasiadas pesadillas.

Había comprado el disfraz de payaso hacía una semana en una tienda cerca de Filadelfia, y desde entonces había parado en un hospital de pueblo casi todos los días. De vez en cuando llamaba con antelación, haciéndose pasar por un líder cívico. Pero, las más de las veces, seguía las señales azules y blancas como había hecho la víspera y convencía al personal del centro para que lo dejaran entrar.

Ahora no conseguía quitarse de la cabeza el sufrimiento del niño del hospital al que había conocido el día anterior. Era delgado y frágil, y tenía un borde azulado en torno a los labios. Pero era el conmovedor deleite del pequeño al recibir toda la atención de Eric lo que le había hecho un nudo en el estómago. Eric se había quedado con él durante el resto de la tarde, y luego había vuelto por la noche para hacer trucos de magia hasta que el chiquillo se había quedado dormido. Pero en lugar de sentirse bien por lo que había hecho, solo podía pensar en todos los niños a los que no había podido consolar, todo el dolor que no podía detener.

La gélida humedad se colaba por debajo de su camiseta. Mientras desentumecía los músculos, levantó los ojos hacia el cielo plomizo. ¿Qué había sido de la soleada Carolina del Sur? Quizá debería regresar a la I-95 y encaminarse directamente hacia Florida. Se le había pasado vagamente por la cabeza la idea de quedarse unas semanas con los payasos de los Hermanos Ringling en los cuarteles de invierno que tenían en Venice. Quizá tuviera ocasión de actuar para niños sanos, para variar, en lugar de enfermos. Lo tentaba la idea de estar con niños que no sufrían.

Volvió a subir a la furgoneta. Llevaba dos días sin ducharse, y necesitaba recalar en un motel para asearse. En el pasado siempre había sido impecable para la higiene personal, pero desde que había perdido a sus hijas se había vuelto negligente. Aunque también se había vuelto negligente en muchas cosas, como comer y dormir.

Media hora después notó una sacudida en el volante y supo que había pinchado una rueda. Se detuvo en el arcén de la carretera, se apeó de la furgoneta y fue a la parte de atrás para coger el gato. Había empezado a lloviznar de nuevo, y al principio no vio el cartel de madera astillado que se inclinaba hacia los palmitos al lado de la carretera. Pero la rueda pinchada estaba resbaladiza por el fango, y cuando la sacó se le escapó y rodó hasta caer en la cuneta.

Advirtió el cartel cuando se inclinaba a recoger la rueda. Las letras estaban despintadas, pero aun así pudo distinguirlas:

PARQUE DE ATRACCIONES DE SILVER LAKE
Sede de la legendaria montaña rusa Black Thunder
Emoción y diversión para toda la familia
A 30 km por esta carretera y a 5 km a la izquierda
por la carretera 62

«Parque de Atracciones de Silver Lake.» Le sonaba muchísimo, pero no podía recordar por qué. No fue hasta que hubo enroscado la última tuerca de la rueda de repuesto cuando cayó en la cuenta. ¿No era ese el lugar del que Honey tanto había hablado? Se acordó de cómo había distraído al equipo con las anécdotas de su infancia en un parque de atracciones de Carolina del Sur. Había mencionado un barco que se había hundido en el fondo del lago y una montaña rusa que supuestamente era famosa. Estaba casi seguro de que se trataba del Parque de Atracciones de Silver Lake.

Fijó el tapacubos ejerciendo presión con las manos y volvió a mirar el cartel con aire pensativo. Tenía los vaqueros mojados y enfangados, el pelo goteándole sobre la nuca. Necesitaba una ducha, ropa limpia y una comida caliente. Pero también lo necesitaba la mayoría de la población mundial, y mientras estaba allí plantado se preguntó si el parque todavía existía. El estado del cartel lo hacía dudoso. Por otra parte, todo era posible.

Quizás el Parque de Atracciones de Silver Lake aún estaba abierto. Y tal vez necesitaran un payaso.

24

—¡Honey, está lloviendo! —gritó Chantal—. Deja de trabajar ahora mismo.

Desde lo alto de la colina de elevación de la Black Thunder, Honey bajó los ojos hacia la figura en miniatura de su prima, que la miraba con la cabeza levantada debajo del puntito rojo de un paraguas.

—¡Bajaré en unos minutos! —respondió a voces—. ¿Dónde está Gordon? Le he dicho que viniera enseguida.

—¡No se encuentra bien! —chilló Chantal—. Está descansando.

—No me importa que se esté muriendo. Dile que suba.

—¡Es el día del Señor! No deberías trabajar en el día del Señor.

—¿Desde cuándo os importa el día del Señor? A ninguno de los dos os gusta trabajar ningún día.

Chantal se alejó ofendida, pero a Honey la traía sin cuidado. El viaje gratis de Gordon y Chantal se había terminado. Clavó otro clavo en la pasarela que estaba construyendo en la parte superior de la colina de elevación. Detestaba la lluvia y detestaba los domingos porque las obras de restauración de la montaña rusa se paraban. Si dependiera de ella, la brigada de construcción trabajaría los siete días de la semana. No estaban afiliados a ningún sindicato, así que podían hacer más horas.

Haciendo caso omiso de la lluvia, siguió clavando las piezas de la pasarela. La frustraba el hecho de no ser lo bastante fuerte para realizar las tareas más duras, como reparar la vía. La brigada, bajo la supervisión del experto en restauración de montañas rusas que había contratado para revisar los trabajos, había dedicado los dos primeros meses a retirar la vía vieja y reparar la estructura allí donde estaba dañada. Por suerte, la mayor parte de ella aún era sólida. Los soportes de hormigón se habían instalado en la década de los sesenta, así que no había que sustituirlos. Todos estaban preocupados por la posibilidad de que aparecieran grietas en las traviesas, las gigantescas tablas sobre las que se apoyaban los raíles, pero no habían salido tantas como se habían temido.

Aun así, reconstruir toda la vía era un proyecto ingente y caro, y a Honey se le iba agotando el dinero con rapidez. No tenía ni idea de cómo acabaría de financiar la nueva cadena de ascensión y el motor que aún tenían que instalarse, por no hablar del sistema eléctrico, así como los frenos de aire comprimido que debían sustituir los viejos, accionados manualmente.

La lluvia caía sin parar y su equilibrio empezaba a ser precario. De mala gana, bajó por un costado y emprendió la larga bajada por el andamio que utilizaban a modo de escalera hasta que la pasarela estuviera terminada. Su cuerpo ya no se quejaba a gritos mientras efectuaba el arduo descenso. Estaba delgada, musculada y cansada al cabo de dos meses de trabajo deslomador, siete días a la semana y hasta catorce horas al día. Sus manos presentaban una cadena de callos en las palmas además de una colección de heriditas y cicatrices por contratiempos con las herramientas, que poco a poco había aprendido a usar con cierta destreza.

Cuando llegó al suelo, se quitó el casco amarillo. En vez de dirigirse hacia su improvisada casa, se adentró entre los goteantes árboles hacia la otra punta del parque. Todo pensamiento fugaz que hubiese abrigado de vivir en la caravana de Sophie se había esfumado al inspeccionarla. El techo se había hundido, el resto de la carrocería de color azul turquesa se había aplastado por un lado, y ya hacía tiempo que los vagabundos la habían despojado de todo aquello que pudiera tener alguna utilidad. Después de hacer retirar los restos, había instalado una pequeña caravana plateada en el mismo lugar.

Ahora, sin embargo, su destino no era su vivienda temporal sino el Toril, el destartalado edificio que había alojado a los hombres solteros que trabajaban en el parque. Ahora lo ocupaban Gordon y Chantal. Se alegraba de que el Toril se encontrara en el extremo opuesto con respecto a su caravana. Ya tenía suficiente con estar rodeada de gente durante todo el día. Por la noche, necesitaba estar sola. Solo cuando estaba a solas podía percibir la posibilidad de algún contacto con Dash. No era que creyese realmente que sucediera. No hasta que pudiera montar en la Black Thunder.

Se recogió el pelo con una goma sobre la nuca, pero unos mechones húmedos se le adherían a las mejillas y la sudadera empapada le mojaba la piel. Si Liz pudiera verla ahora, se retorcería las manos. Pero Liz y California formaban parte de otro universo.

—¿Quién es? —preguntó Chantal en respuesta a la llamada de Honey.

Presa de la frustración, Honey apretó los dientes y abrió la puerta de golpe.

—¿Quién crees que es? Somos los únicos habitantes del parque.

Chantal se levantó nerviosa del viejo sofá naranja en el que había estado leyendo una revista y se puso firme como una empleada cuyo jefe la ha sorprendido holgazaneando. El interior del Toril se dividía en cuatro estancias: una sala ordinaria que Gordon y Chantal habían amueblado con piezas sueltas compradas en Good Will; el dormitorio, anteriormente ocupado por literas de madera pero que ahora contenía una vieja cama de matrimonio con armazón de hierro; una cocina, y un baño. Si bien el interior de la casa estaba desvencijado, Chantal lo mantenía más ordenado de como había mantenido cualquiera de sus otras viviendas.

—¿Dónde está Gordon? Me has dicho que estaba enfermo.

Chantal trató de esconder la revista debajo de un feo cojín de velvetón marrón.

—Y lo está. Pero aun así ha salido a cambiar el aceite de la camioneta.

—Apuesto que no ha salido hasta que le has dicho que lo andaba buscando.

Chantal se apresuró a cambiar de tema.

—¿Quieres un poco de sopa? He preparado una sopa muy rica hace un rato.

Honey se despojó de la sudadera mojada y siguió a Chantal al interior de la cocina. Unos viejos armarios metálicos recubiertos de pintura color verde bilis revestían dos de las paredes, una de las cuales albergaba el único teléfono operativo del parque. Las encimeras de formica habían perdido el brillo y estaban manchadas por el uso, y el suelo de linóleo se había agrietado como la tierra afectada por la sequía.

Puesto que Honey y Gordon se pasaban todo el tiempo trabajando en la montaña rusa, Chantal era la única que estaba libre para ocuparse de las comidas, y había comprobado que, si ella no cocinaba, no comía ninguno de ellos. Curiosamente, el trabajo parecía haberle sentado bien. Había perdido buena parte del peso que había acumulado con los años y había empezado a parecer una versión más madura de la muchacha de dieciocho años que había ganado el concurso de belleza de Miss Paxawatchie County.

—Abrir una lata y calentar el contenido no significa «hacer sopa» —espetó Honey mientras se sentaba a un extremo de una vieja mesa de pícnic que habían entrado. Sabía que debería animar a Chantal en lugar de criticarla, pero se dijo que simplemente ya no le importaban los sentimientos de su prima.

Chantal frunció los labios con resentimiento.

—No soy tan buena cocinera como tú, Honey. Aún estoy aprendiendo.

—Tienes veintiocho años. Deberías haber aprendido hace mucho tiempo en vez de pasarte los últimos nueve años calentando comida congelada en el microondas.

Chantal buscó un tazón en el armario, lo puso sobre la vieja cocina de gas y empezó a llenarlo de sopa de pollo con fideos.

—Hago lo que puedo. Hieres mis sentimientos cuando eres tan crítica.

—Es una lástima. Si no te gusta cómo manejo las cosas aquí, puedes irte cuando quieras.

Detestaba su hosquedad y mal carácter, pero no parecía poder remediarlos. Era como en aquellos primeros días en el programa de Coogan, cuando cualquier signo de debilidad la habría abatido.

La mano de Chantal asió el cucharón con fuerza.

—Gordon y yo no tenemos adónde ir.

Honey adoptó una expresión inflexible.

—En ese caso supongo que tendréis que quedaros conmigo.

Chantal la miró con tristeza.

—Has cambiado, Honey —dijo con voz queda—. Te has vuelto muy dura. A veces casi no te reconozco.

Honey tomó una cucharada de sopa, negándose a dejar que Chantal viera que sus palabras le habían hecho daño. Sabía que era hostil. Los hombres de la brigada nunca bromeaban en su presencia como lo hacían entre ellos, pero se dijo que no se proponía ganar ningún premio a la simpatía. Lo único que le importaba era terminar la Black Thunder para poder volver a montar en ella y, tal vez, encontrar a su marido.

—Antes eras muy dulce. —Chantal estaba de pie junto al fregadero, con los brazos colgando a ambos lados y la cara llena de reproche—. Y después, cuando Dash murió, creo que algo se torció en tu interior.

—Solo decidí que no dejaría que tú y Gordon siguierais gorroneándome, eso es todo.

Chantal se mordió el labio inferior.

—Vendiste nuestra casa cuando aún vivíamos en ella, Honey. Nos encantaba aquella casa.

—Necesitaba el dinero. Y también vendí el rancho, así que no os elegí como víctimas propiciatorias.

Vender el rancho era la decisión más difícil que había tenido que tomar, pero acabó liquidándolo casi todo para financiar la restauración de la montaña rusa. Lo único que le quedaba era su coche, algo de ropa y su parque. Con todo, aún no disponía de suficiente dinero, y tendría suerte si llegaba a enero antes de que se agotara el que le quedaba.

Se negó a pensar en ello. No dejaría que nada la moviera de la determinación que había nacido en ella el día que había regresado al parque y había vuelto a ver la Black Thunder. A veces creía que su decisión de reconstruir la montaña rusa era lo único que la mantenía viva, y no podía dejar que el sentimentalismo la debilitara.

—Todo esto es una locura —exclamó Chantal—. Tarde o temprano te quedarás sin dinero. Y entonces, ¿qué tendrás? Una montaña rusa a medio hacer en la que no podrá montar nadie en medio de un sitio al que nunca viene nadie.

—Encontraré una forma de conseguir más dinero. Hay algunos grupos históricos interesados en restaurar montañas rusas de madera.

Honey evitó la mirada de Chantal. Ninguno de esos grupos contaba con los recursos suficientes para reunir la enorme suma que necesitaba, pero no estaba dispuesta a confesárselo. Su prima ya la tomaba por loca. Y quizá lo estaba.

—Supongamos que ocurre un milagro y terminas la Black Thunder —dijo Chantal—. ¿De qué te servirá? No vendrá nadie a montar en ella porque aquí ya no hay un parque. —La urgencia ensombreció sus ojos—. Volvamos a California. Lo único que tendrías que hacer es descolgar el teléfono y conseguir que alguien te contratara para hacer un programa de televisión. Podrías ganar mucho dinero.

Honey quiso taparse los oídos. Chantal tenía razón, pero no podía hacerlo. Tan pronto como la audiencia la viera tratando de interpretar un papel distinto al de Janie Jones, se percataría de su impostura como actriz. El historial de aquellas actuaciones era lo único que le quedaba de lo que podía enorgullecerse, lo único que no podía sacrificar.

—¡Esto es una locura, Honey! —insistió Chantal—. Lo estás echando todo a perder. ¿Tratas de enterrarnos a los tres en una tumba junto a Dash Coogan?

Honey estampó la cuchara contra la mesa, salpicando sopa por todas partes, y se levantó de un salto.

—¡No hables de él! No quiero oírte mencionar su nombre. No me importan las casas en California ni que nadie venga al parque. No me importáis tú y Gordon. Estoy restaurando esta montaña rusa para mí y para nadie más.

La puerta trasera se había abierto, pero ella no se dio cuenta hasta que Gordon habló.

—No deberías gritar así a Chantal —dijo en voz baja.

Honey se volvió enseñando los dientes.

—Le gritaré como quiera. Los dos sois unos inútiles. Las dos personas más inútiles que he conocido en mi vida.

Gordon se fijó en un punto situado sobre la ceja derecha de Honey.

—He estado trabajando a tu lado, Honey, desde que llegamos aquí. Diez o doce horas diarias. Igual que tú.

Era la verdad. La ausencia de hoy era inhabitual. Gordon trabajaba con ella los domingos y por la noche después de que los hombres se hubieran marchado. Se había sorprendido al ver que el trabajo duro incluso parecía sentarle bien. Ahora, cuando reparó en lo pálido que estaba, pensó que seguramente no mentía cuando había dicho que no se encontraba bien, pero no le quedaba compasión para desperdiciarla con nadie, ni siquiera consigo misma.

—No tendríais que haberme presionado. Ahora mando yo, y debéis decidir qué queréis hacer. —Contrajo la boca con amargura—. Ya han pasado los viejos tiempos en los que podíais conseguir de mí cualquier cosa solo con la amenaza de iros. Ya no me importa si os vais. Si creéis que no podéis vivir con mis decisiones, haced las maletas y marchaos antes de mañana.

Pasó junto a Gordon, salió por la puerta de atrás y bajó los gastados peldaños de hormigón. ¿Por qué les dejaba quedarse? Se interesaban por su dinero, pero no por ella. Y ellos ya no le importaban. No le importaba nadie.

La azotó una ráfaga de viento gélido y húmedo, y se acordó de que se había olvidado la sudadera. A su izquierda podía ver el

Silver Lake, con su superficie gris y fétida bajo el cielo de diciembre. Un buitre pasó volando sobre las ruinas de la pista de autos de choque. El territorio de los muertos. El parque era un sitio perfecto para ella.

Aminoró el paso cuando se adentró entre los árboles y se vio envuelta por la desolación. Las agujas marrones y húmedas se adherían a sus botas de trabajo y a la parte inferior de sus vaqueros. Deseó poder reconstruir la montaña rusa sola para librarse de todos los demás. Quizás en la soledad Dash le hablaría. Se encorvó contra la corteza escamosa de un pino amarillo, mientras su aliento formaba una nube helada en el aire, y se sintió abrumada por la tristeza y la soledad. «¿Por qué no me llevas contigo? ¿Por qué te moriste sin mí?»

Poco a poco, se percató del hecho de que un hombre estaba de pie al otro lado del claro junto a su caravana. Chantal había dicho que era peligroso que viviera tan alejada de ellos, pero no le había hecho caso. Ahora se le erizó el vello de la nuca.

El desconocido levantó la cabeza y la vio. Había algo amenazador en su porte sereno. Honey se había topado con varios vagabundos desde que había regresado al parque, pero habían huido al verla. Aquel hombre no parecía tener intención de huir a ninguna parte.

Hasta ese momento no había creído que su seguridad personal le importara lo bastante para volver a experimentar miedo, pero incluso desde unos veinte metros podía percibir la amenaza de aquel hombre. Era mucho más corpulento que ella, ancho de espaldas y fuerte, con el pelo largo y revuelto y un intimidante parche negro sobre un ojo. La lluvia hacía brillar su chaqueta de cuero, y llevaba unos vaqueros enfangados y manchados.

Al ver que no se le acercaba, Honey albergó la esperanza de que se marchara. Pero entonces él se encaminó hacia ella, con pasos lentos y amenazantes.

—Esto es propiedad privada.

Lo dijo a voz en grito, confiando en intimidarlo como había hecho con tantos otros.

El hombre no dijo nada y siguió acercándose, hasta detenerse entre las sombras a menos de seis metros.

—¿Qué quieres? —inquirió ella.

—No estoy seguro.

Sus palabras estaban teñidas de un ligero acento extranjero que Honey no acertaba a identificar.

Un gélido dedo de espanto le bajó por la espalda. Era alarmantemente consciente de la desolación del claro, del hecho de que, aunque gritara, Gordon y Chantal no la oirían.

—Esto es propiedad privada —repitió.

—No estoy haciendo ningún daño.

Su habla carecía de entonación; tan solo contenía aquel leve acento foráneo.

—Márchate —ordenó ella—. No me obligues a llamar al vigilante.

Se preguntó si el desconocido sospechaba que no había ningún vigilante, porque su falsa amenaza no lo intimidó.

—¿Por qué deberías hacerlo? —preguntó él.

Honey quiso echar a correr, pero sabía que la alcanzaría mucho antes de que consiguiera llegar a la vivienda de Chantal. Mientras la miraba, tuvo la amedrentadora sensación de que estaba tratando de decidirse sobre algo. Su propio cerebro sugirió rápidamente una posibilidad. Trataba de decidir si debía matarla o solo violarla. Por un momento, algo de aquel tipo le resultó familiar. Pensó en los programas televisivos de crímenes verídicos que Gordon y Chantal veían y se preguntó si no lo habría visto en uno de ellos. ¿Y si era un fugitivo?

—No me conoces, ¿verdad? —dijo él por fin.

—¿Debería conocerte?

Tenía los nervios tan crispados que sentía ganas de gritar. Una palabra inoportuna y se abalanzaría sobre ella. Se quedó paralizada hasta que él se le acercó un paso más.

Honey se apartó instintivamente y extendió un brazo como si aquella frágil barrera pudiese mantenerlo alejado.

—¡No te acerques más!

—Honey, soy yo. Eric.

Sus palabras penetraron en su miedo paulatinamente, pero aun así tardó unos momentos en caer en la cuenta de quién era.

—No pretendía asustarte —dijo él, con una voz monótona que ya había perdido todo indicio de acento.

—¿Eric?

Hacía años que no lo veía en persona, y sus muchas fotografías en periódicos y revistas no se parecían en nada a aquel desconocido tuerto de aspecto amenazante. ¿Qué había sido del joven y hosco rompecorazones al que había conocido tanto tiempo atrás?

—¿Qué haces aquí?

Le habló con aspereza. No tenía ningún derecho a asustarla de aquel modo. Ni tenía derecho a invadir su intimidad. La traía sin cuidado que fuese el pez más gordo de Hollywood. Ya había superado con creces la época en la que se dejaba impresionar por las grandes estrellas.

—He visto un cartel a unos treinta kilómetros de aquí y me he acordado de que solías hablar de este sitio. Solo sentía curiosidad.

Honey se fijó en el parche del ojo y en su aspecto descuidado. Llevaba la ropa enfangada y arrugada, las manos sucias, la mandíbula oscurecida por una barba incipiente. No era extraño que no lo hubiese reconocido. Se acordó de su accidente de coche, pero ya no se compadecía de la gente que era lo bastante afortunada para salir de un accidente con la vida intacta.

No le gustó el hecho de que tuviera que inclinar la cabeza para mirarlo a los ojos.

—¿Por qué no me has dicho enseguida quién eras?

Eric se encogió de hombros, con el rostro inexpresivo.

—La costumbre.

Honey empezó a inquietarse. Él se quedó en silencio, sin hacer nada por explicar su presencia en el parque ni su aspecto amenazador. Se limitó a devolverle la mirada con un ojo azul claro impertérrito. Y, cuanto más la miraba, más tenía ella la preocupante sensación de estar observando una imagen reflejada de su propia cara. No es que apreciara un parecido físico. Era algo más elemental. Veía una desolación en el alma que conocía demasiado bien.

—Te estás ocultando, ¿verdad? —dijo—. El pelo largo. El acento fingido. El parche en el ojo.

Se estremeció de frío.

—El parche en el ojo es de verdad. Lo pusieron en el guión de mi última película. En cuanto a lo demás, no pretendía asustarte. El acento me sale automático. Lo uso para mantener alejados a los fans. Ahora ni siquiera pienso en eso.

Pero parecía estar atrapado en algo más esencial que un ardid para evitar que lo reconocieran sus admiradores. Siendo ella misma una fugitiva, no le costaba trabajo identificar a otro, aunque no podía imaginarse de qué tenía que huir él.

Eric miró a lo lejos.

—Sin vecinos. Sin antenas parabólicas. Eres afortunada de tener este sitio.

Encorvó los hombros para protegerse del viento húmedo, todavía sin molestarse en mirarla.

—Siento lo de Dash. Nunca le caí bien, pero yo lo admiraba de veras.

Su condolencia parecía reticente, y Honey se erizó.

—Apuesto que no como actor.

—No. No como actor. Era más una figura que otra cosa.

—Siempre decía que interpretaba a Dash Coogan mejor que nadie.

Apretó los dientes con fuerza para evitar que le castañetearan. No mostraba sus puntos débiles a nadie.

—Era dueño de sí mismo. No son muchos los que pueden decir eso.

Eric volvió la cabeza y miró detrás de ella hacia la tajada de lago que era visible entre los árboles.

Honey se acordó de una foto en los periódicos que había visto de él la víspera de la ceremonia de los Oscars: el pelo peinado con fijador, gafas de sol RayBan y traje no estructurado de Armani. La imagen no mostraba sus pies, pero seguramente no llevaban calcetines y calzaban un par de mocasines Gucci. La impresionaba que fuese un hombre de mil caras, y su aspecto de vagabundo simplemente era una de ellas.

—Aquí tienes mucho espacio —observó Eric.

—Y no mucha gente —replicó ella—. Y es así como quiero mantenerlo.

Él no captó la indirecta. En lugar de eso, miró hacia la caravana.

—¿No tendrás por casualidad ahí dentro una ducha con agua caliente?

—Me temo que no estoy de humor para aceptar compañía.

—Yo tampoco. Volveré tan pronto como haya conseguido ropa limpia de mi furgoneta.

Para cuando Honey abrió la boca para decirle que se fuera al infierno, ya había desaparecido entre los árboles. Entró en la caravana y se planteó por un momento cerrar la puerta con llave. Pero un terrible cansancio se había apoderado de ella, y cayó en la cuenta de que simplemente no le importaba. Que se duchara. Entonces se iría y podría estar sola otra vez.

Tiritaba, y no estaba dispuesta a esperar con la ropa mojada mientras el astro del cine gastaba toda su agua caliente. Le dejaría la sobrante. Cuando se despojó de la ropa de trabajo y se metió en la ducha, se preguntó qué le habría ocurrido. Aparte de su divorcio y del accidente de automóvil al que obviamente había sobrevivido, no se había enterado de ningún otro suceso traumático en su vida. Era un elegido de Dios, había recibido fama y fortuna como si lo hubiesen rociado con polvos mágicos en el momento de nacer. ¿Qué derecho tenía a actuar como si estuviera viviendo una tragedia griega?

Después de secarse, se puso un gastado pantalón de chándal gris que colgaba detrás de la puerta y luego salió del baño al diminuto y utilitario dormitorio que ocupaba la parte trasera. No se molestó en mirar hacia la salita de la caravana para ver si había regresado, pero al cabo de unos momentos oyó la puerta del baño al cerrarse y acto seguido el agua corriente de la ducha.

Cuando hubo terminado de desenredarse el pelo húmedo con el cepillo, fue a la cocinita que recorría uno de los lados de la sala.

Pensó en preparar una cafetera, pero no quería que Eric se quedara tanto rato, así que llenó el fregadero de agua y procedió a lavar las tazas y los vasos sucios que se habían acumulado durante los últimos días.

Cuando salió del baño, Eric llevaba puestos unos vaqueros limpios y una camisa de franela. Se había recogido la melena y afeitado. Honey no tenía intención de hacer ninguna pregunta que prolongara su visita, pero el parche del ojo volvió a llamarle la atención.

—Tu lesión ocular ¿es permanente o temporal?

—Permanente. Por lo menos hasta que me operen. Y aun así, ¿quién sabe? No es un espectáculo para estómagos sensibles.

Esta vez una punzada de compasión perturbó el armazón que Honey había erigido a su alrededor. Perder un ojo resultaría duro para cualquiera, pero debía de ser especialmente tremendo para un actor que se veía privado de una de las herramientas más esenciales de su oficio.

—Lo siento —dijo.

Su disculpa sonó resentida, y pensó en cuánto le desagradaba la persona dura e insensible en que se había convertido.

Eric se encogió de hombros.

—Cosas que pasan.

«Eso es», pensó ella. Aquel era el motivo por el que huía. Se había lesionado el ojo en un accidente y era incapaz de afrontarlo.

Él atravesó la alfombrilla gris hacia la ventana de atrás y miró a través de ella. Honey empezó a sacar tazas del agua enjabonada.

—Aquí no tienes televisor. Eso es bueno.

—La mayor parte del tiempo ni siquiera veo un periódico.

Eric asintió con brusquedad. Entonces inquirió:

—¿Qué haces aquí?

Honey había estado esperando esa pregunta. Todo el mundo estaba lleno de preguntas. La gente del pueblo, los obreros, Liz. Todos querían saber por qué había dejado Los Ángeles y por qué se estaba gastando una fortuna tratando de reconstruir una montaña rusa en medio de un parque de atracciones extinto. Puesto que no podía decir a la gente que la reconstruía para poder encontrar a su marido, por lo general explicaba que las grandes montañas rusas de madera del país constituían hitos históricos en peligro de extinción, y ella se proponía salvar aquella. Pero como no debía a Eric ninguna explicación, contestó bruscamente:

—Tenía que marcharme de Los Ángeles, así que estoy restaurando la Black Thunder. La montaña rusa.

Esperó que la atosigara con más preguntas, pero en lugar de eso Eric se volvió hacia ella.

—Mira, es evidente que no quieres compañía, pero me gustaría quedarme por aquí un par de días. Me mantendré alejado de ti.

—Tienes razón. No quiero compañía.

—Muy bien. Yo tampoco. Por eso este es un buen sitio para mí.

Honey sacó un tazón del agua y lo enjuagó.

—No hay nada donde alojarte.

—He estado durmiendo en mi furgoneta.

Ella cogió un trapo y se secó las manos.

—Creo que no.

—¿Tienes miedo?

—¿De ti? Ni hablar.

—Reconstruir esa montaña rusa debe de costar mucho trabajo. Quizá podrías usar un par de manos más.

Honey soltó una breve carcajada.

—El trabajo de construcción no está hecho para las estrellas de cine. Estropea sus manicuras de cien dólares.

Eric no respondió a su provocación; parecía que no la hubiese oído.

—Hazme un favor. No le digas a nadie quién soy.

—No he dicho que pudieras quedarte.

—Ni siquiera te enterarás de que estoy aquí. Y otra cosa. Cada dos días me tomaré un rato libre. Como no estaré en nómina, eso no debería ser ningún problema.

—¿Tienes que arreglarte el pelo?

—Algo así.

Honey no lo quería por allí fuera, pero le vendrían bien dos manos más, sobre todo porque no debería pagarle un sueldo.

—Está bien —espetó—, pero si me pones de los nervios, tendrás que irte.

—No me quedaré el tiempo suficiente para ponerte de los nervios.

—Ya casi lo has conseguido. Así pues, no insistas.

Eric se metió una mano en el bolsillo trasero de los vaqueros y la observó abiertamente, fijándose en el pelo húmedo, el gastado pantalón de chándal gris, los pies enfundados en un par de viejos calcetines de lana de Dash. La única joya que llevaba era su anillo de boda, pero en los últimos meses las herramientas habían causado mellas profundas en el oro en varios sitios. Honey no podía recordar la última vez que se había maquillado. Le faltaban aún unas semanas para cumplir veintiséis años, pero tenía la cara demacrada y arrugada y los ojos hundidos. Sabía por sus infrecuentes miradas al espejo que no conservaba nada de la chica que había sido.

Él la miró sin ningún reparo y ella empezó a experimentar una extraña sensación de tenencia en común. Por algún motivo que no entendía, a él no le importaba nada. Ella podía contárselo todo o callárselo. Eric estaba encerrado en su indiferencia, y fuera lo que fuese lo que ella le revelara no le ofrecería compasión ni censura. Simplemente lo traía sin cuidado.

No le pasó por alto lo irónico de la situación. Durante años había mirado a Eric Dillon con antipatía. Ahora era la primera persona con la que se encontraba desde la muerte de Dash cuya presencia podía soportar.

A la mañana siguiente Chantal corrió a su encuentro nada más conocer a Eric para elevar una vehemente protesta por el hecho de que Honey hubiera contratado a un desconocido con un aspecto tan peligroso.

—¡Ese Dem va a asesinarnos en la cama, Honey! No hay más que verlo.

Honey echó una mirada a Eric, que estaba apilando una serie de maderos en el gélido aire matutino. ¿Dem? Así que ese era el nombre que utilizaba. ¿La abreviatura de demonio?

Llevaba casco como todos los demás, pero se había recogido el pelo en una coleta que formaba una coma despuntada sobre la nuca. Llevaba el cuello de la camisa de franela desabrochado, y Honey podía verle una camiseta debajo. Se había puesto unas botas de trabajo rayadas y unos vaqueros con un agujero en la rodilla. Su atuendo actual parecía tan propio de él como los trajes de Armani. Le vino a la cabeza la curiosa idea de que todo lo que se ponía Eric era un disfraz en vez de ropa.

—No pasa nada, Chantal. No te preocupes. Antes era sacerdote.

—¿De veras?

—Eso dijo.

Honey se terminó el café y tiró el vaso de papel. Sonrió cínicamente cuando empezó a trepar por el andamio hacia lo alto de la colina de elevación. La idea de que Eric Dillon hubiera sido sacerdote era lo primero que le parecía divertido en mucho tiempo.

Cuando llegó arriba, se sujetó el arnés de seguridad y bajó la vista al suelo. Eric se disponía a atar un madero a la cuerda que servía para izarlos. Normalmente las coletas no eran un peinado que le agradara en los hombres, pero con su nariz afilada, los pómulos marcados y el vistoso parche en el ojo, le sentaba bien. Podía imaginarse qué habría dicho Dash al respecto, y sonrió mientras inventaba un pequeño diálogo entre ellos, algo que le gustaba hacer para proporcionarse una especie de consuelo agridulce.

—*¿Por qué alguien que se tiene por un hombre querría llevar algo así?* —*diría él.*

Ella pondría ojos soñadores de un modo que sin duda lo sacaría de quicio.

—*Porque es increíblemente atractivo.*

—*Le hace parecer un marica.*

—*Te equivocas, cowboy. A mí me parece todo un hombre.*

—*Pues entonces, si crees que es tan guapo, ¿por qué no lo utilizas para aliviar esa comezón que está empezando a despertarte por las noches?*

Estuvo a punto de pillarse el pulgar con el martillo, algo que no había hecho durante un mes. ¿De dónde había salido ese pensamiento? No tenía ninguna comezón. En absoluto.

Intentó acallar su imaginación de un puñetazo, pero esta no se dejó suprimir, y pudo oír decir a Dash:

—*No sé qué hay de malo en tener comezón. Ya empieza a ser hora. No te he criado para que seas una monja, niña.*

—*¡Deja de hablarme como un padre, maldita sea!*

—*En parte soy tu padre, Honey. Ya lo sabes.*

Frenéticamente, se puso a repasar mentalmente los números de su menguante cuenta en el banco para desechar cualquier conversación imaginaria.

25

Fiel a su palabra, Eric se mantuvo apartado de ella, y Honey mantuvo poca conversación con él a partir del primer día. Su furgoneta estaba aparcada entre dos de los viejos almacenes no lejos de la entrada de servicio. Por la noche, mientras ella cenaba con Chantal y Gordon, utilizaba su ducha.

Desde el primer momento había conseguido armonizar con los obreros, y compensaba su falta de destreza con músculo y tenacidad. Al cabo de dos semanas Honey tuvo que recordarse que era verdaderamente Eric Dillon y no el hombre que se había inventado: un forastero tuerto y melenudo que se había presentado a todos como Dem.

Varias veces por semana desaparecía durante parte de la tarde. A su pesar, Honey empezó a preguntarse adónde iba durante aquellos lapsos de cuatro o cinco horas. La tercera vez que se ausentó se le ocurrió por fin que debía de tener una mujer en alguna parte. Un hombre como Eric Dillon difícilmente renunciaría al sexo por el mero hecho de haber perdido un ojo.

Golpeó con el martillo un clavo que colocaba en la pasarela. Últimamente, cuando debería estar pensando en conseguir el dinero que necesitaba para terminar la montaña rusa, había estado pensando en sexo, y la última noche había tenido un sueño turbador, en el que un hombre sin rostro se le acercaba con la evidente intención de hacer el amor. Quería enterrar esa faceta de sí misma con Dash, pero su cuerpo parecía tener otros planes.

Devolvió el martillo a su cinturón de herramientas, resuelta a no pensar más en ello. Los pensamientos en torno al sexo constituían una traición de lo que ella y Dash habían significado el uno para el otro.

Aquella noche, durante la cena, Chantal y Gordon estaban anormalmente callados. Chantal picoteó del guiso de atún demasiado salado que había preparado hasta que finalmente apartó el plato. Se dirigió al frigorífico y sacó una cacerola Pyrex llena de gelatina roja.

Gordon carraspeó.

—Honey, tengo algo que decirte.

Chantal dejó caer la cacerola cuando la ponía sobre la mesa.

—No, Gordon. No digas nada. Por favor...

—Estoy casi arruinada, así que si queréis pedirme dinero, olvidadlo.

Honey apartó la revenida capa de patatas fritas con la esperanza de encontrar algún trocito de atún.

Gordon golpeó el tenedor contra la mesa.

—¡No es dinero, maldita sea! Me voy. Mañana. Están contratando obreros de la construcción cerca de Winston-Salem, y voy a conseguir un empleo.

—Seguro —se burló Honey.

—Hablo en serio. Ya no trabajaré más para ti. Estoy harto de aceptar tu dinero.

—¿Por qué me cuesta tanto trabajo creerlo? —Honey retiró su plato y añadió con sarcasmo—: ¿Qué me dices de tu gran carrera de artista? Creía que no ibas a comprometerte nunca.

—Supongo que es lo que he estado haciendo desde que me recogiste en aquella autopista de Oklahoma —repuso él en voz baja.

Honey sintió una primera punzada de inquietud al comprobar que hablaba en serio.

—¿Qué te ha llevado a este repentino cambio de opinión?

—Estos últimos meses me han recordado que me gusta el trabajo duro.

Chantal tenía los ojos fijos en la mesa. Se sorbió la nariz. Gordon la miró con desconsuelo.

—Chantal no quiere ir. Ella... esto... puede que no venga conmigo.

—Aún no lo he decidido.

—Se está echando un farol —dijo Honey abruptamente—. No te dejará.

Gordon miró fijamente a Chantal con ojos tiernos.

—No es un farol, Chantal. Mañana por la mañana me iré de aquí contigo o sin ti. Tienes que decidir si te quedas conmigo o no.

Chantal se echó a llorar.

Gordon se levantó de la mesa y se volvió de espaldas a las dos mujeres. Sus hombros se sacudieron, y Honey se dio cuenta de que estaba también al borde del llanto. Ocultó su creciente pánico detrás de la ira.

—¿Por qué hacéis esto? ¡Marchaos! Los dos. —Se levantó de un salto y se volvió hacia su prima—. Ya no puedo soportarte más. He estado buscando el momento de decírtelo, y parece que ya ha llegado. Quiero que te vayas de aquí mañana por la mañana.

Chantal saltó de su silla e hizo frente a su marido.

—¿Ves lo que quiero decir, Gordon? ¿Cómo puedo dejarla así? ¿Qué va a ser de ella?

Honey la miró con fijeza.

—¿De mí? ¿Te preocupa dejarme? Pues no lo hagas. Soy fuerte. Siempre lo he sido.

—Me necesitas —repuso Chantal, sorbiéndose la nariz—. Por primera vez desde que puedo recordar, me necesitas. Y no tengo ni idea de cómo ayudarte.

—¿Ayudarme? Esa sí que es buena. Ni siquiera puedes ayudarte a ti misma. Eres patética, Chantal Delaweese. Si querías ayudarme, ¿por qué no me quitaste de las espaldas una parte de responsabilidad cuando iba de culo en el programa de Coogan? ¿Por qué no hiciste nada por ayudarme entonces en vez de pasarte todo el día echada en el sofá? Si querías ayudarme, ¿por qué no actuaste como si te importara alguien más que Gordon? Si querías ayudarme, ¿por qué no me hiciste una tarta de cumpleaños que no explotara?

Para consternación de Honey, se notó los ojos anegados de lágrimas. Siguió un largo silencio solo alterado por el áspero sonido de su respiración mientras trataba de dominarse.

Finalmente Chantal habló.

—No hice nada de eso porque entonces te odiaba, Honey. Todos te odiábamos.

—¿Cómo podíais odiarme? —exclamó Honey—. ¡Os di todo lo que quisisteis!

—¿Recuerdas cuando me obligaste a participar en el concurso de Miss Paxawatchie County porque querías librarnos de la asistencia social a toda costa? Pues bien, es como si Gordon y yo hubiésemos recibido asistencia social todos estos años. No porque necesitáramos ayuda como los que tienen muchos hijos y nada con que alimentarlos. Sino porque era más fácil aceptar limosna que trabajar. Perdimos nuestra dignidad, Honey, y por eso te odiábamos.

—¡No fue culpa mía!

—No. Fue culpa nuestra. Pero tú nos lo pusiste muy fácil.

Gordon se volvió hacia Chantal con una expresión apesadumbrada.

—Yo también te necesito, Chantal. Eres mi esposa. Te quiero.

—Oh, Gordon. —A Chantal le temblaron los labios—. Yo también te quiero. Pero tú puedes cuidar de ti mismo. Ahora mismo, no creo que Honey pueda hacerlo.

Honey se notó la garganta obstruida por un torrente de emoción casi incontenible. Lo combatió, esforzándose por conservar su dignidad.

—Eso es lo más estúpido que te he oído decir nunca, Chantal Booker Delaweese. Una mujer se debe a su marido, y no quiero oír ni una palabra más de quedarte aquí conmigo. De hecho, me alegraré de que os vayáis.

—Honey...

—Ni una palabra más —dijo con vehemencia—. Ahora me despido, y más os vale que os hayáis marchado a primera hora de la mañana.

Cogió a su prima y la atrajo hacia sí para darle un fuerte abrazo.

—Oh, Honey...

Se apartó y tendió la mano a Gordon.

—Buena suerte, Gordon.

—Gracias, Honey. —Él le estrechó la mano y luego la abrazó a su vez—. Cuídate, ¿quieres?

—Sí.

Honey se encaminó hacia la puerta trasera, donde forzó una sonrisa que le hizo daño en los músculos de las mandíbulas, y se precipitó afuera.

Echó a correr por el parque. El pelo se le soltó y se arremolinó alrededor de su cabeza, azotándole las mejillas. Sus pies golpeaban el duro suelo. Cuando se hizo visible la caravana le faltaba el aliento, pero no dejó de correr.

Se tropezó con el peldaño y estuvo a punto de caer. Cuando entró, cerró la puerta de golpe y se apoyó contra ella, usando el cuerpo para evitar los monstruos. Su pecho se agitaba y trató de calmarse, pero había superado el punto de la razón y el miedo la consumía.

Durante meses había estado diciéndose que quería que la dejaran en paz, pero ahora que había sucedido, se sentía como si estuviera perdida en el espacio, girando sin rumbo fijo, desconectada de toda vida humana. Ya no formaba parte de nadie. No le quedaba familia. Vivía sola en el territorio de los muertos, donde solo su obsesión por la Black Thunder la mantenía viva. Pero la Black Thunder no tenía plasma, ni piel, ni pulso.

Poco a poco, tomó conciencia del ruido de agua corriente. Al principio no se le ocurrió qué era, y entonces cayó en la cuenta de que Eric estaba utilizando la ducha. Normalmente se había ido para cuando ella regresaba de cenar, pero había vuelto antes de lo habitual.

Se apretó las sienes con las manos. No quería estar sola. No podía estar sola. «No puedo soportarlo más, Dash. Tengo mucho miedo. Tengo miedo a vivir. Y tengo miedo a morir.»

Empezaron a castañetearle los dientes. Se apartó de la puerta y se agarró a la encimera para no caer. El miedo le succionaba los huesos, se tragaba pedacitos de ella. Tenía que conjurarlo. Necesitaba una conexión con alguien. Cualquiera.

Aturdida, se volvió hacia el estrecho pasillo y recorrió dando traspiés los pocos metros que la separaban de la puerta del baño. Se ordenó no pensar. Tan solo mantenerse con vida.

«Perdóname. Por favor, perdóname.»

El pomo giró en su mano.

Se vio envuelta en vapor cuando entró. Cerró la puerta a su espalda y se apoyó contra ella, esforzándose por respirar.

Eric estaba vuelto hacia el grifo de la ducha, de espaldas a ella. Su cuerpo era demasiado grande para el plato rectangular y, cuando se movía, sus hombros golpeaban las láminas de plástico barato que formaban las mamparas y las hacía vibrar. Honey podía distinguir el perfil de su espalda y sus nalgas a través de las mamparas recubiertas de vapor, pero ningún detalle. Aquel cuerpo habría podido pertenecer a cualquier hombre.

Cerró los ojos con fuerza y se quitó los zapatos. Luego cruzó los brazos sobre el pecho y se despojó de la sudadera y la camiseta por encima de la cabeza. El sujetador era delicado y de encaje, con las copas de color verde menta, el último símbolo de feminidad al que no había querido renunciar en un mundo de cascos, botas de trabajo y sierras Skil. Con una sorda sensación de inevitabilidad, se desabotonó los vaqueros y se los bajó lentamente por las piernas, dejando visibles las frágiles braguitas a juego con el sujetador.

Habían empezado a temblarle las piernas y se sujetó con una mano al borde del lavabo. Si no daba con una relación humana, se descompondría. Una relación con cualquiera.

Su reflejo flotaba ante ella en el espejo empañado sobre el lavabo. Podía distinguir el pelo enmarañado, los contornos indistintos de sus facciones.

El agua dejó de correr. Honey se dio la vuelta. Eric se volvió en el plato de ducha y se quedó absolutamente paralizado al verla allí de pie.

Ella no dijo nada. Los empañados paneles de plástico seguían desdibujando las líneas características de sus rasgos de un modo que la consolaba. Podría ser cualquier hombre, uno de los hombres sin rostro de sus sueños, un hombre anónimo cuyo único objetivo era quitarle el miedo a estar sola y sentirse rechazada.

Poco a poco, Eric le volvió la espalda, y la puerta de la ducha hizo un sonido metálico hueco al abrirse. Extendió un brazo goteante y cogió su toalla del gancho de alambre de fuera. Debajo, su parche pendía de un cordón negro. Todavía de pie en la ducha, se pasó la toalla por el pelo mojado, se lo apartó de la cara, luego cogió el parche negro y se lo puso por encima de la cabeza para ahorrarle la visión de su ojo mutilado.

A Honey el corazón le latía con fuerza en el pecho. El vapor empezaba a hacer que le brillara la piel. Desnuda a excepción de las frágiles prendas de encaje verde menta, esperó a que saliera.

Eric franqueó la puerta de la ducha, observándola mientras se pasaba la toalla en lentos círculos por el vello oscuro y enredado de su pecho. El cuarto de baño era reducido, y él se encontraba tan cerca que ella habría podido tocarlo. Pero no estaba dispuesta a tocar, y bajó la mirada hacia su sexo. Descansaba pesadamente contra sus muslos, hinchado por el calor. Eso era lo que ella quería de él. Solo eso. La conexión.

Mantuvo los ojos apartados de su rostro para percibirlo solo como un cuerpo. Tenía el torso perfectamente esculpido, la musculatura bien marcada. Vio una fea cicatriz roja junto a la rodilla y apartó la mirada, no porque la repugnara sino porque esa cicatriz lo caracterizaba.

Eric se pasó la toalla por las nalgas y los muslos. Honey notó que se le ondulaba el pelo por efecto del vapor, formando ricitos infantiles alrededor de su cara. Entre sus pechos se habían acumulado gotitas de humedad. Le humedecieron los pulgares cuando se desabrochó el cierre delantero del sujetador y dejó que las copas de encaje verde pálido cayeran como frágiles tacitas.

Sintió los ojos de él sobre sus pechos, pero no quiso mirarlo a la cara. En lugar de eso, examinó la hendidura en la base de su cuello, donde se había acumulado un hilo de agua. Eric movió un brazo hacia ella, los tendones fuertes y bien definidos. Honey contuvo la respiración cuando le pasó la mano sobre el pecho.

El intenso bronceado de su brazo parecía ajeno y prohibido contra la palidez de su propia piel. Él abrió la palma de la mano sobre su caja torácica, la bajó por su estómago y se deslizó dentro de la cintura de sus braguitas. Unas lenguas de fuego le lamían las terminaciones nerviosas. Se sentía el cuerpo caliente e hinchado. Eric le bajó las braguitas.

Tan pronto como se liberó de ellas, Honey supo que tenía que tocarlo. Se inclinó hacia delante y llevó su boca a la humedad que se había acumulado en la base de su cuello. Sus fosas nasales se estremecieron cuando percibió el olor limpio de su piel. Apretó la nariz contra su pecho, un pezón, giró la cabeza hacia su axila y lo inhaló con suavidad.

Los mechones de sus pálidos cabellos se desparramaron sobre el pecho húmedo de él, adornando su piel más oscura con una delicada ornamentación. Eric le puso las manos en la espalda. Honey tembló al experimentar de nuevo la sensación de ser estrechada por los brazos de un hombre. Él le pasó las manos por la espalda hasta las nalgas y las empujó para atraerla hacia sí. Ella lo notó endurecido y húmedo contra su vientre.

Esperó a que hablara, a que formulara todos los «porqués» y «qués» que la harían alejarse volando de él. Pero, en vez de hablar, Eric posó la cabeza sobre la curva de su cuello. Ella le cogió la parte posterior de los muslos y la apretó. Después arqueó el cuello y le ofreció sus pechos.

Él bajó los labios hacia su clavícula antes de apoderarse de la turgencia de la carne que había debajo. La piel de Honey estaba viva a las sensaciones: la humedad de sus carnes, el placentero dolor de su barba, el suave azote de su pelo mojado y oscuro. Y entonces sintió la exigencia de su boca cuando le rodeó un pezón y lo succionó con fuerza. El parche del ojo le rozaba la piel.

Eric deslizó una mano entre sus piernas por detrás y se las abrió. Ella gimió y le envolvió la pantorrilla con su pierna, tratando de trepar por su cuerpo para poder recibirlo. Pero él la mantenía apartada, acariciándola y tocándola de formas que le cortaban la respiración de deseo.

Solo una vez cogió frío. Cuando él la apartó de sí para extender un brazo hacia su ropa amontonada en el suelo.

Evitando mirarlo a la cara, observó sus manos, demasiado confundida por la urgencia de su necesidad para entender por qué sacaba la cartera de sus vaqueros. ¿Para qué la quería? Y entonces, cuando Eric extrajo el paquetito de papel de plata, comprendió y detestó aquella necesidad, porque los hombres sin rostro no deberían necesitar paquetitos de papel de plata. Los hombres sin rostro deberían tener cuerpos que sirvieran ciegamente, sin la capacidad de reproducir y sin los riesgos de transmitir enfermedades.

Honey se volvió de espaldas mientras él se preparaba.

Entonces Eric le puso las manos encima para volver a juguetear con sus pechos hasta hacerla sollozar. La hizo girarse. Ella apoyó los brazos sobre sus hombros mientras la levantaba y le envolvió la cintura con las piernas. Él la aprisionó contra el delgado tabique del baño hasta que su espalda se aplanó contra el mismo.

—¿Estás lista? —susurró él con voz ahumada.

Honey asintió con la cabeza contra su mejilla y cerró los ojos con fuerza mientras él la penetraba.

Su pelo cayó sobre la espalda de Eric, y sus muslos lo atenazaron con sus músculos fortalecidos por el trabajo. Se aferró a él, susurrando «sí, sí». Su cuerpo estaba tan hambriento, tan desesperado...

Él la poseyó con delicadeza.

Las lágrimas brotaban de sus ojos y resbalaban por la espalda húmeda de Eric. Él la sujetaba con sus fuertes brazos, la tocaba intensamente, la acariciaba con suma ternura. Honey gritó al alcanzar el clímax, y se agarró con más fuerza a sus hombros mientras él se movía para encontrar su propia liberación. Soportó su peso estoicamente cuando se apoyó contra ella, estremeciéndose.

Poco a poco se retiró y la bajó al suelo. Su respiración era áspera y agitada. Honey vio que movía el brazo y supo que estaba a punto de atraerla. Retrocedió rápidamente, sin mirarlo, sin permitirle tocarla. En unos segundos, lo había dejado solo mientras se encerraba en el pequeño dormitorio al otro lado del pasillo.

Mucho más tarde, cuando salió, Eric había desaparecido. No pudo encontrar ningún rastro de su presencia allí salvo las gotitas de agua todavía adheridas a las mamparas de la ducha. Las secó antes de entrar a su vez.

¡No podía soportar más dolor!

Eric tenía los nudillos blancos mientras aferraba el volante de la furgoneta. ¿Por qué había dejado entrar en su vida a otra persona herida? Había intentado alejarse del sufrimiento, no hundirse más en él. Quería marcharse, pero ni siquiera había podido meter la llave en el contacto.

Su cara estaba impresa en el parabrisas delante de él: aquellos ojos luminosos y angustiados, aquella boca temblando de necesidad. Dios, había estado soñando con aquella boca desde el momento en que había vuelto a verla. Era suave y sensual, y lo atraía como si tuviera poderes mágicos. Pero ni siquiera la había besado, y dudaba que ella se lo hubiera permitido si lo hubiese intentado.

En lugar de encontrar refugio en aquel parque de atracciones muerto, se había hundido todavía más en el infierno. ¿Por qué se sentía tan atraído por ella? Era fría y fuerte, con una determinación adusta y firme que estaba reñida con su corta estatura. Hasta los hombres de la brigada de construcción la rehuían. Habían sido picados demasiado a menudo por su lengua afilada. Era el mismo monstruito que había sido durante la segunda temporada del programa de Coogan, hacía cien años.

Por entre los árboles podía ver la cima de la colina de elevación. No comprendía qué tenía aquella montaña rusa para obsesionarla de ese modo, pero había empezado a detestar los momentos en los que levantaba la vista del suelo y veía su cuerpecito entrelazado con el armazón de la colosal bestia de madera hasta dar la impresión de que ella y la montaña rusa eran una sola cosa. Su obsesión lo asustaba.

¿Quién era? Ya no era la chica enamorada y necesitada que le había recordado a su hermano pequeño. Tampoco era la jefa estricta de lengua mordaz y un casco amarillo. A veces, cuando la miraba, le parecía ver a otra mujer de pie un poco apartada de ella: una mujer fresca y risueña con un corazón afectuoso y los brazos abiertos. Se dijo que aquella imagen era una ilusión, un holograma mental que había creado a partir de su propia desesperación, pero entonces se preguntó si no podía haber estado viendo a la mujer que había sido cuando se casó con Dash Coogan.

Esa noche, su belleza le había desgarrado las entrañas. La fortaleza, la tragedia, la terrible vulnerabilidad. Pero se habían unido como animales en lugar de como seres humanos. Incluso cuando sus cuerpos estaban entrelazados, no se habían dado nada de sí mismos, así que en el fondo él pudo utilizarla como ella lo utilizaba a él, de una manera impersonal, como un receptáculo seguro.

Pero no había resultado así. Lo que lo aterraba —aquello que le hacía sudar de la cabeza a los pies y le contraía el estómago— era lo que le había hecho sentir. Durante el espacio de tiempo en que había sujetado aquel frágil cuerpo femenino —un cuerpo que no le exigía más que liberación sexual— había notado cómo todas las capas protectoras que había extendido a su alrededor se deshacían y lo dejaban dispuesto a llegar hasta los confines de la tierra para consolarla.

Mientras miraba obnubilado a través de la ventanilla de la furgoneta, supo que debía dejarla con tanta certeza como sabía que se quedaría. Pero ya no volvería a permitirse ser tan vulnerable con ella porque no le quedaba sitio en su interior para albergar el dolor de nadie más. Decían que era el mejor actor de su generación, e iba a aprovechar ese talento. A partir de ese momento, se encerraría tanto dentro de sus identidades que Honey no podría volver a afectarlo nunca más.

Al día siguiente Honey se exigió sin descanso, tratando de olvidar los acontecimientos de la noche anterior, pero cuando inspeccionaba un tramo de vía con el capataz del proyecto, las imágenes la arrastraron. ¿Cómo había podido hacerlo? ¿Cómo había podido traicionar sus votos matrimoniales de ese modo? Se sintió roída por el desprecio a sí misma, una lúgubre antipatía por la persona en que se había convertido.

Durante el resto del día se entregó a su trabajo con una intensidad que, al caer la noche, la dejó agotada y débil. Cuando se dejó caer al suelo y se desabrochó el cinturón de trabajo, oyó que alguien se le acercaba por detrás. Antes de volverse, presintió quién era y se tensó.

Eric la miró con una cara desprovista de toda expresión. En lugar de sentirse aliviada por el hecho de que no la obligase a reconocer lo que había ocurrido, a Honey se le heló la sangre en las venas. De no haber sido por los dolorcillos que tenía en el cuerpo, habría creído que todo había sido fruto de su imaginación.

—Tengo entendido que tu prima y su marido se han marchado —dijo con su esmerado acento—. ¿Te importa que traslade mis cosas al Toril? Es más cómodo que mi furgoneta.

Honey había procurado olvidarse del Toril vacío. Se había pasado el día mirando el edificio abandonado confiando ver la camioneta de Gordon allí aparcada, pero él y Chantal se habían ido.

—Tú mismo —respondió con frialdad.

Eric asintió y se alejó.

Cuando regresó a su caravana, Honey se calentó una lata de carne de vaca y trató de apartar de la mente su soledad haciendo números con la calculadora. Las cifras no habían cambiado. Podría pagar la nómina durante la primera semana de enero, y luego tendría que cerrar.

Cogió una chaqueta de punto azul y salió. La noche era serena, el cielo estaba salpicado de estrellas plateadas. Esperó que Chantal y Gordon estuvieran bien. La Navidad llegaría en menos de dos semanas. Las últimas Navidades, ella y Dash habían acampado en el desierto y él le había regalado unos pendientes de oro hechos a mano y con forma de media luna. Los había guardado en su joyero después de morir él porque no soportaba verlos.

Enfiló el camino cubierto de maleza que conducía al lago y se quedó en la orilla contemplando el agua. Finalmente el gobierno había obligado a la Purlex Paint Company a dejar de contaminar, pero pasarían varios años hasta que el lago empezara a recobrar la vida. Ahora, sin embargo, la oscuridad ocultaba su estado de polución, y la luz de la luna dibujaba serpentinas de plata sobre su superficie en calma.

Se volvió de espaldas al lago y miró per encima de los árboles hacia las colinas de la Black Thunder, tenuemente visibles a la luz de la luna. Todo el mundo la tomaba por loca por reconstruir la montaña rusa. ¿Cómo podía explicar su implacable impulso de dar con algún indicio de que no había perdido a Dash? En los momentos de mayor lucidez se decía que la Black Thunder no era más que la atracción de un parque y que no encerraba poderes místicos. Pero su mente racional era silenciada por la urgencia impulsora que insistía en que solo podría restablecer su alma haciendo un viaje a través de sus pesadillas en la Black Thunder.

Se encogió de hombros. Quizá todos llevaban razón. Quizás estaba loca. Se notó los ojos húmedos y las colinas de madera ondularon ante ella. «Maldito viejo cowboy. Me rompiste el corazón, tal como dijiste que harías.»

Un movimiento entre los pinos la distrajo. Alarmada, vio la silueta oscura de un hombre allí de pie. Salió de las sombras y se dio cuenta de que era Eric. Experimentó una sacudida de pánico ante la idea de estar a solas con él.

Como había adoptado como costumbre cuando quería ocultar su miedo, se mostró irritada.

—No me gusta que me espíen. Ya no eres bienvenido aquí.

Su único ojo azul la observó de un modo desapasionado mientras se acercaba a ella.

—¿Por qué tendría que espiarte? De hecho, yo estaba aquí antes que tú.

—Es mi lago —replicó ella, consternada por su puerilidad.

—Todo tuyo. Por lo que veo, no lo querría nadie más.

Aunque estaban solos, Honey se percató de que le hablaba

con el ligero deje de un acento de Oriente Medio. También comprendió que, si seguía regañándolo, Eric podría pensar que lo acaecido la víspera significaba algo real para ella. Inspiró temblorosamente y trató de recobrar su dignidad.

—El lago empieza a recuperarse —dijo—. Una fábrica de pinturas lo ha utilizado como vertedero durante años.

—Este lugar está demasiado aislado para que vivas sola. Esta noche me he topado con un vagabundo merodeando. Ahora que tus parientes se han ido, quizá deberías alquilar una habitación en el pueblo en vez de estar aquí sola.

No se daba cuenta de que él era más peligroso para ella que cualquier vagabundo, y su frágil autodominio se quebró.

—No recuerdo haberte pedido opinión.

Aquella cara, que tan expresiva era en la gran pantalla, permaneció cerrada como una puerta con mosquitera con un muelle demasiado tirante.

—Tienes razón. No es asunto mío.

Pese al acento que había levantado como una barrera, los recuerdos de la noche anterior la invadieron y luchó contra su pánico de la única forma que sabía.

—Te escondes detrás de ese acento, ¿verdad? —dijo con desdén—. Y escondes algo más que tu cara famosa. Pues bien, tú puedes olvidar quién eres, pero yo no, y estoy harta de que actúes como un chiflado.

Eric apretó los dientes.

—El acento me sale automáticamente, y no puede decirse que sea yo el chiflado. —Ella contuvo el aliento, esperando que la confrontara con haber recurrido a él. Sin embargo dijo—: No soy yo el que está construyendo una montaña rusa en medio de la nada. No soy yo el que corre por ahí como una versión reducida del capitán Ahab obsesionada por su maldito Moby Dick.

—¡Es mejor eso que no ser nadie!

No estaba obsesionada. ¡No lo estaba! Simplemente era algo que tenía que hacer para poder volver a vivir.

—¿Qué significa eso?

Había perdido el acento y tenía el rostro sombrío.

Honey pasó al ataque, tratando de hincarle los dientes en la parte más blanda de su carne, de matar primero.

—¿Qué clase de cobarde eres, huyendo solo porque perdiste tu maldito ojo? ¡Por lo menos estás vivo, hijo de puta!

—Eres una mierdecilla. Tú no sabes lo que hay aquí debajo. —Indicó con los dedos el parche negro—. Ya no hay un ojo. Solo una masa de feo tejido rojo cicatrizado.

—¿Y qué? Tienes otro.

Por un momento Eric no dijo nada. A Honey se le revolvía el estómago por lo que estaba haciendo, pero no sabía cómo retirar sus palabras.

Él frunció los labios en una expresión burlona y habló en voz baja.

—Siempre me he preguntado qué fue de Janie Jones, y ahora lo sé. La vida le propinó demasiados golpes duros y ahora ha vuelto allí donde empezó: una mujercita mandona escondida detrás de una bocaza.

—¡Eso no es verdad!

—¡Santo Dios! Es una lástima que Dash no siga vivo. Apostaría dinero a que te pondría sobre sus rodillas y te infundiría un poco de sentido común azotándote como hizo cuando eras una chiquilla.

—No hables de él —dijo ella con vehemencia—. No te atrevas a pronunciar su nombre.

Las lágrimas brillaban en sus ojos, pero Eric no parecía conmovido.

—¿Qué diablos haces aquí, Honey? ¿Por qué reconstruir esa montaña rusa es tan importante para ti?

—Lo es, y basta.

—¡Dímelo, joder!

—No lo entenderías.

—Te sorprendería hasta qué punto puedo entender.

—Tengo que hacerlo. —Se miró las manos, que retorcía delante de ella, y su ira se disipó—. Cuando era niña esa montaña rusa significó mucho para mí.

—También mi navaja suiza, pero no lo abandonaría todo para recuperarla.

—¡No es lo mismo! Se trata... se trata de esperanza.

Honey hizo una mueca, consternada por lo que había revelado.

—No puedes hacer volver a Dash —dijo él con crueldad.

—¡Sabía que no lo entenderías! —exclamó ella—. ¡Y cuando necesite tus sermones te avisaré! Tú huyes tanto como yo y por un motivo mucho menos serio. Leo la prensa. Sé que tienes hijas. Dos niñas pequeñas, ¿verdad? ¿Qué clase de padre eres para abandonarlas de ese modo?

Eric le dirigió una mirada tan llena de rabia contenida que le hizo desear haber mantenido la boca cerrada.

—No juzgues cosas de las que nada sabes.

Y, sin decir más, se alejó de ella.

Durante los días siguientes Eric solo le hablaba en compañía de los demás hombres, y siempre usaba la voz de Dem, el obrero. Esa voz empezó a aparecerse en sus sueños y a atormentar su cuerpo con sensaciones que no quería reconocer. Honey no dejaba de recordarse que Eric era un actor talentoso y disciplinado con un dominio absoluto sobre cualquier personaje que inventara, pero el obrero de aspecto amenazador estaba adoptando una identidad separada de Eric dentro de su cabeza. Hacía todo lo posible por mantenerse alejada de él, pero al final sus crecientes problemas de dinero lo hicieron imposible.

Un martes por la tarde, cuatro días después de su enfrentamiento junto al lago, decidió acercársele. Esperó a que los hombres hicieran un alto para comer. Eric había estado cargando tramos de raíl viejo en la caja de un camión, y se quitó los guantes al verla aproximarse.

Honey le tendió una bolsa de papel marrón.

—Me he fijado en que no has almorzado, así que te he traído esto.

Él vaciló por un momento, y luego cogió la bolsa. Se mostraba visiblemente receloso, y a Honey se le ocurrió que la había estado evitando tanto como ella a él.

—Pero solo he traído un termo, así que tendremos que compartirlo.

Echó a andar, confiando en que la siguiera. Al cabo de unos segundos, oyó sus pasos.

Se alejó de los hombres hacia el sitio que había ocupado el tiovivo. No lejos de allí un viejo sicómoro había caído en medio de una tormenta. Se sentó en él, dejó el termo en el suelo y abrió su bolsa del almuerzo. Un momento después Eric se sentó a horcajadas en el tronco y sacó el sándwich de manteca de cacahuete que ella había preparado aquella mañana. Honey observó que recogía el envoltorio de plástico alrededor de la parte inferior para protegerla de sus manos sucias, y recordó que se había criado en una familia adinerada que debía de exigir sentarse a la mesa con las manos limpias.

—Lo he cortado en triángulos en vez de rectángulos —dijo—. Es lo más que me acerco a la gastronomía últimamente.

La comisura de la boca de Eric se contrajo en lo que podría ser su versión de una sonrisa. Ella experimentó una punzada aguda al recordar cuánto se había reído con Dash.

Él indicó el círculo de tierra yerma que se extendía ante ellos.

—Aquí debía de estar una de las atracciones.

—El tiovivo.

La primera vez que había visto a Eric, sus ojos le habían recordado las sillas de color azul intenso de los caballos. Honey sacó el sándwich de su bolsa tratando de superar su desasosiego. Sabía que aquella era una mala idea, pero no había sido capaz de encontrar otra mejor.

Se metió una esquina del sándwich de manteca en la boca, la masticó sin saborearla, la engulló y luego lo dejó sobre su regazo.

—Tengo algo de que hablarte.

Él esperó.

—Voy a tener que parar las obras de restauración si no consigo encontrar dinero las próximas semanas.

—No me extraña. Es un proyecto caro.

—La verdad es que estoy arruinada. Lo que quería pedirte... —El trozo de sándwich pareció atascársele en la garganta. Volvió a tragar—. Estaba pensando que tú... Es decir, confiaba en que tú pudieras...

—No irás a pedirme un préstamo, ¿verdad?

El discurso que tan meticulosamente había preparado se esfumó de su cabeza.

—¿Qué tiene eso de horrible? Debes de tener algunos millones escondidos, y yo solo necesito unos doscientos mil dólares.

—¿Eso es todo? ¿Por qué no saco el talonario ahora mismo?

—Te los devolveré.

—Desde luego. Esta montaña rusa te hará ganar una fortuna. ¿Cuánto calculas? ¿Unos cinco pavos a la semana?

—No tengo previsto devolvértelos de la montaña rusa. Sé que no dará beneficios. Pero tan pronto como termine la Black Thunder y vuelva a funcionar, yo... —Se atrancó con las palabras. Aquello iba a resultar aún más difícil de lo que se había imaginado. Cuando habló, supo que renunciaba a lo único que le quedaba que tenía algún valor para ella—. Llamaré a mi agente esta noche. Volveré a trabajar.

—No te creo.

Honey sintió náuseas.

—No tengo más remedio. Si actuar es la única forma de hacer funcionar la Black Thunder, entonces lo haré.

—No hay mal que por bien no venga.

—¿A qué te refieres?

—No habrías tenido que dejar de actuar nunca, Honey. Ni siquiera te diste una oportunidad de averiguar de qué eras capaz.

—Puedo interpretar a Janie Jones —repuso ella con vehemencia—. Eso es todo. Soy un personaje, como Dash. No soy una actriz.

—¿Cómo lo sabes?

—Lo sé. Escuché toda esa verborrea tuya sobre técnica interna, memoria afectiva, la escuela de Bucarest. No sé nada de todo eso.

—No es más que vocabulario. No tiene nada que ver con el talento.

—No voy a discutirlo contigo, Eric. Lo único que digo es que puedo devolvértelo. Pediré a mi agente que reúna algunos contratos blindados: papeles en películas, telefilmes, anuncios... cualquier cosa que sea rentable. Para cuando la gente descubra que no soy Meryl Streep y las ofertas de trabajo se acaben, habrás recuperado tu dinero con intereses.

Él la miró fijamente.

—¿Venderías tu talento tan barato?

—No es exactamente talento lo que vendo, ¿no? «Notoriedad» podría ser una palabra más apropiada.

Eric frunció los labios.

—¿Por qué no coges el teléfono y llamas a una de las grandes revistas para hombres? Te pagarían una fortuna por un reportaje desnuda. Piénsalo. Tendrías el dinero que necesitas para terminar de reconstruir tu montaña rusa y tipos de toda América podrían hacerse una paja con las fotos de Janie Jones en pelotas.

Había dado en el blanco, pero Honey no estaba dispuesta a reconocerlo.

—¿Cuánto crees que me pagarían?

Eric arrugó la bolsa de papel y, con una exclamación de disgusto, lanzó la pelota al suelo.

—Era una broma —dijo con rabia contenida—. Te estabas poniendo demasiado mojigata.

»Me pregunto una cosa. Si unas fotos de desnudos fueran la única forma de poder conseguir dinero, ¿lo harías?

—Supongo que tendría que pensarlo.

—Apuesto a que sí. —Él sacudió la cabeza, asombrado—. Maldita sea, creo que sí lo harías.

—¿Y qué? Mi cuerpo ya no significa nada para mí.

Una sutil tensión se apoderó de él, y Honey sospechó que estaba recordando el día en que ella se le había ofrecido. Aprovechó la ocasión para decirle indirectamente que su acto sexual no tenía importancia para ella.

—Mi cuerpo no es importante, Eric. ¡No significa nada! Ahora que Dash está muerto, me trae sin cuidado.

—Estoy seguro de que a él le importaría.

Honey apartó la mirada.

—Le importaría, ¿verdad?

—Sí. Sí, supongo que sí. —Respiró temblorosamente—. Pero está muerto, Eric, y tengo que reconstruir esta montaña rusa.

—¿Por qué? ¿Por qué es tan importante para ti?

—Es... —Se acordó de la noche junto al lago—. Intenté explicártelo antes, y no quisiste entenderlo. Es algo que debo hacer, eso es todo.

Siguió un largo silencio mientras Honey trataba de dominarse de nuevo.

Eric examinó la puntera llena de rozaduras de su bota de trabajo.

—¿Cuánto necesitas exactamente?

Ella se lo dijo.

Él miró hacia el claro que en otro tiempo había delimitado la ubicación de Kiddieland.

—Está bien, Honey. Haré un trato contigo. Te prestaré el dinero, pero con una condición.

—¿Cuál?

Se volvió hacia ella, y su único ojo azul la miró con tanta intensidad que pareció abrasarla.

—Tendrás que estar a mi disposición.

—¿De qué estás hablando?

—Me refiero a que seré dueño de tu talento, Honey. Todo tu talento será mío hasta que saldes la deuda.

—¿Qué?

—Seré yo quien elija tus proyectos. Ni tú ni tu agente. Solo yo. Decidiré qué puedes y qué no puedes hacer.

—Eso es absurdo.

—Lo tomas o lo dejas.

—¿Por qué debería hacerlo? Tú no cederías tu carrera a nadie.

—Ni por asomo.

—Pero esperas que yo lo haga.

—Yo no espero nada. Eres tú quien quiere el dinero, no yo.

—Lo que me estás proponiendo es la esclavitud. Podrías hacerme salir en anuncios de productos para las hemorroides o trabajar en salones del automóvil por cien dólares cada uno.

—En teoría.

—No tengo ningún motivo para confiar en ti. Ni siquiera me caes bien.

—No, no lo espero.

Dijo estas palabras de un modo tan prosaico que Honey se sintió avergonzada. Era evidente que no esperaba nada más de ella.

Recogió su almuerzo casi intacto, se levantó del tronco y le dirigió una mirada hostil.

—De acuerdo. Tienes tu trato. Pero más vale que no me contraríes o te arrepentirás.

Eric la observó mientras se alejaba con paso airado. «Bocazas», pensó. Honey aún balanceaba los puños cerrados como cuando era una chiquilla. Todavía desafiaba el mundo a contrariarla. Como había hecho siempre.

Ya no podría soportar verla luchar contra sus fantasmas mucho más tiempo. Y el peor fantasma de todos era aquella maldita montaña rusa. Había dicho que se trataba de esperanza, pero tenía la inquietante sensación de que Honey creía por alguna razón que la Black Thunder podría devolverle a su marido. Se levantó y recogió los restos de su almuerzo. No podía concebir cómo sería sentirse amado como Honey amaba a Dash.

Aunque no tenía que regresar a Los Ángeles en dos semanas, su mente le gritaba que se marchara ahora. Que se alejara todo lo posible de la afligida viuda de Coogan. Eso era lo que debería hacer. Pero, en lugar de apartarse, acababa de enredarse todavía más con ella, y cuando se preguntó por qué solo pudo encontrar una respuesta.

De un modo extraño, se sentía como si acabara de dar un paso de gigante para ganarse por fin el respeto de Dash Coogan.

26

Ni un lazo rojo ni una ramita de muérdago decoraban el interior de su caravana la mañana de Navidad. Honey tenía previsto soportar la fiesta en lugar de celebrarla, pero cuando se levantó de la cama fue incapaz de ponerse la ropa de faena para afrontar otro día de trabajo solitario.

Mientras se miraba en el espejo del baño, se sintió pinchada por una pizca de vanidad. Antes Dash le decía lo guapa que era, pero la carita que le devolvía la mirada estaba demacrada y angustiada, una golfilla callejera envejecida demasiado pronto. Se apartó disgustada, aunque en vez de salir del baño se encontró arrodillándose para buscar en el exiguo espacio de almacenamiento los rulos que había metido allí cuando se había mudado, junto con su maquillaje.

Una hora más tarde, vestida con un sedoso jersey de cuello alto y un pantalón plisado de lana rosa, terminó de cepillarse el pelo. Le caía en ondas sueltas hasta los hombros y brillaba como la miel caliente gracias al acondicionador que había utilizado. El maquillaje le camuflaba las ojeras mientras que el rímel espesaba sus pestañas y realzaba sus iris azul claro. Se empolvó los pómulos con colorete, se aplicó pintura de labios rosa pálido y se puso los pendientes de oro con forma de media luna que Dash le había regalado. Empezaron a escocerle los ojos mientras contemplaba una de las lunas oscilando con un zarcillo de pelo, y no tardó en apartarse de su reflejo en el espejo.

Cuando accedió a la salita de la caravana, se sirvió una taza de café y se dirigió hacia la mesa contigua al sofá para coger el sobre que había dejado allí unos días antes. Tenía garabateado un mensaje con la infantil letra de Chantal. «No abrir hasta el 25 de diciembre. ¡Y va por ti!» Rasgó la solapa del sobre y extrajo un paquetito desigual envuelto en papel de seda blanco con una nota sujetada a la parte superior.

Querida Honey:
Espero que pases una feliz Navidad. A mí y a Gordon nos gusta Winston-Salem. Hemos encontrado un sitio donde alojarnos en un aparcamiento para caravanas muy bonito. A Gordon le gusta su trabajo. Ha dicho que te diga que tiene un regalo para ti, pero no lo recibirás hasta dentro de algún tiempo. He hecho una amiga. Se llama Gloria y me ha enseñado a hacer ganchillo.

Sigo creyendo que deberías regresar a L.A. No creo que a Dash le gustase lo que te estás haciendo. Te echo de menos. Espero que te guste el regalo.

Te quiere,

CHANTAL (y GORDON)

P.S. No te preocupes. Si regresas a L.A., Gordon y yo no iremos contigo.

Honey parpadeó y desenvolvió el papel de seda. Con una sonrisa trémula, sacó el primer regalo de verdad que había recibido de Chantal desde que eran niñas, una funda de ganchillo para un rollo de papel higiénico. Estaba hecha de hilo azul neón y ornamentada con unas deformes curvas amarillas que representaban flores. La llevó al baño, donde la rellenó con un rollo de reserva y la colocó en un sitio de honor en la parte de atrás de su retrete.

Hecho esto, trató de pensar en algo más para ocupar su tiempo. Impulsivamente, descolgó una chaqueta de lana gris, cogió su bolso y se encaminó hacia su Blazer. Encendería la radio y daría un largo paseo en coche.

En las emisoras locales solo sonaban villancicos, así que apagó la radio antes de llegar al límite del municipio. La temperatura superaba los cinco grados, el tiempo era sereno y acababa de decidir llegarse hasta Myrtle Beach para contemplar el océano cuando vio la furgoneta de Eric parada en un semáforo unas travesías más adelante. Se acordó de sus misteriosas desapariciones y se preguntó si acudía a una cita con una mujer. La idea le provocó náuseas.

No tenía intención de seguirlo, pero cuando él giró por Palmetto Street, ella lo hizo a su vez. El tráfico estaba constituido básicamente por gente de vacaciones, y no tuvo ningún problema para dejar varios coches intercalados entre ellos. Para su sorpresa, Eric entró en el aparcamiento del hospital principal de Paxawatchie County.

Honey estacionó el coche a varias filas de la furgoneta y esperó. Transcurrieron unos minutos. Su mente divagó hacia Dash, pero como le resultaba demasiado doloroso, pensó en el trabajo que la aguardaba antes de que la Black Thunder pudiera volver a volar sobre las vías.

Devolvió su atención a la furgoneta cuando se abrieron las puertas de atrás. Del vehículo salió un payaso.

Iba vestido con una camisa morada remetida en un pantalón bombacho a topos, y tenía el pelo cubierto por una ensortijada peluca roja a la que había anudado un pañuelo pirata. Con una mano sujetaba un manojo de globos de helio multicolores, y en la otra llevaba una bolsa de basura de plástico que parecía llena de regalos. Justo cuando pensaba que se había confundido de furgoneta, el payaso inclinó la cabeza y Honey entrevió un parche morado en forma de estrella sobre un ojo. Por un momento se sintió desorientada.

Eric Dillon aún tenía otra cara.

¿Quién era? ¿Cuántas identidades tenía? Primero Dem. Ahora esto. Quería marcharse, pero no podía. Sin pararse a pensar qué hacía, lo siguió al interior del edificio.

Para cuando accedió al vestíbulo, Eric había desaparecido, pero no le costó trabajo seguirle la pista. Una anciana estaba sentada en una silla de ruedas sujetando un globo rojo. Un niño con un brazo escayolado sostenía uno verde. Más adelante, se topó con un paciente en una camilla sobre la que flotaba un globo naranja. Sin embargo, el rastro se acabó en un pasillo del fondo.

Trató de convencerse de que debía marcharse, pero en lugar de eso se acercó al puesto de enfermeras.

—Disculpe. ¿Ha visto pasar por aquí a un payaso?

La pregunta le pareció ridícula.

La joven enfermera apostada detrás del mostrador llevaba una ramita de muérdago artificial pegada a la tarjeta plastificada con su nombre.

—¿Se refiere a Parches?

Honey asintió con vacilación. Aquella no debía de ser la primera visita de Eric al hospital. ¿Era aquí donde venía cuando desaparecía?

—Estará haciendo una función para los niños. Espere. —La enfermera descolgó el teléfono, hizo unas cuantas preguntas a la persona situada al otro lado del hilo y colgó—. En pediatría, tercera planta. Ahora empiezan.

Honey le dio las gracias y se dirigió hacia los ascensores. Nada más salir a la tercera planta, oyó gritos y risas. Siguió los sonidos hasta una sala situada al final del pasillo y se detuvo. Necesitó reunir todo su valor para asomarse.

Una docena de niños muy pequeños, seguramente de cuatro a ocho años, estaban congregados en la estancia alegremente decorada. Algunos llevaban batas de hospital; otros, pijama. Había negros, asiáticos y blancos. Varios de ellos iban en silla de ruedas y unos pocos estaban conectados a un gota a gota.

Debajo de la rizada peluca roja, Eric tenía la cara embadurnada de pintura blanca de payaso. Tenía una enorme ceja dibujada en la frente, la boca escarlata, un círculo rojo en la punta de la nariz y el parche morado en forma de estrella tapándole el ojo. Estaba concentrado en los niños y no la veía. Fascinada, contempló la escena.

—¡Tú no eres Santa Claus! —gritó un niño en un pijama azul.

—Te equivocas —replicó Eric con beligerancia—. Llevo barba, ¿no?

Se pasó una mano por la barbilla perfectamente rasurada.

Los pequeños negaron su observación a gritos y sacudiendo la cabeza enérgicamente.

Se acarició el vientre plano.

—¿Y tengo una barriga muy grande?

—¡No, no!

—Y llevo un traje rojo de Santa Claus.

Tiró de su camisa morada.

—¡No!

Siguió un prolongado silencio. Eric parecía perplejo. Hizo pucheros como si estuviera a punto de echarse a llorar y los niños se rieron más fuerte.

—Entonces, ¿quién soy? —gimió.

—¡Eres Parches! —chillaron unos cuantos—. ¡Parches el Pirata!

Eric sonrió.

—¡Ese soy yo!

Tiró de la cintura de sus pantalones bombachos a topos rojos y morados y apareció media docena de globitos bamboleantes. A continuación se puso a cantar «Popeye el Marino» sustituyendo el nombre por Parches y ejecutando algo parecido a una giga irlandesa.

Honey observaba atónita. ¿Cómo podía una persona dominada por tantos demonios interiores dejarlos de lado para actuar de aquel modo? Su acento era una mezcla cómica de Cockney, John Silver *el Largo* y el enemigo de Popeye, Brutus. Los niños aplaudían con deleite, completamente atrapados en el hechizo que con tan poco esfuerzo urdía a su alrededor.

Para terminar, se sacó tres pelotitas de goma del bolsillo de los pantalones y empezó a hacer juegos malabares con ellas. Era un malabarista torpe, pero ponía tanto entusiasmo que a los niños les encantaba. Y entonces la vio.

Honey se quedó helada.

Una pelota se le escapó de las manos y se fue botando por la sala. Transcurrieron unos segundos mientras la miraba fijamente, y después devolvió inmediatamente su atención a los niños.

—La he soltado a propósito —gruñó, llevándose las manos a la cintura y adoptando una mirada feroz para desafiarlos a contradecirlo.

—¡No es verdad! —exclamaron algunos—. ¡Se te ha caído!

—Os creéis muy listos —dijo Eric con el ceño fruncido—. ¡Os haré saber que me enseñó a hacer juegos malabares el mismísimo Corny *el Magnífico*!

—¿Quién es? —preguntó uno de los pequeños.

—¿No habéis oído hablar nunca de Corny *el Magnífico*?

Negaron con la cabeza.

—Bueno, entonces...

Empezó a contar una historia mágica de malabaristas, dragones y una hermosa princesa víctima de un maleficio que le había hecho olvidar su nombre y la obligaba a vagar por el mundo en busca de su casa. Con gestos y expresiones faciales, creaba unas escenas imaginarias tan gráficas que casi parecían reales.

Honey ya había satisfecho su curiosidad, pero era incapaz de irse. Unas hebras del lazo que él había tejido alrededor de los niños la tenían atrapada, y mientras escuchaba, le resultaba imposible recordar quién existía debajo de aquel rostro de payaso. Eric Dillon era un hombre sombrío y maldito; aquel payaso pirata rezumaba una simpatía jovial y encantadora.

Parches sacudió la cabeza con tristeza.

—La princesa es tan hermosa y está tan triste... ¿Cómo os sentiríais si no os acordarais de vuestro nombre y de dónde vivíais?

—Yo sé cómo me llamo —soltó uno de los chiquillos más atrevidos—. Jeremy Frederick Cooper tercero. Y vivo en Lamar.

Otros niños gritaron también sus nombres, y Parches los felicitó por su excelente memoria. Entonces encorvó las espaldas y se mostró triste.

—Pobre princesa. Ojalá pudiéramos ayudarla. —Chasqueó los dedos—. Se me ocurre una idea. Quizás entre todos podamos romper ese maleficio.

Hubo un coro de asentimiento entre los pequeños, y una niña con gafas de montura de plástico levantó la mano.

—Parches, ¿cómo podemos ayudar a la princesa si no está aquí?

—¿Yo he dicho que no estaba aquí? —Parches pareció aturdido—. No, yo no he dicho eso, grumete. Está aquí, desde luego.

Los niños empezaron a mirar a su alrededor, y Honey experimentó la primera punzada de alarma.

—Naturalmente, no lleva ropa de princesa —dijo Parches.

Empezaban a sudarle las palmas de las manos. ¿No se atrevería a...?

—Es debido a que no recuerda quién es. Pero es hermosa como debería ser una princesa, así que no es difícil distinguirla, ¿verdad?

Una docena de pares de ojos se posaron sobre Honey. Se sintió como si la hubiesen clavado con alfileres a la pared como una mariposa muerta. Se volvió hacia la puerta.

—¡Se marcha! —gritó uno de los niños.

Antes de que Honey pudiera cruzar el umbral, una cuerda cayó sobre su cabeza y se tensó alrededor de su cintura, inmovilizándole los brazos a los costados. Estupefacta, bajó la vista.

Le habían echado un lazo.

Los pequeños estallaron en risas mientras ella observaba el lazo sin dar crédito a lo que veían sus ojos. Eric empezó a recoger la cuerda. Los niños aplaudieron. Honey dio un traspié, aturdida por la vergüenza. ¿Cómo podía hacerle una cosa así? Él sabía que no estaba preparada para nada parecido. Su cuerpo chocó contra el del payaso.

—Es tímida con los desconocidos —dijo Parches, procediendo a liberarla del lazo. En cuanto lo hizo, le echó los brazos al cuello, aparentemente para darle un abrazo, pero en realidad fue para sujetarla junto a él—. No temas, princesa. Ninguno de estos amiguitos te hará daño.

Honey miró a los niños y luego a él, con expresión suplicante.

—Pobre princesa. Parece que también ha perdido el habla.

Daba la impresión de que se burlaba de ella. Ofendida, quiso zafarse de él y marcharse, pero no podía hacerlo delante de los niños.

—¿Dónde está tu corona? —preguntó un chiquillo escéptico con un gota a gota en el brazo.

Esperó a que Eric respondiera, pero este guardó silencio. Pasaron los segundos.

Eric se miró las uñas de la mano que tenía libre y comenzó a montar un número examinándolas y puliéndolas mientras esperaba a que hablase.

—Dínoslo, princesa —pidió en voz baja la niña de las gafas.

—Yo... pues... no me acuerdo —consiguió articular finalmente Honey.

—¿Lo veis? ¿Qué os decía yo? —Parches hizo chasquear un tirante con la mano cuyas uñas había estado puliendo—. Tiene la memoria como un queso suizo. Llena de agujeros.

Hablaba con engreimiento, y eso la irritó.

—¿La dejaste debajo de la cama? —preguntó la niña—. Yo me olvidé mi Lite Brite* debajo de la cama.

—Pues... no, no lo creo.

—¿Dentro del armario? —sugirió otro niño.

Ella sacudió la cabeza, consciente del brazo del payaso sujetándola firmemente por los hombros.

—¿En el baño? —dijo un chiquillo de ojos rasgados.

Se dio cuenta de que no la dejarían en paz, así que dijo de buenas a primeras:

—Yo... esto... creo que me la olvidé en el Dairy Queen.

¿De dónde había sacado aquella idea tan absurda?

Parches le soltó los hombros, pero en vez de ayudarla a salir, habló en un tono marcadamente escéptico.

—¿Olvidaste tu corona de princesa en el Dairy Queen?

Era evidente que no iba a ponérselo fácil.

—Me... me daba dolor de cabeza —explicó. Y luego, con algo

* El Lite Brite es un juguete electrónico que permite la creación de dibujos iluminados mediante unas clavijas que se insertan en un panel negro. (*N. del T.*)

más de firmeza al sentirse picada por el orgullo, agregó—: Es el problema de llevar corona.

—No lo sabía. Yo solo llevo mi pañuelo pirata. —Honey esperó que le proporcionara una escapatoria, pero en lugar de eso dijo—: He oído un rumor sobre princesas y maleficios.

—¿De veras?

—Lo sé de buena tinta.

—¿Y cuál es?

Honey había empezado a relajarse un poco.

—Oí decir que se puede romper el maleficio lanzado contra una princesa si la princesa en cuestión... —guiñó el ojo a los niños— besa a un hombre guapo.

Los chicos gruñeron y las chicas soltaron una risita.

—¿Besar a un hombre guapo?

—Funciona siempre.

Parches procedió a acicalarse delante de su público, arreglándose la peluca y alisándose la ceja pintada con el dedo meñique. Los pequeños, adivinando lo que sucedería a continuación, intensificaron sus risas.

Su malicia era contagiosa, y Honey disimuló una sonrisa.

—¿De verdad?

—Como soy una persona muy benévola... —se sacudió el polvo del trasero de los pantalones— he decidido ofrecerme para esta misión.

Y, con cómica lascivia, se inclinó hacia ella con una desternillante mueca en la boca.

Honey estuvo a punto de echarse a reír. Sin embargo, se limitó a observar sus labios amoratados durante unos segundos. Entonces miró a los niños y puso los ojos en blanco. Ellos se rieron, y aquel sonido la inundó de una sensación placentera.

Se volvió de espaldas al payaso.

—¿Un beso?

Pronunció estas palabras como si él le hubiera propuesto tomar aceite de hígado de bacalao.

Parches asintió con la cabeza. Y, sin dejar de hacer pucheros, dijo:

—Un beso muy gordo, princesa. Justo aquí.

Se señaló los labios pintados.

—¿De un hombre guapo? —inquirió ella.

Todavía con la boca fruncida, Eric flexionó los músculos y se pavoneó.

Honey volvió a mirar a los niños, que se rieron más fuerte.

—Un beso de un hombre guapo, ¿eh? Está bien.

Pasó junto al payaso y se acercó a un chiquillo con la piel de color chocolate y una pierna enyesada. Ella se inclinó y le ofreció la mejilla. El pequeño se sonrojó, pero obedientemente le dio un beso. Los demás niños acogieron su vergüenza a carcajadas.

Honey se enderezó. La sonrisa pintada de Parches se había extendido como una goma sobre su cara. Entonces el ruido se apagó cuando todos esperaron a ver si el beso surtía efecto.

Se quedó muy rígida, como una princesa rescatada de un embrujo malvado. Poco a poco, fue abriendo los ojos como platos de asombro.

—¡Ya me acuerdo! Soy de... —¿Dónde? Su musa la abandonó—. ¡Soy de Paxawatchie County, Carolina del Sur! —exclamó.

—Eso es aquí, princesa —dijo un niño que ceceaba.

—¿De veras? ¿Quieres decir que estoy en casa?

Los niños asintieron.

—¿Recuerdas cómo te llamas? —preguntó uno de ellos.

—Claro que sí. Me llamo... Palomita.

Fue la primera palabra que le vino a la cabeza, inspirada, sin duda, por el olor que entraba en la sala procedente de la cocinita anexa.

—Qué nombre más tonto —observó uno de los niños mayores.

Ella se mantuvo en sus trece.

—Princesa Palomita Amaryllis Brown, de Paxawatchie County, Carolina del Sur.

El ojo azul del payaso chispeó en la cara pintada de blanco.

—Muy bien, princesa Palomita. Ahora que recuerdas tu nombre, quizá podrías ayudarme a entregar los regalos de Navidad que tengo aquí.

De modo que Honey lo ayudó a repartir los regalos que había traído, que resultaron ser videoconsolas caras. Los jóvenes pacientes quedaron encantados y, mientras se reía con ellos, se sintió alegre por primera vez en varios meses.

Finalmente comparecieron las enfermeras para llevarse a los pequeños de vuelta a sus camas. Parches prometió que pasaría por sus habitaciones para verlos antes de irse.

Cuando se quedaron solos en la sala, Eric se apartó de ella para recoger sus cosas. Mientras enroscaba el lazo y lo metía en la bolsa que había traído, Honey esperó a que hablase, pero no dijo nada. Ella se inclinó para recoger una de las pelotas que se le había caído. Cuando él se volvió, se la extendió.

—¿Desde cuándo haces esto? —preguntó en voz baja.

Esperaba que eludiera su pregunta, pero Eric adoptó un ademán pensativo. En cuanto se puso a hablar, Honey entendió por qué.

—Bueno, princesa, Corky me enseñó a hacer juegos malabares no mucho tiempo después de que hundiéramos el *Jolly Roger*.

No solo había malinterpretado intencionadamente su pregunta, sino que además había conservado su identidad de Parches. No debió sorprenderse. Cuando Eric interpretaba un personaje, lo hacía hasta el final. No se detuvo a analizar su sensación de alivio. Solo sabía que se sentía segura charlando con aquel payaso pirata, mientras que no se sentía nada segura con Eric Dillon.

—Has dicho que se llamaba Corny —lo corrigió.

—Había dos. Eran gemelos.

Honey sonrió.

—Está bien, Parches. Lo que tú digas.

Él ya había recogido sus bártulos y ahora se volvió hacia la puerta.

—Voy a ver a algunos de los chicos mayores, princesa. ¿Quieres acompañarme?

Ella vaciló y después asintió con la cabeza.

Y así, Parches el Pirata y la princesa Palomita Amaryllis Brown pasaron la tarde de Navidad visitando a los niños ingresados en la tercera planta del Hospital de Paxawatchie County, prodigando consuelo, trucos de magia y videoconsolas. Parches dijo a todos los chicos mayores que ella era su novia, y la princesa Palomita Amaryllis repuso que desde luego que no. Aclaró que las princesas no tenían novios, sino pretendientes. Y que ninguno de esos pretendientes era payaso.

Parches argumentó que él no llevaba «pretendientes» porque los había perdido en el fragor de un abordaje en alta mar, pero que si ella le daba un beso se compraría otros nuevos y se los pondría en las orejas. Y así sucesivamente.

Aquella tarde, Honey oyó algo que no había oído en meses. Oyó el sonido de su propia risa. Había algo mágico en Eric, una dulzura que calaba en los niños y les infundía la confianza suficiente para sentarse en su regazo y tirarle de las piernas, un encanto travieso que la hacía dejar de lado su aflicción, aunque solo fuera por unas horas, y desear poder sentarse también en su regazo. Este pensamiento no le provocaba ningún sentimiento de culpabilidad ni de deslealtad hacia el recuerdo de Dash. A fin de cuentas, no había nada malo en querer abrazar a un payaso.

Ya casi era oscuro cuando salieron del hospital. Aun así, él no se desprendió del personaje de Parches. Mientras cruzaban el aparcamiento, siguió flirteando ostentosamente con ella. Y entonces propuso:

—Acompáñame a ver a los niños la semana que viene, princesa. Podemos probar el truco con dagas en el que he estado pensando.

—¿Y consistirá en utilizarme como blanco?
—¿Cómo lo sabes?
—Intuición.
—Es muy seguro. Casi nunca fallo.
Honey se echó a reír.
—No, muchas gracias, granuja.

Pero cuando llegaron a la furgoneta, su risa se extinguió. Cuando él se subiera, el payaso pirata desaparecería y se llevaría consigo a la princesa. Se sentía como todos los niños enfermos que le habían pedido que no se marchara. Pensó en su caravana vacía y en el hombre severo y adusto que compartía el parque con ella. Las palabras, quedas y melancólicas, se escaparon de su boca antes de que pudiese impedirlo.

—Ojalá pudiera llevarte a casa conmigo.

Percibió una brevísima vacilación antes de que él dejara la bolsa y dijera:

—Lo siento, princesa. He prometido a mis muchachos que los acompañaría a un abordaje.

Honey se sintió increíblemente tonta. Tratando de sobreponerse, chasqueó la lengua.

—¿De parranda la noche de Navidad, Parches? Eres un sinvergüenza. Y yo que me disponía a preparar una cena de verdad, para variar...

Siguió un corto silencio. Por primera vez aquella tarde, dio la impresión de que el payaso perdía parte de su engreimiento.

—Quizá... podría mandarte a uno de mis muchachos. Para que te haga compañía.

Aquella respuesta fue como un balde de agua fría. Además, la hizo sentirse vulnerable. Se apresuró a bajar la vista hacia las puntas de sus zapatos.

—Si se llama Eric, no quiero verlo.

—No te lo reprocho —repuso él al instante—. Mala pieza, ese tipo.

Cayó el silencio entre ambos. El aparcamiento estaba tranquilo y la noche era serena. Como por obligación, Honey levantó la barbilla y miró fijamente la cara blanca del payaso. Su cerebro sabía quién residía detrás del maquillaje, pero era Navidad, la aguardaba una noche larga y su corazón franqueó el límite de la lógica.

—Háblame de él —pidió en voz baja.

Eric se metió las manos en los bolsillos y repuso con desdén:

—No es un tema apto para los delicados oídos de una princesa.

—Mis oídos no son tan delicados.

—Ten cuidado con él, eso es todo.

—¿Por qué?

—Eres demasiado bonita, ¿sabes? Si cree que una mujer puede ser tan guapa como él, se siente amenazado. Es el hombre más vanidoso que he conocido nunca. No le gusta que nadie comparta su espacio en el espejo. Antes de que te des cuenta, te robará los rulos y se llevará tu espejo de maquillaje.

Ella sonrió, repentinamente contenta de que él no hablara en serio. Pero entonces frunció el ceño debajo de la ceja roja, y Honey se percató de que se ponía tenso.

—La verdad, princesa... —Se sacó una llave del bolsillo y la introdujo en el cerrojo del portón trasero—. Creo que debes mantenerte lo más lejos posible de él. Me parece que ya tienes suficientes problemas en tu vida, con ese maleficio y todo lo demás, para aumentarlos. Ese tipo tiene un cubito de hielo en lugar de corazón.

Honey pensó en los niños que recababan a gritos su atención, los abrazos que había dado, el consuelo que había ofrecido. Un cubito de hielo.

—Antes creía que eso era cierto —dijo con frialdad—, pero ahora ya no lo creo.

—No te pongas blanda conmigo, princesa, o tendré que darte algún consejo muy a pesar mío.

—Adelante.

Eric se apoyó en la parte trasera de la furgoneta y la miró sin pestañear.

—Muy bien. Por una vez, has sido lo bastante inteligente para aceptar su dinero. El tipo es tan rico que no echará de menos ni un céntimo. Y debes hacer con tu carrera lo que él te diga. No te dirigirá mal en eso, puedes confiar en él. —Hundió una mano en los pantalones bombachos—. Pero eso es todo lo que sacarás de él. No se le da bien la gente frágil, princesa. No pretende hacerles daño, pero siempre ocurre.

Esta vez fue ella quien apartó la mirada.

—No debí... Aquella noche en el cuarto de baño... Estaba cansada, eso es todo.

—No fue muy inteligente hacer eso, princesa. —Se le enronqueció la voz—. No eres la clase de mujer que pueda tomarse a la ligera una cosa así.

—¡Sí lo soy! —exclamó ella—. Es exactamente así como me lo tomé. No significó nada porque aún sigo enamorada de mi marido. ¡Y él lo habría entendido!

—¿De veras?

—Por supuesto. Entendía el sexo. Y eso es todo lo que fue. Solo sexo. No hubo nada de malo.

—Me alegra oír eso, princesa. Entonces no tienes nada de que arrepentirte.

Debería haber sido cierto, pero no lo era, y Honey no entendía por qué.

Él le dedicó una sonrisa amable y subió a la furgoneta.

—Hasta luego, princesa.

—Hasta luego.

El motor arrancó enseguida y Eric se alejó del aparcamiento. Honey siguió con la mirada la furgoneta mientras doblaba la esquina y desaparecía. A lo lejos se oía un tenue repique de campanas. Por encima de su cabeza, las estrellas brotaban una tras otra.

La tristeza se extendió sobre ella como un nubarrón.

27

Aquella noche, Eric se presentó a la puerta de su caravana. Vestía vaqueros negros y una chaqueta oscura sobre un suéter gris carbón. Llevaba la melena despeinada por el viento, y su único ojo resultaba tan misterioso y reservado como el parche negro que cubría su compañero. Una criatura de la noche.

No había visitado su caravana desde que se había instalado en el Toril, y la expresión beligerante de su boca indicaba que no iba a preguntarle si podía entrar. En lugar de eso, se quedó fuera mirándola con ferocidad como si la intrusa fuera ella.

Honey se disponía a hacer un comentario desagradable cuando tuvo la irracional sensación de que el payaso pirata estaría decepcionado con ella si no ofrecía hospitalidad a su amigo. Era una idea disparatada, pero mientras se retiraba de la puerta para dejarle pasar se recordó que todo había sido disparatado aquel otoño. Vivía en un parque de atracciones extinto, construyendo una montaña rusa que no llevaba a ninguna parte, y la única persona con la que había sido feliz era un payaso pirata tuerto que tejía hechizos mágicos alrededor niños enfermos.

—Pasa —dijo con hosquedad—. Estaba a punto de cenar.
—No quiero nada.
Su tono era igual de hostil, pero entró de todos modos.
—Come algo.
Honey sacó otro plato del armario y le sirvió una pechuga de pollo junto con una generosa ración de arroz y uno de los rollitos

que había descongelado. Le hizo un sitio delante del suyo en la mesita y se sentó a cenar.

Entre ellos se hizo el silencio. Notó el pollo desabrido en la boca y se dedicó a comisquear. Él comía mecánicamente, pero lo bastante aprisa para hacerle saber que estaba hambriento. Se sorprendió buscando una mancha microscópica de pintura blanca que hubiera podido escapársele mientras se duchaba, o una motita roja en el nacimiento del pelo, cualquier cosa que lo vinculara con el dulce y juguetón payaso, pero no vio más que aquella boca seria y aquellas facciones sombrías e intimidantes. Su transformación era absoluta.

Eric apartó el plato.

—Me he puesto en contacto con tu agente y he hecho que me mandaran algunos guiones. Pronto tomaré una decisión respecto a tu primer proyecto.

Su voz era brusca y formal, sin el más mínimo indicio del humor del payaso.

Honey renunció del todo a seguir comiendo.

—Me gustaría poder dar mi opinión.

—Estoy seguro de ello, pero no fue eso lo que acordamos.

—No has perdido el tiempo.

—Me debes mucho dinero. Quiero que sepas de entrada que no elegiré una comedia, y que el papel no se parecerá en nada al de Janie Jones.

Ella se levantó y recogió su plato.

—Es lo único que sé hacer, y lo sabes.

—Has interpretado muy bien el papel de princesa.

Honey se dirigió al fregadero y abrió el grifo. No quería hablar con él de la princesa ni de lo que había ocurrido entre ellos aquel día. La tarde había sido demasiado maravillosa, y no podía soportar que se estropeara.

—Es lo mismo —dijo, confiando en poner fin a la discusión.

—Ni remotamente.

Eric llevó su plato y lo puso en el fregadero.

Ella lo enjuagó bajo el grifo.

—Claro que lo es. Janie era yo y también lo es... la princesa.

—Esa es la marca de un buen actor. En lugar de intentar crear un personaje a partir del vestuario, los mejores actores crean personajes a partir de aspectos de sí mismos. Eso es lo que hiciste con Janie, y hoy has vuelto a hacerlo.

—Te equivocas. Janie no solo formaba parte de mí; Janie era yo.

—De ser eso cierto, no te habrías casado nunca con Dash.

Honey apretó los dientes, negándose a dejarle arrastrarla a una discusión.

Eric cruzó la caravana hacia la mesa.

—Piensa en todas las batallas que libraste durante los años con los directores. Puedo recordar docenas de veces en las que te quejaste de una frase de diálogo o de una acción concreta diciendo que Janie no haría algo así.

—Tampoco puede decirse que ganara ninguna de esas batallas.

—Vienes a darme la razón. Te viste obligada a decir la frase tal como estaba escrita. Hiciste lo que exigía el guión. Y no eras tú.

—Tú no lo entiendes. —Se volvió para hacerle frente—. Lo he probado. He leído en voz alta toda clase de papeles distintos, y soy una calamidad.

—Eso no me sorprende. Seguramente actuabas en lugar de ser. Vuelve a abrir algunas de esas obras, pero esta vez no te esfuerces tanto. No actúes. Limítate a ser. —Se sentó en la silla junto a la mesa y estiró las piernas, sin mirarla—. Me he decidido por una miniserie de televisión que te han ofrecido. Se sitúa durante la Segunda Guerra Mundial.

—A menos que tenga que interpretar a una mujer pendenciera del Sur que fue criada por un jinete de rodeo arruinado, no me interesa.

—Interpretarías una granjera de Dakota del Norte que se lía con uno de los detenidos en un campo de internamiento contiguo a su finca. El protagonista es un joven médico americano de origen japonés que está encarcelado allí. El marido de la granjera está luchando en el sur del Pacífico; su único hijo tiene una enfermedad terminal. Es un buen melodrama.

Honey lo miró horrorizada.

—¡No puedo hacer algo así! Una granjera de Dakota del Norte. ¿Bromeas?

—Por lo que he visto, puedes hacer cualquier cosa que te propongas.

Eric miró hacia la ventana delantera de la caravana, orientada en la dirección de la Black Thunder.

—Tienes que portarte en esto como un perfecto hijo de puta, ¿verdad?

—¿Aún no lo has descubierto? Soy un perfecto hijo de puta en todo.

—Esta tarde no lo has sido.

Se le escaparon las palabras antes de que pudiera contenerlas. Eric contrajo el rostro como si ella hubiese infringido el protocolo, y cuando habló, lo hizo con una voz preñada de cinismo.

—Te has tragado de veras el numerito del payaso, ¿eh?

Honey se quedó helada de la cabeza a los pies.

—No sé a qué te refieres.

—Mi parte favorita ha sido cuando estabas plantada en el aparcamiento de ese hospital fingiendo que todo era auténtico. —Se reclinó en la silla y se rio burlonamente—. Por Dios, Honey, te has puesto en ridículo.

Ella sintió una oleada de dolor en su interior. Él estaba cogiendo algo hermoso para volverlo feo.

—No hagas esto, Eric.

Pero él había pasado al ataque, y no vaciló. Esta vez se aseguraría de hacer sangre.

—Tienes... ¿cuántos? Veinticinco, veintiséis años. Yo soy actor, preciosa. Uno de los mejores. A veces me aburro y ensayo con los niños. Pero no son más que chorradas, y desde luego no me esperaba que te lo tragaras.

Honey tenía la cabeza a punto de estallar y se sentía enferma. ¿Cómo podía alguien tan físicamente perfecto ser tan horrible?

—Mientes. No ha sido así para nada.

—Tengo noticias para ti, preciosa. Santa Claus no existe, ni el conejito de Pascua, ni hay payasos mágicos. —Hizo golpear las patas delanteras de la silla contra el suelo y se abalanzó sobre su presa para matarla—. Lo mejor que puedes esperar de la vida es tener la barriga llena y un buen polvo.

A ella se le cortó la respiración. Eric tenía el labio superior fruncido en una mueca y la miraba de la cabeza a los pies como si fuese una furcia a la que pudiera comprar para pasar la noche. Todos los malos de la gran pantalla desfilaron ante sus ojos. Todos estaban ahora sentados frente a ella, hoscos, insolentes, crueles..., con los brazos cruzados y las piernas estiradas hasta el día del juicio final.

Todos los malos de la gran pantalla.

Y en ese momento Honey vio a través de la pantalla de humo que él había levantado con su repertorio de trucos de actor. Estaba interpretando otro papel. Con absoluta claridad, su vista penetró la insolencia para dar con la angustia, y casaba tan perfectamente con la suya que toda su ira se esfumó.

—Alguien debería lavarte la boca con jabón —dijo en voz baja.

—Solo estoy empezando —se burló él.

La voz de Honey se redujo a un susurro.

—Déjalo, Eric.

Él vio la compasión en su rostro y se levantó de la silla como impulsado por un resorte. Un mundo de dolor coloreó sus palabras cuando le gritó:

—¿Qué quieres de mí?

Antes de que ella pudiera responder, la cogió por el hombro y la volvió hacia la parte trasera de la caravana, donde se encontraba el dormitorio.

—No importa. Ya lo sé. —Le dio un codazo para hacerla avanzar—. Vamos.

—Eric...

Justo entonces, Honey comprendió exactamente qué trataba de hacer. Se volvió hacia él, levantó los ojos hacia un rostro contraído por el cinismo y no experimentó ni un ápice de ira porque entendía que era una ilusión.

Eric quería decirle que lo mandara al infierno, que lo echara a patadas de la caravana, que le soltara todos los peores insultos que le pasaran por la cabeza. Quería que ella dominara algo que él era incapaz de dominar: la misteriosa fuerza que los atraía entre sí. Pero la noche de diciembre al otro lado de la estructura plateada de la caravana se cernía inmensa y vacía, y Honey no podía mandarlo hacia allí.

Renegó por lo bajo.

—Vas a permitir que lo haga, ¿verdad? Me dejarás llevarte ahí dentro y follarte.

Ella cerró los ojos con fuerza para contener las lágrimas.

—Cállate —susurró—. Por favor... cállate.

El blindaje de sus defensas se resquebrajó. Con un gemido, Eric la atrajo entre sus brazos.

—Lo siento. Dios... Lo siento.

Honey sintió los labios de él en su pelo, sobre su frente. La textura de su suéter era suave bajo sus palmas, los músculos debajo del tejido estaban tensos y duros. La acarició a través de la ropa: los pechos, el vientre, las caderas, reclamándolo todo; su tacto generaba lenguas de fuego que le recorrían las venas.

Se embriagó de su aroma: la lana del suéter, jabón de pino y piel limpia, el olor cítrico del champú que había usado en el pelo. Eric le levantó la barbilla para besarla. La mente de ella dio un grito de alarma. Besarse era tabú. Solo eso.

Honey agachó la cabeza para desabrocharle el cierre de los vaqueros, y para cuando llegaron a la cama ya estaban desnudos. Era un lecho estrecho, concebido para una persona y no para dos, pero sus cuerpos estaban tan entrelazados que no importaba.

Su pasión era un monstruo caliente y viscoso. Honey le ofreció todas sus partes secretas para que hiciera lo que quisiera y para recibir lo mismo de él a cambio. Serpiente primigenia, una dulce bestia devoradora. Usaban las manos y la boca; penetrantes, exigentes, hambrientas de deseo.

Ella no conocía al hombre que aceptaba entre sus muslos. No era una estrella de cine, un obrero de la construcción ni un payaso pirata. Su lenguaje era áspero; su cara, hosca, pero a pesar de todo sus manos eran tan munificentes y delicadas como las del más tierno de los amantes.

En los breves segundos que siguieron, cuando el cuerpo de Honey aún no había regresado a la tierra pero mientras él continuaba tendido sobre ella, le acarició los pómulos con la almohadilla de los pulgares. Sin querer, su dedo se deslizó bajo el parche negro. Sin pensarlo conscientemente, palpó el relieve desfigurado de tejido cicatrizado que él mantenía escondido.

Y solo encontró el espeso flequillo de sus pestañas.

Se le cortó la respiración. Pasó el pulgar sobre la configuración de un ojo normal.

Ya no hay un ojo —había dicho él—. *Solo una masa de feo tejido rojo cicatrizado.*

Eric se apartó de ella y se sentó en el borde de la estrecha cama.

—Ojalá todavía fumara —murmuró.

Ella se cubrió el cuerpo desnudo con la sábana y se quedó mirando los fuertes músculos de su espalda.

—No le pasa nada a tu ojo.

Él levantó la cabeza bruscamente, recogió su ropa y entró en el baño.

Honey se remetió la sábana bajo los brazos y levantó las rodillas. Se puso a temblar al mismo tiempo que se sentía invadida por todo su dolor.

Eric salió del baño vestido con los vaqueros y poniéndose el suéter por encima de la cabeza, con el parche negro firmemente colocado sobre el ojo. Se detuvo en el umbral, cerniéndose misterioso y peligroso entre las sombras.

—¿Estás bien? —preguntó.

A Honey le castañeteaban los dientes.

—¿Por qué me mentiste sobre tu ojo?

—No quería que nadie me reconociera.

—Yo ya sabía quién eras. —Su voz se quebró por efecto de un temblor—. No mientas, Eric. Dime por qué.

Él apoyó el brazo en el marco de la puerta y habló en voz tan baja que ella apenas oyó sus palabras.

—Lo hice porque ya no podía seguir viviendo en mi propio pellejo.

Giró sobre sus talones y la dejó sola en la pequeña caravana plateada.

Eric salió de la autopista a un área de descanso en el norte de Georgia, una de las instalaciones regentadas por el estado con aseos, fuentes de agua y máquinas expendedoras. Eran las tres de la madrugada, y se había mantenido despierto a base de café y el chute de azúcar de una Reese's Cup rancia que había encontrado en la guantera. Aún no había decidido si dejaría la furgoneta en Atlanta y regresaría a Los Ángeles en avión o si seguiría conduciendo.

El área estaba casi desierta aquella noche de Navidad. Pero no lo suficientemente desierta para hacerle renunciar al parche en el ojo. Se lo puso por encima de la cabeza, luego bajó de la furgoneta y pasó de largo la vitrina que contenía un mapa de la red vial de Georgia. En el interior del edificio bajo de ladrillo una adolescente mal vestida estaba sentada en un banco con un bebé dormido en sus brazos. Parecía hambrienta, exhausta y desesperada.

La compasión sacudió el atontamiento de su interior. La muchacha era demasiado joven para estar sola en el mundo. Eric rebuscó en sus bolsillos tratando de averiguar cuánta calderilla le quedaba y confiando en que bastara para conseguirle algo de comida, pero en ese momento la chica lo miró y el miedo se sumó a las demás tragedias de sus ojos.

Sujetó el bebé más fuerte contra el pecho y se hundió en el banco como si la madera pudiera protegerla de su amenaza. Eric pudo oír el sonido acelerado de su respiración y sintió náuseas del miedo que le inspiraba. Rápidamente, se volvió hacia las máquinas expendedoras. Era poco más que una niña, otra inocente. Él quería comprarle una casa, mandarla a la universidad, regalarle un osito de peluche. Quería comprar un futuro para su bebé, ropa caliente, cenas a base de pavo, maestros que se ocuparan de él.

Las injusticias del mundo volvieron a abrumarlo, y agachó la cabeza bajo la aplastante carga. Él tenía dinero e influencia, y debería ser capaz de arreglarlo todo. Pero no podía. Ni siquiera podía proteger a las personas a las que más quería.

Atiborró las máquinas expendedoras de monedas. En vez de casas y educaciones universitarias, cayeron con un ruido metálico envoltorios de comida basura, patatas fritas y chocolatinas, galletas con forma de elfo y pastelitos repletos de sustancias químicas: la munificencia de América. Lo recogió y sacó los billetes que le quedaban en la cartera sin contarlos. Luego lo dispuso todo en una ofrenda silenciosa sobre el banco vacío delante de ella y la dejó sola.

Para cuando llegó a la furgoneta, supo que debía regresar. Había tratado de huir de todos los demonios que no había logrado eliminar, pero ni siquiera en el Parque de Atracciones de Silver Lake había podido encontrar paz. Era un reino de los muertos, gobernado por una princesa moribunda de dolor. Y era la única inocente que quedaba a la que él podía salvar.

En menos de una semana tenía que estar de vuelta en Los Ángeles, pero antes de irse debía tratar de ayudarla. Aunque ¿cómo podía hacerlo? Cuando estaba con ella, solo le hacía daño. Recordó cómo se había mostrado en el hospital con los niños, llena de risas y de amor, libre de fantasmas. Y la persona que la había devuelto a la vida era un payaso pirata, un bufón con una capacidad infinita para dar y ningún temor a ofrecerse.

Sabía que él no podía ayudarla, pero quizás el payaso sí pudiera.

Cuando Honey regresó a su caravana después de la jornada de trabajo del miércoles, dos días después de Navidad, encontró dentro de la puerta la caja de un vestido. La llevó a la mesa y la abrió. Contenía un vestido de princesa de tul blanco salpicado de lunas y estrellas plateadas del tamaño de medio dólar. Lo sacó y vio qué había debajo. Una diadema de diamantes de imitación y un par de zapatillas de lona moradas.

Lo acompañaba una nota que simplemente decía: «Jueves, 14 horas.» En lugar de una firma, en la parte inferior de la tarjeta había dibujado un pequeño parche morado en forma de estrella.

Lo estrechó todo contra su pecho: el vestido, las zapatillas moradas y la diadema. Parpadeando, se mordió el labio y trató de pensar únicamente en el payaso y no en lo que había acaecido entre ella y Eric la noche de Navidad. Aquel día él había venido a trabajar, pero la única vez que había mirado hacia ella lo había hecho con el ojo cínico de Dem.

La tarde siguiente, cuando entró en el hospital, estaba nerviosa y emocionada al mismo tiempo. No sabía si era debido a que volvería a ver el payaso o simplemente porque ataviada con el vestido de princesa ya no se sentía ella misma. Aun así, sabía que tenía que ser prudente. Después del escarnio de Eric, no podía permitirse volver a caer bajo el hechizo del payaso pirata. La afinidad que se había imaginado con él no existía. Esta vez no olvidaría quién estaba debajo de la cara blanca y la estrafalaria peluca.

Cuando llegó a pediatría, la enfermera la mandó a una de las habitaciones situadas al final del pasillo. Allí encontró dos camas vacías. Sus ocupantes estaban sentadas en el regazo del payaso, al que escuchaban con los ojos como platos mientras les leía *Donde viven los monstruos*.

Debía de haber leído aquel libro infinidad de veces, porque ella se fijó en que rara vez miraba el texto. En lugar de ello, mantenía el contacto ocular con su reducido público mientras alternaba la interpretación del papel de Max y de los temibles monstruos.

Giró la última página.

—«... y todavía estaba caliente.»

Las niñas soltaron una risita.

—Daba miedo mientras leía este cuento, ¿verdad? —se jactó el payaso—. Os he asustado a las dos, ¿no es cierto?

Asintieron con tanta convicción que él se echó a reír.

Honey entró vacilante en la habitación. Las niñas habían estado tan absortas en la historia que no la habían visto hasta entonces. La miraron con los ojos desorbitados y sus bocas dibujaron un círculo ovalado al reparar en su disfraz.

El payaso la examinó de arriba abajo y no hizo nada por ocultar su admiración.

—Vaya, mirad quién está aquí. Es la princesa Palomita en carne y hueso.

Una de las pequeñas sentadas en su regazo, una chiquilla seria de piel marrón con el lado izquierdo del rostro vendado, se inclinó hacia él y cuchicheó:

—¿De verdad es una princesa?

—Claro que lo soy —dijo la princesa Palomita, acercándose.

Siguieron observándola con los ojos asombrados.

—Es guapa —comentó la otra niña.

Fascinadas, se fijaron en la diadema colocada sobre su cascada de rizos de color miel, el vestido de princesa de tul blanco con sus lunas y estrellas relucientes y las zapatillas de lona moradas. Tenían la boquita abierta. Honey se alegró de haber prestado especial atención a su pelo y su maquillaje.

—Estoy completamente de acuerdo —dijo Parches en voz baja—. No hay duda de que es la princesa más guapa de América.

Así, sin más, Honey se sintió embargada por su hechizo, pero esta vez lo combatió frunciendo sus labios rosados con gazmoñería.

—El hábito no hace al monje. Lo que hay dentro de una persona es mucho más importante que lo que hay fuera.

Parches puso en blanco su único ojo turquesa.

—¿Quién te escribe el papel, princesa? ¿Mary Poppins?

Honey le dirigió una mirada altiva.

—¿Qué tienes debajo del ojo? —preguntó una de las niñas, bajando de su regazo.

Había olvidado momentáneamente la estrellita morada que se había dibujado en la parte superior del pómulo izquierdo. Evitando la mirada del payaso, buscó dentro de su bolsa de papel la brocha de maquillaje negra y una cajita de sombra de ojos de color orquídea.

—Es una estrella, como la de Parches. ¿Queréis una también?

—¿Podemos? —preguntaron ansiosamente.

—Claro que sí.

La visita pasó volando. Parches contó chistes y ejecutó sus trucos de magia mientras ella pintaba estrellas en las caras de los niños. Algunos de ellos habían estado allí el día de Navidad, pero otros eran nuevos pacientes. Mientras que los niños demostraban mayor interés por los trucos de Parches, las niñas la miraban fijamente como si acabara de salir de las páginas de su cuento de hadas favorito. Las peinó, les dejó probarse su diadema y se recordó que debía comprar otra cajita de sombra de ojos de color orquídea.

Entretanto, Parches coqueteaba con todas las niñas, las enfermeras y sobre todo con ella. No podía resistírsele más que los pequeños, y si bien se había prometido que no volvería a caer bajo su embrujo, había en él algo tan irresistible que dejó que todos sus propósitos sensatos se disiparan.

Cuando llegó la hora de irse y bajaban en el ascensor, Honey se ordenó ser cauta. Pero él desaparecería al cabo de unos minutos, ¿y qué tenía de malo aferrarse a aquella ilusión un ratito más?

—La próxima vez no me eches el lazo —dijo.

—No sabes pasártelo bien, princesa.

—En lugar de eso haremos el truco de los cuchillos.

La cara de Parches se iluminó cuando se abrieron las puertas.

—¿De verdad?

—Sí, los lanzaré yo.

Él se echó a reír. Cruzaron el vestíbulo y salieron al aparcamiento. Los días eran cortos y ya oscurecía. La acompañó hacia su coche, pero cuando llegaron se mostró vacilante, como si no estuviera dispuesto a separarse de ella.

—¿Me acompañarás el día de Año Nuevo? —preguntó—. Será mi última visita antes de que zarpe para surcar los siete mares.

Solo faltaban cuatro días para Año Nuevo. Ojalá Eric se marchara y dejara en su lugar a Parches.

—Claro.

Honey sacó las llaves de su bolso de mano, sabiendo que debía separarse de él pero sin querer subirse al coche.

Él le quitó las llaves. Ella lo miró y vio que parecía preocupado.

—He estado pensando en tu montaña rusa —dijo—. Estoy preocupado por ti.

—No lo estés.

Parches abrió la puerta y le devolvió las llaves.

—No te devolverá a tu marido, princesa.

Honey se crispó. Los faros de un coche que salía del aparcamiento convirtieron las lunas y estrellas de su vestido en chispas resplandecientes. Su cerebro le advirtió que, si trataba de explicarse, más tarde él se burlaría de ella, pero su corazón no creía que aquel payaso pirata pudiera hacerle daño nunca. Y quizás él entendería lo que Eric no podía entender.

—Tengo que hacerlo. —Se mordió el labio—. Este mundo no sirve de mucho sin esperanza.

—¿A qué clase de esperanza te refieres?

—Esperanza de que existe algo eterno a nuestro alrededor. Que no fue solo un accidente cósmico al azar lo que nos trajo aquí.

—Si pretendes encontrar a Dios en tu montaña rusa, princesa, creo que será mejor que busques en otra parte.

—Tú no crees en Dios, ¿verdad?

—No puedo creer en alguien que deja que ocurran tantas cosas malas en este mundo. Niños sufriendo, asesinatos, hambre. ¿Quién podría amar a un Dios que tiene el poder de acabar con todo eso pero no lo utiliza?

—¿Y si Dios no tiene el poder?

—Entonces no es Dios.

—Eso no lo sé. Yo tampoco puedo amar a la clase de Dios de que hablas, un Dios que decidió que había llegado la hora de que mi marido muriera y entonces envió a un drogadicto para que lo matara. —Tomó aliento y tragó saliva—. Pero quizá Dios no es tan poderoso como la gente cree. Quizá yo podría amar a un Dios que no tuviera más control sobre las fuerzas aleatorias de la naturaleza que nosotros. No un Dios Santa Claus de recompensas y castigos... —su voz se convirtió en un susurro— sino un Dios de amor que sufriera con nosotros.

—No creo que una montaña rusa pueda enseñarte eso.

—Una vez lo hizo. Cuando era niña. Lo había perdido todo, y la Black Thunder me devolvió la esperanza.

—No creo que sea esperanza lo que quieres. Y ni siquiera creo que sea Dios. Es tu marido. —La atrajo entre sus brazos—. Dash no volverá, princesa. Y lo haría pedazos verte sufrir así. ¿Por qué no lo sueltas?

Honey notó la suave presión de su barbilla sobre su cabeza y la calidez de sus brazos parecía el sitio más seguro en el que había estado en más tiempo del que recordaba. Pero comoquiera que aquel payaso tonto había empezado a significar demasiado para una mujer que todavía lloraba la muerte de su esposo, se apartó de él y habló con vehemencia.

—¡No puedo soltarlo! Es lo único que he tenido nunca que fuese todo mío.

Se metió en el coche, pero no miró por el retrovisor hasta que hubo salido del aparcamiento. El payaso había desaparecido.

28

Honey estaba de pie en el porche del Toril, a la menguante luz de la tarde, y se preguntaba qué hacía allí. Era el día de Año Nuevo, y se había pasado toda la visita al hospital evitando al payaso. Incluso había salido pronto para no mantener más conversaciones privadas en el aparcamiento con él. Él se marcharía al día siguiente y todo habría terminado.

Cuando giró el pomo y entró, la falda de tul de su vestido de princesa susurró en medio del silencio. Sabía que debía apresurarse. Aunque él estaba ocupado con los niños cuando ella se había ido, ignoraba cuánto tiempo más tenía intención de quedarse allí, y se moriría de vergüenza si la sorprendía revolviendo sus cosas.

Se mordió el labio mientras accedía al interior de la estancia, que olía a humedad, avergonzada de sí misma pero incapaz de irse. Las identidades de Eric giraban dentro de su cabeza, separándose, fusionándose y volviendo a separarse: el amenazante Dem, el afable y cariñoso payaso, y el propio Eric, un enigma oscuro. Tenía que haber algo entre sus pertenencias que le revelara quién era. Debía poner fin a aquella fascinación morbosa. De lo contrario, se quedaría con otro fantasma.

Su cazadora estaba tirada sobre el sofá de vinilo naranja, y a través de la puerta pudo ver unos vaqueros sobre la vieja cama de matrimonio de armazón de hierro. La ropa de Eric. Una vieja camisa de trabajo de franela que pertenecía a Dem estaba colgada en el respaldo de una silla. Mientras miraba aquellas prendas y fragmentos de su identidad, experimentó un abatimiento que era distinto del dolor perenne de la muerte de Dash.

En cuanto se marchara al día siguiente, seguramente no volvería a verlo, ni siquiera cuando ella regresara a Los Ángeles. Eric vivía en el mundo aislado de las superestrellas, así que no era probable que sus caminos se cruzaran por azar, y las decisiones que él tomara acerca de su carrera serían manejadas por su agente. Ahora solo tenía que resolver el misterio, y convencer a su corazón de que Eric y el payaso eran en realidad uno.

Percibió el peculiar olor a maquillaje antes incluso de entrar en el baño. Como tantos actores, Eric guardaba sus enseres de maquillaje dentro de una caja de pescar, que estaba abierta sobre la tapa del retrete. Un tubo de pintura blanca de payaso y unas latitas redondas de pintura roja y negra descansaban sobre la parte posterior del lavabo, junto con un lápiz oscuro y varias brochas negras. Se recostó contra el marco de la puerta y miró anonadada el maquillaje. Entonces era verdad.

Soltó una risita trémula, riéndose de su propia estupidez. Por supuesto que era verdad. Ya sabía que eran la misma persona. Cuando menos, su mente. Pero por algún motivo su corazón seguía resistiéndose a establecer la relación final. Una vez más, deseó que Eric se fuera y dejase en su lugar al payaso. A todo el mundo le gustaban los payasos. Sentir afecto por uno no era una traición.

—Vaya, mira quién ha venido. La princesa Palomita en carne y hueso.

Honey se volvió.

Él se encontraba a pocos metros, con la sonrisa pintada en la cara rodeando otra auténtica que se extendía debajo. Ella empezó a balbucear una explicación para justificar su presencia, pero entonces se percató de que lo traía sin cuidado. Casi parecía que esperara encontrarla allí aguardándolo.

—Llevas la corona torcida —dijo, sonriendo.

—No es una corona. Es una diadema.

Estaba nerviosa, y cuando levantó los brazos para quitársela se le enredó el pelo en las púas que la sujetaban.

—Espera, princesa. Déjame ayudarte.

Avanzó y le retiró la diadema de los cabellos. El contacto de sus manos era tan suave que Honey tuvo que combatir las dulces sensaciones que se extendían a través de ella.

—Lo haces como si tuvieras mucha práctica.

—Soy muy amigo de un par de niñas que también tienen el pelo largo.

Su actitud relajada se esfumó. Se volvió de espaldas a ella y salió a la sala de estar. Honey lo siguió.

—Háblame de ellas —dijo.

Eric se quedó de pie junto a la ventana con su cortina andrajosa y con manchas de humedad y jugueteó con su diadema. Sus dedos fuertes y estrechos, bronceados por el sol, parecían fuera de lugar en contraste con la delicada filigrana de metal y diamantes de imitación. Eran indiscutiblemente las manos de Eric —unas manos que la conocían íntimamente—, y ella apartó la mirada.

—Se llaman Rachel y Rebecca. Rachel se parece mucho a ti, princesa. Es fuerte y testaruda, y le gusta salirse con la suya. Becca es... Becca es dulce y tierna. Su sonrisa podría abrirte el corazón de par en par.

Guardó silencio, pero incluso desde el otro lado de la habitación Honey pudo percibir la intensidad del amor que sentía por sus hijas.

—¿Cuántos años tienen?

—Cinco. Cumplirán seis en abril.

—¿Y son feas como tú?

Se rio entre dientes.

—Son las niñas más preciosas que hayas visto nunca. Rachel tiene el pelo oscuro como el mío. El de Becca es más claro. Las dos son altas para su edad. Becca nació con síndrome de Down, pero eso no la ha detenido ni un ápice. —Hizo girar la diadema entre las manos y recorrió con el pulgar las pequeñas púas, produciendo un tenue sonido metálico—. Becca tiene mucha determinación, siempre la ha tenido, desde el principio, y su hermana Rachel la hace seguir el ritmo. —Volvió a pasar el pulgar por las puntas—. Por lo menos antes...

La miró y carraspeó.

—Les hubieras gustado con ese atuendo, princesa. Ninguna de las dos puede resistirse a la realeza.

Dio la impresión de que se arrepentía de haber hablado tanto, pero que había aún mucho más que no le había contado. ¿Por qué estaba separado de aquellas hijas a las que tanto quería?

Se le acercó y le devolvió la diadema.

—Me marcho mañana, ¿sabes?

—Sí, lo sé.

—Te echaré de menos. Las princesas como tú no crecen en los árboles, ¿verdad?

Honey se preparó para el chiste que vendría a continuación, pero la boca debajo de la sonrisa pintada de payaso no sonreía.

—Tú no sabes lo hermosa que eres, ¿no es cierto, princesa? Tú no sabes que, solo con mirarte, me palpita el corazón.

Ella no quería oír esto. No del payaso. Era demasiado vulnerable con él. Pero si no provenía del payaso, ¿de quién entonces? Trató de sonreír.

—Apuesto que eso se lo dices a todas las princesas.

Él extendió un brazo y le tocó el pelo.

—No se lo he dicho a ninguna. Solo a ti.

Una debilidad traicionera la recorrió de los pies a la cabeza. Lo miró con ojos suplicantes.

—No...

—Eres la princesa más dulce que he conocido nunca —dijo él con voz enronquecida.

Ella ya no sabía con quién hablaba, y unas alitas de pánico minúsculas empezaron a batir en sus entrañas.

—Tengo que irme.

Le volvió la espalda y se encaminó hacia la puerta. Pero cuando llegó allí se detuvo. Manteniendo la vista al frente para no tener que mirarlo, murmuró:

—Creo que eres maravilloso.

Buscó a tientas el pomo de la puerta y lo hizo girar en su mano.

—¡Honey!

Era la voz de Eric, no la del payaso. Se volvió.

—Estoy cansado de ser un prisionero.

Y entonces, como si sucediera a cámara lenta, se quitó la peluca y el parche del ojo con un solo movimiento del brazo.

Su sedoso pelo parecía tan negro como el cielo de medianoche en contraste con la blanquísima cara. Sus ojos turquesa estaban llenos de angustia. «¡Huye!», gritó la mente de Honey. Pero se quedó paralizada mientras él sacaba el enorme pañuelo blanco que asomaba de su bolsillo y se lo llevaba al rostro.

—Eric, no...

Honey dio un paso adelante, sin querer.

El carmín de labios se mezcló con el blanco, la gruesa ceja se difuminó. Ella, impotente, observó cómo se quitaba las capas de maquillaje.

Era un poco como un asesinato.

Empezaron a escocerle los ojos, pero contuvo las lágrimas. Poco a poco, el payaso fue desapareciendo. Honey se dijo que no cedería al dolor. Ya lloraba el fallecimiento de un hombre bueno, y no quería llorar otro. Pero las lágrimas seguían formándose.

Él era el instrumento de su propia destrucción. Cuando hubo terminado, dejó caer el pañuelo manchado y la miró fijamente a los ojos.

Aún tenía restos del maquillaje de payaso adheridos a la piel y las pestañas, pero no había nada cómico en su aspecto. La cara que acababa de quedar al descubierto era conocida para ella: fuerte, atractiva, insoportablemente trágica. Honey comprendió que él se había vuelto vulnerable a ella como no lo había sido con nadie más, y eso la llenó de zozobra.

—¿Por qué haces esto? —susurró.

—Quería que me vieras.

Había en sus ojos una expresión desnuda y hambrienta que ella no había presenciado nunca, y en ese momento supo que iba a desgarrarla como había hecho Dash. Aun así, no podía volverse. Todas las suposiciones que había albergado sobre él ya no funcionaban, y cayó en la cuenta de que jamás se liberaría de Eric si no desvelaba sus misterios.

—¿De qué huyes?

Él la miró con ojos angustiados.

—De mí mismo.

—No lo entiendo.

—Destruyo a las personas. —Hablaba tan bajito que ella apenas lo oía—. Personas que no se lo merecen. Los inocentes.

—No te creo. Eres el hombre más bondadoso con los niños que he visto nunca. Da la impresión de que puedes leerles la mente cuando hablas con ellos.

—¡Tienen que protegerse! —exclamó Eric, y su declaración estalló como un trueno en el silencio de la estancia.

—¿A qué te refieres?

—Los niños son auténticos y valiosos, ¡y tienen que protegerse!

Empezó a pasearse de un lado a otro, y Honey tuvo la sensación de que aquella estancia se había vuelto demasiado estrecha para contenerlo. Cuando Eric habló, las palabras se precipitaron de sus labios como si llevaran demasiado tiempo reprimidas.

—Ojalá existiera un lugar en el que pudiera mantenerlos a todos protegidos del mal. Donde no hubiera accidentes de coche, ni enfermedades, ni nadie que les hiciera daño. Un lugar en el que no hubiera cantos afilados ni siquiera tiritas, porque no las necesitarían nunca. Ojalá pudiera construir un sitio en el que se alojaran todos los niños que nadie quisiera.

Dejó de andar y se quedó mirando al espacio.

—Y podría dedicarles mi tiempo disfrazado de payaso y haciéndoles reír. Y el sol brillaría, y la hierba sería verde. —Su voz se redujo a un murmullo—. La única lluvia que cayera sería suave, sin ningún trueno. Y mis brazos serían tan amplios como el mundo para poder extenderlos y proteger todo aquello que fuese demasiado pequeño y demasiado tierno para cuidar de sí mismo.

Las lágrimas brillaban en los ojos de Honey.

—Eric...

—Y mis hijas estarían allí. Justo en el medio, donde no pudiera ocurrirles nada malo.

Eran sus hijas. Se había desnudado, y ella comprendió que

aquello que lo obsesionaba, aquello que lo estaba llevando al límite, tenía algo que ver con sus hijas.

—¿Por qué no estás con ellas?

—Su madre no me deja verlas.

—Pero ¿cómo puede ser tan cruel?

—Porque cree... —Torció el gesto—. No quiere que me acerque a ellas porque cree que abusé de ellas.

Aquellas palabras, procedentes de sus labios, no quisieron grabarse en la mente de Honey.

—¿Abusar de ellas?

Eric habló apretando los dientes, con cada sílaba atormentada.

—Cree que abusé sexualmente de mis hijas.

Su rostro parecía desprovisto de edad y de toda esperanza.

Honey, atónita, vio como se apartaba de ella y salía como una exhalación del Toril. Sus pies aporrearon los peldaños de madera y luego se hizo el silencio.

Se quedó mirando hacia la puerta desierta. Transcurrieron unos segundos mientras trataba de asimilar lo que él había dicho. Su cerebro sacó a la luz viejas crónicas de los periódicos sobre monitores, profesores, sacerdotes... hombres que aparentemente querían a los niños pero se había descubierto que habían abusado de ellos. Sin embargo, su corazón descartó la posibilidad de que él fuese uno de esos hombres. Había muchas cosas en la vida de las que no estaba segura, pero nada del mundo llegaría a convencerla de que Eric Dillon, en ninguno de sus disfraces, pudiera hacer daño intencionadamente a un niño.

Salió corriendo tras él. Anochecía y el cielo estaba surcado de llamativas franjas de color escarlata, lila y dorado. Eric había desaparecido. Honey corrió a través de los árboles hacia el lago, pero tanto la erosionada orilla como el ruinoso muelle estaban desiertos. Por un momento no supo qué hacer, y entonces una calma interior le dijo dónde debía de estar.

Tan pronto como salió de los árboles, lo vio trepando por la Black Thunder hacia la cima de la colina de elevación. Pese a su hostilidad hacia la montaña rusa, había elegido por instinto el mismo destino que tan implacablemente la atraía a ella. Los seres humanos siempre habían acudido a la cima de una montaña cada vez que necesitaban encontrar lo eterno.

Su camisa morada y sus pantalones a topos se fundían con el brillante crepúsculo en Technicolor que se extendía detrás de él mientras ascendía resueltamente hacia la cumbre. Honey entendió la necesidad de su expedición porque ella misma la había realizado muchas veces, pero algo en su interior no podía permitirle que la hiciera solo.

Se arremangó la ondulante falda de tul por entre las piernas y remetió la mayor cantidad de tela sobrante que pudo en la faja del vestido. Luego emprendió la ascensión. La había hecho un centenar de veces, pero nunca con el estorbo de cinco metros de tul blanco, y se movía con torpeza. A mitad de camino tropezó. Se agarró justo antes de perder pie y masculló una palabrota.

Aquel sonido bastó para llamar la atención de Eric, que le gritó alarmado:

—¿Qué crees que estás haciendo? Baja. Vas a caerte.

Haciendo caso omiso, Honey volvió a remeterse el vestido en la faja con una mano mientras se sujetaba con la otra.

Eric salvó la baranda en un segundo y empezó a descender por un lado del andamio a su encuentro.

—No sigas. Vas a tropezar.

—Tengo el instinto de un gato —repuso ella, reemprendiendo la ascensión.

—¡Honey!

—No me distraigas.

—Santo Dios...

Se hicieron visibles sus relucientes botas negras de pirata y luego las perneras de sus pantalones morados.

—Estoy debajo de ti —advirtió ella—. No bajes más.

—Quédate quieta. Pasaré por tu lado y te ayudaré a bajar.

—Olvídalo —dijo Honey con la respiración entrecortada—. Estamos mucho más cerca de arriba que del suelo, y ahora mismo no tengo energías para bajar.

Eric debió de decidir que era más peligroso discutir con ella que dejarle hacer lo que quería, porque permaneció a su lado hasta que alcanzaron la cima. Entonces se deslizó por debajo de la baranda, la cogió por los brazos y la izó junto a él.

Se dejaron caer uno al lado del otro, sentándose sobre la vía con las piernas colgando a través de los espacios entre las traviesas.

—Estás loca —dijo él.
—Ya lo sé.

Su falda onduló sobre ambos y cayó a través del armazón abierto. Algunas partes de tul se engancharon en las superficies ásperas de la madera, y las lunas y estrellas de su regazo captaron el fuego del crepúsculo.

Estaban recortados sobre el cielo veteado de colores con el mundo en miniatura a sus pies: las copas de los árboles semejantes a esponjitas verdes, el lago como un trozo de espejo, el dedo minúsculo de la aguja de una iglesia lejana. Desde su posición elevada, se vieron obligados a recordar que existía otro mundo más peligroso más allá de los parámetros seguros de aquel parque de atracciones muerto.

Honey siguió con la vista la legendaria primera caída.
—¿Sabes qué ocurre cuando llegas abajo?
—¿Qué?
—Que vuelves a subir —contestó en voz baja—. Siempre remontas. En una montaña rusa, el infierno solo es temporal.

«Por favor, Dios, haz que sea verdad.»
—Cuando te han acusado de abusar de las dos personas a las que más quieres, el infierno es un modo de vida —dijo él con aspereza—. Hay padres que lo hacen sin parar, ¿sabes? Unos hijos de puta inhumanos y pervertidos, profanando la responsabilidad más sagrada que un hombre puede tener.

—Pero tú no —repuso ella.

Pronunció estas palabras con certidumbre, no interrogativamente.

—No, yo no. Me mataría antes que hacer daño a mis hijas. Y no lo digo en sentido figurado, Honey. Lo digo literalmente. Las quiero más que a mi propia vida.

—¿Por qué te acusó su madre?

—¡No lo sé! —exclamó él—. No sé por qué. Solo sé que cree que es cierto. Cree de verdad que les he hecho esas... esas cosas incalificables.

Se pasó la mano por los cabellos al mismo tiempo que se le alteraba el habla. Había reprimido aquellas palabras demasiado tiempo, y ahora surgían en torrentes. Mientras permanecían sentados en la luz menguante de un nuevo año en la cima de la colina de elevación, Eric le habló de la muerte de su hermanastro Jason y de cómo su sentimiento de culpabilidad lo había atormentado durante años. Habló de su matrimonio con Lilly y el nacimiento de sus hijas gemelas, de la alegría que las niñas le habían proporcionado y el horror de las acusaciones de su madre.

Mientras lo escuchaba, Honey no dudó ni una sola vez que estaba diciendo la verdad. Se acordó de las jugadas que le había hecho: las palabras ásperas, el aire amenazador que podía adoptar a voluntad. Todo aquello era ilusorio. Solo la bondad del payaso había dicho la verdad sobre quién era.

Oyó también lo que no decía, y vislumbró el terrible sentido de responsabilidad que parecía padecer por todo el mal del mundo. Por último, entendió su maldición. Eric creía que debía arreglarlo todo.

Honey no podía abordar esa angustia, pero sí la otra.

—Puede que hagas todavía más daño a tus hijas dejando de luchar por ellas —dijo con delicadeza—. Perder un padre a una edad tan corta es algo terrible. Te cambia para siempre. La muerte de mi madre determinó todo aquello que he hecho, hasta cómo me enamoré. Debido a su muerte, he pasado toda mi vida tratando de construirme una familia. Dash tuvo que ser mi padre antes de poder ser mi marido. Tú no quieres eso para ellas, Eric. No quieres que se pasen toda su vida adulta buscándote en todos los hombres a los que conozcan.

Tenía una expresión tan angustiada y parecía tan desesperado que Honey anheló proporcionarle consuelo físico, pero tenía miedo de tenderle la mano. Miedo de que él lo interpretara mal.

Le había permitido hacerle el amor, pero ahora un simple contacto en la rodilla era demasiado íntimo.

—No puedo hacer nada —se lamentó Eric—. Si doy un paso para recuperarlas, Lilly las ocultará. Entonces no tendrán a nadie.

Honey sintió náuseas. No podía concebir que una mujer pudiera llegar a ser tan vengativa. ¿Por qué Lilly odiaba tanto a Eric? Por vez primera, comprendió la complejidad de su dilema.

—Lo siento —dijo.

Él se levantó, rechazando su compasión.

—Bajemos. Quédate a mi lado.

El descenso resultó más fácil que la ascensión. Aun así, Eric permaneció junto a ella, sujetándola por el brazo cada vez que parecía vacilar. Para cuando llegaron al suelo, el crepúsculo se había desvanecido y era casi oscuro.

Permanecieron un momento en silencio. El rostro de Eric estaba oculto en las sombras. Debajo de todas las máscaras que se había quitado, de todas sus identidades, Honey percibió la bondad que lo atravesaba como un núcleo de oro.

—No puedo imaginarme qué deben de sentir tus hijas por haberte perdido.

Para su sorpresa, él levantó un brazo y se hundió la mano en el pelo. Al principio no dijo nada, limitándose a enroscar un mechón alrededor de sus dedos. Cuando habló, lo hizo con una voz ronca y vulnerable.

—¿Y qué sentirás tú cuando me pierdas?

Los aleteos de pánico regresaron. No debía afectarla. No de ese modo. Ella no era suya para que la afectara.

—No sé a qué te refieres.

—Sí lo sabes. Mañana, cuando me vaya. ¿Será distinto para ti?

—Claro que será distinto.

Se apartó de él y se dirigió hacia un montón de maderos viejos.

—¿Un par de manos menos para trabajar en tu montaña rusa?

—No me refiero a eso.

—¿A qué entonces?

—Yo... —Se volvió hacia él—. No me hagas esa clase de preguntas.

—Vuelve conmigo, Honey —dijo Eric en voz baja—. Deja la montaña rusa y regresa a Los Ángeles conmigo. Ahora. No dentro de tres meses cuando se haya terminado.

—No puedo.

—¿Por qué no?

—Tengo que acabar de construirla.

Toda su indulgencia se esfumó, y su boca se contrajo en una expresión adusta.

—¿Cómo he podido olvidarlo? Tienes que construir tu gran monumento a Dash Coogan. ¿De dónde he sacado que podía competir con eso?

—¡No es ningún monumento! Trato de...

—¿Encontrar a Dios? Creo que tienes a Dios y Dash enredados dentro de tu cabeza. Es a Dash a quien quieres encontrar en esa montaña rusa.

—¡Le quiero! —exclamó ella.

—Está muerto, y ninguna montaña rusa en el mundo tiene el poder de hacerlo regresar.

—¡Para mí no está muerto! No lo estará nunca. Lo amaré siempre.

La luz era demasiado tenue para ver con claridad, y por lo tanto Honey no estaba segura de haberle visto hacer una mueca. Pero la tristeza en su voz era inequívoca.

—Tu cuerpo no era tan fiel como tu corazón, ¿verdad?

—¡Eso no fue más que sexo! —gritó ella, tanto a sí misma como a él—. A Dash no le hubiera importado. Entendía el sexo.

Eric habló con voz queda y monótona.

—¿Qué entendía?

—Que a veces es... Que a veces no significa nada.

—Comprendo.

—Los dos hemos estado solos, y... No intentes hacerme sentir culpable. Ni siquiera nos besamos, Eric.

—No, no lo hicimos, ¿verdad? Hiciste otras cosas con esa boca tan bonita que tienes, pero no quisiste besarme.

Eric dio un paso hacia ella, y Honey supo que estaba dispuesto a cambiar la situación. Se ordenó alejarse, pero tenía los pies clavados en el suelo. En aquel momento habría dado todo cuanto tenía para que él se pusiera una de sus máscaras, cualquiera. Finalmente se percató de hasta qué punto sus identidades protectoras también la habían protegido a ella. Desnudo como estaba ahora, no los separaba ninguna barrera. Ni piel ni hueso. Honey pudo sentir la angustia de su anhelo como si procediera de su propio corazón.

—¿Sabes que he estado soñando con tu boca?

Eric tenía los ojos sombríos y la voz ronca.

—Tengo frío —dijo ella—. Me vuelvo a la caravana.

—Cómo sería al tacto. A qué sabría.

Le cogió los brazos. Su aliento era suave. Honey no podía moverse mientras él levantaba una mano y le pasaba el pulgar delicadamente por los labios.

Se abrieron al instante. Había transcurrido demasiado tiempo desde que la habían besado por última vez, y Eric era tan hermoso... hasta el centro de su alma. Su pulgar le recorrió el labio inferior, tocó el arco de la parte de arriba. Él inclinó la cabeza, y sus pestañas, espesas y oscuras, le acariciaron los pómulos.

Honey notó el calor de su boca acercándose y se sintió atravesada por un anhelo tan intenso que supo que, si se abandonaba a él, cometería una traición tan imperdonable que ya no podría vivir jamás con su conciencia.

Justo cuando los labios de él estaban a punto de posarse sobre los suyos, se apartó bruscamente.

—¡No! ¡No, no lo haré! ¡No traicionaré a mi marido!

No había visto nunca nada tan triste como la expresión del rostro de Eric. Sus ojos chispearon con un dolor que la penetró hasta los huesos, y pareció replegarse en sí mismo.

—Apuesto que habrías besado al payaso —susurró.

Entonces Honey huyó de él, escapando de su presencia y de la dulce y triste seducción a la que había estado a punto de sucumbir.

Eric se quedó junto a la montaña rusa largo rato después de

que ella hubiese desaparecido entre los árboles. Tenía los ojos secos y escocidos. Se dijo que había convivido con el dolor tanto tiempo que un poco más daría igual, pero la lógica no podía mitigar la angustia. Mientras el viento nocturno azotaba los árboles, se sorprendió recordando a Honey cuando era una niña, cómo lo había seguido con aquellos ojos de cachorrillo, rogándole que le hiciera caso. Ya entonces, algo en ella lo había atraído.

Ahora era una mujer, y la quería. Pese a su hostilidad y su rechazo, sabía que ella lo entendía como no lo había hecho nunca nadie. Aunque no había tenido hijos, comprendía la intensidad de su amor por sus hijas. Y su feroz y disciplinada determinación de acabar su montaña rusa, por más que lo alarmase, reflejaba su propia obsesión por su trabajo. Incluso parecía entender por qué tenía que vivir en el pellejo de otras personas. Pese a las diferencias en sus orígenes, pese a las mentiras y los engaños, tenía la sensación de que Honey era su otra mitad.

Y ella no le quería. Solo quería a un muerto.

Sintió la acometida de un nuevo ataque de dolor, que aullaba y ladraba, dispuesto a hincarle los colmillos. Antes de que eso ocurriera, torció el gesto y levantó su escudo de cinismo.

Él era el príncipe de los sementales. Las mujeres lo perseguían, no al revés. No tenía más que chasquear los dedos y harían cola para darle placer. Podía tener a todas las que quisiera: rubias, morenas, maduras, jóvenes, tetudas, de largas piernas... Se acercarían y dejarían que la gran estrella eligiera. Las mujeres del mundo estaban a sus órdenes.

¿Cabeza abajo? *Con mucho gusto, señor.*

¿Dos para uno? *Nuestro propósito es complacer.*

Pero aquella mujer no entendía las reglas.

¡No entendía la regla más básica del universo! ¡No entendía que las grandes estrellas de cine tenían derecho a cualquier mujer que quisieran!

A aquella mujer la traía sin cuidado que él pudiera ser el mejor actor de su generación. Por ella, como si era albañil. No le importaba que fuese veinte veces millonario, ni que ella fuera la única persona del mundo a la que había contado su vida y milagros. Y ni siquiera leía la revista *People.* Así pues, ¿cómo podía saber que él era el hombre más sexy que aún vivía?

Eric se volvió y regresó al Toril para recoger sus cosas. Cuando dejaba atrás la Black Thunder, supo que había cometido muchas estupideces en su vida, pero lo más estúpido que había hecho nunca era enamorarse de la afligida viuda de Coogan.

Hacia la estación

1990

29

—¡Papá!

Lilly se levantó de un salto del sofá de la salita, donde había estado descansando después de deshacer las maletas, y atravesó corriendo el suelo de mármol blanco y negro al encuentro de su padre.

—Hola, cariño.

En los segundos antes de que Lilly fuese rodeada por los brazos de Guy Isabella, constató con alivio que estaba tan guapo como siempre. Su espeso pelo rubio platino resplandecía a la luz del sol de finales de enero que entraba a chorro a través de las ventanas. Llevaba un suéter de color melón anudado sobre las hombreras de su camisa de algodón egipcio. Su pantalón plisado de lino era abombachado y presentaba unas elegantes arrugas. Cuando la había ido a ver a Londres cuatro meses antes, ella había sospechado que se había hecho un lifting, pero era reservado con respecto a los exóticos tratamientos cosméticos que lo hacían parecer más cerca de los cuarenta años que de los cincuenta y dos, y no se lo había preguntado.

—Me alegro tanto de verte... —dijo Lilly—. No sabes lo horrible que ha sido todo. —Se echó atrás para mirarlo—. Llevas un pendiente.

Observó el arete de oro que tenía en el lóbulo.

Los ojos de Isabella arrugaron las comisuras de su estirada piel cuando sonrió.

—Te has fijado. Una amiga mía me convenció para que me lo pusiera al poco de regresar de Londres. ¿Qué te parece?

Lilly lo detestaba. Ya se habían producido suficientes cambios en su vida últimamente, y quería que su padre siguiera siendo el mismo. Aun así, no estaba dispuesta a estropear su reencuentro con críticas.

—Muy apuesto.

Él arqueó una ceja leonada mientras la miraba con ojo crítico, reparando en el largo suéter de punto rojo que le caía demasiado holgado desde los hombros sobre unos leotardos negros brillantes.

—Tienes muy mal aspecto. ¿No dijiste que ibas a pasar el fin de año en St. Moritz con André y Mimi? Creía que estarías descansada.

—Ni hablar —repuso Lilly amargamente—. La nueva niñera se marchó, así que tuve que llevarme a las niñas. Becca no fue ningún problema. Ya no habla mucho, pero Rachel estuvo incontrolable. Después del primer día, André y Mimi se morían por pedirme que me marchara, pero son demasiado educados, así que Mimi se contentó con hacer comentarios útiles sobre mis limitaciones a la hora de imponer disciplina. Entonces Rachel derramó intencionadamente un vaso de zumo de uva sobre la alfombra daguestana de Mimi, que recuperó sus orígenes de verdulera. Fue espantoso. Salimos hacia Washington dos días después.

—¿Fue bien la visita a tu madre?

—¿Tú qué crees? Rachel siempre la ha agotado, y Becca... Ya conoces a mi madre. No es condescendiente con ningún tipo de imperfección.

—Me lo imagino. —Isabella empezó a mirar a su alrededor, frotándose las manos—. ¿Dónde están mis nietas? Me muero de ganas de volver a ver a Rachel. Y a Becca también, claro. Apuesto que han crecido como las hierbas.

—Como malas hierbas —murmuró Lilly. Guy la miró interrogativamente—. He llamado a un servicio para que me mandase una canguro para esta tarde. Se las ha llevado a comer pizza y después al parque. Le he dicho que las entretenga allí un par de horas, pero dudo que aguanten tanto tiempo. Rachel atacará a otro crío, Becca se mojará los pantalones u ocurrirá cualquier otro desastre y volverán.

—Tienes que disciplinar a Rachel, Lilly.

—No me sermonees tú también. —Se apartó de él y se dirigió hacia las ventanas—. ¿Cómo puedo disciplinarla? Es una niña difícil y hostil, y si intento castigarla, se escapa. El otoño pasado se me perdió durante tres horas. Después de encontrarla, entró en mi ropero con unas tijeras y recortó intencionadamente mi nuevo vestido de noche.

—Confiaba en que las cosas mejorarían.

—¿Cómo quieres que mejoren? Ella me odia, papá. —Lilly cruzó los brazos sobre el pecho y, mordiéndose el labio inferior, murmuró—: Y a veces yo la odio a ella.

—No lo dirás en serio...

—No, claro que no —contestó ella con aire cansado—. Solo que algunas veces lo digo en serio. Hace que me sienta una fracasada.

Extendió una mano para coger la cajetilla de tabaco que había dejado sobre la mesa situada entre las dos ventanas.

—¡Fumas!

Le temblaron las manos cuando abrió el paquete. No había tenido intención de fumar en presencia de su padre. A veces él podía excederse un poco en su consumo del alcohol, pero era un fanático en lo que concernía al tabaco.

—No tienes idea de la tensión a la que he estado sometida.

Su padre la miró con tanta desaprobación que optó por dejar la cajetilla. Isabella se dirigió hacia el sofá y tiró cuidadosamente de las perneras de su pantalón mientras tomaba asiento.

—No logro entender por qué te sometes a tanta presión. Ya sé que te gusta viajar, pero has tenido tantos domicilios en los últimos nueve meses que ni siquiera yo puedo seguirte. Es evidente que estás agotada. Pero ya no te sermonearé más, cariño. Por lo menos has tenido el suficiente sentido común para venir a casa y dejar que te cuide.

—Solo estaré aquí unos días. Lo suficiente para resolver algunos asuntos, y entonces regresaré a París.

—Eso es ridículo, Lilly. No puedes seguir trasladándote de ese modo. ¿Por qué tienes que irte tan pronto?

—Eric está aquí.

—Razón de más para quedarte. La manera en que le has dejado renunciar a la responsabilidad de las niñas me desconcierta. Ya sabes que nunca me cayó bien, Lilly, pero aún no me puedo creer cómo ha vuelto la espalda a sus hijas.

Lilly apartó la vista para no tener que mirarlo a los ojos. Nunca le había contado lo de Eric. Estaba demasiado avergonzada.

—Para él, la paternidad no era más que otro papel que interpretar. Una vez que lo hubo dominado, se cansó de representarlo.

—Aún me cuesta trabajo entenderlo. Parecía querer mucho a las niñas.

—Es actor, papá.

—Aun así...

—No quiero hablar de eso.

Él se levantó y se le acercó.

—Pero, Lilly, no puedes seguir huyendo. No es bueno para las niñas ni es bueno para ti. Siempre has sido muy nerviosa, y resulta evidente que criar sola a Rachel y Rebecca es demasiado para ti. Estás delgada como un fideo y pareces agotada. Necesitas que te mimen, cariño. —Le dedicó una sonrisa que frunció suavemente las comisuras de sus ojos—. ¿Qué me dices de pasar unas semanas en un spa? Al lado de Mendocino hay un establecimiento nuevo que es maravilloso. Te mandaré allí lo antes posible. Será mi regalo de Navidad.

—Ya me has hecho una docena de regalos.

—Nada es suficiente para mi nena.

La atrajo entre sus brazos y le apretó la mejilla contra su barbilla perfectamente afeitada. Mientras él la abrazaba, Lilly empezó a sentir náuseas. Inspiró hondo, esperando el consuelo que su presencia siempre le prodigaba, pero el olor a almizcle de su colonia parecía marearla todavía más. Presa de angustia, se apartó de él.

—¿Pasa algo?

—El *jet lag*, supongo. Me siento... No es nada. Solo tengo el estómago un poco revuelto.

—Pues ya está. Esta noche me llevo las niñas a casa.

—No, de verdad...

—Ni una palabra más. Cada vez que me ofrezco para llevármelas, me rechazas. ¿Te das cuenta de que no me has dejado a mis nietas ni una sola vez? Ni una desde que nacieron. Y ya no me acuerdo del número de ocasiones en los últimos nueve meses en que te he pedido que las mandaras a California para que se quedaran conmigo unas semanas, pero siempre encuentras excusas. Se acabó, cariño. Estás bajo una enorme tensión y, si no descansas pronto, enfermarás.

A Lilly había empezado a darle jaqueca.

—Son demasiado traviesas, papá.

—Siempre dices eso.

—Becca ha estado mojando la cama, y está teniendo tantos problemas de habla que cuesta trabajo entenderla. Rachel está cada vez más rebelde, no quiere hacer nada de lo que le mandan. La inscribiría en alguna escuela, pero no quiero que Eric... —Se interrumpió—. De todas formas, no estás acostumbrado a los niños pequeños. Serían una carga demasiado pesada para ti.

—No por unas noches. No sería ningún problema. Y no olvides que te crie yo, princesa.

A Lilly volvió a revolvérsele el estómago, pero antes de que pudiera decir nada oyó la puerta principal abriéndose ruidosamente.

—¡No me arrepiento nada! —chilló Rachel con aquella voz estridente y resuelta que hacía que Lilly quisiera taparse los oídos—. Era mi columpio, ¡y aquel niño ha intentado quitármelo!

Lilly se llevó sus delgados dedos a las sienes para tratar de impedir que le estallara la cabeza. La discusión entre su hija y la canguro que debía mantener ocupadas a las niñas subió de tono.

Rachel irrumpió en la salita, con el pelo oscuro revoloteando alrededor de su cara.

—¡Eres una canguro estúpida! ¡Y no haré nada de lo que digas!

La canguro apareció seguida de Becca. Era una mujer mayor, y parecía rendida y enfadada.

—Su hija ha atacado intencionadamente a un niño —anunció—. Y cuando la he regañado, ha dicho palabrotas.

Los ojos azul claro de Rachel eran hostiles, y tenía una expresión testaruda en la boca.

—Solo he dicho la palabra que empieza por M, y aquel niño me ha quitado el columpio.

Guy dio un paso al frente.

—Hola, tesoro. ¿Qué me dices de un beso para tu abuelo?

—¡Abuelo Guy!

La hostilidad de Rachel se desvaneció mientras corría hacia él. Isabella la cogió en brazos y la levantó. La niña tenía las piernas largas, y sus zapatillas de deporte le golpearon las rodilleras del pantalón de lino. Lilly sintió algo horrible desenroscándose en el interior de su pecho al ver a su hija en brazos de su padre. Sospechó que eran celos y se sintió avergonzada.

Mientras su padre charlaba con Rachel, se deshizo de la canguro y sacó a Becca de detrás de una de las butacas neorromanas donde había ido a esconderse. Para su indignación, vio que la niña llevaba los pantalones de pana rosa empapados.

—Becca, has vuelto a mojarte.

Becca se chupó el pulgar y miró a su hermana y su abuelo con unos ojos apagados y apáticos.

—Papá —dijo Lilly con nerviosismo—, ¿no quieres saludar a Becca?

De mala gana, Guy dejó a Rachel en el suelo y se volvió hacia ella.

—Está m-o-j-a-d-a —advirtió Lilly.

—Mamá acaba de decirle al abuelo que has vuelto a mojarte los pantalones —anunció Rachel a su hermana—. Te dije que no volvieras a ser un bebé.

—Bueno, estas cosas pasan, ¿verdad, Rebecca?

Guy acarició a Becca en la cabeza, pero no la cogió en brazos. El padre de Lilly no se sentía más a gusto con Rebecca que su madre, Helen, pero por lo menos lo llevaba con más discreción.

Se sacó unos caramelos de canela de los bolsillos del pantalón de lino y los repartió a las niñas, como había hecho con ella cuando era pequeña. La visión familiar de aquellos caramelos volvió a provocarle náuseas. Se preguntó si tendría la gripe.

—Desenvuélvelo así, Becca.

Rachel tendió su caramelo a su hermana y le enseñó cómo debía tirar de los extremos.

—Déjame que te ayude —dijo Guy.

—No, abuelo. Becca tiene que hacer las cosas sola o no aprenderá. Eso dice papá. Todo el mundo le hace las cosas, y por eso se ha vuelto perezosa. —Rachel se llevó una manita a la cadera y miró irritada a su hermana—. Desenvuélvelo tú sola, Becca, o no te lo podrás comer.

Guy cogió el caramelo de los dedos de Becca.

—Vamos, Rachel, no hay ninguna necesidad de eso. —Desenvolvió el caramelo y se lo pasó a Becca—. Toma, tesoro.

Rachel lo miró indignada.

—Papá dice...

—Lo que tu padre dice ya no tiene importancia —espetó Lilly—. No está aquí, y yo sí.

Guy vio que Lilly estaba molesta y acudió a consolarla. Becca se echó a llorar. El sirope rojo del caramelo goteaba de la comisura de su boca. Rachel fulminó con la mirada a su madre y luego se volvió hacia su hermana.

—Llorar es de bebés, Becca. Papá pronto dejará de estar tan ocupado y tendrá tiempo para nosotras. ¡Seguro! ¿Cuántas veces tengo que decírtelo?

—Maldito hijo de puta —masculló Guy, en voz tan baja que solo Lilly pudo oírlo—. ¿Cómo ha podido hacerles esto? Sin embargo, supongo que todo conduce al bien a la larga. Ahora aún son lo bastante pequeñas para adaptarse. Si las hubiera abandonado cuando fuesen mayores, habría sido el doble de traumático.

Lilly no podía concebir qué podía ser más traumático que lo que ya había sucedido. Estaba arruinando su vida tratando de proteger a unas niñas que no se lo agradecían lo más mínimo, pero no podía flaquear. Aunque sus hijas la odiaran por ello, las protegería de la perversión de su padre.

Guy había vuelto a acercarse a las niñas, y Rachel soltó un grito de deleite por algo que él había dicho.

—¿De verdad? ¿Podremos Becca y yo comer pizza también? ¿Y podré ver la tele antes de acostarme?

—Por supuesto.

Guy le revolvió el pelo.

El corazón de Lilly golpeaba contra su caja torácica.

—Papá...

—Ni una palabra más, Lilly. —La miró con severidad—. Tú necesitas un descanso, y las niñas pasarán unos días conmigo para que puedas dártelo.

—No, papá, yo no...

—Ayuda a tu hermana a ponerse ropa seca, Rachel, y entonces nos iremos.

Lilly trató de protestar, pero su padre no le hizo caso. Tenía la cabeza a punto de estallar y el estómago revuelto. Detestaba la idea de que sus hijas se fueran con su padre, y se odiaba todavía más por ser tan celosa. ¿Qué clase de madre era para molestarse por la relación afectuosa de un abuelo con sus propias nietas?

Se obligó a volver a meter varias mudas en la maleta que acababa de vaciar. Los retortijones de estómago empeoraron. Mientras su padre estaba ocupado con las niñas, se coló en el baño y vomitó.

Se sentía mejor con el estómago vacío, pero aún le dolía la cabeza. Se tragó rápidamente tres aspirinas y regresó al dormitorio.

El entusiasmo por quedarse con su abuelo había sobreexcitado a Rachel. Corría por todo el pasillo de atrás y chillaba a grito pelado. Guy, sin embargo, parecía tener un toque especial con ella y, cuando le dijo que se calmara, obedeció.

Estaban listos para marcharse cuando descubrieron que Becca había desaparecido. Rachel la encontró escondida en el fondo del ropero de Lilly. Había vuelto a mojarse los pantalones, y Lilly tuvo que cambiarla.

—No lo olvides, mamá —dijo Rachel cuando se encontraba

en la puerta principal dando la mano a su abuelo—. Si papá llama y no estamos, dile que venga a buscarnos.

Durante nueve largos meses, cada vez que salía de la casa Rachel había dicho lo mismo. Lilly apretó los dientes, una acción que intensificó las punzadas en su cabeza, pero la dolorosa experiencia le había enseñado que Rachel se negaría a irse si no hacía caso de su petición.

—No lo olvidaré —repuso fríamente.
—Despedíos de vuestra madre con un beso, niñas —dijo Guy.
Rachel dio obedientemente a Lilly un sonoro beso. Becca no reaccionó.

Guy pellizcó a Lilly en la mejilla.
—No te preocupes por nada, cariño. Llama a tus amigos y diviértete unos días. Las niñas y yo estaremos bien.

Lilly se sintió como si alguien hubiese cogido un martillo y le estuviera golpeando la cabeza.

—No sé. Las niñas son tan...
—No te apures, cariño. Vamos, niñas. ¿Qué me decís de parar a comernos un helado por el camino?

Rachel soltó un chillido ensordecedor y tiró de la mano de su abuelo. Becca los siguió obedientemente. Guy abrió la puerta de su sedán Jaguar y subieron. Su pelo centelleó bajo el sol de California, y su perfecta dentadura blanca brilló al sonreír. Era tan guapo... Tan horrible y obscenamente guapo...

—¡Los cinturones! —gritó Lilly—. No te olvides de los...
Guy ya había abrochado los cinturones, e hizo un gesto con la mano para indicar que lo había oído. Momentos después, salía del camino de entrada dando marcha atrás.

Lilly corrió hacia delante.
—¡Sed buenas! —gritó—. No hagáis lo que os diga el abuelo. —Se le cortó la respiración. ¿Qué le ocurría?—. Quiero decir...

Sintió frío y fiebre al mismo tiempo, y se tropezó un poco mientras volvía a entrar en la casa y se dirigía hacia su cuarto. Aunque todavía había luz afuera, se tomó dos somníferos. Su padre tenía razón. Se estaba desmoronando y necesitaba descansar un poco. Se acostó en la cama sin quitarse la ropa.

La tarde dio paso al anochecer, y las pesadillas se la tragaron. En sus sueños corría. La perseguía una mujer, con las uñas de color rojo sangre extendidas. Una tras otra, aquellas largas uñas de color sangre se desprendieron del final de sus dedos, se convirtieron en dagas y se le clavaron en la espalda. Lilly acudió a su padre en busca de ayuda, pero comprobó que él sujetaba la daga más grande de todas y la apuntaba hacia Rachel. El horror la envolvió. Y entonces ya no era su padre quien la perseguía, sino Eric, y quería a Rachel. Haciendo acopio de todas sus fuerzas, lanzó un grito.

La despertó el sonido estrangulado de su propio grito. La habitación estaba a oscuras y por un momento no supo dónde estaba. Aferró el cubrecama, sin osar levantarse, sin atreverse a moverse por miedo a que algún horror indescriptible la asaltara. Tenía el pelo adherido a las mejillas como una tela de araña, y podía oír unos furiosos latidos en sus oídos.

La cara de Eric apareció ante sus ojos, una imagen sucia y putrefacta cuya obscenidad era intensificada por su perfección física. Mientras se esforzaba por aclararse la mente de los efectos secundarios de los somníferos que se había tomado, se sintió embargada por la paralizante constatación de que había cometido un terrible error no contándole a su padre lo de Eric. ¿Y si Eric iba a casa de Guy y se llevaba a Rachel? Su padre no sabía nada de la perversión de Eric. Ignoraba que no debía entregársela. ¿Y si Guy dejaba que Eric se la llevase?

A través de la confusión provocada por los somníferos y el persistente horror de su pesadilla, fue asaltada por la espantosa certeza de que Eric había hecho eso. Se había llevado a Rachel, y su hija estaba metida en una situación desesperada.

Se sentía el cuerpo como de plomo, y la bilis se le subió a la garganta cuando se acordó de que Becca estaba también con su padre. Pero entonces supo que Eric jamás abusaría de Becca. Su condición le produciría rechazo. Su objetivo era Rachel. La hija más fuerte.

Lloriqueando, se levantó de la cama y buscó a tientas los zapatos. Luego salió tambaleándose de la habitación, todavía tratando de huir de la confusión inducida por el narcótico. Su bolso estaba sobre el cristal del aparador del pasillo, y rebuscó entre el revoltijo de pañuelos de papel arrugados, galletas con forma de animales y tarjetas de embarque hasta que encontró las llaves del coche. Las agarró dentro del puño, cogió el bolso y cruzó la cocina dando tumbos de camino hacia el garaje. Tenía que detener a Eric antes de que pudiera hacer daño a Rachel.

Un juego de cuchillos daneses colocado en un bloque de madera de teca pulida le llamó la atención. Tras un momento de vacilación, sacó un grueso cuchillo de su ranura y se lo metió en el bolso. Cerró los ojos con fuerza y le temblaron los párpados. Sabía que no era una buena madre. Era egocéntrica, impaciente, y parecía que nunca hacía lo debido. Pero quería a su hija, y haría lo que fuese necesario para protegerla.

A doce kilómetros de allí, en las colinas de Bel Air, Guy Isabella arropaba el cuerpecito de su nieta con una mano mientras sujetaba un vaso de whisky con la otra.

—¿Por qué no puedo dormir con Becca, abuelo Guy?

Rachel levantó los ojos aprensivamente hacia el alto techo de la habitación y luego hacia los ventanales de cristales emplomados en forma de rombo. El abuelo Guy le había dicho que aquel había sido el dormitorio de su madre, pero a Rachel no le gustaba. Era oscuro y daba miedo.

—Rebecca duerme desde hace casi una hora —dijo su abuelo. Los cubitos de hielo tintinearon en su vaso—. No quería que la despertaras.

—Me estaría muy callada. Quizá tendré miedo si tengo que dormir sola.

—Tonterías. No tendrás miedo. —Pasó las yemas de los dedos sobre los labios de Rachel—. El abuelo Guy vendrá a verte antes de acostarse.

—Quiero dormir con Becca.

—No temas, tesoro. El abuelo Guy estará cerca.

Se inclinó y posó suavemente los labios sobre los de la niña.

Eric se frotó los ojos y se quedó mirando el teléfono junto a su cama mientras se desabrochaba la camisa. ¿Cuántas veces en las tres semanas desde que había vuelto había querido llamar a Honey? ¿Cien? ¿Mil? Se dijo que era una suerte que el único teléfono del parque estuviera en el Toril, donde ella no lo oiría si finalmente sucumbía a la tentación. Ya le había hecho saber de todas las maneras posibles que no podía competir con un fantasma, y él no tenía intención de arrastrarse.

Era cerca de medianoche, y había estado levantado desde las cinco, pero aunque estaba agotado, sabía que no podría dormir más que unas pocas horas. Su nuevo papel era exigente tanto física como emocionalmente, y no le estaba dando lo mejor de sí mismo, pero aparentemente no podía arrancarle todas las capas que debía atravesar para llegar al fondo de un personaje. Quizás era debido a que aún no había conseguido reponerse desde la noche que se había confesado ante Honey. ¿Cómo podía hacer su trabajo de actor penetrando en el alma de otra persona cuando se sentía tan desprotegido? Era como si se hubiese dejado una parte de sí mismo con ella, y hasta que volviera a estar entero, iría a la deriva.

Esta idea lo irritó. Tenía que quitarse su recuerdo de la mente, borrar el sonido de su risa cuando había jugado con los niños en el hospital, expulsar las imágenes de los dos haciendo el amor. Sobre todo, tenía que olvidar su dulce y tierna compasión la noche que él se había sacado la máscara de payaso y se había desnudado ante ella.

El timbre de la puerta interrumpió sus perturbadores pensamientos. Frunció el ceño. Su casa de Nichols Canyon estaba alojada en una carretera casi inaccesible, un lugar poco dado a las visitas improvisadas. No se molestó en abrocharse la camisa mientras cubría el trayecto desde su dormitorio a la entrada principal. Cuando llegó a la puerta, espió a través de la mirilla y giró el pomo enseguida.

—¡Lilly!

Le castañeteaban los dientes, tenía la piel pálida y un aspecto demacrado. Se había cortado el pelo desde la última vez que la había visto y le colgaba alrededor de la cara en mechones rubio platino que hacían que sus ojos parecieran enormes y angustiados.

Lo miró como si viera algo profano. Sus ojos se fijaron en la camisa desabrochada y luego bajaron hasta la bragueta abierta de los vaqueros. Empezó a temblarle la boca.

—¿Dónde está?

Eric, receloso, se pasó una mano por el pelo.

—¿Qué quieres, Lilly?

—¿Qué has hecho con ella?

Lilly se apoyó en el marco de la puerta y él extendió una mano hacia su brazo, comenzando a alarmarse.

—¿Qué ocurre?

Ella trató de apartarse de él, pero Eric tiró de ella hacia el interior. La condujo a la salita y la hizo sentarse en el sofá. La respiración de Lilly era agitada y superficial, y se apretaba el bolso contra el pecho. Él cogió una botella de brandy del mostrador y vertió un poco en un vaso.

—Bebe esto.

El borde del vaso chocó contra sus dientes. Lilly tragó y acto seguido empezó a toser.

—Dime qué ha ocurrido —exigió Eric—. ¿Les pasa algo a las niñas?

Lilly se pasó una mano temblorosa por la boca y se levantó con vacilación. Instintivamente, él estiró un brazo para sujetarla, pero ella retrocedió.

—¿Dónde está?

—¿Quién?

—¡Rachel! Sé que la tienes tú.

Le dio un vuelco el corazón.

—Yo no la tengo. Por el amor de Dios, ¿qué ocurre?

—No te creo. Se la has quitado a mi padre. ¿Dónde la has metido? ¿Dónde está?

—Ni siquiera sabía que habíais vuelto a la ciudad. ¿Cómo podía habérmela llevado? ¿Me estás diciendo que no sabes dónde está?

—¡Embustero! —chilló ella.

Pasó como una exhalación junto a él y echó a correr hacia la parte trasera de la casa.

Eric la siguió y vio como abría de golpe la puerta de la habitación de invitados. Cuando comprobó que estaba vacía, se dirigió a la siguiente estancia, y a la siguiente, hasta que llegó a su dormitorio. A Eric se le revolvió el estómago cuando se detuvo en el umbral. Lilly estaba de pie en el centro de la habitación estrechando el bolso contra su pecho, con los ojos opalescentes de terror.

—¿Qué has hecho con Rachel? —susurró con voz ronca.

Eric se obligó a conservar la calma. Ella se aferraba a duras penas a los hilos de la razón, y si él decía una inconveniencia, la empujaría al abismo. Con toda la serenidad que pudo reunir, entró cautelosamente en la habitación.

—¿Cuándo la has visto por última vez?

—Papá se la ha llevado a pasar la noche con él. —Hablaba atropelladamente y enroscaba la correa del bolso alrededor de sus dedos—. Y también a Becca. Se ha llevado también a Becca. Sabía que no debía dejarles ir, pero estaba muy cansada.

—No pasa nada, Lilly —dijo él en tono tranquilizador, acercándose un poco más—. No has hecho nada malo.

—¡Sí lo he hecho! —Se puso a lloriquear—. Tú no lo entiendes. No le he dicho nunca lo que hiciste. Él no sabía que podías hacer daño a Rachel.

—Yo no he hecho daño a Rachel —repuso Eric en voz baja—. Ya ves que no está aquí. La quiero. No le haría daño jamás.

—¡Embustero! —gritó ella—. ¡Papá me quería! Me quería, y me hizo daño.

Eric notó que se le erizaba el pelo de la nuca.

—Lilly, ¿de qué estás hablando?

Se movió demasiado aprisa y ella retrocedió.

—¡No me toques! —Tenía ojos de loca, con las pupilas dilatadas—. Me harás daño. Me harás daño como se lo hiciste a Rachel.

Él se quedó paralizado.

Ella rompió a llorar.

—No le gusta cuando le haces daño... pero no puede detenerte. —Su voz se tornó más aguda, más infantil—. Le dices que no...

haga ruido... cuando la tocas. «No hagas ruido, cariño. No te haré daño. Cierra los ojos.» Pero ella no puede... cerrar los ojos. Y tú... apestas a whisky.

—Lilly, yo nunca bebo whisky.

—No le gusta... ese hedor a whisky —sollozó Lilly—. Y no le gusta cuando... cuando enciendes la radio. —Tomó aire—. Y dices: «Cierra los ojos y... y escucha la música, Lilly.»

Lo invadió el horror de la comprensión absoluta.

—Santo Dios.

—Y luego a veces... —Se le quebró la voz y se convirtió en un susurro—. A veces suena la música... y el hedor a whisky... y esas manos.

—Oh, nena...

—Es como una pesadilla terrible, excepto algunas veces en que esas manos resultan agradables. —Estaba trastornada delante de él, y su voz era casi inaudible—. Y eso es lo peor de todo.

Soltó un grito, se derrumbó contra la pared y quedó desplomada en el suelo como un juguete roto.

Eric se precipitó hacia ella, deseoso de abrazarla, de ayudarla. Ella gritó y agarró su bolso.

—¡No! —chilló—. ¡Basta!

Él jadeó al notar una punzada aguda que le perforaba el costado. Retrocedió bruscamente, vio la hoja en la mano de Lilly y comprendió que lo había acuchillado. Ella gimió horrorizada y dejó caer el cuchillo, contemplando la sangre que le manaba del costado. A través del dolor, Eric vio como palidecía su rostro y supo el momento exacto en que el pasado y el presente se conectaban dentro de su cabeza.

—Dios mío —murmuró Lilly—. Oh, Dios, no... ¿Qué he hecho?

Eric se presionó el costado con una mano para detener la hemorragia. Creía que no era más que una herida superficial, pero no había tiempo para asegurarse. Porque ahora solo podía pensar en su hija.

—¿Está Rachel con tu padre ahora? —inquirió—. ¿Es allí donde está?

Lilly tenía los ojos aterrorizados pero lúcidos.

—Oh, Dios mío, Eric —susurró—. Nunca fuiste tú. Fue siempre él. Me hizo aquellas cosas, pero las aparté de la mente. Y ahora he dejado que se llevara a las niñas.

Eric la puso de pie.

—Vamos.

Ella lo miró horrorizada.

—Estás sangrando. Te he herido.

—Ya me ocuparé de eso más tarde.

Cogió la camiseta que anteriormente había tirado al pie de la cama y se la apretó contra el costado.

—Oh, Eric. Lo siento. ¿Qué he hecho? Oh, Dios mío, lo siento.

—No tenemos tiempo. Debemos llegar hasta ellas enseguida.

Pero mientras la arrastraba fuera del dormitorio, se preguntó si no sería ya demasiado tarde.

Las llaves todavía estaban en el contacto del coche de ella. Eric la empujó al asiento del pasajero y se puso al volante. Las ruedas chirriaron cuando dio marcha atrás por el estrecho camino de entrada. El reloj digital del salpicadero marcaba las 23.48. Casi la medianoche. La hora perfecta para que un monstruo abusara de una niñita.

Lilly sollozaba a su lado, abrazándose el pecho mientras se mecía adelante y atrás.

—Becca no... Él no haría daño a Becca. Es Rachel. —Sus sollozos se intensificaron—. ¿Cómo pudo hacerlo? Le quería tanto... Por favor, Eric. No dejes que le haga daño. Tú no sabes lo que es eso. Por favor.

Eric apretó los dientes y silenció los desgarradores sonidos de sus súplicas. Con los años había protagonizado una docena de persecuciones en coche, pero ahora era de verdad, y mientras pisaba el acelerador apartó de su cabeza todo excepto la peligrosa y tortuosa carretera del cañón y las niñas cuya vida no sería nunca la misma si su padre no las rescataba a tiempo.

30

Un hedor extraño despertó a Rachel. No podía recordar qué era y entonces supo que era alcohol, como en las fiestas de mamá. Se acurrucó más adentro de las sábanas y se dio la vuelta de costado. Tenía el camisón largo enroscado alrededor de la cintura.

El colchón se movió y se dispuso a hincarle un dedo a Becca para decirle que no se retorciera como un gusano, pero entonces recordó que se encontraba en casa del abuelo Guy y que Becca no estaba en la cama con ella. Oyó una música y abrió los ojos. La radio proyectaba una luz roja sobre su mesilla de noche.

El colchón volvió a moverse. Había alguien sentado al otro lado de la cama. Se asustó. Quizás un monstruo había salido del armario y se acercaba para pillarla. Quiso llamar a su papá, pero estaba demasiado asustada para emitir ningún sonido, y entonces la cama se movió de nuevo y al girarse vio que era el abuelo Guy quien estaba sentado al otro lado.

—Me has asustado —dijo.

Él no respondió. Se limitó a mirarla.

Rachel se frotó los ojos.

—¿Ha llamado mi papá?

—No.

—Hueles mal, abuelo. A alcohol.

—Un buen whisky. Solo un buen whisky, eso es todo.

Hablaba de un modo extraño, no como lo hacía habitualmente, sino más despacio, pronunciando cada palabra con cuidado, como el logopeda de Becca. Además, estaba despeinado. El abuelo Guy iba siempre muy arreglado, y le extrañó verlo con el pelo revuelto.

—Tengo sed. Quiero un vaso de agua.

—Déjame... Deja que te frote la espalda.

—¡Ahora! —insistió ella—. Tengo mucha sed.

Guy apuró el whisky, se levantó despacio del costado de la cama y salió de la habitación.

Ya bien despierta, Rachel esperó hasta que hubo desaparecido para retirar las sábanas y salir de la cama. Sus pies descalzos caminaron sin hacer ruido sobre la alfombra mientras se dirigía al pasillo. Era largo y oscuro como el de un castillo, con un pesado arcón de madera, unos jarrones grandes y feos y una butaca semejante a un trono. Colgaban del techo unas espadas que el abuelo Guy había utilizado en una de sus películas, y en el papel pintado de color rojo oscuro había empotradas unas luces amarillas que parecían velas. Resplandecían tenuemente y alargaban su sombra.

El miedo le atenazaba la barriga —la casa del abuelo Guy era muy grande y oscura—, pero avanzó cautelosamente por el pasillo hasta que llegó a la habitación de su hermana. Giró el pomo con cuidado y empujó con ambas manos la pesada puerta hasta que se abrió lo suficiente para poder colarse al interior.

Becca estaba acurrucada en el centro de la cama, emitiendo con la boca un extraño sonido, pt-pt-pt, como hacía mientras dormía. A veces ese sonido despertaba a Rachel y esta propinaba a su hermana una patadita, pero ahora la hizo sentirse mejor. A Rachel le gustó saber que Becca no estaba asustada, no lloraba ni nada de eso. Ser la hermana de Becca era una gran responsabilidad. Papá le decía que a veces era demasiado quisquillosa con Becca, pero ahora papá ya no estaba y mamá tenía un poco de miedo a Becca, así que Rachel se sentía responsable.

Frunció el ceño mientras miraba la cama. Becca estaba empezando a olvidar a papá, pero ella no podía olvidarlo. Mamá decía que papá estaba demasiado ocupado para verlas, pero Rachel creía que quizá ya no quería verlas porque ella hacía tantas cosas malas. Tal vez si fuese tan buena como Becca él vendría a buscarlas. Frunció los labios obstinadamente. Y cuando él viniera, haría que se arrepintiera de haberlas dejado solas con mamá durante tanto tiempo.

Becca gimió en sueños y movió la boca como si estuviese a punto de echarse a llorar. Rachel se subió al lado de la cama y la acarició.

—No tengas miedo, Becca —susurró—. Yo cuidaré de ti.

Su hermana se tranquilizó. Rachel se disponía a marcharse cuando vio una figura oscura de pie en el umbral. Le temblaron las piernas, y entonces supo que se estaba comportando como una miedica porque no era más que el abuelo Guy.

Se encaminó en silencio hacia él. Su abuelo se hizo a un lado para dejarle salir de la habitación y cerró la puerta. Rachel lo miró. Sostenía su vaso de agua en una mano y otro vaso de alcohol en la otra.

—Vuelve a tu dormitorio —dijo él, hablando todavía de aquel modo lento y extraño.

Volvía a tener sueño y lo siguió. El abuelo Guy andaba algo encorvado, y derramó un poco de agua sobre la alfombra junto a su cama. Cuando ella derramaba algo tenía que limpiarlo, pero su abuelo no parecía darse cuenta.

Retiró las sábanas de su cama. La niña se metió debajo y le cogió el vaso. Sosteniéndolo con ambas manos, tomó un sorbo antes de devolvérselo.

—¿Eso es todo lo que querías?

Parecía a punto de enfadarse con ella.

Rachel asintió.

—Está bien. Acuéstate y vuélvete a dormir.

Había empezado a susurrar, y ella se preguntó si tenía miedo de despertar a Becca, pero su hermana estaba muy lejos.

—Te frotaré la espalda —dijo él—. Te frotaré la espalda un ratito.

No le gustaba la forma extraña en que hablaba, ni tampoco su hedor, pero sí le gustaba que le frotaran la espalda, así que se volvió obedientemente boca abajo y cerró los ojos.

El abuelo Guy metió las manos por debajo de su camisón.

Rachel levantó las caderas para dejar que se lo arremangara más arriba para llegar a su espalda. Empezó a frotarla. El tacto de sus manos era agradable, y la niña bostezó. La música de la radio era suave y hermosa. Se le cerraban los párpados. Pensó en Max y en los monstruos de su cuento favorito. Quizás el día siguiente el abuelo se lo leería. Quizá...

Se dejó llevar sobre la cama como Max en su barca privada. Y entonces algo terrible la despertó de golpe.

Las puertas de hierro forjado dorado y negro, unas de las más recargadas de Bel Air, se hicieron visibles. Eric pisó el freno y el coche coleó al detenerse en seco. El reloj del salpicadero marcaba las 12.07. Había tardado diecinueve minutos en llegar hasta allí. ¿Y si era demasiado tarde?

Sabía que Guy no tenía servicio viviendo en la casa. Todo el mundo llegaba por la mañana y se iba después de la cena. Por la noche, Isabella dormía solo en el gran mausoleo. Solo exceptuando a dos niñas.

Lilly tenía los ojos clavados en las rejas.

—Me he olvidado de las puertas. Oh, Dios mío, Eric, están encerradas. No podemos entrar.

—Yo entraré.

Eric saltó del coche, haciendo caso omiso del dolor en el costado allí donde Lilly lo había herido. Podía hacerlo todo, se dijo. Conducir coches rápidos a velocidades supersónicas, superar barreras impenetrables, entrar en casas cerradas, salvar a inocentes. Lo había hecho una docena de veces. Lo había hecho a puñetazos y con un Uzi en los brazos. Lo había hecho con la tripa sangrando y tuerto. Sin embargo, cuando lo había hecho antes, había sido simulado, pero esta vez era demasiado real.

Encontró un punto de apoyo para el pie en la reja. La cerca no era difícil de escalar, pero el dolor en el costado le dificultaba los movimientos. Tenía la camisa empapada de sangre, y esperaba que Lilly no hubiera alcanzado ningún órgano importante cuando lo había herido.

La casa y la finca estaban protegidas por una serie de células fotoeléctricas. Cuando llegó a lo alto de la puerta y pasó una pierna por encima de la verja, confió en disparar todas las alarmas: dentro de la casa, en la empresa de seguridad y hasta en los oídos de Dios. Saltó al suelo y contuvo la respiración al sentir la punzada de dolor que lo atravesó. Mientras corría hacia la casa, se puso una mano sobre el costado, donde la sangre era húmeda y viscosa. Se precipitó hacia la puerta principal y se apoyó en el timbre con una mano mientras aporreaba los entrepaños tallados con la otra.

—¡Abre! ¡Abre, hijo de puta!

Mientras golpeaba la puerta con el puño, rezó para que sus hijas estuvieran acostadas sin peligro, solas e intactas, pero no era lo bastante optimista para creerlo.

Pasaron los segundos, y cada uno de ellos duró una eternidad. Guy no aparecía, y Eric supo que no podía esperar más tiempo. Corrió hacia la espesa arboleda que flanqueaba un lado de la casa y siguió por el ala este. Cuando llegó a los jardines de la parte de atrás, le pasó por la cabeza el recuerdo de la primera vez que había estado allí, la noche que Lilly lo había llevado a la casa de muñecas y había concebido las gemelas. La atracción que había sentido por ella era tan distinta de la convergencia de almas que experimentaba con Honey que daba la impresión de que le había ocurrido a otra persona. Alejó los pensamientos de Honey. Eran un lujo que no podía permitirse.

Por encima de su propia respiración oyó el sonido de agua corriente en la fuente mediterránea hexagonal. Corrió hacia la puerta que daba acceso a la cocina. Sujetándose el costado con una mano, levantó el pie y rompió el cerrojo de una patada.

La puerta se astilló cuando la golpeó. Durante el espacio de unos segundos el dolor en el costado lo dejó atontado. Se repuso cuando tomó conciencia del insistente pitido de la alarma de seguridad. Y, por encima de ese pitido, oyó otro sonido que le heló la sangre. Los gritos de Rachel pidiendo ayuda.

Rachel se había acurrucado en el rincón del antiguo dormitorio de su madre. Solo llevaba puestas las braguitas y gritaba porque la bestia ya no era un monstruo simpático sino su propio abuelo.

—¡Deja de gritar! —bramó él mientras se le acercaba—. ¡Basta!

Se oían pitidos por toda la casa, pero no parecía que el abuelo Guy los oyera. Apartó una silla de un empujón mientras se acercaba. Ya no hablaba de aquella forma cuidadosa. Se le agolpaban las palabras como el exceso de comida en la boca, chocaba contra los muebles y tenía el pantalón desabrochado. Rachel había visto qué había allí dentro, y era repugnante.

—¡No! —chilló—. ¡No! ¡Tengo miedo!

Lloraba y le moqueaba la nariz. Al principio todo había sido agradable mientras le frotaba la espalda, pero luego le había introducido la mano en las braguitas. Ella conocía la diferencia entre un tacto bueno y un tacto malo, y la había despertado. Se había puesto a gritar, pero él había vuelto a tocarla mal, así que le había dado un puntapié y había saltado de la cama. Pero ahora la perseguía.

—¡Ven aquí, Rachel! —ordenó el abuelo Guy. Enseñaba los dientes, que eran grandes y feroces—. ¡Deja de gritar y ven aquí! Te castigaré si no vienes.

Se abalanzó y ella lanzó otro grito. Lo esquivó para huir por su lado, pero él la atrapó.

—¡No! —chilló la niña al notar los dedos de su abuelo clavándose en sus brazos—. ¡No! ¡Tengo miedo!

—¡Cállate! —Le hedía el aliento cuando la levantó, sujetándola con tanta fuerza que le hacía daño—. ¡Cállate! No te haré daño. Chissst. Solo te frotaré.

—¡Lo diré! —gritó ella, tratando de golpearlo con el pie—. ¡Le diré a mi papá que me has tocado mal!

—No lo dirás. —La llevó hacia la cama y la dejó caer sobre el colchón—. Si lo dices, no volverás a ver a tu madre.

Rachel empezó a sollozar.

Él apartó las sábanas que la niña sujetaba y extendió una mano hacia sus braguitas.

—¡No! ¡No, no hagas eso!

La pequeña pataleó con todas sus fuerzas.

El abuelo Guy soltó un gruñido cuando lo alcanzó un puntapié. Pero entonces se echó sobre ella y volvió a buscarle las braguitas. Rachel tenía las piernas y los brazos tan cansados y temblorosos que no podía resistirse mucho, pero no paró. Se acordaba de su papá, de Parches y de los abordajes piratas en los que las niñas podían luchar como el que más. Volvió a patalear y a gritar y repitió las mismas palabras una y otra vez.

—¡Papá! ¡Papá!

Eric subió las escaleras principales de dos en dos, impulsándose con el pasamanos para moverse aún más deprisa hasta que sus pies parecían casi volar sobre los peldaños enmoquetados. La sangre le palpitaba y el corazón le latía a un ritmo descontrolado. Los gritos de Rachel provenían de detrás de una puerta cerrada al final del pasillo, y en la dirección contraria podía oír el sonido más apagado del llanto de Becca. Se lanzó por el pasillo e irrumpió en la habitación.

Guy estaba en la cama, tendido sobre su hija. Levantó la cabeza y miró a Eric con los ojos nublados por la bebida. Ahora no parecía nada apuesto. Tenía el pelo revuelto, la cara macilenta, con todas las arrugas visibles. La estancia apestaba a alcohol.

Eric cruzó la habitación como un rayo y levantó a Guy del cuerpecito de su hija.

—¡Hijo de puta!

—No... —gimió Guy.

—¡Voy a matarte, hijo de puta!

Eric lo lanzó contra la pared y acto seguido fue a por él. Lo agarró por la pechera de la camisa, lo levantó del suelo donde había caído y empezó a darle puñetazos. La sed de sangre retumbaba en sus oídos y solo el crujir de huesos podía detenerlo. Lo golpeó una y otra vez, destrozándole el rostro. Guy quedó inconsciente, pero Eric no paró. Tenía que vengar a dos niñas inocentes, Rachel y su madre. La cabeza de Guy chasqueó bajo la fuerza del siguiente golpe.

—¡Papá!

Poco a poco, el fragor en sus oídos remitió, y el mundo que lo rodeaba empezó a detenerse. Cuando volvió en sí, vio la ruina del hombre que tenía delante. Presentaba el pómulo destrozado y manaba sangre por la boca y la nariz de un rostro que ya nunca más podría considerarse atractivo. Soltó la pechera de la camisa de Guy y el padre de Lilly se desplomó.

Eric oyó un sollozo y vio que Rachel venía corriendo hacia él. Dando una larga zancada, la atrajo hacia sí y la levantó en brazos.

—¡Papá! ¡Papá!

La niña gritó su nombre y hundió la cara en su cuello. Los bultitos de su columna vertebral le apretaban los dedos. Eric cerró los ojos, embargado por la intensidad del amor que sentía por ella al mismo tiempo que se notaba el corazón latiendo con fuerza contra sus costillas. Una rodilla de su hija se le clavó en el costado herido, pero apenas percibió el dolor. Sintió el contacto del suave tejido de sus braguitas contra sus brazos y se permitió confiar en que hubiera llegado a tiempo.

—No pasa nada, cariño —canturreó entre jadeos—. No pasa nada. Papá está aquí. Papá ha venido.

—El abuelo Guy... Ha intentado... Quería... hacerme daño.

—Ya lo sé, cariño. Ya lo sé.

La besó en las mejillas y probó la sal de sus lágrimas. Oyó a lo lejos la sirena de un coche de policía, pero su única preocupación era la niña que estrechaba entre sus brazos.

—Quería hacerme daño —sollozó Rachel.

—Papá no dejará que vuelva a hacerte daño.

El llanto de Becca se había intensificado en la otra habitación. Con Rachel todavía en brazos, Eric se volvió para dirigirse hacia allí.

—Yo no... No quiero...

Las palabras de Rachel se atascaron en un sollozo y la pequeña le estrechó el cuello con más fuerza.

Él dejó de andar y le acarició la espalda.

—¿Qué, cariño? ¿Qué no quieres?

Su cajita torácica se agitó.

—Dímelo —susurró Eric, con los labios pegados a su mejilla y los ojos anegados de lágrimas.

—No quiero que tú...

—¿Qué, nena?

—No quiero que tú... —le dio hipo— me veas las braguitas.

Se le derritió el corazón en el pecho y la posó despacio en el suelo.

—Claro que no, cariño —susurró—. Claro que no.

Sin dejar de estrecharla con fuerza, cogió la suave bata de algodón amarilla con una cenefa de ositos bailarines que había caído al suelo. Con delicadeza, envolvió a la niña en ella y le restituyó la intimidad a la que tenía derecho.

Con Rachel firmemente sujeta entre sus brazos, la sacó de la habitación y enfiló el pasillo en busca de su otra hija.

31

Honey acababa de realizar una llamada a un vendedor de comida cuando oyó unos golpes en la puerta de atrás del Toril.
—Adelante.
La puerta se abrió y apareció Arthur Lockwood. Ni siquiera en medio de un parque de atracciones de Carolina del Sur dejaba de tener el aspecto de un agente de Hollywood. Tal vez porque siempre estaba esgrimiendo papeles.
—La gente que alquila las atracciones está aquí —anunció—, y tienes que firmar los papeles del tiovivo.
—El tiovivo no tenía que llegar hasta mañana.
Honey cogió los documentos y garabateó su nombre al pie.
Arthur se encogió de hombros cuando ella se los devolvió.
—Yo no trabajo aquí. Solo soy el chico de los recados. Cuando regreses a Los Ángeles, prométeme que no contarás a nadie que he estado aquí negociando con vendedores de perritos calientes y heladeros. Perjudica mi imagen de tiburón.
—Te lo prometo. Y gracias, Arthur.
El agente había llegado al parque hacía dos días para repasar el contrato del telefilme que Eric había elegido como vehículo para su vuelta a los platós, el proyecto que le había expuesto la pasada Navidad sobre el campo de internamiento japonés. El rodaje empezaría al cabo de un mes. Era un guión estupendo, pero el papel de la granjera de Dakota del Norte parecía tan ale-

jado de su talento que se alegraba de estar demasiado agotada para preocuparse por ello.

Arthur habría podido discutir los pormenores del contrato con ella por teléfono, y el hecho que se hubiera presentado personalmente le decía que no estaba seguro de que finalmente firmase el contrato. Pero un trato era un trato y, por más desagradables que fueran las consecuencias, no podía dejar de cumplirlo.

Increíblemente, Arthur no había pronunciado ni una sola palabra de reproche sobre el pacto que ella había hecho con Eric. Incluso había aprobado el papeleo que lo oficializaba. Al parecer los dos hombres hablaban a menudo, pero Arthur no había comentado los pormenores de sus conversaciones con ella, ni ella se lo había pedido. Honey procuró sentirse aliviada por el hecho de que fuera Arthur quien despachaba con Eric en lugar de ella.

Deseó poder preguntarle directamente por Eric, pero no parecía que pudiera encontrar las palabras adecuadas. Tres meses antes, a finales de enero, Lilly había convocado una rueda de prensa ampliamente divulgada en la que había revelado el abuso sexual que había sufrido siendo niña. Según las crónicas, tanto Eric como su madre habían estado a su lado durante la comparecencia. No se aludía para nada a las acusaciones que Lilly había vertido contra Eric, de modo que Honey solo podía suponer que aquellas acusaciones habían sido consecuencia del trauma infantil de Lilly y que Eric había recuperado a sus hijas.

Notó el escozor de las lágrimas y se atareó con el fajo de manoseados papeles.

—Espero que Eric no me tenga preparados más proyectos.

—Esto... estamos hablando. —Arthur se mostró sumamente interesado en su Rolex—. Se está haciendo tarde, y tengo que coger un avión.

—¿Está...? Dijiste que lo habían herido.

—Te lo dije, Honey. Está bien. No fue grave. —Agitó los documentos del tiovivo y le plantó un beso en la mejilla—. Los entregaré cuando me marche. Cuídate. No te excedas con los festejos del fin de semana.

La miró con el ceño arrugado, y ella supo que no estaba contento con su aspecto. Una vez más, era incapaz de dormir. Tenía siempre los nervios de punta, y solo los viajes que seguía haciendo al hospital le proporcionaban cierto deleite. Alternaba entre el agotamiento y una agresividad casi maníaca que le daba la sensación de que podía llevarse un tremendo susto en cualquier momento. Pero solo trabajando duro lograba alejar los pensamientos de Eric.

—Me cuidaré.

Vio marcharse a Arthur y, después de hacer otra llamada, salió del Toril.

Había decidido organizar un evento de reapertura de la Black Thunder el sábado, dentro de tres días. Como ya estaba muy endeudada, unos pocos miles más no importarían. La oficina de atención a las familias del condado le había facilitado una lista de setenta y cinco familias necesitadas, y las había invitado a todas a disfrutar de una tarde en el parque. El evento no sería nada sofisticado, pero todo sería gratis: la comida, unas cuantas atracciones de alquiler para los más pequeños, algunos puestos de juegos y, por supuesto, la Black Thunder.

Mientras se dirigía hacia la montaña rusa, sintió todo el cuerpo dolorido por el cansancio, provocado tanto por la tensión como por el trabajo físico. Hoy era miércoles. Si todo iba bien, la Black Thunder haría su primer viaje de prueba aquella misma tarde. Eso le proporcionaría un par de días más para resolver cualquier problema antes de que llegasen las familias el sábado para la reapertura oficial de la atracción. Dos semanas después saldría hacia California.

Cuando se acercaba, una brigada daba las últimas capas de pintura a la reluciente estación negra. Su interior albergaba el tren restaurado, bajo una funda protectora de plástico, con sus siete vagones de color morado y negro. Los electricistas habían estado cableando el tablero de control, mientras que los ingenieros y el capataz del proyecto andaban ocupados con una serie de pruebas y verificaciones. Hoy harían que el volante original de la Black Thunder accionara la nueva cadena de tracción, alimentado por un motor de cien caballos. La inspección de los frenos estaba en curso, y para media tarde confiaban en soltar el tren, con los vagones cargados con sacos de arena para su primer viaje.

Solo quedaba una parte de la brigada de operarios, y sin el estridente chirrido de las sierras eléctricas y el golpeteo de los martillos las obras estaban anormalmente silenciosas. Honey se detuvo junto a un montón de escombros que esperaba a ser retirado y contempló el enorme mural que colgaba sobre la entrada a la estación.

Era maravilloso, aún mejor que el que había sobre la antigua Casa del Horror. La montaña rusa ocupaba toda la longitud del cuadro, elevándose y encabritándose como un potro salvaje contra un terrorífico cielo de nubarrones y rayos desatados. Ejecutada en morados chillones, negros y grises tormentosos, la pintura tenía la misma energía incontrolable que la atracción. Había llegado desde Winston-Salem, Carolina del Norte, en la caja de un camión de la construcción. La esquina inferior derecha contenía la firma del artista: Gordon T. Delaweese. El talento de Gordon no era más que una de las muchas cosas en las que se había equivocado.

Recordó su última conversación con Chantal, un monólogo incesante en el que su prima había descrito todas las virtudes de la escuela de estética a la que asistía para aprender a hacer peinados. Honey se frotó los ojos con cansancio. ¿Cuántas veces le había dicho Dash que debía dejar de intentar manejar la vida de los demás?

Sandy Compton, el capataz del proyecto, se le acercó.

—Honey, estamos a punto de cargar los vagones con sacos de arena y lanzar el tren.

Experimentó una mezcla de ilusión e inquietud. Por fin iba a ocurrir.

—No te extrañes si el tren no logra completar todo el trayecto la primera vez —advirtió Sandy—. Recuerda que la vía está rígida, y tenemos que efectuar ajustes. Esperamos alguna dificultad en la colina de elevación, y la espiral puede darnos problemas.

Ella asintió.

—Entiendo.

Durante las tres horas siguientes presenció cómo la Black Thunder iba cobrando vida. El tren, cargado con sacos de arena, se esforzaba por trepar por la colina de elevación. Se paraba, se movía, volvía a detenerse, hasta que se corrigió un problema en el motor. Cuando finalmente el tren coronó la cresta y se precipitó en la primera caída, se sintió como si ella misma hubiese despegado del suelo. El convoy completó el resto del trayecto, espiral incluida, y para cuando recaló en la estación todo el mundo aplaudía y vitoreaba.

La Black Thunder volvía a funcionar.

El resto de la semana se le pasó volando. El jueves la montaña rusa ya estaba lista para cargar ocupantes humanos y los ingenieros bajaron eufóricos de su primer viaje de prueba. Si bien aún había que alisar algunos tramos de la vía para mitigar en parte la violencia del trayecto, era justamente eso lo que querían: un viaje rápido y peligroso, apenas controlado.

A media tarde del jueves, el capataz abordó a Honey para decirle que habían superado la inspección de seguridad. Y entonces le preguntó si quería subir en el siguiente viaje.

Ella sacudió la cabeza.

—Todavía no.

Tampoco montó el viernes. Aunque se pasó todo el día corriendo para ultimar los preparativos de la celebración de la tarde del sábado, no era su carga de trabajo lo que le hizo renunciar, sino el hecho de que hubiese tanta gente alrededor. El operario que manejaría la atracción había accedido a venir al parque a primera hora del sábado antes de que llegara nadie más. Solo entonces, cuando pudiera estar a solas, haría su viaje.

Miró a su alrededor. Más de la mitad del parque estaba vallado por motivos de seguridad, pero esa parte había cobrado vida ante sus propios ojos. El material para los vendedores de comida estaba situado no muy lejos de la estación de la Black Thunder, y un tiovivo de alquiler ocupaba el mismo sitio en el que había funcionado el antiguo. Habían instalado un castillo hinchable para los niños más pequeños, así como una serie de puestos de juegos, que serían regentados por los miembros de una iglesia local. Pero la verdadera atracción era la Black Thunder.

Reconstruir la montaña rusa le había costado un millón de dólares. Estaba arruinada y endeudada, pero no se arrepentía. A la mañana siguiente, al amanecer, subiría al primer vagón y vería si podía tomar contacto con lo eterno que finalmente le permitiría hacer las paces con la muerte de Dash.

Vio a una niña, hija de alguno de los obreros, con los ojos levantados hacia la montaña rusa. La pequeña había inclinado la cabeza en un ángulo tan agudo que las puntas de su cabellera oscura le rozaban la cintura de los vaqueros. Tenía una expresión tan concentrada que Honey sonrió mientras se le acercaba.

—Hola. ¿Buscas a alguien?

—Estoy esperando a mi papá.

La niña llevaba el pelo recogido con una serie de pasadores que no hacían juego. Con los vaqueros vestía una camiseta decorada con un remolcador de satén rojo y amarillo, unas zapatillas Nike gastadas y un brazalete de plástico rosa neón salpicado de purpurina.

—Esta montaña rusa es muy grande —observó.

—Sí que lo es.

Se volvió para mirar a Honey.

—¿Da miedo?

—Es bastante fuerte.

—Yo no me asustaría —se jactó la chiquilla—. No me da miedo nada. —Entonces puso cara larga—. Solo que tengo pesadillas.

—¿Has montado alguna vez en una montaña rusa? —inquirió Honey.

—Solo para pequeños.

—Qué lástima.

La niña soltó un bufido de indignación.

—Cuando fuimos a Disneyland quería montar en la Space Mountain, pero mi papá no me dejó por culpa de las pesadillas. Se portó muy mal. Y luego nos obligó a marcharnos pronto porque dijo que yo estaba de mal humor.

Honey ocultó su diversión.

—¿Lo estabas?

—Vomité el cucurucho de helado, pero no quería mancharle la camisa, y él no debería habernos obligado a irnos.

Honey no pudo evitar sonreír, sobre todo porque no era la responsable de criar a aquella mocosa. Algo en ella le recordó a otra niña que también se había lanzado a la vida sin amilanarse.

La pequeña la miró con reproche.

—No fue nada divertido.

Honey se puso seria en el acto.

—Lo siento. Tienes razón. Desde luego que no fue divertido marcharse pronto de Disneyland.

—Papá ya ha dicho que no puedo montar en la Black Thunder. Me puse a llorar, pero no quiso cambiar de opinión. Es muy malo.

Apenas habían salido estas palabras de su boca cuando una gran sonrisa iluminó su cara al ver a alguien detrás de la espalda de Honey.

—¡Papá! —chilló.

Y salió a la carrera, moviendo piernas y brazos.

Honey sonrió al oír un ¡uf! de respiración aliviada. ¿Cuál de sus trabajadores sería el padre de aquel bicho? Cuando estaba a punto de volverse para verlo, oyó aquella voz inolvidable.

—¡Santo Dios, solo han pasado cinco minutos, Rach! Mírate el codo. Y te he pedido que esperaras mientras llevaba a Becca al baño.

El mundo entero de Honey se inclinó. Sus emociones saltaron entre una penetrante sensación de gozo y un miedo asfixiante. Tomó conciencia de golpe de sus vaqueros sucios y su pelo despeinado. ¿Qué hacía él allí? ¿Por qué no se había mantenido alejado para dejarla a salvo de él? Poco a poco, se volvió para hacerle frente.

—Hola, Honey.

El hombre plantado delante de ella no era ninguno de los que conocía. Era un desconocido caro, un icono con un Oscar dorado sobre la repisa de la chimenea de su casa y los agentes del poder del mundo a sus pies. El parche en el ojo había desaparecido. La melena que ella tan bien recordaba había sido domada en forma de un corte de pelo de doscientos dólares que no le llegaba al cuello de la camisa. Su ropa exudaba dinero y estilo europeo: una camisa de diseño en lugar de franela, un pantalón algo holgado de un gris tenue en vez de vaqueros descoloridos. Se quitó las costosas gafas de sol y las introdujo en el bolsillo de su camisa. Sus ojos turquesa de estrella de cine no revelaban ninguno de sus sentimientos.

Honey trató de hacer encajar las piezas para poder relacionar al astro cinematográfico con el payaso, el obrero de la construcción y, sobre todo, con el hombre que le había dejado ver sus demonios particulares, pero no pudo establecer el vínculo.

No hasta que él bajó la vista hacia sus hijas. En ese momento, sus falsas identidades se esfumaron y ella supo que el hombre que tenía delante era el mismo que había desnudado su alma aquella noche, cuatro meses antes, mientras estaban sentados en la cúspide de la Black Thunder.

—Parece que ya conoces a Rachel —dijo—. Y esta es su hermana, Becca.

Honey bajó la mirada hacia la niña que daba la mano a su padre, pero antes de que pudiera decir nada, Rachel se separó de su lado y corrió hacia ella.

—Becca tiene síndrome de Down —dijo en un susurro tan fuerte que habría podido oírse en todo el mundo—. No le digas nada malo. Que no sea como los demás no significa que no sea lista.

A Honey le costó trabajo articular palabra. No serviría de nada explicar a Rachel que su silencio no había sido provocado por la discapacidad de su hermana, sino por su padre.

—Hola, Becca —logró decir con voz temblorosa—. Me alegro de conocerte.

—Hola —respondió Becca con timidez.

Al parecer, la actitud de Honey había complicado a Rachel, porque asintió con aprobación y regresó junto a su padre.

Honey introdujo las puntas de los dedos en los bolsillos de sus vaqueros y se dirigió a Eric por primera vez.

—Yo... creía que estabas trabajando en una película.
—Ya la he terminado. He decidido que no podía perderme el gran evento.

Sus ojos eran inexpresivos cuando los levantó hacia la Black Thunder.

—No te esperaba —repuso ella a lo tonto.
—No, ya me imagino que no. —Su boca de chico malo adoptó la expresión cínica tras la que se ocultaba cuando se sentía dolido—. ¿Cómo ha ido tu viaje mágico?
—Pues... todavía no lo he hecho.

Él levantó una ceja.

—¿Esperas a la luna llena?
—No, Eric.

Los interrumpió la voz de Rachel, cuyo tono era inequívocamente de censura.

—Creía que dijiste que Honey era una persona mayor. Es pequeña.
—Ya basta, Rach.
—Apuesto que yo seré más alta que ella cuando haga tercer curso. Es una canija para ser un adulto.
—Rachel...

La voz de Eric tenía un dejo de advertencia.

—No pasa nada, Eric.

Había algo decididamente calculador en los comentarios de Rachel, y a través de su aflicción Honey notó una chispa de admiración, por no hablar de una curiosa afinidad. Conocía perfectamente aquella actitud desafiante.

—Puede que sea bajita, nena —dijo—. Pero soy fuerte.
—Yo también soy fuerte —replicó Rachel.
—Eso ya lo veo, pero te falta mucho para llegar a ser tan fuerte como yo. —Honey hundió las puntas de los dedos en los bolsillos traseros de sus vaqueros—. Me ocupaba de este sitio cuando no era mucho mayor que tú. Es lo que hay dentro de una persona lo que importa, no lo que hay fuera. Nadie con un dedo de frente se mete nunca conmigo.
—Ay, Dios mío —murmuró Eric—. Sabía que ocurriría esto.

Rachel la miró con el primer indicio de respeto.

—¿Eres lo bastante fuerte para luchar con un hombre?

—Con una docena —respondió Honey sin vacilar.

—Yo tuve que luchar con mi abuelo Guy. Me hizo tocamientos feos.

Honey sintió una oleada de indignación al percatarse de que el caso de Lilly ocultaba más de lo que se había divulgado. Disimuló su consternación, y la única emoción que se permitió exhibir fue respeto.

—Apuesto que se arrepintió de haberse metido contigo.

Rachel asintió enérgicamente.

—Grité y chillé fortísimo, y luego papá le pegó. El abuelo Guy tuvo que ir a un hospital especial para...

Miró a su padre con vacilación.

—Alcohólicos —apuntó él.

—Un hospital para alcohólicos —continuó Rachel—. Y Becca y yo ya no tenemos que volver a estar solas con él. Papá dijo que no tengo que dejar que nadie me vea las braguitas.

—Eso está bien —repuso Honey—. Algunas cosas son muy íntimas, ¿verdad?

Pero Rachel ya no tenía interés en hablar del pasado. Sus ojos regresaron a la Black Thunder.

—No soy un bebé. No entiendo por qué no puedo montar en la montaña rusa, papá.

—No hablaremos más de eso —sentenció Eric.

Honey interrumpió la discusión que se veía venir.

—¿Dónde os alojáis?

—En el hotel del pueblo.

—No sé por qué no podemos estar aquí como hiciste tú, papá. —Rachel se dirigió a Honey—. Papá nos ha contado que ayudó a construir la Black Thunder, ¿verdad, papá? Y que vivió aquí, en medio del parque de atracciones.

—No es exactamente un parque, Rachel —advirtió Honey—. Si esperas algo como Disneyland, quedarás decepcionada. Solo hay lo que ves. La Black Thunder y unas pocas atracciones de alquiler que se irán el lunes por la mañana.

—No me importa. ¿Por qué no podemos quedarnos en el parque donde estuviste tú, papá? Becca también quiere, ¿verdad, Becca?

Su hermana asintió obedientemente.

—Becca quiere estar aquí.

—Lo siento, niñas.

Rachel tiró a su padre del brazo.

—Si nos quedamos en el hotel todo el mundo te molestará pidiendo autógrafos como hicieron en el avión. Yo quiero estar aquí. Y Becca también. Y ella ya no moja la cama, Honey, así que no tienes que preocuparte.

Becca la miró tan avergonzada que Honey no pudo menos que sonreír.

—No estaba nada preocupada.

Eric no miró a Honey. En lugar de eso, tenía puestos los ojos en su hija.

—Lo siento, Rachel, pero no creo que sea una buena idea.

—Acuérdate de la última vez que estuvimos en un hotel, y yo tuve una pesadilla y no podía parar de gritar. Vino aquel hombre, llamó a la puerta y dijo que llamaría a la policía.

Honey vio la vacilación de Eric y, si bien no estaba enterada de los detalles, pudo adivinar su dilema.

—No me importa, Eric —dijo con frialdad—. Tú decides.

Eric se encogió de hombros.

—Supongo que no tengo alternativa, ¿verdad?

Rachel soltó un grito y se puso a saltar. Becca también chilló y empezó a saltar a su vez.

—Vamos a mirar.

Rachel cogió a Becca de la mano y echó a correr hacia el tiovivo alquilado, apenas visible entre los árboles.

—¡No os perdáis de vista! —gritó Eric a las niñas.

—¡No lo haremos! —le respondió Rachel.

—Lo harán. —Eric suspiró.

Se volvió hacia Honey.

—Habrías podido decir que no.

—¿Y exponerme a otro tiroteo de tu hija? No, gracias.

Él sonrió.

—Es terrible, ¿eh?

—Es maravillosa, y tú lo sabes.

Se interpuso un incómodo silencio entre ambos. Eric se metió las manos en los bolsillos del pantalón.

—Tenía intención de venir solo, pero Rachel se puso como loca cuando le hablé de ello.

—Me imagino que temía que no volvieras.

Se le ensombreció el rostro.

—Como habrás deducido, el padre de Lilly la atacó, y desde entonces ha tenido unas pesadillas terribles casi todas las noches.

Honey sintió náuseas cuando él la puso al corriente de los pormenores.

—El mero hecho de separarla de mí durante el día ya ha costado mucho. El psicólogo infantil que está trabajando con nosotros no cree que deba forzar la situación, y estoy de acuerdo. Rachel tiene que volver a sentirse segura.

—Claro que sí.

—Ningún niño tendría que pasar por su experiencia —añadió él con amargura.

Honey quiso tenderle la mano, pero en lugar de eso miró hacia la montaña rusa.

—Mañana te dará la lata para montar en la Black Thunder.

—Ya lo sé. Es uno de los motivos por los que no debería haberla traído, pero estaba demasiado ensimismado para pensarlo detenidamente.

¿Por qué había venido? Honey no se atrevía a preguntarlo, y él no parecía dispuesto a explicárselo.

—Creo que tendré que salir de expedición —dijo Eric.

Ella echó una mirada hacia el tiovivo. Tal como él había predicho, las niñas se habían perdido de vista.

—¿Por qué estás aquí, Eric?

Sus ojos de estrella de cine la observaron.

—Tengo que seguir adelante con mi vida, Honey. Quiero averiguar si hay algún futuro para nosotros dos o si me estoy engañando.

Su franqueza la sorprendió y la consternó a la vez. Se percató de que el verdadero Eric era poco menos que un desconocido para ella, y no estaba segura de cómo protegerse de él.

—Eric, yo...

La interrumpió la voz de Rachel, gritando desde el otro lado de los árboles.

—¡Papá! Ven a ver qué hemos encontrado.

—Tengo que irme. Te recogeré a las seis para ir a cenar.

—No creo que sea...

—Ponte guapa.

Ella abrió la boca para discutir, pero él ya se alejaba.

Honey se puso el único vestido que había traído, un sencillo vestido tubo de color verde jade que se acababa muy por encima de sus rodillas. Lo combinó con unas medias opacas a juego y unos zapatos verde jade. Un grueso collar egipcio de oro complementaba el sencillo escote redondo. La otra única joya que tenía era su alianza.

—¡Genial! —Rachel giró en círculo en medio de la sala-comedor de la caravana de Honey—. ¡Esto es genial, papá! ¿Por qué no podemos vivir en una caravana como esta?

—Venderé la casa mañana.

—Está siendo sar-cát-si-co, Becca.

—«Sarcástico.»

Eric la corrigió automáticamente mientras sus ojos se empapaban de la imagen de Honey Jane Moon Coogan. Se había inclinado hacia delante para que Becca pudiera tocar su collar, y cuando vio a su hija introducir la mano en la cabellera de Honey, trató de no pensar en cuánto le apetecía a él hacer lo mismo.

—Yo me sentaré al lado de Honey —anunció Rachel cuando salían de la caravana y se encaminaban hacia el aparcamiento donde habían estacionado el coche de alquiler—. Tú siéntate en el asiento de delante con papá, Becca.

Para su sorpresa, Becca se puso a patalear.

—Yo quiero sentarme con Honey.

—No, tonta. Yo la he visto primero.

Honey se situó entre las niñas y les dio la mano.

—Las tres nos sentaremos detrás. Dejaremos que vuestro papá nos haga de chófer.

—Estupendo —masculló Eric, empezando a desear haberse traído a la niñera para poder tener a Honey para él solo un ratito.

Para cuando llegaron los postres, estaba definitivamente arrepentido de no haber traído a la niñera. Sus hijas habían monopolizado por completo la atención de Honey. De todos modos, no es que hubiese podido mantener una larga conversación con ella. Cada vez que levantaba el tenedor, aparecía alguien junto a su mesa para pedirle un autógrafo.

Frente a él, Honey soltó un suave silbido de admiración cuando Becca contó sus cuatro vasos de agua.

—Está muy bien, Becca. No hay duda de que sabes contar.

Becca había florecido desde que Eric la había recuperado. Había dejado de mojar la cama, y su capacidad de habla había dado un salto gigantesco. Normalmente tímida con los desconocidos, charlaba con Honey como una cotorrita.

Se fijó en su hermana. Honey y Rachel habían mantenido varios conflictos de voluntades durante la cena, pero Honey los había ganado todos. Eric seguía esperando que Rachel se vengara con una rabieta, pero parecía existir algún tipo de entendimiento tácito entre ellas. No lo sorprendía del todo. En todos los aspectos exceptuando el físico, Rachel habría podido ser hija de Honey en vez de Lilly. Las dos mujeres a las que quería tenían una capa externa dura y agresiva y un interior de merengue blando. Eran afectuosas, leales y tremendamente protectoras. También compartían toda una carga de rasgos negativos en los que no quería pensar, encabezados por la testarudez.

Al otro lado de la mesa, Rachel estaba descontenta con el hecho de que su hermana hubiera conquistado la atención de Honey, así que lamió su cucharilla y se la metió en la nariz. Honey no le hizo caso hasta que la cucharilla cayó, y entonces la felicitó por su vestido.

Eric mudó sus pensamientos hacia Lilly. La semana anterior habían hablado. Ella trabajaba con un terapeuta excelente —el mismo que lo ayudaba a ocuparse del trauma de Rachel— y estaba más en paz consigo misma de lo que él podía recordar. Para aliviar la culpa que sentía por la situación por la que los había hecho pasar a todos, le había concedido la plena custodia de sus hijas, creyendo que él podría ayudar a curarlas de un modo del que ella era incapaz.

Después de una de sus primeras sesiones con el terapeuta, habían hablado los dos.

—Quiero mucho a las niñas —había confesado Lilly—, pero he constatado que las únicas veces que me siento realmente a gusto con ellas es cuando estás tú supervisando. Ojalá pudiera ser tía Mame.*

—¿A qué te refieres con eso?

—Ya sabes. Venir a la ciudad. Colmarlas de regalos. Besarlas como loca. Y luego desaparecer, dejándote la responsabilidad de criarlas. ¿Crees que soy horrible?

Él había sacudido la cabeza.

—No me parece que seas nada horrible.

Sabía que Lilly estaba afrontando los sucesos de su pasado lo mejor que podía, y hasta entonces las niñas habían estado aceptando las apariciones y desapariciones de su madre en sus vidas. Pero sus propias desapariciones eran harina de otro costal, y era por eso por lo que se había visto obligado a traerlas a Carolina del Sur.

—¿Tienes pesadillas alguna vez? —preguntó Rachel a Honey.
—A veces —contestó Honey.
—¿Dan miedo?

Honey volvió la mirada hacia Eric y la apartó enseguida.

—Mucho miedo.

Rachel la observó pensativa.

---

* La protagonista de la película *Esta tía es un demonio* (1958), en la que Rosalind Russell interpreta a la extravagante tía de un joven, Patrick, que es abandonado al morir su padre. (*N. del T.*)

—¿Te casarás con mi papá?
—Basta de preguntas, Rach.

Eric hizo un ademán para pedir la cuenta.

Cuando el camarero se encaminaba hacia ellos, el nudo que se notaba en el estómago confirmó a Eric que no deseaba oír la respuesta de Honey.

32

Honey besó primero a Rachel y después a Becca en la frente.
—Buenas noches, niñas.
—Duerme bien —murmuró Becca, antes de arrebujarse entre las sábanas.
—Buenas noches, Honey.
Rachel le lanzó tres sonoros besos.
Honey salió del dormitorio mientras Eric se despedía de sus hijas. Se había sentido halagada cuando las niñas le habían insistido en que participara en su ritual a la hora de acostarse, pero ahora que había terminado se sentía vacía y sola. Dash se había equivocado no dejándole tener un hijo.
Eric se dirigió a sus hijas desde el umbral de la puerta detrás de ella.
—Honey y yo salimos a dar un paseo. No nos alejaremos. La ventana está abierta, así que puedo oíros si gritáis.
—Asegúrate de volver, papá —dijo Rachel.
—Lo haré, Rach. Te lo prometo. Siempre volveré.
El énfasis de la respuesta de Eric indicaba que aquel era un ritual que se repetía a menudo entre los dos.
Honey no quería salir a dar un paseo con él, pero ya estaba a su lado cogiéndola suavemente por el codo y conduciéndola hacia la puerta. Era la primera vez que la tocaba.
La noche era templada y la luna colgaba tan baja en el cielo que parecía que la hubieran robado del decorado de un baile de

instituto. Eric se había dejado dentro la chaqueta y la corbata, y su camisa emitía destellos de un azul blanquecino bajo la luz.

—Has estado estupenda con las niñas. Rachel es tan absorbente que la mayoría de los adultos tienden a pasar por alto a Becca.

—Ha sido un placer. Has hecho un buen trabajo con ellas.

—Estos últimos meses han sido duros, pero creo que ahora pisamos un terreno más firme. Lilly me ha concedido la plena custodia.

—Eso es estupendo, aunque la mayoría de los hombres lo considerarían más una carga que un placer.

—Me gusta ser padre.

—Ya lo sé.

Una vez más pensó en cuánto le habría gustado tener una familia propia y crear para otra persona la infancia que ella hubiera deseado vivir. El deseo de formar parte de un grupo de personas que se querían unos a otros había sido la fuerza motriz que había impulsado su vida desde que podía recordar, y no estaba más cerca de conseguirlo que antes. Solo durante su matrimonio con Dash había sabido qué era formar parte de otra persona, y el don de amor que él le había regalado había sido tan valioso que su vida se había terminado al perderlo.

Caminaron unos momentos en silencio hasta que salieron al claro que bordeaba el lago. Eric lanzó una mirada hacia el Toril. Su voz de actor, que tan bien solía dominar, sonó áspera.

—No hagas ese viaje mañana, Honey.

La luna de baile de instituto pendía a su espalda, perfilándole la cabeza y los hombros contra un resplandor plateado y haciéndole parecer más grande que al natural, como sucedía en la pantalla. Pero no era una estrella de cine el que estaba plantado frente a ella, sino solo un hombre. Una guerra terrible estalló en su interior: el irresistible impulso de abandonarse entre sus brazos luchando contra la desesperación que le generaba el mero hecho de plantearse semejante traición.

—Eric, he renunciado a todo para hacer esto. No me queda nada más.

—Tienes una carrera esperándote.

—Tú sabes más que nadie cuánto me asusta.

—Pero de todos modos hiciste un trato conmigo —replicó él con amargura—. Vendiste tu alma al diablo para poder hacer tu viaje mágico.

«Vendí mi alma a un ángel», pensó Honey, pero como no podía arriesgarse a decirle ninguna palabra dulce, permaneció en silencio.

Eric bufó contrariado.

—Ni siquiera puedo acercarme a ocupar la sombra de Dash, ¿verdad?

—Esto no es una competición. Yo no hago esa clase de comparaciones.

—Por suerte para mí, porque no resulta nada difícil adivinar quién sería el perdedor. —Habló con una voz que no contenía el menor rastro de autocompasión; se limitaba a enunciar hechos—. Dash siempre llevará el sombrero blanco, con una estrella de hojalata reluciente prendida en el chaleco. Representa todo lo bueno, todo lo noble y heroico. Pero yo siempre he caminado demasiado cerca del lado malo.

—Eso son papeles cinematográficos. No tienen nada que ver con la vida real.

—¿A quién tratas de convencer, señora Coogan? ¿A mí o a ti misma? Se reduce a una realidad simple e ineludible. Tú siempre has tenido al mejor, y no vas a conformarte con el segundo mejor.

—No pienses eso de ti mismo —repuso ella con desconsuelo—. No tienes que ser el segundo de nadie.

—Si eso es cierto, ¿por qué es tan importante que subas a esa montaña rusa mañana por la mañana?

Honey no encontraba las palabras para explicarlo. Frente a la implacable hostilidad de Eric, su confianza en el poder de una montaña rusa parecía ridícula. Había intentado hacerle entender, en vano, que quería recobrar la fe en Dios que había perdido, la creencia en que el amor era una fuerza más poderosa en el universo que el mal. Jamás podría hacerle comprender su certeza de que volvería a encontrar la esperanza en ese camino y, de paso, despedirse de Dash. Presa de la frustración, pronunció unas palabras que eran dañinas en lugar de curativas.

—¡Tengo que encontrarlo! Solo una vez más.

Los ojos de Eric se ensombrecieron de dolor, y su voz fue un murmullo ronco.

—No puedo rivalizar con eso.

—Tú no lo entiendes.

—Entiendo que te quiero y deseo casarme contigo. Y entiendo que tú no sientes lo mismo por mí.

Honey se sintió atravesada por un torrente de emoción tan intenso que la debilitó. Eric era un hombre que había erigido un millón de defensas para protegerse de los ataques del mundo, todas las cuales se habían desmoronado. Eso hacía que ella le quisiera todavía más, a ese hombre hermoso y atormentado, que había nacido con demasiada sensibilidad para salir ileso de los males que veía a su alrededor. Solo que no era libre de amarlo. Su corazón aún estaba encadenado por otro amor, al que no podía renunciar.

Volvió su cara hacia la de él.

—Lo siento, Eric. Quizás a partir de mañana por la mañana pueda pensar en el futuro, pero...

—¡No! —exclamó él—. Ya no pienso seguir compitiendo con un fantasma. Quiero algo mejor que eso.

—Por favor, Eric. Esto no tiene nada que ver contigo.

—Tiene todo que ver conmigo —replicó con vehemencia—. No puedo construir mi vida con alguien que mira atrás. —Hundió los puños en los bolsillos—. Traer a las niñas aquí ha sido un terrible error. Ya han tenido suficiente inestabilidad en sus vidas. Sabía lo bien que les caerías, y no debería haber corrido ese riesgo con ellas. Si hubiera venido solo, tal vez me habría quedado por aquí cerca y te habría dado la mano durante los diez o veinte años siguientes mientras decidías si ibas a salir o no de la tumba. Pero ya las han engañado demasiadas veces, y no puedo dejar entrar en sus vidas a nadie que no tenga nada mejor que darnos que migajas de amor.

Honey quiso acallar su dolor. Ojalá no entendiera tan bien lo que él sentía.

—¿No te das cuenta de que quiero darte algo mejor que eso? —gritó—. ¿No te das cuenta de cuánto deseo amarte?

Eric volvió a torcer el gesto.

—Una tarea ardua, ¿verdad?

—Eric...

—No hagas ese viaje mañana —insistió él en voz baja—. Elígeme a mí, Honey. Esta vez elígeme a mí en lugar de a él.

Honey se percató del orgullo que le había costado pedírselo, y se odiaba por el daño que le estaba haciendo.

—Haré cualquier otra cosa que me pidas —dijo a la desesperada—. Cualquier cosa menos eso. Es lo único a lo que no puedo renunciar.

—Y es lo único que yo quiero.

—Necesito ese viaje para liberarme.

—No creo que quieras liberarte. Creo que quieres aferrarte a Dash para siempre.

—Él era el centro de mi vida.

Los atractivos rasgos del rostro de Eric estaban lívidos, carentes de esperanza.

—Cuando hagas ese viaje mañana por la mañana, espero que obtengas tu epifanía, o lo que sea que confías que ocurra, porque de lo contrario habrás pagado un precio muy caro por nada.

—Eric, por favor...

—No quiero tu compasión. Ni tampoco quiero tus migajas. El amor tiene que darse generosamente, y si no puedo recibirlo, no quiero nada. —Sus ojos conservaban una dignidad triste—. Estoy harto de caminar por el lado malo, Honey. Quiero caminar por la luz algún tiempo.

Se apartó de ella. Honey se sintió la piel tan fría como una tumba mientras lo veía regresar con sus hijas dejándola sola en el corazón tranquilo y silencioso de su parque de atracciones muerto.

Aquella noche, como no podía conciliar el sueño, se puso la ropa de trabajo y se encaminó hacia la Black Thunder. Había caído la niebla durante la noche, y la montaña rusa ofrecía una imagen espectral. El entramado geométrico de la mitad inferior emitía un sobrenatural resplandor sulfúreo provocado por las luces amarillas de seguridad que había colgadas dentro del armazón. Pero la mitad superior había desaparecido en la arremolinada niebla, hasta el punto de dar la impresión de que las cimas de las grandes colinas habían sido cortadas.

Honey solo vaciló un momento antes de empezar a trepar hacia la cúspide. Los bancos de niebla la rodeaban y al poco rato ya no podía ver el suelo. Estaba sola en el universo con la montaña rusa por la que lo había entregado todo.

Cuando alcanzó la cima, se sentó sobre la vía y recogió las piernas. La noche era silenciosa como la muerte. Se permitió flotar sobre la tierra en un mundo de madera y niebla. Se sorprendió recordando a la niña que había sido, la chiquilla que en cierta ocasión había viajado a bordo de la gran montaña rusa de madera a través del valle de la muerte. Pero ya no era una niña. Ahora era una mujer, y no podía esconder el hecho de que le quería.

Solo a Eric. No al peligroso desconocido del parche en el ojo, ni al payaso pirata al que se había convencido de que podía querer sin peligro, ni al multimillonario astro cinematográfico. Sus identidades habían sido arrancadas. No le quedaba nada detrás de lo que esconderse. No quedaba nada detrás de lo cual ella pudiera ocultar sus sentimientos por él.

Apretó la mejilla contra su rodilla flexionada, acurrucándose con desconsuelo mientras las lágrimas se derramaban de las comisuras de sus párpados. Él tenía razón. Su amor por él no era una ofrenda generosa y gozosa, como debería ser el amor. En lugar de eso, estaba ensombrecido por el pasado, por el amor que no podía olvidar, el hombre al que no podía renunciar. Eric se merecía algo mejor que las migajas de amor que le ofrecía. Pero la única forma en que podía esperar liberarse del pasado consistía en montar en la montaña rusa, y si hacía eso, lo perdería para siempre.

«Dash, necesito tu consejo. No puedo seguir adelante si no consigo dejarte descansar. Dime cómo puedo hacerlo sin traicionar todo lo que significamos el uno para el otro.»

Pero la barrera de la muerte permanecía impenetrable y, una vez más, él se negó a hablarle.

Se quedó en la cima de la colina de elevación durante toda la noche. En la profunda negrura que precedía el alba, el silencio fue roto por los estridentes gritos de una niña. El sonido era lejano —provenía del otro lado del parque—, pero no por ello resultaba menos escalofriante mientras Rachel Dillon manifestaba a voz en grito el terror de la inocencia perdida.

El cielo era de un gris perla, inmovilizado en ese momento preciso justo antes del amanecer. Tony Wyatt, el operario que haría funcionar la Black Thunder ese día, se dirigía hacia Honey a través de la hierba húmeda. La niebla de la noche anterior se había levantado, y el humo se elevaba del café del vaso de plástico que sujetaba. Cuando saludó con un gesto con la cabeza, apenas si parecía haber despertado.

—Buenos días, señora Coogan.

Ella bajó los últimos peldaños de la escalera y lo saludó. Tenía todo el cuerpo dolorido por el cansancio. Estaba helada y le escocían los ojos por la falta de sueño.

—Ya he recorrido la vía —anunció—. Todo parece correcto.

—Me alegro. Viniendo hacia aquí he oído el parte meteorológico. Hará bueno.

El hombre se encaminó hacia la estación.

Honey levantó la vista hacia la montaña rusa. Si hacía su viaje, perdería a Eric, pero si no lo hacía, nunca sería capaz de hacer las paces con su pasado.

—¡Honey!

Sobresaltada, se volvió y vio a Rachel corriendo entre los árboles hacia ella. Iba vestida con vaqueros y una sudadera rosa puesta del revés. No se había peinado y tenía una expresión colérica.

—¡Le odio! —gritó cuando se detuvo delante de Honey. Tenía los ojos brillantes por las lágrimas no derramadas y la boca temblorosa, pero testaruda—. ¡No me iré a casa! ¡Me escaparé! Quizá me moriré y entonces se arrepentirá.

—No digas eso, Rachel.

—Teníamos que quedarnos para la celebración, pero papá nos ha despertado esta mañana y ha dicho que iríamos al aeropuerto. ¡Pero si llegamos aquí ayer! Eso significa que no podré montar en la Black Thunder.

Honey trató de disimular su dolor por la noticia de que Eric se marchaba concentrándose en Rachel.

—De todos modos no iba a dejarte montar —le recordó con delicadeza.

—¡Lo habría convencido para que me dejara! —exclamó Rachel. Recorrió con la mirada el perfil de la montaña rusa—. Tengo que subir, Honey. Tengo que hacerlo.

Honey se sintió como si la necesidad de Rachel fuera suya. No intentó comprender la afinidad que experimentaba con aquella niña; simplemente la aceptó. Mientras la acariciaba entre los hombros, sintió deseos de llorar.

—Lo siento, cariño. De veras.

Rachel rechazó su compasión.

—Es por culpa tuya, ¿verdad? Los dos os peleasteis.

—No fue una pelea. Es difícil de explicar.

—¡No me iré! Ha dicho que nos hará un regalo especial para compensar que nos vamos, pero no quiero ningún regalo especial. Quiero montar en la Black Thunder.

—Rachel, es tu padre, y tienes que hacer lo que él te diga.

—¡Tienes toda la razón! —La voz de Eric resonó detrás de ellas—. Ven aquí ahora mismo, jovencita.

Salió con paso airado de entre los árboles llevando a Becca en brazos. Cuando llegó al claro, la dejó en el suelo y se enderezó para mirar con irritación a su otra hija.

Rachel le devolvió la mirada, imitando inconscientemente su postura, con las piernas separadas y los brazos tensos a ambos lados de su cuerpecito.

—¡No! —gritó—. ¡No iré al aeropuerto contigo! ¡No me gustas!

—Eso es muy feo. Ven aquí.

Honey se sintió el corazón oprimido en el pecho. Veía por el agotamiento en su rostro que Eric había llegado al límite. Quería rogarle que no se fuera, pero no tenía ningún derecho. ¿Por qué tenía que ser tan testarudo? ¿Por qué insistía en ponerla a prueba? Pero al mismo tiempo que se planteaba estas preguntas, sabía que él tenía derecho a esperar todas aquellas cosas que ella aún no podía dar.

—¡Ahora! —bramó Eric.

Rachel se echó a llorar, pero no se movió.

Honey avanzó medio paso, impulsada por una repentina e inquebrantable certeza de que Eric se equivocaba al no dejar que Rachel montase en la Black Thunder. Olvidó que no tenía ninguna relación real con aquella niña. Se sentía como si Rachel hubiese salido de su propio cuerpo.

Y, en aquel momento, supo qué tenía que hacer.

Cogió la mano de Rachel y miró a Eric.

—Antes tiene que montar en la Black Thunder.

—¡Y un cuerno!

—No la detengas, Eric. —Bajó la voz a un susurro suplicante—. Deja que la monte por mí. Sola.

Toda la tensión irritada abandonó el cuerpo de Eric y le confirió un aspecto viejo y exhausto, el de un hombre que había librado demasiadas batallas.

—Es demasiado joven, Honey. No es más que una niña.

Rachel abrió la boca para soltar una protesta indignada, pero Honey le apretó la mano para advertirle que se callase.

—Tiene que hacerlo, Eric.

—No quiero que se asuste.

—Ya ha estado asustada. Su abuelo se encargó de ello.

Se volvió de espaldas a Eric y se arrodilló delante de Rachel.

—Yo tenía tu edad cuando monté en la Black Thunder por primera vez, y pasé más miedo del que he tenido nunca en mi vida. Es un viaje temible. No ha sido diseñado para niños, tesoro. La primera caída es peor que cualquier película de terror. Eres tan pequeña que saltarás del asiento y te golpearás la parte superior de las piernas contra la barra de seguridad. Cuando llegues a la espiral, tendrás la sensación de que te absorben hacia el fondo del lago. Te morirás de miedo.

—Yo no —se jactó Rachel—. No me asustaré.

Honey le acarició suavemente la mejilla.

—Sí lo harás.

—Tú montaste.

—Me obligó mi tío.

—¿Era malo como mi abuelo Guy?

—No, no era como él. Pero no le gustaban demasiado los niños.

—¿Lloraste?

—Estaba demasiado asustada para llorar. El tren me llevó hasta lo alto de la colina de elevación, y cuando vi lo lejos que estaba el suelo, creí que me moría.

—Como cuando el abuelo Guy se estiró sobre mí.

Honey asintió.

—Algo parecido.

—Quiero montar —insistió Rachel con obstinación.

—¿Estás completamente segura?

Rachel asintió con la cabeza, y entonces sus ojos empezaron a devorar la montaña rusa con tal voracidad que Honey lo entendió perfectamente. Tanto ella como Rachel sabían lo que era sentirse indefensa en el mundo. Sabían que las mujeres tenían que cobrar ánimo en sitios distintos a los de los hombres. Sin mirar a Honey ni a su padre, Rachel se escapó y salió corriendo hacia la estación.

—¡Rachel!

Eric echó a correr, pero Honey lo retuvo.

—¡Por favor, Eric! Es algo que tiene que hacer.

Él la miró con ojos derrotados, llenos de dolor.

—No entiendo nada de esto.

—Ya sé que no lo entiendes —susurró ella, dejándose embargar finalmente por toda la intensidad del amor que sentía por él—. Eres grande y eres fuerte, y ves la vida de otra manera.

—Iré con ella.

—No, Eric. No puedes. Tiene que hacer esto sola. —Lo miró a los ojos tratando de llegar hasta su alma, rogándole que confiara en ella—. Por favor.

Por fin, él asintió, un movimiento tan reacio que ella supo cuánto le había costado y le quiso aún más por ello.

—Está bien —dijo Eric—. Está bien.

Honey lo llevó hacia la estación y pasaron por debajo de la pintura de Gordon Delaweese. Rachel se había subido al primer vagón, y animaba su cara una mezcla de emoción y temor. Al mismo tiempo, parecía increíblemente menuda e indefensa en el tren vacío.

A Honey le temblaba la mano cuando comprobó que Rachel estaba bien sentada debajo de la barra de seguridad.

—Aún no es demasiado tarde para bajar.

Rachel sacudió la cabeza.

Honey se inclinó y la besó en la frente.

—Cuando hayas terminado, las pesadillas habrán desaparecido para siempre —susurró.

Ni siquiera estaba segura de que Rachel la hubiera oído. Tenía los deditos blancos mientras aferraba la barra, y Honey se dio cuenta de que su entusiasmo había sido reemplazado por el miedo. Que era exactamente como debía ser.

Se apartó del tren para situarse al lado de Eric. La tensión emanaba de él, y ella pudo percibir la fuerza de voluntad que ejercía para contenerse. Rachel era su posesión más valiosa. Honey sabía que no lo entendía, y se sintió abrumada por la confianza que depositaba en ella.

Se volvió hacia Tony, que esperaba frente al cuadro de mandos, ajeno al drama que se escenificaba ante él. Entonces hizo un gesto con la cabeza.

Ella y Eric salieron corriendo de debajo del techo de la estación justo a tiempo de ver cómo el tren comenzaba a trepar por la gran colina de elevación. Detrás de ellos, Becca estaba sentada en la hierba con las piernas cruzadas, observando a su hermana. La vistosa sudadera rosa de Rachel la hacía perfectamente visible en la parte delantera del largo tren de vagones vacíos.

«Monta por mí, cariño —pensó Honey—. Libérame también a mí.»

Eric buscó su mano. Tenía los dedos fríos, y ella se los sujetó con fuerza. Pudo sentir el terror de Rachel en su propio cuerpo mientras el vagón ascendía implacablemente hacia la cima de la colina. Empezó a acelerársele el pulso, y sudaba. Cuando Rachel llegara a lo alto y viera la caída, se vería obligada de nuevo a hacer frente a su abuelo.

El vagón quedó suspendido en el vértice de la colina y Honey se puso rígida de miedo, un miedo que sabía que era tanto suyo como de Rachel. Y entonces, cuando el tren se precipitó en la caída y alcanzó la segunda colina, lo entendió todo. Comprendió que ella era Rachel y que Dash era ella. Que las personas que amaban formaban parte siempre unas de otras. Comprendió que su amor por Dash no le impedía querer a Eric, sino que lo hacía posible.

Un gozoso rayo de sol se abrió paso en su interior. Se volvió hacia Eric. Tenía el rostro tenso de preocupación mientras sus ojos seguían la veloz manchita rosa que era su hija, temiendo que intentara levantarse, que se cayera, que la montaña rusa que había ayudado a construir no se la devolviera sana y salva. Pero la Black Thunder no abandonaba a aquellos a los que protegía más de lo que lo hacía Dios, ni siquiera en los momentos más sombríos.

El miedo de Honey la había dejado, y entendió cuán sencillo era su amor por Eric. No contenía malos presagios, ni complicaciones psicológicas. Él no era un padre para ella. No era su jefe ni su maestro. No poseía una vida llena de experiencias de las que ella nada sabía. Eric era simplemente Eric. Un hombre que había venido al mundo con demasiada sensibilidad. Un hombre que era tan vulnerable y estaba tan necesitado de amor como ella.

Honey quiso reír, cantar y envolverlo en el universo de su amor. Él echó a correr, y ella se percató de que el tren había salido de la espiral y regresaba velozmente a la estación. Lo siguió bajo la protección del techo, con el corazón bailando.

El tren entró rechinando en la estación. Rachel tenía la cara pálida como una sábana y las manos inmovilizadas alrededor de la barra. Había perdido todo su aire de desafío.

Eric corrió hacia ella, y cuando el tren se detuvo extendió los brazos.

—Nena...

—Otra vez —murmuró Rachel.

—¡Sí! —gritó Honey. Riendo, se abalanzó sobre Eric—. Oh, sí, amor mío. ¡Sí!

El tren partió de la estación con Rachel Dillon en el asiento delantero mientras Eric sujetaba a Honey entre sus brazos y sentía aquellos labios suaves y carnosos reclamando los suyos.

En aquel momento renunció a intentar comprender el drama que aquellas mujeres a las que quería estaban representando. Quizá las mujeres eran todavía más distintas de los hombres de lo que había supuesto. Tal vez tenían que cobrar ánimo para afrontar la vida de un modo distinto.

Honey se había arrimado a él casi como si tratara de inyectarse dentro de su cuerpo. Abrió la boca bajo la suya, y Eric supo que le ofrecía todo su amor, su lealtad, toda la pasión con la que se enfrentaba a la vida. Aquella mujer que ocupaba su alma se lo entregaba todo. Y en ese momento los celos que sentía por Dash Coogan se esfumaron para siempre.

—¡Te quiero! —dijo Honey contra sus labios—. Oh, Eric, te quiero muchísimo.

Él susurró su nombre y se extravió en su boca. Se besaron mientras Rachel dejaba atrás sus pesadillas en las colinas de la Black Thunder.

—Creo que he estado esperándote todo el tiempo —murmuró Eric.

—¿Aún quieres casarte conmigo? —preguntó ella.

—Oh, sí.

—Quiero un bebé.

—¿De veras? Me alegro.

—Oh, Eric... Esto es justo. Por fin sé que es justo.

Él no podía saciarse de su boca. Era dulce y rica, prometiéndole amor y abundancia. Lo transportaba a través del espacio, a través del tiempo, a un lugar donde solo existía el bien. Y mientras se acomodaba en aquel sitio prodigioso oyó una voz áspera y cansina, tan grave que habría podido salir del vientre de Dios.

«Ya es hora de que te llevases lo que era tuyo, guapito. Estaba a punto de perder la paciencia contigo.»

Sobresaltado, se apartó de ella. Honey abrió los ojos, todavía embriagados por su beso, y lo miró interrogativamente. Sintiéndose ridículo, Eric volvió a reclamar su dulce boca.

El tren pasó como un rayo y, por unos momentos, todos ellos tocaron la eternidad.

Epílogo

1993

Honey localizó a Eric y las niñas a través del resplandor de los focos y los destellos de las luces estroboscópicas. Cuando los aplausos se acallaron por fin, subió al podio de plexiglás y contempló el Emmy de oro que le habían puesto en las manos.

—Muchísimas gracias.

Su voz se quebró y el público se echó a reír. Ella se rio con ellos y se acercó más al micrófono.

—Si alguien me hubiera dicho alguna vez que una enclenque chica campesina de Carolina del Sur podría conseguir uno de estos, le habría dicho que se había expuesto demasiado tiempo al sol.

Más risas.

—Debo dar las gracias a mucha gente, así que espero que tengan paciencia conmigo durante unos momentos.

Inició su lista por Arthur Lockwood y procedió a mencionar a todas las personas relacionadas con *Emily*, la producción de Hallmark Hall of Fame sobre la vida de Emily Dickinson que la había hecho merecedora del premio.

La falda de encaje dorado de su vestido de noche hizo frufrú al rozar el podio.

—Pero por encima de todo tengo que dar las gracias a mi familia. Las familias son curiosas. La gente que tiene una no siempre la valora. Pero si has crecido sin una, a veces cuesta trabajo encontrar tu sitio en el mundo.

»Esta noche quiero hacer un reconocimiento a mi familia. Tardé mucho tiempo en encontrarlos, pero ahora que lo he hecho no pienso soltar a ninguno de ellos. Mis hijastras, Rachel y Rebecca Dillon, y su hermosa madre, Lilly, que las comparte conmigo. Zachary Jason Dashwell Dillon, que mañana cumplirá dos años y es el niño más guapo del mundo. Su hermanito Andrew, que ahora mismo está esperando en el camerino a que termine de hablar y le lleve su biberón.

Todo el mundo se echó a reír.

—Dos personas a las que quiero en Winston-Salem, Carolina del Norte, Chantal y Gordon Delaweese. Una persona de la que me enorgullece ser amiga, aunque nos llevara algún tiempo llegar hasta aquí: Meredith Coogan Blackman. Y Liz Castleberry, la mujer más terca que he conocido en mi vida.

Liz sonrió desde su asiento situado justo detrás de Eric.

—Una persona a la que quiero no está aquí esta noche, por lo menos no físicamente. —Hizo una pausa y el silencio cayó sobre la multitud—. Dash Coogan fue el último héroe del Oeste americano, y fue también mi héroe. Me enseñó muchas cosas. Unas veces le hacía caso, otras no. Cuando no lo hacía, por lo general me arrepentía de ello.

Vio a varias personas del público secándose los ojos, pero ella había hecho las paces con la muerte de Dash aquel día, tres años atrás, en que Rachel había montado en la Black Thunder, y no sentía ganas de llorar.

—Quise a ese cowboy, y le estaré agradecida durante el resto de mi vida.

Honey carraspeó.

—Este último es difícil. El matrimonio es siempre una cuestión de equilibrio, y no es nunca una buena idea que uno de los cónyuges lleve demasiada ventaja al otro, pero me temo que es lo que va a ocurrir en este caso. La gente escribe muchas cosas sobre el talento de Eric Dillon, y la mayoría de ellas son verdad. Pero nadie escribe sobre las cosas importantes. Sobre el hecho de que es un padre maravilloso y el mejor marido que una mujer podría tener. El hecho de que se preocupa tanto por los demás que a veces me asusta. Esto no significa que sea perfecto, desde luego. Resulta difícil vivir con un hombre que es más guapo que todas tus amigas juntas.

Eric gruñó con cordialidad al mismo tiempo que todo el mundo se reía.

Honey miró a través de las luces directamente hacia el corazón de Eric.

—Pero de no haber sido por Eric Dillon, esta noche yo no estaría aquí. Me quiso cuando no era digna de ser amada, y supongo que en el fondo es en esto en lo que consiste una familia. Gracias, cariño.

Eric la observaba desde la segunda fila, con el pecho tan henchido de amor y orgullo que lo sentía a punto de estallar. Lo asombraba que Honey le diera las gracias cuando era ella quien se lo había dado todo.

Honey concluyó entre una gran ovación y fue acompañada entre bastidores. Eric sabía que primero se dirigiría al camerino para atender a su hijo de dos meses. Solo después de haber recogido a Andrew se reuniría con los periodistas que aguardaban para entrevistarla.

Además de preguntarle por su carrera, sospechaba que la prensa la interrogaría también sobre el campamento especial para niños víctimas de abusos sexuales que ambos habían construido en el recinto del antiguo Parque de Atracciones de Silver Lake. Honey tenía la teoría de que la Black Thunder podía ayudar a sanar a algunos niños. Aunque él había montado en la montaña rusa docenas de veces en los últimos tres años, no le había parecido nunca que fuera algo más que una atracción emocionante. Sin embargo, cuando había sido lo bastante estúpido para expresar esta opinión a Honey y Rachel, ambas se habían mostrado tan ofendidas que había jurado mantener la boca cerrada en el futuro.

La ceremonia tocaba a su fin cuando una voz muy conocida resonó dentro de su cabeza. *Lo has hecho muy bien junto a ella, hijo. Me siento orgulloso de ti.*

Eric reprimió un gemido. Ahora no. Desde que Rachel había hecho aquel maldito viaje en la montaña rusa...

Su mente racional sabía que en realidad no era la voz de Dash Coogan lo que oía. A fin de cuentas, si Honey no lo oía nunca, ¿por qué debería hacerlo él? Pero su mente irracional... Eso era otro cantar.

Rachel se inclinó por delante de su hermana y susurró:

—Honey lo ha hecho bien, ¿verdad, papá?

Eric se tragó un nudo en la garganta y miró a sus dos hijas.

—Lo ha hecho muy bien, cariño. Muy bien.

Pues claro que lo ha hecho bien, dijo la voz.

Se removió en su asiento, no del todo disgustado con la idea de que su familia pudiera tener un ángel de la guarda cowboy velando por ellos.

Tres horas después, cuando dejaron atrás las celebraciones y felicitaciones, Eric y Honey atravesaron las habitaciones de su silenciosa casa cogidos de la mano, Honey con su vestido dorado, los pies descalzos y el pelo despeinado; Eric con la corbata desanudada y el cuello de la camisa abierto. Pasaron de un hijo a otro arreglando las sábanas, rescatando un oso de peluche, sacando un pulgar de una boquita. Pasaron por encima de juguetes y cuentos, encendieron lamparillas de noche y retiraron una pistola de agua que goteaba de debajo de una almohada de color rosa y lila.

Solo cuando tuvieron la certeza de que todos los niños estaban acostados y bien arropados se dirigieron a su dormitorio y se dedicaron mutuamente su atención.

Por fin estaban en casa.

Nota de la autora

Estoy profundamente agradecida a las siguientes personas y organizaciones:

Tim Cole, que diseñó la Black Thunder y me sirvió de paciente y entusiasta asesor técnico.

Randy Geisler y The American Coaster Enthusiasts.

El National Down Syndrome Congress.

Mis amigas y colegas, que contestaron todas las preguntas para las que yo no tenía respuesta: Joan Johnston, Jayne Ann Krentz, Kathleen Gilles Seidel. Y Meryl Sawyer, por su ayuda por encima de la llamada del deber.

Linda Barlow por su amable crítica y su incansable amistad.

Steve Axelrod por su constante y sabio consejo, y Claire Zion por su perspicacia y su apoyo.

Los miembros de mi familia, que me dan tanto.

Y mis lectores, que siguen enriqueciendo mi vida con su simpatía y entusiasmo.

SUSAN ELIZABETH PHILLIPS

Índice

La colina de elevación (1980-1982). 11
Tiempo en antena (1983) 187
La caída (1989-1990) 295
Hacia la estación (1990). 455
Epílogo (1993). 513
Nota de la autora 517